MARY MACKEY

Die Schmetterlingsgöttin

Mary Mackey ist Professorin für englische Literatur an der Staatsuniversität von Kalifornien. Sie hat die »Feminist Writers' Guild« mitbegründet.
»Die Schmetterlingsgöttin« ist der zweite Band einer Trilogie von Vorzeitromanen, deren erster bereits vorliegt (»Im Jahr der Pferde«, Goldmann-Paperback 41559). Der abschließende Band ist in Vorbereitung.

MARY MACKEY

Die Schmetterlings-göttin

Roman

Aus dem Amerikanischen
von Elke Bartels

GOLDMANN

Deutsche Erstausgabe

Titel der Originalausgabe: The Horses at the Gate
Originalverlag: Harper, San Francisco

Umwelthinweis:
Alle bedruckten Materialien dieses Taschenbuches
sind chlorfrei und umweltschonend.

Der Goldmann Verlag
ist ein Unternehmen der Verlagsgruppe Bertelsmann

Genehmigte Taschenbuchausgabe 5/97

Umschlagentwurf: Design Team, München
Farbige Umschlagzeichnung: Firuz Askin
Satz: Uhl + Massopust, Aalen
Druck und Bindung: Graphischer Großbetrieb, Pößneck
Verlagsnummer: 41560
Redaktion: Barbara Gernet
MV · Herstellung: Heidrun Nawrot
Made in Germany
ISBN 3-442-41560-8

1 3 5 7 9 10 8 6 4 2

Prolog

An dem Tag, als Zuhan, der Große Häuptling der Hansi, beerdigt wurde, wäre es Vlahan, dem Bastard, fast gelungen, die Hexe aus dem Westen zu töten; aber die Hexe bediente sich ihrer magischen Kräfte und verhängte einen bösen Zauber über seine Krieger, der ihnen die Augen aus dem Kopf riß und sie blind und hilflos zurückließ. Sie warf ihre Augen in einen Lederbeutel, befestigte ihn an ihrer Taille, stahl fünf der besten Pferde und ritt gen Westen, wobei sie Arang, den Erben der Zwanzig Stämme, mit sich nahm.

Groß war das Wehklagen unter den Kriegern, als sie ihr Augenlicht wiedergewannen. Einige knirschten wutentbrannt mit den Zähnen, andere hackten sich den Arm ab; wieder andere waren in ihrer Verzweiflung sogar drauf und dran, sich selbst zu töten, um die Schande zu tilgen, doch Vlahan befahl ihnen weiterzuleben. Er griff nach seinem längsten Speer und den schärfsten Pfeilen, stülpte den heiligen goldenen Becher über die Spitze seines Penis und stand mächtig und furchtlos vor ihnen.

»Rache ist süß«, schrie er. »Ich werde mir ihren Skalp holen, um meinen Umhang damit zu schmücken. Zehn Stück Vieh für den Mann, der ihre Spuren findet! Einhundert Stück Vieh für den Mann, der Arang lebend zurückbringt!«

Und so ritten die Krieger voller Vertrauen auf Han, den Gott des Leuchtenden Himmels, in die Steppe hinaus, um die Hexe zu fangen.

Stavan und die Hexe. Ein Märchen der Hansi. Östliche Ukraine, 5. Jahrtausend v. Chr.

Und der Schnee liebkoste sie,
und der Schnee küßte sie,
und der Schnee lag auf
ihren Lippen und Augen.

Die dunkelhaarige Marrah,
Priesterin von Shara,
schlief im Schnee
wie eine Winterblume
neben Stavan,
ihrem Nomadenliebsten,
umringt von Arang, Hiknak, Dalish.

Sie schlief, während die Nomaden
ihre Speerspitzen schärften;
schlief, während deren Hunde
ihre Witterung aufnahmen;
schlief, während die feindlichen Kundschafter
durch die Steppe jagten,
mit Eis auf ihren Bärten
und Haß in ihren Herzen.

Gelobt sei die Göttin, die ihren weißen Umhang schützend
über die gesegneten, unschuldigen Schläfer breitete!
Gelobt sei die Große Eule,
deren Mantel aus kalten Federn
Marrah verbarg,
Marrah, Priesterin von Shara!

Aus »Die Göttin schickt Schnee«. Ein Gedenklied des Sharatani-Volkes. Schwarzmeerküste, 5. Jahrtausend v. Chr.

Erstes Buch

Die Schmetterlingsgöttin

1. Kapitel

In der ukrainischen Steppe, 4368 v. Chr.

Die ganze Nacht über fiel Schnee; schwer und feucht, zwang er die langstieligen, gefiederten Gräser der Steppe nieder und drückte sie mit seinem Gewicht zu Boden. Das flache Land schien unter dem Angriff des Sturms sogar noch flacher zu werden, bis es so aussah, als hätte die Göttin Erde persönlich die Welt wie ein großes Leintuch geschüttelt und für den Winter ausgebreitet. Gegen Mitternacht war kaum noch eine Spur – weder von Mensch noch Tier – zu sehen. Die Wühl- und Feldmäuse kauerten tief in ihren Erdfurchen, um sich gegen den eisigen Wind zu schützen; die Habichte und Eulen suchten Zuflucht in ihren Nestern. Sogar die Wölfe verzogen sich mit ihren Jungen in ihren Bau und ertrugen einen leeren Magen. Nur eine Sorte Lebewesen in der Steppe jagte noch bei diesem Unwetter, und das war der Mensch.

Trotz des Schneiens ritt ein Verband von Hansi-Kriegern nach Nordosten und trieb seine müden Pferde in dem Sturm vorwärts. Sie waren ein seltsam aussehender, furchteinflößender Trupp, in wollene Hosen und Kapuzenumhänge aus Wolfsfell gekleidet, die Bärte von Eis verkrustet, die Hände in dicken, pfotenähnlichen Fausthandschuhen vergraben.

Ihre Waffen bestanden aus Steinäxten, die schwer genug waren, einem Mann den Schädel zu zertrümmern, und langen Speeren, die sie ohne abzusitzen schleudern konnten. Die mit Federn versehenen Enden scharfer Feuersteinpfeile ragten aus den Köchern heraus, die sie an der Taille trugen, und ihre Bögen waren gewaltig, in der Mitte gekrümmt und von tödlicher Zielgenauigkeit. Für den unwahrscheinlichen Fall, daß er gezwungen wurde, aus dem Sattel zu steigen und Mann gegen Mann zu kämpfen, hatte jeder Krieger sicherheitshalber einen Dolch bei sich, so scharf, daß er einem Menschen ebenso mühelos die Eingeweide aufschlitzen konnte wie einem Kaninchen.

Schweigend ritten die Männer über die Ebene, während sich Schneeflocken in ihren Bärten festsetzten und Eispartikel unter ihren Nasenlöchern bildeten. Ganz vorn an der Spitze des Trupps, fast verloren in dem heftigen Schneegestöber, rannten ihre halbwilden Hunde in einem Rudel, schnüffelten auf dem Boden und hielten gelegentlich an Stellen inne, wo der Sturm den Schnee weggeweht und nackte Erde freigelegt hatte.

Die Hunde der Hansi waren große, kräftig gebaute Tiere mit dickem Fell und scharfen, intelligenten Augen; wenn in dem Moment unvermittelt ein Fremder aufgetaucht wäre, hätten sie ihn in Stücke gerissen, noch bevor die Krieger sie daran hätten hindern können – aber es waren keine Fremden in Sicht! Deshalb bewegten sich die Hunde in schnellem Tempo voran, da es nichts von Interesse zu untersuchen gab. Nur einmal blieb die Leithündin stehen, warf den Kopf in den Nacken und stieß ein langgezogenes Heulen aus. Als sie gleich darauf davonstürzte, trieben die Krieger ihre Pferde zu einem leichten Trab an und folgten ihr; aber bald hielt sie erneut an und begann nach Spuren zu suchen, die Nase dicht auf dem Boden.

Die Krieger tauschten vielsagende Blicke, aber keiner sprach. Ihre Augen waren blutunterlaufen vor Müdigkeit, und dennoch glänzten sie vor Erregung. In diesem Moment erübrigten sich Worte: Sie waren auf der Jagd nach fünf Menschen – einem Jungen, einem Mann und drei Frauen. Der Junge war der adoptierte Erbe und Nachfolger ihres toten Häuptlings und eine der Frauen seine Schwester. Diese Schwester fürchteten alle als mächtige Hexe, die selbst den tapfersten Krieger mit Blindheit schlagen konnte; ihre Zauberkräfte erwiesen sich jedoch als nicht ganz so stark, wie die Hansi zuerst befürchtet hatten. Sie und ihre Gefährten waren fast die ganze Nacht hindurch geritten, bevor es zu schneien begonnen hatte; trotzdem lag da diese Spur vor ihnen, die selbst ein Junge zu lesen vermochte.

Durch den Schneefall war ihre Fährte jetzt zwar kaum noch zu erkennen; doch die Hansi-Krieger ritten zügig weiter, da sie ständig auf etwas stießen, das ihnen die Richtung bestätigte: ein umgedrehter Stein, ein schwacher, halb mit Schnee gefüllter Hufabdruck, ein paar umgeknickte oder plattgetrampelte Grashalme. An mehreren Stellen hatten die Hunde bereits die Witterung der Flüchtenden aufgenommen. Zugegeben, sie verloren die Spur jedesmal wieder aufgrund dieses verfluchten Schneesturms, aber schließlich würde das Unwetter nicht bis in alle Ewigkeit anhalten.

Zur Zeit wußten die Verfolger mit absoluter Sicherheit, daß die Flüchtenden nach Nordosten strebten, statt nach Südwesten in Richtung der Mutterländer. Ohne Zweifel versuchten sie auf diese Weise, Verwirrung zu stiften und einer Verfolgung zu entgehen, aber Hansi-Krieger waren die besten Fährtensucher der Steppen. Solange es noch schneite, wagten sie es nicht, zu schnell zu galoppieren, aus Angst, irgendeinen Hinweis zu übersehen. Doch morgen oder übermorgen würde der Schneefall aufhören, und dann würden die Hufabdrücke eine breite, deutlich erkennbare Spur bilden; damit wären die Hunde in der Lage, eine fortlaufende Fährte zu verfolgen. Und wenn das geschah, würden sich die Krieger auf die Flüchtlinge stürzen und sie wie verirrtes Vieh einkreisen.

Im Geist waren die Männer bereits dabei, den versprochenen Gewinn aufzuteilen; sie zählten in Gedanken die Rinder und Schafe zusammen, die Vlahan, ihr Häuptling, ihnen zur Belohnung geben würde, wenn sie ihm die Hexe brachten; voller Vorfreude malten sie sich aus, wie sie die glatten Goldkörner befühlten, die sie von Vlahan bekommen würden, wenn sie den Jungen unverletzt ablieferten; und sie schwelgten schon im voraus im Genuß des fermentierten Kersek, den sie bald tränken, um den Tod von Stavan, dem Verräter, zu feiern.

Am Nachmittag zuvor, als sie eine Rast eingelegt hatten zur Schonung ihrer Pferde, zogen sie Lose um die Ehre, Stavan zu töten, und wie gewöhnlich gewann Mukhan, ihr Anführer. Mukhan war der zweitbeste Fährtensucher des Stammes, ein großer, kräftiger Mann mit einem Wust von Haaren von der Farbe getrockneten Blutes und einer Wolfstätowierung auf seiner linken Wange. Alle hatten ihn im Verdacht, bei der Verlosung betrogen zu haben; aber keiner wagte es, seinen Verdacht laut werden zu lassen, da bekanntlich Mukhan seinen eigenen Vetter wegen einer weitaus harmloseren Beleidigung umgebracht hatte. Außerdem wollte Mukhan großzügigerweise die begehrten Frauen den anderen überlassen.

Während sie dahinritten, den Kopf gegen den scharfen Nordwind gesenkt, gingen sie in Gedanken ihre Möglichkeiten durch. Da wäre als erstes Marrah, die Hexe, aber vielleicht wollte ja auch keiner der Männer sie haben, weil eine Hexe – so hieß es – die Macht hatte, den Penis eines Mannes auf die Größe eines vertrockneten Ziegenköttels schrumpfen zu lassen und ihn zu Impotenz zu verdammen. Außerdem war sie einmal die Ehefrau des Häuptlings gewesen – zwar nur eine zweite Angetraute, eine Schlampe, die Vlahan Hörner aufgesetzt hatte und es verdiente, dafür zu sterben – aber man wußte ja nie, wie Vlahan reagieren würde, wenn man ihr Gewalt antat. Zum Glück waren die beiden anderen Frauen lediglich Konkubinen, die für ihren Verrat mit dem Tode büßten. Die Krieger teilten jedoch einhellig die Meinung, daß es keinen Sinn hatte, die Konkubinen voreilig aus dem Weg zu räumen.

Doch obwohl sich die neun Krieger mit der tödlichen Präzision eines Wolfsrudels bewegten, waren sie neun verschiedene Männer mit unterschiedlichen Sichtweisen der Welt. Nur sechs der Fährtensucher fühlten sich Vlahan wirklich zu Treue verpflichtet; während sie sich innerlich mit der Vorfreude auf Notzucht und Plünderung wärmten, hegten drei ihrer Gefährten andere Gedanken, gefährliche Gedanken, die zu ihrer Hinrichtung führen würden, wenn Mukhan davon erführe.

Heute nacht, als sie über die riesige vereiste Fläche der Steppe dahintrabten, ritten Zweifel mit ihnen – und der Wind, der in den Ohren der anderen nur heulte, flüsterte ihnen zu wie die Stimme einer schönen Frau, die einen Mann mit verführerischen Worten in ihr Zelt lockt. *Ehre*, flüsterte der Wind. *Rebellion*. In der Stimme des Windes klang etwas Wildes und Süßes mit, etwas so Verlockendes, daß es einen Mann regelrecht um den Verstand bringen konnte; doch so sehr sich die drei Krieger auch bemühten, ihre Ohren davor zu verschließen, es gelang ihnen nicht.

Der sprechende Wind hatte zu säuseln und aufzuwiegeln begonnen an dem Morgen, als ihr alter Häuptling Zuhan auf mysteriöse Weise gestorben war und sein Bastardsohn, Vlahan, plötzlich die Macht an sich gerissen hatte. Seit mehreren Tagen wehte der Wind nun schon, so unablässig, daß sie ihn selbst im Schlaf noch hörten. Es war die Art von Wind, die in einem Mann die Sehnsucht weckte, sein Pferd zum Galopp anzutreiben und zu fliehen; aber nur ein Dummkopf würde versuchen, vor dem Wind davonzulaufen; deshalb ließen die drei Krieger ihre Pferde langsam neben den anderen hertrotten und starrten mit ausdruckslosen Gesichtern in das Schneegestöber.

Als Mukhan ihnen einen Blick über seine Schulter zuwarf, sah er nichts, was seinen Verdacht erregt hätte. Die drei Männer machten einen ebenso gehorsamen und ergebenen Eindruck wie der Rest: Sie sahen alle gleich durchgefroren, müde und erpicht darauf aus, endlich ihre Beute zu finden.

Aber im Inneren, in den geheimen Winkeln ihres Verstandes, in die Mukhan nicht vordringen konnte, hatten alle drei Pläne zu schmieden begonnen. Dakhan, ein großer, stämmiger Krieger mit einer Nase wie ein Stück rohen Fleisches, dachte daran, die Spuren der Flüchtenden zu verwischen, bevor die anderen sie entdeckten. Karthan, der für die Hunde verantwortlich war, überlegte sich, mit welcher Verletzung er die Leithündin zum Hinken brächte, bevor der nächste Morgen graute. Der dritte, ein junger Krieger namens Werthan, der noch kaum Bartwuchs aufzuweisen hatte, erging sich in kühnen Phantasien darüber, wie er vorausgaloppierte, um den Flüchtenden eine Warnung zuzurufen, obwohl dies ganz ohne Frage dazu führen würde, daß er mit einem Pfeil im Rücken tot vom Pferd stürzte.

Werthan hatte keine Ahnung, daß der Wind auch seinen beiden

Gefährten Widerstand zuflüsterte. Aber er wußte ebensogut wie sie, daß Stavan, der legitime Sohn von Zuhan, der einzige rechtmäßige Erbe der Häuptlingswürde war, und daß dieses Amt nicht Vlahan gebührte, der höchstwahrscheinlich seinen eigenen Vater vergiftet hatte. Folglich verlangte es die Ehre, daß Stavan – und nicht Vlahan – über die Hansi herrschte.

Für die beiden älteren Männer war das Gebot der Ehre Grund genug, um Stavans Gefangennahme zu verhindern; aber Werthan bewegte noch ein zusätzliches Anliegen, weshalb die Flüchtenden ungeschoren entkommen sollten: Er liebte Stavan wie einen älteren Bruder. Werthan war kein wichtiges Mitglied des Stammes, nur der jüngste Sohn einer geraubten Konkubine, und früher, als er sogar noch unbedeutender gewesen war – nur ein Junge, der die Schafe hütete –, war Stavan oft stehengeblieben, um sich mit ihm zu unterhalten und ihm lustige Geschichten zu erzählen. Stavan hatte ihn niemals angebrüllt oder ihm mit Schlägen gedroht, wie es die anderen Krieger taten. Er war Werthan immer mit Freundlichkeit begegnet, und einmal hatte er sich sogar neben Werthan gesetzt und ihm gezeigt, wie man aus einem Grashalm eine Flöte machte.

Werthan liebte auch Marrah. Natürlich war es eine unschuldige Liebe, denn er hatte niemals auch nur ein Wort mit ihr gewechselt, aber stets ihre Schönheit aus der Ferne bewundert. Man brauchte sie nur anzusehen, um zu wissen, daß sie nicht wie eine Hansi-Frau aufgewachsen war. Niemals schlug sie demütig die Augen nieder in Gegenwart eines Mannes und hatte sich direkt vor der Nase ihres Gemahls einen Liebhaber zugelegt.

Wann immer Werthan an Marrah und Stavan dachte, hätte er am liebsten laut gelacht. Ihm gefiel die Tatsache, daß Marrah Vlahan betrog, der ein aufgeblasener, selbstgefälliger Widerling war. Insgeheim hatte er sie immer bemitleidet, weil sie gegen ihren Willen mit solch einem rohen Kerl verheiratet worden war. Marrah gehörte eindeutig zu den Frauen, die wußten, wie man es seinem Peiniger heimzahlte, eine Fähigkeit, die Werthan ganz einfach bewundern mußte.

Über die beiden anderen Frauen, die sie jagten, wußte Werthan so gut wie gar nichts; aber er haßte den Gedanken an das, was die Krieger mit ihnen tun würden, wenn sie sie schließlich eingeholt hatten. Den Jüngling hatte es schon immer abgestoßen, mitanzusehen, wie Männer wie ein Rudel wilder Hunde über die Frauen herfielen, die sie gefangengenommen hatten. Obwohl er noch jung war, wußte er, daß die Vereinigung nur dann gut war, wenn beide Partner sie wünschten.

Manchmal dachte er, daß die Götter die Frauen vielleicht deshalb körperlich schwächer erschaffen hatten, damit die Männer Mitgefühl und Selbstbeherrschung lernen würden. Dies war ein ziemlich radikaler Gedanke für einen Hansi-Krieger und keiner, den er irgend jemandem mitzuteilen bereit war; es hätte ihn zum Gespött des ganzen Lagers gemacht, was ihn nicht daran hinderte, im stillen daran festzuhalten.

Als der Morgen graute, begann der Sturm abzuflauen. Bald war die körperlose Stimme, die unaufhörlich von Ehre und Rebellion flüsterte, so schwach geworden, daß sie nicht lauter als zwei Grashalme tönte, die sich aneinanderreiben, oder als ein Kaninchen, das in seinen Bau schlüpft. Aber während sie durch weiche Schneewehen ritten, die das Hufgetrappel ihrer Pferde dämpften, hörten die drei Krieger sie dennoch, und Werthan vernahm sie am deutlichsten.

Eine Strecke weiter voraus lag Marrah schlafend auf dem Boden, unter einem Berg von Schnee vor dem Sturm und der Kälte geschützt. Als die Morgendämmerung nahte, begann die Finsternis um sie herum zu weichen, und ein blasser, kalter Schein füllte die Schneehöhle. Das Licht war grau und winterlich; es verlieh ihrer dunklen Haut einen eisigen Schimmer und berührte ihre vollen Lippen mit Frost. Ihr langes, schwarzes Haar glänzte in der fahlen Beleuchtung, und jedes Fellhärchen am Saum ihres Umhangs aus Wolfspelz hob sich so scharf ab wie die Zinken eines Kammes. Es war warm unter dem Umhang, und von der Wärme wohlig eingelullt träumte Marrah von ihrer Mutter.

In ihrem Traum war Marrah jedoch keine Frau, die um ihr Leben rannte, sondern ein Mädchen von dreizehn Jahren. Den kalten Schnee, die einsame Steppe und die gefährlichen Verfolger gab es nicht mehr; sie befand sich wieder in dem kleinen Dorf Xori an der Küste des Meeres der grauen Wogen, wo sie ihre Kindheit verbracht hatte, und saß auf einer Strohmatte im Langhaus ihrer Urgroßmutter Ama, mit dem prächtigen federbesetzten Cape um die Schultern, das sie am Tag ihrer Volljährigkeit getragen hatte. Es war ein herrlicher Frühlingsmorgen, die Vögel zwitscherten, und sie trank eine Schale warmer Ziegenmilch und aß Erdbeeren.

»Hier, iß noch eine köstliche Erdbeere, mein Liebling«, sagte ihre Mutter immer wieder, und dabei fütterte sie Marrah liebevoll mit reifen Beeren, die sie zuvor in Winterhonig getaucht hatte, so dick und dunkel, daß seine Süße wie ein Kuß auf Marrahs Zunge zerschmolz.

Marrah lachte. »Gib mir noch eine, Mama«, bat sie. Marrahs Mutter lachte ebenfalls und hielt eine besonders große, saftige Beere hoch, während sie sie am Stengel hin- und herdrehte. Marrah öffnete den Mund, legte den Kopf in den Nacken und schloß erwartungsvoll die Augen; aber als sie schluckte, spürte sie nichts – nur Dunkelheit und ein seltsam brummendes Geräusch.

Sie zuckte erschrocken zusammen und kämpfte sich aus den Tiefen des Schlafes in die Wirklichkeit zurück. Ihre Lider flatterten, und sie ballte stöhnend die Hände zu Fäusten. Als sie die Augen aufschlug, befand sie sich nicht im Langhaus ihrer Urgroßmutter, sondern in einer kleinen Höhle, die von kaltem, bläulichem Licht erfüllt war. Auf ihrer linken Seite lag Stavan zu einem warmen Bündel zusammengerollt und schnarchte leise. Rechts von ihr lag ihr Bruder Arang an Hiknak gekuschelt, die sich wiederum eng an Dalish geschmiegt hatte.

Einen kurzen Moment überfiel Marrah völlige Verwirrung. Warum schliefen sie alle so dicht aneinandergedrängt? Wo waren sie hier eigentlich? Wieso hing das Dach über ihrem Kopf so tief und weiß herab? Dann kehrte die Erinnerung zurück und mit ihr die schreckliche Furcht, die ihre Eingeweide wie ein scharfes Messer durchschnitt.

Sie waren in der Schneehöhle, die Stavan in der vergangenen Nacht gebaut hatte. Die Höhle stellte ein geniales Werk dar, etwas, das zu bauen sie niemals die Klugheit oder die Erfahrung besessen hätte: nichts weiter als ein großer Haufen Schnee von der anderthalbfachen Länge eines Mannes, den Stavan eine Weile hatte erstarren lassen, bevor er ihn aushöhlte, mit einem Luftloch in der Decke und einem kleinen Eingang, der jedoch etwas tiefer in den Boden gegraben war, um die Kälte abzuhalten.

Die Höhle bot nicht sonderlich viel Platz für fünf Personen; aber nachdem sie sich in ihre pelzgefütterten Umhänge gerollt und den Kopf auf ihre Satteltaschen gelegt hatten, entwickelten ihre Körper soviel Wärme, daß Marrah das Haar vor Schweiß im Nacken klebte. So warm indessen die Schneehöhle auch war, würde sie dennoch keinerlei Schutz bieten, wenn die Nomaden sie aufspürten.

Marrah lag einen Moment still da, während sie sich einzureden versuchte, der Sturm hätte ihre Spuren so gründlich verwischt, daß nicht einmal die besten Hansi-Kundschafter sie finden könnten; aber im grauen Zwielicht des frühen Morgens schien das inzwischen noch unwahrscheinlicher als in der Nacht zuvor.

Ängstlich horchte sie auf irgendein Geräusch, das darauf hindeutete, daß sie entdeckt waren; doch alles, was sie vernahm, war Stavans beruhigendes Geschnarche. Erleichtert entspannte sie sich wieder und drehte sich auf die Seite, um noch eine Weile zu schlafen; aber trotz der Müdigkeit und Erschöpfung wollte sich der Schlummer nicht einstellen.

Sie waren jetzt seit fast fünf Tagen auf der Flucht, seit dem Tag von Zuhans Begräbnis; nur um Haaresbreite hatte das Schicksal sie und Stavan und Dalish verschont, stranguliert und in das Grab hinuntergestoßen zu werden, um als eine Opfergabe für den Himmelsgott der Nomaden zu dienen. Die Abdrücke der Lederschnüre, mit denen sie an den Pfahl am Rande des offenen Grabes gefesselt worden war, konnte sie noch immer an ihren Handgelenken sehen, und als sie auf Stavans Schnarchen horchte, dachte sie erneut voller Dankbarkeit, daß sie wohl kaum das Glück erhalten hätte, neben dem Mann ihrer Wahl zu ruhen, wenn Hiknak nicht das Pulver der Unsichtbarkeit in den Kersek der Nomaden geschüttet hätte. Ohne Hiknak wäre sie zur Göttin Erde zurückgekehrt mit Schlamm im Mund und einer Bogensehne um den Hals wie Akoah, die kleine Seglerin, und jene armen Sklavinnen, die Changar so brutal ermordet hatte.

Bei dem Gedanken an Changar, den Wahrsager und Priester der Hansi, wurde Marrahs Furcht von einem Gefühl grimmiger Befriedigung verdrängt. Nie wieder würde Changar im Namen seines verfluchten Gottes hilflose Frauen und Kinder abschlachten. Denn Changar war tot. Sie hatte ihn ausrutschen und in Zuhans offene Grabkammer hinunterstürzen sehen. Ohne Zweifel hatte er sich bei dem Aufprall in der Steingrube das Genick gebrochen. Ein Glück, daß wir den los sind, dachte sie, und gleich darauf schämte sie sich für den Gedanken.

Marrah schloß die Augen und bat die Göttin in einem stummen Gebet, sie versöhnlicher zu stimmen. Es war unrecht, einen anderen Menschen mit solcher Intensität zu hassen, selbst jemanden, der so grausam gewesen war und soviel Unheil gestiftet hatte; aber falls die Göttin die Herzen der Menschen an diesem Morgen in Milde versetzte, so gehörte ihres nicht dazu.

Als sie erneut die Augen öffnete, war sie weiterhin höchst einverstanden mit Changars Tod; sie hoffte nur inständig, daß selbst die Göttin Erde in ihrer unendlichen Gnade noch lange, lange Zeit warten würde, bevor sie Changars Seele in einen neuen Körper zurückrief. Laß ihn als Made wiederauferstehen, betete Marrah, oder als eine Laus. Andererseits waren auch Maden und Läuse Kinder der Göttin, was ihre Körper noch viel zu gut für jemanden wie Changar machte.

Sie versuchte gerade ein zweites Mal, wieder einzuschlafen, als ganz plötzlich ein Geräusch erklang, das sie vor Angst erstarren ließ. Irgendwo in der Ferne bellte ein Hund und verstummte dann wieder. Das Bellen kam in schneller Folge, wie Eis, das in der eisigen Morgenluft klirrend zerbrach, und Stavan mußte es ebenfalls gehört haben. Er wachte augenblicklich auf und fuhr mit einem Ruck hoch, während er hastig nach seinem Dolch griff. Marrah setzte sich ebenfalls auf, und sie starrten einander alarmiert an, als das Gebell erneut ertönte.

»Vielleicht ist es ein Wolf«, flüsterte sie, aber es war die falsche Tageszeit für einen Wolf auf der Jagd, und sie wußten es beide.

»Das ist kein Wolf!« rief Stavan entsetzt. »Das ist ein Hund!« Er packte die Umhänge, die Hiknak, Dalish und Arang als Decke dienten, und riß sie fort. »Schnell!« schrie er. »Steht auf! Marrah und ich können die Hansi-Hunde hören. Sie müssen unsere Witterung aufgenommen haben!«

Mehr brauchte er nicht zu sagen. Alle fünf waren im Nu auf den Beinen und krochen so hastig aus der Höhle, daß sie dabei einen Teil der Wände zum Einsturz brachten. Die Welt draußen war in weiße Schleier wirbelnden Schnees gehüllt. Stavan nahm den Pferden in aller Eile die Fußfesseln ab, und Marrah und die anderen sprangen auf den Rücken ihrer Tiere, trieben sie zum Galopp an und begaben sich in halsbrecherischem Tempo auf die Flucht. Aber wohin sollte man reiten in einem Land, wo es keine Bäume gab, um Schutz dahinter zu suchen, keine Wälder, um darin unterzutauchen, nicht einmal eine richtige Höhle, wo sie die Pferde hätten verstecken können?

Marrah ritt, bis ihr der Atem in den Lungen schmerzte, bis ihr jeder Knochen im Leib weh tat, bis sie das Gefühl hatte, zu Tode durchgeschüttelt zu sein. Niemals hatte sie auf einem Pferd gesessen, bis sie herangewachsen war – hatte bis dahin nicht einmal eines gesehen – aber als die Nomaden sie entführt und in den Osten verschleppt hatten, hatte sie gelernt, das Gefühl des Reitens zu genießen und ihr Pferd zu lieben, auch wenn es sie weit, weit forttrug von ihrem eigenen Volk.

Pferde besaßen ihrer Erfahrung nach einen besseren Charakter als die meisten Menschen, und ganz sicher waren sie besser als die Nomaden, die sie gezähmt hatten. Sie waren edle Geschöpfe, geduldig, willig und liebenswert; sie konnten nichts dafür, daß sie von den Nomaden zum Einfangen flüchtiger Gefangener benutzt wurden. Doch an diesem Morgen brachte der wilde Ritt über die Steppe all die Ängste zurück, die Marrah beim ersten Besteigen eines Pferds erfüllt hatten.

Sie war die unerfahrenste Reiterin der kleinen Gruppe und nicht immer in der Lage, sich an der Mähne ihrer Stute festzuklammern, während sie von einer Seite zur anderen geworfen wurde und gelegentlich sogar herunterzufallen drohte. Oft fiel sie ein Stück hinter die anderen zurück, und wenn dies geschah, drosselten die anderen ihr Tempo und warteten auf sie. Marrah hätte ihnen am liebsten zugerufen, sie sollten weiterreiten und wenigstens sich selbst retten, aber ihre Gefährten würden sie unter gar keinen Umständen im Stich lassen.

Wenn sie vom Pferd stürzen und sich ein Bein brechen sollte, würden die anderen sie aufheben und sie tragen, was fraglos ihrer aller Tod bedeutete; deshalb klammerte sie sich mit wilder Entschlossenheit an den Hals ihrer Stute, von dem Trost beseelt, daß es zumindest ununterbrochen schneite. Wenn der Schneefall aufhörte, hätten sie keine Chance mehr, denn bei klarem Wetter konnte man in der Steppe von Horizont zu Horizont blicken.

»Bitte laß nicht zu, daß die Krieger uns einholen«, betete sie leise. »Bitte laß das Wetter nicht aufklaren!« Aber ihre Worte wurden abgeschnitten, vom Wind davongetragen und vom Trommeln der Pferdehufe übertönt, als sie sich in den Schnee bohrten und auf die gefrorene Erde darunter trafen.

Marrah hätte nicht zu sagen vermocht, wie lange der erste verzweifelte Ritt quer durch die Steppe dauerte. Es schien, als rasten sie den größten Teil des Tages so dahin; aber das konnte nicht sein, weil die Pferde tot unter ihnen zusammengebrochen wären, wenn sie dieses Tempo so lange beibehalten hätten. Schließlich zügelte Stavan seinen Hengst, und der Rest von ihnen tat es ihm nach. Einen Augenblick warteten sie mucksmäuschenstill, wagten kaum zu atmen. Marrah blickte von Gesicht zu Gesicht und fühlte, wie sich dieser Moment für immer in ihr Gedächtnis einprägte – wie Bilder, die man auf einen Tontopf einbrennt.

Hiknak hatte ihren Hut verloren, und ihr schmutziges blondes Haar hing wirr um ihre Schultern. Arangs untere Gesichtshälfte war so von Schnee verkrustet, daß es aussah, als trüge er einen Bart, obwohl er mit dreizehn noch zu jung dafür war. In Dalishs Lippen hatte die Kälte Risse und Sprünge gegraben, und sie war totenbleich, daß die eintätowierten blauen Linien auf ihren Wangen wie Spalten im Eis aussahen. Und was Stavan betraf – er saß so reglos im Sattel wie eine Tempelstatue. Sein helles Haar lag flach um seinen Kopf, seine Augen waren hart; sein Bart schien aus Stein gemeißelt. Nichts an ihm bewegte sich, nicht einmal eine Wimper zuckte.

»Ich kann die Hunde nicht mehr hören«, flüsterte Dalish. Doch noch während sie die Worte aussprach, erhob sich erneut das Gebell des Rudels in der Ferne.

»Hier entlang!« kommandierte Stavan. Und wieder flohen sie in halsbrecherischem Tempo, galoppierten zuerst in Richtung Osten, dann nach Norden, dann wieder nach Osten. Diesmal ritten sie doppelt so lange wie beim ersten Mal, und als sie schließlich anhielten, um auf ihre Verfolger zu lauschen, hörten sie nichts als das Heulen des Windes über hohen Schneewehen.

»Wir haben sie abgeschüttelt!« jubelte Arang, aber alle wußten, daß die Gnadenfrist nur von kurzer Dauer sein würde. Jeden Moment konnte das Bellen der Hunde wieder ertönen und sie zum Weiterrasen zwingen; als Marrah einigermaßen zu Atem gekommen war und sich genügend beruhigt hatte, um sich umzusehen, stellte sie fest, daß es zu schneien aufgehört hatte. Die Hufabdrücke ihrer Pferde waren tief, gestochen scharf und so breit wie ein Pfad. Selbst ein Blinder hätte der Spur zu folgen vermocht.

Dalish schaute zum Himmel hinauf, dann ließ sie ihren Blick über das riesige, flache, weiße Laken schweifen, das sich ringsherum ausdehnte. »Was tun wir jetzt?« fragte sie Stavan, der als einziger von ihnen in der Kunst von Angriff und Verteidigung ausgebildet war. Stavan hatte einst zu den Hansi-Kriegern gehört, und obwohl er den Krieg um seiner Liebe zu Marrah und der Göttin Erde willen aufgegeben hatte, kannte er sämtliche Listen und Finten der Hansi.

»Wir werden weiterreiten«, erwiderte er, »und hoffen, daß sie unsere Fährte nicht wieder aufnehmen.«

»Ich wette, wir haben sie abgeschüttelt«, beharrte Arang und wischte sich die Nase an der Oberseite seines Fausthandschuhs ab. Marrah sah die Hoffnung in den Augen ihres Bruders, sah das feingeschnittene Gesicht mit den hohen Wangenknochen, die elegante Art, wie er auf dem großen, breitrückigen Rotschimmel saß, und sie spürte ein leises Gefühl von Trauer. Arang besaß den Körper eines Tänzers. Als Zuhan, der Große Häuptling, ihren Bruder adoptiert und zum Erben aller Zwanzig Stämme ernannt hatte, ritzten die Hansi Clanzeichen in seine Wangen – ein Ritual der Ehre – und prügelten ihn dann halb bewußtlos in dem Versuch, einen Krieger aus ihm zu machen; aber es gelang ihnen nicht, seinen Geist zu brechen oder seiner Seele die Musik auszutreiben. Einen Moment wünschte Marrah sich, sie wäre wieder so jung wie Arang – denn wenn man so jung war, glaubte man noch, alles wäre möglich.

Den Rest des Tages über ritten sie langsamer, um ihre Pferde möglichst zu schonen. Bei Einbruch der Dämmerung ging die Sonne in einem feurigen Kaleidoskop von Rottönen unter, die dem Schnee die Farbe von Rosenblüten verliehen. Marrah beschlich der beklemmende Gedanke, wie klar sie für ihre Feinde sichtbar waren, während sie sich über den aufleuchtenden Schnee bewegten wie Ameisen auf einem Stück gefärbten Leinens. Der rötliche Schimmer war kaum am Himmel verblaßt, als auch schon der Mond aufstieg, so rund und voll, daß es schien, er würde umgehend in zwei Hälften zerbrechen. Als sie über die Steppe ritten, strahlte er wie eine zweite Sonne auf sie herab.

Marrah hatte den Vollmond immer geliebt. Jeden Monat fühlte sie, wie Mondenergie sie durchströmte. Die märchenhelle, silbrige Scheibe erregte sie, und sich im Mondschein zu lieben war eines der Dinge, die sie über die Maßen schätzte, wie Stavan sehr wohl wußte; aber heute abend gab ihr der Mond das Gefühl, nackt und hilflos wie ein gerupfter Spatz zu sein. Als sie aufschaute und das heilige Mondkaninchen sah, begrüßte sie seinen Anblick nicht mit der gewohnten Freude. Statt dessen krümmte sie sich zusammen, versuchte, sich so klein und unauffällig wie möglich zu machen, und betete um Wolken und Schneefall.

Aber am Himmel zogen keine Wolken auf. Es war eine ruhige, windstille Nacht und so kalt, daß Eisblumen auf den Ärmeln ihrer Umhänge blühten. Ohne die Körperwärme ihres Pferdes zwischen ihren Schenkeln hätte sie erbärmlich gefroren; aber sie und das Tier wärmten sich gegenseitig, und allmählich versank Marrah in einen tranceähnlichen Zustand, eingelullt von den gleichmäßig sanften Schaukelbewegungen ihrer Stute. Als sie schließlich anhielten, schreckte sie hoch, als wäre sie abrupt aus einem langen Traum aufgewacht. Eine Weile saß sie reglos im Sattel und horchte angestrengt, doch die Luft war noch immer unbewegt, und alles, was sie hören konnte, war das Schnauben der Pferde und das Klopfen ihres eigenen Herzens.

Stavan stocherte im Schnee herum, sammelte einen Armvoll verdorrten Grases und breitete es auf dem Boden aus. Dann stapelte er ihre Umhänge auf dem Gras und wies sie an, sich im Kreis darauf zu setzen, mit den Füßen zur Mitte, und sich eine Decke über den Kopf zu legen, um so eine Art Zelt zu bilden. Er nannte es eine »Wärmefalle«, und es war stickig darunter, aber ausreichend warm, um die schlimmste Kälte abzuhalten.

Sie schliefen unruhig in jener Nacht und wechselten sich gegenseitig ab, um Wache zu halten und auf die Hunde der Nomaden zu lauschen. Irgendwann in den frühen Morgenstunden weckte Arang seine Gefährten, und sie hörten wiederum Gebell in der Ferne. Sie sprangen auf die Füße und blickten sich gegenseitig verzweifelt an.

»Schlafen sie denn niemals?« stöhnte Dalish, als sie hastig begann, ihre Decken in die Satteltaschen zu stopfen.

»Still!« Stavan verharrte einen Moment und horchte aufmerksam, alle unterbrachen ihr Packen und spitzten die Ohren. Das Gebell ertönte erneut und erstarb dann wieder, und eine undurchdringliche Stille senkte sich über die Steppe.

»Die Hunde bewegen sich nicht vorwärts«, erklärte er. Er drehte sich zu Marrah um, und sie erwartete, Hoffnung in seiner Miene wahrzunehmen, aber er sah grimmig drein. »Auch die Krieger müssen ihren Pferden ab und zu mal eine Ruhepause gönnen, weißt du. Sie müssen ungefähr zur gleichen Zeit Rast gemacht haben wie wir.«

»Dann laß uns von hier verschwinden, solange wir es noch können.« Marrah riß Dalish eine der Satteltaschen aus der Hand und widmete sich dem Verstauen der Decken mit fliegender Hast. Plötzlich spürte sie das Gewicht von Stavans Hand auf ihrer Schulter und wandte sich zu ihm um, und der Blick, mit dem er sie ansah, ließ ihr Herz zu Eis erstarren.

»Es hat keinen Sinn, Marrah«, sagte er. »Gib dir keine Mühe. – Wir haben keine Chance. Ihnen zu entwischen ist unmöglich, und wir können auch die Hunde nicht von unserer Spur ablenken. Ohne irgendwelchen Schnee, der unsere Witterung überdeckt, kann uns das verdammte Rudel aufspüren, als ob wir Kaninchen wären, und die Krieger wissen das; deshalb haben sie entschieden, sich Zeit zu lassen.«

»Was sollen wir denn tun? Einfach hier sitzenbleiben und warten, bis sie uns eingeholt haben?«

»Wir werden Widerstand leisten müssen.«

Marrah betrachtete das kümmerliche Sammelsurium von Waffen, das sie hatten, und versuchte, sich ihre Chancen gegen erfahrene, ausgebildete Krieger auszurechnen. Sie hatte die Nomaden bisher nur einmal angreifen sehen, und das war ein Alptraum gewesen. Sie kamen aus dem Wald herausgestürzt, ihren furchtbaren Schlachtruf auf den Lippen, und hatten gnadenlos alles und jeden niedergemetzelt.

Einen Moment sah sie wieder die Stadt Shambah vor sich, wie sie lichterloh in der Nachmittagssonne brannte, ihre Männer auf Pfähle aufgespießt, ihre Kinder abgeschlachtet, ihre Frauen geschändet und als Sklavinnen davongetrieben. Shambah war der Schmetterlingsgöttin geweiht gewesen, aber nach dem Überfall der Nomaden gab es von der einst so blühenden Stadt nichts weiter als Leichen und Asche.

»Ich verstehe«, sagte sie. »Dann werden wir kämpfen.« Ihre Stimme war ruhig, aber sie konnte fühlen, wie die Furcht in ihr hochkroch und ihr die Kehle zuschnürte. Sie hatte in ihrem ganzen Leben noch nichts Größeres als einen Vogel getötet; aber sie wußte, wie man mit einem Bogen umging, und schwor sich, wenn die Hansi-Krieger über sie herfielen, würde sie so viel Schaden anrichten wie nur irgend möglich. Die Erinnerungen an Shambah hatten sich unauslöschlich in ihre Seele gebrannt, und sie hatte am eigenen Leibe erfahren, wie die Nomaden ihre Gefangenen behandelten. Es war immer noch besser, im Kampf zu sterben, als zu leben, um geschändet und gefoltert zu werden.

Ihre Finger schlossen sich um die Lederschnur der Satteltasche und zogen sie fest, und sie warf Stavan einen entschlossenen Blick zu, der sagte: Obwohl wir keine Chance haben, werde ich nicht von deiner Seite weichen.

Sie standen neben ihren Pferden, bereit, beim ersten Anzeichen eines Angriffs in den Sattel zu springen. Stavan und Arang zogen ihre Bogen aus der Lederscheide; die anderen taten es ihnen gleich bis auf Hiknak. Sie stand mit locker hängenden Armen da und starrte nachdenklich in die Richtung, aus der das Gebell kam.

»Ich glaube, ich kenne diese Hunde«, murmelte sie.

Stavan drehte sich zu ihr um. »Was hast du gesagt?«

»Jene Hunde kenne ich. Ich habe sie an ihrem Bellen erkannt. Sie gehören Mukhan.« Einen Moment herrschte Schweigen, als ihre Gefährten diese Mitteilung in sich aufnahmen. Mukhan galt als einer der besten Fährtensucher des Stammes. Wenn er derjenige war, der Jagd auf sie machte, hatten sie erst recht keine Chance.

»Ich habe sie früher immer gefüttert«, fuhr Hiknak leise fort, fast als spräche sie mit sich selbst. »Sie sind ziemlich friedliche Tiere, wenn sie nicht gerade auf einen Feind gehetzt werden. Und ausgesprochen freundlich und anhänglich. Die Leithündin heißt Frostblume. Nach dem Klang ihres Gebells zu urteilen, würde ich sagen, sie hat ihre beiden Töchter dabei, Abenddämmerung und Vogelfänger, und vielleicht noch ihren einjährigen Sohn, Federgras.«

Sie wandte sich an Stavan, der sie mit einem merkwürdigen Ausdruck beobachtete. »Schöne Namen, nicht? Seltsam, wie Krieger ihren Hunden Namen geben, wie aus den Liedern der alten

Sänger. Meine Mutter behauptete früher oft, unsere Männer würden ihre Hunde und Pferde mehr lieben als ihre Ehefrauen und Kinder, und nach dem, was ich gesehen habe, hatte sie recht.«

Stavan machte ein nachdenkliches Gesicht. »Und du sagst, du hast sie immer gefüttert?«

»Ja, das war meine Aufgabe. Ich habe all die Spürhunde mit Essensresten und Knochen gefüttert und nachts im Freien in der Kälte bei ihnen geschlafen wie einer der Hütejungen. Vlahan zwang mich dazu, nachdem er mich meinem Volk geraubt hatte. Er glaubte, es würde meinen Willen brechen, weil es als Schande gilt, hinausgeschickt zu werden zu den Hunden. Außerdem war es mitten im Winter und so eisig kalt wie der Atem eines Dämons. Aber die Hunde haben mich warmgehalten, und ich würde jederzeit lieber mit ihnen schlafen, als das Bett eines Mannes zu teilen, der meine Mutter, meinen Vater und meine süße Freundin, Iriknak, ermordet hat.«

Stavan trat zu Hiknak und legte ihr die Hände auf die Schultern. »Ist dir klar, was du da gerade gesagt hast?«

Hiknak zuckte zusammen und wich einen Schritt zurück – Marrah erkannte, daß es geschah, weil Hiknak daran gewöhnt war, jedesmal geschlagen zu werden, wenn ein Mann sie berührte. »Nein.« Hiknak schüttelte den Kopf und trat dann wieder einen Schritt vor, als wollte sie sich für ihre Angst entschuldigen, denn freilich würde Stavan ihr niemals etwas antun.

Stavan drehte sich mit einem Lächeln auf dem Gesicht zu Marrah um – und es war nicht etwa ein schwaches, zögerndes Lächeln, sondern das breite Grinsen des Triumphs. Seine Augen leuchteten, und sein Bart schien vor Energie förmlich zu knistern. »Vielleicht gelingt uns ja doch noch die Flucht.« In seiner Stimme schwang soviel Zuversicht mit, daß er zweifellos einen Rettungsplan im Sinn haben mußte.

In kürzerer Zeit, als der Mond brauchte, um eine halbe Fingerlänge über den Himmel zu wandern, waren sie wieder unterwegs, um ihrer eigenen Spur zurück über die Steppe zu folgen. Als die Pferde leise durch die Schneewehen trotteten, streichelte Marrah den Hals ihrer armen, erschöpften Stute mit einer Hand, während sie Stavans Vorhaben im Geist noch einmal durchging und es aus allen Blickwinkeln prüfte, als wäre er ein feines zeremonielles Schmuckstück aus dünnen Kupferdrähten.

Sein Plan hatte tatsächlich etwas von dünnem Draht an sich. Er war glatt und gerade und an ihrer einzigen Möglichkeit aufgehängt: Statt vor den Nomaden davonzulaufen, würden sie sie angreifen. Natürlich nicht offen. Niemand, der auch nur ein Fünkchen gesunden Menschenverstand besaß, würde sich auf einen Kampf mit einem Trupp erfahrener Krieger einlassen, wenn er nur einen halbwüchsigen Jungen und drei Frauen zu seiner Unterstützung hatte.

Nein, es sollte ein lautloser, verstohlener Vorstoß sein: nicht wie der Angriff des Löwen, der brüllend und fauchend zwischen den Bäumen hervorspringt, oder wie der des wilden Ebers, der sich laut schnaubend auf dich stürzt, hatte Stavan erklärt, sondern wie der blitzartige Angriff der Schlange aus dem Hinterhalt, oder wie der der Motte, die ein Loch in deine Tunika gefressen hat, bevor du es überhaupt bemerkst.

Einmal weniger poetisch ausgedrückt: Sie würden sich an die Nomaden anschleichen, ihre Pferde stehlen und die Krieger ihrem Schicksal überlassen. Pferde zu stehlen war ein altes Hansi-Spiel, das Stavan perfekt beherrschte, aber in diesem Fall gab es zwei erschwerende Faktoren. Normalerweise ritt man, wenn man Pferde stehlen wollte, einfach laut schreiend auf die Herde zu, versetzte sie damit in Panik und trieb so viele Tiere weg, wie es ging.

In diesem Fall jedoch konnten sie es sich nicht leisten, auch nur ein Pferd zurückzulassen, betonte Stavan; deshalb würden sie sich lautlos zu Fuß anschleichen müssen, um die Tiere eines nach dem anderen wegzuführen, was zwar gefährlich, aber machbar wäre, wenn man mit den Hunden fertig würde. Denn es war praktisch unmöglich, sich an ein Hansi-Lager anzuschleichen, das von Hunden bewacht wurde. Nur ein harmloser Schneehase brauchte vorbeizuhoppeln, und schon schlugen die Hunde so laut Alarm, daß jeder im Lager von dem Gebell aufwachte.

Stavan hatte erklärt, die Hansi-Hunde wären so wachsam und zuverlässig, daß sich die Krieger auf neutralem Territorium oft nicht die Mühe machten, Wachen zu postieren im Vertrauen auf ihre Vierbeiner. Warum sich auf einen Mann verlassen, der vielleicht das verdächtige Rascheln trockenen Grases überhören würde, wenn man friedlich schlafen konnte in dem beruhigenden Bewußtsein, daß Tiere aufpaßten, denen nicht das geringste Geräusch entging? Hansi-Hunde konnten nicht vergiftet werden, weil sie grundsätzlich kein Futter von Menschen annahmen, die sie nicht kannten; kein feindlicher Kundschafter, wie lautlos und raffiniert er auch sein mochte, war jemals nahe genug an einen dieser Vorposten herangekommen, um ihm die Kehle aufzuschlitzen, bevor er Alarm schlug.

Also mußten sie erst an den Hunden vorbeigelangen, um die Pferde zu stehlen, und dies war der Zeitpunkt für Hiknaks Auftritt. Die Tiere kannten sie, und sie würden kaum mehr tun als den Kopf heben, wenn sie ins Lager schlich.

»Aber ich kann und werde sie nicht töten«, hatte Hiknak störrisch erklärt. »Du brauchst mich gar nicht erst darum zu bitten. Diese Hunde waren einen ganzen Winter lang meine einzigen Freunde, und ich liebe sie. Sie können doch nichts dafür, daß Mukhan sie auf unsere Fährte angesetzt hat. Ich kann sie höchstens auf die andere Seite des Lagers locken, weg von den Pferden, und werde mein Bestes tun, sie ruhigzuhalten. Auf diese Weise werden sich die Krieger, falls die Hunde zu bellen anfangen, zuerst in meine Richtung wenden, und ihr habt Zeit zu fliehen!«

Sie machte sich nicht die Mühe, hinzuzufügen, daß ihr selbst dann keine Zeit mehr zur Flucht bleiben würde. Mit zusammengepreßten Lippen stand sie da, die dünnen Arme trotzig vor der Brust verschränkt, und die anderen sahen, daß sie sich auf keinen Fall umstimmen lassen würde, deshalb willigten sie in Hiknaks Plan ein.

Insgeheim war Marrah froh, daß die Hunde nicht getötet werden mußten, aber das Risiko, das Hiknak einging, ängstigte sie. Sie sah, wie Arang Hiknak bewundernd anstarrte, und plötzlich dämmerte ihr, daß ihr kleiner Bruder näher daran war, ein Mann zu werden, als sie bisher bemerkt hatte; aber das war ein Umstand, mit dem sie sich bei passenderer Gelegenheit beschäftigen würde.

Wortlos waren sie umgekehrt und folgten jetzt ihren eigenen Spuren zurück Richtung Südwesten. Inzwischen hatte die Kälte noch zugenommen, und der Schnee knackte an der Oberfläche wie Eis. Es gab jedesmal ein gedämpftes, knirschendes Geräusch, wenn die Hufe der Pferde durch die Kruste brachen, doch in Marrahs Ohren klang es so erschreckend laut wie Felsbrocken, die donnernd einen Abhang hinunterpolterten.

Als sie angestrengt nach vorn blickte, konnte sie jedoch nichts als die sanft gewellte Ebene der Steppe erkennen, von bläulich-grau schimmerndem Schnee bedeckt. Der Mond stand inzwischen schon ein ganzes Stück tiefer am Himmel, und wenn er unterging, würde es nicht lange dauern, bis die Sonne am Horizont emporstieg. Wenn sie nicht bald auf das Lager der Krieger stießen, würden sie mitten auf freiem Feld vom Tageslicht überrascht werden, und dann war es endgültig für jede Hoffnung zu spät. Marrahs Zweifel wuchsen mit jedem Schritt, den ihr Pferd machte. Ihrer aller Schicksal hing von dem Erfolg von Stavans Plan ab, aber was, wenn Hiknak sich geirrt hatte? Was, wenn die Hunde, die sie verfolgten, nicht die Mukhans waren, sondern fremde Tiere, die Hiknak nicht kannten und unverzüglich Alarm schlügen?

Falls Hiknak ähnliche Bedenken hatte, so ließ sie es sich jedenfalls nicht anmerken. Sie ritt ruhig vor Marrah her und lenkte ihre Stute um größere Schneewehen herum, ohne ein einziges Mal zurückzuschauen. Der Mond glitt immer tiefer, als Stavan endlich seinen Hengst zügelte und den anderen mit einer Handbewegung bedeutete, abzusitzen.

»Wir lassen die Pferde jetzt hier«, flüsterte er. Schweigend schwangen sie sich vom Rücken ihrer Tiere. Dalish, die als Wächterin zurückbleiben sollte, nahm die Zügel von Marrahs Stute und schlang sie locker um ihr Handgelenk. Das Mondlicht war noch immer so hell, daß Marrah die roten Troddeln an Dalishs Kapuze sehen konnte, ein Überbleibsel aus der Zeit, als Dalish die Konkubine des alten Zuhan gewesen war. Die Troddeln wehten leicht im

Wind, und ihre Fröhlichkeit schien in diesem Moment so fehl am Platze wie Tänzer in einem Siechenraum.

»Viel Glück«, flüsterte Dalish und küßte Marrah sanft auf die Wange. Ihr Kuß brannte wie eine Warnung in der Kälte, und Marrah schauderte leicht. Sie wandte sich ab, um mit Hiknak, Stavan und Arang die Spur zurückzuverfolgen, die ihre Pferde hinterlassen hatten, als sie nach Osten geritten waren, wobei sie aus Vorsicht jedesmal in dieselben Hufabdrücke trat. Der Schnee knirschte leise unter ihren Stiefeln, und die Luft war so unbewegt und still, daß sie ihr Herz hämmern hörte.

Marrah nahm an, daß sie sich dem Lager näherten, aber woher Stavan und Hiknak so genau wußten, wo es lag, war ihr ein Rätsel. Dennoch mußten sie eine Art sechsten Sinn besitzen, oder vielleicht hatten ihnen die Steppengötter hellseherische Fähigkeiten verliehen, denn plötzlich blieben beide wie angewurzelt stehen.

Stavan blickte Hiknak an, und Hiknak nickte stumm. Sie trat auf Marrah zu und drückte sie in einer schnellen Umarmung an sich, die nach nasser Wolle und Schweiß und Pferden roch. Die Geste überraschte Marrah, doch sie erwiderte Hiknaks Umarmung, voller Angst, sie wieder loszulassen. Leb wohl, Hiknak, dachte sie traurig, und möge die süße Göttin Erde mit dir sein. Aber sie sagte nichts, löste sich nur schweigend von Hiknak und blickte ihr nach, als sie sich abwandte und so leise wie ein Schatten davonglitt. Eine Weile konnte sie Hiknak noch sehen, eine schwarze Gestalt, die sich vor einem grauen Hintergrund bewegte. Dann mußte sie über eine kleine Bodenerhebung gewandert sein, denn plötzlich war sie verschwunden.

Arang kam zu Marrah und nahm ihre Hand in seine. Er starrte in die Richtung, in der Hiknak verschwunden war, als hätte er Mühe, seine Tränen zurückzuhalten, aber schwieg eisern. Sie warteten eine Zeitlang, rechneten jeden Moment damit, das Bellen der Hunde zu hören, doch zu Marrahs unendlicher Erleichterung blieb die Stille der Nacht ungebrochen.

Nach einer Weile berührte Stavan Marrah leicht am Arm und nickte Arang zu, wortlos marschierten nun die drei auf das Lager zu. Bald blieb Stavan erneut stehen und reckte schnuppernd die Nase in die Luft. Marrah tat es ihm gleich, konnte jedoch zuerst nichts als die beißende Kälte riechen. Dann bemerkte sie einen leicht rauchigen Geruch. Feuer, dachte sie. Sie gingen noch ein Stück weiter, und bald schlug ihr der unverkennbare Geruch von Pferden entgegen. Sie kletterten eine kleine Böschung hinauf – nicht direkt ein Hügel, denn es gab nirgendwo Hügel in der Steppe, sondern nur eine kleine Erhebung, die weniger flach war als der Rest – und ganz plötzlich sah Marrah die Silhouetten von Pferden, die sich dunkel gegen den vom Mondschein erhellten Himmel abzeichneten.

Stavan ließ sich auf alle viere nieder und begann, durch den Schnee zu kriechen, Marrah und Arang folgten ihm. Es war keine angenehme Fortbewegungsart, doch obwohl der Schnee in ihre Fausthandschuhe drang und ihre Hände taub vor Kälte machte, fühlte sich Marrah so dicht am Boden weniger angreifbar. Schließlich hielten sie inne. Die Pferde befanden sich jetzt direkt vor ihnen, bildeten lose Grüppchen in zwei kleinen Herden. Einige hatten den Schnee beiseite gescharrt, um an das verdorrte Gras heranzukommen, andere schienen zu schlafen. Marrah konnte ihre Beine nicht deutlich erkennen, aber sie wußte, die Krieger mußten ihnen die Vorderfüße gefesselt haben, sonst hätten sie sich weiter auf dem Gelände verteilt.

Als sie die Tiere zählte, verließ sie der Mut. Es waren insgesamt neun, was bedeutete, daß jeder dreimal hin- und zurückgehen mußte, weil es unmöglich war, mehr als ein Pferd auf einmal wegzuführen, ohne ein Geräusch zu verursachen. Und das war noch nicht das Schlimmste: Neun Pferde bedeuteten neun bewaffnete Krieger, und als Marrah an dem am weitesten entfernten Pferd vorbeischaute, entdeckte sie sie.

Sie waren nur als ein dunkler Haufen auf dem weißen Untergrund zu erkennen, dicht aneinandergedrängt in einem etwas schiefen Kreis, aber inzwischen erkannte sie eine Wärmefalle, wenn sie eine sah. Die Helme der Krieger glitzerten im Mondlicht, mit Rauhreif und Schneeflocken besetzt. Aus dieser Entfernung und bei dem schwachen Licht konnte Marrah die Clanzeichen nicht ausmachen, aber sie bildete sich ein, die Männer schnarchen zu hören. Wie tief sie wirklich schliefen, entzog sich allerdings ihrer Kenntnis.

Von Hiknak und den Hunden war keine Spur zu sehen, und die Hansi hatten auch keine Wachen aufgestellt. Marrah nahm an, sie sollte froh darüber sein, doch der Gedanke, sich an das Lager anzuschleichen und die Pferde zu stehlen, wenn die Krieger praktisch nur eine Handbreit entfernt schliefen, ließ ihre Kehle trocken werden vor Angst.

Stavan kroch vorwärts, und die Pferde beäugten ihn neugierig. Offenbar fanden sie es seltsam, einen Mann auf dem Bauch kriechen zu sehen, aber sie waren an den Geruch von Menschen gewöhnt, und seine Anwesenheit ängstigte sie nicht. Langsam bewegte er sich auf ein großes schwarzes Tier mit einer weißen Blesse zu, die bläulich im Mondlicht schimmerte. Marrah konnte nicht genau sehen, was er als nächstes tat, aber das Pferd wich einen Schritt zurück, woraus sie schloß, daß Stavan ihm die Fußfesseln abgenommen hatte. Sofort war er wieder auf den Beinen und schlang dem Tier ein Seil um den Hals, wobei er leise, beschwichtigende Geräusche machte, als wollte er ein Kind beruhigen. Vorsichtig führte er das Pferd von den anderen Tieren fort, die den Vorgang mit milder Neugier beobachteten. Wahrscheinlich ist es ganz normal für sie, wenn einer oder mehrere ihrer Artgenossen weggeführt werden, dachte Marrah.

Als Stavan zu Marrah zurückkehrte, bedeutete er ihr mit einer Handbewegung aufzustehen. Dann reichte er ihr das Ende des Seils und wies sie schweigend an, das Pferd zu der Stelle zu führen, wo Dalish wartete. Gehorsam machte Marrah kehrt und begann, ihren eigenen Spuren zu folgen. Der Wallach kam willig mit und stupste sie zwischendurch mehrmals mit seiner warmen Nase in den Rükken, als protestierte er dagegen, daß sie zu langsam ging.

Wenig später war Marrah zu Dalish zurückgekehrt und drückte ihr wortlos das Seil in die Hand. Ihre eigenen Pferde schienen das neue Tier willig zu akzeptieren. Sie stammten alle aus derselben Herde, und dies war ganz sicherlich nicht das erste Mal, daß sie eine

Nacht zusammen verbrachten, während sie darauf warteten, daß die Menschen irgendein unergründliches Vorhaben ausführten. Kaum hatte Marrah ihr Pferd bei Dalish abgeliefert, als auch schon Arang mit einer großen Schimmelstute erschien. Kurz danach tauchte Stavan auf, der einen grauen Wallach am Zügel führte.

Wieder kehrten sie zum Lager der Krieger zurück, und Stavan schlich sich an die Pferde heran, um ihre Fußfesseln zu lösen, worauf sie schweigend drei weitere Tiere zu Dalish brachten. Jetzt waren nur noch drei übrig: zwei Stuten und ein großer, feuriger Hengst, der wahrscheinlich Mukhan gehörte. Marrah gefiel das Benehmen des Tieres gar nicht. Als die anderen weggeführt worden waren, war der Hengst zunehmend unruhig geworden, und als sie jetzt zum drittenmal zurückkamen, schnaubte er leise und tänzelte nervös hin und her, als beunruhige ihn das Verschwinden seiner Artgenossen. Stavan brachte eine der Stuten zu Arang und eine andere zu Marrah. Bis jetzt lief alles glatt.

Der Hengst machte zwar einen nervösen Eindruck, aber er blickte den Stuten nach, als wollte er ihnen folgen, und einen Moment dachte Marrah hoffnungsvoll, daß er vielleicht aus eigenem Antrieb hinter ihnen herkommen würde. Er tat es aber nicht, sondern stand nur da, während er aufgeregt mit dem Schweif schlug und die Ohren flach an den Kopf legte; deshalb mußte sich Stavan sofort um ihn kümmern; er verzichtete diesmal jedoch darauf, über den Boden zu kriechen, da es auf Schnelligkeit ankam, und inzwischen stand fest, daß niemand im Lager aufgewacht war.

Marrah sollte die Stute nehmen, die Stavan ihr gerade gebracht hatte, und so schnell wie möglich zu Dalish zurückkehren. Aber sie hatte eine ungute Vorahnung, und statt umzukehren und ihren Weg im Mondlicht zurückzunehmen, tat sie genau das, was Stavan ihr strengstens verboten hatte: Sie wartete, um zu sehen, ob er unbemerkt entkäme.

Ihre Intuition hatte sie nicht getrogen. Als er dem Hengst das Seil über den Kopf warf, bäumte sich das Tier auf und stieß ein lautes Wiehern aus. Dann, als wäre das noch nicht genug, tat der Hengst noch ein übriges: Er machte so schnell auf der Hinterhand kehrt, daß Stavan ihn nicht mehr halten konnte, und galoppierte geradewegs auf den Haufen schlafender Nomaden zu.

Stavan schaffte es mit letzter Kraft, das Seil zu packen und den Hengst zur Seite zu reißen, aber leider nicht weit genug. Die Vorderhufe des Pferdes streiften die Ränder der Wärmefalle, und die Decken schienen förmlich zu explodieren, flogen in alle Richtungen, als die Krieger hastig auf die Füße sprangen und fluchend umherstolperten. Sie brauchten nur den Bruchteil einer Sekunde, um die Lage zu durchschauen, und schon stürzten sich drei von ihnen auf Stavan in dem Versuch, ihn von dem Hengst zu ziehen. Irgendwie gelang es ihm dennoch, sich auf den Rücken des Tieres zu schwingen, aber Marrah erkannte, daß er nicht lange dort oben bleiben würde.

Schon griffen die restlichen Krieger nach ihren Waffen. Sie konnte die langen Speere und Äxte in ihren Händen sehen, wie sie hastig Bögen spannten und Pfeile einlegten; das Weiß ihrer Zähne und Augen blitzte hell in der Dunkelheit, als sie einander Befehle zubrüllten.

Sie hätte nicht zu sagen vermocht, was sie zu ihrem nächsten Schritt veranlaßte. Vielleicht war es die Erkenntnis, daß Stavan getötet werden würde, wenn sie nichts unternahm, oder vielleicht verhalf ihr die Göttin einen Moment lang zu tollkühnem Mut. Auf jeden Fall fand Marrah sich im nächsten Augenblick auf dem Rücken der Stute wieder, und sie schrie aus voller Kehle, während sie geradewegs auf ihre Feinde zugaloppierte und sie aus dem Weg stieß. Sie hatte keine Zügel und auch keine Trense, um das Pferd zu lenken, nur ihre Knie; aber die Stute war hervorragend abgerichtet, und als Marrah ihr die Schenkel in die Seiten drückte, wirbelte sie auf der Stelle herum, und Marrah raste erneut auf die Krieger zu.

Etwas schwirrte dicht an ihrem Ohr vorbei – ein Pfeil oder ein Speer –, sie wußte es nicht; und dann war sie wieder mitten zwischen den Männern, die in alle Richtungen davonrannten, um nicht niedergetrampelt zu werden. Später dachte Marrah, daß sie wohl der bloße Anblick einer Frau, die einen ganzen Trupp schwerbewaffneter Krieger umzureiten versuchte, verwirrt haben mußte, denn keine der Waffen, die die Männer nach ihr schleuderten, traf ihr Ziel.

Einer der Nomaden grapschte nach dem Hals ihres Pferds, doch die kurze Mähne der Stute entglitt seinen Fingern. Marrah erhaschte einen flüchtigen Blick auf sein Gesicht, das vor Zorn verzerrt war. Es mußte Mukhan sein, denn er hatte einen Wolf auf der Wange eintätowiert, und seine Zähne waren abgebrochen und zu scharfen Spitzen abgefeilt worden.

Mukhan schrie eine schreckliche Verwünschung, doch Marrah war längst über das Stadium der Angst hinaus. In Sekundenschnelle hatte sie ihn hinter sich gelassen, doch schon ragte ein anderer Krieger drohend vor ihr auf, eine scharfe Axt in der erhobenen Hand. Verzweifelt versuchte sie, ihr Pferd herumzulenken, aber es war bereits zu spät. Als die Stute geradewegs auf den Kerl zugaloppierte, beugte sich Marrah tief über ihren Hals und klammerte sich verbissen an ihrer Mähne fest, während sie auf die Spaltung ihres Schädels in zwei Hälften wartete. Aber zu ihrer großen Verwunderung sprang der junge Krieger im letzten Moment beiseite, ohne sie anzugreifen. Sie ritt so dicht an ihm vorbei, daß sie sein Gesicht sehen konnte. Er war kaum älter als Arang und fast bartlos. Irgendwie kam er ihr bekannt vor, und wenn sie nicht gewußt hätte, daß es unmöglich war, hätte sie schwören können, daß er ihr ein Lächeln schenkte, als sie vorbeiraste.

Dann war sie aus dem Lager heraus, und sie und Stavan ritten Seite an Seite. Der Schnee spritzte in Wirbeln hoch, als die Hufe ihrer Pferde über den gefrorenen Boden donnerten. Aus den Augenwinkeln konnte Marrah sehen, wie Hiknak um ihr Leben rannte. Bevor sie ihr jedoch zu Hilfe eilen konnte, war Arang schon an ihrer Seite, schwang Hiknak mit einer einzigen geschickten Bewegung auf den Rücken seines Pferdes und flog mit ihr davon. Hinter sich konnte Marrah die Hunde wie verrückt bellen hören, doch der Lärm machte ihr keine Angst mehr. Plötzlich fühlte sie sich stark und von einem unbeschreiblichen Hochgefühl erfüllt. Sie drückte ihrer Stute die Fersen in die Seiten, um sie vorwärtszutreiben, und stieß einen Schrei aus, der weit über die eisige Steppe hallte.

»Batal!« schrie sie jubelnd. Es war der Name der Göttin, ein Name, der immer mit Frieden assoziiert worden war, doch inzwischen hatte sich die Welt verändert. »Batal!« schrie Marrah noch einmal. Später sollte »Batal!« der Schlachtruf all jener werden, die gegen die Nomadeninvasoren kämpften, und selbst der gefährlichste aller Angreifer würde lernen, ihn zu fürchten.

2. Kapitel

Nachdem Marrah und ihre Gefährten jetzt keine Angst mehr vor Verfolgern haben mußten, kehrten sie um und ritten nach Südwesten, trieben die Pferde der Nomaden in die Richtung der Mutterländer. Marrah hatte viel Zeit zum Nachdenken, während sie sich durch die endlose, schneebedeckte Steppe schlugen.

Von früh auf war sie dazu erzogen worden, alle Lebewesen als Kinder der Göttin Erde zu respektieren, und obwohl sie sich wehren würde, wenn es zu einem Angriff kam – nicht nur, um ihre eigene Haut zu retten, sondern auch, um andere zu verteidigen –, war sie niemals eine willige Kämpferin gewesen oder etwa eine besonders gute. Zwar hatte einen Moment die Ekstase von ihr Besitz ergriffen, als sie Batals Namen hinausschrie, aber sie empfand noch mehrere Tage danach ein vages Gefühl der Beschämung.

Dennoch gehörte sie nicht zu den Menschen, die Zeit damit verschwenden, über Dinge nachzugrübeln, die man nicht mehr ändern kann; es tröstete sie die Gewißheit, daß sie Stavan das Leben gerettet hatte, und sie schloß allmählich Frieden mit ihrem Gewissen. Meistens dachte sie an die Stadt Shara, während sie über die Steppe dahinritt, und sehnte sich nach ihrem alten Leben. Die sanft schaukelnde Gangart ihrer Stute lullte sie ein und versetzte sie in einen Schwebezustand; den größten Teil des Tages pflegte sie damit zu verbringen, sich ihre Lieblingsorte vorzustellen.

Manchmal, wenn sie die Augen hinter den Schlitzen der Augenbinde aus Birkenrinde verengte, die Stavan für sie alle angefertigt hatte, um sie vor Schneeblindheit zu schützen, schien es, als erhöbe sich die weiße Ebene der Steppe wie eine Höhlenwand vor ihr, und die Gesichter all der Menschen, die sie liebte, zeichneten sich einige Augenblicke lang als farbige Schatten darauf ab. Wenn dies geschah, durchzuckte Marrah stets schmerzliches Heimweh, so daß sie sich energisch zusammenreißen und sich sagen mußte, daß sie irgendwann aus reiner Unachtsamkeit vom Pferd fallen würde.

Dennoch war es schwer, nicht ins Träumen zu geraten. Da sie jetzt nicht mehr vor den Hansi-Kriegern fliehen mußten, bewegten sie sich in gemäßigtem Tempo vorwärts, um ihre Pferde nicht zu sehr zu ermüden oder sie so aufzuregen, daß sie in Panik gerieten. Stavans und Mukhans Hengste mochten einander nicht, und Mukhans Pferd schien ständig im Begriff, davonzugaloppieren und mehrere der Stuten mitzunehmen. Marrah konnte es dem Hengst kaum verübeln. Wenn sie an seiner Stelle gewesen wäre, hätte sie ebenfalls zu fliehen versucht; aber Stavan bestand darauf, alle neun zusätzlichen Pferde zu behalten, obwohl ihre Pflege sehr viel Zeit in Anspruch nahm.

»Es kann sein, daß wir sie noch brauchen«, warnte er, und seine Warnung erwies sich als zutreffende Prophezeiung, denn bereits drei Tage später begann der Rotschimmel, den Arang geritten hatte, zu lahmen. Bis zum Abend, als sie ihr Lager aufschlugen, ging es mit dem kranken Tier bergab, und gegen Morgen war es tot. Arang weinte bitterlich um sein Pferd, das er liebgewonnen hatte, Stavan sah die Sache jedoch mehr von der praktischen Seite.

»Wir werden ihn essen«, verkündete er.

Marrah und Arang waren entsetzt über diesen Vorschlag. Der Rotschimmel hatte Arang so treu gedient, daß er für ihn beinahe ein Familienmitglied darstellte, und außerdem wußte jeder, daß es riskant war, kranke Tiere zu essen; aber Hiknak und Dalish stimmten Stavan zu.

»Er hat viel Fleisch auf den Knochen«, sagte Dalish; rasch zog sie ihr Messer hervor und begann das Pferd auf eine fachmännische, nüchterne Art auszuweiden, die Marrah wieder daran erinnerte, wie lange die junge Frau unter den Nomaden gelebt hatte. Wenig später war das Tier zerlegt, und sie ritten mit frischem Pferdefleisch in ihren Satteltaschen davon; die Knochen und Reste blieben für die Wölfe zurück. Das Pferdefleisch fror bald zu Stein, und in den folgenden Tagen waren sowohl Marrah als auch Arang froh über den zusätzlichen Proviant.

Sie hatten zuviel Zeit verloren und waren zu weit nach Norden geritten in der Absicht, ihre Fährte zu verwischen. Jetzt fegte der erste der großen Winterstürme über das Land, mit derart starken Windböen, daß Marrah das Gefühl hatte, sie ritte geradewegs in das Auge eines Zyklons hinein. Bald lag der Schnee so hoch, daß er einem großen Mann bis zur Taille reichte, und wenn der Wind ihn in die Luft wirbelte, bildeten sich Schneewehen, die unüberwindliche Hindernisse darstellten. Das Reiten wurde zunehmend mühsamer und gefährlicher. Bisweilen versanken die Pferde fast bis zu den Bäuchen im Schnee, wenn ihre harten Hufe durch die Eiskruste brachen, und an manchen Tagen war das Schneegestöber so heftig, daß selbst Stavan nicht mehr erkennen konnte, welche Richtung sie nahmen.

»Der Winter ist schon zu weit fortgeschritten«, sagte er eines Abends düster, als sie dicht aneinandergedrängt in ihrer Schneehöhle kauerten und darauf horchten, wie der Wind über die weite Leere draußen heulte. »Wir müssen eine Stelle suchen, wo wir das Frühjahr abwarten können. Die Pferde haben große Mühe, an das Gras heranzukommen, und wenn sie nichts zu fressen finden, werden noch mehr von ihnen verenden.«

»Holen uns dann die Krieger nicht ein, wenn wir unsere Reise unterbrechen?« fragte Arang und blickte ängstlich über seine Schulter zurück, als rechne er jeden Moment damit, die Hunde wieder bellen zu hören; doch Stavan schüttelte den Kopf.

»Nicht bei diesem Wetter. Selbst die Hansi sind nicht so verrückt, Kriegerverbände auszuschicken, wenn Aitnok, der Sturmgott, seine weißen Herden über die Steppe treibt.«

Marrah war enttäuscht. Sie wollte so schnell wie möglich nach Shara zurück, aber Stavan hatte recht. Diese Stürme waren schlimmer als alle Unbilden, die sie je erlebt hatte, und die Kälte drang ihnen in Mark und Bein. Der Nordwind machte ihre Finger und Zehen augenblicklich gefühllos, wenn sie morgens aus der Schneehöhle kroch; es war nicht sonderlich schwer, sich vorzustellen, wie sie alle – Pferde und Menschen – durch jene sturmdurchtoste, weite Landschaft wanderten, bis sie verhungerten oder erfroren.

Deshalb ritt Stavan während der nächsten Tage jeden Morgen allein fort, um nach einer geeigneten Senke Ausschau zu halten, wo sie Schutz suchen könnten. Das Glück war auf seiner Seite, und bis zu dem Zeitpunkt, als der nächste schwere Sturm von Norden heranbrauste, hatten sie einen sicheren Unterschlupf in einem kleinen Einschnitt gefunden. In dieser unwirtlichen Region war eine geschützte Bodenvertiefung so ziemlich der angenehmste Ort, den man finden konnte, um den Winter zu überstehen; trotz ihrer Ungeduld, endlich in die Heimat zurückzukehren, war Marrah deshalb erleichtert.

Sie lagerten in dem flachen Tal eines Baches, der zwar zugefroren war, aber glücklicherweise nicht ganz bis zum Grund, da man schließlich dreizehn durstige Pferde regelmäßig mit frischem Wasser versorgen mußte. Trockenes Gras befand sich reichlich unter dem Schnee, als wäre es in einem Heuschober aufbewahrt; hier lagen die weißen Flocken auch nicht so hoch, also konnten die Pferde während der ersten paar Wochen an die Halme herankommen (später allerdings waren sie gezwungen, das Gras auszugraben). Es gab sogar ein Wäldchen knorriger Eichen, die Feuerholz und etliche übriggebliebene Eicheln für Fladen und Brei lieferten, und ein halbes Dutzend kahler Weiden, deren Zweige sich in so anmutigen Bögen gegen den Himmel abzeichneten, daß Marrah sich an klaren Tagen fast am Ufer des Rauchflusses wähnte.

Als das Beste der Senke erwiesen sich ihre überhängenden Schlammseiten. Sie waren dick und stabil, zur Konsistenz von Töpferton gefroren; auf den ersten Blick wirkten sie wie massive Wälle, aber an einigen Stellen hatte der Bach kleine Höhlen herausgewaschen, die nur eine vierte Wand aus Schnee brauchten, um sie zu einem herrlich geschützten Ort zu machen.

Schnee war ja wirklich im Überfluß vorhanden, und so machten sich alle an die Arbeit, schaufelten das kalte Element zusammen, türmten es mannshoch auf und übergossen es dann mit Wasser aus dem Bach, um es steinhart gefrieren zu lassen. In jener Nacht, als der nächste große Sturm von Norden her zu toben begann, hatten sie einen Stall für die Pferde, zwei mittelgroße Räume und einen kleinen. Stavan und Marrah nahmen den einen Unterschlupf, Hiknak und Dalish den anderen; auf dem Boden des dritten breitete Arang seine Decke aus, der gerade groß genug für ihn war, um bequem die Beine ausstrecken zu können. Sie hatten Glück, solch warme Löcher zu haben, in denen sie sich verschanzen konnten; denn als es diesmal zu schneien anfing, hielt der Schneefall tagelang an und begrub sie unter weichen, weißen Bergen.

Glücklicherweise blies der Sturm den größten Teil des Schnees über den obersten Rand des Bachtals hinweg, sonst wären sie bald bis zum Hals eingeschneit gewesen; dennoch fand sich Marrah fast jeden Morgen beim Aufwachen von teilweiser Dunkelheit eingehüllt. Dann gruben sie und Stavan sich einen Weg hinaus durch die weißen Massen, um fast im gleichen Moment Arang, Hiknak und Dalish aus ihren Höhlen herauskriechen zu sehen wie verschlafene Kaninchen, die aus ihren Erdfurchen auftauchten.

Zuerst sorgten sie dafür, daß die Pferde Wasser und Gras bekamen; anschließend machten sie sich daran, das Frühstück zuzubereiten, das wie jede andere Mahlzeit aus Pferdefleisch und Eichelbrei bestand, oder – wenn der Schnee nicht allzu hoch lag, so daß Stavan und Hiknak auf die Jagd gehen konnten – aus ein paar Vögeln beziehungsweise (während einer Zeitspanne, in der sie besonderes Glück hatten) aus Wildfleisch.

Danach gab es dann nichts mehr zu tun, als zu schlafen, sich zu unterhalten und unter dem Schnee nach Gras und Feuerholz zu stochern. Zuerst schien die Warterei langweilig, aber nach und nach gewöhnte sich Marrah an den Winterrhythmus. Sie waren so weit im Norden, daß die Tage erheblich kürzer schienen als damals in Shara; nun folgte eine lange Nacht auf die andere und Marrah wurde immer träger wie der Saft eines Baumes, der während der kalten Jahreszeit eindickt und sich an den Wurzeln zum Schlafen niederläßt.

Natürlich bestand ihr Leben nicht nur aus Schlafen. Fast jede Nacht machten sie und Stavan Liebe – keine wilde Frühlingsliebe, sondern Winterliebe, lang und langsam und süß. Sie hielten einander in der Dunkelheit umschlungen und küßten sich, während draußen vor der Höhle leise der Schnee rieselte, und jeder Kuß machte hungrig auf den nächsten, und ihre Leidenschaft steigerte sich – wie zarte, leise Töne, die schließlich zu einem mächtigen Akkord anschwollen. Manchmal fühlte Marrah das Blut in ihren Ohren rauschen, und dann erhob sie sich und setzte sich rittlings auf Stavan; manchmal kam er zu ihr, schnell, voll stürmischen Verlangens und begierig auf mehr, aber er wartete immer, bis sie ihm erlaubte, in ihren Schoß einzudringen.

Es gab Zeiten, wenn sie lustvoll aufschrien in der Ungestörtheit jener kleinen Höhle, und Zeiten, in denen sie sich ausgelassen hin- und herrollten wie lachende Kinder; manchmal streckten sie in der Nacht ganz einfach trostsuchend die Arme nacheinander aus und schmiegten sich eng aneinander wie zwei alte Menschen, die schon länger Partner waren, als sie zurückdenken konnten.

Aber ganz gleich, auf welche Weise sie sich liebten, ihr Spiel miteinander hatte niemals auch nur eine Spur der Gewalttätigkeit an sich, die Marrahs Leben mit Vlahan so unerträglich gemacht hatte. Sie und Stavan behandelten einander als gleichwertige Partner, und als jener lange Winter schließlich endete, wußten sie, sie würden für immer Freunde bleiben, selbst wenn sie eines Tages aufhörten, Liebende zu sein.

Doch ihre Liebe beinhaltete mehr als nur leidenschaftliche Umarmungen. Marrah hatte schreckliche Dinge durchgemacht. Als sie jetzt neben Stavan in der Sicherheit dieser Höhle lag, geschah es zum ersten Mal, daß sie den Schmerz all dessen fühlte, was sie bisher hatte ertragen müssen. Sie war in ein entsetzliches Massaker geraten, wurde gefangengenommen, vergewaltigt und fast getötet, aber die Göttin Erde hatte ihr eine gnädige innere Betäubtheit geschickt und den Mut zu überleben.

Nachdem sie den Schutz der Benommenheit jetzt nicht mehr brauchte, bröckelte sie Schicht für Schicht, wickelte sich ab wie ein alter Verband. Als die Gemütsstarre von Marrah abfiel, begann sie über ihre Erlebnisse zu sprechen, und Stavan hielt sie während des Zuhörens fest in seinen Armen.

Vor fünf Jahren, als sie dreizehn geworden war und damit volljährig, hatten sie und Stavan und Arang eine lange Reise aus den westlichen Ländern zu der Stadt Shara unternommen, um die Menschen des Ostens zu warnen, daß eine Invasion der »Tiermenschen« bevorstand. So hatte sich Marrah früher die Nomaden vorgestellt, bevor sie tatsächlich einem Mann zu Pferd begegnete: ein seltsames Wesen, halb Mensch, halb Tier, mit sechs Beinen, zwei Köpfen und einem Schwanz. Die Tiermenschen waren ihr in einer prophetischen Vision erschienen, ein zu schreckliches Bild, um es zu ignorieren. Und so waren sie und die anderen zu einer fast zwei Jahre langen Reise aufgebrochen, während sie all die Mutterländer durchquerten und den Handelsrouten bis an die Ufer des Süßwassersees folgten.

Auf ihrem Weg gen Osten hatten sie zwei Tage bei den Höhlen von Nar Rast gemacht, einem der ältesten Tempel der Welt. Dort hatten die Priesterinnen Marrah drei Geschenke überreicht: das Pulver der Unsichtbarkeit, das sie später benutzt hatte, um die Nomaden zu blenden und so dem Tod zu entrinnen; einige Tonkugeln, die die Priesterinnen als »getrockneten Donner« bezeichnet hatten und die einen ohrenbetäubenden Lärm machten, wenn man sie in ein Feuer warf; und ein Stück gelben Bernsteins von der Größe ihrer Daumenkuppe mit einem erstarrten Schmetterling in der Mitte. Die Priesterinnen hatten den Bernstein »Träne des Mitgefühls« genannt, und Marrah trug ihn immer noch an einer Lederschnur um ihren Hals; leider war sie schon seit Wochen zu keinerlei Mitgefühl mehr fähig.

Manchmal wetterte sie wutentbrannt gegen Vlahan und Changar, und manchmal trauerte sie um die kleine Seglerin Akoah und die anderen Frauen, die Changar am Rand von Zuhans Grab stranguliert hatte. Oft weinte sie um die Leute der Stadt Shambah, brutal massakriert oder in die Sklaverei abtransportiert, ihre wunderschönen Schmetterlingsgärten zerstört, ihre Mutterhäuser zu Schutt und Asche niedergebrannt. Und bisweilen weinte sie um sich selbst, um das Vertrauen, das sie verloren hatte und niemals ganz wiedergewinnen würde – um die alte Welt der Göttin Erde, die dem Untergang geweiht war, eine Welt, in der Notzucht unbekannt war und in der Männer und Frauen einander ohne Furcht begegneten.

Stavan tat nicht viel mehr, als ihr zuzuhören und sie zu streicheln, aber mehr brauchte Marrah auch nicht. Zuerst befürchtete sie, ihre Trauer und ihr Kummer würden niemals enden; doch allmählich, wie die Schneestürme draußen, ließ ihr Entsetzen nach. Schließlich schliefen Angst und Demütigung nicht mehr neben ihr oder verfolgten sie in ihren Träumen. Die Erinnerungen an all diese traurigen Erlebnisse verblaßten allmählich. Zu der Zeit, als der letzte der Stürme über die Steppe fegte und eine dünne Schicht Frühlingsreif auf das Land breitete, hatte Marrah das Gefühl, ihren Schmerz endgültig überwunden zu haben.

Im Frühling geschah auch noch etwas anderes: Zuerst vermutete sie es nur, und dann begrüßte sie es mit wachsender Gewißheit. Ein Kind wuchs in ihrem Leib, das jedoch nicht in der Schlucht empfangen worden war, sondern bereits im Nomadenlager. Marrah und Stavan steckten die Köpfe zusammen und zählten die Wochen; sie kamen zu dem Schluß, daß sie dieses neue Leben in genau jener Nacht gezeugt hatten, als Stavan sie zum ersten Mal in Vlahans Zelt geliebt hatte. Die Vorstellung, daß sie praktisch unter Vlahans Augen ein Kind von Stavan empfangen hatte, verschaffte Marrah eine besondere Genugtuung. Und was die bange Frage betraf, ob das Kind nicht vielleicht doch von Vlahan sein könnte, so wußte Marrah tief in ihrem Herzen, daß es nicht so war – eine Tatsache, die Stavan bestätigte.

»Vlahans Frauen empfangen niemals«, sagte er schlicht. »Das ist zum Teil der Grund, warum er so wild danach trachtet, Arang in die Finger zu kriegen. Vlahan ist ein Bastard ohne legitimen Anspruch darauf, Großer Häuptling zu sein. Die Krieger lachen hinter seinem Rücken, weil er seine Frauen nicht dazu bringen kann, sich fortzupflanzen.«

Bei dem Ausdruck »fortpflanzen« rümpfte Marrah empört die Nase, weil er sie zu sehr an Pferdezucht erinnerte. »Dann ist Vlahan also unfruchtbar?«

Stavan schmunzelte. »Die Hansi sagen niemals, daß ein Mann unfruchtbar ist. Wenn eine Frau keine Kinder gebiert, wird immer angenommen, daß es ihre Schuld ist. Aber Vlahan hat viele Frauen gehabt, und nicht eine von ihnen hat jemals ein Kind bekommen.« Er streichelte sanft ihren Bauch und lächelte sie an. »Ich liebe dieses Kleine schon jetzt«, murmelte er. Er hielt einen Moment inne. »Und ich möchte dich um einen Gefallen bitten.«

»Einen Gefallen?«

Er räusperte sich. »Ich weiß, dein Volk glaubt, daß Kinder ausschließlich der Mutter gehören. Wie ich mich erinnere, gibt es in eurer Sprache nicht einmal ein Wort für ›Vater‹, aber...« Wieder brach er ab und blickte Marrah an; erfreulicherweise lächelte sie.

»Aber was?« fragte sie.

Ermutigt fuhr er fort: »Also, es ist etwas Wichtiges!« Er nahm ihre Hände und drückte einen Kuß in jede ihrer Handflächen. »Ich würde sehr gerne der Aita dieses Kindes sein.« In Marrahs Heimat konnte eine Frau einen Mann ihrer Wahl zum Aita ihrer Kinder bestimmen, und es war eine lebenslängliche, heilige Verpflichtung für ihn. Stavan, der inzwischen schon seit fast vier Jahren Arangs Aita war, hatte sich bereits unzählige Male seiner Rolle würdig erwiesen, dennoch fragte er respektvoll an, genau wie es ein Mann der Muttervölker getan hätte.

Marrah sagte nichts, lächelte nur unentwegt.

»Wenn es dein Wunsch ist, verehrte Marrah«, fügte er förmlich hinzu. »Ich glaube, ich würde einen guten Aita abgeben. Selbstverständlich ist es eine Ehre, die gewöhnlich einem Bruder der Frau zuteil wird, aber Arang...«, er konnte sich ein Grinsen nicht verkneifen, »...scheint zu sehr mit anderen Dingen beschäftigt zu sein.«

Marrah fing an zu lachen, und Stavan stimmte in ihr Lachen ein.

Sie hatten beide bemerkt, wie Arangs Blick jeder von Hiknaks Bewegungen folgte. Falls sich Hiknak Arangs Bewunderung bewußt war, so ließ sie es sich jedenfalls nicht anmerken – vielleicht, weil sie kein Interesse an ihm hatte oder weil sie ihn immer noch als Jungen betrachtete.

Marrah fragte sich, ob Arang wohl jemals den Mut aufbringen würde, die kleine Nomadin zu bitten, das Bett mit ihm zu teilen. Sie hoffte es, denn ihrer Ansicht nach war Winterliebe zu gut, um sie zu verpassen; aber vielleicht würde Arang auch nur fortfahren, das junge Mädchen sehnsüchtig anzustarren. Obwohl Hiknak nur ein oder zwei Jahre älter als Arang war, war sie Vlahans Konkubine gewesen, und das mußte sie sehr erwachsen erscheinen lassen. Wenn die beiden zusammen in Shara aufgewachsen wären, hätten sie natürlich schon Sexspiele gespielt seit ihren ersten Ausflügen aus dem Mutterhaus, und dann wäre Arang nicht so schüchtern gewesen. Aber Arang wurde nicht auf die übliche Weise zum Mann. Das Leben war soviel härter für ihn, als es hätte sein sollen.

Marrah hörte auf zu lachen und gab Stavan flink einen Kuß. »Es ist genau der richtige Winter für Liebe gewesen«, sagte sie. »Du und ich, Hiknak und Arang... selbst die Hengste und Stuten scheinen das Beste aus unserer Schneefestung gemacht zu haben.« Sie strich Stavan liebevoll das Haar aus der Stirn und küßte ihn noch einmal, von einer überwältigenden Zärtlichkeit erfüllt. Zum Teil war es Hingabe für Stavan, aber es waren auch warme Gefühle für andere Dinge: für das neue Leben, das in ihr wuchs; für Arangs letzten Winter als Kind; für die Göttin Erde, die ihre weißen Röcke über das Land gebreitet hatte, und das kommende Jahr, das so voller wunderbarer Verheißungen vor ihr lag.

Sie lehnte ihren Kopf an Stavans Schulter und schaute zu, wie der Widerschein des Feuers an den Wänden tanzte. Nach einer Weile ergriff sie wieder das Wort. »Natürlich kannst du der Aita meines Kindes sein«, sagte sie. »Ich hatte schon die ganze Zeit vor, dich zu fragen.«

Sie saßen in kameradschaftlichem Schweigen da, und Marrahs Gedanken schweiften zurück zu den Pferden. In den letzten paar

Wochen schienen die Stuten gewußt zu haben, daß der Frühling kam, obwohl es weiterhin schneite. Stavan hatte ihr erklärt, daß Stuten nur zu bestimmten Zeiten des Jahres Verlangen nach einem Hengst fühlten, und dies schien jetzt der Fall zu sein; Marrah hatte bemerkt, daß die Stuten, wenn sie nicht in Stimmung waren, davongaloppierten und den Hengsten die kalte Schulter zeigten. Wenn der Hengst ihr dennoch folgte und sie bedrängte, legte die Stute die Ohren flach an den Kopf, wieherte durchdringend und schlug nach dem Bewerber aus, biß ihn manchmal sogar. Aber schickte die Göttin ihnen die Begierde, so wurden die Stuten regelrecht neckisch und ermutigend. Wenn die Hengste sanft wieherten und vor ihnen herumtänzelten, hoben die Stuten einladend den Schwanz und gestatteten den männlichen Tieren, sie zu beschnuppern, an ihrem Hals zu knabbern, sie zu lecken und schließlich zu besteigen. Die Pferde hatten sich kürzlich gepaart, und Stavan sagte, daß im nächsten Jahr, ungefähr um diese Zeit, wahrscheinlich mehrere von ihnen fohlen würden.

Marrah schloß die Augen und stellte sich ihr Kind und die jungen Fohlen vor. Sie dachte an Bäume und Berge, die am Horizont aufragten, aber am intensivsten dachte sie an Shara und wie schön es sein würde, wieder nach Hause zurückzukehren.

Während Marrah ihren Kopf an Stavans Schulter lehnte und von den Mutterländern träumte, führten Hiknak und Dalish eine Unterhaltung, die Marrah höchst interessant gefunden hätte. Seit Wochen hatten die beiden Frauen jeden Abend Seite an Seite in ihrer Höhle gesessen und sich gegenseitig gewärmt, und wie schon an so vielen Abenden zuvor, während sie Holzstückchen und getrockneten Pferdemist in das kleine Feuer warfen, breitete sich auch heute abend eine vertrauliche Stimmung zwischen ihnen aus.

Dalish hatte sich gerade in freundlichem Ton beschwert, daß Hiknak den Pferden nicht genug Gras gebracht hätte. Zuerst hatte Hiknak behauptet, es wäre zu kalt, um nach draußen zu gehen; aber Dalish durchschaute diese Antwort als Ausrede. Hiknak war durchaus in der Lage, durch brusthohen Schnee zu waten, um Rebhühner zu jagen, und oft weigerte sie sich störrisch, ihre Kapuze aufzusetzen, selbst wenn der Wind so bitterkalt pfiff, daß er ihr Haar mit Eis verkrustete. Eine Weile saßen die beiden da, stopften ihre Handschuhe, mahlten Eicheln zu Mehl, hielten das Feuer in Gang und sprachen von belanglosen Dingen, während Dalish darauf wartete, daß Hiknak endlich mit dem eigentlichen Grund herausrücken würde.

»Ich habe Angst, allein hinauszugehen, weil ich deutlich merke, daß der Junge etwas von mir will und mich womöglich anspringt«, gestand Hiknak schließlich.

Dalish blickte von dem Handschuh auf, den sie gerade flickte. »Dich anspringen?« Sie tat überrascht, doch in Wirklichkeit hatte sie schon seit einiger Zeit den Verdacht, daß Arang der Grund für Hiknaks plötzliche Häuslichkeit war. »Was meinst du mit ›anspringen‹?«

»Er wird mich zu Boden werfen und mich zwingen, ihm zu Willen zu sein«, erklärte Hiknak unverblümt und strich sich das Haar aus den Augen. »Deshalb habe ich in letzter Zeit nicht gejagt oder meinen Anteil an dem Gras für die Pferde gesammelt. Es ist mir nicht ganz geheuer, allein nach draußen zu gehen. Dieser Junge hat Augen wie ein kranker Wolf.«

Dalish lachte und ließ den Handschuh sinken. »Erstens ist Arang kein Junge mehr, sondern ein Mann. Der alte Zuhan hat Arang höchstpersönlich beschnitten und tätowiert, und zweitens ... wenn Zuhan noch lebte, würde er Vlahan sicherlich befohlen haben, dich Arang als ein Geschenk zur Feier seiner Volljährigkeit zu überlassen.«

Hiknak zog die Nase kraus und runzelte die Stirn.

»Aber«, fuhr Dalish fort, »wir leben jetzt nicht mehr bei den Hansi-Nomaden, Arang will nicht der Nachfolger des Großen Häuptlings sein, und niemand wird dich irgend jemandem zur Konkubine geben. Du gehörst jetzt nur dir selbst, meine liebe Hiknak, und ich versichere dir, daß Arang das weiß.«

»Ha!« schnaubte Hiknak. »Wenn Männer diesen Kranker-Wolf-Blick haben, spielt es keine Rolle mehr, was sie wissen.

Vlahan hat mich früher fast jede Nacht zum Beischlaf gezwungen, außer wenn er zu betrunken war. Dann wurde er meiner irgendwann überdrüssig, Han sei Dank. Wenn er mich nicht satt bekommen hätte, weiß ich nicht, was ich getan hätte. Wahrscheinlich hätte ich ihm eines Nachts im Schlaf mit seiner eigenen Axt den Schädel eingeschlagen.« Sie griff nach einem Stückchen Eichelschale und zerknackte sie zwischen Daumen und Zeigefinger. »Die Sache ist die: Arang ist Marrahs Bruder, aber wenn er mich anspringt, werde ich ihm eins auf die Nase geben müssen.«

Sie lächelte traurig. »Das würde natürlich Probleme verursachen. Außerdem mag ich den Jungen recht gern, wenn er mich nicht gerade auffressen will vor lauter Sehnsucht.« Sie kicherte leise. »Obwohl er, um die Wahrheit zu sagen, eher wie ein junges Hündchen aussieht, das darauf wartet, daß ihm jemand ein paar Essensreste zuwirft.«

»Reg dich nicht auf. Er wird dich nicht mal mit einer Fingerspitze berühren, es sei denn, du bittest ihn darum.« Dalish gähnte, und die roten Troddeln an ihrer Kapuze warfen beim Hin- und Herschwingen kleine Schatten an die gegenüberliegende Wand.

Sie war eine dunkelhaarige Frau mit Augen von der Farbe von Mandeln, und ihr Gesicht bedeckten feine blaue Tätowierungen, die sie immer aussehen ließen, als spähte sie hinter einem Schleier hervor wie eine Nomadenfrau. Doch Dalish war keine Nomadin. Sie war in den Mutterländern geboren und hatte vier Jahre lang im Tempel der Vogelgöttin als Priesterin gedient, bevor die Hansi ihr Dorf überfielen, ihre Verwandten töteten, sie, Dalish, raubten und in die Steppe brachten. Aber obwohl sie viele Jahre als Konkubine gelebt hatte, war es den Nomaden niemals gelungen, sie gefügig zu machen, und wenn sie eine Meinung äußerte, hörten die Leute gewöhnlich auf sie. Hiknak war eine der wenigen Ausnahmen, denn trotz ihrer Gutmütigkeit hatte sie eine störrische Art an sich.

»Wie kannst du dir so sicher sein, daß Arang mich nicht eines Tages packt, wenn ich hinausgehe, um die Pferde zu füttern?«

»Weil das nicht die Art der Muttervölker ist.« Dalish schob den Nähfaden aus Sehne an einem spitzen Knochenstück durch den

Daumen des Fäustlings und blickte Hiknak an; wie sollte sie dem jungen Mädchen bloß klarmachen, daß nicht alle Männer so brutal und rücksichtslos wie Vlahan waren?

»Die Männer der Muttervölker fragen eine Frau immer erst, ob sie bei ihm liegen will«, fuhr sie fort. »Oder die Frau fragt den Mann. Es spielt keine Rolle, wer den ersten Schritt tut, solange nur der eine von beiden fragt und der andere sich selbst entscheidet. Wenn eine Frau zum Beispiel möchte, daß der Mann in sie eindringt, versetzt sie ihm einen kleinen Klaps auf den Schenkel. Wenn sie ihm kein Zeichen gibt, dann muß er sozusagen draußen vor dem Pferch bleiben.« Dalish lachte. »Meine Mutter hat mir früher mal die Geschichte von der Frau, die nicht wußte, wie man einen Klaps erteilt, erzählt. Also, da war diese Frau in dem Dorf namens Shiabu, die ...«

»Du sagst, die Frauen *bitten* die Männer?« unterbrach Hiknak sie. Sie sah verwirrt aus, als wäre die bloße Vorstellung, einen Mann um Vereinigung zu bitten, völlig absurd für sie – was sie ohne Zweifel war. »Warum in Hans Namen sollten sie das tun? Wenn die Männer die Frauen in Ruhe lassen, warum sollten die Frauen den Beischlaf dann auch nur jemals *erwähnen*?«

Dalish, die im Begriff gewesen war, zu einer langen, lustigen Geschichte anzusetzen, sah leicht verärgert über die Unterbrechung aus. »Weil die Frauen Spaß an ihrem Körper haben, deshalb.«

Hiknak warf den Kopf in den Nacken und lachte so heftig, daß Dalish befürchtete, sie könnte ersticken. »Spaß? Die Frauen *genießen* es, wenn ein Mann über sie herfällt? Sie genießen es, brutal genommen und wundgescheuert zu werden? Ich kann ja verstehen, daß man diese Handlung über sich ergehen läßt, weil man sich ein Kind wünscht – aber darum zu bitten? Lieber lasse ich mich von einem Pferd treten!«

Dalish sah gekränkt aus. »Unsere Männer sind nicht brutal. Sie sind stolz darauf, einer Frau Lust zu bereiten. Nur damit du Bescheid weißt: Was du da beschreibst, darf sich bei den Muttervölkern nicht einmal Vereinigung nennen.«

Hiknak sah plötzlich interessiert aus. »Was du nicht sagst!« Sie hörte auf, Eichelschalen zu zerschlagen, und ließ sich Dalishs Worte durch den Kopf gehen. »Ich habe Lust beim Liebesspiel mit Frauen erlebt, aber niemals mit einem Mann. Meine liebe Freundin Iriknak war eine zärtliche Liebhaberin – aber dann wurde sie von Vlahan ermordet, und seitdem habe ich keine Lust mehr empfunden.« Sie räusperte sich und blickte Dalish entschuldigend an. »Äh, Dalish … wie stellen es die Männer der Muttervölker eigentlich an, daß sich die Vereinigung gut für eine Frau anfühlt? Tun sie das gleiche, was Frauen tun?«

Die Ältere blickte amüsiert auf. So, das Mädchen war also neugierig geworden, wie? Nun, wer wäre das nicht? Sie schwieg nur gerade genug, um Hiknak befürchten zu lassen, daß sie keine Antwort bekommen würde, dann lachte sie. »Ich war erst zehn, als ich aus meinem Volk geraubt wurde, deshalb kann ich nicht genau sagen, was sie tun, weil ich es nie erlebt habe; aber ich glaube, sie tun alles.«

»Alles?«

»Alles.« Dalish grinste und fuhr fort, ihren Handschuh zu flikken. Inzwischen brannte Hiknak förmlich vor Neugierde.

»Sitz nicht einfach da wie ein stummer Mehlsack!« rief Hiknak. »Los, heraus mit der Sprache! Um Hans willen, Dalish, was *tun* sie?«

Nun, Hiknak war lange genug auf die Folter gespannt worden. »Wie ich schon sagte, ich weiß es nicht aus eigener Erfahrung, weil ich damals noch zu jung war, aber die Muttervölker singen lehrreiche Lieder, wie man einem Partner Lust schenkt. Ich habe viele dieser Lieder bei den Winter- und Frühlingsfesten gehört, als ich der Vogelgöttin diente, und einige waren sehr deutlich. Ich erinnere mich noch an ein spezielles, das folgendermaßen lautete.« Sie ließ den Handschuh in ihren Schoß fallen und begann zu singen. Es war eine schnelle Melodie mit leicht holprig klingenden Versen, weil sie im Singen die Worte in Hansi übersetzte, damit Hiknak sie verstehen konnte.

Süße Lippen,
süße Zunge,
sauge so zärtlich,
wie die Biene an der Blüte saugt.

Laß deine Hände wandern,
laß deine Finger spielen,
der Wasserfall fließt über die Felsen,
wie dein Haar über meinen Bauch fließt.

Dalish erhob ihre Stimme, bis das Echo von den Wänden der kleinen Höhle zurückschallte. Hiknak, fasziniert von dem Lied, begann in die Hände zu klatschen.

Mein Verlangen ist wie ein Fluß,
mein Verlangen ist wie ein Rehkitz,
ich bin scheu in deinen Armen,
ich bin so wild wie ein Bär.

Wenn du ein Feld wärst,
wäre ich dein Weizen,
wenn du eine Lerche wärst,
wäre ich dein Gesang.

Hiknak bat um eine weitere Strophe, doch Dalish konnte sich an keine mehr erinnern. »Wie gesagt, es ist lange her. Ich war noch ein kleines Mädchen, als ich das Lied lernte.« Sie griff wieder nach dem Handschuh und fuhr fort, ihn auszubessern, aber Hiknak war keineswegs zufrieden.

»Das klingt ja alles recht hübsch«, knurrte sie, »aber ich verstehe immer noch nicht, wie die Männer den Frauen Lust bereiten. Was soll das heißen: ›ich bin dein Weizen‹? Und was soll das ganze Gerede über Rehkitze und Bären und Lerchen?« Sie kicherte. »Wenn ich Arang erlaube, bei mir zu liegen, wird es mir keine Lust bereiten, wenn er anfängt, wie ein Vogel herumzuflattern.«

»Ich nehme an, du brauchst eine weniger blumige Beschreibung, richtig?«

Hiknak nickte.

»Na schön, dann werde ich dir ein Geheimnis verraten.« Dalish schlang die Arme um die Knie und beugte sich ein wenig vor. »Einmal, vor sehr langer Zeit, überließ mich mein erster Herr, Irehan, einem Gast. Du weißt ja, wie das ist: Ein wichtiger Besucher kommt ins Lager, und der Häuptling möchte ihn bei Laune halten, also gibt er ihm eine seiner Konkubinen für die Nacht.«

Hiknak nickte. Sie war selbst häufig in das Zelt eines Gastes geschickt worden.

»Der Gast war auch ein Häuptling – kein sehr wichtiger, kein junger Mann mehr und alles andere als gutaussehend –, aber dennoch der Häuptling eines kleinen Stammes, der in der Nähe der Mutterländer lebte.« Dalish unterbrach sich und starrte einen Moment gedankenverloren vor sich hin. »Ich weiß nicht, ob er jemals die Muttervölker besucht hat, aber auf jeden Fall war dieser kahlköpfige, fette Alte ein wundervoller Liebhaber.« Sie seufzte. »Ich verbrachte die schönste Nacht meines Lebens mit ihm, und als der Morgen graute, tat es mir aufrichtig leid, ihn gehen zu sehen. Ich habe immer gehofft, daß er eines Tages zurückkommen würde und daß Irehan mich dann wieder in sein Zelt schicken würde, aber mein Wunsch hat sich nie erfüllt.«

»Was hat er denn getan, das so wundervoll war?« fragte Hiknak neugierig.

»Er machte es langsam.«

»Wie langsam?«

Dalish lachte, und ihre Wangen röteten sich vor Vergnügen. In dem matten Licht der Höhle sah sie plötzlich wieder wie ein junges Mädchen aus. »Langsamer, als du es dir vorstellen kannst. Bei Irehan war es immer schneller vorbei, als man mit den Fingern schnippen kann, aber mein alter Häuptling ließ sich die ganze Nacht Zeit. Ich habe mir immer vorgestellt, daß genau so die Männer meines eigenen Volkes mit mir Liebe gemacht hätten, wenn ich nicht schon als Kind geraubt worden wäre. Irehan hätte mich getötet, wenn er gewußt hätte, wie sehr ich jenen alten Mann genossen habe.«

»Langsam, wie?« Hiknak griff nach ihrem Dolch und machte sich wieder daran, Eicheln mit dem Griff zu zertrümmern. »Glaubst du, Arang würde es auch langsam machen?«

Dalish grinste. »Wer weiß? Aber es gibt eine sichere Methode, um das herauszufinden.«

Ungefähr zwei Monate nach dieser Unterhaltung verkündete Stavan, daß der Frühling nicht nur nahte, sondern bereits da war. Hiknak und Dalish, die fast ebenso lang in der Steppe gelebt hatten wie er, stimmten ihm zu, aber Marrah und Arang verhielten sich skeptisch. Soweit sie es beurteilen konnten, war immer noch Winter. Sicher, die Tage wurden wieder ein wenig länger, sie brauchten morgens vor den Eingängen zu ihren Höhlen nicht mehr soviel Schnee wegzuschaufeln, und der Wind schien nicht mehr ganz so eisig, aber nichts schmolz oder blühte; und wenn sie sich auf den Schneeschuhen, die Stavan für sie aus Hirschdärmen und geflochtenen Weidenzweigen gefertigt hatte, mühsam über den Rand der Schlucht hinaufkämpften, konnten sie alle sehen, daß sich noch dieselbe Schneedecke von Horizont zu Horizont erstreckte.

»Die kleinen Singvögel sind dabei, ihre Frühlingsfedern anzulegen, die Störche kehren zurück, und die Säfte steigen«, erklärte Stavan beharrlich. Er zog seinen Dolch aus dem Gürtel, ritzte den Stamm der nächsten Weide, und tatsächlich quoll frühlingshaftes Harz aus der Schnittstelle. Marrah und Arang wären zwar noch überzeugter gewesen, wenn sie irgendwo einen grünen Grashalm gesehen hätten; aber Stavan wußte gewöhnlich, wovon er redete, deshalb stimmten sie zu, als er sagte, sie sollten mit den Reisevorbereitungen beginnen.

Mehrere Tage lang arbeiteten alle fieberhaft, räucherten frisches Wildfleisch und verbuken den letzten Rest des Eichelmehls zu kleinen Fladen, die als Proviant dienen würden. Gegen Ende der Woche hatten sie ihre Satteltaschen gepackt und sämtliche Löcher in den Decken gestopft; man war bereit!

An dem Morgen ihres Aufbruchs kniete Marrah einen Moment neben dem Bach nieder, während Hiknak, Dalish und Stavan warteten. Sie hob einen Stock auf und kratzte den Schnee weg. Die Erde darunter war so schwarz wie der Nachthimmel, mit Kieselsteinchen übersät und kleinen weißen Schneckenhäusern – ein gutes Zeichen, da die Schnecke das heilige Tier der Geister war, die über der Geburt eines Kindes wachten.

Marrah schabte mit ihrem Stock ein Stückchen der gefrorenen Erde vom Boden und legte es sich auf die Zunge. »Segne und behüte mein ungeborenes Kind, süße Mutter«, sagte sie schlicht.

Plötzlich kniete Hiknak neben ihr, nahm ebenfalls Erde in den Mund und sprach das gleiche Gebet.

Marrah schnappte überrascht nach Luft, und Stavan hob verdutzt die Brauen, aber Dalish lachte nur.

Hiknak stimmte in ihr Lachen ein und zeigte auf Arang, dessen Gesicht plötzlich blutrot geworden war.

»Er ist dafür verantwortlich«, sagte Hiknak. Sie wandte sich ab, nahm Marrahs Hände in ihre, und beide schluckten die Erde, Mutter aller Dinge, wie es schon Generationen von schwangeren Frauen vor ihnen getan hatten.

»Ich wußte ja nicht mal, daß sie miteinander schlafen«, beschwerte sich Marrah später am Nachmittag bei Dalish. »Wie konnten sie das an einem so engen Ort geheimhalten, und warum bewahrten sie überhaupt Stillschweigen darüber?«

Dalish seufzte. »Ich mußte Hiknak schwören, dir nichts davon zu sagen, und wahrscheinlich hat sie Arang zu einem ähnlichen Versprechen gezwungen. Anscheinend fürchtete sie Stavans Zorn, weil Arang sie nicht geheiratet und einen angemessenen Brautpreis bezahlt hat, wie es sich gehört.«

Marrah blickte Dalish verständnislos an. »Wovon, im Namen der Göttin, redest du eigentlich?«

»Stavan ist Vlahans Halbbruder, und Hiknak war Vlahans Konkubine. So wie Hiknak die Sache sieht, macht das Stavan zu ihrem neuen Herrn und berechtigt ihn, Han weiß wie viele Stück Vieh als

Brautpreis zu verlangen, bevor sie sich mit irgend jemandem in die Schlaffelle legt.«

»Aber Hiknak weiß doch hoffentlich, daß Stavan niemals auf solch eine Idee verfiele. Ich bin überzeugt, der Gedanke, sie als sein Eigentum zu betrachten, ist ihm niemals in den Sinn gekommen. Und daß er wütend darüber werden sollte, weil sie Arangs Lager teilt, ist das Lächerlichste, was ich je gehört habe. Erstens mag er sie beide sehr gern und wünscht ihnen alles Glück der Welt, und zweitens geht es ihn überhaupt nichts an.«

»Hiknak weiß das. Gleichwohl kann sie es nicht so recht glauben. Sie wartet immer darauf, daß ihr etwas Böses zustößt – was vollkommen verständlich ist, wenn man ihr bisheriges Leben in Betracht zieht.«

Marrah runzelte ungeduldig die Stirn. »Ich hasse die Vorstellung, daß sie in ständiger Furcht lebt. Wie können wir ihr nur begreiflich machen, daß ihr niemand mehr weh tut?«

Dalish zuckte die Achseln. »Das schaffen wir nicht. Alles, was wir tun können, ist, sie zu lieben und sie in die Mutterländer zu bringen, wo sie vor den Nomaden endgültig in Sicherheit ist. Sie macht deinen Bruder sehr glücklich, weißt du!«

Marrah warf einen Blick über ihre Schulter auf Arang und Hiknak. Sie ritten so dicht nebeneinander, daß sich die Flanken ihrer Pferde beinahe berührten. »Liebe kann viele Wunden heilen«, sagte sie, und in ihrer Stimme schwang ein hoffnungsvoller Unterton mit. Aber Dalish, die den größten Teil ihres Lebens bei den Hansi-Nomaden verbracht hatte, war realistischer.

»Viele, ja«, stimmte sie zu. »Aber nicht alle.«

Arang liebte Hiknak. Er liebte die Art, wie sie sich bewegte, wie sie ging, den Schwung ihrer Hüften, die Farbe ihres Haares; er beneidete das Pferd zwischen ihren Schenkeln und die kleinen Fliegen, die auf ihren Armen landeten. Niemals würde er wieder jemanden so innig lieben, Hiknak war sein ein und alles: Ihre Schändung und Mißhandlung hatte seine große Liebe geheilt!

Jetzt lachte sie und warf ihr Haar zurück, wobei Arang sofort an

Sonnenschein dachte. Das Lächeln blieb, und er blickte auf ihre Lippen, dachte an die Kletterrosen, die an den Wänden des Langhauses seiner Urgroßmutter gerankt hatten. Ihr Atem war so süß wie Honig, ihre Augen so blau wie der Ozean, der die Insel Gira umschloß. All dies war ein Märchen und bräuchte eigentlich nicht in Worte gefaßt zu werden, weil es schlicht und einfach die Poesie eines verliebten jungen Mannes war; alle verliebten jungen Männer der Welt sangen die gleichen Lieder, doch Arang sang ihr trotzdem von seiner einmaligen Liebe vor. Er schnitzte sich eine Flöte aus Vogelknochen, damit er ihr vorspielen konnte, während sie vor dem Feuer saß, um ihre Füße zu wärmen, und es waren so zierliche, wunderhübsche Füße, daß er den Rest seines Lebens damit hätte verbringen können, sie zu bewundern.

Seit Hiknak an jenem Tag zu ihm in den Unterstand für die Pferde gekommen war und ihn gebeten hatte, sie zu küssen, waren all die Verletzungen seiner eigenen Vergangenheit – all die Demütigungen, die Schläge und die höhnischen Bemerkungen der Hansi-Krieger, daß er ein Feigling sei und niemals ein richtiger Mann aus ihm würde – dahingeschmolzen wie der Schnee in der Sonne. Hiknak war seine Frühlingsblume, und er stellte sich vor, wie sie als Kind aus der warmen, feuchten Erde der Steppe gesprossen war mit ihren blütenweichen Lippen und ihren langstieligen Beinen, so stark und furchtlos. Jetzt war sie wild und zur Frau herangereift, seine geliebte kleine Nomadenfrau. Er würde niemals eine andere wollen, das wußte er, nicht einmal dann, wenn die große Menschenschlange von Gira um ihn herumtanzte und einhundert Frauen ihn verlockten und umgarnten und ihn anflehten, mit ihnen die Lust zu teilen. Andere Frauen bedeuteten ihm überhaupt nichts. Er liebte nur Hiknak und hoffte inständig, sie würde ihn zum Aita ihres Kindes machen, so wie Marrah Stavan dazu bestimmt hatte; aber selbst wenn sie es nicht tat, würde er zufrieden sein, denn er wollte sie sich auf keinen Fall unterwerfen.

Er hatte immer ein Mann sein wollen, und nachdem es jetzt geschehen war, hatte er das Gefühl, es teilweise Hiknak zu verdanken; stets wollte er gut zu ihr sein und sie respektieren und sie niemals so behandeln wie Vlahan, der Rohling. Es lag soviel Leidenschaft und Liebe und Sanftmut darin, ein Mann zu sein. Was wußten die Nomaden denn schon davon? Sie lehrten ihre Kinder, daß Männer zum Töten erschaffen waren, aber seine Göttin hatte die Menschen zum Lieben bestimmt. Erfüllt von diesem Wissen ritt er glücklich dahin, und es kümmerte ihn nur noch wenig, ob sie jemals die Mutterländer erreichen würden, weil Hiknak an seiner Seite war mit seinem Kind – solange sie nur zusammen waren!

Am Abend, nachdem sie ihr Lager aufgeschlagen hatten, pflegten sich Hiknak und Arang von den anderen abzusondern, um sich unter dem freien Himmel zu lieben. Danach kuschelte sie ihren Kopf an seine Schulter und zeigte zu den Sternbildern hinauf, erzählte ihm die Geschichten ihres Volkes; da fielen auch ihm Geschichten seiner Heimat über dieselben Sterne ein, und sie waren zutiefst erstaunt, wie zwei Menschen zu demselben Himmel hinaufschauen und so unterschiedliche Dinge sehen konnten.

Am meisten wunderte er sich über Hiknaks Mitteilung, daß die Nomaden sie häßlich gefunden hatten, weil sie dünn und schmalhüftig war, mit kleinen Brüsten, aschblondem Haar und einem spitzen Kinn. Arang liebte ihre Brüste und ihr Haar und ihre Hüften und ihr Kinn, weil es die Hiknaks waren. Er hätte jeden Körper geliebt, in dem sie zu ihm gekommen wäre: einen dicken Körper mit wundervollen breiten Hüften und großen Brüsten; einen schlanken, pferdeähnlichen Körper; selbst einen fellbedeckten Ziegenkörper. Er versuchte ihr klarzumachen, daß bei den Leuten seines Volkes alle weiblichen Figuren als schön galten, aber er konnte sie nicht überzeugen.

»Die Nomaden sind Dummköpfe«, murmelte er und drückte sie leidenschaftlich an sich, aber Hiknak glaubte hartnäckig an ihre Häßlichkeit.

Oft legte Arang trotz der Kälte seine Tunika ab und tanzte mit nacktem Oberkörper für sie im Mondschein, bewegte sich so geschmeidig und elegant wie ein Falter. Dann drehte er sich und vollführte wilde Sprünge; manchmal nahm er den schmalen Gürtel aus reiner Wolle, den Hiknak um die Taille trug, und tanzte damit, so daß er wie eine Rauchfahne um ihn herumwirbelte. Dazu klatschte seine kleine Nomadenfrau begeistert in die Hände und lachte wie das unbeschwerte Kind, das sie niemals gewesen war.

Während des Tages ritten sie dicht nebeneinander, so daß sie miteinander flüstern und Händchen halten konnten. Arang wußte, die anderen wurden allmählich ärgerlich, weil er und Hiknak sich immer absonderten, aber Marrah hatte sich für ihn eingesetzt. Marrah war wirklich die beste aller Schwestern. Sie hatte Stavan und Dalish erklärt, daß es immer eine Zeit wie diese gab, wenn die Göttin zwei Menschen Verlangen schickte.

»Eine Zeit der Verrücktheit«, hatte Marrah gesagt und herzlich gelacht. Arang war ein wenig gekränkt gewesen, weil er sich in seinem ganzen Leben noch nie vollkommener gefühlt hatte als jetzt; aber zumindest zeigte sie Verständnis, vielleicht weil es ihr genauso ergangen war, als sie sich damals in Stavan verliebt hatte.

»In sechs Wochen werden sie anfangen, sich gegenseitig zu langweilen«, hatte sie vorausgesagt, aber Arang wußte, daß er und Hiknak sich niemals miteinander langweilen würden, solange sie lebten. »Laßt sie doch ihren Spaß haben«, beschwichtigte Marrah. »Sie haben beide soviel Schmerz erdulden müssen. Gönnt ihnen doch ein wenig Freude!«

Dank Marrahs Fürsprache hatten Stavan und Dalish schließlich aufgehört zu grollen, was auch angebracht war, wie Arang fand. Schließlich trugen er und Hiknak durchaus ihren Teil bei. Sie versorgten die Pferde und kochten und jagten genau wie alle anderen; aber während des Tages ritten sie weiterhin Hand in Hand seitab.

Um sie herum begann das Land allmählich sich zu erheben, und aus der Erde stiegen sanfte Hügelwellen; aber er und Hiknak waren bei weitem nicht so aufgeregt wie die anderen. Zweifellos würde das Leben sicherer sein, sobald sie die Steppe endlich hinter sich gelassen hatten, und sie waren beide froh darüber – aber Zuhause war für sie überall dort, wo sie nachts ihre Decken ausrollten. Selbst als sie die ersten bescheidenen Büsche und Bäume entdeckten, benahmen sie sich nicht halb so närrisch wie Marrah und Dalish, die vor Freude jubelten und sogar von ihren Pferden sprangen, um die Bäume zu umarmen, als wären sie lange verlorene Verwandte.

Er und Hiknak waren zwar jünger, aber sie bewahrten ihre Würde, fand Arang. Sie brachten ihre Liebe in die Mutterländer, aber hätten sie überall hintragen können und wären nicht minder glücklich gewesen.

3. Kapitel

Als sie nach Süden ritten, begleitete der Frühling sie, und er gewann mit jedem Tag mehr an Kraft. Die zugefrorenen Flüsse des Nordens waren leicht zu überqueren gewesen, aber wenn Marrah und ihre Gefährten jetzt an einen Strom kamen, mußten sie sich vorsichtig bewegen und ihre Pferde Schritt für Schritt den Untergrund ertasten lassen. In der südlichen Sonne taute das Eis, und manchmal bildeten sich ganz plötzlich Risse; dann brach die Oberfläche mit einem scharfen Knacken unter ihnen auseinander, was Marrah an das Geräusch heißer Steine erinnerte, die in einem Feuer zerbarsten.

Das Wetter war größtenteils heiter – aber wenn sich der Himmel einmal bewölkte, regnete es sogleich, und während der Regen fiel, schmolz der Schnee nach und nach und legte große Flächen weichen Sumpfs frei, der bei jedem Schritt einen seltsam schmatzenden Laut unter den Hufen der Pferde erzeugte. Gegen Ende des Tages waren sie derart mit Schlamm bespritzt, daß sie sich gegenseitig kaum noch wiedererkannten; trotz des Schmutzes waren sie jedoch froh über die Wende, die das Wetter genommen hatte.

Nach der eisigen Strenge der Steppe erwies sich die Landschaft jetzt als freundlich und entgegenkommend. Die Eichen und Weiden überzog bereits ein fruchtbarer, rötlich-brauner Schimmer, und an ihren kahlen Ästen begannen dicke, saftstrotzende Knospen zu sprießen. Hoch am Himmel erschienen plötzlich große Scharen von Enten und Graugänsen, die nach Norden in ihre Brutgebiete flogen, und nachts quakten die Frösche in einem verrückten, liebeskranken Chor, der einen nur schwer einschlafen ließ.

Die Vögel und Frösche hatten recht: Es war tatsächlich Frühling geworden. Als Marrah, Stavan und die anderen weiter südwärts ritten, entdeckten sie die ersten vertrauten Blumen: blaßgelbe Krokusse, Narzissen mit weißen Blütenblättern und gelegentliche Kissen blauer Hyazinthen, die so süß dufteten, daß es Marrah beinahe schwindelig wurde, als sie aus dem Sattel stieg und sich schnuppernd über sie beugte. Als sie nun durch den ersten Wald ritten, hatte sie das Gefühl, aus einem bösen Traum zu erwachen. Sollten die Nomaden doch ihr karges, baumloses Ödland behalten; hier war alles lieblich und vertraut.

Die anderen teilten ihre Liebe zum Süden. Dalish, die die Blumen der Mutterländer seit ihrer Kindheit nicht mehr gesehen hatte, jauchzte vor Freude beim Anblick der Farbenpracht, und wenn sie eine Rast einlegten, schlenderte sie oft umher, um die schönsten Blütenkelche zu pflücken. Dann setzte sie sich hin und sortierte sie, um lange Ketten daraus zu winden, die sie um den Hals der Pferde legte, während sie Lobeshymnen an die Göttin sang, die sie aus der Gefangenschaft errettet hatte.

»Wir sehen immer aus, als hätten wir uns für irgendein Fest geschmückt«, scherzte Marrah eines Nachmittags, als Dalish ihr einen Kranz aus weißen Krokussen aufs Haar setzte. Die Freundin lächelte nur, doch später an jenem Abend, als sie alle um das Lagerfeuer saßen, erzählte sie ausführlich von dem Dorf, in dem sie geboren war, beschrieb ihre Mutter und die anderen Verwandten, die wunderschönen Tongefäße, die ihr Aita zu töpfern pflegte, und sogar den Hund, den sie zu ihrem sechsten Geburtstag geschenkt bekommen hatte. Hiknak und Arang lauschten hingerissen ihren Geschichten, aber Stavan war besorgt.

»Dalish klingt, als glaubte sie, sie würde in ihre Heimat zurückkehren«, sagte er am nächsten Morgen zu Marrah. »Aber wer weiß denn überhaupt, wo ihr Dorf liegt?« Er wies auf den Wald. »Die Handelsrouten enden alle in Shambah, und das liegt noch eine ganze Strecke weiter südlich. Hier oben im Norden gibt es keine echten Wege, und wenn wir uns auf die Suche nach ihrem Dorf begeben, könnte es sein, daß wir monatelang umherwandern, ohne es jemals zu finden.«

Marrah warf einen Blick zurück auf Dalish, die neben Hiknak ritt. Die beiden lachten fröhlich, als ob sie keinerlei Sorgen hätten, aber Marrah wußte es besser. »Dalish rechnet nicht damit, ihr Zuhause jemals wiederzusehen. Sie hat mir vor langer Zeit einmal erzählt, daß die Hansi ihre Mutter und die meisten ihrer Verwandten ermordeten und das Dorf bis auf die Grundmauern niederbrannten. Sie träumt nur von ihrer Kindheit, aber in ihrem Herzen weiß sie, daß es ihr Daheim nicht mehr gibt.«

»Ich verstehe«, nickte Stavan. »Dann soll sie träumen. Es schadet nichts, schöne Erinnerungen zu besitzen.« Etwas in seiner Stimme ließ Marrah aufblicken. Er runzelte die Stirn, und seine Augen hatten sich zu Schlitzen verengt. Sie kannte diesen Ausdruck: Er bedeutete, daß Stavan etwas vor ihr verbarg – etwas, von dem er glaubte, es für sich behalten zu müssen.

»Was ist los?« verlangte sie zu wissen.

Er lächelte, aber sein Lächeln hatte nichts Beruhigendes an sich. »Es ist wahrscheinlich nichts, weswegen du dir Sorgen machen müßtest; aber vor ein paar Tagen habe ich Spuren gesehen, die darauf hinwiesen, daß Männer zu Pferd hier entlanggekommen sind. Keine frischen Spuren, nur ein paar Hufabdrücke, ein Stück Schnur, das wie eine alte Bogensehne aussah, und Zweige, die in einer bestimmten Höhe abgeknickt waren.«

Marrahs Kehle fühlte sich plötzlich trocken an. Sie blickte auf den Wald, der ihr noch wenige Augenblicke zuvor so sicher vorgekommen war. »Glaubst du, sie machen Jagd auf uns?«

»Nein. Es sieht eher so aus, als wären sie im letzten Herbst hier gewesen, ein paar Wochen vor den ersten Schneefällen. Ich halte es für unwahrscheinlich, daß sich die Nachricht von unserer Flucht so weit bis nach Süden herumgesprochen hat. Wahrscheinlich ist der Kriegerverband – wenn es ein solcher war – längst wieder dorthin zurückgekehrt, wo er herkam, aber trotzdem sollten wir so schnell wie möglich in Richtung Süßwassersee reiten. Wenn wir erst einmal bis in den Süden von Shambah gelangt sind und den Rauchfluß überqueren, brauchen wir nichts mehr zu befürchten.«

»Sollen wir es den anderen sagen?«

»Warum sie beunruhigen? Hiknak und Arang sind glücklich miteinander, und Dalish träumt von ihrer Kindheit. Auch wenn wir es ihnen sagen, werden sie nicht schneller reiten.«

Obwohl sie Stavan glaubte, daß er die Spuren für alt hielt, schlief Marrah sehr unruhig während der nächsten Nächte. Vor vielen Jahren hatte ihr die Schlangengöttin Batal einmal eine schreckliche Vision geschickt. In dieser Vision hatte Marrah große Horden von Tiermenschen von Osten herangaloppieren sehen, um die Mutterländer in Schutt und Asche zu legen. Daraufhin hatte sie eine fast zwei Jahre dauernde Reise unternommen, um die Bewohner von Shara vor der kommenden Invasion zu warnen, und obwohl tatsächlich ganz furchtbare Dinge geschahen, waren sie entschieden weniger schrecklich gewesen als die Ereignisse in ihrer Vision.

Während der ganzen Zeit, die sie als Gefangene in Zuhans Lager verbracht hatte, hatte sie der Gedanke getröstet, daß die Nomaden nur Shambah überfallen hatten und nicht weiter nach Süden in Richtung Shara vorgedrungen waren. Jetzt sah es jedoch so aus, als wäre möglicherweise schon eine zweite Steppenhorde zu den Mutterländern aufgebrochen – was bedeutete, daß die Prophezeiung wie so oft langsam wahr wurde.

Falls aber irgendwelche Nomaden in der Nähe waren, dann hatten sie sich gut versteckt. Während der folgenden Woche sah Marrah nichts als Wald und noch mal Wald. Sie waren zu weit nach Westen geritten, und als sie ihren Irrtum erkannten, wandten sie sich wieder nach Osten und hielten geradewegs auf die Ufer des Süßwassersees zu. Mit jedem Schritt, den die Pferde machten, wurde das Wetter wärmer und Marrah optimistischer. Hier standen die Bäume wie ein Wall gegen die Winde der Steppe, verströmten Schwärme goldener Pollen in die Luft. Der Boden war mit Knospen übersät, und die Büsche summten nur so vor Bienen. Eines Morgens sah Marrah die ersten Schmetterlinge, und bis zum

Nachmittag hatte sie fünf Blumenarten gezählt, die nur in warmen Feuchtgebieten wuchsen.

Gegen Mittag des nächsten Tages überquerten sie einen Kamm niedriger Hügel, und dann sahen sie den Süßwassersee in der Ferne glitzern. Das Wasser war dunkelblau, mit weißen Schaumkrönchen bedeckt, und als Marrah und Arang eine Weile dastanden, während sie auf die weite Wasserfläche spähten und den Seewind ihre Kapuzen zurückblasen ließen, schweiften ihre Blicke instinktiv nach Süden. Irgendwo in dieser Richtung lag Shambah – oder eher das, was noch von der einst so blühenden Stadt übrig geblieben war – und jenseits von Shambah, noch weiter südlich, lag die Stadt Shara.

Zu dieser Jahreszeit würden auf den Feldern von Shara die ersten grünen Weizenhalme sprießen, und die Stadtmauern würden frisch geweißt sein für das große Schlangen-Fest. Heute nacht, wenn der Vollmond aufstieg, würde Königin Lalah vielleicht in ihrer Traumhöhle liegen und nach Hinweisen auf den Verbleib ihrer beiden verschollenen Enkelkinder forschen. Plötzlich war Marrah von einer wilden Ungeduld erfüllt. In der Ferne flogen fünf Möwen Richtung Süden. Sie schaute ihnen neiderfüllt nach.

Arang mußte ähnliche Gedanken gehegt haben. »Wenn wir ein Boot hätten, würde uns der Wind in zwei Wochen nach Hause treiben«, sagte er sehnsüchtig.

»Was ist ein Boot?« Hiknak hob einen Stein auf und warf ihn in Richtung des Sees, dann schob sie das Lederband zurecht, das ihr Haar zurückhielt.

Alle starrten sie erstaunt an. »Du hast noch nie ein Boot gesehen?«

Sie schüttelte den Kopf. Stavan versuchte, es ihr zu erklären, aber Hiknak konnte die Vorstellung einfach nicht fassen, daß es einen Teil der Welt gab, wo Bäume etwas so Gewöhnliches waren, daß Menschen sie fällten und die Stämme zu Flößen zusammenbanden, um damit von einem Ort zum anderen zu treiben. »Ich begreife nicht, wie ihr euer Pferd auf eines von jenen Dingern bekommen würdet«, erwiderte sie. Sie beschattete ihre Augen mit einer Hand und schaute blinzelnd auf den See hinaus. »Trotzdem verstehe ich, warum ihr es gern versuchen würdet. Das ist der breiteste Fluß, den ich je gesehen habe.« Sie drehte sich zu Arang um. »Ich nehme an, wir werden mit den Pferden hinüberschwimmen müssen. Wie weit ist es bis zum anderen Ufer?«

Als sie sich der Küste entlang auf Shambah zu bewegten, begann Marrah sich an Dinge zu erinnern, die sie lieber vergessen hätte. Shambah war einst der nördlichste Punkt an den Ufern des Süßwassersees gewesen, eine malerische Stadt voller weißgetünchter Mutterhäuser mit schimmernden Kuppeldächern, die der Schmetterlingsgöttin geweiht war – berühmt auch für ihr feines Leinen, ihre prachtvollen Gärten und die Großzügigkeit ihrer Bewohner –, doch Marrah hatte sie nur als einen Haufen brennender Ruinen erlebt.

Inzwischen würden die Vögel das Fleisch der Toten zur Muttergöttin zurückgebracht haben, und Gras würde auf den muschelgepflasterten Straßen wachsen. Aber ganz gleich, wie stark die Zeit das schreckliche Bild von Tod und Vernichtung gemildert hatte, so wußte Marrah doch, daß sie beim Anblick der Ruinen immer an den Tag erinnert würde, an dem sie und Arang ihr Boot knapp außerhalb der großen Sandbank vertäut hatten, die die Mündung des Flusses verschloß; sie waren an Land gewatet, um mitten in Krieg und Tod hineinzugeraten.

In Shambah ereilte sie dann die Gefangenschaft; dort hatte sie zum ersten Mal in ihrem Leben ein Pferd und bewaffnete Hansi-Krieger entdeckt – hatte Dinge gesehen, so grauenvoll, daß sie es nicht ertragen konnte, auch nur daran zu denken. Lange Zeit war es ihr gelungen, die Stadt und all die schrecklichen Erlebnisse aus ihrem Bewußtsein zu verdrängen – nicht zu vergessen, denn das würde ihr niemals gelingen –, aber sie immerhin beiseite zu schieben wie einen leeren Becher, der ein bitteres Gebräu enthalten hatte. Doch als sie sich jetzt dem Ort näherten, schien ihr Leben rückwärts abzulaufen, und der Becher der Bitterkeit füllte sich wieder.

Jeder Baum und jeder Fels beschwor Entsetzen herauf: Hier war der Fluß, an dessen Ufer sie in der dritten Nacht ihrer Gefangennahme kampiert hatten, hier das Eichenwäldchen, in dem die erste Sklavin gestorben war, und war das dort drüben nicht genau der Baum, der die Stelle markierte, wo Akoah, die kleine Seglerin, gesessen und Marrah verzweifelt schluchzend angefleht hatte, sie zu retten?

Wenn Marrah an die Vergangenheit dachte, während sie auf Shambah zuritten, so dachte Stavan an die Zukunft. Er hatte keinen weiteren Fingerzeig auf bewaffnete Krieger zu Pferd gefunden; aber er war in einem Land aufgewachsen, wo Überraschungen oft tödlich endeten und nur der Vorsichtige überlebte. Aller Wahrscheinlichkeit nach würden sie nur Asche und Knochen vorfinden, wenn sie an die Stelle kamen, wo einst Shambah gestanden hatte; aber Stavan war keineswegs bereit, sein Leben darauf zu wetten; deshalb ließ er die kleine Reisegruppe anhalten, als sie noch ungefähr einen halben Tagesritt von der Stadt entfernt waren.

»Ich werde allein vorausreiten, um mich mal umzusehen«, erklärte er. Seine Stimme klang beiläufig, und er saß in lässiger Haltung auf seinem Pferd, machte sich noch nicht einmal die Mühe, den Deckel des ledernen Behälters zu öffnen, der seinen Bogen enthielt; doch allen war klar, was er vorhatte. Marrah, die es sogar noch besser wußte als die anderen, haßte es, Stavan aus den Augen zu lassen, aber ihr Leib wurde von Tag zu Tag runder. Schon jetzt behinderte ihre Schwangerschaft ihr Vorankommen, und falls Stavan kämpfen oder um sein Leben rennen mußte, würde sie nur im Weg sein. So ließ sie ihn mit einem ermutigenden Lächeln, das sie nicht fühlte, gehen, um Shambah auszukundschaften, und setzte sich abwartend ins Gras.

An jenem Nachmittag, als Arang und Hiknak in die Wälder verschwanden, um sich zu lieben, verbrannten Marrah und Dalish süßduftende Kräuter und beteten zur Schmetterlingsgöttin, daß Stavan sicher zurückkehren und gute Nachrichten mitbringen möge. Später dann fing Dalish einen Schmetterling, jagte ihm mit Jubelrufen am Ufer des Sees hinterher. Er war ein hübsches Ding, ganz grün und golden, und als sie ihn zu Marrah zurücktrug, sorgsam darauf bedacht, nicht den feinen Staub von seinen Flügeln zu wischen, sahen sie, daß einer der Flügel einen schwarzen Fleck aufwies, der wie eine Doppelaxt geformt war.

»Das ist das Zeichen der Schmetterlingsgöttin persönlich!« rief Dalish. »Es ist ein erfreuliches Omen!« Aber Marrah war sich nicht so sicher. Bevor die Nomaden sie gefangengenommen hatten, hatte sie solche Flecken in Form einer Doppelaxt immer als Schmetterling angesehen; doch mittlerweile waren Äxte in ihrer Vorstellung untrennbar mit Krieg verbunden und nicht mehr mit dem Symbol der Göttin.

Stavan blieb den ganzen Nachmittag und Abend fort. Während sie die Pferde versorgten, ein paar Kaninchen über dem Feuer brieten und ihre Decken für die Nacht ausbreiteten, begannen sie allmählich, sich Sorgen zu machen.

»Wieso braucht er denn so lange?« Arang ging zum Gestade hinunter, um am Strand entlang Richtung Stadt zu spähen; doch als er zurückkam, berichtete er nur, daß Stavan nirgendwo in Sicht sei. Sie warteten unruhig weiter, während der Vollmond am Himmel emporstieg und die Sterne sich von Osten nach Westen in einem prächtigen Tanz über die grauweißen Wasser des Süßwassersees bewegten. Es war schon beinahe Morgen, als er dann endlich zurückkehrte, und Marrah brauchte nur einen Blick in sein Gesicht zu werfen, um zu wissen, daß die Nachrichten, die er mitbrachte, keine guten waren.

»Nomaden«, verkündete Stavan knapp. Er sah so bleich wie ein Gerippe in dem hellen Mondlicht aus, so steif wie die Alabasterfiguren der Totengöttin, die die Giraner ihren Verwandten mit ins Grab legten, und als er aus dem Sattel stieg und ans Feuer kam, um seine Hände zu wärmen, fühlte sich seine Haut so kalt wie Kupfer an.

Sie setzten ihm Fleisch vor und warteten gespannt darauf, daß er endlich zu sprechen begann, wohl wissend, daß er kein Mann war, der sich drängen ließ. Manchmal ärgerte sich Marrah über diese Eigenschaft, diesen Teil seines Ichs, der an den einstigen Nomadenkrieger erinnerte und der so unendlich schweigsam sein konnte, wenn es doch soviel zu sagen gab. An diesem Abend aber verstand sie ihn.

Sie reichte ihm eines der gebratenen Kaninchen, die mit dem wilden Rosmarin gewürzt waren, der am Strand wuchs; nachdem Stavan gegessen hatte, kehrte wieder Farbe in sein Gesicht zurück, und er berichtete ihnen von seiner Erkundung.

Ein Verband bewaffneter Krieger hatte sich in den Ruinen von Shambah niedergelassen – keine Hansi-Krieger, sondern Krieger eines anderen, kleineren Stammes.

»Nach ihren Tätowierungen zu urteilen sind es Shubhai, ein übles, wertloses Gesindel, und größtenteils Feiglinge. Neulich habe ich gehört, daß die Shubhai von einem unbedeutenden Häuptling namens Nikhan angeführt werden, der vor allem für seinen Widerwillen bekannt ist, von Angesicht zu Angesicht mit seinem Feind zu kämpfen. Er und seine Krieger tauchen gern auf dem Schlachtfeld auf, nachdem die Schlacht vorbei ist, um in den Ruinen herumzustochern und zu stehlen, was übriggeblieben ist, und alle diejenigen zu töten, die das Gemetzel überlebt haben.

Die Hansi nennen die Shubhai das Abfall-Volk, weil sie immer die Reste essen, die sonst keiner haben will. Im Grunde sind sie dem Großen Häuptling zur Treue verpflichtet, aber die Shubhai gehören nicht zu den Zwanzig Stämmen, und sie kommen nie zu den Ratsversammlungen. Sie leben im Westen, in unmittelbarer Nähe der Mutterländer. Solange sich irgend jemand zurückerinnern kann, haben sie stets die nördlichsten Dörfer der Muttervölker überfallen und geplündert; aber was sie dabei erbeuteten, war immer so wertlos, daß keiner ihnen jemals besondere Beachtung geschenkt hat.«

Dalish wurde blaß. »Waren sie diejenigen, die mein Dorf niedergebrannt und meine Familie getötet haben?«

Stavan sah sie an, und der Ausdruck seiner Augen wurde weicher. »Das läßt sich nicht ganz eindeutig behaupten. Als ich noch ein Junge war, kamen die Shubhai manchmal mit einem oder zwei Sklavenmädchen zu uns und boten sie dem Großen Häuptling an, damit die Hansi sie in Ruhe ließen; aber sie brauchten sich eigentlich keine Sorgen zu machen, weil es niemanden kümmerte, was sie am Ende der Welt anstellten.«

Arang beugte sich vor, die Ellenbogen auf die Knie gestützt, sein Ausdruck wachsam und angespannt im Feuerschein. Zum ersten Mal seit Wochen schien er voll und ganz bei der Sache zu sein, als hätte ihn die schlimme Nachricht aus der glücklichen Traumwelt gerissen, die er mit Hiknak geteilt hatte. »Du sagst, sie sind in Shambah?«

Stavan nickte. »Sie haben ihr Lager direkt in den Ruinen aufgeschlagen.«

»Auf wie viele schätzt du sie?«

»Zu viele, als daß wir gegen sie kämpfen könnten, wenn es das ist, worauf du hinauswillst. Ich habe zehn Zelte gezählt, und sie sahen alle aus, als wären sie aus ungegerbten Häuten und frischem Holz gebaut – recht und schlecht zusammengefügt von jemandem, der nur wenig Ahnung vom Zeltbau hat. Ich glaube, sie haben die überlebenden Frauen von Shambah gezwungen, diese Arbeit für sie zu verrichten, aber das ist noch nicht der merkwürdigste Teil der Geschichte.« Er legte eine Pause ein. »Sie haben etwas gebaut.«

»Was denn?« fragte Hiknak ungeduldig.

»Eine Art Haus.« Er holte mit den Armen weit aus. »Ein großes, das ganz aus Holz besteht. Es ist viereckig und ungefähr zweihundert Schritte breit. Vermutlich ist es eine Art Lagerhaus, aber es könnte auch ein Tempel sein. Es hat zwei Stockwerke, und um den Rand des obersten Stockwerks verlaufen seltsame kleine Fenster – nicht groß genug, um bequem heraussehen zu können, aber groß genug, um einen Pfeil durch die Öffnung hinauszuschießen, wenn man dazu geneigt ist.

Dieses Haus – oder was es sein mag – ist von einer massiven Umfriedung umgeben. Vielleicht soll dieser Wall einen Pferch einzäunen, weil die Krieger einige ihrer Pferde im Inneren halten; aber wenn er wirklich diesem Zweck dient, dann hätten sich die Männer ziemlich viel Arbeit sparen können, indem sie ganz einfach Dornenranken aufgeschichtet hätten. Dieser Wall ist doppelt so hoch wie ein Mann; die Seiten bestehen aus Baumstämmen, die wie Pfähle im

Boden stecken, und drumherum türmen sich weitere Stämme, damit niemand hinaufklettern kann – geschweige denn direkt heranreiten. Die Shubhai müssen irgendeine Art von Gesims an der Innenseite gebaut haben, weil ich mindestens zwei Wachtposten darauf habe stehen sehen; glücklicherweise haben nicht sie mich zuerst entdeckt!«

Wieder hielt Stavan inne und nahm einen Bissen von dem Kaninchenfleisch. Niemand sprach. Alle versuchten, sich das seltsame Gebäude vorzustellen, das die Nomaden auf den Ruinen von Sambah errichtet hatten.

»Was glaubst du, welchem Zweck es dient?« fragte Hiknak nachdenklich und strich sich eine Haarsträhne aus den Augen. »Noch nie habe ich von Kriegern gehört, die irgend etwas gebaut haben, das man nicht von der Stelle bewegen kann. Als ich ein Kind war, haben die Erwachsenen immer gesagt: ›Wenn du es nicht einen halben Tag lang bei schnellem Marschtempo auf dem Rücken tragen kannst, dann taugt es nichts.‹ Das war natürlich eine Übertreibung. Wir haben viele Dinge auf den Rücken unserer Pferde transportiert, die kein Mensch einen halben Tag lang mit sich hätte herumschleppen können; aber trotzdem war alles, was wir besaßen, dazu gemacht, eingepackt und fortbewegt zu werden. Wenn wir einen Lagerplatz verließen, haben wir sogar die Buscheinzäunungen plattgetrampelt und ein paar davon zur Zubereitung der letzten Mahlzeit benutzt.«

Stavan aß noch einen Bissen Kaninchenfleisch und wischte sich die Finger an seinen Beinlingen ab. »Genau das gleiche habe ich mich auch gefragt: Wenn ich die Shubhai wäre, warum würde ich dann die große Mühe auf mich nehmen, ein festes Gebäude zu errichten? Die Antwort ist nicht sofort erkennbar, weil man gleich zu Anfang mit der Tatsache konfrontiert wird, daß die Shubhai so ziemlich das faulste Volk auf der ganzen Erde sind. Also gelangte ich erst einmal zu dem Schluß, daß sie shambahnische Sklaven benutzen, die die Arbeit für sie erledigen, und daß sie diese Sklaven wahrscheinlich zu Tode schinden, weil das die Art der Shubhai ist.«

Marrah sog scharf die Luft ein, unterbrach ihn jedoch nicht. Die

Vorstellung, daß vielleicht einige wenige Einwohner von Shambah das Massaker überlebt hatten, nur um dann versklavt und zu Tode geschunden zu werden, war schrecklich, aber sie begriff, daß Stavan recht haben mußte.

»Seht ihr, sie haben Sklaven – Sklaven, die um ihr Leben bangen und deshalb bereit sind, alles zu tun. Als nächstes muß man sich fragen, warum die Shubhai all die Energie verschwenden, um etwas zu bauen, was sie nicht mitnehmen können, wenn sie im Sommer weiterziehen – und der einzig mögliche Schluß heißt, daß sie überhaupt nicht die Absicht haben, in die Steppe zurückzukehren.

Etwas hält sie hier fest, etwas, das viel wertvoller ist als die Ehefrauen und Sklavenmädchen und die Pferde und das Vieh, die sie zurückgelassen haben. Aber was könnte das sein? Ich habe keine Ahnung, aber ich vermute, sie befürchten, daß die anderen Stämme über sie herfallen, sobald sie von diesem Schatz erfahren – was das auch sein mag.«

Stavan saß einen Moment still da und starrte in die Flammen, als sähe er Shambah in Gedanken vor sich. »Es ist die Art der Shubhai, zu plündern und wieder zu verschwinden. Um ehrlich zu sein – die Hansi halten es nicht anders. Unsere Art zu kämpfen basiert auf der Idee, daß man ein Lager stürmt, ausraubt und dann so schnell wie möglich wieder davonstürmt, um sich in der Steppe zu verlieren. Wir sind immer ein Volk gewesen, das ständig weiterzieht, und unsere Stärke liegt in der Schnelligkeit unserer Pferde; aber dieses Holzhaus ist erbaut worden, um Männer zu Pferd auf eine Weise abzuwehren, wie sie noch nie zuvor abgewehrt wurden.

Wenn die Hansi angreifen, werden Nikhan und seine Krieger nicht hinausreiten und Mann gegen Mann kämpfen müssen. Sie können hinter ihrem Schutzwall kauern und aus der Sicherheit ihrer Gucklöcher heraus schießen – niemand wird in der Lage sein, an sie heranzukommen. Niemand wird sich an sie anschleichen, niemand sie in die Flucht schlagen können; und ein Dutzend – vielleicht sogar nur ein halbes Dutzend – Krieger könnten es schaffen, einen ganzen Schlachttrupp abzuwehren. Es ist eine aufregende Idee, wirklich. Ganz zu schweigen davon, daß die Sklaven keinerlei

Chance hätten, falls sie eines Tages so unerschrocken sein sollten, gegen ihre Peiniger zu rebellieren. Nur einen einzigen Umstand hat Nikhan anscheinend vergessen.«

»Und was ist das?« fragte Arang.

Stavan hob den Kopf und lächelte. »Daß Holz brennt.« Kühne Worte – doch Stavan war auch ein praktischer Mann, und als er zu sprechen fortfuhr, wurde allen rasch klar, daß er nicht die Absicht hatte, mit zwei schwangeren Frauen, einer ehemaligen Konkubine und einem unerfahrenen Jungen einen Angriff gegen einen Trupp kampfgestählter Krieger zu führen. Nachdem sie weitere Einzelheiten erfahren hatten, einschließlich der Tatsache, daß mindestens zwanzig bewaffnete Männer in den Ruinen von Shambah kampierten, stimmten die anderen widerstrebend zu, daß es Selbstmord wäre, gegen die Festung der Shubhai anzustürmen und sie niederzubrennen.

Marrah sagte nur sehr wenig während dieser Diskussion. Sie war zutiefst bekümmert bei dem Gedanken, die shambahnischen Sklaven ihrem Schicksal zu überlassen. Außerdem ängstigte die Vorstellung sie, daß sich ein Kriegsverband von Nomaden auf Dauer an den Ufern des Süßwassersees niedergelassen hatte; aber sie sah auch keine Möglichkeit, sie wieder in die Steppe zurückzutreiben.

Mit Shambah als Hauptlager konnte dieser Nikhan seine Krieger bis weit nach Süden in das Herz der Mutterländer schicken. Shara lag auf der anderen Seite des Rauchflusses und würde wahrscheinlich noch lange Zeit sicher vor den Invasoren sein. Trotz alledem erfüllte sich Batals Prophezeiung Schritt für Schritt, und als Marrah nun am Feuer saß und zuhörte, wie Stavan seine Entdeckungen beschrieb, war ihr zumute, als spanne sich ein unsichtbares Netz des Schreckens über ihre Welt.

Bis der Himmel im Osten heller zu werden begann, hatten sie eine Entscheidung getroffen, die keinen so recht befriedigte, aber zuguterletzt die einzig vernünftige Lösung schien: Sie würden Shambah in einem großen Kreis umgehen. Als Marrah in den Wald zurückritt, warf sie einen letzten Blick über ihre Schulter, aber es gab nichts zu sehen außer dem Süßwassersee, der matt im Licht des frühen

Morgens glänzte wie ein Teller aus gehämmertem Kupfer. *Zahlen wir nicht einen zu hohen Preis für unsere Sicherheit?* schienen die Hufe ihrer Stute zu fragen, als sie über den weichen Blättermulch trabten.

Marrah dachte an ihr ungeborenes Kind und an die Zukunft, die sie ihm bot, indem sie davonlief. Wider alle Vernunft sehnte sie sich noch immer danach, umzukehren, nach Shambah zu reiten, das Shubhai-Fort niederzubrennen und sie ein für alle Male aus den Mutterländern zu vertreiben. Aber dann meldete sich eine kleine Stimme in ihrem Kopf zu Wort, die furchterregende Wahrheiten aufzählte und ihr vorhielt, daß sie keine Kriegerin war – nur eine schwangere Frau, unbeholfen und schwerfällig mit einem prallen Leib, die weit mehr Mut als Verstand besaß. Die Stimme war nüchtern und überzeugend, und Marrah hätte ohne Zweifel auf sie gehört, Shambah den Rücken gekehrt und die Probleme der Zukunft gefaßt auf sich zukommen lassen – wären nicht die Dörfer gewesen.

Wenige Dörfer lagen im Norden von Shambah, aber es gab eine Anzahl im Westen und Süden der Stadt. Das erste, auf das sie stießen, bestand lediglich aus einer Handvoll Hütten an einem Pfad aus zerstampften Muschelschalen neben einem kleinen Bach, der durch ein Dutzend Felder floß. Die Unterkünfte waren im shambahnischen Stil erbaut, teilweise unter der Erde, damit sie im Sommer die Kühle bewahrten und im Winter die Wärme. Kuppelförmige Dächer wölbten sich über Gerüsten aus ineinander verflochtenen Weidenzweigen, deren Fugen mit Schlamm ausgefüllt und mit weißem Ton verputzt waren; früher einmal mußten die Mauern mit Blumen und Schmetterlingen bemalt gewesen sein, weil man immer noch Spuren von Farbe erkennen konnte.

Das war so ziemlich alles, was übrig geblieben war, denn an der Stelle, wo das Dorf einmal gestanden hatte, gab es kein Dorf mehr – nur noch Ruinen. Die Häuser waren keine Häuser mehr in dem Sinne, daß noch irgend jemand darin hätte wohnen können. Sie waren verbrannt und demoliert, wie Eierschalen zertrümmert:

Hausdächer eingeschlagen, weiße Wände mit Ruß und anderen Flecken beschmutzt, die Exkremente oder auch Blut hätten sein können. Hinter den Ruinen dehnten sich die Felder aus – unbestellt und mit Nesseln, Unkraut und den grünen Schößlingen neuer Dornbüsche überwuchert.

Lange Zeit saßen Marrah und ihre Gefährten schweigend im Sattel und betrachteten das Bild der Verwüstung. Schließlich schwang sich Stavan von seinem Pferd, ging in einen Behausungsrest hinein und kam mit versteinerter Miene wieder heraus. »Die Shubhai haben alle Bewohner im Inneren eingesperrt und sie bei lebendigem Leibe verbrannt«, berichtete er. »Auch Kinder, so wie es aussieht.«

»Möge die Muttergöttin ihre armen Seelen zu sich nehmen«, flüsterte Dalish entsetzt.

Marrah sagte nichts, legte nur schützend eine Hand auf ihren Bauch, als könnte der dünne Schild aus Fleisch und Knochen das Kind in ihrem Leib vor einem solchen Schicksal bewahren. Als sie zu Hiknak hinüberschaute, sah sie, wie diese Arangs Arm umklammert hielt.

Schweigend ritten sie weiter, zu erschüttert, um zu sprechen. Bald wandten sie sich nach Süden, und als sie Shambah fast streiften – obwohl sie westlich an der Stadt vorbeiritten und gehörigen Abstand bewahrten –, waren häufiger Dörfer anzutreffen. Hier hatten aufgrund des sumpfigen Landes die meisten der Siedlungen einst Flachs angebaut. Wenn sie Flüsse überquerten, konnten sie oft die Gestelle aus Weidengeflecht an den Stellen sehen, wo früher der frisch geerntete Flachs zum Einweichen ausgebreitet worden war; anschließend wurde er getrocknet, geschält, gereinigt und in die Tempel von Shambah geschickt, um dort zu dem feinen Leinen verarbeitet zu werden, für das die Stadt berühmt gewesen war. Jetzt gähnten die Weidengestelle vor sich hin, mit klaffenden Löchern, die Marrah an Münder mit ausgeschlagenen Zähnen erinnerten.

Dank der Gnade der Göttin waren diese Dörfer nicht niedergebrannt worden, und die Dorfbewohner lebten noch, aber irgend etwas Schreckliches mußte ihnen zugestoßen sein, was auf den ersten Blick nicht zu erkennen war; denn sobald sie die Fremden erblickten, schrien die Leute alarmiert auf, warfen ihre Hackstöcke fort, griffen hastig nach ihren Kindern und flohen in den Wald; und ganz gleich, wie laut Marrah und die anderen riefen, sie seien in friedlicher Absicht gekommen, die Ortsansässigen blieben versteckt.

Die Neuigkeit ihrer Anwesenheit mußte sich in Windeseile herumgesprochen haben, weil sie bald darauf in Dörfer kamen, in denen überhaupt keine Menschenseele mehr anzutreffen war. Kochtöpfe hingen dampfend über im Stich gelassenen Feuern, Wasserkrüge lagen neben den Bächen, Kühe und Ziegen waren in solcher Eile weggetrieben worden, daß die Zäune aus Schilfrohr, die die Pferche umschlossen, oft umgerissen und plattgetrampelt dalagen. Es war bestürzend für Marrah und ihre Gefährten, eine solche Panik durch ihr Erscheinen auszulösen; etwas Grausiges mußte geschehen sein, daß die Leute derart kopflos vor Fremden zu Pferd flohen. »Beim nächsten Mal sollten wir lieber absitzen und zu Fuß in das Dorf gehen«, schlug Marrah vor.

Hiknak und Arang erklärten sich einverstanden, und Dalish schloß sich ihnen an. Selbst Stavan, der es immer haßte, zu Fuß zu gehen, wenn er reiten konnte, war es leid, irrtümlich für einen Banditen gehalten zu werden. Deshalb stiegen sie ab, als sie wieder Rauch rochen und Hunde in der Ferne bellen hörten; Hiknak und Arang blieben zurück, um auf die Pferde aufzupassen, während sich Marrah, Stavan und Dalish zu Fuß auf den Weg machten.

Aber sie hätten ebensogut in die Mitte des Dorfes hineingaloppieren können, denn sobald sie auftauchten, rissen die Dörfler hastig ihre Kinder an sich und rannten in den Wald. Nur einen alten Mann trafen sie an, und als sich die drei ihm langsam näherten unter der Versicherung, sie kämen in friedlicher Absicht, begann er wild zu fluchen und Steine nach ihnen zu werfen.

»Ihr elendes Mörderpack! Ihr widerwärtigen Maden!« schrie er. »Möge die Göttin euch mit Unfruchtbarkeit strafen! Möge sie sich weigern, eure Seelen aufzunehmen, wenn ihr verreckt! Möge die Heilige Schlange über euch herfallen und euch beißen! Möge die

Heilige Eule auf eure Köpfe scheißen und die Heiligen Krähen euer Fleisch ausspucken!«

Dalish und Stavan, die an die wüsten Flüche der Nomaden gewöhnt waren, ließen sich nicht weiter davon beeindrucken, doch Marrah stand mit offenem Mund da. Noch niemals hatte sie jemanden so viele schreckliche Verwünschungen in einem Atemzug ausstoßen hören. Der alte Mann schleuderte zornig einen dicken Stein in ihre Richtung, aber er verfehlte sein Ziel und wirbelte nur eine kleine Staubwolke zu ihren Füßen auf. Sie musterte den Alten genauer: Er war grauhaarig, zerbrechlich und ganz krumm vor Arthritis, weshalb er auch wahrscheinlich nicht mit den anderen fliehen konnte.

Aber er hatte noch etwas anderes an sich, etwas, was Marrah nicht genau zu benennen vermochte. Er sah nicht normal aus, sondern hohlwangig, mit einem aufgeblähten, vorstehenden Bauch sowie dürren Armen und Beinen, nicht dicker als Weidenzweige. Sein Kopf ähnelte einem Totenschädel, fast fleischlos mit eingesunkenen und von schwarzen Rändern umgebenen Augen; dennoch sah er nicht krank aus, und er warf ganz sicher nicht mit Steinen wie jemand, der an Schwindsucht litt.

Marrah brauchte einen Moment, um zu erkennen, was mit dem alten Mann nicht stimmte. Sie war den weiten Weg vom Meer der grauen Wogen nach Shara gewandert, hatte die Inseln des Südens und die baumlosen Steppen des Nordens gesehen, aber noch nie zuvor hatte sie jemanden verhungern sehen! Sie war erschüttert. Wie konnte er Hungers sterben mitten in einem Wald voller Wild und in einem der fruchtbarsten Landstriche an den Ufern des Süßwassersees? Er war ein alter Mann, dessen Verwandte ihn mit dem Besten von allem hätten füttern sollen. Das vierte Gebot der Göttlichen Schwestern lautete: »Respektiere alte Menschen«, und Marrah hatte noch kein Dorf erlebt, wo es nicht befolgt worden wäre.

»Verehrter Onkel«, rief sie auf shambahnisch. »Hör auf damit, ich bitte dich. Wir kommen in Freundschaft.«

Der alte Mann ließ nicht erkennen, ob er sie gehört hatte. Nachdem er seinen letzten Stein geschleudert hatte, setzte er sich störrisch in die Mitte des Pfades und verschränkte seine dürren Arme vor der Brust. »Na los, mach schon und töte mich, du gelbbärtiger Schweinepimmel!« schrie er Stavan zu. »Wen kümmert das schon?«

Ohne Zweifel hielt er sie irrtümlich für räuberische Nomaden, was sie durchaus verstand, da Marrah und Dalish Nomadentracht trugen und Stavan tatsächlich einer war. Wir werden uns irgendwie neue Kleider beschaffen müssen, dachte Marrah. Sie eilte mit Worten der Entschuldigung vorwärts und versuchte, dem alten Mann auf die Füße zu helfen, aber er schubste sie mit erstaunlicher Kraft von sich. Bevor Marrah wußte, wie ihr geschah, saß sie neben ihm im Staub, und bevor sie dazu kam, die Ängste des Alten zu beschwichtigen, spuckte er ihr zornig ins Gesicht.

»Hör auf damit!« schrie sie. »Hast du das bißchen Verstand verloren, das die Göttin dir gegeben hat? Begreifst du denn nicht, daß wir dir nichts Böses antun wollen?« Sie war drauf und dran, ihn einen alten Idioten zu schimpfen, aber Jahre der Erziehung machten es ihr unmöglich, einen Mann seines Alters zu beleidigen; deshalb saß sie nur da und funkelte ihn aufgebracht an, als sie sich die Spucke aus dem Gesicht wischte.

Der alte Mann sah überrascht aus. »Du sprichst Shambahnisch?«

»Natürlich spreche ich Shambahnisch. Ich bin Marrah aus Shara, die Enkelin der Königin Lalah, auf meinem Weg zurück in die Heimat, und ich wäre dir dankbar, wenn du mich nicht noch einmal anspucken würdest. Es widerspricht jeglicher Gastfreundschaft.« Stavan und Dalish standen auf der Seite und beobachteten die Szene. Stavan hatte Mühe, sich das Lachen zu verkneifen, aber Marrah fand die Sache nicht im geringsten erheiternd.

Der Alte löste seine verschränkten Arme und musterte Marrah, um herauszufinden, ob sie die Wahrheit sprach. »Verehrst du den Dolch oder den Schmetterling?« fragte er argwöhnisch.

»Den Schmetterling. Die Heilige Taube. Die Schlange. Das Reh. Alle heiligen Formen von ihr, die alles ist. Ich bin Priesterin, und wenn du dir die Mühe machen würdest, genauer hinzusehen, würdest du erkennen, daß ich ein Kind erwarte.«

Der alte Mann blickte auf ihren Bauch, und eine verlegene Röte ergoß sich über sein Gesicht. »Ich habe eine schwangere Frau gestoßen«, murmelte er. »Ach du liebe Göttin, was habe ich nur getan?« Tränen stiegen in seine Augen und rollten über die runzligen Wangen. »Verzeih mir. Ich dachte, du wärst eine Nomadin.«

Der Anblick seiner Tränen besänftigte Marrah. »Sind die Nomaden hier durchgeritten?« fragte sie voller Mitgefühl.

Er nickte.

»Was haben sie getrieben, Onkel?«

»Schreckliche Dinge!« jammerte er, und es dauerte eine ganze Weile, bis er sich wieder soweit beruhigte, daß er seine Geschichte erzählen konnte.

Am Ende war es ein kurzer Bericht, nicht schlimmer als Dutzende von anderen, die sie in den folgenden Tagen hören sollten. In dem Dorf hatten ungefähr dreißig Leute gewohnt bis zum letzten Herbst, als gleich nach der Ernte plötzlich Männer auf dem Rücken seltsamer Tiere wie aus dem Nichts aufgetaucht waren. Nachdem sie die Dorfmutter und jeden anderen, der auch nur den geringsten Widerstand leistete, getötet hatten, hatten die Banditen den Dörflern befohlen, ihre sämtlichen Vorräte herauszurücken, ferner die Bögen, mit denen sie jagten, alle ihre Messer und Äxte, schließlich alle Schweine, Ziegen und Kühe.

Dann hatten sie die jungen Männer und Frauen gefangengenommen, sie am Hals zusammengebunden und in den Wald getrieben, während sie die restlichen Dorfbewohner dem Hunger überließen, weil sie nicht mehr jagen konnten und es zu spät war für eine zweite Aussaat. Niemand hatte die Gefangenen mehr wiedergesehen; aber es gingen Gerüchte um, daß sie nach Shambah gebracht worden waren, wo die Nomaden irgendeinen merkwürdigen Tempel zu Ehren eines Gottes bauten, der im Himmel wohnte.

Der alte Mann, dessen Name Klatif war, hatte eine ältere Schwester namens Jaloaj gehabt. Die beiden hatten im Dorfrat gesessen, zusammen mit den anderen Alten, wie es der Brauch war; aber die

Nomaden hatten Jaloaj sofort getötet, als sie das Zeichen der Göttin an der Kette um ihren Hals entdeckten.

»Sie haben alle älteren Priesterinnen in den Wald gejagt und sie bei lebendigem Leibe in einem großen Loch vergraben«, sagte der alte Mann, »und dann ...«, seine Stimme brach, und er verbarg sein Gesicht in den Händen, »dann haben sie mir durch ihren Dolmetscher sagen lassen, daß die ›Herrschaft der Frauen‹ vorbei sei und daß *ich* das Dorf von jetzt ab regieren sollte. Zwei Drittel all dessen, was wir anbauen und ernten, soll ich nach Shambah hinunterschikken, damit die Krieger zu essen haben, und wenn ich es nicht tue, werden sie zurückkommen. Aber wir können unsere kleinen Kinder nicht mehr ernähren, wenn wir derart viel abgeben müssen; und wie können wir unsere Felder bestellen, wenn doch alle jungen Leute fort sind und die Nomaden uns alles Saatgut genommen haben? Wir sind ja nur noch so wenige: fünf alte Männer, zwei Frauen, die die Krieger nicht wollten, ein junges Mädchen mit einem Klumpfuß, ein paar Kinder und zwei Säuglinge, die von der Milch einer Ziege leben, die wir zum Glück verstecken konnten.«

Während er sprach, kehrten die Dorfbewohner, die die Szene offensichtlich aus dem Schutz des Waldes beobachtet hatten, nach und nach zurück. Bis der alte Mann seinen Bericht beendet hatte, waren ungefähr ein Dutzend Leute um die kleine Gruppe versammelt – alle entweder zu jung oder zu alt oder zu krank, um von großem Nutzen zu sein. Marrah fragte sich, wie viele während des letzten Winters verhungert waren und wie viele andere im nächsten Winter noch verhungern würden, wenn die Nomaden tatsächlich zwei Drittel der Ernte beschlagnahmten. Sie blickte Stavan und Dalish an und fand ihre eigenen Gedanken in ihren Gesichtern widergespiegelt.

Genaugenommen mußten sie doch nach Shambah zurück und die Nomaden wieder in die Steppe treiben. Ob sie es schaffen würden? Wahrscheinlich nicht; aber man konnte diesen halb verhungerten Kindern und Alten unmöglich in die Augen sehen und sie gleichzeitig im Stich lassen, um die eigene Haut zu retten...

Marrah, Dalish und Stavan gingen zurück, holten Hiknak und Arang und verbrachten den Rest des Nachmittags damit, vor Klatifs Hütte zu sitzen und über ihre Lage zu beratschlagen. Doch wie Marrah schon befürchtet hatte, kamen sie zu keinem Ergebnis. Ganz gleich, wie oft sie nachzählten, sie waren und blieben nur fünf Leute, die es mit zwanzig – vielleicht sogar dreißig – bewaffneten Shubhai-Kriegern aufnehmen mußten. Marrah besaß zwar noch immer zwei der mächtigen Talismane, die ihr die Priesterinnen von Nar geschenkt hatten: die bernsteinförmige Träne des Mitgefühls und den getrockneten Donner; aber weder Donner noch Mitgefühl schienen in diesem Fall das richtige Mittel zu sein. Es sah alles so hoffnungslos aus, daß selbst Hiknak, die sonst immer gerne einen Kampf aufnahm, zugab, daß sie wahrscheinlich alle getötet würden, wenn sie das Fort angriffen.

Als sich der Nachmittag dem Ende näherte, fiel ihnen überhaupt keine rettende Idee mehr ein, und sie waren bereit, um Hilfe zu bitten. Im Land der Schmetterlingsgöttin fand sich zum Glück immer irgendeine gute Seele. Kurz nach Einbruch der Dämmerung kam das junge Mädchen mit dem Klumpfuß zu Marrah, während sie etwas in der hohlen Hand hielt. Sie kniete sich hin und öffnete ihre Finger, um eine fette grüne Raupe zu präsentieren. Die Raupe war ein prächtiges Tier, gespickt mit unzähligen gelben Borsten. Ihre sechs roten Augenflecken leuchteten wie glühende Kohlen, und zu beiden Seiten ihres Körpers prangten blaue Kreise.

Marrah bewunderte das Insekt argwöhnisch. Sie hatte davon gehört, auf welche Weise die Shambahner ihre Schmetterlingsgöttin um Hilfe anriefen, und war sich ziemlich klar darüber, was auf sie zukam.

»Und was soll ich damit tun?« fragte sie.

»Sie schlucken, verehrte Priesterin.«

»Lebendig?« Die Raupe bäumte sich auf und fuchtelte mit den winzigen Vorderbeinen. »Könntest du sie nicht trocknen und in Honig tauchen oder sie wenigstens in einer schmackhaften Soße zubereiten?«

»Nein, verehrte Priesterin.« Das Mädchen zeigte auf die zitternden Beinchen des Tieres. »Die heilige Botin muß lebendig sein und tanzen, sonst wird die Göttin nicht durch sie sprechen.«

»Wie schade«, seufzte Marrah und versuchte sich abzulenken von dem scheußlichen Ansinnen, eine lebendige Raupe zu schlukken. Vielleicht würde sie sich den ganzen Weg durch ihre Kehle hinunterwinden und zappeln. Igitt! »Und warum wird mir diese Ehre zuteil und nicht den anderen?«

»Weil du eine Enkelin von Königin Lalah von Shara bist und eine große Priesterin.«

Marrah stieß einen Klagelaut aus, nahm die Raupe entgegen und saß einen Moment da, während sie auf das unschuldige Tierchen starrte und mit ihrem Ekel rang. Dann legte sie den Kopf in den Nacken, steckte sich die Raupe in den Hals und schluckte. Es war ein pelziger, zappelnder, bitterer Mundvoll, und sie wäre fast erstickt, bevor sie es schaffte, ihn hinunterzuwürgen. Sie öffnete wieder die Augen und sah das Mädchen sie mit unverhohlener Neugier anstarren.

»Wie hat sie geschmeckt, verehrte Priesterin?«

Marrah schnappte nach Luft und wischte sich die Tränen aus den Augen. »Ehrlich gesagt, sie hat wie ein in Pelz gewickelter Dunghaufen geschmeckt.« Gleich darauf bereute sie ihre Bemerkung, weil sie nicht die Absicht hatte, jemanden zu kränken, aber das Mädchen zeigte sich erleichtert.

»Gut! Dann habe ich dir die richtige gebracht.«

»Du meinst, du warst dir nicht sicher?«

»Nein, verehrte Priesterin. Ich habe vorher noch nie eine Botin gesucht, deshalb wußte ich nicht, um welche Sorte Raupen es sich handelt. Ich bin noch zu jung, um Priesterin zu sein, und die Nomaden haben alle unsere Dorfmütter getötet.«

»Und wie lange braucht eine Botin gewöhnlich, um zu sprechen?«

Das Mädchen zuckte die Achseln. »Die Göttin wird zu uns sprechen, wenn sie dazu bereit ist.« Marrah ergab sich ächzend in ihr Schicksal. Es war ein Unglück, daß die Dorfmütter nicht mehr lebten, dafür mußte sie doppelt tapfer sein; falls das Mädchen sie versehentlich vergiftet hatte, dann hatte sie sich damit abzufinden. Irgendwie tat ihr die Kleine leid. Sie war ein dünnes, kränkliches kleines Ding mit großen Augen und einem schmutzigen Gesicht – neun oder höchstens zehn Jahre alt.

»Du hast dein Bestes getan«, sagte Marrah versöhnlich. »Hoffen wir, daß die Göttin dich geleitet hat.« Und dann ging sie davon, um etwas zu finden, was den Geschmack nach roher Raupe aus ihrem Mund vertriebe.

Gegen Mitternacht hatte die Botin noch immer nicht gesprochen. Der Himmel war wolkenverhangen und dunkel; ein kühler Seewind brachte den Geruch von Wasser und großer Ferne mit sich. Um ein kleines Feuer in der Mitte dessen, was einst ein reiches Dorf gewesen war, tanzten seltsam bemalte menschliche Gestalten zum Rhythmus der Trommeln, schlängelten sich durch den Rauch wie Besucher aus einem Reich der Träume.

Die Tänzer trugen keine Kleider, nur die nackte Haut, in der sie geboren waren, und dennoch sah es so aus, als wären sie in mit komplizierten Mustern bestickte Roben gekleidet. Jede Brust, jeder Arm und Ellenbogen, jedes Knie, jede Hüfte, jedes Gesicht war mit feinen roten Linien bemalt, die sich kunstvoll wanden, während sie den Bewegungen von Hüften und Schultern, Fußknöcheln und Handgelenken folgten.

Manchmal ließ der Feuerschein die Tanzenden aussehen, als wären sie in feine Netze aus roten Fäden gehüllt, und wenn sie dann herumwirbelten, die Arme hoben oder den Kopf zurückwarfen, um eine weitere Strophe des Schmetterlingsgebets herauszuschreien, verschwammen die Bemalungen zu Bändern, die in allen Regenbogenfarben schillerten. Ihre Körper schienen sich aufzublähen und die Linien nach innen zu wandern, während sie ihre Bauchnabel mit Kreisen heiliger Energie füllten.

»Chilana!« riefen Marrah und Dalish, als sie Hand in Hand tanzten und mit den Füßen die heiligen Muster auf dem festgestampften Erdboden nachzeichneten.

»Chilana!« antworteten die Dorfbewohner im Chor, als sie sich vornüberkrümmten und sich mit schlängelnden Bewegungen wieder aufrichteten, während sie die letzten losen Fäden des unsichtbaren Schmetterlingskokons verknüpften.

Chilana, die Schmetterlingsgöttin von Shambah, wurde eingeladen, für eine Nacht auf die Erde herniederzukommen, um das Feuer zu flattern und in den Herzen der Tanzenden zu nisten. Der Göttliche Schmetterling, Sanfteste aller Mütter, sie, die den Tod überwindet, wurde gebeten, sich zu zeigen und das zu tun, was kein Mensch konnte: Marrah und den anderen den Weg nach Shambah zu weisen, die Nomaden zu vertreiben und heil und unversehrt aus dem Zusammenstoß hervorzugehen.

»Chilana!« rief Marrah. »Gewähre uns eine Erleuchtung!« Sie hob ihr Gesicht zu dem weißen Fleck am Himmel, wo der Mond hinter grauen Wolken seinerseits wie eine Raupe ruhte, die sich in ihren Kokon eingesponnen hat. Ihre Augen waren halb geschlossen, ihre Lippen leicht geöffnet, als böte sie ihren Mund einem unsichtbaren Liebhaber zum Kuß. Als die Dorfbewohner sie so sahen, glaubten sie, die Botin müsse endlich zu sprechen bereit sein, aber sie irrten sich.

Bis auf die Tatsache, daß sie einen unglaublich bitteren Geschmack in ihrem Mund hinterlassen und ihr Übelkeit verursacht hatte, schien sich die Raupe ohne jede Wirkung in ihren Eingeweiden verloren zu haben. Marrah hatte sich in einen tranceähnlichen Zustand getanzt – etwas, was jede kompetente Priesterin vermochte –, doch es war nur eine leichte Trance und empfindlich störbar.

Sie tanzte weiter, versuchte durch bloße Willensanstrengung, sich in die andere Welt zu versetzen. In ihrer rechten Hand hielt sie die Träne des Mitgefühls, und während sie tanzte, tanzte der kleine Schmetterling, der im Inneren des Bernsteins erstarrt war, mit ihr. Als die Dorfbewohner den Schmetterling erblickten, hatten sie erklärt, Marrah müsse von Chilana geschickt sein, um sie vor den Nomaden zu retten, doch Marrah selbst war nicht davon überzeugt. Die Träne mochte vielleicht ein mächtiger Zauber sein – aber sie hatte zu lange unter den Nomaden gelebt, um zu glauben, daß sie aus Angst davonliefen, bloß weil sie damit vor ihren Gesichtern herumfuchtelte.

»Chilana, hilf uns«, betete sie. »Sag uns, wie wir die Sklaven befreien können, ohne selbst versklavt zu werden. Sag uns, wie wir die Nomaden zurückschlagen können. Chilana, Heiliger Schmetterling, du, der niemals stirbt, sprich zu uns!«

Schweiß brach auf ihrer Stirn aus, und ihr Mund wurde trocken vom vielen Singen. Die Zeit verging, und das geisterhafte Wolkenlicht des Mondes begann sich weiter nach Westen zu bewegen, aber noch immer geschah nichts. Die Tänzer tanzten unentwegt, das Feuer loderte, die Trommeln dröhnten, aber die Göttin Chilana weigerte sich beharrlich, sich zu ihnen herabzulassen.

Unterdessen war sich Marrah kaum bewußt, daß die Nacht dahinschwand; doch ab und zu überhörte sie die Musik und erkannte, daß das Ritual ein Mißerfolg war. Dann stolperte sie, geriet aus dem Rhythmus und erwachte mit einem Ruck aus der Trance, um sich von einem Kreis erschöpfter, mit rotem Ocker beschmierter Dorfbewohner umringt zu sehen. Plötzlich wußte sie, daß sich Arang für nichts und wieder nichts die Seele aus dem Leib tanzte und daß Stavan und Hiknak ungeschickt herumtrampelten, während sie die fremden Schrittfolgen nachzutanzen versuchten; sie nahm Greise, kranke Frauen, Kleinkinder wahr, kaum alt genug, um zu laufen, und erkannte, was für einen erbärmlichen, mitleiderregenden Anblick sie alle boten.

Als der Morgen graute, fühlten sich Marrahs Füße wie Schlammklumpen an; der Atem schmerzte in ihren Lungen, und sie hörte, daß ihre eigene Stimme und die der anderen so heiser wie Froschgequake klangen. Sie war knapp davor, aufzugeben und sich erschöpft neben das Feuer fallen zu lassen, als die Raupe endlich in ihr Hirn kletterte und zu sprechen begann.

Es begann mit einem Summen in ihrem linken Ohr. Das Geräusch war lästig, wie das Summen einer Stechmücke. Oder ... wie Stimmen – viele Stimmen, die alle zugleich flüsterten. Marrah hörte auf zu tanzen, stand vollkommen reglos da und horchte angestrengt. Um sie herum hielten die anderen Tänzer nach und nach inne, die Trommeln verstummten, aber sie war sich dessen nicht bewußt. Alles, was sie hören konnte, war ein dumpfes Gemurmel, wie von einer fernen Menschenmenge, die langsam näherkam.

Das Murmeln wurde lauter. Plötzlich hatte sie das Gefühl, die Hülle ihres Körpers zu verlassen. Einen Moment erblickte sie sich selbst neben dem Fenster, während sie über der Szene schwebte: eine dickbäuchige, ockerrot bemalte Frau, mit schweißfeuchtem, zerzaustem Haar und nackten Füßen, die vor Schmutz starrten. Dann wurde ihr plötzlich schwarz vor Augen, und gleich darauf sah sie Tausende von Schmetterlingen. Sie waren blau und golden, grün und purpurrot, so wunderschön, daß man sie nicht beschreiben konnte; und alle flogen gemeinsam in einem großen Kreis, der pulsierte und sich drehte wie ein einziges Lebewesen.

Noch während sie zuschaute, begannen die Schmetterlinge mit süßen Stimmen zu raunen, hoch und klar wie die Stimmen von Kindern. Hör auf das Leben in deinem Inneren, sangen sie. *Dein Mutterleib ist der Kokon, dein Kind der Schmetterling!* Und dann flogen alle auf sie zu und streiften ihren nackten Bauch mit den Spitzen ihrer Flügel.

Marrah wußte augenblicklich, daß dies die Antwort war, die sie gesucht hatte, und daß sie genau das tun mußte, was die Schmetterlinge befahlen. Sie preßte ihre Handflächen auf ihren Leib und horchte, wobei sie etwas Seltsames sah: nicht ein Gesicht, sondern *zwei*, ein männliches und ein weibliches. Die Gesichter verschmolzen vor ihren Augen miteinander, so daß der weibliche Teil und der männliche Teil jetzt ein Gesicht waren, dann plötzlich wieder zwei, während sie sich vereinten und dann voneinander lösten – so wie sie und Stavan zusammengekommen waren und sich danach wieder voneinander gelöst hatten, nachdem sie ihr Kind gezeugt hatten.

»Wer bist du?« fragte sie verwundert.

Das Gesicht, das zwei Gesichter war, lächelte. *Verlaß dich auf die Wahrheit*, sagte es, und dann lachte es ein Lachen, das wie eine erneute zarte Berührung von Schmetterlingsflügeln war.

»Was meinst du?« fragte Marrah verwirrt. »Bitte erkläre es mir. Ich möchte ja tun, was du verlangst, aber ich verstehe es nicht.«

Wieder lachte das Gesicht. Es war das Gesicht eines Jungen und eines Mädchens, das Gesicht eines Mannes und einer Frau, es war alle Gesichter, die Marrah jemals gesehen hatte, und alle Gesichter, die jemals existiert hatten, gleichzeitig jedoch das Gesicht von etwas anderem: eines ungeheuren Wesens mit gewaltigen Flügeln, größer als die Erde und der Himmel zusammen.

Reite nach Shambah, sagte es. *Reite ganz offen hinein und erzähl keine Lügen. Reite in die Stadt und verlaß dich auf die Wahrheit. Nur die Wahrheit kann dich retten.*

Marrah fühlte etwas Unsichtbares gegen ihre Lippen flattern. »Ich werde gehorchen!« rief sie, und während sie sprach, hob dasselbe Wesen sie hoch und legte sie sanft auf den Boden. Sie landete so weich, daß es sich anfühlte, als versänke sie in einem Berg aus Wolle.

Danach verging die Zeit – oder auch nicht; es machte keinen Unterschied. Als Marrah schließlich wieder sehen konnte, fand sie sich auf dem Rücken liegend unter einem warmen Schaffell wieder. Stavan kniete neben ihr und hielt ihre Hand, die Trommeln waren verstummt; die Dorfbewohner standen in einem Halbkreis um sie herum und starrten sie erwartungsvoll an.

»Was ist geschehen?« verlangte der alte Klatif zu wissen.

Marrah versuchte zu sprechen, doch sie brachte keinen Ton heraus.

»Laßt sie zuerst ihre Flügel trocknen«, sagte eine der Frauen.

»Sie hat eine Raupe im Hals stecken«, sagte eine andere. Die Dorfbewohner lachten glücklich. Zum ersten Mal seit vielen Monaten regte sich in ihnen wieder Hoffnung. Sie hatten nur in Marrahs Augen schauen müssen, um zu wissen, daß Chilana endlich gesprochen hatte.

4. Kapitel

Nikhan, der Häuptling der Shubhai, saß im Hauptraum seines Forts und rekelte sich auf üppigen, mit weichen Federn gefüllten Kissen, die Füße in Lederstiefeln bequem auf den Rand der Feuergrube gestützt. Er trank shambahnischen Wein aus dem goldenen Kelch, den seine Krieger aus dem Tempel von Chilana gestohlen hatten, und hin und wieder rülpste er laut, wobei eine Wolke süßlicher Ausdünstung in die rauchige Luft entwich. Jetzt, am frühen Nachmittag, war er bereits angenehm benebelt, aber noch nicht halb so betrunken, wie er bei Einbruch der Nacht sein würde.

Der Kelch war eine wundervolle Arbeit, fein geschwungen um den Rand herum, und mit mythischen Darstellungen von Chilanas immerwährender Auferstehung geschmückt. Auf der einen Seite erschien die Schmetterlingsgöttin in ihrer Raupengestalt, während die Fransen ihrer vielen Beine zart die Handfläche eines Kindes streiften; wenn man den Kelch leicht drehte, konnte man sehen, wie sie ihren Kokon spann und sich in eine weiche Hülle wickelte für ihren langen Schlaf; drehte man den Kelch noch ein wenig weiter, entschlüpfte sie in all ihrer Pracht aus der Puppe, um ihre Flügel zu trocknen und sich in die Lüfte zu schwingen.

Die Geschichte von Chilanas Verwandlung und Wiedergeburt war eine der großen Legenden der Muttervölker, und in den alten Tagen, bevor Shambah von den Nomaden zerstört worden war, hatten die Kinder der Stadt in jedem Frühling zu Ehren der neugeschlüpften Schmetterlinge getanzt. In kurze Tuniken aus gelbem und weißem Leinen gekleidet und mit Flügeln, die aus Weidenzweigen und Feinstgewebe gefertigt waren, waren sie lachend herumgehüpft, übereinander gestolpert und hatten Honigkuchen geknabbert. Drei volle Tage lang hatte die Stadt mit ihren weißgetünchten Kuppelhäusern und den Gärten voller blauer und purpurroter Blumen vom Klang der Flöten und Trommeln widergehallt.

Heute wäre der erste Tag des Schmetterlingsfests gewesen, aber die meisten der Kinder, die erst letztes Jahr noch so ausgelassen getanzt hatten, waren jetzt tot, wie auch ihre Mütter, Großmütter, Vettern, Kusinen, Onkel, Tanten und Aitas. Nikhans Fort war auf ihren Gebeinen erbaut, und der Goldkelch selbst wies an einer Seite eine kleine Delle auf, außerdem Spuren von Feuer, das den Tempel zerstört hatte.

Überall entlang der Küste des Süßwassersees schlüpften die Schmetterlinge pünktlich aus ihren Kokons, und selbst in diesem Moment flatterten Dutzende um die Köpfe der Wachtposten, suchten nach Blumen, die den Flammen entkommen waren – aber keiner der Krieger hatte dieses glückliche Ereignis bemerkt. Die Geschichte, die auf der Außenfläche des Kelches dargestellt war, bedeutete den Nomaden oder ihrem Häuptling nicht das geringste. Alles, was sie verehrten, befand sich im Himmel und nicht auf Erden; Nikhan schätzte den Kelch nur deshalb, weil er erstens aus Gold war und zweitens Wein enthielt.

Nikhan fand seit einiger Zeit Geschmack an Wein, obwohl er nicht die leiseste Ahnung hatte, wie er hergestellt wurde. Bevor er Shambah erobert und die Überlebenden des Massakers versklavt hatte, hatte er niemals etwas anderes als Kersek getrunken, eine Art fermentierter Stutenmilch. Wein war eine großartige Errungenschaft. Zuerst hatte er den Geschmack nicht gemocht, aber Wein war sehr viel stärker als Kersek, und wenn ein Mann ein paar Becher davon geleert hatte, fühlte er sich genauso, wie es sich für einen Mann gehörte: warm und mächtig und potent. Und manchmal – obwohl er dies niemals irgend jemandem gestehen würde – fühlte sich Nikhan sogar einen Kopf größer.

Ich sollte immer betrunken sein, dachte er angesäuselt, als er den Kelch schräg neigte und die letzten Tropfen der erlesenen Flüssigkeit seine Kehle hinunterrinnen ließ. Etwas von dem Wein lief an seinem Mund vorbei und tropfte auf sein Kinn, aber er bemerkte es nicht. Er streckte seine rotfleckige Zunge heraus, fuhr sich damit über die Lippen und runzelte die Stirn, als er seine Gedanken zu ordnen versuchte; aber sie schweiften immer wieder in alle Richtungen wie eine Herde dummer Kühe.

Er rülpste abermals und kratzte sich an der Nase, da wurde

vorübergehend sein Kopf klar. »Betrunken zu sein ist wie...« Er kratzte sich noch heftiger. »... wie ein Gott zu sein! Ha!« murmelte er, höchst zufrieden mit sich selbst. »Genau, das ist es! Irgendein Gott hat mich hierhergeführt. Irgendein namenloser Gott, denn der Große Han war mir in meinem ganzen Leben noch kein einziges Mal wohlgesonnen. Irgendein kleiner Hundesohn von Gott ohne Namen hat speziell mir zuliebe seinen Geist in dieses Zeug getan, und morgen werde ich diesem drittklassigen Hundesohn von Wahrsager und Medizinmann befehlen herauszufinden, wer dieser Gott ist, damit ich ihm ein Pferd opfern kann.«

Nikhan war sich durchaus bewußt, daß ein einziges Pferd als Opfer vielleicht beleidigend wirkte; aber er hatte nun einmal nicht sehr viele Pferde mitgebracht und beabsichtigte auf keinen Fall, seine Krieger ihrer Hauptstärke zu berauben. Sein Verstand mochte sich ein wenig drehen, aber sinnlos betrunken war er ganz und gar nicht. Wieder kratzte er sich nachdenklich an der Nase und zerbrach sich den Kopf über das Rätsel des namenlosen Weingottes, der offensichtlich eine besondere Vorliebe für Nikhan vom Stamm der Shubhai hegte.

Dies stellten komplexe und ziemlich philosophische Überlegungen dar für einen Krieger, dessen Intelligenz eher von der praktischen, gerissenen Art war, geschärft durch unzählige kleinere Raubzüge; allerdings hatten die meisten bei scheußlichem Wetter stattgefunden und gegen Feinde, die bereits von einem anderen Angreifer geschwächt waren. All diese Tatsachen setzten sich Stück für Stück in seinem Hirn zusammen, und selbst nachdem er sie gedacht hatte, brauchte er noch eine ganze Weile, um sie in ihrer gesamten Tragweite zu begreifen. Als es schließlich soweit war, lächelte er, wischte sich den Mund mit dem Handrücken ab und machte dem Sklavenmädchen ein Zeichen, seinen Kelch neu zu füllen.

Das Mädchen war ungefähr zehn Jahre alt, ein bemitleidenswertes, dunkelhaariges, zerlumptes kleines Ding mit einem schmutzigen Gesicht und blauen Flecken auf seinen dünnen Armen. Sie kam herbeigehuscht, hielt dabei den feingearbeiteten shambahnischen

Weinkrug so fest umklammert, als hätte sie Angst, ihn fallen zu lassen, und als sie Nikhan anblickte, waren ihre Augen die eines Tieres, das in der Falle sitzt; doch er nahm ebensowenig Notiz von ihr, wie er die einzelnen Steine in der Feuergrube beachtete. Tief war er in Gedanken über seine eigene Genialität versunken.

Ein neuer namenloser Gott. Ja. Bei Han, warum eigentlich nicht? Warum sollte ihn nicht irgendein neuer Gott begünstigen? Schließlich lebte er in einem neuen Land, und auch alles, was er tat, war neu. Er hatte an Dinge gedacht, die noch keinem Mann je in den Sinn gekommen waren, hatte Dinge getan wie niemals einer vor ihm. Allein er hatte erkannt, daß sehr viel mehr zu gewinnen war, wenn man ein paar von den Wilden am Leben ließ, statt sie allesamt zu vernichten; er war derjenige, der auf die Idee gekommen war, Abgaben von den Dorfbewohnern zu fordern; nur er hatte den einmaligen Plan entwickelt, diese Art Festung zu bauen; er war es, der den gefangenen Webern die Wolle der langhaarigen Schafe gegeben und ihnen befohlen hatte, sie zu den feinen Tuniken zu verarbeiten, die er und seine Männer jetzt anstelle der zerschlissenen Fellwesten trugen, die sie aus der Steppe mitgebracht hatten.

Er, Nikhan, Häuptling der Shubhai, hatte persönlich die Schmiede unter den Sklaven zusammengetrieben und sie beauftragt, neue Schätze aus Gold und Kupfer zu gestalten. Er war so schlau gewesen zu erkennen, daß die alten Frauen die größte Macht in den Dörfern besaßen; also hatte er seinen Männern befohlen, jedes weibliche Wesen mit grauem Haar niederzumachen. Zwar hatte er die Sklaverei nicht gerade erfunden – die Hansi raubten schon seit Generationen Frauen, um sie als Sklavinnen für sich arbeiten zu lassen –, jedoch hatte er sie entscheidend erweitert.

Seiner Eingebung nach waren Männer ebenfalls hervorragend als Sklaven zu gebrauchen: Männer konnten mehr erledigen als Frauen, und wenn man sie regelmäßig verprügelte und auf knappe Kost setzte, waren sie so leicht zu kontrollieren wie eine Herde Schafe. Nicht einer von diesen Mutterleuten hatte die Übung oder den Mumm, sich gegen die Shubhai aufzulehnen und von Mann zu Mann zu kämpfen. Schienen noch nicht mal an Rache interessiert zu sein, die Schlappschwänze. Und was war das Leben ohne Rache? Rache war das Herzblut der Krieger, noch süßer und berauschender als shambahnischer Wein. Zum Beispiel seine Rache an Zuhan: Sie war zwar noch nicht vollkommen, aber eines Tages würde sie es sein, und an jenem Tag, dachte Nikhan, werde ich ein glücklicher Mann sein.

Er lehnte sich zurück, während er den vollen Kelch auf seinem Knie balancierte, und ließ sich von dem Geist des namenlosen Weingottes beflügeln. Der alte Zuhan mochte zwar der Große Häuptling der Hansi sein, aber an dem Tag, an dem die Festung fertiggebaut worden war, hatte Zuhan für immer die Macht verloren, Tribut von den Shubhai zu fordern. Nicht daß Zuhan dies bereits wußte; doch mit der Zeit würde der alte Bastard schon dahinterkommen. Nikhan lächelte bei dem Gedanken an Zuhans Gesicht, wenn er hörte, daß ein so kleiner, machtloser Stamm es wagte, sich ihm zu widersetzen.

Seit Generationen hatten die Zwanzig Stämme die Shubhai gedemütigt und sie mit Verachtung behandelt, aber wenn das nächste Mal ein Hansi-Trupp in Shambah auftauchte, würden sie eine große Überraschung erleben. Er, Nikhan, würde sie aus der Sicherheit seines Forts heraus bekämpfen, das er in seiner Klugheit hatte errichten lassen; er würde seinen Kriegern befehlen, die Angreifer der Reihe nach abzuschlachten. Die Hansi-Überlebenden – wenn es denn welche geben sollte – würden in die Steppe zurückweichen und verkünden, daß ein neuer, mächtiger Häuptling den Süden beherrschte – Zuhan würde außer sich geraten!

Der Gedanke an Zuhans ohnmächtige Wut ließ Nikhans Lächeln noch breiter werden, bis die abgebrochenen Ränder seiner Schneidezähne sichtbar wurden. In letzter Zeit träumte er von einer ganzen Kette von Wehrdörfern, die sich nach Osten und Süden hin erstreckte. Er würde ihrer aller Gebieter sein, und das würde ihn zu etwas vollkommen Neuem machen, etwas, was die Welt noch nie gesehen hatte. Bisher ging von ihm noch nicht die Kunde, daß er Land und Macht besaß außer Vieh und Pferden; aber er stellte sich vor, daß er ein Mittelding zwischen einem großen Häuptling und einem Gott würde. Die Wilden brabbelten etwas von »Priester-Königinnen«, die die reichen Städte im Süden regierten, aber das war Frauengewäsch und nicht nach seinem Geschmack.

Nikhan hob den Kelch an seine Lippen und nahm einen weiteren Schluck, um ihn mit einem Zischlaut durch die Zähne zu schlürfen und auf seiner Zunge zu rollen. Inzwischen hatte er das verspielte Stadium der Trunkenheit erreicht, Zeit für ein bißchen Zerstreuung. Mit einer Frau, vielleicht. Oder auch mit zweien. Er mochte es ganz besonders, sie hier, in der Hauptkammer, zu haben, auf den Kissen ausgestreckt, wo die Wachtposten genau beobachten konnten, wie sie ihm Lust bereiteten. Aufgrund von Nikhans kleinem Wuchs hatte es immer Gerüchte gegeben, daß auch sein Penis kümmerlich wäre. Als er zwölf Jahre alt war, hatten ihn die anderen Jungen verächtlich »Krähenpimmel« genannt. Nun, dann sollten dieselben Jungen, jetzt erwachsene Männer, endlich erleben, wie sehr sie sich geirrt hatten! Sollten sie ruhig das prächtige Schwert aus Fleisch sehen, mit dem Gott Han ihn ausgestattet hatte.

Nikhan sprach nochmals dem Wein zu und blickte sich im Raum um, als erwarte er, Frauen aus sämtlichen Winkeln herbeieilen zu sehen, ohne daß er sie hätte rufen müssen; aber leider war keine in Sicht außer dem zehnjährigen Sklavenmädchen, das zu jung und zu häßlich für einen Herrscher seines Ranges war, und einem scheuen, unansehnlichen weiblichen Wesen, das links von ihm im Schneidersitz saß und auf seinem absonderlichen Saiteninstrument spielte, einem bogenförmigen Ding, mit bunten Schmetterlingen bemalt.

Er hatte die Musik bisher kaum wahrgenommen, doch jetzt erinnerte er sich vage daran, sie bestellt zu haben, als er sich kurz nach dem Früshtück zum Trinken niedergelassen hatte. Was für ein reizloses Weibsstück, dachte Nikhan verächtlich, als er die Sängerin musterte. Während die Frau spielte, sammelten sich Tränen in ihren Augenwinkeln und kullerten über ihre Wangen, was vielleicht noch ganz liebreizend gewesen wäre, hätte sie nicht dunkle Haare auf der Oberlippe gehabt und plumpe, rötliche

Hände. Nikhan grunzte angewidert und versuchte sich zu erinnern, ob es nicht ansehnlichere Frauen im Sklavenquartier gab.

Das Mädchen fuhr fort zu spielen, während ihr die Tränen unaufhaltsam über die Wangen rannen. Sie sang eines der Lieder, die nach altem Brauch während des Schmetterlingsfestes erklangen, und jedesmal, wenn der Name der Göttin Chilana in einer Strophe auftauchte, dachte sie an die Kinder, die heute hätten tanzen sollen und die jetzt unter Schutt und Asche begraben lagen. Sie war nahe daran, ihr Instrument auf den Boden zu werfen und zusammenzubrechen. Aber Nikhan, der kein Wort Shambahnisch verstand, hatte keine Ahnung von diesem Drama, das sich in der kleinen Sängerin abspielte.

Er gähnte gelangweilt. Der zentrale Raum des Forts war warm und rauchig dank der großen Feuerstelle in der Mitte und dem winzigen Abzugsloch in der Decke, das den Öffnungen in den Nomadenzelten nachempfunden war – nur daß es sich viel weiter oben befand und nicht annähernd soviel frische Luft zuführte. Die heisere Altstimme der Sängerin schwoll an und verklang dann wieder wie eine langsam dahingleitende Welle. Nikhan schob seine Kissen zurecht und wollte den Gesang genießen, aber es war einfach unmöglich, sich einen solchen Unsinn anzuhören. Was er schätzte, waren dröhnende Trommeln und Erregung – Musik, die einem Mann das Gefühl von Erhabenheit und Stärke vermittelte –, nicht dieses jämmerliche Geleier.

Er zog seinen Dolch hervor und stocherte mit der Spitze in seinen Zähnen herum, während er sich fragte, warum die Lieder der Wilden bloß immer so trübsinnig waren – sogar ihre Liebeslieder. Hätte er sich die Mühe gemacht, genauer darüber nachzudenken, wäre ihm klar geworden, daß seine Sklaven wohl kaum in heiterer Stimmung sein konnten bei den ihnen jüngst widerfahrenen Greueln. Aber Nikhan war ganz einfach enttäuscht und schmollte.

Nachdem er eine störrische Fleischfaser aus einer Lücke zwischen seinen Backenzähnen entfernt hatte, schob er den Dolch wieder in seine Lederscheide zurück und streckte eine knochige Hand aus, geschmückt mit goldenen Ringen, die seine Krieger den

Priesterinnen aus fünf nahegelegenen Dörfern abgezogen hatten. »Genug!« sagte er mit einer trägen, verschwommen klingenden Stimme, in der eine Spur von Drohung mitschwang.

Die Sängerin brach augenblicklich ab, sprang wie eine verschreckte Ziege auf die Füße und verbeugte sich vor Nikhan auf die Art, wie er es allen seinen Sklaven beigebracht hatte: tief und ohne ihm in die Augen zu sehen. Er musterte die Frau einen Moment und seufzte resigniert. Sie war wirklich ein erbärmlicher Anblick: dunkelhäutig, mit dicken, plumpen Fesseln und Brüsten, die völlig unter ihren Lumpen verschwanden.

Noch einmal seufzte er und kam zu dem Schluß, daß er noch nicht betrunken genug war, um sie zu berühren; aber die anderen Frauen in den Sklavenquartieren würden wahrscheinlich auch nicht viel besser sein. Seine Männer hatten die meisten der hübschen Frauen zu Tode geschändet, als sie die Dörfer überfielen. Er würde etwas in dieser Sache unternehmen müssen, wenn er seine Krieger im Sommer wieder ausschickte, um die Abgaben der Dörfler einzusammeln. Ein paar der Töchter würden bis dahin neun oder zehn Jahre alt sein, und es war höchste Zeit, daß sie in sein Quartier gebracht und gelehrt wurden, wie man einem Mann Vergnügen bereitete. Er kam sich wirklich lächerlich vor, aus einem Goldpokal zu trinken und nicht eine einzige begehrenswerte Frau im gesamten Lager zu haben.

Die Sängerin, die gut in den Gesichtern anderer Menschen lesen konnte, biß sich auf die Lippen und packte ihre Harfe so fest, daß ihre Fingerknöchel weiß hervortraten. Sie wußte, der Häuptling dachte daran, sich ihrer zu bemächtigen; daher betete sie so inständig, wie sie konnte, zu Chilana, daß er sie für zu wenig anziehend befände, sie in sein Bett zu nehmen. Sie sank in sich zusammen, verzog das Gesicht und bemühte sich, so auszusehen, als hätte sie Blähungen und wäre im Begriff, ihrem Darm Erleichterung zu verschaffen. Bitte mach mich häßlich, betete sie. Mach mich abstoßend. Wenn er auf die Idee käme, mich zu packen, würde er eine böse Überraschung erleben.

Sie blickte in Nikhans Augen und sah, daß er völlig betrunken war; aber wann hatte das einen Nomaden jemals daran gehindert, über eine Frau herzufallen? Sie waren nicht wie normale Männer, diese Wilden aus der Steppe. Es war nicht auszudenken, wie er reagieren würde, wenn er ihren Körper tatsächlich zu sehen bekäme. Er würde sie töten, ohne Zweifel, sie mit einem einzigen Dolchstoß ins Jenseits befördern – wenn sie Glück hatte. Aber sehr viel wahrscheinlicher würde er ihr etwas viel Schlimmeres antun, etwas Langsameres.

Nikhan erkannte die Angst der Shambahnin und grinste erfreut. Es war wirklich unter seiner Würde, sich darum zu scheren, was eine Sklavin dachte; aber er hatte sich selbst so viele Jahre seines Lebens klein und völlig verängstigt gefühlt... deshalb war es immer wieder höchst erfreulich, sich daran zu weiden, daß jetzt er derjenige war, der Angst und Schrecken verbreitete.

»Verschwinde«, befahl er. Als ihr bewußt wurde, daß sie entlassen war, griff die Sängerin nach ihrer Harfe und rannte aus dem Raum, als wäre ihr ein ganzes Rudel Wölfe auf den Fersen. Nikhan schmunzelte belustigt. Manchmal bereitete es noch mehr Spaß, einer Frau Angst einzujagen, als sie sich gefügig zu machen. Einen Augenblick lang genoß er das Gefühl, dann strich er diese Unerfreulichkeit so vollkommen aus seinem Gedächtnis, daß sie sicher vor Erleichterung in Tränen ausgebrochen wäre, wenn sie es gewußt hätte.

Erneut gönnte er sich einen Schluck und streckte die Beine aus. Zwei Kelche später war sein Kopf schlaff nach vorn gesunken, und er durchlebte im Geist noch einmal seine Kindheit, während sein Mund halb offen stand und mit Wein vermischter Speichel auf seinen Lippen trocknete. In diesem Dämmerzustand zwischen Schlafen und Wachen beschwor das Rauschmittel längst vergessene Erinnerungen in langen, grellbunten Ketten herauf, die sich wie lose Zügel vor seinen Augen schlängelten. Er dachte an Rot und Gelb, dachte an den Geruch der Steppe, an die dampfenden Nüstern der Pferde in der eisigen Kälte.

Nach und nach verfestigten sich die Erinnerungen und nahmen deutliche Konturen an, und es bildeten sich scharfe Ränder, die wie

Messerklingen in sein Hirn schnitten. Ohne es zu wollen, ertappte er sich plötzlich dabei, wie er an seinen Vater, Brakhan, dachte.

Der alte Mann hatte ebenfalls getrunken, und wenn ihn der Geist des Kersek packte, war er gemein und gewalttätig geworden. Nikhan erinnerte sich an derbe Prügel, erinnerte sich, wie sein Vater ins Zelt gestolpert war, nach saurer Milch und Erbrochenem stinkend; wie er blindwütig auf alles eingeschlagen hatte, was sich bewegte: Kinder, Frauen ... einmal hatte er sogar einen Hund mit Fußtritten getötet, nur weil das Tier aufgesprungen war, um ihn zu begrüßen.

Der Träumer schüttelte sich und bewegte sich ein wenig im Halbschlaf, die scharfen Klingen der Erinnerung wurden wieder stumpf. Etwas Kühles wehte durch den Raum – vielleicht hatte einer der Wachtposten den Ledervorhang an der Tür geöffnet, aber er verspürte keine Lust nachzusehen. Was auch immer die Ursache war, plötzlich stellte er fest, daß er mit absoluter Klarheit denken konnte, als hätte der Wein alles Überflüssige aus seinem Hirn gespült. Sein Vater hatte das Recht gehabt, seine Familie zu schlagen. Ehefrauen und Kinder waren das Eigentum des Mannes, genauso wie ihm seine Pferde und sein Vieh gehörten, und er konnte mit ihnen tun und lassen, was er wollte – auch töten, wenn ihm der Sinn danach stand.

Nikhan hatte dieses Recht niemals angezweifelt, und es verschaffte besonderes Behagen, daß jetzt *er* jeden schlagen konnte, den er schlagen wollte, egal ob Sklave oder Krieger. Nicht daß er das vorhatte. Natürlich nicht. Ein kluger Häuptling würde sich hüten, seine Untergebenen unnötig zu demütigen, doch das Entscheidende war: Wenn er wollte, könnte er jetzt aufstehen, zu den Wachen hinübergehen und ihnen die Zähne einschlagen, weil er die *Macht* dazu hatte. Selbst Zuhan, der einmal gedroht hatte, ihn zu entmannen, wenn die Shubhai nicht aufhörten, zu plündern und zu morden, nachdem die Hansi ein Dorf angegriffen hatten: Selbst der würde es sich jetzt zweimal überlegen müssen, bevor er den neuen Häuptling und Machthaber des Südens beleidigte.

Nikhan schloß seine Augen noch fester, legte den Kopf zurück und dachte dran, wieviel er erreicht hatte. Als der jüngste von

Brakhans fünf Söhnen hatte er niemals erwartet, lange genug zu leben, um eines Tages Häuptling der Shubhai zu werden. In seiner Kindheit hatten sich seine älteren Brüder damit vergnügt, ihn zu verfolgen und zu schikanieren. Sie hatten über seine krummen Beine und dünnen Arme gespottet, über seine teigige Haut und sein struppiges Haar, das sie stets mit einem schlecht gestriegelten Pferdeschweif verglichen.

Er, Nikhan, war immer der Zwerg gewesen, der häßliche kleine Schwächling, den nur seine Mutter lieben konnte. Das einzig Hübsche an ihm waren seine Augen gewesen: grün und von langen, dunklen, fast mädchenhaften Wimpern umkränzt; aber als er älter wurde, hatte der übermäßige Alkoholgenuß das Weiße seiner Augen gelb verfärbt, so daß man ihm schon im Alter von zwanzig seine Gier und sein Lotterleben ansah.

Eigentlich hatte er ein ganz anderes Aussehen verdient, denn seiner Ansicht nach besaß er allerhand bewundernswerte Züge. Man brauchte sich ja nur die Reihenfolge der Ereignisse anzusehen, die ihn zum Häuptling gemacht hatten. Einer nach dem anderen waren die Männer seiner Familie umgekommen, aber er war nicht an ihrer Ermordung beteiligt gewesen. Zuerst hatten seine älteren Brüder den Vater getötet, und dann waren sie aufeinander losgegangen.

Die Verwandtschaft mit ihnen konnte allerhand Ungemach bedeuten: von einem Pferd abgeworfen zu werden, das noch nie irgend jemanden abgeworfen hatte; oder plötzlich an einer seltsamen Magenverstimmung zu sterben; von seiner eigenen Ehefrau mit giftigen Pilzen in den Tod geschickt zu werden oder sich in der Steppe mit einem Hansi-Pfeil im Rücken wiederzufinden, wenn seit Monaten kein Hansi mehr in der Gegend gesichtet worden war.

Nikhan war von diesen heimtückischen Attentaten verschont geblieben, weil er noch zu jung gewesen war, um den anderen den Rang streitig zu machen, und zu schwächlich, um Neid zu erregen. Außerdem besaß er aus irgendeinem unerfindlichen Grund Ehrgefühl, etwas, was seinen Brüdern völlig abging. Niemand wußte, warum, nicht einmal er selbst. Es war etwas, womit er geboren worden war, wie den schiefen Zähnen und den grünen Augen. Er war eitel, aufgeblasen, ehrgeizig und grausam, besonders in betrunkenem Zustand; aber wenn er einen Treueid leistete, bei Han, dann hielt er ihn auch.

Als seine älteren Brüder der Reihe nach Häuptling wurden, hatte er versprochen, ihnen zu gehorchen und treu zu folgen, und zur Überraschung aller hatte er jene Versprechen niemals gebrochen. Nachdem sich die letzten beiden Brüder gegenseitig aus dem Hinterhalt überfallen und gemeuchelt hatten, war Nikhan in Abwesenheit zum Häuptling der Shubhai ernannt worden; infolgedessen hatte er diese Würde erlangt, ohne Treueschwüre zu brechen und seine Hände mit dem Blut seiner nächsten Angehörigen zu beflekken.

Es gab nur wenige Nomadenhäuptlinge, die ehrlich von sich behaupten konnten, nicht mit unsauberen Machenschaften an die Macht gekommen zu sein; Nikhans Ruf, stets sein Wort zu halten, hatte ihm daher den Respekt der anderen Krieger eingebracht, auch wenn er klein und schmächtig war und insofern nicht dem Bild eines Häuptlings entsprach. Natürlich hatte es geholfen, daß er mehrere Feinde in der Schlacht getötet hatte und daß er jedesmal fast durchdrehte, wenn ihn jemand zu einem Kampf herausforderte. Er hatte ein oder zwei Augen ausgestochen, ein paar Köpfe abgeschlagen und ganz allgemein das getan, was von einem Mann erwartet wurde; aber seine Krieger wußten, töten würde er nur einen echten Widersacher.

Wenn man mit dem kleinen Nikhan ritt, so sagten sie sich, dann brauchte man nicht zu befürchten, mit einem Dolch im Rücken zu enden – es sei denn natürlich, man verletzte ihm gegenüber die Treuepflicht. In dem Fall würde man unausweichlich bald von der Spitze eines scharfen Speeres durchbohrt werden.

Die Krieger waren gute Menschenkenner, besonders, wenn es um ihresgleichen ging. Obwohl Nikhan ein schwaches Kinn aufwies und klein und häßlich war, hatte er sich als guter Häuptling erwiesen: Er vergewisserte sich stets, ob seine Männer genug zu essen hatten und auch weibliche Dienste zur Verfügung standen; wenn es zudem irgendwelche Beute aufzuteilen gab, nahm er niemals mehr als seinen gerechten Anteil. Als er jetzt so dalag, betrunken und vollkommen in Gedanken an seine Außerordentlichkeit versunken, betrachteten ihn die Krieger, die Wache hielten, mit Bewunderung und einer Ergebenheit, die an Liebe grenzte.

Die vier Männer waren seit dem frühen Morgen auf ihrem Posten, wobei sie sich knapp außerhalb des Feuerscheins bereithielten, falls ihr Häuptling sie brauchte. Den ganzen Tag lang hatten sie dort gestanden, ohne ein Wort zu sagen und ohne sich zu bewegen, außer um gelegentlich nach einer Fliege zu schlagen oder sich über die trockenen Lippen zu lecken. Wegen der Hitze waren sie bis zur Taille entblößt, nur in Stiefel und kurze wollene Lendentücher gekleidet. Wenn Nikhan sich die Mühe gemacht hätte, die Augen zu öffnen, hätte er die Clanzeichen und Tätowierungen gesehen, die ihre Arme und Brustkörbe bedeckten – die Habichte und Sterne und Wölfe, die sie zu seinen Gefolgsleuten machten, bis das Fleisch von ihren Knochen fiel oder ihnen die Haut vom Leib gezogen würde.

Sie waren schwer bewaffnet – strotzten nur so von Bögen, Speeren, Äxten und Dolchen –, und wenn sie ihren kleinen Häuptling hätten angreifen wollen, hätte er keine Chance gegen sie gehabt; aber da er immer zu ihnen hielt, bewahrten sie auch ihm die Treue. Außerdem waren sie stolz auf ihn. Noch wenige Monate zuvor hatten sie sich herumgedrückt und sich mit dem begnügen müssen, was die Hansi übrig ließen. Jetzt waren sie die Eroberer. Jeder der vier Männer hatte eine Sklavin, mit der er tun konnte, was er wollte, und zwei oder drei Knechte zum Herumkommandieren. Sie waren so reich, wie sie es sich selbst in ihren wildesten Träumen nicht hätten vorstellen können, aßen jeden Tag Fleisch, tranken shambahnischen Wein, schliefen in trockenen, bequemen Betten und lebten in unvorstellbarem Luxus.

Ja, bei Han, ihr Häuptling war wirklich ein schlauer Fuchs. Schon jetzt erzählten sich die Männer Legenden über ihn am Lagerfeuer: wie der Gott des Leuchtenden Himmels einst bei seiner Mutter gelegen hatte; daß Nikhan ein Günstling der Unsterblichen war und vor allen anderen auserkoren. Einige behaupteten, er hätte ganz einfach Glück gehabt; doch andere beharrten darauf, daß kein Pfeil ihn jemals treffen und keine Messerklinge jemals sein Fleisch durchbohren könne. Nacht für Nacht wurde eine neue Heldensage erfunden, mit Nikhan im Mittelpunkt wie die Sonne und seine treuen Männer um ihn geschart wie die Sterne. In diesen Geschichten – und in seiner eigenen Phantasie – gedieh Nikhan nach und nach zu einem wahren Fürsten.

Die Tage wurden wärmer, die Schatten länger; die Schmetterlinge von Shambah flatterten über die Trümmer der Stadt und saugten Nektar aus Blumen, die nichts von Krieg oder Invasion wußten. Die blauen Ritterspornrispen wiegten sich in der milden Brise, die vom Süßwassersee herüberwehte, und die Geißblattblüten öffneten sich und parfümierten die Luft mit ihrem betörenden Duft.

Eine Zeitlang war alles friedlich. Nikhan schlief auf seinen Federkissen und schnarchte leise, versunken in süße Träume von Liebe und Macht und edlen Pferden. Seine vier Wachen entspannten sich daran, ihr Mittagsmahl zu verzehren, während sie dicke Scheiben gedörrten Pferdefleisches zwischen ihre Lippen schoben und mit ihren Dolchen mundgerechte Stücke abschnitten. Sie kauten verstohlen, wie Eltern, die sich davor fürchten, ein unruhiges Kind zu wecken.

Draußen auf dem hölzernen Gesims, das an der Innenseite des Festungswalls entlanglief, standen die Wachtposten, gähnend und blinzelnd, und hielten Wache mit der halbherzigen Aufmerksamkeit von Männern, die wußten, daß es nichts zu sehen gab. Wenn sie nach Westen über die Ruinen der Stadt hinwegblickten, sahen sie höchstens Blumen und Schmetterlinge; und wenn sie nach Osten zu dem breiten Sandstreifen hinüberschauten, der sich zwischen Stadt und See erstreckte, sahen sie nur Möwen, Schilfgras und Gischtflocken, die wie weiße Wattebäusche durch die Luft flogen.

Dann tauchte plötzlich etwas am Horizont auf – etwas, das die Wachen alarmiert aufschreien und Pfeile in ihre Bögen einspannen ließ.

»Weckt den Häuptling!« brüllten sie.
»Sattelt die Pferde!«
»Die Hansi sind zurückgekommen!«
»Wir werden angegriffen!«
Zwei von ihnen besaßen die Geistesgegenwart, durch die Öffnung in dem Holzwall zu laufen und die Baumstämme zu höheren Barrikaden aufzutürmen, damit nichts und niemand eindringen konnte. Der dritte rannte davon, um Nikhan zu alarmieren.

Innerhalb von Sekunden war der Häuptling auf den Füßen und kampfbereit. Hastig griff er nach seinem Speer und seiner Streitaxt und begann, Befehle zu brüllen. Er brauchte nicht lange nachzudenken, brauchte sich nicht zu fragen, wie es eine Feindesmacht geschafft hatte, so früh im Jahr bis hierher vorzudringen, oder warum die Krieger überhaupt gekommen waren. Von vornherein hatte er mit Schwierigkeiten gerechnet, so wie ein vorwitziger Hund mit einem Fußtritt.

Überfälle aus dem Hinterhalt waren ein ebenso selbstverständlicher Teil seines Lebens wie Essen und Schlafen, und als er in seiner weinbekleckerten Tunika zu dem Schutzwall hinausrannte, warf er den Kopf in den Nacken und stieß den Shubhai-Schlachtruf aus; dabei lachte er fast, denn jetzt würde er endlich seinen Feinden begegnen, und bei Han, dieses Mal würde er sie vernichten!

Er kletterte die geflochtene Leiter zu dem hölzernen Gesims hinauf und blickte aus einem der Gucklöcher, während seine Mitstreiter respektvoll neben ihm standen, um Befehle entgegenzunehmen. Lange Zeit herrschte Schweigen. Nikhan fuhr sich mit der Zunge über die abgebrochenen Kanten seiner Schneidezähne und starrte angestrengt auf die fünf Flecken in der Ferne.

Sie bewegten sich auf das Fort zu, kamen so langsam wie Krebse über den Strand heraufgekrochen. Pferde! dachte er, und die Wilden haben keine Pferde – also, wer könnte es anders sein als die Hansi, die zurückkommen, um das Gold und die Sklaven zu fordern, die sie seinerzeit in ihrer Dummheit zurückgelassen haben? Halt, nein, irgendwas stimmte da nicht. Er rülpste und schmeckte das säuerliche Aroma von Wein. Fünf, dachte er. Eine Unglückszahl. Er blinzelte und zählte die Flecken zum dritten Mal, zählte sie zur Sicherheit noch einmal an seinen Fingern ab. Nein, es bestand kein Zweifel, mehr als fünf Reiter zeigten sich nicht.

Aber wo war der Rest? Da draußen hätten mindestens dreißig Krieger sein müssen, bis an die Zähne bewaffnet, und sie hätten geradewegs auf das Wehrdorf zustürmen müssen wie ein Rudel Wölfe. Ob dies hier Kundschafter waren? Oder dachten die Hansi derart verächtlich von ihm und seinen Männern, daß sie glaubten, fünf ihrer Krieger würden genügen, um zwanzig und mehr Shubhai-Krieger zu überwältigen?

Nach und nach wurden die Flecken größer und begannen, Form und Farbe anzunehmen. Nikhan beobachtete aufmerksam, wie sich die Reiter näherten. Trotz seines inzwischen vorgerückten Alters waren seine Augen ungewöhnlich scharf, und er konnte bereits die Einzelheiten ausmachen, lange bevor seine Wachen irgend etwas anderes als Silhouetten erkannten. Bald wußte er genau, was er da vor sich hatte; er stieß einen zischenden Laut der Enttäuschung aus und trat von dem Fenster zurück, um sich zu den Wachen umzudrehen, die den Alarm ausgelöst hatten.

»Ihr Idioten«, sagte er, und dann fing er an zu lachen. Sein Lachen war nicht freundlich, sondern es hatte einen unangenehm höhnischen Unterton, seine Krieger starrten beschämt auf ihre Stiefel, schluckten hart und kamen sich ziemlich dumm vor, auch wenn sie noch immer nicht wußten, warum ihr Häuptling eigentlich lachte.

Sie sollten es ziemlich bald herausfinden. Nikhan gab Anweisung, die Baumstämme zu entfernen, die vor der Öffnung des Walles aufgetürmt waren. Alsbald stellten sich die Flecken als eine windige Truppe heraus, und die betretenen Shubhais konnten selbst sehen, daß ihr vermeintlicher Hansi-Feind aus einem Mann, einem Jungen und drei Frauen bestand, von denen zwei dickbäuchig und schwanger waren.

Als Marrah auf Shambah zuritt, erhoben sich die Ruinen der Stadt plötzlich aus dem Wald wie verkohlte Pflanzen, die zwischen den

Stämmen ebenso verkohlter Bäume verstreut lagen. Das erste unversehrte Gebäude, das sie sah, war die Festung der Nomaden: ein großer, häßlicher Kasten, umgeben von einer Mauer aus Baumstämmen, die wie Pfähle in die Erde gerammt waren. Die oberen Enden der Pfähle waren zu scharfen Spitzen zurechtgeschliffen und mit Dornenranken umwunden worden, um etwaigen Eindringlingen den Garaus zu machen.

Nahe an der Mauer standen zehn windschiefe Lederzelte, in der für die Nomaden typischen Art aufgestellt. Jenseits der Zelte lagen die Pferche, in denen sich Ziegen und gestohlenes Vieh drängten. Hier und dort konnte sie halbwilde Shubhai-Pferde auf Gras weiden sehen, das durch die Asche gesprießt war.

Marrah spürte, wie ein seltsames Gefühl sie überkam – nicht direkt Furcht, sondern eher eine Art schwindelerregender Besorgnis. Einen Moment hatte sie den Eindruck, selbst vollkommen reglos dazustehen, während die gesamte Szenerie ähnlich einer Luftspiegelung auf sie zuschwebte, die langsam greifbar wurde. Und sie dachte an all die Symbole der Dunklen Göttin: Geier und Krähen und Eulen; das Schlängeln und Zischen giftiger Schlangen; weiße Nebelschwaden und Knochen; und die geisterhaften Schwestern, die kamen, um die Lebenden zur Muttergöttin zurückzurufen.

Jetzt, bei hellem Tageslicht besehen, erschien der Ratschlag, den ihr Chilana gegeben hatte, so einfach, daß er fast lächerlich war. Was, wenn es nicht funktionierte, sich »auf die Wahrheit zu verlassen«? Was, wenn ihre Vision keine echte Vision gewesen war, sondern nur ein Traum, durch zu fettes Ragout und zuviel Tanzen verursacht? Was, wenn dieser Nikhan seinen Kriegern befahl, sie mit Pfeilen zu durchlöchern, noch bevor sie Shambah überhaupt betraten?

Als sie näherritten, bemerkte Marrah ein paar elende Hütten, die in einer traurigen Nachahmung des alten shambahnischen Stils errichtet worden waren. Die erbärmlichen Hütten sahen eiförmig aus, und weder Chilana noch irgendeine andere Göttin schienen sie gesegnet zu haben. Keine weißgetünchten Wände schimmerten in der Nachmittagssonne, und keine gemalten Schmetterlinge tanzten über den schmucklosen Türen. Nachlässig zusammengefügt aus Schlamm und Stöcken, waren sie von Dornenranken umgeben, und selbst aus der Ferne glichen sie eher Schweineställen als menschlichen Behausungen. Dies müssen die Sklavenquartiere sein, dachte Marrah.

Der Wind begann aufzufrischen und wehte einen üblen Gestank von Exkrementen und Krankheit herüber. Marrah atmete durch den Mund und versuchte sich von dem Leben derjenigen Menschen ein Bild zu machen, die in diesen elenden Hütten hausen mußten. Es gab nichts, was sie für die Besiegten tun konnte – noch nicht. Wieder warf sie einen Blick auf das Fort, dann drehte sie den Kopf, um Stavan, Dalish, Hiknak und Arang anzusehen. Wie waren sie bloß auf die Idee verfallen, sie könnten diesen verrückten Plan jemals in die Tat umsetzen?

Der hölzerne Wall der Nomadenfestung wies eine schmale Öffnung auf, gerade breit genug, um ein Pferd durchzulassen. Stavan ritt so kühn und aufrecht hindurch wie ein Mann, der nichts zu fürchten braucht, und er schaute kein einziges Mal zurück. Der Hof war klein und schlammig, und aus der Nähe betrachtet sah das Gebäude recht und schlecht zusammengezimmert aus; aber es wimmelte nur so von bewaffneten Shubhai-Kriegern. Marrah sah drohende Pfeile auf sich gerichtet und Speere, die auf ihr Herz zielten, doch sie zuckte nicht mit der Wimper. Stavan hatte sie gewarnt, daß das leiseste Anzeichen von Angst oder Feigheit ihrer aller Tod bedeutete.

Als sie und die anderen hinter ihm aufrückten, saß Stavan einen Moment schweigend im Sattel und betrachtete Nikhans Männer angewidert, als wären sie ungenießbare Überbleibsel von einem Mahl. Seine Augen blickten hart, und er hielt die Zügel lässig in der Hand. Marrah hatte ihn noch nie mit einem derart hoffärtigen Ausdruck auf dem Gesicht erlebt.

»Ich bin Stavan, Sohn von Zuhan«, verkündete er. Bei der Nennung des Namens Zuhan sahen die Krieger beeindruckt aus, und ein paar senkten ihre Speere. Einige starrten lüstern auf Dalish, deren mit roten Troddeln besetzte Kapuze sie als Konkubine kennzeichnete. Hiknak war genauso gekleidet; aber da sie darauf bestanden hatte, ihr Kleid auszustopfen, um noch schwangerer als Marrah auszusehen, wurde den beiden nur die Gleichgültigkeit zuteil, die Nomadenkrieger schwangeren Frauen gewöhnlich entgegenbrachten.

»Seid ihr alle taub?« fauchte Stavan. »Ich habe gesagt, ich bin Stavan, Sohn des Großen Häuptlings der Zwanzig Stämme, und ich erwarte, in diesem elenden Lager mit dem mir zustehenden Respekt begrüßt zu werden! Ich bin gekommen, um mit eurem Häuptling, Nikhan dem Feigen, zu sprechen; nach diesem langen Ritt bin ich nicht in der Stimmung, mein Anliegen Dummköpfen vorzutragen. Wenn ihr keine Sklaven habt, dann führt diese Pferde gefälligst selbst zum Tränken, macht es meiner Ehefrau und ihren Begleiterinnen bequem und sorgt dafür, daß mein Neffe etwas Warmes zu essen bekommt. Oder sind die Shubhai so blöde, daß sie nicht wissen, wie man Fleisch über einem Feuer brät oder daß man Höhergestellte mit Kersek bewirtet?«

Marrah flehte die Göttin stumm an, ihnen beizustehen, und begegnete den Blicken der Krieger mit einem Mut, den sie nicht fühlte. Sie waren ein zwielichtiger, gemein aussehender Haufen. Die meisten trugen häßliche Narben von vergangenen Schlachten, und mehr als einer hatte eine gebrochene Nase, ein fehlendes Ohr oder Zähne, die zu scharfen Zacken gefeilt waren. Sie schienen noch verwahrloster als die Hansi. Ihre Köpfe waren teilweise kahlgeschoren, so daß das bißchen Haar, das noch übrig war, wie ein fettiger Pferdeschweif von der Mitte des Schädels abstand. Und statt sich in eleganten Linien über ihre Arme und Brustkörbe zu winden, waren ihre Tätowierungen seltsam ungeschickt ausgeführt, als hätte man eine Horde Kinder mit dicken Stücken Holzkohle auf sie losgelassen. Ein Blick auf die Männer genügte, um zu wissen, daß sie nur einen armseligen Abklatsch der Angehörigen der Zwanzig Stämme darstellten – aber ebenso unverkennbar war auch ihre Grausamkeit und Mordgier. Marrah hoffte nur inständig, daß Stavan wußte, was er tat.

Offensichtlich wußte er es, denn als er fortfuhr, die Krieger als »Fliegengeschmeiß« und »Aasgeier« zu beschimpfen, wurden sie zunehmend respektvoller. Jenen, die spöttisch gegrinst hatten, verging der Übermut; und jene, die ausgesehen hatten, als wären sie geneigt, ihn mit ihrem Speer zu durchbohren, wirkten verunsichert. Als Stavan sie deutlich darüber aufklärte, daß sie »Bastardsöhne von Schlampenmüttern« waren, zuckten sie sichtlich zusammen. Schließlich trat einer der Häßlichsten von allen vor und kniete auf dem schlammigen Boden vor Stavans Pferd nieder. Der Krieger hatte eine breite Narbe auf einer Seite seines Gesichts und einen Habicht mit gespreizten Klauen auf seiner Stirn eintätowiert.

»Möge Gott Han das Pferd segnen, das dich zu uns gebracht hat, Sohn von Zuhan«, murmelte er. Dies schien eine Art ritueller Begrüßung zu sein, denn Stavan beendete sofort seine Schimpftiraden. Er schwang sich aus dem Sattel, reichte die Zügel dem knienden Krieger und bedeutete Marrah, Arang, Hiknak und Dalish mit einer Handbewegung, ebenfalls abzusitzen. Als Stavans Füße den Boden berührten, geschah etwas Erstaunliches. Plötzlich knieten sämtliche Shubhai-Krieger im Schlamm, und Marrah kam in den Genuß des Anblicks ihrer kahlrasierten Köpfe, die sich demütig neigten.

Stavan stemmte die Hände in die Hüften und verzog mitleidig sein Gesicht, als verpasse er ihnen gern ein paar Fußtritte, hielte er es nicht für unter seiner Würde, sich an einem solchen Lumpengesindel zu vergreifen. »Steht auf, ihr armseliger Haufen Pferdeäpfel«, befahl er, »und bringt mich zu eurem feigen Häuptling.«

Die Krieger rappelten sich mit derartig unterwürfigen Mienen hastig hoch, daß Marrah laut gelacht hätte, wäre sie nicht vor Angst halb von Sinnen gewesen; doch die Erleichterung dauerte nur kurz. Noch immer lauerte etwas Häßliches, Bedrohliches unter der Oberfläche, und als sie neben Stavan und Dalish stand, konnte sie Gewalt in der Luft riechen.

Im Inneren des Forts befand sich Nikhan in hellster Aufregung. Er band sein Schwert um und löste es dann wieder; griff nach seinem

Speer und legte ihn in Reichweite, nur um ihn mit einem gequälten Stöhnen an die Wand auf der anderen Seite des Raums zurückzulehnen. Schließlich legte er seine sämtlichen Waffen ab bis auf einen kleinen Dolch, den er in seinem Stiefel versteckte. Er war vielleicht tapfer genug, um wehrlose Dörfer niederzubrennen, Sklaven gefangenzunehmen und Zuhan zu trotzen – in seiner Phantasie –; aber die Aussicht, dem Sohn des Großen Häuptlings gegenüberzutreten, ließ ihn bis in die Spitzen seiner Stiefel erzittern.

Er griff nach einem Krug und trank in hastigen Schlucken, bis der Wein über sein Kinn tropfte. Wenn dies hier doch bloß nicht wahr wäre! Möge es bitte ein Irrtum sein oder dieser Mann da draußen ein Schwindler – aber niemand brauchte ihm zu bestätigen, daß der Kerl, der sich soeben Einlaß in seine Festung verschafft hatte, Zuhans Sohn war. Verflucht sei die Weitsichtigkeit, die ihn rote Tätowierungen an einem Mann so deutlich erkennen ließ wie die Wolken am Himmel, die schlechtes Wetter anzeigten! Keiner außer dem legitimen Sohn von Zuhan hatte das Recht, Hans Heiligen Blitz auf seiner rechten Schulter zu tragen. Nur Erben des Großen Häuptlings durften das Bild der Doppelsonne auf ihren Armen anbringen oder die Pferde des Himmels über die Weide ihrer Brust galoppieren lassen.

Der kleine Häuptling der Shubhai sank auf die Kissen nieder, vergrub sein Gesicht in den Händen und stöhnte. Es konnte nur einen Grund geben, warum der Sohn des Großen Zuhan ohne Leibwächter herbeigeritten kam: weil irgendwo ganz in der Nähe ein großer Verband von Hansi-Kriegern auf der Lauer lag und nur darauf wartete, das Fort zu stürmen und es bis auf die Grundmauern niederzubrennen. Er war ein Narr gewesen zu glauben, er könnte die Zwanzig Stämme abwehren, sobald sie gegen die Rebellion der Shubhai vorgingen. Durch seine Erinnerung geisterte ein Gerücht über die Art, wie die Hansi mit Verrätern umgingen. Und er dachte an seine Finger und Zehen und wie sehr er sie mochte und an seinen Penis, und wieviel Vergnügen er ihm im Laufe der Jahre verschafft hatte.

Selbstmitleid überwältigte ihn, und schniefend wischte er sich die

Nase mit dem Handrücken ab. Gerne verzichtete er darauf, Häuptling zu sein, ganz gleich von welchem Stamm, nicht einmal von dem der Shubhai. Ein letzter Hoffnungsstrahl glomm in ihm auf: Zuhans Sohn war nicht allein gekommen. Er hatte eine Ehefrau und zwei Konkubinen bei sich. Die Ehefrau und eines der Mädchen waren eindeutig schwanger, und Nikhan hatte noch nie von einem Hansi-Kriegerverband gehört, der schwangere Frauen auf einen Raubzug mitnahm.

Eine Weile saß er da, während er unentwegt leise vor sich hin wimmerte und sich Mut antrank. Schließlich putzte er sich nochmals die Nase am Ärmel seiner Tunika und rückte seinen Gürtel zurecht. Er dachte an jene dickbäuchigen Frauen, die seine Rettung sein konnten oder auch nicht, und flehte den Gott des Weines an, ihm beizustehen. Aber der Gott des Weines mußte wohl selber benebelt sein, denn Nikhans Gebet wurde nicht erhört. Bald hörte er den Hufschlag von Pferden, die in das Fort hereintrabten, und wenig später fand er sich vor dem Sohn des Großen Häuptlings auf den Knien liegen.

Zuhans Sohn blickte verächtlich auf ihn herunter. Er war jung und attraktiv; groß, hellhaarig, mit einem Vollbart und blauen Augen, so durchsichtig wie Kristall. In den Ohrläppchen trug er kupferne und goldene Ringe mit den eingravierten Zeichen von Han, um den Hals eine prächtige Kette aus Wolfszähnen; und sein Oberkörper war mit den Narben früheren Schlachtengetümmels bedeckt. Seine Kleider wirkten jedoch seltsam schäbig, als hätte er sie bereits viele Monate auf dem Leibe: ein Paar fleckige, abgewetzte Beinlinge, eine ausgefranste Tunika, ein Pelzumhang, der auch schon bessere Tage gesehen hatte.

Die drei Frauen und der Junge standen hinter ihm, aber Nikhan nahm sie kaum wahr. Seine Hoden zogen sich vor Furcht zusammen. Er rang um einige Worte der Begrüßung, doch brachte er nur ein Krächzen zustande.

»I-ich f-f-fühle mich ge-ehrt«, stotterte er.

»Das solltest du auch«, erwiderte Zuhans Sohn kalt. »Ich bin Stavan, Sohn von Zuhan, dem Großen Häuptling der Hansi, und nachdem Zuhan jetzt ins Paradies heimgekehrt ist, bin ich sein einziger legitimer Erbe und in euer schäbiges Quartier gekommen, um Gastfreundschaft auf meinem Weg nach Süden zu fordern.«

Zuhan war tot? Hatte er gerade gesagt, Zuhan wäre *tot*? Nikhan schüttelte den Kopf, um den Weindunst aus seinem Hirn zu vertreiben.

»Tot, Rahan?« Grob übersetzt bedeutete Rahan »Atem des Wolfes« oder auch »Sohn des Großen Gottes Han«, aber wenn Zuhans Sohn über den ehrenvollen Titel erfreut war, so zeigte er es jedenfalls nicht.

»Tot«, wiederholte Stavan.

Nikhan erlebte einen Moment überschwenglicher Freude, die seine Ohren heiß werden ließ. Wenn es tatsächlich stimmte, daß der alte Zuhan jetzt Dreck fraß, statt seine Feinde umzubringen und sich ihre Ehefrauen anzueignen, dann würden sich die Hansi gegenseitig bekämpfen, um zu sehen, welcher Unterhäuptling die Herrschaft über die Zwanzig Stämme erlangte. In dem Fall lauerte vielleicht doch kein Kriegerverband draußen in den Wäldern. Konnte es wirklich sein, daß Zuhans Sohn allein in den Süden gekommen war? Nikhan fuhr sich mit der Zunge über die Backenzähne und runzelte die Stirn. Aber warum sollte ein legitimer Erbe des Großen Häuptlings vor seinen eigenen Leuten davonlaufen?

Er hatte das unbestimmte Gefühl, daß er etwas über diesen Sohn von Zuhan wußte, etwas, was die Lage vielleicht erklären konnte, aber er entsann sich nicht mehr, was das war. Dann fiel es ihm plötzlich wieder ein. Stavan! Natürlich! Dies hier war der Verrückte – der eine Sohn, von dem behauptet wurde, daß er bei den Pferden schlief, Stroh aß und wie ein kleines Kind mit Bällen aus Wolle spielte! Er war von den Göttern verflucht und praktisch hirnlos!

Nikhan machte sich vor Erleichterung fast in die Hosen. Er erhob sich auf die Füße und brachte ein unterwürfiges stummelzahniges Lächeln zustande. »Willkommen, Rahan«, sagte er. »Dein Besuch ist eine große Ehre für mein bescheidenes Lager. Ich bin den Hansi immer treu ergeben gewesen. Alles, was ich besitze, steht zu deiner

Verfügung. Erlaube mir, dir Schutz zu gewähren und ...«, wieder lächelte er breit, »... und natürlich auch deinen Kriegern, wo immer sie sein mögen.«

In diesem Moment entpuppte sich Zuhans Sohn ohne jeden Zweifel als Dummkopf, denn er erwiderte beiläufig, so als wäre die Information völlig nebensächlich: »Ich habe keine Männer, die mit mir reiten, bis auf meinen Neffen. Er, die Frauen und ich sind allein nach Süden gekommen. Ich habe beschlossen, das Leben eines Kriegers aufzugeben und von jetzt an unter den Mutterleuten zu leben.«

Nikhan hörte seine Wachen überrascht nach Luft schnappen, doch er selbst achtete sorgsam darauf, seine Verbindlichkeit beizubehalten. Ihm war gerade der Gedanke gekommen, daß dies eine Falle sein konnte. Nicht einmal ein Verrückter würde einfach in ein Shubhai-Lager marschieren und das äußern, was dieser Mann gerade gesagt hatte. Vielleicht war Zuhan gar nicht tot.

»Und wer herrscht jetzt an deiner Stelle über die Zwanzig Stämme, Rahan?« Es war eine heikle Frage, doch Nikhan konnte der Versuchung nicht widerstehen, sie zu stellen, und zu seiner Verwunderung antwortete der Verrückte sogar.

»Vlahan, mein Bastardbruder, hat die Herrschaft an sich gerissen, möge die Göttin ihm verzeihen. Er hat Zuhan vergiftet und ...« Stavan, der Dummkopf, fuhr zu sprechen fort wie ein Mann, der eigenhändig die Spitze des Speeres schärfte, der ihn töten würde. Bis er seine Erklärung beendet hatte, war Nikhan so außer sich vor Freude über sein eigenes Glück, daß er Mühe hatte, eine ausdruckslose Miene zu bewahren.

Hier, direkt vor seiner Nase, stand ein Schatz, der mehr wert war als all der Plunder, den seine Männer jemals gestohlen hatten. Natürlich würde er umsichtig vorgehen und ein paar Kundschafter ausschicken müssen, um sich zu vergewissern, daß dies keine Falle war. Doch wenn seine Kundschafter bestätigten, daß keine Hansi-Krieger im Wald lauerten, würde er Stavan packen, ihm den Kopf abschlagen, ihn Vlahan schicken und die Belohnung einfordern.

Die Nacht nahm ihren Fortgang, und die Weinkrüge waren fast geleert. Die Wachen hatten hölzerne Spielbretter vor Nikhan und Stavan auf dem Boden ausgebreitet, auf denen sich runde kleine Steine türmten. Arang saß neben Stavan, die Augen halb geschlossen, während er der Sängerin zuhörte, die die alten Lieder von Shambah auf ihrer Harfe spielte. Marrah, Hiknak und Dalish saßen ein Stück entfernt im Schatten des Feuers. Niemand sprach mit ihnen oder nahm ihre Anwesenheit zur Kenntnis. Hunden wurde an einem Nomadenfeuer oft mehr Beachtung geschenkt als Frauen. Doch an diesem Abend war Marrah froh, unsichtbar zu sein. Sie lehnte ihren Kopf an Dalishs Schulter und nahm Hiknaks Hand in ihre; so warteten die drei Frauen geduldig ab.

»Du spielst gut, Rahan«, sagte Nikhan und lächelte Stavan zu.

Stavan betrachtete Nikhan ausdruckslos. Er griff nach den kleinen Spielknochen und würfelte erneut eine Kombination, die das Spiel zu seinen Gunsten entschied. Nikhan stieß einen leisen Seufzer der Verzweiflung aus, als Stavan ihm drei seiner Steine wegnahm. Danach spielten die beiden Männer schweigend weiter.

Gegen Mitternacht zog ein Shubhai-Krieger den Ledervorhang an der Tür beiseite und ließ einen Schwall kalter Luft in den Raum, als er eintrat. Der Krieger trug einen dunklen Umhang, sein Gesicht und seine Arme waren mit Schlamm bedeckt. Vier schwer bewaffnete Wachen begleiteten ihn in den Raum. Als Marrah die Wachen sah, wußte sie sofort, was als nächstes kommen würde.

Nikhan blickte von dem Spielbrett auf. »Sprich«, befahl er.

Der Kundschafter verbeugte sich und sagte: »Wir haben keine Spur eines Hansi-Kriegerverbandes gefunden, mein Häuptling.«

Nikhan hantierte mit einem der Spielsteine, rieb seine Zunge an seinen abgebrochenen Schneidezähnen und blickte nachdenklich drein. »Bist du sicher?«

»Ja. Ganz sicher.«

Plötzlich sprang Nikhan auf die Füße, wobei der Rest der Steine klappernd auf dem Fußboden landete. »Das Spiel ist beendet.« Er zeigte auf Stavan und Arang. »Ergreift sie!« befahl er.

Die Wachen stürzten vor, doch noch bevor sie Arang und Stavan packen konnten, sprang Dalish aus ihrer Ecke auf, zog blitzschnell einen Dolch unter ihrem Kleid hervor und hielt ihn Nikhan an die Kehle. Im selben Moment griffen auch Marrah und Hiknak zu ihren Dolchen und gruben die scharfen Spitzen drohend in Nikhans Rücken und Geschlechtsteil. Chilana hatte ihnen geraten, sich auf die Wahrheit zu verlassen, aber sie hatte ihnen nicht verboten, noch andere Pläne schmieden.

Nikhan machte Anstalten, die Frauen beiseitezuschubsen, doch Dalish war zu schnell für ihn. Sie ritzte seine Kehle ein ganz klein wenig, gerade genug, um Blut hervorquellen zu lassen. Er schrie voller Schmerz auf und wich verdutzt zurück.

»Na mach schon, bekämpfe uns, du feiger Bastard«, stieß Dalish zwischen zusammengebissenen Zähnen hervor. »Deine Leute haben meine Mutter und meinen Onkel abgeschlachtet – ich warte schon lange auf eine Gelegenheit, sie zu rächen!«

Nikhan sah so überrascht aus, daß Marrah an sich halten mußte, um nicht aufzulachen und so die ganze Wirkung zu verderben. »Auf die Knie mit euch!« brüllte er. »Was fällt euch ein, Waffen zu tragen? Ihr seid Frauen! Schwangere Frauen! Los, werft die Dolche weg und kniet euch hin, ihr Schlampen, sonst lasse ich euch alle strangulieren!«

Die Wachen erstarrten mitten in der Bewegung. Sie sperrten verblüfft den Mund auf und fingen dann an zu grinsen. Ihr Grinsen verwandelte sich in ein Glucksen und Prusten, und sie mußten sich die Hand vor den Mund pressen; doch je angestrengter sie versuchten, sich das Lachen zu verkneifen, desto schlimmer wurde es. Der Anblick ihres kleinen Häuptlings in der Gewalt von zwei schwangeren Frauen war einfach unwiderstehlich. Nikhan verfärbte sich weiß vor Scham und Demütigung. »Maul halten!« donnerte er, aber die Wachen konnten einfach nicht aufhören mit ihrem dämlichen Feixen.

»Nikhan von den Shubhai«, sagte Dalish, »wir haben dir ein Angebot zu machen. Schwöre Stavan Treue, Stavan, Sohn von Zuhan, dem wahren Häuptling der Zwanzig Stämme, und wir werden dich leben lassen.«

»Niemals!« brüllte Nikhan. »Tötet mich, ihr Hündinnen! Jetzt! Wie könnte ich jemals mit der Schande leben?« Er begann zu stöhnen. »Ich hätte euch nackt ausziehen und durchsuchen lassen sollen, ihr erbärmlichen Luder!« Er wandte sich zu Stavan um. »Welcher Feigling erlaubt seinen Frauen, Waffen zu tragen?«

Stavan zuckte nur die Achseln. »Die Frauen gehören mir nicht. Sie sind ihre eigenen Herren.«

»Komm schon, sei vernünftig«, sagte Hiknak, während sie die Spitze ihres Dolches zwischen Nikhans Schenkel drückte. Wieder stieß er einen entsetzten Schrei aus und versuchte wegzuspringen, aber er konnte nirgendwohin ausweichen, ohne daß sich die Spitzen von Marrahs und Dalishs Dolchen in sein Fleisch bohrten.

»Tötet diese Schlampen! Sofort!« schrie er die Wachen an. »Sonst werde ich euch alle auf Pfähle spießen!« Aber die Wachen gehorchten ihm nicht mehr. Sie starrten die dickbäuchigen Frauen an und lachten, bis sie kaum noch Luft bekamen – Nikhan erkannte seine Niederlage.

»Schwöre Stavan Treue, und keiner wird jemals von diesem Vorfall erfahren.« Marrah preßte die Spitze ihres Dolches zwischen seine Schulterblätter, und sie dankte der Göttin, daß ihre Hand dabei nicht zitterte. Niemals wäre sie fähig, den Mann kaltblütig zu töten, aber sie wollte nicht, daß Nikhan ihr dies anmerkte. »Schwöre Stavan Treue, und er wird deinen Wachen befehlen, Stillschweigen zu bewahren.«

»Niemals!«

»Wenn du nicht schwörst«, meinte Hiknak gedehnt, »dann werden wir dich vielleicht doch nicht töten.« Sie lächelte hinterhältig. »Wir sind ja barmherzig und werden dich einfach auf die Weide schicken ...«, fügte sie hinzu, während sie seinem Geschlechtsteil einen leichten Stich mit ihrem Dolch versetzte, »... wie einen alten Wallach.«

Das Wort Wallach entschied die Sache. Nikhan blickte die Frauen an und dachte an seine Männlichkeit. Sie war gut zu ihm gewesen, seine Männlichkeit, und jetzt war es an der Zeit, diese Güte aufzugreifen. »Sei's drum, ich schwöre!« murmelte er finster.

Und das tat er. Nikhan, Häuptling der Shubhai, kniete vor Stavan nieder und schwor im Namen von Han, Gott des Leuchtenden Himmels, seinen Häuptling gegen alle Feinde zu verteidigen, ihm in allen Dingen zu gehorchen und ihm für immer treu zu sein. Danach ließ Stavan die Wachen niederknien und sie schwören, das Geheimnis ihres Häuptlings zu bewahren, aber Stavan hätte sich seinen Atem ebensogut sparen können. Die Geschichte war einfach zu köstlich.

Die shambahnische Sängerin, als Zeugin all dessen, raunte am nächsten Nachmittag eine neue Ballade mit dem Titel »Nikhan und die schwangeren Krieger«. Das Lied war obszön, beleidigend und so witzig, daß Marrah sich fast krank lachte, als sie es das erste Mal hörte. Mit der Zeit wurde es überall entlang der Küste des Süßwassersees gesungen. Sobald Nikhan seine Krieger informierte, daß er Zuhans Sohn Treue geschworen hatte, wurde Stavan praktisch zum Häuptling der Shubhai.

»Legt eure Waffen nieder«, befahl er, und die Krieger gehorchten.

»Laßt die Sklaven frei«, sagte er, und sie rannten hinaus, um die Tore der Gefangenenquartiere zu öffnen.

Die shambahnischen Sklaven waren in einem beklagenswerten Zustand. Monatelang hatten ihnen die Nomaden nur Reste zu essen gegeben, hatten sie geschlagen und sie grausam mißbraucht. Es waren vielleicht vierzig Frauen und ungefähr halb so viele Männer – alle völlig verwahrlost und mit Läusen bedeckt. Viele von ihnen kränkelten vor sich hin, und alle hatten Freunde oder Verwandte an die Invasoren verloren. Aber kein Volk war versöhnlicher als die Shambahner oder zu spontanerer Freude fähig; und als sie sich lachend und weinend vor Erleichterung um Marrah drängten, wußte sie, daß diese Leute irgendwie die Kraft finden würden, ihre Stadt wiederaufzubauen, sobald die Nomaden abgezogen waren; daher lachte und weinte sie mit ihnen und half ihnen Feuer anzünden, um sich zu wärmen; außerdem sorgte sie dafür, daß sie das beste Essen im Lager bekamen.

Am nächsten Morgen wanderten mehrere der Kinder durch die

Ruinen der Stadt und pflückten Schmetterlingsblumen. Sie flochten die purpurroten und weißen Blüten zu langen Ketten und schlangen sie um ihre Körper; dann tanzten sie, während die Erwachsenen zuschauten, den Schmetterlingstanz. Das Fest war zwar schon eine ganze Weile überfällig, und es gab auch keine Honigkuchen oder Flügel aus Gaze, aber sie hatten Trommeln und eine Harfe. Die Erwachsenen standen im Kreis um sie herum und klatschten fröhlich singend in die Hände.

Als Marrah die Kinder beobachtete, stiegen ihr Tränen in die Augen. Ihre Gesichter waren mager und verhärmt, ihre Arme und Beine ragten furchtbar dünn aus den lumpigen Kleidern; dennoch lachten sie übermütig und neckten einander wie Kinder überall auf der Welt. Mit Kindern wie diesen – wer konnte da noch zweifeln, daß Shambah aus der Asche auferstehen würde?

Am nächsten Tag befahl Stavan den Nomaden, die Festung in Brand zu stecken, und alle schauten zu, wie sie bis auf die Grundmauern niederbrannte. Die Flammen leckten an den spitzen Pfählen des Walls und verzehrten die Dornenranken; sie züngelten durch die Schießscharten und fraßen sich in die Simse, wo noch vor kurzem die Wachtposten gestanden hatten. Prasselnd brausten sie durch den Raum, wo Nikhan aus dem goldenen Kelch der Göttin Chilana getrunken hatte, und färbten die leeren Weinkrüge schwarz. Zwei Feuermeere wüteten in verschiedene Richtungen: eines nach Norden und eines nach Süden. Marrah stand da, während sie ihr Gesicht vor der glühenden Hitze abschirmte und beobachtete, wie die Flammen im Wind loderten, die aussahen wie die feurigen Flügel eines gewaltigen Schmetterlings.

Als das Fort nur noch aus einem Haufen glimmender Asche bestand, befahl Stavan Nikhan und seinen Kriegern, in die Steppe zurückzukehren, ihr Lager an der Grenze aufzuschlagen und die Mutterländer gegen Nomadenüberfälle zu verteidigen.

Nikhan gehorchte ohne ein Wort des Protests. Den ganzen Nachmittag über trieben seine Männer die Pferde zusammen und packten ihre Satteltaschen. Als sie fertig waren, hängten sie sich ihre

Bögen über den Rücken, schnallten sich ihre Köcher an die Schenkel, streuten Erde auf die Lagerfeuer und ritten davon. Bis zum frühen Abend waren alle verschwunden, und Shambah gehörte wieder den Shambahnern.

Zweites Buch

Die Mutterländer

Als ich schon alle Hoffnung aufgegeben hatte,
schickte mir die Göttin den Frühling.
Sie hüllte sich in einen grünen Schal
und befahl mir zu tanzen.

Die Knospen sind dick,
und die Zweige sind rot,
der Wald ist eine Mauer
gegen den Wind.

Gelobt sei die Göttin,
die die Graugänse über den Himmel ziehen läßt,
gelobt sei sie,
die die Frösche singen läßt.
Gelobt sei die Süße Mutter,
die mich vor den Nomaden rettete
und mir das Lachen zurückbrachte,
das ich für immer verloren geglaubt...

Aus »Dalishs Lied«. Schwarzmeerküste. 5. Jahrtausend v. Chr.

5. Kapitel

Die Stadt Shara, 4367 v. Chr.

An einem warmen Morgen im Frühsommer stand Marrahs Großmutter, Lalah, barfuß auf einem Leiterbaum an der Außenmauer von Shara und malte eine der Windungen der Großen Schlange der Zeit. Die Schlange, die von Haus zu Haus durch den gesamten Süden der Stadt verlief, war ein Sinnbild der Zeit, so wie die Bewohner von Shara sie erlebten: Die Vergangenheit begann am Schwanz, die Gegenwart war in der Mitte, und die Zukunft wurde durch den dreieckigen Kopf der Schlange symbolisiert sowie durch ihre rote, gespaltene Zunge, die in das Unbekannte hinauszüngelte.

Im Zentrum der Stadt gab es noch eine Schlange, aus blauen und orangefarbenen Ziegeln gepflastert, die rund um den zentralen Versammlungsplatz lief und sich in ihren eigenen Schwanz biß. Diese hieß die Schlange der Ewigkeit; sie stellte die Zeit dar, wie sie *wirklich* war: eine ununterbrochene, nie endende Folge von Leben auf Leben, Jahreszeit auf Jahreszeit. Jedes Kind wußte, daß die Zeit in Wirklichkeit einen Kreis bildete; doch jedes Kind wußte auch, daß die Menschen sie nicht auf diese Weise sehen konnten, deshalb behielten die Sharaner beide Schlangen, um sich stets daran zu erinnern.

Lalah trug noch etwas mehr Farbe auf, hielt sich an einem der Zweige der Leiter fest und lehnte sich ein wenig zurück, um den Fortschritt zu begutachten, den ihre Arbeit machte. Zu ihrer Rechten pinselte ihr ältester Bruder, Bindar, mit großer Konzentration an dem Schlangenkörper, und er blinzelte, als er sorgsam einen schmalen Streifen Gelb auf den Bildabschnitt vor sich auftrug. Die Stelle war nicht viel größer als seine Hand, aber er malte schon fast den halben Morgen daran herum.

Lalah seufzte und widerstand dem Drang, ihn zur Eile anzutreiben. Bindar saß mit ihr im Rat der Ältesten und hatte ihr immer geholfen, die Stadt zu regieren, seit sie Priester-Königin war. Es gab keinen Mann auf der Welt, der mehr Geschick und Gefühl für Einzelheiten gehabt hätte als Bindar; er war jedoch auch der langsamste Arbeiter, den Lalah je erlebt hatte. Als Meistertöpfer von wundervollen Vasen und Bechern gereichte er der Stadt zum Stolz. Wahrscheinlich gab es keinen größeren Künstler als ihn südlich des Rauchflusses, aber er war entschieden nicht die Person, die man bitten sollte, einem beim Bemalen einer Mauer zu helfen. Die Schlange der Zeit sollte eigentlich fertig sein, bevor die Pilger zum Fest des Sommermondes in die Stadt zu strömen begannen; doch bei dem Tempo, das Bindar vorlegte, würde es wahrscheinlich Winter werden, bis seine Arbeit getan war.

Lalah tauchte ihren Pinsel in den kleinen Tonkrug, der an ihrem Gürtel hing, und machte sich erneut ans Werk, während sie schwungvoll grüne Farbe auf die Schlangenlinien kleckste. Sie trug ein altes Lendentuch aus Leinen und nicht viel mehr, denn sie arbeitete gerne halbnackt, weil es ihr ein Gefühl der Freiheit verschaffte. Ihr lockiges graues Haar war mit einem Lederband zurückgebunden, was es jedoch nicht vor Farbspritzern bewahrt hatte. Im Moment prangten grüne Flecken auf ihren Brüsten, ihren nackten Füßen und auf ihrer Nasenspitze – von den Händen ganz zu schweigen, die aussahen, als hätte sie sie direkt in den Farbkrug getaucht.

Schmutzig mochte sie ja sein, aber sie war akkurat in ihrer Arbeit. Der Schlangenkörper erwachte zum Leben unter ihren geschickten Händen, als sie sich vom oberen zum unteren Rand vorwärts pinselte. Einmal hielt sie kurz inne, um nach mehr Farbe zu rufen, aber ansonsten arbeitete sie ausdauernd und mit der Energie eines Menschen, der nur halb so alt war wie sie. Lalah stellte eine bemerkenswerte Figur zur Schau für eine Frau im fünften Lebensjahrzehnt: Sie hatte die hängenden Brüste einer Frau, die fünf Kinder gestillt hatte, kombiniert mit der liebenswerten Molligkeit und dem runden Bauch zufriedener älterer Menschen; aber ihre Arme waren muskulös und ihre Zehen so stark, daß sie sich mühelos an den Zweigen des Leiterbaums hätte festklammern können, ohne ihre Hände zu Hilfe zu nehmen. Als sie den Kopf in den Nacken legte, um die Mauer zu betrachten, waren ihre dunklen Augen so klar wie die eines Kindes. Sie mochte Arbeit – besonders hartes Ringen. Die Bewohner von Shara verhätschelten ihre Königinnen nicht; man erwartete von ihnen, daß sie genauso kräftig anpackten wie alle anderen, wenn eine Gemeinschaftsaufgabe zu erledigen war.

Und es gab eine Menge Pflichten unter den zweiundsiebzig Familien der Stadt aufzuteilen. Shara war schon seit Generationen eine blühende Hafenstadt und zeremonielles Zentrum. Am westlichen Ufer des Süßwassersees erbaut, lagen seine zwölf Tempel und ungefähr hundert rechteckige Mutterhäuser zwischen einem Fluß und einem Wall von Granitfelsen. Die Stadt war Batal, der Schlangengöttin, geweiht; aber Batals farbenprächtiges Symbol hatte eine Neigung, immer wieder zu verblassen, deshalb strich in dieser Woche jeder Clan auf der Südseite der Stadt sein eigenes Haus, unterstützt von denjenigen, die in einem anderen Bezirk wohnten. Wenn die Arbeit beendet war, würde sich eine glitzernde, mit Schuppen aus Glimmer gesprenkelte, grüngelbe Schlange um die gesamte Stadt herumwinden, und Händler, die die Küste heraufsegelten, würden sie bereits von ihren Booten aus erspähen können.

Wie es an Arbeitstagen üblich war, herrschte ein harmonischer Wirrwarr. Am Fuß des Leiterbaums rannten Lalahs jüngste Enkelkinder hin und her und brachten den Erwachsenen Krüge mit frischer Farbe, wobei jedoch der größte Teil überschwappte und auf ihren Kleidern landete. Links von Lalah hielt sich ihr dickbäuchiger Bruder Nazur mit einer Hand an einem Ast fest, während er heftig mit dem Pinsel in der anderen Hand herumfuchtelte und lauthals protestierte, als Lalahs jüngste Tochter, Tarrah, auf Stellen zeigte, die noch einmal übermalt werden mußten. Auf Lalahs rechter Seite, gleich hinter Bindar, arbeitete Kusine Inhala in einem eleganten Leinenkittel, der nicht mehr zu gebrauchen sein würde, wenn sie erst einmal fertig war.

Inhalas Liebhaber sprachen immer mit Wärme von ihr, aber sie war ziemlich eitel und ging niemals aus dem Haus, ohne sich zu schmücken und zurechtzumachen, als bräche sie zu einem Fest auf. Andererseits kümmerte es Inhala nie sonderlich, wie ihre Liebhaber aussahen, solange sie nur witzig waren und musikalisches Talent besaßen. Barrash, ihr Hauptpartner seit vielen Jahren, war ein Mann mit buschigen, zusammengewachsenen Augenbrauen und großen, fast komischen Ohren; aber er verfügte über die schönste Singstimme der Stadt. An diesem Morgen trug er einen alten Lendenschurz aus Wildleder, der aussah, als hätte er ihn zum Töpfeschrubben benutzt, was, wenn man Barrash kannte, nur allzu wahrscheinlich war.

Der Anblick von Barrash ließ Lalah mitten in der Arbeit innehalten, den Farbpinsel in der halb erhobenen Hand. Ein Strom von Grün sickerte an ihrem nackten Arm herunter, doch sie war sich dessen kaum bewußt. Sie mochte Barrash sehr, aber in letzter Zeit wurde sie jedesmal schmerzlich an Marrah und Arang erinnert, wenn sie ihn sah. Das war natürlich nicht Barrashs Schuld. Sie war einfach eine alte Frau mit einem zu guten Gedächtnis.

Seit fast zwanzig Jahren hatte sie Barrash als Inhalas Lieblingspartner betrachtet; doch seit Marrah und Arang in den Norden nach Shambah gereist waren, hatte sie sich an die Zeit zu erinnern begonnen, als Barrash der Liebhaber von Marrahs Mutter gewesen war. Barrash und Sabalah waren unzertrennlich gewesen in den Monaten, bevor Sabalah in den Westen ging, und er hatte noch lange danach um sie geweint, bis Inhala beschloß, ihn zu trösten. Zweifellos war er der Mann, der Sabalah geholfen hatte, Marrah zu zeugen – nicht, daß dies ein besonders wichtiger Punkt in Lalahs Erinnerung gewesen wäre, aber sein Gesicht wies eine gewisse Ähnlichkeit mit dem Marrahs auf, besonders was die Augen und den störrischen Zug um das Kinn betraf.

Zweifellos war Barrash schon vor langer Zeit über Sabalahs Verlust hinweggekommen – oder hatte sie zumindest in jenen Teil seines Bewußtseins geschoben, wo die Erinnerungen an die Jugend lagerten; aber wenn Lalah ihn sah, dachte sie oft an die auf ewig verschwundene Tochter und dann an die Enkelin und den Enkel, die ebenfalls in die Fremde gezogen waren. Sabalah, Arang und Marrah – drei geliebte Menschen ihrer Familie – hatten sich von ihr getrennt und Lalah zutiefst betrübt zurückgelassen.

Waren sie tot oder lebten sie noch? Lalah hatte keine Ahnung, was aus ihnen geworden war, und auch keine Möglichkeit, es herauszufinden. Im vergangenen Jahr war sie mehr als ein dutzendmal in die Traumhöhle gegangen, um die Göttin um Auskunft zu bitten, ob Marrah und Arang sicher in Shambah eingetroffen waren; aber sie hatte jedesmal von anderen Dingen geträumt: von Tempeln, deren Dächer neu gedeckt werden mußten; Feldern, die Seetangdünger benötigten; Streitigkeiten, die zu schlichten waren. Sie wollte die Träume einer Mutter und Großmutter träumen, statt dessen waren ihr die Träume einer Königin zuteil geworden.

Einen Moment stand Lalah reglos da und ließ die Farbe an ihrem Arm heruntertropfen, als wieder der alte Kummer in ihrem Herzen auflebte. Sie hätte Sabalah auf keinen Fall in Shara halten können, denn die Göttin Batal persönlich hatte Sabalah befohlen, in den Westen zu gehen. Aber bei Marrah und Arang lag der Fall anders. Lalah hätte durchaus den Einfluß besessen, sie an ihrer Reise zu hindern, und es wäre nur so wenig nötig gewesen, ein einziges energisches »Nein«. Aber sie hatte es nicht übers Herz gebracht, ihre Enkelin zurückzuhalten. Marrah war so entschlossen gewesen, als die Boten kamen aus Shambah mit der verzweifelten Bitte um Hilfe. Sie hatten gesagt, eine schreckliche Seuche hätte die Stadt heimgesucht, und als Marrah davon erfuhr, gelangte sie zu der Überzeugung, sie könne die Bewohner von Shambah heilen.

Bestimmt war sie statt dessen selbst an der Krankheit gestorben, und Arang – der sich heimlich seiner Schwester angeschlossen hatte – lag ganz sicherlich ebenfalls unter der Erde. Inzwischen mußten die Vögel ihr Fleisch zur Muttergöttin zurückgebracht haben. Sonst wären Marrah und Arang im letzten Herbst zurückgekehrt, wie Marrah es versprochen hatte.

Überdies waren beunruhigende Gerüchte aus dem Norden zu ihnen gedrungen. Die meisten Nachrichten klangen zu lächerlich oder zu verworren, als daß man sie hätte glauben können – doch sie schürten Lalahs schlimmste Befürchtungen: Shambah war zerstört worden – ob von einem Waldfeuer, einem Erdbeben oder einem Vulkanausbruch, blieb den Vermutungen des einzelnen überlassen. Die Seuche hatte jedes Lebewesen getötet, selbst die Vögel. In den vergangenen beiden Monaten hatte Lalah wilde Geschichten von Leuten (die eigentlich mehr Verstand hätten haben müssen) gehört, daß Seeungeheuer aus dem Wasser gekommen seien, um ganze Dörfer zu verschlingen; daß am östlichen Himmel des Nachts rätselhafte Objekte glühten; daß man die Göttin Erde weinen hören könne, wenn man sein Ohr an den Erdboden preßte.

Erst wenige Wochen zuvor war ein Händler mit einem Korb seltener Gewürze und getrockneter Pilze eingetroffen. Er behauptete, er käme direkt aus der heiligen Stadt Kataka, wo die Priesterinnen in den Teich der Prophezeiung geschaut und das Ende der Welt gesehen hätten. Nach Aussage des Händlers vergruben die Katakaner ihre sprechenden Tontöpfe an geheimen Orten, damit zukünftige Generationen in der Lage sein würden, sich das heilige Wissen anzueignen, das sonst verlorenzugehen drohte.

Bei all den vielen Gerüchten, die kursierten, war es unmöglich zu unterscheiden, was davon wahr war und was nicht; dennoch stand eindeutig fest, daß sich nördlich des Rauchflusses irgend etwas Schreckliches ereignete.

Lalah machte sich wieder an die Arbeit, aber sie war nicht mehr mit dem Herzen dabei. Die Sonne wurde immer heißer, und plötzlich fühlte sie all ihre fünfzig Lebensjahre wie schwere Steine auf ihren Schultern lasten. Sie beugte sich vor, schloß die Augen und lehnte die Stirn an den Stamm des Leiterbaums.

»Fühlst du dich nicht wohl, Schwester?« erkundigte sich Bindar.

Sie öffnete die Augen, um sich einem besorgten Bruder gegenüber zu sehen. Bindars Brust und Arme hatten nicht einen Farbspritzer abbekommen, und sein Ledenschurz aus Leinen war noch so makellos rein, daß es einen regelrecht erbittern konnte.

»Mir geht's gut!« fauchte Lalah. Sie war nicht in der Stimmung, ihre Trauer um Marrah und Arang oder ihre Ängste um die Zukunft mit irgend jemandem zu teilen. Infolge der Gerüchte aus dem Norden waren bereits alle in der Stadt nervös, aber keiner wußte im Augenblick Rat – sie selbst am allerwenigsten. Es gab Zeiten, da mußte sogar eine Königin den Mund halten.

Lalah kletterte den Leiterbaum hinunter, warf ihren Pinsel auf den Boden und griff nach einem der Wasserkrüge, um ihren Durst zu stillen. Dann kehrte sie ihrem Haus den Rücken zu, schob einen kleinen Abschnitt des Riedgraszauns zur Seite, der die Stadt von den Feldern trennte, und trat durch die Lücke. Der Zaun war gebaut worden, damit nicht die Tiere durch die Straßen wanderten, was bei den Schafen und Kühen auch durchaus gelang; aber er war relativ niedrig, beispielsweise Ziegen sprangen leicht drüber hinweg und stellten allerlei Schabernack an. Erst letzte Woche hatte es eine Ziege fertiggebracht, den größten Teil eines Leintuches zu fressen und einen ganzen Korb gedörrter Pflaumen – sowohl den Inhalt als auch den Korb –, bevor es irgend jemand bemerkte. Als Lalah jetzt das Feld zwischen den beiden Seiten des Zauns überquerte, dachte sie vielleicht zum hundertsten Mal, daß sie wirklich bald eine Arbeitsmannschaft zusammentrommeln sollte, um den Zaun zu erhöhen.

Vorübergehend blieb sie stehen und starrte auf die Granitfelsen, die südlich der Stadt aufragten. Von hier aus konnte sie die brustförmige Kuppel des Tempels der Kinderträume sehen, der auf einem breiten Felsvorsprung neben der heißen Quelle erbaut war – das Ziel der Pilger, um zu baden und geheilt zu werden. Marrah hatte den Tempel nach dem Vorbild eines anderen entworfen, den sie auf ihrer ersten fernen Reise gesehen hatte, und Bindar hatte ihn gebaut. Es gab ein Dutzend Tempel in Shara, doch kein anderer war so schön. Von hier aus konnte man zwar gerade den Schlangenkopf von Batal erkennen, aber nicht die Muster, die die Kinder in den feuchten Ton geritzt hatten, oder die Abdrücke ihrer kleinen Hände.

Lalah riß sich energisch zusammen. Heute erinnerte sie alles und jedes an Marrah. Hör auf zu grübeln, befahl sie sich. Sie drehte sich um und blickte auf die Stadt zurück. Die Schlange der Zeit wurde von Augenblick zu Augenblick schöner und leuchtender. Es war schon eine ganze Weile her, seit sie sie so gründlich aufpoliert hatten, und jetzt sah sie prächtig aus, wie Lalah zugeben mußte.

Jedesmal bedeutete es viel Arbeit, die verblaßte Malerei wieder in Ordnung zu bringen. Auf der Südseite der Stadt gab es ungefähr dreißig Mutterhäuser, mit weißem Stuck verputzt und mit Farbe und Kristallsplittern dekoriert. Auf jedem Haus prangte eine einzelne Windung der Schlange, und im Inneren jeder Windung war eine Szene aus der Vergangenheit dargestellt. Jeder konnte die Windungen mit dem Pinsel nachziehen, aber nur Künstler wie Bindar durften die Wandgemälde ausbessern.

Die gesamte Geschichte der Welt war in jenen Bildern veranschaulicht: Die erste Windung der Schlange zeigte die Eisigen Zeiten, als Eis das Land bedeckte; die zweite stellte den Großen Frühling dar, als das Eis schmolz und die drei Göttlichen Schwestern auf die Erde gekommen waren, um die Menschen zu lehren, wie man Getreide anbaute, webte und Tiere aufzog; die dritte zeigte die Stadt Shara, wie sie aus einem von Batals Eiern schlüpfte. Und so wand sich die Schlange immer weiter von Haus zu Haus, bis in die Gegenwart.

Lalahs Mutter, Großmutter, Urgroßmutter und alle ihre Urahninnen waren dort abgebildet: Priester-Königinnen, auserwählt, um für das geistige und körperliche Wohlergehen ihrer Schutzbefohlenen zu sorgen. Sie standen niemals allein, sondern immer neben ihren Brüdern. Die Brüder waren so ausgeführt, daß sie wie richtige Menschen aussahen; die Königinnen dagegen waren abstrakt dargestellt; breithüftige Gestalten, um deren Köpfe Vögel flatterten, ihre Arme um die Hälse von Löwen geschlungen, mit Blumen im Haar und Schmetterlingen in den Händen.

In einer der Windungen der Schlange tanzten die Priester-Königinnen und ihre Brüder mit Kindern; in einer anderen saßen sie zu Füßen ihrer Ältesten; hier webten und töpferten sie; dort arbeiteten sie mit entblößten Armen auf den Feldern und ernteten den Weizen.

Auf anderen Bildern brachten sie Batal Opfer dar oder berieten sich mit dem Ältestenrat, während sie auf wieder anderen am Boden knieten, um Brotteig zu kneten oder Kinder zu gebären. In Shara dienten eine Königin und ihr Bruder ihrem Volk eher, statt es zu regieren. Man erwartete von ihnen, daß sie auch der Göttin Erde und ihren Tieren dienten und ihr Leben für sie opferten, wenn es unumgänglich war.

Lalah starrte auf den Schwanz der Schlange und dachte daran, seit wie vielen Generationen sie sich schon über die Häuser von Shara wand; dann blickte sie auf den Kopf und fragte sich – wie jedesmal –, welche Zukunft der Schlange und der Stadt wohl beschieden sein würde.

»Großmutter!« gellten plötzlich zwei schrille Stimmen. Lalah blickte auf, leicht verärgert über die Störung, und sah, wie die zehnjährige Ranala und der neunjährige Kandar ihr stürmisch vom Dach ihres Hauses zuwinkten. Es war zwar ein Flachdach, aber die beiden hüpften gefährlich nahe am Rand auf und nieder.

»Geht da runter!« brüllte sie, doch ihre Enkel waren entweder zu weit entfernt, um sie zu vernehmen, oder taten so, als wären sie außer Hörweite.

»Hunde!« schrie Ranala. Sie zeigte auf etwas auf der anderen Seite des Hauses, und Kandar wies ebenfalls gestikulierend in jene Richtung.

Lalah marschierte auf den Zaun zu, fest entschlossen, diesen Unsinn zu unterbinden, bevor er mit gebrochenen Beinen und Hälsen endete. Hunde, also wirklich! Wahrscheinlich bei der Paarung. Warum Kinder immer glaubten, der Anblick sich paarender Hunde sei urkomisch, war und blieb Lalah ein Rätsel. Sie schob den Riedgraszaun beiseite und fand ein einziges Durcheinander vor. Niemand – mit Ausnahme von Bindar – arbeitete noch an der Schlange. Überall auf der Südseite der Stadt kletterten Leute in aller Eile Leiterbäume hinauf, um auf ihre Hausdächer zu gelangen.

»Großmutter!« rief Kandar wieder. Er spähte über den Rand des Daches, und sein rundes kleines Gesicht war vor Aufregung gerötet. »Da drüben kommt ein Rudel großer Hunde den Strand herauf, und auf einigen von ihnen reiten Leute!«

Lalah blieb stehen, und der Tadel erstarb auf ihren Lippen. »Hast du gesagt, die Leute reiten auf *Hunden*?«

»Ja«, riefen mehrere Erwachsene zu ihr herunter. »Auf Hunden!«

»Nein!« widersprachen andere. »Schaut doch mal richtig hin. Das sind keine Hunde; dafür sind sie zu groß. Das müssen Hirsche sein!«

Hunde? Hirsche? Waren plötzlich alle verrückt geworden? Lalah eilte zum nächsten Leiterbaum, kletterte hastig hinauf und zog sich über den Dachvorsprung hoch. Sie richtete sich auf und lief zur anderen Seite, während sie insgeheim dachte, daß sie allmählich ein bißchen zu alt wurde, um Halluzinationen nachzujagen. Kandar, Ranala, Nazur, Tarrah, Barrash und Inhala standen dort schnatternd beisammen und starrten nach Norden. Die Erwachsenen schrien ebenso laut wie die Kinder.

»Überzeuge dich selbst!« riefen sie und schoben Lalah nach vorn, damit sie besser sehen konnte. Lalah blinzelte und beschattete ihre Augen gegen das grelle Sonnenlicht. In der Ferne bewegte sich tatsächlich eine große Gruppe von Tieren auf die Stadt zu, strebte in raschem Tempo am Saum des Strandes entlang. Die Tiere waren seltsam: bei weitem zu groß, um Hunde zu sein, und zu stämmig für Hirsche. Es waren auch keine Rinder – Lalahs erster Gedanke –, und auf den Rücken von einigen dieser sonderbaren Wesen ritten wirklich Menschen.

Plötzlich wußte sie, was sie dort sah. Sie ließ ihre Hand sinken und stand einen Moment wie erstarrt da, während sie auf das hektische Gebrabbel der anderen lauschte und ein Gefühl des Entsetzens sie überwältigte. Dies mußten die Tiere sein, die »Pferde« genannt wurden, jene Tiere, von denen Marrah ihr erzählt hatte, bevor sie nach Shambah aufgebrochen war. Die schrecklichen Prophezeiungen bewahrheiteten sich, und nur sie, Lalah, wußte es, weil sie die einzige war, die jemals ein Pferd erblickt hatte. Es war kein richtiges Pferd gewesen, nur eine kleine Nachbildung aus Kupfer, so dünn wie ein Fingernagel, aber die Ähnlichkeit lag auf der Hand. Die Tiermenschen waren gekommen!

Ihr erster Impuls war, kehrtzumachen und sich in Sicherheit zu begeben; doch dann erinnerte sie sich daran, wer sie war. Eine Priester-Königin von Shara rannte nicht in Panik davon; sie kümmerte sich um ihre Schutzbefohlenen, ganz gleich, was geschah. Lalah versuchte, ihre Furcht zu meistern und einen klaren Gedanken zu fassen, um die Situation zu beurteilen. Dort draußen näherte sich mindestens ein Dutzend von diesen Pferdetieren, aber nur eine Handvoll Reiter. Die Tiere selbst sahen nicht gefährlich aus; tatsächlich hätte Lalah sogar wetten mögen, daß sie Gras fraßen wie Kühe.

Sie hob ihre Hand, schloß Daumen und Zeigefinger zu einem Ring und blickte angestrengt durch das Loch. Inzwischen waren die Reiter schon deutlicher zu erkennen, waren jetzt so nahe, daß Lalah die Gestalten unterscheiden konnte: drei Frauen, zwei Männer. Der Anblick der Frauen beruhigte sie etwas. Sie runzelte die Stirn und kaute auf ihrer Unterlippe. Eine der Frauen hatte etwas Vertrautes an sich – irgend etwas an ihrer Kopfhaltung kam Lalah bekannt vor. Einer der Männer sah ebenfalls vertraut aus.

Die Reiter durchquerten den Fluß an der üblichen Stelle, wandten sich landeinwärts und strebten direkt auf die Stadt zu, während sie die überzähligen Tiere vor sich hertrieben. Der Mann, der an der Spitze des Trupps ritt, hatte merkwürdig gelblich-weißes Haar, das an ausgeblichene Knochen erinnerte, wie auch die kleinste der Frauen. Die anderen drei sahen mehr oder weniger wie die Bewohner der Küste aus, außer daß eine der Frauen offensichtlich schwanger war. Lalah starrte auf den Bauch der schwangeren Frau und stieß einen tiefen Seufzer der Erleichterung aus. Dann nahm sie das Gesicht der Fremden ins Visier, und ein prickelndes Gefühl der Erregung durchlief sie. Nein, das kann einfach nicht sein, dachte sie. Ich muß mich täuschen. Die Frau kann doch unmöglich... Plötzlich entrang sich ihren Lippen ein lauter Freudenschrei, der alle um sie herum erschrocken zusammenfahren ließ.

»Marrah!« rief sie. »Barrash, Tarrah, seht doch nur! Da ist

Marrah, und das muß Arang sein, der neben ihr reitet!« Inzwischen hatten auch andere Leute die beiden erkannt und stimmten in ihren Ruf ein, aber Lalah hielt jetzt nichts mehr auf dem Dach. Sie rannte zur gegenüberliegenden Seite, stemmte sich über den Rand und kletterte so schnell den Leiterbaum hinunter, daß sie nur aufgrund eines Wunders sich dabei nicht das Genick brach.

Später konnte sie sich nicht mehr daran erinnern, ob sie durch die Stadt gelaufen war oder außen herum. Sie wußte nur, daß sie plötzlich über die Weide stürmte und daß die Pferdetiere geradewegs auf sie zudonnerten. Wenn sie bei Vernunft gewesen wäre, hätte sie erkannt, daß sie Gefahr lief, von den Ungeheuern niedergetrampelt zu werden, aber sie war zu glücklich, um sich darum zu kümmern, und die Göttin und das Glück beschützten sie.

Sie hörte das Stampfen der großen Füße der Tiere, als die vordersten an ihr vorbeigaloppierten. Marrah und Arang riefen ihr zu, vorsichtig zu sein, doch Lalah rannte unbeirrt weiter. Die Reiter brachten ihre Tiere so abrupt zum Stehen, daß Klumpen von Erde in alle Richtungen flogen; die seltsamen Geschöpfe bäumten sich auf den Hinterbeinen auf und schlugen mit schwarzen Hufen, die so hart wie Stein aussahen, durch die Luft. Ohne auch nur eine Sekunde zu zögern, kroch Lalah unter ihren Bäuchen hindurch und preßte sich an die gewaltige, bebende Flanke von Arangs Tier. Der Geruch seines Schweißes stieg ihr in die Nase. Und da war auch noch ein anderer Geruch: seltsam und süß und fremd. Lalah griff nach Arangs Beinen und hielt sie so fest umklammert, als wollte sie sie nie mehr loslassen. Dann rannte sie zu Marrah und umarmte auch ihre Beine, und als sie aufblickte, sah sie mit Gewißheit, daß Marrah schwanger war und von der Göttin gesegnet.

»Großmutter«, rief Marrah, und sie lachte übers ganze Gesicht, während gleichzeitig Tränen über ihre Wangen strömten. Sie kletterte langsam herab, ließ sich mit der plumpen Grazie einer Frau zu Boden, die ein Kind erwartet. Dann streckte sie die Arme nach Lalah aus und drückte sie an sich, und Arang umarmte Lalah von der anderen Seite; alle drei jauchzten halb närrisch vor Wiedersehensfreude.

Lalah preßte sich mit ihrem Körper gegen Marrahs dicken, gespannten Bauch. Sie nahm Arangs Gesicht in beide Hände und küßte ihn, und er erwiderte ihren Kuß. Bis die freudige Begrüßung schließlich beendet war, waren alle drei mit grüner Farbe beschmiert.

Lalah blickte auf die Farbflecken auf Marrahs Oberlippe und die grünen Streifen an Arangs Kinn. Sie band ihren Gürtel auf, löste den Farbkrug und hielt ihn ihren Enkeln entgegen wie einen Begrüßungstrunk. »Willkommen zu Hause, meine Herzenskinder!« verkündete sie strahlend.

Manchmal, wenn man die Große Schlange der Zeit reitet, dreht sie ihren göttlichen Körper herum, man rutscht von einer Windung zur anderen und kehrt in die eigene Vergangenheit zurück. Für die meisten Menschen sind diese Augenblicke so schnell vorbei, daß sie ihnen wie ein Traum erscheinen; aber als Marrah in die Stadt Shara ritt, erlebte sie etwas Seltenes und Wundervolles: In der Welt, die sie hinter sich gelassen hatte, war alles wie gewohnt weitergegangen, so wie seit Urzeiten.

Die weißen Kieswege säumten noch immer Blumen; die Rosen von Batals heiliger Stadt rankten noch immer bis zu den Dächern der Mutterhäuser hinauf, und die Clanzeichen, mit denen die Wände bemalt waren, leuchteten frisch und farbenfroh. Auf dem zentralen Versammlungsplatz wand sich die Schlange der Ewigkeit in ihrem endlosen Kreis des Friedens; und als Marrah an den bescheidenen zweistöckigen Tempeln vorbeikam, konnte sie die heiligen Brotöfen sehen, deren Form dem Bauch einer schwangeren Frau nachempfunden war – auch die Webstühle mit den Steingewichten, die zu Tiergestalten geschliffen waren, und die Stapel von Tonkrügen und Figuren, die darauf warteten, gebrannt zu werden, so wie damals Krüge und Figuren auf den Brennofen gewartet hatten an dem Tag, als sie nach Shambah aufgebrochen war.

Die Stadt roch förmlich nach Frieden. In Shambah hatte ihnen jedesmal Asche in den Augen gebrannt, wenn der Wind drehte; doch hier brachte die Brise, die vom Süßwassersee herüberwehte, den Jasmin- und Tanggeruch mit sich. Marrah konnte frisch gebakkenes Brot riechen und den köstlichen Duft von Ragout, das in glühender Asche schmorte, während die Familien damit beschäftigt waren, die Malereien auf der Südmauer aufzufrischen. Von Zeit zu Zeit entwich ein Wölkchen süßen Weihrauchdufts aus einer der Tempeltüren, als wäre der einzige Rauch, den die Sharaner kannten, der Rauch von Opfergaben für die Göttin Erde.

Hier existierte eine Stadt, von der Anschauung geprägt, daß Menschen dazu erschaffen waren, in Harmonie miteinander und mit all den anderen Lebewesen und Dingen um sie herum zu leben. Es gab kein Fort neben dem Fluß, keinerlei Zufluchtsstätten in den Felsen, keinerlei Schutzmauern bis auf einen dürftigen Zaun aus Riedgräsern, um die Tiere abzuhalten. Wenn man von der Landseite her nach Shara kam, breitete die Stadt ihre Arme aus wie eine Mutter, die ihre heimkehrenden Kinder begrüßt; näherte man sich indessen vom Meer her, grüßte jeden Neuankömmling ihre Große Schlange in alter gastfreundlicher Weise.

Als Marrah jetzt ihren Blick über die vertrauten Gesichter schweifen ließ, sah sie nichts als unschuldige Neugier und Erwartung darin. Da die Sharaner noch niemals berittene Krieger gesehen hatten, rannten sie nicht schreiend vor Angst davon, sobald sie diese eigenartigen Gäste erblickten. Sie liebten Tiere, und als sie sich um Marrah und Arang drängten, um sie in der Heimat willkommen zu heißen, staunten sie über die sonderbaren und wundervollen Tiere, die sanft genug waren, um Menschen auf ihrem Rücken zu dulden. Kinder streckten furchtlos die Hände nach Marrahs Stute aus, und Erwachsene streichelten die kurze Mähne ihres Pferdes, als wäre es menschliches Haar.

Die Sharaner fanden auch Stavan und Hiknak interessant – da sie noch nie zuvor blondes Haar und blaue Augen gesehen hatten –, und sie glotzten verwundert auf die Tätowierungen in Dalishs Gesicht, als könnten sie ihren Augen nicht so recht trauen – aber es waren die Pferde, die die größte Faszination auf sie ausübten. Aus irgendeinem Grund brachte der Anblick dieser Tiere die Leute zum Lachen. Die Sharaner starrten auf ihre großen gelben Zähne und inspizierten ihre Hufe, und als sie unter die Schwänze der Hengste spähten, stießen sie bewundernde Pfiffe aus.

»Junge, Junge, was für eine mächtige Potenz sie haben!«

»Wie sanft und friedlich sie sind!«

»Bekommt ihr keinen wunden Hintern vom Reiten?«

»Ich wette, es ist ein gutes Gefühl, ein solches Tier zwischen den Schenkeln zu haben!« Dieser Kommentar wurde von einem rauhen Lachen begleitet. Marrah blickte hinunter und sah, wie ihre Kusine Inhala zu ihr hochgrinste. Inhala war so elegant wie eh und je gekleidet. Neben ihr stand Barrash, der aussah, als trüge er noch dieselben alten Sandalen und denselben mit Tonflecken verkrusteten Lendenschurz wie vor Jahren.

»Nicht halb so gut, als wenn man einen Mann zwischen den Schenkeln hat«, gab Marrah übermütig zurück.

Die Menschenmenge brüllte vor Lachen.

»Was hast du mit dem dort gemacht, daß sein Haar ganz weiß geworden ist?« schrie Inhala und zeigte auf Stavan.

»Sie hat mit mir die Liebe eines ganzen Lebens in einer einzigen Nacht gemacht«, rief Stavan zurück. Die Leute waren erstaunt, ihn Sharanisch sprechen zu hören. Einen Moment lang standen sie in verblüfftem Schweigen da, dann lachten sie so ausgelassen, daß sich einige von ihnen hinsetzen mußten, um wieder zu Atem zu kommen.

»Möget ihr alle gesegnet sein!« rief Dalish, die außer sich vor Freude war. »Gesegnet sei diese Stadt und die Göttin Batal, die sie beschützt!«

Marrah warf einen Blick zurück auf Hiknak. Die kleine Nomadin, die kaum ein Wort Sharanisch verstand, starrte mit großen, entzückten Augen auf die bunten Blumen und Mutterhäuser. Marrah erinnerte sich, daß dies die erste Stadt war, die Hiknak jemals gesehen hatte – es sei denn, man rechnete Shambah dazu, das jedoch kaum mehr als einen Haufen Trümmer geboten hatte. Hiknak schien besonders eingenommen von der ungezwungenen Art der Frauen, die sich so kühn um die Pferde drängten.

Da, wo sie herkam, wären die Frauen gezwungen gewesen, in

respektvoller Entfernung zu warten, bis die Männer des Lagers die Besucher begrüßt und sie in Freunde oder Feinde eingeteilt hätten. Sie hätten ihre Gesichter mit Tüchern verhüllt, die Augen niedergeschlagen und es niemals gewagt, laut zu sprechen; aber hier waren Männer und Frauen offensichtlich gleichgestellt, und als Hiknak beobachtete, wie sie sich Ellenbogen an Ellenbogen vorwärtsschoben, um einen besseren Blick zu erhaschen, breitete sich ein anerkennendes Lächeln auf ihrem Gesicht aus. Es war ein triumphierendes Lächeln, als dächte Hiknak, hier endlich sei es schön, eine Frau zu sein.

Die Sharaner liebten es, Feste zu feiern, und jeder Vorwand war ihnen recht. Marrah und Arang – die sie schon für tot gehalten hatten – waren zurückgekehrt, was bedeutete, daß Musik gemacht, Weinkrüge entkorkt und ein Festmahl von gewaltigen Ausmaßen gekocht und bereitgestellt werden mußte. Die Restaurierungsarbeiten an der Schlange der Zeit wurden abrupt unterbrochen, und die Bewohner der Stadt rannten geschäftig hin und her, um Mehl aus Vorratsbehältern zu holen, Fleisch auf Bratspieße zu stecken und Gemüse zu zerkleinern.

Kochen galt als eine heilige Kunst, die von der Göttin Erde mit Wohlwollen betrachtet wurde, und die Köche der Stadt gehörten zu den besten weit und breit. Den ganzen Nachmittag über arbeiteten Männer und Frauen Seite an Seite in den Mutterhäusern und fabrizierten eine Köstlichkeit nach der anderen. Sie bereiteten Tauben in grüner Soße mit Honig, aromatischen Kräutern und Essig zu und kochten Weizenbrei mit Schweinefleisch, Knoblauch, Olivenöl und gemahlenen Gewürzen. Rote Meeräschen wurden mit Salbei, Raute und gehackten Kiefernsamen eingerieben und über glühenden Kohlen gegart; ganze Fische wurden in Salz und Koriander gewälzt, in Ton gehüllt und in der heißen Asche geschmort, bis sich ein köstlicher Saft entwickelte. Bällchen aus gehackten Garnelen und Tintenfisch wurden in Schweineschmalz auf Steinplatten gebraten; gedämpfte Stangenbohnen und Kichererbsen wurden vermischt und mit Öl, Salz und Rotwein abgeschmeckt. Es gab köstliche Linsengerichte, mit Eßkastanien gewürzt; Salate aus gekochtem Porree, Rüben mit Senf, frische Blattsalate und geschmorte, mit zerlassener Butter bestrichene Maiskolben.

Und erst die Süßspeisen, ah, die Süßspeisen! Marrah lief noch Wochen danach das Wasser im Munde zusammen bei der bloßen Erinnerung: gebackene Brotscheiben, in Honig getaucht und mit einer dicken Schicht Sahne bedeckt; Brötchen, gefüllt mit süßem Quark; Vanillepuddings mit Eierschnee; Teigkringel, die in Honig und gehackte Nüsse getaucht waren; gedörrte Äpfel in Weinsoße; und natürlich viele Schüsseln geronnener Ziegenmilch, die die Sharaner so liebten, mit gehackten Kirschen aufgeschlagen, mit Feigen gesüßt und Rosenwasser abgeschmeckt.

Marrah aß und aß, bis sie fast platzte, und dann aß sie noch ein wenig mehr; während dieses köstlichen Schmausens lachte sie, unterhielt sich lebhaft und küßte alte Freundinnen und Freunde. Sie staunte, wie sehr Ranala und Kandar in der Zeit gewachsen waren, die sie bei den Nomaden verbracht hatte, und sie gestattete den beiden alten Familienhunden, ihre Köpfe auf ihren Bauch zu legen, während sie sie hinter den Ohren kraulte.

Es war eine wundervolle Nacht, eine, die in ihr das Gefühl weckte, niemals fort gewesen zu sein. Weil das Wetter milde war, saßen alle auf dem zentralen Versammlungsplatz auf Riedgrasmatten und Kissen – zweiundsiebzig Familien, dicht an dicht zusammengedrängt. Wie gewöhnlich redeten alle in voller Lautstärke durcheinander, stopften sich mit Essen voll und diskutierten lebhaft; die Kinder flitzten ausgelassen zwischen den Erwachsenen hin und her und schnappten sich zwischendurch immer wieder eine Handvoll der köstlichen Süßigkeiten.

Niemand fragte Marrah, wo sie gewesen war oder was sie erlebt hatte, seit sie nach Shambah aufgebrochen war; deshalb blieb es ihr erspart, den anderen irgend etwas zu berichten, was die heitere, unbeschwerte Atmosphäre des Fests zerstört hätte. Es galt als unhöflich, Leute mit Fragen zu bestürmen, wenn sie gerade erst angekommen waren. Dafür würde am nächsten Tag noch Zeit genug sein. Im Moment brauchte Marrah nichts anderes zu tun als zu essen, sich auszuruhen und Glück- und Segenswünsche für ihre Schwangerschaft entgegenzunehmen, indem einer nach dem anderen zu ihr kam, um über ihren Bauch zu reiben – eine Geste, die Glück brachte – und ihr alles Gute zu wünschen.

Als die Sharaner sahen, daß Hiknak ebenfalls schwanger war, versuchten sie, auch ihren Bauch zu reiben, aber Hiknak wich entsetzt zurück.

»Was soll das? Warum tun sie das?« fragte sie Marrah.

Marrah aß noch einen Bissen von dem gebratenen Brot und brummte vor Zufriedenheit. »Hab keine Angst. Sie segnen dich nur im Namen der Göttin Erde. Alle schwangeren Frauen sind der Göttin heilig. Meine Freunde und Verwandten glauben, wir beide haben der Stadt Glück und eine reiche Ernte gebracht, und sie wollen uns dafür danken.«

Hiknak lächelte und entspannte sich. Sie trank einen Schluck gesüßter Milch und wischte sich den Schnurrbart auf ihrer Oberlippe mit dem Handrücken ab. »Ein hübscher Brauch. Da, wo ich herstamme, würde keiner auf die Idee kommen, schwangere Frauen zu ehren. Man erwartet ganz einfach von ihnen, daß sie ihre Arbeit erledigen bis zu dem Tag, an dem sie gebären. Und was Fremde betrifft – sie werden gewöhnlich eher wie Feinde als wie Gäste behandelt. Richte deinen Leuten auch meinen Dank aus.«

Marrah übersetzte, und die Gratulanten lächelten. Eine der Frauen streckte ihre Hand aus und berührte Hiknaks Haar. Ihr Name war Jutima, und Marrah konnte sich erinnern, daß Jutima eine Frau war, die Frauen liebte.

»So weich«, sagte Jutima bewundernd, als sie Hiknaks Haar streichelte. »Wie eine Mischung aus Gold und Pelz. Hat deine Freundin einen festen Partner, oder steht es ihr frei, mit jedem Lust zu teilen, mit dem sie möchte?«

»Was hat sie gesagt?« verlangte Hiknak zu wissen.

»Sie möchte wissen, ob du mit ihr intim werden möchtest.«

Hiknak wurde flammendrot. Sie sah geschmeichelt und schokkiert zugleich aus. »Sag ihr, daß ich zu Arang gehöre und daß er mich schlagen würde, wenn ich irgend jemand anderem beiwohnte.« Sie blickte sich ängstlich um, aber Arang war nirgendwo in Sicht.

»Ich werde ihr nichts dergleichen sagen. In dieser Stadt gehörst du nur dir selbst; Arang würde niemals auf die Idee kommen, dir weh zu tun, wenn du den Wunsch hättest, mit Jutima Lust zu teilen. Er wäre vielleicht böse, weil es durchaus vorkommt, daß jemand eifersüchtig reagiert, und du würdest sicherlich mit ihm darüber sprechen müssen, aber er würde dich niemals, *niemals* schlagen. Die bloße Vorstellung ist schon verabscheuungswürdig. Wenn jemand einer schwangeren Frau auch nur eine Ohrfeige gibt, wird er aus der Stadt verbannt.«

Es war traurig, mitanzusehen, wie schwer es Hiknak fiel, dies zu glauben.

»Was sagt deine hübsche Freundin?« wollte Jutima wissen.

Marrah nahm Hiknaks Hand in ihre und tätschelte sie beruhigend. »Ich glaube, du solltest ihr vorläufig etwas Zeit lassen, sich an unsere Lebensweise zu gewöhnen, bevor du sie wieder fragst«, erklärte sie Jutima.

Es entstand ein Moment der Verlegenheit, als Jutima sich entschuldigte und Marrah sich zu versichern bemühte, daß man vollstes Verständnis habe; dann ertönte mitten in ihre Unterhaltung ein plötzlicher Trommelwirbel. Die Flöten griffen den Rhythmus der Trommeln auf, die Harfen begannen zu spielen, und Arang erschien auf dem Plan, in einen Lendenschurz aus Leinen gekleidet. Sein Körper war eingeölt, sein langes Haar mit Federn geschmückt, und er trug einen langen, grün-gelben Schal schlangenähnlich um den Kopf gewunden.

Als die Musik anschwoll, begannen die Leute in die Hände zu klatschen und zu singen. Arang stand zögernd in der Mitte des Platzes, während er seinen Blick von einem Gesicht zum anderen schweifen ließ. Er sah kurz so aus, als hätte er beschlossen, seinen Auftritt lieber abzubrechen.

»Tanz für uns!« riefen die Leute. »Tanz für uns, so wie du es früher getan hast, Arang!« Sie sammelten ihre Matten und Töpfe ein, trieben ihre Kinder zusammen und machten Platz für ihn.

Schließlich lächelte Arang, hob die Hand und zog sich den Schal vom Kopf. Langsam begann er sich zum Dröhnen der Trommeln zu bewegen. Er hatte schon lange nicht mehr getanzt und wirkte nervös; aber bald fiel er in den Takt der Instrumente ein und entspannte sich. Seine Hüften kreisten vor und zurück, seine Arme ahmten die Bewegungen einer Schlange nach, seine Füße flogen nur so über den Erdboden. Er wirbelte den Schal durch die Luft und ließ ihn sich um seinen Körper schlängeln wie ein lebendiges Wesen. Der Schal wurde zu einem Kreis und dann zu einer gewellten Linie; er wurde ein Partner und ein Liebhaber. Arang krümmte seinen Rücken durch, stand auf den Händen und schlug einen Salto nach dem anderen; er sprang in die Luft und landete so leicht auf den Füßen wie eine Feder.

Stundenlang tanzte er, und während er kühne Sprünge vollführte und sich geschmeidig drehte, dachte Marrah voller Stolz, daß ihr Bruder einer der besten Tänzer war, den sie je gesehen hatte. Dies war der junge Mann, den Vlahan damals verprügelt hatte, weil er zu tanzen gewagt hatte; der junge Mann, den die Nomaden in einen brutalen, kaltherzigen Krieger zu verwandeln versucht hatten.

In jener Nacht schlief Marrah im Haus ihrer Großmutter unter einem weichen Leintuch, ihren Körper eng an den Stavans geschmiegt, und am Morgen wurde sie von den Fußtritten des Kindes geweckt, als es wie sein Onkel Arang tanzte.

Am folgenden Nachmittag erschienen Marrah und Arang vor dem Ältestenrat, um die Geschichte ihrer Reise nach Shambah zu erzählen. Es war der Moment, dem beide entgegengebangt hatten; deshalb kam Stavan mit, um ihnen Mut zu machen und ihre Schilderungen durch seine zu ergänzen.

Der Tag war heiß, und so traf sich der Rat im Freien unter einem blauen, mit Schlangen bestickten Sonnensegel. Von der Stelle aus, wo sie saß, bequem auf einen Stapel Kissen gestützt, hatte Marrah eine gute Aussicht auf die weißen Raspas – jene schnellen Boote, die Handelsgüter nach Shara brachten und von so weit her kamen wie vom Blauen Meer –, und als sie auf die unendliche, glitzernde Wasserfläche schaute, dachte sie, wie ruhig und friedlich alles schien – wenn sie doch Stillschweigen über ihre Erlebnisse bewahren dürfte!

Die Ältesten erschienen in kleinen Gruppen von zweien oder dreien, schenkten sich Becher mit schwarzem Johannisbeersaft ein und setzten sich, um zuzuhören. Es waren insgesamt neun: vier Männer und fünf Frauen, die alle drei Jahre durch Losentscheid gewählt wurden – bis auf Bindar und Lalah, die auf Lebenszeit im Amt waren. Die Ratsmitglieder waren zwischen fünfundvierzig und achtzig Jahre alt, und Marrah kannte sie alle gut. Während ihrer Jugendjahre in Shara hatte sie manchen Nachmittag damit verbracht, zu ihren Füßen zu sitzen und zuzuhören, wie sie Gedenklieder sangen. Ulitsa komponierte Balladen und war eine ausgezeichnete Harfenistin; Chemtar hatte Marrah häufig mit in die Wälder genommen und ihr alles über die heimischen Kräuter beigebracht; Shantar hatte sie gelehrt, die heiligen Schriftrollen zu lesen; Onkel Bindar hatte ihr beigebracht, passable Keramiken herzustellen; Walisha war die Oberpriesterin des Eulentempels; Yintesa jagte noch immer in kleinerem Umfang – hauptsächlich Kaninchen –, obwohl sie schon gut über die Sechzig sein mußte; Blentsa verbrachte einen Großteil ihrer Zeit damit, sich um ihre Enkelkinder zu kümmern; und Dakar, der älteste, amtierte als »Hüter der Männerriten«. Sie alle waren klug, mitfühlend und dickköpfig, und es tröstete Marrah zu denken, daß es keinen unter ihnen gab, der nicht jeder Notsituation gewachsen gewesen wäre.

Gewöhnlich trafen sie sich mindestens zwei- oder dreimal die Woche in zwangloser Runde, um Feste zu planen, Streitigkeiten zu schlichten und alles das zu tun, was sonst noch getan werden mußte, um die Stadt zu regieren; die Treffen dauerten meistens stundenlang, deshalb flochten sie Hüte aus Riedgras, während sie debattierten, um keine Zeit zu verschwenden. Als alle neun eingetroffen waren, ging Lalah von Ratsmitglied zu Ratsmitglied und verteilte Bündel mit Riedgras, und alle machten sich an die Arbeit, nur Dakar und Blentsa nicht wegen ihrer steifen Finger.

Im Laufe der Jahre hatte sich herausgestellt, daß man den Ernst eines jeden Falles daran messen konnte, wie viele Hüte fertig wurden, bevor er gelöst war: Ziegen, die durch die Straßen wanderten, waren ein Ein-Hut-Problem; die Verteilung von Feldern an die verschiedenen Mutterclans dauerte immer mindestens zwei Hüte lang, während etwas so Schlichtes wie die Entscheidung, wer für das Aufräumen nach einem großen Fest verantwortlich war, höchstens einen halben Hut in Anspruch nahm.

Diese spezielle Ratsversammlung würde später als »Das Treffen von einhundert Hüten« in den Gedenkliedern besungen werden – nicht daß tatsächlich einhundert Hüte an jenem Nachmittag geflochten worden wären, sondern weil sie so zermürbend für alle Anwesenden war. Gleich zu Beginn drohte die Versammlung auszuarten. Marrah begann zu berichten, wie sie und Arang in Shambah angekommen waren, um es in Schutt und Asche vorzufinden; aber sie hatte kaum ihren ersten Satz beendet, als die Ältesten sie auch schon mit Entsetzensschreien unterbrachen.

»Shambah niedergebrannt!«

»Seine Bewohner abgeschlachtet!«

»Die Kinder ermordet!«

Einige ließen ihre angefangenen Hüte fallen und sprangen erschüttert auf die Füße, während andere ungläubig auf Marrah starrten.

»Was sind das nur für Menschen?« fragte Bindar aufgebracht. »Sind sie verflucht oder verrückt oder beides?« Er zeigte auf Stavan. »Erklär mir das! Warum töten deine Leute? Sind sie menschliche Wesen, oder sind sie die Geister tollwütiger Hunde? Was ist das für eine abscheuliche Gemeinheit, die sie in die Welt gebracht haben?«

Stavan errötete und biß sich auf die Lippen. Er blickte Marrah an, und sie nickte ihm zu, ermutigte ihn, ganz offen zu sprechen. »Es wird ›Krieg‹ genannt«, erklärte er, »und ich muß zu meiner Schande gestehen, daß es schon immer die Lebensart der Hansi war, seit wir die ersten Pferde zähmten.«

»Es ist nichts anderes als ein geplantes Abschlachten«, fauchte Shantar. Er spuckte auf den Boden und machte das Zeichen der

Göttin, um Böses abzuwehren. »Dieser ›Krieg‹, wie du es nennst, ist nichts anderes als Mord, getarnt durch einen Phantasienamen.«

»Deine Leute sind Diebe!« schrie Walisha.

»Sie taugen nur zu Bosheit!« rief Yintesa.

Stavan versuchte zu sprechen, doch sie ließen ihn nicht zu Wort kommen.

»Jeder, der die Hand gegen ein Kind erhebt, sollte lebendig begraben werden!« zischte die sonst so friedfertige Blentsa.

»Mögen die schlangenhaarigen Muttergeister deine Leute quälen, solange sie leben, und möge die Göttin sich weigern, ihre Seelen aufzunehmen, wenn sie sterben«, sagte Walisha und befühlte die kleine Göttin aus Knochen, die an ihrem Hals hing, als verhängte sie nur zu gerne selber den Fluch.

»Selbst ein Wolfsrudel tötet nicht *alle* Rehe!« sagte Yintesa, als sie sich Stavan mit dem Zorn einer Jägerin zuwandte, die den Respekt gegenüber jeglicher Kreatur vermißte. »Ihr Nomaden müßt völlig wahnsinnig sein.«

Lalah hob gebieterisch eine Hand. »Ruhe«, befahl sie. »Ihr gebt ihm die Schuld, obwohl er nichts dafür kann. Stavan ist unser Gast, und er ist Marrahs Liebster. Sie hat mir erzählt, sie wird ihn zum Aita ihres Kindes machen, und ich lasse nicht zu, daß ihr ihm sämtliche Sünden seines Volkes zur Last legt. Es ist nicht gerecht. Soweit wir wissen, hat Stavan nichts Unrechtes getan.«

Sie drehte sich zu Marrah um. »Ich glaube, es wäre besser, wenn *du* erklären würdest, warum die Nomaden Shambah niedergebrannt haben. Sie hätten doch sicherlich alles Gold der Stadt haben können, ohne jemanden zu töten. Ich bin überzeugt, die Priesterinnen hätten den Tempelschmuck lieber freiwillig herausgegeben, als mitanzusehen, daß auch nur ein einziges Menschenleben geopfert wurde.«

»Die Nomaden waren nicht nur wegen des Goldes gekommen«, sagte Marrah. Sie nahm Stavans Hand und hielt sie fest in ihrer, verteidigte ihn gegen die feindseligen Blicke der Ratsmitglieder. »Sie wollen die Erde besitzen – und um Land zu bekommen, muß man es erst den Menschen wegnehmen, die es bereits bewohnen.«

»Sie wollen sie besitzen?« riefen mehrere Ratsmitglieder entrüstet. »Welch ein Frevel! Man kann die Göttin Erde nicht besitzen!«

»Das ist das, was *wir* glauben; aber die Nomaden glauben, ihre Götter hätten ihnen das Recht gegeben, sie und jedes Lebewesen auf ihr zu besitzen, einschließlich der wilden Tiere, des Viehs, der Pferde und ihrer eigenen Frauen und Kinder. Sie besitzen Vieh, das sie niemals essen, Pferde, die sie niemals reiten, Ziegen, die sie niemals melken. Besitz spielt eine große Rolle in ihrer Lebensauffassung.«

Alle schwiegen einen Moment. Die Vorstellung, Dinge, die man niemals brauchte, nur um des Besitzens willen haben zu wollen, stieß bei ihnen auf Unverständnis. In Shara besaßen die Leute zwar viele kleine persönliche Dinge, aber alles Wichtige, wie Felder und Boote und Tempelschmuck, gehörte allen gemeinsam.

Schließlich meldete sich Lalah zu Wort. »Du sagst, die Männer glauben, Frauen seien ihr Eigentum? Dann ist es kein Wunder, daß sie dieses Unheil namens ›Krieg‹ erfunden haben. Wie kann es Frieden zwischen Fremden geben, wenn im eigenen Land kein Frieden herrscht? Man sollte meinen, sie hätten genug Verstand, um zu begreifen, daß der Kampf niemals enden wird, wenn Männer und Frauen erst einmal anfangen, sich gegenseitig zu bekämpfen.« Sie hielt stirnrunzelnd inne. »Was glaubst du, wie diese törichte Idee, Frauen als ihren Besitz zu betrachten, entstanden ist?«

»Ich weiß es nicht«, gestand Marrah. »Manchmal denke ich, es liegt daran, daß sie ständig von einem Ort zum anderen ziehen. Wenn man immer auf Wanderschaft ist, halten einen schwangere Frauen und Kinder nur auf. Vielleicht haben die Männer ihre Familien im Laufe der Zeit eher als Belastung empfunden denn als Segen – ein Besitz, den man mit sich herumschleppen muß wie ein Zelt oder einen Kochtopf. Aber das kann nicht der einzige Grund sein, da muß noch mehr dahinterstecken. Als ich bei den Hansi lebte, hatte ich oft das Gefühl, daß sie Frauen mit Pferden verwechselten. Jeder glaubte, Frauen müßten beherrscht und gefügig gemacht werden – sogar die Frauen selbst dachten so, wie ich traurigerweise gestehen muß. Pferde sind nicht wie Menschen, wißt ihr.

Ein Hengst will alle anderen Rivalen vertreiben und eine ganze Herde Stuten für sich selbst behalten.

Aber ich denke, es könnte noch einen anderen Grund für das Verhalten der Nomaden geben, irgend etwas Verborgenes, das wir wohl niemals ganz verstehen werden – irgendeinen Kummer, der tief in ihrer Seele ruht. Das Leben im Grasmeer ist sehr hart. Im Sommer ist es dort unerträglich heiß und im Winter entsetzlich kalt. Es gibt nirgendwo Bäume und nur wenig Wasser. Ich könnte mir vorstellen, daß die Nomaden glauben, die Göttin Erde haßt sie oder hat sie vergessen; deshalb benehmen sie sich wie kleine Jungen, die von ihren Müttern im Stich gelassen wurden: Sie behandeln Frauen aus reiner Bosheit schlecht und weil sie das Bedürfnis nach Rache haben.«

Lalah nickte. »Das klingt einleuchtend, aber es erklärt trotzdem nicht, wie die Männer auf die Idee kamen, die Frauen als Besitz zu betrachten, geschweige denn, warum die Frauen jemals eingewilligt haben, sich ihnen unterzuordnen.«

Marrah zuckte die Achseln. »Ich wünschte, ich könnte dir sagen, wie alles angefangen hat, aber in ihren Gedenkliedern wird kein Wort davon erwähnt.«

Stavan nickte: »Das ist richtig!«

»Alles, was ich weiß«, fuhr Marrah fort, »ist, daß sich Nomadenmänner und -frauen gegenseitig hassen und fürchten, und sie lehren ihre Kinder dasselbe.« Sie sprach langsam, wollte, daß alles einen Sinn ergab, was ihr nicht ganz gelang. »Es gibt eine Verbindung zwischen ihrem Haß auf die Mutter Erde und ihrem Haß auf Frauen, irgendeinen Zusammenhang zwischen dem Haß auf Frauen und all dem Töten.

Die Nomaden sagen, die Erde ist keine Göttin und hat keine Seele. Das Land unter ihren Füßen ist ihrer Ansicht nach nur Staub, ein Ort des Leidens, eine Plattform, um darauf zu stehen. Sie glauben, alles Heilige ist im Himmel. Sie sagen, die Sterne sind ewig ebenso wie der Himmel; daß Veränderung ein Zeichen von Verfall ist statt ein Zeichen von Wachstum. Sie sagen, die Götter sind alle Männer, die im Himmel leben, und daß man, wenn man mutig ist und eine Menge Menschen tötet, nach seinem Tod zu den Göttern in den Himmel kommt an einen Ort, den sie Paradies nennen ... es sei denn natürlich, man ist eine Frau. Das Himmelsparadies steht Frauen nicht offen.«

Ihre Zuhörer sahen völlig verwirrt aus.

»Was hat der Himmel damit zu tun?« fragte Walisha. Sie zeigte auf den Boden. »Jeder weiß, daß es die Mutter Erde unter deinen Füßen ist, die zählt.«

»Mütter werden nicht geehrt im Land der Nomaden.« Marrah fragte sich, wie oft sie dies wohl wiederholen müßte, bis sie ihr endlich glaubten.

Bindar runzelte die Stirn. »Ich weiß, du hast gesagt, die Nomadenmänner hassen Frauen; aber du willst uns sicher nicht weismachen, daß sie ihre eigenen Mütter hassen, oder? Diese Männer sind doch auch einmal Kinder gewesen, und ihre Mütter müssen sie versorgt und behütet und getröstet haben, so wie es alle Mütter tun.«

»Stavan kann euch mehr darüber erzählen, wie es ist, ein Nomadenkind zu sein«, erwiderte Marrah. »Aber ihr werdet ihm Gelegenheit geben müssen zu beenden, was er zu sagen hat, bevor ihr wieder gleich anfangt, ihn niederzuschreien.«

»Laßt ihn sprechen«, sagte Lalah. Sie bedachte die Ratsmitglieder mit einem strengen Blick. »Und dieses Mal achte ich wirklich darauf, daß er nicht unterbrochen wird.«

»Danke.« Stavan legte eine Pause ein und blickte die Ältesten an. Marrah sah Stolz in seinen Augen funkeln und ein klein wenig Zorn; doch als er anhub, klang seine Stimme ruhig und vernünftig. »Die Angehörigen meines Volkes lieben ihre Mütter wirklich, solange sie noch Kinder sind; aber wenn sie älter werden, bringt man ihnen bei, Frauen zu verachten. Im Grasmeer schämen sich Männer zuzugeben, daß sie irgendeine Frau lieben – selbst die eine, die ihnen das Leben geschenkt hat. Liebe wird als Gefühl der Schwäche ausgelegt, als etwas, das eines Kriegers nicht würdig ist: Der muß lernen zu töten, ohne mit der Wimper zu zucken, und seine Feinde abzuschlachten, ohne Schuldgefühle oder Reue zu empfinden. Die

Hansi haben ein Sprichwort: ›Liebe ist ein Wahnsinn, der einen starken Mann schwach macht.‹«

Er legte Marrah einen Arm um die Schultern. »Ich verstehe diese Redensart, weil ich früher ebenfalls Hansi-Krieger war, und auch ich schämte mich, irgend etwas anderes als Angriffslust zu fühlen. Aber jetzt bin ich stolz, hier vor euch allen zu stehen und offen zu sagen, wie sehr ich Marrah liebe und das Kind, das sie erwartet.«

Dakar hatte während dieser Debatte auf seinem Platz gesessen. Er litt unter einer Gelenkerkrankung, die es sehr schmerzhaft für ihn machte zu stehen. Er war in den Achtzigern, und als er sich langsam mit Hilfe eines Stockes hochzog, verstummten alle. Sich räuspernd stand er einen Moment da, während er Marrah und Stavan schweigend musterte. Sein Gesicht war von tiefen Runzeln durchzogen, und seine Hände zitterten leicht, aber er besaß sehr viel Würde. Er war der älteste Mann in der Stadt und als Hüter der Männerriten derjenige, der am meisten Respekt genoß.

»Meine Mutter starb vor fünfzig Jahren«, begann er, »und es gab nicht einen Tag während dieser langen Zeit, an dem ich sie nicht vermißt hätte. Eine Mutter ist eine der größten Segnungen, die ein Mann hat. Ich würde meinen rechten Arm dafür hergeben, um die Stimme meiner Mutter noch einmal zu vernehmen, und mein Augenlicht, nur um ihre Berührung zu fühlen.« Seine Stimme brach, er hielt inne, und ringsum breitete sich eine solche Stille aus, daß Marrah Stavan neben sich atmen hören konnte.

»Ein Mann, der seine Mutter und seinen Aita nicht liebt, kann niemanden lieben«, fuhr Dakar fort. Er blickte Stavan an und schüttelte den Kopf. »Wenn deine Leute nicht so gewalttätig wären, würde ich sie bemitleiden. Bindar hat recht, sie sind beides, verrückt *und* verflucht, und im Namen der Göttin, die alles heilt, spreche ich dir meine Bewunderung aus für deine mutige Entscheidung, dich von ihnen loszusagen.«

Er drehte sich um und lehnte seinen Stock gegen einen der Stützpfosten des Sonnensegels. »Wir sind heute nicht besonders freundlich zu dir gewesen und alles andere als höflich«, fuhr er fort. »Tatsächlich müssen wir wohl alle zugeben, daß wir dich beleidigt haben. Ich möchte mich im Namen des Ältestenrates für jene Kränkungen bei dir entschuldigen.« Er legte seine zitternden Hände zum Zeichen der Göttin zusammen. »Willkommen in unserer Stadt, Stavan der Nomade! Mögen unsere Familien deine Familie werden; möge die Mutter aller deine Mutter werden; und möge dir ein langes und glückliches Leben unter uns beschieden sein.«

Dakars freundliche Worte waren nicht das Ende der Ratsversammlung, aber sie bestimmten den Ton aller weiteren Erörterungen. Bis der Mond über dem Süßwassersee aufstieg, hatten die Ältesten Marrahs ganze Geschichte gehört und hätten eigentlich mehr Grund als je zuvor gehabt, die Nomaden zu hassen – doch als sie auseinandergingen, trat jeder einzelne der neun vor und küßte Stavan förmlich auf beide Wangen.

»Sei von Herzen gegrüßt in Shara«, sagten sie und umarmten ihn, als wäre er einer der Ihren.

Es war nur gut, daß die Stadt Stavan Wohlwollen entgegenbrachte; denn während der folgenden Tage hatte Marrah nur sehr wenig Zeit, ihm bei der Eingewöhnung zu helfen. Zwei Abende nach der Ratsversammlung setzten bei ihr verfrühte Wehen ein, wahrscheinlich ausgelöst durch die Strapazen der langen Reise zu Pferde, wie die Hebammen erklärten. Sobald ihre Fruchtblase geplatzt war, geleiteten ihre Großmutter und ihre Tanten sie zu dem Tempel, wo die Kinder zur Welt kamen.

Marrah war schon viele Male zuvor in dem Gebärtempel gewesen, um anderen Frauen bei der Geburt ihrer Kinder beizustehen, und sie kannte ihn gut. Es war ein kleiner, heiterer Ort: Wände und Fußboden waren mit glattem roten Ton verputzt und mit den Zickzacklinien und Spiralen der Wasser des Lebens dekoriert, in denen alles Leben seinen Ursprung hatte. An der Decke wachten die heiligen Tiere über die zukünftige Mutter: Frösche und Igel, Störche, Reiher, Kaninchen, Fische, Rehe, Hunde und natürlich Schlangen, so daß Marrah, wenn sie hinaufschaute, eine ganze Menagerie auf sich herunterblicken sah, die ihr Glück wünschte.

Der Tempel war uralten Erfahrungen gemäß errichtet worden.

Um die Ruheplattform hatte man flache Abflußrinnen angebracht, so daß alles mühelos saubergehalten werden konnte; es gab große Krüge mit frischem Wasser, ein Kohlenöfchen, auf dem ein Topf warmer Brühe stand und ein anderer Topf mit heißem Wasser für Kräutertee – selbst einen Wandschirm, falls Marrah sich zwischendurch sammeln wollte.

Aber der wichtigste Gegenstand im ganzen Raum war der Gebärstuhl, der schon seit Generationen von den Frauen in Shara benutzt wurde. Wenn der Zeitpunkt der Entbindung gekommen war, würde Marrah auf dem Stuhl sitzen und sich in die Arme ihrer Großmutter zurücklehnen, die Schenkel so weit wie möglich gespreizt. Eine der Hebammen würde auf einem sehr niedrigen Hokker vor ihr sitzen, um das Kind in Empfang zu nehmen. Marrah würde pressen, wenn sie ihr zu pressen befahlen, und – wenn die Zeit gekommen war – ihr Kind durch die vulvaförmige Öffnung im Sitz entbinden. Die Sharaner nannten den Stuhl das Tor des Lebens, aber das wirkliche Tor des Lebens, so versicherten die Hebammen Marrah, bildete die Mutter selbst.

Wie häufig beim ersten Kind machten die Wehen ihr ziemlich zu schaffen, aber es war auch eine gewisse Ekstase damit verbunden. Die meiste Zeit wollte Marrah den Geburtsvorgang einfach so schnell wie möglich hinter sich bringen, doch es gab auch beinahe wohlige Augenblicke. Die ganze Nacht über und bis in den Vormittag hinein wuschen die Hebammen ihre Stirn mit warmem Wasser, rieben ihren Bauch mit parfümierten Ölen ein und ermunterten sie, so tief und ruhig zu atmen, wie sie konnte. Manchmal stimmten sie Lobgesänge auf die Göttin an, und manchmal traten sie einfach zurück und ließen Marrah tun, wonach ihr Körper verlangte.

Die Frauen besaßen reiche Erfahrung mit Entbindungen, nachdem sie bereits Hunderte von Kindern auf die Welt geholt hatten; sie beobachteten Marrah aufmerksam, ließen sie immer wieder ein paar Schritte auf- und abgehen zwischen zwei Wehen und fütterten sie mit einer speziellen Kraftbrühe aus Rindfleischknochen und Kräutern.

»Wir glauben, du wirst eine große Überraschung erleben«, erklärten sie ihr. Und als Marrah nervös fragte, ob denn irgend etwas nicht stimme, lachten die Frauen und sagten ihr, sie solle nur Mut haben – schließlich sei sie eine kerngesunde junge Frau, und die Göttin habe ein besonderes Geschenk für sie.

Zu Marrahs Erstaunen entpuppte sich das göttliche Geschenk als ein zweites Kind. Kurz vor Mittag führten die Hebammen sie zu dem Gebärstuhl, und dort brachte sie in rascher Folge Zwillinge zur Welt: ein schreiendes Mädchen mit braunen Augen und Haaren, so dunkel wie ihre eigenen, und einen ruhigen Jungen mit Haar von der Farbe reifen Weizens und Augen wie Kastanien.

Die Kinder waren klein, aber kräftig und wohlgestaltet, und als Marrah die beiden Neugeborenen an ihre Brüste legte, um sie zum ersten Mal trinken zu lassen, erkannte sie, daß sie sich von den Kindern ihres Volkes unterschieden. Sie verkörperten einen Teil von ihr und einen Teil von Stavan. Ihre Vorfahren waren sowohl Mutterleute als auch Nomaden, und als sie ihre Kinder küßte, ihre winzigen Finger in ihre nahm und ihre weichen, glatten Körper fühlte, betete sie zur Göttin, daß trotz aller Gegensätze Frieden zwischen den beiden herrschen möge.

Es war nicht üblich, Kindern schon im ersten Lebensmonat Namen zu geben; aber als die Zwillinge vier Wochen damit verbracht hatten, zu trinken und dick und rund zu werden, nannte Marrah das Mädchen Luma nach einer von Stavans Schwestern (tatsächlich hatte seine Schwester Luminkak geheißen, aber das war doch ein ziemlicher Zungenbrecher). Der Junge sollte Keru heißen nach einem ihrer Großonkel, und wie versprochen bat sie Stavan, der Aita der beiden Kinder zu sein, obwohl sie damit fast so etwas wie einen Aufruhr auslöste.

»Dein Bruder Arang sollte der Aita deiner Kinder sein, wie es bei uns Brauch ist«, informierten mehrere Leute sie entrüstet, »und nicht irgendein Nomadenfremdling, der auf seltsamen Tieren reitet.« Aber Marrah sah nicht ein, wieso dies jemanden anders etwas anging, und Lalah unterstützte sie in ihrem Standpunkt.

»Wir haben immer die Überzeugung vertreten, daß eine Frau das Recht hat, jeden Mann zum Aita ihres Kindes zu machen, den sie für geeignet hält«, erklärte Lalah. »Und deshalb befehle ich euch allen als Königin dieser Stadt, eure Nasen aus Marrahs Privatangelegenheiten herauszuhalten«, ordnete sie in aller Öffentlichkeit während des Fests des Sommermondes an, damit jeder in der Stadt sie hören konnte. Falls danach noch irgend jemand der Meinung war, als Nomade tauge Stavan nicht zum Aita, so sagte es jedenfalls keiner – zumindet nicht in Marrahs Anwesenheit.

Und was Arang betraf – der war vollauf damit einverstanden, daß Marrah Stavan die Verantwortung für Luma und Keru übertrug. Hiknak hatte Arang nämlich versprochen, ihn zum Aita ihres Kindes zu machen, und drei Kinder bedeuteten zuviel Plage für einen Jüngling, der erst seit einem knappen Jahr ein Mann war.

Der Sommer eilte dahin, und die Zwillinge gediehen prächtig dank Marrahs Milch. Nicht lange nach der Herbst-Tagundnachtgleiche gebar Hiknak ein kleines Mädchen, das sie Keshna nannte.

Wie Luma und Keru vereinigte auch Keshna Elemente aus dem Norden und dem Süden. Ihr Haar war braun, aber im richtigen Licht betrachtet besaß es einen rötlichen Schimmer, wie ihn noch keiner je zuvor gesehen hatte: mit ihrer zarten Haut und ihren Augen so schwarz wie der Himmel in einer mondlosen Nacht war sie ein außergewöhnlich schönes Kind; aber besonders fiel sie auf durch ihre furchtlose Art. Keshna schien Hiknaks Wildheit geerbt zu haben, und sobald sie krabbeln konnte, mußte man sie ständig davor bewahren, daß sie eine Treppe hinunterstürzte oder einen Topf kochender Suppe von der Feuerstelle riß und sich daran verbrühte. Sie schrie fast nie, wenn Fremde sie auf den Arm nahmen, und selbst größter Lärm erschreckte sie nicht.

Marrah dachte insgeheim, daß Keshna mit ihrem Tatendrang und ihrer Tapferkeit die geborene Kriegerin war, aber sie sagte nichts zu Hiknak. Statt dessen betete sie zur Göttin, daß sich die Hansi weiterhin untereinander bekämpfen würden und daß Nikhan sein Versprechen halten, nämlich die Mutterländer vor feindlichen Kriegerverbänden beschützen möge. Sie wünschte sich, daß Keshna, Luma und Keru in einer Welt aufwuchsen, wo Krieg nicht existierte und das Wort »Krieger« nicht mehr Sinn ergab als das

Bellen der Hunde – aber schon entstanden in der Steppe neue Unruhen, die die Nomaden wieder nach Südwesten trieben.

6. Kapitel

In der ukrainischen Steppe, 4367 v. Chr.

Sammle bittere Pilze und nimm sie in den Mund. Sammle heilige Pilze, auf Kot und Verwesung gewachsen. Du bist Changar, der große Hansi-Schamane und Wahrsager, Changar, der eigentlich tot sein sollte. Du bist Changar, der den Sturz in Zuhans Grab überlebte; Changar mit dem gebrochenen Rückgrat; Changar, dessen Beine zerschmettert sind; Changar, der nur in Träumen und Visionen laufen kann; Changar mit den grünen Augen eines Wolfes, die Vlahan angst machen; Changar, der in der Traumwelt jagt.

Manchmal, wenn du die heiligen Pilze ißt, kannst du Schädel und Gebeine sehen. Manchmal kannst du den Tod sehen. Du kannst sogar den Staub sehen, der eines Tages deinen Mund füllen wird, und den Staub, der Vlahans Mund und die Münder aller deiner Feinde füllen wird, aber es ist nicht der Tod, den du suchst. Du suchst nach der Hexe, die dich deiner Beine beraubt hat, und sie heißt Marrah!

Deine Gehilfen füttern dich mit den Pilzen, und sie singen, während sie sie auf deine Zunge legen. Die Pilze sehen wie gedörrtes Fleisch aus, wie verschrumpelte Hoden, sehen wie der Moder aus, dem sie entsprossen sind. Deine Gehilfen bringen dir eine Ziege, deren Beine mit Lederriemen gefesselt sind; sie bringen dir eine Frau – ein völlig unbedeutendes Sklavenmädchen. Sie bringen dir Feuer und Weihrauch und fermentierte Stutenmilch.

Die ganze Nacht lang liegst du bei der Frau. Du packst sie an den Haaren, zerrst ihren Kopf zurück und dringst in ihren Mund ein; du spreizest ihre Beine und dringst in ihren Körper ein. Sie schreit entsetzt auf, aber du bist taub. Ihre Gesichtszüge schmelzen und verzerren sich zu einer unmenschlichen Grimasse. Du siehst, wie sich ihr Mund öffnet und schließt wie ein schwarzer Kreis. In ihr ist etwas, was du haben willst und auch bekommen wirst. Es ist nicht das, was sich ein normaler Mann von einer Frau wünschen würde. Es ist keine Lust, die du willst, sondern Macht.

Du weißt, die Frau trägt Macht in ihrem Mutterschoß, und du wirst diese Macht an dich reißen. Du wirst in sie eindringen, du wirst jene Macht aus ihr heraussaugen, den widerlich süßen Geschmack weiblicher Dinge kosten. Du wirst dich damit beschmutzen, wirst wie auf einem schmutzigen Pfad darauf reiten, und am Ende des Pfades wirst du Marrah finden, die du mehr haßt, als je ein Mann eine Frau gehaßt hat. Marrah, die Hexe. Marrah, die Frau, die schuld ist, daß deine Beine verkrüppelt sind!

Die bitteren Pilze machen dich potent. Dein Penis steht so hart und aufrecht wie ein Speer. Du nimmst die Sklavenfrau wieder und wieder; du beobachtest, wie sie sich wie eine Schlange unter dir windet.

»Jetzt!« brüllst du.

Die Gehilfen packen die Ziege und tragen sie zu der Stelle, wo du liegst. Sie heben sie über dich und die Frau und schlitzen ihre Kehle mit einem scharfen Dolch auf. Ziegenblut tropft auf dich herunter wie warmer Regen. Es bedeckt dich mit einer klebrigen roten Suppe, als ob du ein ungeborenes Kind wärst. Du wälzt dich in dem Blut, und dein nackter Körper klebt an dem Körper der Frau. In Blut ist die Macht der Frauen enthalten – aber du weißt, wie du jene Macht nehmen und zu deiner eigenen machen kannst.

Du bist Changar.

Vor deinen Augen entfaltet sich die Zukunft in blutigen Visionen. Die Vision ist nur für dich allein bestimmt. Sie kommt aus dem *Land der Dinge, die da kommen werden*, aus der Verbotenen Welt, die nur Wahrsager zu betreten vermögen.

Wenn du Vlahan, deinem Häuptling, erzählst, was du gesehen hast, wird er einen deiner eigenen Gehilfen anweisen, dich Han zu opfern! Du fühlst förmlich, wie sich die geweihte Schlinge um deinen Hals zuzieht; du siehst die Raben über dir kreisen. Nein, wenn du am Leben bleiben willst, mußt du dieses Geheimnis tief in deinem Inneren bewahren, an einem Ort, so dunkel wie der Mund der Frau, die sich unter dir windet. Aber du reitest das Blut. Du schmeckst es. Dir gehört das Wissen, dir allein.

Die Sklavenfrau versucht zu fliehen, aber du drückst sie mit deinem ganzen Gewicht auf das Lager nieder und saugst den Atem von ihrem Mund. Du wirst sie nicht töten. Wenn sie einmal bei dir gelegen hat, ist sie mehr als nur eine Frau; sie ist ein Pfad.

Während du ihren Atem trinkst, vermischt mit dem durchdringenden Geruch von Ziegenblut, schenken dir die Götter eine letzte Vision. Du siehst einen Mann gen Osten durch das hohe Gras reiten und in Vlahans Lager kommen. Du stößt einen Triumphschrei aus und schleuderst die blutbesudelte Frau vom Bett. Sie liegt zusammengekrümmt auf dem Boden, die Arme um die Knie geschlungen, zitternd und stöhnend, doch du nimmst sie nicht mehr wahr.

Der letzte Rest Ziegenblut tropft auf deine Schulter. Die heiligen Pilze blühen in deinem Kopf, und die Pupillen deiner Augen weiten sich, bis sie so groß wie die Spitze deines kleinen Fingers sind. Du weißt jetzt, daß es keine Bedeutung hat, ob Vlahan dir glaubt oder nicht. Ein Krieger wird im Osten auftauchen mit einer Botschaft. Jahre werden vergehen, bevor er kommt, aber wenn er erscheint, wirst du schon auf ihn warten. Er ist ein gieriger Mann, hungrig auf Gold, ein Lügner, der seinen eigenen Häuptling verraten hat; aber du wirst dafür sorgen, daß Vlahan ihn nicht töten läßt, weil dies der Bote ist, der dich zu Marrah führt.

Einen flüchtigen Moment lang siehst du das Gesicht eines Jungen in der Schwärze hinter deinen Augen aufleuchten. Er ist ein Kleinkind mit Haar von der Farbe verdorrten Grases und Augen, so braun wie Kastanien.

»Du wirst mir gehören«, flüsterst du und streckst einen blutbeschmierten Finger aus, um dein unsichtbares Zeichen auf seine Stirn zu malen.

Gute drei Jahre später, als der Wind durch das hohe Federgras der Steppe peitschte und die Sterne mit seinen Staubwolken verschleierte, saß Vlahan eines Abends im weißen Zelt des Großen Häuptlings, damit beschäftigt, geröstete Körner zu essen und die Schalen ins Feuer zu spucken. Das mit roten und gelben Sonnensymbolen geschmückte Zelt war dasselbe, das der alte Zuhan so viele Jahre lang bewohnt hatte, und zwar an den Ufern seines Lieblingsflusses errichtet; aber seit Zuhans Tod versiegte der Fluß mehr und mehr.

Mittlerweile bot er den Anblick eines Rinnsals, und wenn Vlahan kurzfristig zu kauen aufhörte, konnte er draußen den Wind über die Steine fegen hören. Jedesmal, wenn die Zeltklappe aufschlug, wirbelten vor seinen Blicken riesige Staubwolken auf, und Abfälle und Stücke verdorrter Grashalme flogen in alle Richtungen; er zerrte auch an den Schals der Frauen und erschreckte die Pferde. Es war ein böser Wind: ein Wind, der fast vier Jahre der Dürre und Rebellion gebracht hatte, und Vlahan haßte ihn aus dem tiefsten Grund seiner Seele.

Während Vlahan aß, betrachtete er Changar, der ihm gegenübersaß, die Füße auf ein Kissen gebettet, Kersek trank und unter halb geschlossenen Lidern hervor ins Feuer starrte. Es waren nicht die Augen eines alten Mannes, der in der Wärme döste, obwohl Changars Haar mittlerweile die Farbe saftloser Winterhalme angenommen hatte und die Haut seines Gesichts fleckig und verdorrt aussah. Es waren grüne, wachsame Wolfsaugen; aber da lag noch etwas anderes in Changars Ausdruck, das vor drei Jahren noch nicht dagewesen war, etwas Brennendes.

Man brauchte Changar nur anzusehen, um zu argwöhnen, daß er ein Geheimnis barg; doch traf das zu, so hatte er jedenfalls weder Vlahan noch sonst irgend jemandem davon erzählt; der Häuptling bohrte immer wieder nach und hatte ein- oder zweimal sogar gedroht, es aus ihm herauszuprügeln, wenn er nicht endlich mit der Sprache herausrückte. Vlahan mochte Geheimnisse nicht, außer es handelte sich um seine eigenen. Gewöhnlich bedeuteten sie nichts anderes als Verrat und ein Messer im Rücken.

Vlahan griff in den kleinen Korb neben sich und nahm eine weitere Handvoll Körner heraus. »Fünf Stämme haben jetzt schon rebelliert, und fünf weitere drohen damit«, bemerkte er. Er wählte seine Worte sorgfältig, musterte dabei Changars Gesicht, um zu sehen, ob seine Feststellung den anderen in irgendeiner Weise erfreute; aber Changars Miene blieb so unergründlich wie immer.

»Pah«, grunzte der Schamane. Die Aufstände waren nichts Neues und bedurften keiner weiteren Kommentare. Wahrscheinlich riß Vlahan nur wieder mal sein Maul auf, um sich reden zu hören. Normalerweise machte es Changar ungeduldig, aber an diesem Abend war er bereit, den anderen zu ertragen.

Vlahan runzelte unwillig die Stirn. »Hörst du mir überhaupt zu?«

»Ich höre dir immer zu, Rahan.«

»Nun, dann hör mir gefälligst mit ein bißchen mehr Anteilnahme zu! Du solltest eigentlich mein Wahrsager sein. Deine Aufgabe besteht darin, mich zu beraten und nicht stumm wie ein Haufen getrockneter Pferdeäpfel dazusitzen. Wie ich gestern schon sagte: Ich muß Stavan töten und Arang entführen, bevor diese Aufstände völlig außer Kontrolle geraten. Dank dieser verfluchten Dürre schlachten sich die Unterhäuptlinge gegenseitig ab im Streit um Wasserlöcher, die nicht einmal genug Wasser enthalten, um eine Ziege zu tränken. Jemand muß diesen dämlichen Bastarden endlich ein Licht aufstecken, daß ihre Rebellion einen Preis hat. Sonst werde ich am Ende Großer Häuptling von nichts als faulenden Knochen und vergammeltem Pferdefleisch sein!«

Changar machte einen halbherzigen Versuch, die Male zu zählen, die er Vlahan genau dieselbe Rede hatte halten hören seit dem Tag von Marrahs und der anderen Flucht; aber es waren nicht genug Finger an der Hand eines Mannes und auch nicht genug Sterne am Himmel, um dies nachzuzählen.

Vlahan steigerte sich mehr und mehr in seine Tirade hinein. Sein rotes, fleischiges Gesicht wurde noch eine Idee röter, und er breitete seine Arme aus, als wäre er dabei, einen listenreichen neuen Plan zu entwickeln statt des einen, den er schon Dutzende von Malen wiederholt hatte. »Wenn ich Arang wieder in den Fingern habe, werden die Unterhäuptlinge ihm gehorchen, weil Zuhan ihn adoptiert hatte – obwohl der kleine schwarzhaarige Sohn einer Hündin ebensowenig Zuhans wahrer Nachkomme ist wie du.« Vlahan spuckte ein paar Schalen in seine Handfläche und warf sie beiseite. »Sobald sich dieser Bengel in meiner Gewalt befindet, wird dieses Gerede von Dürre und Flüchen ein Ende haben. Ich trete zurück, und Arang wird Anführer der Zwanzig Stämme werden; aber wenn er den Mund öffnet, werden *meine* Worte herauskommen, und wenn er Befehle erteilt, handelt es sich um *meine* Befehle!«

Changar schenkte sich erneut von dem Kersek ein. Vlahan ist ja ordentlich in Fahrt heute abend, dachte er. Er setzte einen Ausdruck entzückten Interesses auf und lehnte sich zurück, um zu lauschen. Gelegentlich nickte er oder gab ein zustimmendes Brummen von sich, um Vlahan zum Weiterreden zu ermuntern. Der Magier hielt nichts davon, die Dinge zu überstürzen.

Schließlich hub er an: »Aber wie ich dir schon viele Male zuvor erklärt habe, Rahan, kannst du einen Mann nicht töten, wenn du seiner nicht habhaft wirst; genausowenig gelingt es, einen Jungen zu entführen, dessen Verbleib nicht auszumachen ist. Stavan, Arang, Marrah die Hexe und jene zwei wertlosen Konkubinen – fünf Leute – sind im Schnee untergetaucht, einfach so.« Changar schnippte mit den Fingern. »Seit bald vier Jahren hat sie keiner mehr gesehen, geschweige denn ihre Knochen gefunden.«

Vlahan runzelte die Stirn und verengte die Augen, bis sie schmale, glitzernde Schlitze bildeten. Er war ein kräftiger Mann mit einem roten Bart, braunem Haar und einem grausamen, sinnlichen Mund. Als Halbbruder wies sein Gesicht eine gewisse Ähnlichkeit mit dem Stavans auf; aber all die Eigenschaften, die die Menschen an Stavan so gewinnend fanden, waren bei Vlahan ins Gegenteil verzerrt: Er war hinterhältig und gerissen statt intelligent, arrogant statt freundlich, wollüstig statt liebevoll. Vlahan hatte ein besonders übles, gewalttätiges Leben geführt, selbst für einen Nomaden, und man merkte es ihm deutlich an.

»Hältst du mich vielleicht für einen Dummkopf?« Seine Stimme klang tief und grollend.

Worauf du dich verlassen kannst! dachte Changar. »Nein, Rahan«, erwiderte er.

»Warum erzählst du mir dann Dinge, die ich selber weiß?« Vlahan spuckte zornig aus. »Ich habe dein Geschwafel restlos satt. Du gibst mir keinerlei Ratschläge, und du trinkst zuviel Kersek. Schweig still, wenn du nichts Neues zu sagen hast, sonst werde ich mir einen anderen Wahrsager wählen.«

»Aber ich habe dir doch etwas Neues zu sagen, Rahan.« Changar lächelte Vlahan an, als hätte dieser ihm gerade ein Kompliment gemacht, statt ihn zu beleidigen. »Etwas, was du höchst interessant finden wirst.«

Vlahan schnaubte nur verächtlich und warf ein paar Schalen ins Feuer. Sie brannten mit kleinen knackenden Geräuschen. »Etwas Neues? Das bezweifle ich doch sehr. Wirst du mir vielleicht erzählen, daß du die heiligen Pilze gegessen und gesehen hast, wohin die fünf verschwunden sind? Bisher waren deine Prophezeiungen ungefähr so nützlich wie ein Korb voll Dreck. Trotz all deiner magischen Kräfte hast du sie ebensowenig aufspüren können wie Mukhan. Manchmal denke ich, ich könnte dich auch gleich Han opfern, womit der Fall erledigt wäre.«

Changar ignorierte die Drohung, die ihn – wie vieles andere – über die Maßen langweilte. »Angenommen, ich *könnte* sie finden?«

»Jaja, wenn Pferde Flügel hätten...«

»Angenommen, ich könnte sie nicht nur finden, sondern sogar Stavan töten und dir Arang zurückbringen? Und außerdem...«

Changars Stimme hatte etwas an sich, was Vlahan scharf aufblikken ließ. »Angenommen, ich hätte noch mehr Neuigkeiten für dich, Rahan, Neuigkeiten, die dich sehr glücklich machen würden... Was würdest du dem alten Changar dafür geben?«

Vlahan blickte den Wahrsager an, so wie ein Mann vielleicht einen intelligenten Heimtücker mustern würde. »Das käme ganz drauf an«, erwiderte er. »Wenn du wirklich wüßtest, wo sich die fünf verstecken, würde ich dir die Anzahl Männer geben, die du zu ihrer Überwältigung bräuchtest. Und du würdest mir einen lebendigen Arang aushändigen – in einigermaßen gutem Zustand – nicht mit zertrümmerten Kniescheiben oder abgeschnittener Nase! Ich will ihn den Unterhäuptlingen der Zwanzig Stämme heil und in einem Stück präsentieren – dafür würde ich dir genügend Pferde und Gold überlassen, um dich für immer zu einem reichen Mann zu machen. Aber wenn du mich belügen und die Pferde und Männer nehmen würdest, mit denen ich dich ausrüste, um davonzulaufen und dich den Rebellen anzuschließen, Changar – dann würde ich unerbittlich Jagd auf dich machen, dir die Eier abschneiden und sie draußen vor meinem Zelt aufhängen, wo jeder sie sehen könnte. Und...« Vlahan begann mit großem Genuß die Strafen für Verräter aufzuzählen.

Changar wartete geduldig, bis er am Ende dieser Greuel angelangt war. Danach herrschte eine Weile Stille. Das Feuer brannte herunter, und die beiden Männer saßen einander schweigend gegenüber. Als Changar erneut das Wort ergriff, klang seine Stimme sanft und gedämpft.

»Ein Mann ist heute gekommen, Rahan, ein Krieger aus dem Westen. Ein Shubhai.«

Vlahan spuckte ins Feuer und beobachtete, wie der Speichel auf den heißen Steinen zischte. »Ich habe Gerüchte gehört, daß Nikhan ebenfalls rebelliert, aber niemand hat sich die Mühe gemacht, zu den Shubhai-Lagern zu reiten, um zu sehen, ob sie wahr sind.« Changar erhielt seine widerwillige Anerkennung: »Aber ich verstehe, worauf du hinaus willst. Wenn dieser Mann aus dem Westen ist, dann weiß er vielleicht etwas über die Flüchtigen.« Er wedelte gönnerhaft mit der Hand. »Du hast meine Erlaubnis, den Hund zu foltern, um einen Fingerzeig aus ihm herauszubekommen.«

»Es besteht kein Grund, ihn zu foltern, Rahan. Er ist nicht nur bereit zu reden, sondern auch aus eigenem freien Willen in unser Lager gekommen, um uns eine Nachricht zu bringen. Du erinnerst dich, daß ich sagte, ich hätte noch mehr Kenntnisse?«

»Ich erinnere mich, ja. Also, wenn es Neuigkeiten sind, dann heraus damit! Und sie sollten besser gut sein, sonst kannst du versuchen, eine Woche lang ohne Wasser zu leben. Das ist ein faires Tauschgeschäft heutzutage: gute Nachrichten gegen Wasser. Sonst mußt du eben Staub trinken.«

»Ich denke, der Mann sollte lieber selber aussagen, Rahan.«

Vlahan nickte, Changar drehte sich zur Seite und klatschte in die Hände, worauf ein bewaffneter Wachtposten erschien. Der Bart des Mannes war mit Fett bekleckert, was darauf hinwies, daß er mitten in seinem Abendessen unterbrochen worden war.

»Bring mir diesen Shubhai, den du irgendwo gefesselt hast«, knurrte Vlahan. »Und wisch dir dein fettiges Kinn ab, wenn du dich bei mir blicken läßt.«

Der Wachtposten verbeugte sich und eilte aus dem Zelt, während er seinen Bart befühlte. Wenige Augenblicke später kehrten er und eine andere Wache zurück und zerrten einen stämmigen, schwer mitgenommenen Krieger hinter sich her. Der Mann war wahrscheinlich Mitte zwanzig; sein verfilztes Haar, seine gebrochene Nase und die eingeschlagenen Zähne ließen ihn jedoch älter aussehen. Eine flammendrote Narbe zog sich von seinem linken Augenwinkel bis zu seinem Mund hinunter, und auf seiner Stirn war ein Habicht mit gespreizten Krallen eintätowiert. Wie alle Shubhai-Tätowierungen saß auch diese schief und krumm, aber sie machte sein Gesicht unvergeßlich. Wenn Marrah anwesend gewesen wäre, hätte sie in ihm den Krieger erkannt, der vor Stavans Pferd niederkniete, als sie in das Fort in Shambah geritten waren.

Die Wachen stießen den Mann grob auf den Boden. Seine Arme waren hinter seinem Rücken gefesselt, was nur als Vorsichtsmaßnahme diente. Er war ein Gast, kein Gefangener – im Moment zumindest noch nicht – und starrte Vlahan mit offenem Mund an. Vlahan trug nur zwei oder drei goldene Halsketten, einen schmalen goldenen Reif um den Kopf, fünf oder sechs Ringe in jedem Ohr und ein bißchen Gold auf seiner Tunika; aber in den Augen des Shubhai wirkte er wohl wie ein Gott.

»Berichte dem Großen Häuptling, was du mir mitgeteilt hast«, befahl Changar.

Der Shubhai schluckte mehrere Male, bevor er sprechen konnte. »Vor vier Jahren«, begann er stockend, »ritt ein Mann in unser Lager, der behauptete, Stavan, Sohn von Zuhan, zu sein. In seiner Begleitung befanden sich ein Junge und drei Frauen. Er sagte, er wäre der Große Häuptling der Hansi, und zwang unseren Häuptling, Nikhan, ihm Treue und Gehorsam zu schwören; aber ich wußte vom ersten Moment an, daß der Fremde kein Häuptling war. Er trug Lumpen, und sein Pferd war ein Klappergaul.«

Der Krieger beschrieb alle Geschehnisse von Shambah, einschließlich der Zerstörung des Forts, wobei Vlahan und Changar ihn nicht unterbrachen. Der Mann hatte einen breiten westlichen Akzent, und ihm fehlten mehrere Zähne, deshalb war es manchmal schwierig, ihn zu verstehen – besonders als er anfing, wütend gegen Nikhan zu wettern, der ihn wohl beleidigt zu haben schien bei einem Streit um eine weiße Stute –; aber im großen und ganzen war durchaus klar, was er zu sagen hatte: Stavan, Arang, Marrah und die beiden Konkubinen hatten die Waldländer durchquert und waren nach Süden geritten zu irgendeinem Ort namens Shara.

Schließlich verstummte der Krieger, aber Changar war noch nicht zufrieden. Er saß einen Moment da, erinnerte sich an die Vision, die er gehabt hatte beim Verzehr der heiligen Pilze. Die Zukunft, die er vorausgesehen hatte, entrollte sich so glatt wie ein Teppich vor ihm, und als er sah, wie sich der Teppich weiter und weiter ausbreitete, mit jedem Muster an seinem richtigen Platz, wußte er, daß seine Eingebungen sich bewahrheiten würden. Wilder Triumph erfüllte ihn angesichts jenes Wissens, und er schwelgte darin, ließ ihn wie einen köstlichen Tropfen über seine Zunge rinnen. Als er erneut sprach, war seine Stimme so leise, daß der Shubhai-Krieger die Ohren spitzen mußte, um ihn zu verstehen.

»Weiter«, befahl er. »Erzähl dem Großen Häuptling den Rest.«

»Aber es gibt nichts mehr zu erzählen.«

»Erzähl ihm von den Frauen.«

»Ach so, ja, die Frauen.« Der Krieger grinste verlegen. »Widerwärtige kleine Biester, alle miteinander. Sie stürzten sich auf Nikhan und bedrohten ihn mit ihrem Messer, seitdem ist er zum allgemeinen Gespött geworden. Man stelle sich das einmal vor: ein Häuptling, der von schwangeren Frauen überwältigt wird!«

»Hast du gesagt, die Frauen waren schwanger?« hakte Vlahan nach.

Der Shubhai nickte. »Die Dunkelhaarige war es ganz sicher, und ich glaube, die kleine Blonde auch, obwohl sie ihren Bauch zum Teil ausgestopft hatte.« Seine Hände beschrieben einen weit ausholenden Bogen. »Die Dunkelhaarige hatte einen Bauch bis hierher. Später erfuhr Nikhan dann, daß sie Zwillinge geboren hat in jenem Ort namens Shara: einen Jungen und ein Mädchen, hieß es.«

Vlahan drehte sich zu Changar um. »Marrah?«

Changar nickte.

»Wenn Marrah einen Jungen geboren hat, dann habe ich einen Sohn!« rief Vlahan aufgeregt. »Bei Han, Changar, alter Fuchs! Nach all diesen Jahren habe ich endlich einen Sohn!«

Der Shubhai-Krieger blickte verwirrt drein. »Stavan, Sohn von Zuhan, sagte damals, diese Dunkle wäre seine Ehefrau, also müßte dann nicht dieser Junge *sein*...«

»Schweig still!« brüllte Vlahan.

»Stavan hat gelogen«, sagte Changar. »Marrah mag zwar eine Hexe sein, aber sie ist Vlahans Gemahlin, und jedes Junge, das sie wirft, gehört ihm.«

»Verschwende nicht deinen Atem mit unnötigen Erklärungen«, sagte Vlahan brüsk. Er wandte sich an den Krieger, der ihn voller Angst anstarrte. Changar hatte jenen Ausdruck schon oft in den Augen von Pferden gesehen, wenn die Tiere erkannten, daß sie geopfert werden würden. Es war ein weißer, panikerfüllter, glasiger Blick. »Ich nehme an, du erwartest eine hübsche Belohnung dafür, daß du mir diese Geschichte erzählt hast«, sagte Vlahan. Seine Stimme klang unheilverkündend ruhig, aber der Shubhai verkannte offenbar die Drohung, die darin mitschwang; denn er straffte sich, und sein Blick konzentrierte sich wieder auf Vlahan.

»Ich habe gehört, du bietest allen denjenigen Gold und Pferde, die etwas Neues über den Verbleib der fünf Abtrünnigen zu berichten wissen, Rahan.«

»Gold und auch Pferde, richtig; du sollst deinen gerechten Anteil bekommen, sobald du meine Krieger sicher an deinem Häuptling vorbeigeführt hast, der zwischen uns und den Waldländern steht.« Vlahan hielt inne und bediente sich mit ein paar gerösteten Körnern. Er kaute sie bedächtig, ohne den Shubhai aus den Augen zu lassen. Als er fertig war, wischte er sich die Hand an seinem Umhang ab und erhob sich auf die Füße. »Natürlich werden wir dir die Zunge herausschneiden müssen, aber ...«

»Meine Zunge herausschneiden?« schrie der Mann.

Vlahan wandte sich an Changar. »Tu es gleich«, sagte er. »Tu es, bevor er sein Geschwätz noch weiter verbreitet.«

Wie immer kam Changar der Aufforderung bereitwillig nach.

Aus dem Frühling wurde Sommer. An einem Sommerabend, ungefähr zwei Wochen vor dem Fest der Tiere, stieg der Mond über Shara auf und verströmte sein silbriges Licht über einer Stadt, die in Frieden mit sich selbst und ihren Nachbarn lebte. Auf den Feldern sangen die Zikaden in einem gleichmäßigen, beruhigenden Zirpen. Im Süden lag die Schlange der Zeit in glitzernden, reglosen Windungen, so als wäre die Zeit selbst stehengeblieben. Die meisten Leute hatten den ganzen Tag über gearbeitet: Einige hatten die gemeinschaftlichen Gemüsefelder gejätet, einige die Tiere versorgt; andere nahmen sich der Kinder an und erzählten ihnen Geschichten; die Handwerker dagegen töpferten, webten Tuch, fischten, flickten Netze, besserten Zäune aus oder kochten. Auch die Jäger waren nicht faul gewesen.

Zwei Frauen hatten Kinder geboren, ein kranker Pilger war in der heißen Quelle gebadet worden; zudem war ein Raspa mit einer Ladung seltener Gewürze und Körben voller Jadeperlen am Spätnachmittag aus dem Süden eingetroffen und hatte begeisterte Neugier bei den Bewohnern geweckt.

Jetzt waren die Straßen so gut wie leer. In den Tempeln kümmerten sich die Priesterinnen um die Altarfeuer, kneteten den Brotteig für den nächsten Tag und unterhielten sich miteinander; aber fast alle anderen Einwohner von Shara schliefen bereits.

Hier und da brannte noch eine Öllampe und warf lange, flakkernde Schatten auf weißgetünchte Wände. Die Schatten schienen lebendig, zuckten vor und zurück, einige langsam, andere schnell. Schnarchen und Seufzer waren in der Stille der Nacht vernehmbar und manchmal ein zärtliches Lachen. Die Nächte in Shara gehörten den Liebenden, die miteinander flüsterten, um die Kinder nicht zu wecken; denn die Mutterhäuser besaßen zwar abgetrennte Schlafabteile, aber ziemlich dünne Wände.

In Lalahs Haus hatten Hiknak und Arang ihre Tochter Keshna in das Kinderzimmer gebracht und sie sorgfältig zugedeckt – dann waren sie in ihr Schlafabteil zurückgekehrt. In dem winzigen Abteil gab es nur einen Wasserkrug, eine Doppelschlafmatte und drei Kissen, aber immerhin ein rundes Fenster mit Ausblick auf den Süßwassersee.

Hiknak stand einen Moment am Fenster und blickte hinaus. Sie war in einer Gegend ohne Hügel geboren und aufgewachsen, und es erstaunte sie immer wieder, daß man vom zweiten Stockwerk eines Hauses aus so weit sehen konnte. An diesem Abend leuchtete das Wasser im Mondlicht. Manchmal, wenn sie die Augen zu Schlitzen verengte, sahen die weißen Schaumkrönchen auf den Wellen wie das gefiederte Gras der Steppe aus, aber kein Gras hatte jemals so viel Kraft gehabt. Die Wellen klatschten gegen die Felsen und wichen mit einem murmelnden Geräusch zurück, das sie an das Summen unzähliger Bienen erinnerte. Eines Tages, dachte Hiknak, werden sie die ganze Welt zu Sand zermahlen haben.

Arang trat hinter sie und legte seine Arme um ihre Taille. »Laß mich dein Haar kämmen«, bat er. Er griff nach Hiknaks Zöpfen und löste sie, bevor er ihr Haar um sein Handgelenk schlang, um sein Gewicht und seine seidige Weichheit zu spüren. Hiknak lächelte, setzte sich und lehnte sich träge in die Federkissen zurück. Sie war nun nicht mehr eine magere kleine Nomadin aus der Steppe mit Augen wie ein verängstigtes Tier. Seit Keshnas Geburt hatte sie an Gewicht zugenommen, und als Arang jetzt ihre runden Arme und vollen Wangen betrachtete, fand er, sie sah so hübsch und appetitlich wie ein frischer Apfel aus.

»Fang an zu kämmen!« befahl sie. Sie lachte und tat so, als ob sie sein Häuptling wäre, obwohl seine Leute keine Häuptlinge kannten. Sie, Hiknak, war der beste aller Häuptlinge, nicht grausam wie Vlahan, sondern ein Häuptling des Bettes, Häuptling von Liebe und Lust. Sie liebte es, Arang zu kommandieren, und er liebte es zu gehorchen, und alles, was sie zusammen taten, taten sie um der Freude willen, einander Vergnügen zu bereiten.

Langsam begann Arang, die Knötchen herauszukämmen, während er ab und zu innehielt, um sein Gesicht in ihrem Haar zu vergraben. Hiknaks Haar duftete nach Regen und Moschus, und selbst nach diesen drei Jahren der Leidenschaft mit ihr fand Arang dessen Farbe nach wie vor erstaunlich. Manchmal, wenn er ihre Zöpfe öffnete, dachte er dabei an das Gold, mit dem Zuhan sich zu schmücken pflegte. Er erinnerte sich an die goldenen Ohrringe und Ringe des Großen Häuptlings, den Goldanhänger in Form einer Sonne, die goldenen Kreise auf seiner Tunika und die goldene Schnalle seines Gürtels. Zuhan hatte für Gold gelebt und für Gold getötet; aber soweit Arang es beurteilen konnte, hatte es ihm nicht einen Augenblick echten Glücks eingebracht. Das einzige Gold, das zu besitzen sich lohnte, war das Gold von Frauenhaar – oder das Gold von Männerhaar, wenn man Männer liebte – oder von jeglicher Haarfarbe, die man liebte. Als Arang mit dem Kamm von Hiknaks weißem Scheitel abwärtsglitt, ließ er seine Gedanken wandern.

In einem anderen Teil des Hauses aß Dalish gerade Honig mit frischem Brot.

»Gib mir auch etwas«, bat Jutima.

Dalish strich etwas Honig auf ihre Lippen und küßte Jutima, und beide kicherten.

»Was machst du morgen?« wollte Jutima wissen.

»An meiner Maske für das Fest der Tiere arbeiten.«

»Welches Tier wirst du darstellen?«

»Ich dachte, ich würde ausnahmsweise mal ein menschliches Gesicht tragen.«

Jutima streckte eine Hand aus und berührte sanft die Tätowierungen auf Dalishs Wangen, während sie mit einer Fingerspitze die blauen, weinrankenähnlichen Muster nachzeichnete. »Du solltest so etwas wirklich nicht sagen, Dalish. Die Bilder auf deinem Gesicht sind wunderschön. Wie malerische Geißblattranken.«

»Das Einritzen war jedenfalls alles andere als schön.«

»Hat es sehr weh getan?«

Dalish nickte. »Irehan der Feige, mein erster Herr und Gebieter, ließ mich von zwei seiner Ehefrauen auf dem Boden festhalten, während die dritte mit der Spitze ihres Dolches ein Muster in mein Gesicht ritzte und eine Art gelben Pflanzensaft in die Schnittwunden rieb. Am nächsten Tag hatte sich der Saft blau verfärbt.«

Jutima nahm Dalishs Hand, und sie schwiegen einen Moment. »Hast du schon mal die Geschichte der verschleierten Göttin des Mondes gehört?« fragte Jutima. Dalish schüttelte den Kopf. »Bevor sie ihren Schleier anlegte, war die Göttin so schön, daß die Menschen an nichts anderes mehr denken konnten, wenn sie sie zu Gesicht bekamen. Sie konnten nicht arbeiten und nicht tanzen, fütterten ihre Tiere nicht mehr, konnten nicht einmal mehr essen. Wenn Männer und Frauen sie erblickten, wurden sie krank vor Liebe. Deshalb erbarmte sich die Göttin ihrer. Sie verhüllte ihr Gesicht mit einem Schleier, aber auch das half nichts. Ihre Seele war so gütig und strahlend, daß ihre Schönheit dennoch hindurchschien, und wenn du in den Himmel hinaufschaust...«, Jutima wies aus dem Fenster, »...kannst du sie stets sehen, und ihre Schönheit übersteigt noch immer fast die menschliche Fassungskraft.«

Dalish betrachtete den Mond. »Das erfindest du alles nur«, erwiderte sie. »Du erzählst mir ein selbst ausgedachtes Märchen. Dies hier ist Dalish, mit der du redest. Ich wurde einmal dazu ausgebildet, Priesterin zu sein, erinnerst du dich? Der Mond war niemals eine verschleierte Göttin.«

Jutima machte ein verlegenes Gesicht. Sie räusperte sich und griff nach dem Laib Brot, doch statt ein Stück davon abzubrechen, saß sie nur da und hielt ihn in ihrem Schoß. »Du hast recht«, gestand sie schließlich. »Ich habe mir die Geschichte tatsächlich ausgedacht. Aber ich habe es nur deshalb getan, weil ich dich liebe und weil du wissen sollst, daß dein Gesicht trotzdem wunderschön ist – ganz gleich, was die Nomaden damit angestellt haben.« Sie hielt inne. »Um die Wahrheit zu sagen: Ich würde dich auch dann lieben, wenn du ein Gesicht wie ein Kohlkopf hättest.«

Dalish lachte. »Ein Gesicht wie ein Kohlkopf! Also das nenne ich wahre Ergebenheit! Jutima, du bist eine süße, hoffnungslose, sentimentale Närrin und die schlimmste Lügnerin, die mir je begegnet ist; aber ich muß zugeben, daß du es geschafft hast, mich ein wenig zu trösten.«

»Dazu sind Geliebte schließlich da«, erwiderte Jutima. Sie zog Dalish an sich und küßte sie lange Zeit. »Und jetzt«, sagte sie atemlos, als der Kuß beendet war, »sag mir die Wahrheit. Was für eine Art Maske fertigst du *wirklich* an für das Fest der Tiere?«

»Ich werde als Frosch gehen.«

»Was du nicht sagst«, meinte Jutima grinsend. »Nun, irgendwie paßt es zu dir.«

Nicht jeder Sharaner ergab sich in jener Nacht der Liebe: Erschöpft von einem ganzen Tag harter Arbeit mit den Pferden waren Marrah und Stavan wie zwei Kinder in den Armen des anderen eingeschlafen; Lalah lag seitlich ausgestreckt und genoß das Gefühl, die Schlafmatte ganz für sich allein zu haben; und es gab auch Menschen in der Stadt, die von der Wiege bis zur Bahre niemals Verlangen spürten. Aber wenn Batal die Wände der Mutterhäuser durchsichtig gemacht hätte, hätte man viele von sanftem Lampenschein erhellte Schlafabteile sehen können und sich bewegende Schatten und Liebende, die einander zuflüsterten. Der Beischlaf war den Sharanern heilig. Sie glaubten, er verbinde zwei Menschen miteinander und helfe ihnen, in Harmonie zu leben.

Als Hiknak die Einheimischen kurz nach ihrer Ankunft gefragt hatte, was sie für die größten Geschenke der Göttin hielten, hatten sie ihr geantwortet: »Kinder« und »Lust«. Dann hatten sie »Essen« hinzugefügt und »Tanzen« und »Feste«; schließlich hatten sie noch eine ganze Reihe von Segnungen aufgezählt, den »Duft von Blumen«, den »Gesang der Vögel« und »das Vergnügen eines interessanten Gesprächs« eingeschlossen. Aber von allen diesen göttlichen Geschenken, so sagten sie, wären Liebe und Lust die wichtigsten.

Außerhalb der Stadt zirpten die Zikaden noch immer ihre sanften, monotonen Lieder. Als der Mond am Himmel höher kletterte, fiel blaßsilbernes Licht durch die Zweige des großen Waldes aus Eichen und Heidekraut, der Shara im Norden und Westen umschloß. Der Wald war bei Vollmond gewöhnlich ein geräuschvoller Ort; aber heute abend herrschte in einem kleinen Teil des Waldes eine unnatürliche Stille: Gleich auf der anderen Seite des Flusses, ein kurzes Stück stromaufwärts von der Furt, schrien keine Eulen, und keine Mäuse raschelten durch das Unterholz.

Ein Pferd stampfte mit den Hufen und schnaubte. Etwas glitzerte im Mondlicht. Blasse Gesichter, mit Schlamm beschmiert, schienen wie körperlose Geister in der Dunkelheit zu schweben. Etwas hatte die Lichter von Shara voller Verachtung im Visier; etwas verbarg sich in dem Wald, etwas, das glaubte, Liebe sei nur für Narren.

7. Kapitel

Am nächsten Morgen. Die Mutterhäuser von Shara verfärbten sich erst grau, dann weiß, dann hellrosa, als die Sonne über dem Süßwassersee aufging. Ein Vogel zwitscherte auf Marrahs Fensterbrett. Es war ein Spatz mit winzigen schwarzen Knopfaugen; er stand da auf staksigen, dünnen Beinchen, den Kopf schiefgelegt, und starrte sie an, bevor er die Körner aufzupicken begann, die Marrah am Abend zuvor für ihn hingestreut hatte.

Guten Morgen, dachte sie.

Guten Morgen, schien der Vogel zu erwidern.

Hast du eine Nachricht für mich?

Nein, aber der Tag wird schön werden.

Das ist gut, weil Hiknak die Kinder heute zum Beerenpflücken mitnehmen will.

Die Beeren sind reif und schwarz und dick und so süß wie die Zunge eines Liebhabers.

Was weißt denn du schon von der Zunge eines Liebhabers?
Vögel wissen alles.

Marrah lachte über sich selbst, weil sie eine Unterhaltung mit einem Vogel führte, aber da sie einen Vogelnamen trug – Marrah bedeutete »Seemöwe« –, malte sie sich ständig aus, wie sie mit ihr sprachen, obwohl sie wußte, daß die Worte, die die Vögel an sie richteten, leider nur in ihrem Kopf existierten. Sie gähnte, streckte sich und machte Anstalten, aus dem Bett zu kriechen.

Der Spatz hörte auf zu picken und blickte sie aufmerksam an; wahrscheinlich riet er ihr, keinen Lärm zu machen, um Stavan nicht zu wecken, der auf dem Rücken lag und leise schnarchte, einen Arm über sein Gesicht gelegt.

Habe ich einen gutaussehenden Mann, Vogel?
Den hast du wirklich.
Und hübsche Kinder?
Zwei der hübschesten Kinder von ganz Shara.
Bin ich eine glückliche Frau?
O ja, das bist du.

Als der Spatz davonflog, stand Marrah auf, schlüpfte in ihr Kleid und ging hinunter ins Kinderzimmer, um zu sehen, ob Luma und Keru fertig waren für die Beerenpflückexpedition.

Ein Kreis von Eichhörnchen und Kindern tanzte auf den getünchten Wänden der Stube für den Nachwuchs. Zwei Störche und ein paar fette Kinder ließen bunte Drachen um ein großes Fenster herumfliegen, das eine warme Brise vom See und Sonnenlicht so gelb wie Butter hereinließ.

»Doch, du hast meins«, schrie der sechsjährige Shutu.

»Hab ich nicht!« protestierte Minha.

»Ich liebe Honig«, sang Keshna, während sie einen Finger in den Honigtopf tauchte und einen bernsteingelben Tropfen in ihren Mund träufelte. Sie leckte sich die klebrige Süßigkeit von der Oberlippe ab und lächelte Marrah schelmisch an. In dem Moment entdeckte Keru seine Mutter. Er sprang auf die Füße, rannte zum nächsten Blumentopf und riß ein gelbes Gänseblümchen aus.

»Für dich, Mama«, sagte er und hielt ihr die Blume hin. »Weil du die allerschönste Mama bist...«

Marrah nahm die Blume, und sie schien in ihrer Hand zu wachsen. Sie drehte sie herum, und die Blüte leuchtete in der Sonne. Jedes Blütenblatt sah riesig aus. Gelber Blütenstaub stieg auf, und sie lachte über diese Liebesgabe ihres Kleinen.

»Danke, mein Schatz«, sagte sie; eigentlich sollte sie ihn fragen, ob er etwas angestellt hätte, weil diese Blume ganz sicherlich als ein Versöhnungsgeschenk gedacht war, aber so leicht wollte sie es dem Dreikäsehoch nicht machen: Er wußte, sie würde nur zu gerne fragen, und außerdem würde sie es bald genug herausfinden. Keru blickte verlegen auf seine kleinen Füße hinunter und wackelte mit den nackten Zehen auf den roten Fliesen. Marrah beugte sich vor und küßte ihn auf den Kopf, sein Haar roch wie das Stavans. Rauch war darin und noch etwas anderes, etwas Süßes und leicht Muffiges, wie die Verheißung von Regen an einem trockenen Tag.

»Du bist ein braver Junge«, sagte sie, und Keru schaute mit seinen großen kastanienbraunen Augen zu ihr auf, als hoffte er, ihre Worte tilgten alle Schuld.

Einen Moment später kam Nazur mit einem Kind unter jedem Arm herbeigekeucht. Sein dicker Bauch wackelte, und sein Gesicht war rot angelaufen vor Anstrengung. Er und Tarrah hatten sich die ganze Nacht um die Kinder gekümmert; zweifellos säße er jetzt lieber bei einem geruhsamen Frühstück, aber zuerst mußte er eine Nachricht überbringen. Die Kinder wanden sich, zappelten und kreischten, als wäre es ein besonders lustiges Spiel, Nazur zu entwischen; doch Nazur hatte eigene Kinder großgezogen und war ein Experte im Jonglieren von solchen Energiebündeln.

»Ich fürchte, ich habe eine schlechte Nachricht für dich«, sagte er. Und dann berichtete er Marrah, daß sich Luma in der Nacht zweimal erbrochen hatte, weil Keshna sie und Keru überzeugt hatte, daß ein Apfelwettessen Spaß machen würde. »Also sind die drei in den Lagerraum geschlichen, haben einen Korb getrockneter Äpfel geöffnet und sich vollgestopft«, fuhr Nazur fort, während er die zappelnden Kleinen mit seinen massigen Armen an seinen Leib preßte. »Keshna hat natürlich gewonnen. Sie hat einen Magen wie eine Ziege und Keru desgleichen; aber für Luma wird eine Menge Zeit vergehen müssen, bevor sie wieder Appetit auf getrocknete Äpfel bekommt.«

Marrah blickte zu Keshna und Keru hinüber, die plötzlich ein reges Interesse für ihre Schüsseln mit gerösteten Weizenkörnern entwickelten. Sie kauerten dicht nebeneinander wie zwei kleine Verschwörer, ohne auch nur ein einziges Mal aufzusehen.

»Keru, Keshna«, sagte sie streng. »Das war ausgesprochen dumm von euch.«

»Ja, Mama«, murmelte Keru, während Keshna den Kopf senkte und ihre honigverschmierten Finger ableckte.

»Jetzt kann Luma nicht mit euch zum Beerenpflücken gehen.«

»Nein, Mama.«

»Ihr werdet so etwas nie wieder tun, habt ihr verstanden?«

»Ja, Mama.«

Marrah blickte auf das verwelkte Gänseblümchen in ihrer Hand und entschied, daß sie die beiden genug gescholten hatte. Es wäre ihr zwar lieber gewesen, wenn auch Keshna sich entschuldigt hätte, aber das Mädchen besaß ein störrisches Temperament und neigte stets dazu, auf seiner Unschuld zu beharren, selbst wenn es auf frischer Tat ertappt wurde. Manchmal dachte Marrah, daß das Blut der Nomaden allzu heiß in Keshnas Adern pulsierte.

Sie wandte sich zum Gehen und hörte Keru hinter ihr herrufen: »Ich hab dich lieb, Mama.« Er winkte und warf ihr eine Kußhand zu.

»Mir geht es genauso«, rief Marrah zurück. Als sie hinausging, war sie sich fast sicher, Keshnas spitzbübisches Gegacker zu hören.

Sie fand Luma auf der Schlafmatte ihrer Großmutter ausgestreckt, mit dem Spielzeugpferd im Arm, das Stavan für sie geschnitzt hatte. Unter ihren Augen zeichneten sich dunkle Ringe ab, und ihr kleines Gesicht war blaß und verhärmt. Sie bot das perfekte Bild von Kummer und Reue, daher brachte Marrah es nicht übers Herz, sie auszuschimpfen wegen ihres heimlichen Apfelgelages.

Lalah saß neben Luma. Sie sang Wiegenlieder und flößte ihr mit einem Muschellöffel Kräutertee ein. Jedesmal, wenn sich der Löffel ihrem Gesicht näherte, sperrte Luma den Mund auf wie ein kleiner Vogel, schluckte gehorsam etwas von dem Tee und schnitt eine Grimasse. Lalahs Heilmittel für einen verdorbenen Magen waren berühmt für ihren scheußlich bitteren Geschmack; aber Luma liebte ihre Urgroßmutter so innig, daß sie wahrscheinlich sogar Erde gegessen hätte, wenn Lalah sie dazu aufgefordert hätte. Als Luma Marrah entdeckte, stöhnte sie. »Mama, ich hab zuviel gegessen, und mein Bauch tut weh.«

»Mein armes Kind.« Marrah zog Luma in die Arme und wiegte sie vorsichtig hin und her, um ihren Magen nicht noch mehr zu erschüttern.

Lalah stellte die Teekanne auf dem Boden ab, lehnte sich zurück und streifte ihre Sandalen von den Füßen. »Hast du von dem Wettessen gehört?« Marrah nickte. »Ich fürchte, diese Keshna wird unsere Zwillinge eines Tages noch dazu überreden, von einer Klippe zu springen, wenn wir das Mädchen nicht scharf im Auge behalten«, seufzte sie.

Kurz nachdem Marrah das Kinderzimmer verlassen hatte, erschien Hiknak, um Keshna und Keru zu der Beerenpflückexpedition abzuholen. Sie drückte jedem der beiden einen kleinen Korb in die Hand, hängte sich ihren eigenen über die Schultern und führte sie hinunter zum Fluß.

Der Morgen verging gemächlich, während die Sonne über die Mutterhäuser wanderte. Als sich die Schatten um die Mittagszeit krümmten und zu schrumpfen begannen, schien sich die Schlange der Zeit zu ringeln und mit ihren glitzernden Schuppen zu protzen, als wollte sie sagen: Seht nur die schönste aller Städte!

Auf den Weizenfeldern bewegten sich die Bewohner von fünf Mutterhäusern in langen Reihen vorwärts und sangen Lieder zu Ehren der Göttin Erde, während sie Unkraut hackten. Draußen auf den stürmischen blauen Wellen des Süßwassersees warf der Verband der Männer und Frauen, die fischen, seine Netze aus und wartete. In den Tempeln tauchten die Priester und Priesterinnen ihre Hände in feuchten Ton, um Töpfe, Kohlenbecken und zeremonielle Gefäße zu formen. Andere knieten vor den Webstühlen und banden Steingewichte in Form von Eulen fest, während die verschiedenen Teile des Sonnensegels aus Leinen gewebt wurden, das den Pilgern beim Fest der Tiere Schatten spenden sollte.

Da das Fest immer näher rückte, herrschte eine Atmosphäre allgemeiner Vorfreude und Erregung. Leute, die nichts Dringenderes zu tun hatten, arbeiteten an ihren Kostümen. Überall in der Stadt saßen sie im Schatten in freundschaftlichen Gruppen zusammen, um Masken und Kopfschmuck den letzten Schliff zu verleihen. Dieses Jahr würde es wohl eine Menge Vögel in dem großen Festumzug geben, falls die Stapel gefärbter Federn ein Hinweis waren; ganz zu schweigen von rosa Bären, gelben Rehen, blauen Hunden und allen möglichen Arten von bizarren Insekten.

Doch selbst bei all dieser Vielfalt sorgte Dalishs Froschmaske für eine Sensation. Sie hatte sie aus Leinen und Weizenpaste gefertigt, mit großen, hervorquellenden Augen und einem riesigen komischen Maul; aber statt sie grün zu bemalen, hatte sie irgendwie ein leuchtendes Violett fertiggebracht.

»Wie hast du diese phantastische Farbe hergestellt?« erkundigten sich die Weber, aber Dalish wollte es ihnen erst nach dem Fest verraten.

»Aus dem See«, sagte sie und zeigte auf die Wellen, als wären Wasser und Gischt das Geheimnis. Selbst Arang, der mit einer Axt auf der Schulter vorbeikam und stehenblieb, um ihr Werk zu bewundern, erhielt nur einen ausweichenden Bescheid.

»Geh du nur und fälle deine Eiche«, sagte sie, »und überlaß das Maskenbauen einer Expertin.«

Arang stützte sich auf den Griff seiner Axt und blickte sehnsüchtig auf den violetten Frosch. »Ich hätte zu gerne einen Schal in der Farbe, Dalish. Wenn ich damit tanzen würde, sähe es wie ein Sonnenuntergang und Dämmerungsrauch aus.«

Dalish seufzte. »Arang, du bist einfach ein Dichter, dem ich nicht widerstehen kann. Heute nachmittag werde ich genauso einen

Schal für dich einfärben, um des Vergnügens willen, dich damit tanzen zu sehen.«

»Wenn er trocken ist, werde ich heute abend speziell für dich damit auftreten«, versprach er, dann schulterte er seine Doppelaxt und marschierte davon, um Stavan aufzusuchen.

Unten am Fluß pflückte Hiknak eine Beere und schob sie in Keshnas Mund. Dann pflückte sie noch eine und schob sie Keru zwischen die Lippen. Die Sonne stand bereits hoch am Himmel, das Sammeln war ein lohnendes Unternehmen gewesen und ihr Korb schon fast voll. Hiknak nahm eine dicke, süße Beere für sich selbst und betrachtete die Kinder, deren Hände derart mit dunkelblauem Saft beschmiert waren, daß sie wie die Pfoten von Bärenjungen aussahen.

»Ihr habt eure Sache wirklich gut gemacht«, lobte sie die beiden, obwohl der größte Teil ihrer Beute in ihre Mägen gewandert war statt in die Körbe. Die Kinder strahlten und streckten blaugefleckte Zungen heraus.

»Mmmm«, summte Keshna.

»Mmmm«, summte auch Keru, weil er zu gerne alles nachmachte, was Keshna tat.

Hiknak streckte ihre eigene Zunge heraus, und alle drei lachten. Dann watete sie ein kleines Stück stromabwärts durch das seichte Wasser und begann, weitere Sträucher leerzupflücken; Keru und Keshna wateten hinter ihr her und wirbelten planschend silbrige Wasserschleier auf. Bald würde es Zeit werden, den beiden zu essen zu geben und sie zu einem kurzen Mittagsschlaf hinzulegen – obwohl Hiknak nicht erwartete, daß sie viel von dem Brot und dem Käse essen würden, die sie in einem Lederbeutel mitgebracht hatte; zum Schlafen käme es wohl auch kaum. Wenn es zwei Kinder auf der Welt gab, die mehr als Keshna und Keru schwatzten, dann war Hiknak ihnen jedenfalls noch nicht begegnet.

»Geht nicht zu weit ins Wasser hinein«, warnte sie die beiden zum mindestens zehnten Mal an diesem Morgen. Keshna und Keru nickten unschuldig, als wäre ihnen dieser Gedanke noch nie gekommen, obwohl Hiknak genau wußte, daß sie darauf brannten, schwimmen zu gehen. Sie sind wie richtige Fische, dachte sie, ich dagegen ein Stein, der sofort versinkt, wenn ich es auch nur versuche. Nein, sollen sie sich ruhig noch eine Weile gedulden. Marrah kann sie ja später zum Strand mitnehmen und sie wieder herausziehen, wenn die Wellen über ihren Köpfen zusammenschlagen.

Sie schauderte leicht bei dem Gedanken an ihre kläglichen Schwimmversuche, inspizierte aber trotzdem den Fluß und entschied, daß sie ihm hier ebenso sehr mißtraute wie an der Stelle, wo sie vorher gewesen waren. Sie pflückten dicht am Ufer, wo die dunkelgrünen Ranken des Brombeerdickichts den Wald säumten. Das Wasser war seicht und warm, wo sie standen, aber zur Flußmitte hin verstärkte sich die Strömung, und das Wasser floß in großen, schäumenden Strudeln dahin.

Eine Zeitlang war kein Laut zu hören außer dem Plappern der Kinder und dem gedämpften Geräusch von Beeren, die in ihren Korb fielen. Hiknak griff nach einem besonderen Prachtstück und stach sich prompt den Daumen an einem spitzen Dorn.

»Autsch!« quietschte sie und steckte ihn mit unmißverständlichen Flüchen in den Mund, um daran zu saugen, bis der Schmerz aufhörte. Sie war gerade im Begriff, ein zweitesmal nach der prallen Beere zu greifen, als plötzlich zwei schrille Schreie die Stille zerrissen.

»Hiknak!«

»Hilfe!«

Erschrocken wirbelte sie herum, und Beeren flogen wie Regen in den Fluß.

»Mama!«

»Hiknak!«

Sofort sah sie die Kinder. Sie versuchten, zu ihr zu gelangen, aber das Wasser reichte ihnen bis über die Knie; deshalb stolperten sie immer wieder, während sie sich mit ausgestreckten Armen vorwärtskämpften und doch nicht von der Stelle kamen. Hinter ihnen galoppierten vier bewaffnete Krieger durch das flache Wasser am Ufer entlang und hetzten sie wie Kaninchen.

»Lauft!« schrie Hiknak. »Lauft!« Sie schleuderte ihren Korb fort und bewegte sich auf die Kinder zu, doch das Wasser behinderte auch sie, zog sie an den Beinen zurück. Einen Moment lang, der ihr wie eine Ewigkeit vorkam, stemmte sie sich gegen die Strömung, gefangen in einem Alptraum aus ihrer Kindheit. Keru und Keshna stießen dieselben schrillen Schreie höchster Angst aus wie damals ihre jüngeren Geschwister an jenem Tag, als die Hansi das Lager ihres Vaters überfallen und alle ihre Angehörigen getötet hatten.

»Mama!«

»Hiknak!«

Das Wasser sog und zerrte an ihren Beinen, hielt sie gefangen, als watete sie durch zähen Honig. Sie sah alles: die kurzen Mähnen der Pferde, ihre kräftigen Beine, die barbrüstigen Männer mit den spitz zugefeilten Zähnen, ihre grausamen Gesichter, mit Wölfen und Skeletten und Totenmasken bemalt, die Speere und Köcher und Bögen – aber es war kein Geräusch zu hören außer ihren eigenen Schreien, den Schreien der Kinder und dem Stampfen von Pferdehufen im Fluß.

»Schneller!« flehte sie die Kinder an. »Lauft schneller, um Hans willen!«

Keru stolperte und ging unter, Keshna grapschte nach seinem Handgelenk und riß ihn wieder hoch. Er spuckte und hustete und rang keuchend nach Atem. Dann war Hiknak endlich bei ihnen, packte Keshna um die Taille und warf sie mit aller Kraft in die Mitte des Flusses hinaus, weil sie wußte, daß dies Keshnas einzige Chance war, denn die Nomaden konnten nicht schwimmen. »Schnell, schwimm weg und versteck dich!« schrie sie Keshna an. »Schwimm um dein Leben!«

Keshnas Körper glitt aus ihren Händen und versank in den wilden Strudeln des Flusses, und Hiknak sah ihren Kopf nicht wieder auftauchen. Ich habe meine eigene Tochter ertränkt, dachte sie einen Moment verzweifelt, aber ihr blieb keine Zeit, um sich diese schreckliche Vorstellung gänzlich zu vergegenwärtigen, denn Keru mußte ebenfalls gerettet werden. Sie stürzte sich auf ihn, umfing ihn mit ihren Armen und machte Anstalten, ihn in den Fluß zu werfen, dorthin, wo das Wasser tief war, aber noch bevor sie seinen Körper loslassen konnte, erschien plötzlich eine Hand über ihr und entriß ihr den Jungen.

Keru stieß einen gellenden Schreckensschrei aus, der die Luft erzittern ließ. Hiknak sprang ihm nach, versuchte, seine Beine zu fassen und ihn zurückzuziehen, doch er war bereits hoch über ihr und hing quer über dem Hals eines der Nomadenpferde, wo er hilflos zappelte.

Der Krieger blickte mit einem grausamen Lächeln auf Hiknak herab, als weide er sich an ihrem Entsetzen. Er war häßlich und von einer flammendroten Narbe verunstaltet, mit einer gebrochenen Nase und Habichtsklauen auf der Stirn. Wo seine Zunge hätte sein müssen, war nur noch ein schwärzlicher Stumpf zu sehen. Er streckte Hiknak den Zungenstumpf heraus und äußerte ein gutturales, saugendes Geräusch. Obwohl ihn seine Clanzeichen als Shubhai auswiesen, wußte Hiknak augenblicklich, daß Vlahan ihn geschickt hatte.

»Hlaluk!« schrie sie auf hansi, was soviel wie »gib ihn zurück!« hieß, und sie holte Luft, um geharnischte Flüche auszustoßen; doch bevor sie auch nur ein weiteres Wort herausbrachte, hob der Shubhai-Krieger seine schwere Keule und ließ sie so hart auf Hiknaks Kopf niedersausen, daß sich die Welt plötzlich mit schwindelerregender Schnelligkeit um sie zu drehen begann.

Etwas explodierte in ihrem Schädel, weißglühend und heiß wie die Sonne. Doch seltsamerweise fühlte sie keinen Schmerz, nur Verwunderung. Das letzte, was sie spürte, war das Wasser, das über ihr zusammenschlug. Obwohl sie nichts sehen konnte, wußte sie, daß die schmale Linie zwischen Wasser und Luft die Grenze zwischen Leben und Tod war; sie vermochte sogar noch zu überlegen, daß sie ertrinken würde, wenn sie sich nicht herumdrehte. Aber ihre Arme waren plötzlich völlig erschlafft, und als sie versuchte, die Beine zu bewegen, geschah nichts.

In einem anderen Teil des Waldes hatten Stavan und Arang soeben eine Eiche gefällt und gingen nun daran, den Stamm von Wurzeln und Ästen zu befreien. Es war ein hartes Stück Arbeit mit ihren Doppeläxten aus Stein, aber beide Männer mochten körperliche Arbeit. Das dumpfe Krachen einer Axt gegen Holz hatte immer etwas Befriedigendes an sich; also machten sie in kameradschaftlichem Schweigen und gleichförmigem Rhythmus voran, bis sie zu beiden Seiten des Baumstammes förmlich um die Wette arbeiteten, während sie Zweig für Zweig abhackten.

Stavan war größer als Arang, und die mächtigen Muskeln, die er in seinen längst vergangenen Kriegertagen entwickelt hatte, verschafften ihm einen Vorteil vor Arang, doch Arang zielte akkurater. Bei ihm genügte ein Schlag, wo Stavan drei benötigte; deshalb waren sie ziemlich gleichwertige Gegner, was den Wettkampf noch anheizte.

Der Baum war zu groß, als daß zwei Männer ihn nach Shara hätten zurückschaffen können; deshalb hatten sie die Pferde mitgebracht, die in der Nähe angebunden waren und Blätter fraßen, während sie mit den Schwänzen nach Fliegen schlugen und das Unternehmen stoisch betrachteten.

Es war eine ganz neue Idee für die Sharaner gewesen – dieser Gedanke, daß man Pferden beibringen konnte, alles das zu transportieren, was für Menschen zu schwer war. Stavan und Arang hatten am Morgen großes Aufsehen erregt, als sie hinausritten und versprachen, einen Baumstamm mitzubringen, groß genug, um einen Tisch von drei Mannslängen daraus zu fertigen. Der Tisch war für den Ältestenrat bestimmt, und Sevar, der beste Tischler der Stadt, hatte geschworen, er würde ihn mit so prächtigen Schnitzereien verzieren, wie es noch keinen Tisch je zuvor gegeben hatte – mit Göttinnensymbolen und Schlangen und anderen Eichen, damit er sich nicht einsam fühlte, so weit entfernt von seinen Artgenossen. Aber zuerst mußten sie den gewaltigen Stamm in die Stadt befördern, ohne die übliche Arbeitsmannschaft herbeizurufen.

Stavan hielt einen Moment inne und wischte sich den Schweiß von der Stirn, Arang tat das gleiche. Inzwischen war die Hälfte der Äste und Zweige abgeschlagen und türmte sich zu Haufen auf beiden Seiten des Stammes. Bevor sie gingen, würden sie sechs junge

Schößlinge um den Baumstumpf pflanzen, damit neue Eichen nachwachsen konnten, um die alte zu ersetzen. Aber es war trotzdem eine ernste Angelegenheit, einen solchen Veteranen zu fällen, selbst wenn man ihm für sein Opfer dankte und ihn segnete, bevor man seine Axt in das Holz grub.

»Meinst du nicht, daß er zu schwer für die Pferde sein wird, um ihn von der Stelle zu bewegen?« fragte Arang und beäugte zweifelnd den mächtigen Stamm.

Stavan nahm einen Schluck aus dem Wasserschlauch, spülte sich den Mund damit und spuckte es aus. Sein blondes Haar klebte schweißnaß an seinem Kopf, und auf seinem Nasenrücken prangte ein breiter Streifen Schmutz. »Keine Sorge«, sagte er und lächelte Arang zu. »Ich habe schon öfter, als ich zählen kann, ein Pferdegespann dieses Gewicht ziehen sehen. Das Zelt meines Vaters – wenn du dir die Stangen und die Ausstattung dazudenkst – war wahrscheinlich mindestens ebenso schwer wie dieser Riese hier. Natürlich werden wir langsam gehen müssen, damit die Schleppseile nicht in den Büschen hängenbleiben, aber so weit ist es ja nicht; sind wir erst einmal in den Feldern, geht es ohnehin leichter. Tatsächlich habe ich schon eine geeignete Strecke im Auge.« Er griff nach einem Zweig und begann, den Weg in die weiche Erde zu zeichnen. Die Eiche hatte so dicht belaubte Äste gehabt, daß der Boden zu ihren Füßen fast nackt war bis auf Moos und ein paar Pilze.

»Also, stell dir vor, diese Wellenlinie ist der Fluß. Wir werden ihn hier an der gewohnten Stelle überqueren; aber statt direkt auf die Stadt zuzustreben, lassen wir die Pferde eine Strecke am Ufer entlanggehen, wobei der Stamm auf dem Wasser treibt. Wenn wir zu den Weiden kommen, werden sie ihn über dieses Stück Sumpfland ziehen, wo die Schweine sich so gerne suhlen. Von dort aus ist es ein Kinderspiel!«

Er blickte auf und sah, wie Arang ihn völlig verständnislos anstarrte. Die Sharaner waren armselige Fährtensucher, verglichen mit den Hansi. Selbst die Idee einer Landkarte war ihnen völlig fremd. Wenn sie von einem Ort zum anderen gelangen wollten, benutzten sie Lieder, die den Weg beschrieben. Arang war dem Lied seiner Mutter den ganzen weiten Weg vom Meer der grauen Wogen bis nach Shara gefolgt, war fast zwei Jahre lang kreuz und quer durch die Mutterländer gereist, ohne daß er sich einmal verirrt hätte; aber er konnte das Gekritzel und die Schlangenlinien, die Stavan in die weiche Erde zeichnete, ebensowenig entziffern wie Stavan die heiligen Zeichen auf den Tempelschriftrollen.

Stavan lachte und warf seinen Stock auf den Boden. »Mach dir nichts draus«, sagte er. »Vergiß nur nicht, daß wir diesen Baum über die Weiden schleppen müssen und nicht durch die Weizenfelder.«

Arang grinste. »Gut«, erwiderte er, »weil Großmutter nämlich ein furchteinflößender Anblick ist bei einem Zornausbruch. Wenn wir den Weizen niedertrampelten, würde sie uns mit einer Flut von Flüchen überhäufen, wie du sie noch nicht gehört hast, und die Clans, die für die diesjährige Ernte zuständig sind, wären nicht weniger empört.«

Sie tranken noch einmal aus dem Wasserschlauch, schulterten ihre Äxte und waren gerade im Begriff, die restlichen Äste abzuhakken, als die Pferde plötzlich nervös schnaubten.

Stavan erstarrte mitten in der Bewegung und senkte dann langsam seine Axt.

»Was ist los?« fragte Arang.

»Pssst!«

Sie horchten einen Moment, aber es herrschte völlige Ruhe bis auf das Schnauben der Pferde und ihr eigenes Atmen.

»Ich höre nichts.«

»Das meine ich ja«, flüsterte Stavan. »Es ist verdächtig still. Wir haben viel Lärm gemacht, deshalb sind natürlich alle Tiere in unmittelbarer Nähe in Deckung gegangen. Aber aus der Ferne müßten wir doch etwas hören: einen Vogel, ein Eichhörnchen, irgendwas – sämtliche Tiere im Wald sind indessen plötzlich verstummt. Ich glaube, hier im Umkreis ist etwas ... etwas, was nicht hergehört.« Er drehte sich langsam im Kreis und musterte die Bäume, die sie auf allen Seiten umschlossen – hauptsächlich Eichen, mit Büscheln von Mistelzweigen in den Kronen, die wie Vogelnester aussahen. Direkt darunter befanden sich moosige, kahle Flächen, aber zwischen den Stämmen, an den offeneren Stellen, wuchs das Unterholz so dicht, daß sich fast alles darin hätte verstecken können.

Arang blickte sich ebenfalls aufmerksam um, aber er sah nichts als Wald: Bäume, ineinander verwobene Zweige und Gebüsch, und jenseits davon, tiefer drinnen, dunkle Schatten, die kühl und recht einladend aussahen.

»Was glaubst du, was es sein könnte?«

Stavan runzelte die Stirn und fuhr sich mit der Zunge über die Schneidezähne, so wie er es immer tat, wenn er sich über etwas im unklaren war. »Ich weiß es nicht. Ein großes Tier – vielleicht ein Löwe.«

Arang war einmal ganz knapp davor gewesen, von einem Löwen gefressen zu werden. Er spähte angestrengt in die Schatten und räusperte sich mit einem heiseren Krächzen, das plötzlich sehr laut klang in der Stille. »Ein Löwe, wie?« Er lachte nervös. »Aber was sollte hier ein Löwe so nahe der Stadt anfangen? Seit Jahren hat niemand mehr einen Löwen in dieser Gegend gesehen.«

»Stimmt«, flüsterte Stavan, »und deshalb glaube ich, es könnte auch etwas anderes sein.« Er legte einen Finger an seine Lippen. »Psst. Da! Hast du das gehört?«

Arang spitzte die Ohren, aber wieder vernahm er nur die Pferde und sein eigenes Atmen. Er lächelte schwach. »Eins muß man dir lassen, Stavan: Deine Ohren sind so gut ausgebildet wie beim Habicht die Augen.« Er wollte gerade noch hinzufügen, daß Stavan sich dieses Mal vielleicht geirrt hätte, als die Pferde ganz plötzlich in Panik gerieten und der Wald auf einmal lebendig wurde – so schnell und völlig unerwartet, daß Arang noch immer nach dem vermeintlichen Löwen Ausschau hielt, als ein Verband berittener Krieger aus dem Unterholz hervorpreschte.

Es mußten mindestens ein halbes Dutzend sein, tätowiert und nackt, mit geschwärzten Zähnen und borstig hochstehendem Haar, das mit rotem Schlamm eingerieben war. Ein Krieger mit gelben Streifen im Gesicht schleuderte einen Speer auf Stavan, aber er verfehlte sein Ziel und grub sich mit dumpfem Grollen in den gefällten Baumstamm. Die präparierten Federn an dem Schaft verfingen sich in den Zweigen und sandten nach dem Aufprall kleine Rauchwölkchen empor. Arang hörte das Surren von Bögen und das Zischen von Pfeilen; augenblicklich umzingelten die Krieger ihn und Stavan, und es gab ein wildes Durcheinander von gellenden Schlachtrufen, Speeren, bemalten Gesichtern und stampfenden Pferdehufen, die dicke Erdklumpen aufspritzen ließen.

Arang sprang über den gefällten Stamm und begann, Rücken an Rücken mit Stavan gegen die Krieger zu kämpfen, während er seine Axt schwang und donnernde Flüche auf hansi ausstieß – denn in seiner eigenen Sprache gab es keine Worte für den Zorn, den er über diese Feiglinge empfand. Als er ein Gefangener in Vlahans Lager gewesen war, hatten ihn die Nomaden dazu ausgebildet, wie ein Krieger zu kämpfen; doch all das hatte er in seiner rasenden Wut vergessen. Er hieb nur wie von Sinnen auf Pferde und Arme und Beine ein, auf alles, was in seine Nähe kam, und als er um sich schlug, geschah etwas Seltsames: Die Pfeile hörten auf herabzuregnen, und die Krieger wichen in Kreisen ein kleines Stück zurück, während sie schrille Rufe ausstießen und ihre Speere schüttelten.

»Warum töten sie uns nicht?« schrie er Stavan zu.

»Weil sie uns lebendig schnappen wollen.«

»Um uns zu foltern?«

»Ja.«

»Dann laß uns lieber jetzt sterben!«

Arang sprach Sharanisch, aber vielleicht verstanden die Krieger ihn; denn kaum hatte er das Wort »sterben« ausgesprochen, da ritt ein Mann mit eintätowierten gelben Sternen auf dem Gesicht höhnisch brüllend auf sie zu. Als Arang und Stavan ihre Äxte hoben, um ihn abzuwehren, kam ein anderer Reiter herbeigaloppiert und versetzte Stavan einen gewaltigen Schlag auf den Kopf, der ihn zu Boden warf. Sobald Stavan stürzte, schleuderte einer der Krieger seinen Speer nach ihm und heftete ihn auf dem Erdboden fest. Stavan hörte abrupt auf zu schreien und verdrehte die Augen – Blut quoll aus der Wunde an seiner Seite – nur ein wenig Blut, wie die

Blütenblätter irgendeiner schrecklichen Blume, die auf seiner schweißbefleckten Tunika erblühte. Schon machte sich der Krieger, der Stavan mit seinem Speer durchbohrt hatte, bereit, von seinem Pferd zu springen, um ihm den Kopf abzuschlagen, und er ignorierte Arang dabei völlig.

Einen flüchtigen Moment lang sah Arang sich selbst, so wie ihn dieser Krieger sehen mußte: als einen kleinen Mann mit einem zierlichen Körper, ein Tänzer und Schwächling, den man wie ein Kind beiseite stoßen konnte. Mit einem wilden Wutschrei stürzte Arang vorwärts und holte mit seiner Axt nach dem Krieger aus; doch er hatte schlecht gezielt und traf statt dessen das Pferd, wobei die Klinge seiner Axt in den Hals des Tieres schnitt. Das Pferd bäumte sich schrill wiehernd auf, und der Krieger war gezwungen, sich an ihm festzuklammern, um nicht abgeworfen zu werden.

»Verschwindet, ihr Hundesöhne!« brüllte Arang. Er baute sich breitbeinig über Stavans reglosem Körper auf und schwang schreiend seine Axt; dem Krieger, der sein Pferd inzwischen wieder unter Kontrolle hatte, blieb nichts anderes übrig, als fluchend zurückzuweichen. Die anderen Männer trieben ihre Pferde jetzt in einem engen Kreis um Arang, aber statt ihn mit ihren Pfeilen zu durchlöchern, saßen sie einfach nur im Sattel und starrten ihn an, als wüßten sie nicht genau, was sie als nächstes tun sollten.

Plötzlich begriff Arang, was hier vorging. Jemand hatte diesen Kriegern befohlen, ihn gefangenzunehmen, und zwar nicht nur lebendig, sondern auch heil und unversehrt. Vielleicht wollten sie ihn Han opfern oder irgend etwas anderes mit ihm anstellen – was immer ihre Gründe sein mochten, sie wagten es nicht, auf ihn zu schießen oder ihn mit ihren Speeren zu drangsalieren oder auch nur mit der Keule auf ihn einzuschlagen. Ihr Auftrag lautete, ihn zu überwältigen, ohne ihm einen Kratzer zuzufügen – etwas, worauf sich Nomadenkrieger sehr gut verstanden. Ich kann sie von Stavan weglocken, bevor sie ihn endgültig erledigen, dachte Arang. Ich kann es schaffen!

Alle diese Überlegungen schossen ihm so schnell durch den Kopf, wie eine Sternschnuppe vom Himmel fällt. Noch bevor er mit dem

Gedanken fertig war, hatte Arang seine Axt fortgeschleudert und sich durch eine Lücke zwischen zwei Pferden gezwängt. Er kam den Kriegern so nahe, daß er nur die Hände hätte auszustrecken brauchen, um einen Mann auf jeder Seite zu berühren, und ganz sicherlich hätten sie ihn geschnappt. Aber er tat etwas so Merkwürdiges, daß die Krieger zu verblüfft waren, um sofort zu reagieren: Er bewegte sich nicht, wie sich ein Mann bewegen sollte. Statt dessen schlug er ein Rad, machte einen doppelten Salto, sprang mit einem gewaltigen Satz auf sein Pferd zu und schwang sich Hals über Kopf hinauf – dann packte er die Zügel und trieb das Tier mit Fußtritten zum Galopp an.

Es war ein spektakulärer Sprung, der beste, perfekteste, gelungenste seines Lebens. Er vollbrachte ihn ohne nachzudenken, aus einem Instinkt heraus wie ein großartiger Tänzer, wenn Körper und Geist in perfekter Harmonie zusammenwirken. Noch bevor die Krieger begriffen, was geschehen war, galoppierte Arang davon, stürmte mit einem eigenen Schlachtruf auf den Lippen durch den Wald.

»Batal!« schrie er. Als der Name der Göttin aus seinem Mund kam, erlebte er einen Moment wilder Ekstase, während er zwischen den Bäumen dahinflog, weit über den Hals seines Pferdes gebeugt, um tiefhängenden Ästen auszuweichen. Blätter schlugen ihm ins Gesicht, Zweige streiften seine Haut und peitschten ihn. Der Wald selbst schien sich um ihn zu drehen.

Hinter sich hörte er die Nomaden die Verfolgung aufnehmen, und sie brachen in halsbrecherischem Tempo durch das Unterholz, Schlachtrufe und wüste Flüche ausstoßend, als die Äste nach ihnen schlugen, aber Arang wagte es nicht, sich umzudrehen, um den Abstand zu prüfen. Er flehte nur zur Göttin, daß sie alle hinter ihm her waren und keiner Stavan endgültig den Garaus machte; und er betete während jenes höllischen Ritts auch darum, schneller zu sein als die Krieger. Eine Zeitlang war er es auch …

8. Kapitel

Stavan erwachte, schlug die Augen auf und versuchte, den Kopf zu heben. Einen Moment sah er alles mit unnatürlicher Klarheit, dann begann sich der Himmel über ihm plötzlich zu drehen und die Bäume anzusaugen. Die blauweißen Wolken und grünen Blätter wirbelten in langsamen Kreisen um ihn herum wie eines von Arangs Tüchern, wenn er tanzte. Ganz in seiner Nähe schwankte ein dünner, seltsam aussehender Baum ohne Blätter in einem Luftzug hin und her, den Stavan nicht fühlen konnte. Sobald er den Baum ansah, wußte er, daß damit etwas nicht stimmte, denn er hatte Fasanenfedern statt Blättern in seiner Krone.

Plötzlich begriff Stavan, daß es überhaupt kein Baum war, sondern der Schaft eines Speeres. Er bewegte sich leicht, und der Speer bewegte sich mit ihm. Er blickte an sich hinunter und sah, daß er in seinem Körper steckte, ihn auf dem Boden festnagelte wie ein Kaninchen am Bratspieß. Der Schaft war mit seinem Blut beschmiert.

Stavan fühlte sich schwindelig und krank, aber verspürte keine Angst. Schmerz tobte in seinem Kopf, ein fürchterlicher, dröhnender Schmerz, als hätte ihm jemand die Augen in den Schädel hineinzustoßen versucht; doch an der Seite, wo ihn der Speer getroffen hatte, fühlte er seltsamerweise kaum etwas. Er fragte sich benommen, ob er seinen Todesgesang anstimmen und das schwarze Pferd rufen sollte, das kam, um die Tapferen ins Paradies zu tragen.

Dann wurde sein Kopf plötzlich klar, und die jüngsten Ereignisse standen deutlich vor ihm. Er und Arang hatten einen Baum gefällt und waren aus dem Hinterhalt überfallen worden. In dem Moment, als er sich wieder an das Geschehene erinnerte, wußte er, daß er nicht im Sterben lag; er stützte seine Handflächen flach auf den feuchten Boden und richtete sich mit einem solch heftigen Ruck auf, daß er die Feuersteinspitze des Speeres aus dem Erdboden zog. Der Speerschaft kippte seitwärts, schlug gegen den Stamm der gefällten Eiche, und Stavan setzte sich vorsichtig und stöhnend auf.

Als er die Wunde an seiner Seite inspizierte, erkannte er, daß er großes Glück gehabt hatte. Der Speer war durch seine Tunika gedrungen, zwischen seinen Rippen und seinem Arm hindurch, hatte ihn nur seitlich am Brustkorb gestreift und ihn durch den Stoff am Boden festgehalten, nicht mittels einer Wunde. Das Blut war das dunkle Blut oberflächlicher Schnitte, nicht das hellrote des Todes, und es war bereits geronnen.

Stavan packte den Speer, stieß ihn fest in den Boden und benutzte ihn, um sich mit seiner Hilfe auf die Füße zu ziehen. Die Krieger mußten ihn für tot gehalten haben, als sie davongeritten waren; aber bald würden sie zurückkehren, um sich seinen Kopf als Trophäe zu holen. Ich muß so schnell wie möglich von hier weg, dachte er, doch als er sich umblickte, waren beide Pferde verschwunden. Er versuchte, einen Schritt vorwärts zu machen, da wurde ihm plötzlich schwarz vor Augen, und eine derartige Übelkeit überwältigte ihn, daß er wieder gestürzt wäre, hätte er sich nicht an dem Speer festgehalten. Er blieb ganz ruhig stehen und wartete, bis sich die Übelkeit legte. Dann humpelte er langsam, Schritt für Schritt, in das Unterholz.

Sobald Stavan verschwunden war, begann der Wald um die gefällte Eiche herum wieder zum Leben zu erwachen. Nichts Menschliches war mehr zurückgeblieben, abgesehen von ein paar Fußabdrücken und mehreren Speeren, die wie die Borsten eines Igels aus dem Baumstamm ragten. Ein gefleckter Buntspecht mit leuchtend roten Kopffedern beäugte die Szene, entschied, daß es nichts mehr zu fürchten gab, und begann, auf einen dicken Ast einzuhämmern auf der Suche nach Larven. Zwei Heidelerchen riefen einander mit ihrem lauten »Tiii-luuu-iii« von gegenüberliegenden Seiten der Lichtung aus zu. Mehrere Fliegen brummten träge um blutbefleckte Eichenblätter, und eine kleine grüne Kröte stürzte mitten in der Bewegung ab und verschmolz mit den Blättern – als die beiden Nomadenkrieger auf die Lichtung marschierten, kreisten nur die Fliegen noch immer über dem Boden.

Der größere der beiden mit dem kahlrasierten Kopf und den

Pferdetätowierungen auf der Brust war der Mann, der Stavan mit seinem Speer durchbohrt hatte. Der Krieger mit der fettigen Mähne blonder Haare war derjenige, der ihn mit seiner Keule niedergeschlagen hatte. Auf beiden Gesichtern zeigten sich blutige Kratzer, wo Baumäste sie gepeitscht hatten auf der Jagd nach Arang, und die Kriegsbemalung ihrer nackten Körper war von Schweiß verschmiert.

Einen Moment lang starrten sie auf die Stelle, wo Stavan gelegen hatte, dann runzelten sie die Stirn und blickten sich suchend im Wald um. Als sie sprachen, geschah es lautlos, nur durch Zeichensprache, während sich ihre Hände in dem schnellen Dialog von Hansi-Fährtensuchern bewegten.

»Weg.«

»Ja.«

»Er sah tot aus.«

»Ja.«

»Aber Tote können nicht laufen.«

»Vielleicht sind seine Leute gekommen und haben ihn geholt.«

»Hoffen wir lieber, daß sie nicht nach ihm gesucht haben und daß er noch irgendwo in der Nähe ist.«

Der blonde Krieger kniete sich neben die blutbefleckten Eichenblätter, berührte das Blut mit einer Fingerspitze, um zu sehen, ob es frisch war; dann hob er den Finger an die Lippen und leckte prüfend daran. Während er seine Hand leicht über die Holzspäne gleiten ließ, versuchte er, winzige Temperaturabweichungen zu ertasten, die darauf hinweisen würden, ob hier noch kürzlich ein Körper gelegen hatte. Er zeichnete die Umrisse des Loches von der Speerspitze nach, die Stavan durchbohrt und auf dem Boden festgenagelt hatte. Nun fuhr er mit der Fingerspitze um die anderen, runderen Löcher, die der Speer gebohrt hatte, als Stavan ihn als Stützstock benutzte. Die runden Löcher führten ins Gebüsch, begleitet von einem einzelnen Paar Fußabdrücke.

»Seine Leute haben ihn nicht geholt«, signalisierte er seinem Gefährten, und der andere Krieger machte ein besorgtes Gesicht.

»Ist er aus eigener Kraft gegangen?«

»Ja.«

»In welche Richtung?«

Der blonde Krieger zeigte nach Westen.

»Er kann nicht weit sein«, signalisierte der Größere.

»Nein.«

Der große Krieger machte das Zeichen für »Changar« und zog dann einen Finger über seine Kehle mit dem Zeichen für »zwei«. Der blonde Mann zuckte zusammen und nickte. Changar hatte gedroht, ihnen beiden die Kehle durchzuschneiden, wenn sie nicht mit Stavans Kopf zurückkehrten.

»Keine Sorge«, erwiderte der größere der beiden in Zeichensprache. »Wir werden ihn schon finden.« Und dann machte er das Zeichen für »Sieg« und »Tod«.

Die Spur war nur kurz und endete an einem kleinen Bach.

»Es ist ins Wasser gewatet«, signalisierte der blonde Krieger.

Der große mit dem kahlgeschorenen Kopf lächelte triumphierend. »Dann wird er auch irgendwo wieder herauskommen müssen.«

Sie trennten sich; der eine wanderte bachaufwärts und der andere bachabwärts, während sie nach umgedrehten Steinen und abgeknickten Zweigen Ausschau hielten oder nach Blättern, die ohne ersichtlichen Grund auf dem Wasser trieben. Sie erwarteten nicht unbedingt, eine Spur im Schlamm zu finden oder den Abdruck des Speerschafts – andererseits waren solche Dinge immer möglich, wenn der Flüchtling verwundet war.

Vorläufig kümmerte es sie wenig, ob sie klare Hinweise auf ihr Opfer fanden. Vlahan hatte sie auf diesen Überfall geschickt, weil sie die besten Fährtensucher des ganzen Clans waren. Der größere Krieger brüstete sich gerne damit, daß sie sogar noch besser als Mukhan waren, den Vlahan zur Strafe für das Entkommen der Hexe Marrah hingerichtet hatte. Wenn Stavan aus dem Bach kam – und früher oder später würde ihm gar nichts anderes übrig bleiben –, würden sie seine Fährte aufnehmen und ihm endgültig den Todesstoß versetzen.

Der große Krieger wanderte lange Zeit am Wasser entlang, bewegte sich dabei so lautlos wie ein Schatten, und ihm entging nichts. Er achtete auf jedes verdächtige Kräuseln auf der Wasseroberfläche, jedes Kieselsteinchen, jeden Ast, der tief genug hing, damit sich ein Mann daran hochschwingen und verschwinden konnte. Allmählich wurde er ungeduldig, als er noch immer keine einzige Spur fand. Schon begann der Bach schmäler zu werden. Ohne Zweifel würde er in irgendeinem schlammigen Marschgebiet enden. Nur ein Dummkopf lief in einen Sumpf hinein, und Stavan war kein Dummkopf. Der Krieger malte sich aus, wie Gukhan gerade dabei war, Stavan aufzuspüren, seinen Kopf zu nehmen und all den Ruhm für sich einzuheimsen. Ich habe nie Glück, dachte er erbost.

Bald kam er zur Quelle des Baches, einem schlammigen Teich voller Schilfgras und Algen. Der Wasserspiegel war in letzter Zeit abgesunken, und der gesamte Rand des Teiches bestand aus feuchter Tonerde, in der sich jeder Abdruck deutlich abzeichnete. Vorsichtig umkreiste er den Teich auf der Suche nach menschlichen Spuren, obwohl er sich inzwischen fast sicher war, daß Stavan nicht diese Richtung genommen haben konnte. Alles, was er fand, waren die Hufabdrücke von Wild, die lange, gewundene Spur einer Schlange, das zierliche Muster von Schildkrötenfüßen und Vogeltritte, die kreuz und quer übereinanderliefen – was bedeutete, daß trotz des trüben Wassers reichlich Fische in dem Teich waren.

Enttäuscht und verärgert setzte sich der Krieger ans Ufer und starrte eine Weile auf die Fläche vor sich, in der Hoffnung, etwas von Interesse zu entdecken; aber es gab nichts zu sehen außer Wasser, Schlamm, Gräsern und Vogelkot. Schließlich erhob er sich wieder auf die Füße, spuckte giftig aus und kehrte um, von einem Gefühl des Selbstmitleids erfüllt. Zweifellos war Gukhan inzwischen schon wieder auf die Lichtung zurückgekehrt und stopfte soeben Stavans Kopf in seine Satteltasche.

Wenn Gukhan es jedoch ebenfalls nicht geschafft hatte, die Fährte aufzunehmen, dann steckten sie in ernsthaften Schwierigkeiten. Der große Krieger hatte nicht die Absicht, mit leeren Händen ins Hansi-Lager zurückzukehren. Er hing zu sehr an seinem Leben, um es zu opfern, nur weil dieser Deserteur Stavan entwischt war, um an einer Stelle zu sterben, wo ihn selbst der beste Fährtensucher nicht finden konnte.

Er kratzte sich nachdenklich am Kopf. Stavan hat blondes Haar, überlegte er, und Gukhan ist ebenfalls blond. Gukhan und er waren den ganzen weiten Weg vom Grasmeer bis hierher geritten, hatten viele Nächte Seite an Seite geschlafen. Nein, es würde ihm ganz bestimmt keinen Spaß machen, seinen Freund zu töten und sein Gesicht mit dem Dolch zu bearbeiten, bis es nicht mehr wiedererkennbar war; aber auf die eine oder andere Weise mußte er Changar einen Kopf liefern.

Nachdem der Hansi-Fährtensucher verschwunden war, bewegten sich die kleinen Wellen auf dem Teich zu den Rändern hin, zitterten einen Moment und glätteten sich wieder. Und dann erhob sich auf einmal aus dem Schlamm ein gewaltiges Platschen, das die Wellen heftig ans Ufer schwappen ließ. Ein triefnasses, schwarzes, über und über mit Algen bedecktes Ding tauchte auf, das sich wie ein moosiges Wasserungeheuer aus den Tiefen des Teiches erhob. Das Etwas spuckte ein langes Rohr aus und rang keuchend nach Luft.

Dann bückte es sich, wusch sich den Schlamm ab und kam als ein hellhaariger Mann wieder zum Vorschein. Es war Stavan, der auf dem Grund des Teiches gelegen und durch ein Stück Schilfrohr geatmet hatte, während der Hansi-Krieger ihn jagte.

Stavan zog sich auf das Ufer hinauf und blieb eine Weile kraftlos liegen, bis er wieder zu Atem gekommen war. Er hatte den schwarzen Schatten des Fährtensuchers über sich aufragen sehen und hatte angenommen, der Mann müßte ihn nicht minder deutlich unter der Wasseroberfläche sehen können; aber die Götter waren gnädig gewesen – oder vielleicht sollte er besser sagen, die Göttin, weil es ohne Zweifel sie gewesen war, die ihn im dunklen Schlamm ihres Körpers versteckt hatte. Gelobt sei sie, dachte Stavan dankbar.

Er setzte sich auf und vergewisserte sich, daß er die stets Unheil bringenden Hansi abgeschüttelt hatte. Dann watete er zurück in den Teich, holte den Speer heraus und glitt leise in den Wald. Obwohl seine Seite noch immer weh tat, hatte der kalte Schlamm den Schmerz der Wunde etwas gelindert, und ihm war nicht mehr schwindlig.

So schnell er konnte, schlich er immer dicht an den Büschen entlang und hielt ab und zu inne, um auf seine Verfolger zu horchen. Bald war er wieder auf der Lichtung angelangt. Er kauerte sich einen Moment ins Gebüsch, wo er sehen konnte, ohne gesehen zu werden, und pflanzte dann seine Füße genau in die Hufabdrücke der Nomadenpferde, während er das Gelände um sich herum nach Anzeichen des Feindes absuchte. Aber es war nichts zu entdecken außer der gefällten Eiche und ein paar Fliegen, die über der Stelle summten, wo er blutend gelegen hatte.

Nachdem er sich überzeugt hatte, daß er allein war, erhob er sich und begann, sich den Boden auf Spuren hin vorzunehmen. Das Erdreich war ziemlich aufgewühlt und zertrampelt; trotzdem vermochte er die Fußabdrücke der Fährtensucher auszumachen, die hinter ihm her waren.

Nach dem Anblick der Spuren zu urteilen, mußten ihm zwei der Krieger bis zum Bach gefolgt sein und hatten sich dann offensichtlich getrennt, wobei der eine bachaufwärts und der andere bachabwärts gegangen war. Auf der anderen Seite des Baches tauchte die Spur desjenigen Fährtensuchers wieder auf, der zuerst bachaufwärts gewandert war, und sie folgte der Route bachabwärts, die sein Gefährte genommen hatte. Mit ein bißchen Glück würden die beiden noch immer unten am Bach herumwandern, um nach umgedrehten Steinen und abgeknickten Zweigen zu suchen.

Stavan ging sehr gründlich vor bei seiner Überprüfung und blieb zwischendurch immer wieder stehen, um sich zu vergewissern, daß er die Spuren auf dem Boden auch richtig las. Er sah jeden abgeknickten Zweig, jede offene Rinde, jedes Stückchen plattgetretenen Mooses. Als er sich absolut überzeugt hatte, daß ihm diese Schurken nicht mehr auf den Fersen waren, kehrte er zur Lichtung zurück und begann, einer anderen Spur von Abdrücken zu folgen, so breit wie ein Pfad.

Hier hatten mindestens ein halbes Dutzend Pferde den feuchten Boden aufgewühlt, und alles deutete darauf hin, daß sie ein einzelnes Pferd verfolgt hatten, das in halsbrecherischem Tempo den Wald durchschnitten hatte, so dicht an den Bäumen vorbei und unter derart tiefhängenden Ästen hindurch, daß sich dabei nur ein überaus geschickter Reiter im Sattel hätte halten können.

Sobald Stavan diese Fährte sah, wußte er, daß es Arang irgendwie gelungen war, den Kriegern zu entkommen, und er pfiff bewundernd durch die Zähne. Arang mußte schon ein Wunder gebraucht haben, um in der Lage zu sein, mitten in einem Handgemenge auf sein Pferd zu springen und zu fliehen. Warum hatten ihn die Krieger nicht einfach mit ihren Speeren durchbohrt, als er sich auf sein Pferd zubewegt hatte?

Stavan blieb stehen, ging in die Hocke und legte seine Hand in die Spur von Arangs Pferd, maß die Tiefe des Hufabdruckes. Da Pferde mehr Gewicht auf ihre Vorderbeine legten, waren die vorderen Hufabdrücke gewöhnlich tiefer als die hinteren, aber diese waren vorn und hinten gleich tief, was auf eine Flucht in gestrecktem Galopp hindeutete. Er war sich fast sicher, daß Arang auf diesem Tier gesessen hatte.

Arang war geflohen, und sechs Krieger hatten ihn verfolgt, ohne auch nur einen einzigen Pfeil auf ihn abzuschießen. Merkwürdig! Sicher, es wäre schwierig gewesen, ihn zu treffen, da er ständig im Zickzack geritten war, wie die Spuren erkennen ließen, aber normalerweise ließen sich Krieger, die darauf aus waren, ihre Beute zu töten, davon nicht abhalten. Sie hätten einfach so lange geschossen, bis einer ihrer Pfeile ins Ziel getroffen hätte.

Aber sie hatten es nicht getan. Es lagen nirgendwo verschossene Pfeile auf dem Boden, nirgendwo waren tiefe Kerben in den Bäumen zu sehen. Nichts.

Stavan folgte den Hufabdrücken weiter in den Wald hinein, und er wurde immer verwirrter. Warum würden sechs bewaffnete Krieger – unter beträchtlicher Gefahr für sich selbst – einen unbewaffneten Mann verfolgen, ohne auf ihn zu schießen? Die einzig mögliche Antwort hieß, daß sie Arang lebendig fangen wollten – und nicht nur lebendig, sondern auch unverletzt. War Folter ihr Ziel gewesen? Wenn ja, dann hätten sie ihn mühelos mit ihren Keulen bewußtlos schlagen, ihn vom Pferd herunterzerren, ihn wie ein Paket verschnüren und zu ihrem Lager zurückbringen können, um ihn sich dort in aller Ruhe vorzunehmen.

Aber aus irgendeinem Grund hatten sie ihn in perfektem Zustand haben wollen, was zweierlei bedeuten konnte: Entweder hatten sie die Absicht, ihn Han zu opfern – was eher von der Hand zu weisen war, da kein einigermaßen vernünftiger Krieger monatelang durch fremde Länder reiten würde, nur um ein rituelles Opfer einzufangen –, oder jemand hatte die Krieger nach Shara geschickt, um Arang zu entführen ... jemand, der sie gewarnt hatte, daß sie mit ihrem Leben bezahlen würden, wenn sie Arang auch nur ein Haar auf dem Kopf krümmten ...

Plötzlich begriff Stavan: Vlahan hatte das Raubgesindel beauftragt. Bei Han! Natürlich steckte Vlahan dahinter! Aber warum? Vlahan liebte Rache, aber nicht genug, um Männer auf ein aussichtsloses Unterfangen zu verschwenden. Kein Nomadenkrieger war jemals weiter als bis Shambah nach Süden geritten. Was würde Vlahan veranlassen, einen Kriegertrupp in die Mutterländer zu schicken? Stavan fiel nur ein Grund dafür ein: Die Stämme der Steppe mußten rebelliert haben, und Vlahan mußte Arang dringend brauchen, um seine Macht zu legitimieren. Die Hansi hatten Vlahan nicht als Großen Häuptling akzeptiert, weil er ein Bastard war – also hatte er seinen Kriegern als zusätzliche Vorsichtsmaßnahme befohlen, Stavan zu töten.

Stavan blickte gen Himmel und wischte sich die Erde von den Händen. Nur die Tatsache, daß er noch immer in Gefahr war, hielt ihn davon ab, einen Jubelruf auszustoßen. Er hatte sich innerlich schon gegen den Anblick von Arangs Leiche gewappnet, in Stücke zerhackt und ohne Kopf; aber wenn er mit seinen Vermutungen über Vlahan recht hatte, dann mußte Arang noch am Leben sein.

Er begann zu laufen und folgte den Spuren, ohne weiter auf die Einzelheiten zu achten. Bald erreichte er eine kleine, schlammige Lichtung, und dort – wie erwartet – fand er Anzeichen dafür, daß die Krieger Arang von allen Seiten umzingelt, sein Pferd am Zügel gepackt und es zum Stehen gebracht hatten. Es gab noch andere

Anhaltspunkte: Spuren eines Handgemenges, ein paar weiße Leinenfäden von Arangs Tunika, eine Lederschnur und einen Haufen frischen Dung, was hieß, daß die Pferde eine Weile gestanden hatten, bevor die Krieger weitergeritten waren.

Die Spuren, die von der Lichtung wegführten, bestätigten seine Theorie, daß Arang gefangengenommen worden war. Die Hufabdrücke waren jetzt nicht mehr tief. Nach dem Aufbruch hatten die Krieger ihre Pferde im Schritt gehen lassen und nicht im Galopp, um jemanden zu verfolgen. Das Pferd, das Arang bei seiner Flucht durch den Wald geritten hatte, war das dritte in der Kolonne und ging ziemlich dicht hinter dem Tier vor ihm, als würde es am Zügel geführt. Vermutlich hatte Arang mit gefesselten Händen auf seinem Rücken gesessen. Die Krieger achteten offensichtlich sorgfältig darauf, daß er nicht wieder fliehen konnte, weil zwei von ihnen vor ihm hergeritten waren, zwei hinter ihm und jeweils einer rechts und links.

Stavan stand einen Moment da, während er auf die Spuren starrte und nachgrübelte, was er als nächstes tun sollte. Sollte er in die Stadt zurückkehren und Alarm schlagen, oder sollte er Arang nachgehen? Wenn die Nomaden Arang gefangengenommen hatten, dann würden sie ihre Beute möglichst bald zu Vlahan zurückbringen. Wenn er sich jetzt nicht an ihre Verfolgung machte, würde er sie vielleicht nie mehr einholen – aber welche Chance hatte er ohne ein Pferd? Ein Mann zu Fuß konnte es unmöglich mit berittenen Kriegern aufnehmen. Sie konnten sich fünfmal so schnell bewegen wie er; sie konnten ihn umreiten, ihn niedertrampeln und töten, bevor er auch nur dazu kam, seinen Speer zu heben.

Als Stavan erkannte, daß er Arang nichts mehr nützen würde, wenn er tot war, entschloß er sich schweren Herzens, doch besser erst nach Shara zurückzukehren. Dort wollte er sich ein Pferd besorgen und vielleicht sogar versuchen, eine Gruppe junger Männer und Frauen zusammenzustellen, bevor er sich an die Verfolgung der Krieger machte. Ein paar der Sharaner konnten einigermaßen reiten, obwohl keiner von ihnen ernsthaft zu kämpfen verstand.

Die Frage war: Würden sie eher eine Belastung für ihn sein als eine Hilfe? Unerfahrene Krieger hatten es so an sich, unmittelbar getötet zu werden, wenn es zu einem Kampf kam. Die Sharaner waren zwar mutig, aber konnte er sich darauf verlassen, daß sie nicht in Panik gerieten?

Er stampfte ungeduldig mit dem Fuß auf und dachte verärgert, wenn Großmutter Lalah auf ihn gehört und ihn ein paar Krieger hätte ausbilden lassen, um die Stadt im Notfall zu verteidigen, würde er sich jetzt nicht mit einer Horde unerfahrener Bauern herumschlagen müssen, um Jagd auf Arangs Entführer zu machen. Aber Lalah und der gesamte Ältestenrat waren entsetzt gewesen bei dem Gedanken, er könnte junge Leute im Töten unterweisen. Noch Wochen, nachdem er den Vorschlag geäußert hatte, hatten ihn die Leute schief angeguckt; und selbst Marrah, die die Nomaden aus erster Hand erlebt hatte und es eigentlich besser wissen könnte, hatte ihm einen langen Vortrag über die Heiligkeit und Unantastbarkeit menschlichen Lebens in den Ländern der Muttergöttin gehalten.

Stavan verstand durchaus, worauf sie hinaus wollte: Wenn die Sharaner kämpften, riskierten sie, genau die Werte zu zerstören, die sie zu verteidigen suchten. Aber was gedachten sie denn sonst zu tun? Wie die Schafe herumsitzen, während sich die Hansi auf sie stürzten?

Verteidige dich, und du wirst all das verlieren, woran du glaubst. Was für ein Dilemma! Sein Kopf schmerzte von der Anstrengung, eine Lösung zu finden. Ich bin ein praktischer Mann, dachte er schließlich. Die Sharaner sind große Redner. Sollen sie diese Dinge doch in einer ihrer vielen Ratssitzungen entscheiden. Das einzige Problem, das *mich* im Moment interessiert, ist, wie ich Arang aus der Gewalt seiner Entführer befreien kann, ohne daß mein Kopf am Ende auf einer Speerspitze thront. Wer kann mir helfen? Auf wen kann ich zählen?

Die einzigen Personen, die Stavan einfielen, waren Frauen: Hiknak, die wie ein Mann reiten und kämpfen konnte, und Dalish, die die Nomaden derart haßte, daß sie jede Gelegenheit beim Schopf ergreifen würde, um sich an ihnen zu rächen.

Mit Marrah stand es etwas anders. Sie konnte zwar wie ein Dämon reiten, aber in einem offenen Kampf würde sie nicht lange durchhalten, und Stavan gefiel die Idee nicht sonderlich, Keru und Luma gestehen zu müssen, daß er mit ihrer Mutter ausgeritten war und sie dabei den Tod gefunden hatte. Dennoch, trotz all ihrer Reden über die Heiligkeit des Lebens könnte Marrah sich weigern, in Shara zu bleiben, wenn sie erfuhr, daß Arang gefangengenommen worden war.

Stavan marschierte weiter, schmiedete Pläne, ohne jedoch in seiner Wachsamkeit nachzulassen. Seinen scharfen Augen entging nichts – keine Vogelspur, kein umgedrehter Stein, kein Hauch von Wind, aber innerlich war er von unguten Vorahnungen erfüllt. Arang, dachte er bedrückt, Arang, mein Freund, bist du wirklich noch am Leben, oder habe ich die Spuren falsch interpretiert? Jedesmal, wenn er daran dachte, wie Arang überwältigt worden war, fühlte er sich schuldig. Irgendwie hätte er in der Lage sein sollen, ihn zu retten. Er hätte fähig sein müssen, die Nomaden abzuwehren, auch wenn sie nur zu zweit gewesen waren und völlig überrumpelt von dem Angriff.

Bald kam Stavan an den Fluß, doch statt offen am Ufer entlangzugehen, wie er es normalerweise getan hätte, hielt er sich dicht an den Büschen. Inzwischen hatten die Fährtensucher sicher aufgegeben; aber ein Mann lebte länger, wenn er immer darauf gefaßt war, überall auf Feinde zu stoßen.

Er folgte dem Ufer, bis er zu einer Stelle kam, wo Weidenruten über das Wasser hingen und mit ihren dichtbelaubten Ästen einen grünen Schirm bildeten. Den Speer fest in der rechten Hand, glitt Stavan so leise in das Wasser, daß die Schildkröten, die sich auf einem Felsen in der Nähe sonnten, nicht einmal den Kopf hoben. Die Strömung riß ihm beinahe den Speer aus der Hand, aber er war ein ausgezeichneter Schwimmer und schaffte es bis zum gegenüberliegenden Ufer, ohne einmal zum Luftholen auftauchen zu müssen.

Gerade als er sich ans Ufer gezogen hatte und wieder einigermaßen Luft bekam, hörte er ein Geräusch, das ihn hastig aufspringen ließ. Direkt vor ihm bewegten sich die Büsche – und zwar nicht durch den Wind, denn die Luft stand vollkommen still. Er beobachtete, wie die Zweige ganz leicht schwankten, und kam zu dem Schluß, daß ihn einer der Kundschafter schließlich doch aufgespürt haben mußte. Es konnten nicht zwei sein, denn in dem Fall hätten sie ihn bereits angegriffen.

Er erkannte sofort, daß er im Vorteil war. Der Kundschafter konnte nicht auf ihn schießen, ohne aus seinem Versteck zu kommen, weil in dem Gebüsch kein Platz war, um einen Bogen zu spannen. Höchstens einen Speer konnte er werfen, aber wenn er einen besessen hätte, wäre der inzwischen auf ihn geschleudert worden.

Stavan schlich sich vorsichtig an die Büsche an. Sie waren derart dicht mit Brombeerranken und Dornen überwuchert, daß man sich dort drinnen kaum einen Mann vorstellen konnte; aber er war nicht bereit, leichtsinnig darauf zu vertrauen, daß die Bewegungen von einem Tier stammten. Außerdem bestand immer die Möglichkeit, daß eine Löwin darauf wartete, sich mit einem Satz auf ihn zu stürzen.

»Komm heraus«, zischte er auf hansi. Das Gebüsch hörte abrupt zu zittern auf. »Komm heraus, du feiger Bastard!«

Stavan machte noch einen Schritt vorwärts, plötzlich teilte sich das Gebüsch, und etwas sprang auf ihn zu. Stavan war schnell. Noch bevor er wußte, was ihn da eigentlich angriff, hatte er seinen Speer mit aller Kraft auf die Stelle geschleudert, wo das Herz eines Mannes sitzen würde; doch der Speer verfehlte sein Ziel, denn das Ding, das ihn angriff, war kein Mann. Es war eine Kugel weißen Fleisches, die sich schreiend und beißend und kratzend auf ihn stürzte und ihn ansprang wie ein Bärenjunges.

»Keshna!« schrie Stavan erschrocken. Er packte das kleine Mädchen an den Armen und versuchte, es von sich abzuhalten; aber die Kleine hörte nicht auf, sich heftig gegen ihn zu wehren und zu schreien – keine Worte, nur schrille, unzusammenhängende Laute, wie ein Tier, das in der Falle saß. Ihre Augen waren wild vor Panik, und sie trat beißend und kratzend wie eine Wahnsinnige um sich.

»Keshna«, bat er, »Keshna, hör auf. Ich bin's doch, Onkel Stavan.« Aber sie war wie von Sinnen vor Angst, und er mußte ihr

Arme und Beine fest an den Körper pressen, bevor er sie beruhigen konnte. Schließlich schien sie ihn zu erkennen. Mit einem verzweifelten Aufschrei barg sie ihr Gesicht an seiner Schulter und begann zu schluchzen. Er saß da, wiegte sie sanft in seinen Armen, während er sie zu beschwichtigen versuchte, doch sie hörte nicht auf zu weinen. Ihr Schluchzen hatte nichts Kindliches an sich; ihre Verzweiflung war so abgrundtief wie die eines Erwachsenen und schüttelte ihren Körper.

Stavan fühlte sich ganz elend. Es hätte nicht viel gefehlt, und er hätte ein Kind getötet! Eine knapp Vierjährige. Seine eigene Nichte. »Keshna«, bettelte er, »bitte sprich mit mir. Sag mir, was passiert ist. Warum bist du ganz allein hier im Wald? Wo ist Hiknak?«

Aber Keshna war nicht zum Sprechen zu bewegen. Sie gab nur immer wieder jene seltsamen, tierähnlichen Wimmerlaute von sich, wie ein Kaninchen, das die Schlinge um seinen Hals fühlt, und als er sich mit dem Kind auf den Armen auf die Füße erhob und das Gebüsch teilte und sah, was sie bewacht hatte, wußte er auch, warum.

Hiknak lag am Ufer, halb im Wasser und halb im Schlamm, als hätte sie beschlossen, sich schlafen zu legen, mit den Füßen im Wasser. Auf den ersten Blick deutete nichts darauf hin, daß irgend etwas nicht mit ihr stimmte, abgesehen von einem kleinen Bluterguß auf der Stirn, nicht größer als eine Kirsche – doch in dem Moment, als Stavan den blauen Fleck sah, wußte er, daß die Nomaden sie überrumpelt und getötet hatten.

Einen Moment stand er reglos da, mit Keshna in seinen Armen, und blickte auf Hiknak herunter. Keshna mußte sich bemüht haben, ihre tote Mutter aus dem Wasser zu ziehen, denn ihre schlammigen kleinen Fußabdrücke waren überall auf dem Boden. Hiknaks Hände lagen ordentlich auf ihrer Brust zusammengefaltet, und zwischen ihre Finger hatte das Kind ein kleines Sträußchen gelber und weißer Blumen geschoben.

Stavan schloß die Augen und murmelte ein Hansi-Gebet für die Toten. Es war das Gebet, das am Grab von Kriegern gesprochen wurde, da es keine Gebete für Frauen gab, und es wünschte Hiknak eine sichere Heimkehr ins Paradies.

Er stellte Keshna auf die Füße und nahm sie bei der Hand. Sie hatte inzwischen aufgehört zu weinen und war in ein dumpfes, hoffnungsloses Schweigen versunken, ihre großen, dunklen Augen weit aufgerissen und von einem derart qualvollen Ausdruck erfüllt, daß es Stavan fast das Herz brach.

»Hab keine Angst«, flüsterte er zu ihr hinab. Seine Stimme zitterte, und das überraschte ihn, denn er war dem Tod schon viele Male begegnet – aber noch keiner hatte ihn so bis ins Innerste erschüttert wie dieser. Er erkannte, daß er Hiknak geliebt hatte – nicht auf die Art, wie Arang sie liebte, sondern so, wie er einen Bruder geliebt hätte. Das nämlich war Hiknak für ihn gewesen. Keine Schwester, weil seine Schwestern niemals so tapfer an seiner Seite gekämpft hätten, wie Hiknak es getan hatte. Sie war klein und zäh gewesen, und er kannte keine Frau, die auch nur einen Bruchteil ihrer Courage besaß, abgesehen von Marrah.

Während er auf Keshna hinunterblickte, sah er die Ähnlichkeit mit Hiknak und Arang in ihrem Gesicht. »Hab keine Angst«, wiederholte er sanft. »Ich bin ja bei dir, dein Onkel Stavan, und ich werde auf dich aufpassen.«

Falls Keshna ihn gehört habe, gab sie doch kein Zeichen von sich. Sie zog ihre Hand aus seiner, hockte sich auf den Boden, schlang die Arme um ihre Knie und vergrub ihr Gesicht. Er unternahm noch einige weitere Versuche, sie zu trösten, und gab es schließlich auf. Laß sie in Ruhe, sagte er sich. Laß die Kleine in Frieden trauern. Sie hat wahrhaftig Grund genug.

Er ging hinüber zu Hiknak, kniete sich neben sie und legte behutsam eine Hand auf ihr Gesicht. Er hatte vorgehabt, ihr die Augen zu schließen, aber sie waren bereits zu. Gerade noch dachte er, daß Keshna wirklich an alles gedacht hatte, als er plötzlich sah, wie sich Hiknaks Brust kaum merklich hob. Konnte es sein, daß sie noch lebte? Hastig preßte er ein Ohr an ihre Brust, und zu seinem Erstaunen hörte er ihr Herz klopfen. Sie war nicht tot! Bei Han, sie lebte!

»Keshna!« brüllte er. »Keshna, komm her!« Doch als er sich nach der Kleinen umdrehte, war sie verschwunden. Verdammt! Wohin, im Namen von tausend Dämonen, war sie gegangen? Nun, es blieb keine Zeit, sich lange mit der Suche nach dem Kind aufzuhalten. Er verfluchte die Götter für seine Zwangslage, sich entweder um ein verschwundenes Kind oder eine sterbende Frau kümmern zu müssen. In wilder Hast zog er Hiknak ganz aus dem Fluß, drehte sie herum, drückte kräftig auf ihren Rücken, um das Wasser aus ihren Lungen zu pressen, rief laut ihren Namen, rieb ihre Handgelenke, bespritzte sie mit kaltem Wasser, schlug ihr sogar ins Gesicht – aber sie erwachte nicht aus ihrer Ohnmacht. Und Keshna war noch immer nicht zurückgekommen.

»Keshna!« brüllte er abermals. »Wo bist du? Ich brauche deine Hilfe!« Plötzlich spürte er, daß das Kind direkt hinter ihm stand, aber er war zu intensiv mit Hiknak beschäftigt, um aufzublicken. Rasch streifte er seine Tunika ab, warf sie Keshna zu und sagte: »Falte das zu einem Kissen zusammen, damit ich es ihr unter den Kopf schieben kann.«

Keshna machte keine Anstalten, die Tunika aufzuheben. Mit einem gequälten Seufzer erinnerte sich Stavan daran, daß sie demnächst erst vier Jahre würde.

»Laß nur«, winkte er ab. »Ich werde es tun.« Als er sich umdrehte, um seine Tunika aufzuheben, sah er, daß Keshna ihm schweigend etwas hinhielt. Es war ein schmutziges Armband, zerrissen und mit Schlamm beschmiert, und die Hälfte der Perlen und Muscheln fehlten. Beim Anblick des Armbandes wußte Stavan plötzlich, daß noch etwas weitaus Schrecklicheres passiert sein mußte, als er sich jemals hätte ausmalen können.

»Wo hast du das her?« flüsterte er.

Keshna sagte nichts. Sie blickte ihm nur unverwandt in die Augen und ließ das Armband in seine Hand fallen. Stavan hielt es einen Moment fest, während er die kleinen Perlen befühlte. Eine blaue war dabei, die er selbst ausgesucht hatte, und eine gelbe von Marrah. Die winzigen weißen, spiralförmigen Schneckengehäuse waren ein Geschenk von Lalah gewesen, und Bindar hatte den kleinen roten Fisch aus Ton geformt. Es gab nur noch ein solches Armband wie dieses in Shara. Das andere, eine geringfügige Abwandlung, schmückte Lumas Handgelenk. Dieses hier gehörte Keru.

Eine Weile starrte Stavan auf das Armband, während er verzweifelt versuchte, es in etwas anderes zu verwandeln; aber die gerissene Lederschnur und die schmutzigen Perlen sprachen eine so deutliche Sprache, als hätten sie Zungen. Da Hiknak nicht sprechen konnte und Keshna sich weigerte, ihm zu erzählen, was vorgefallen war, hatte er keine Ahnung, ob Keru tot oder noch am Leben war; aber der Gedanke, daß der Junge tot sein könnte, brachte alle Furcht in ihm zum Schweigen.

Das einzige, was er jetzt noch fühlte, war namenloser Haß: Haß auf die Feiglinge, die Arang entführt und möglicherweise seinen Sohn getötet hatten; dann Haß auf sich selbst, weil er so dumm gewesen war, in seiner Wachsamkeit nachzulassen.

Er schob das Armband in seine Tasche, hievte sich Hiknak über die Schulter, packte Keshna an der Hand und eilte heimwärts. Der Wald wurde bald von offenen Feldern abgelöst, doch Stavan machte sich keine Gedanken mehr darüber, ob ihn die Fährtensucher entdecken könnten. Sobald sie aus dem Wald heraus waren, rannte er, so schnell er konnte, während er unter dem Gewicht von Hiknak stolperte und Keshna hinter sich herzog. Der üppige grüne Weizen bog sich zu seinen Seiten und schwankte wie Federgras in der milden Brise. All die Schönheit der Göttin lag in den wogenden Feldern, aber Stavan war blind dafür.

Als er sich den weißgetünchten Mutterhäusern näherte, sah er die Stadt, wie die Nomaden sie sehen würden – völlig ungeschützt auf allen Seiten, lediglich von einem lächerlichen Riedgraszaun umgeben, nirgendwo auch nur ein Wachtposten – und er dachte bitter, daß ihn das Leben unter Marrahs Leuten regelrecht verweichlicht hatte. Er hatte sogar schon angefangen, wie sie zu denken: daß die Welt ein friedlicher Ort sei.

Aber das Böse existierte natürlich – das Böse, das aus den Wäldern hervorstürzte; das Böse, das ihm seinen Sohn genommen hatte. Daß das Böse in menschlicher Gestalt daherkam, machte keinen Unterschied, und als er in Sichtweite der Mutterclans kam, die auf den Feldern arbeiteten, und ihre alarmierten Schreie bei seinem Anblick hörte, schwor er sich, von nun an immer wachsam und gewappnet zu sein.

Auf seinem Weg in die Stadt fand er sich von klagenden Sharanern umringt. Er hatte sie so knapp wie möglich über die Ereignisse informiert: daß ein Nomadentrupp aus dem Wald galoppiert war, daß die Krieger Arang entführt, Hiknak bewußtlos geschlagen und auch Keru entführt oder vielleicht sogar getötet hatten. Die Menschenmenge um ihn herum wuchs ständig, und alle erhoben vor Schreck ihre Stimmen auf einmal.

»Ein Pferd«, bat er immer wieder. »Bringt mir ein Pferd, rasch!« Aber die Leute schienen völlig verwirrt. Aus irgendeinem unerfindlichen Grund machte keiner Anstalten, ihm Hiknak abzunehmen, und keiner von ihnen setzte sich in Bewegung, um ein Pferd zu holen. Sie folgten ihm nur mit lautem Wehgeschrei und machten soviel Lärm dabei, daß Stavan selbst kaum mehr denken konnte.

Als er schließlich zu dem zentralen Versammlungsplatz kam, wo er Keshna in die Obhut der alten Blentsa gab und Hiknak vorsichtig unter einem der Sonnensegel niederlegte, fand er die Erklärung für das seltsame Verhalten der Sharaner. Es gab keine Pferde mehr. Die gesamte Herde – alle fünfzehn Tiere – wurde seit dem Mittag vermißt.

Jedes Kind aus der Steppe hätte gewußt, daß sie ganz einfach gestohlen worden waren, doch auf diesen Gedanken waren die Sharaner offenbar gar nicht gekommen. Sie hatten auf eher beiläufige Weise nach ihnen gesucht, so wie man vielleicht nach einem verlorenen Schaf oder einer verirrten Kuh suchen würde.

Als Stavan erfuhr, daß kein einziges Pferd übriggeblieben war, fühlte er sich plötzlich, als hätte er beide Beine verloren. Soweit er wußte, gab es in all den Mutterländern keine Pferde außer denjenigen, die sie damals aus der Steppe mitgebracht hatten. In wenigen Augenblicken, dachte er, wird Marrah erscheinen, und ich werde ihr sagen müssen, daß ihr Bruder entführt wurde und unser Sohn vielleicht tot ist. Schließlich werde ich hinzufügen müssen, daß wir uns zu Fuß an die Verfolgung der Bastarde begeben werden, die das alles auf dem Gewissen haben.

9. Kapitel

Mit Stavans Nachricht, daß Arang und Keru von den Nomaden verschleppt worden waren, veränderte sich Marrahs Leben für immer. Noch am selben Nachmittag verließen sie und Stavan und Dalish die Stadt, um die Nomadenkrieger aufzuspüren und ihre Lieben zu befreien.

Sie waren mit Messern bewaffnet, die eigentlich dazu dienten, Tiere zu häuten, und mit Bögen, die eher für die Jagd auf Wild taugten als für den Kampf gegen berittene Krieger; der Wald erstreckte sich grenzenlos vor ihnen; Keru konnte womöglich schon tot sein, und selbst wenn sie ihn und Arang tatsächlich unverletzt finden sollten, würden sie den Nomaden zahlenmäßig wahrscheinlich hoffnungslos unterlegen sein. Doch ihre Chancen hätten noch so schlecht stehen können, ihr Vorhaben war unwiderruflich.

»Wir warten, bis sie sich in Sicherheit wiegen«, versicherten sie sich gegenseitig. »Dann schleichen wir in ihr Lager und holen Arang und Keru heraus.« Sie sagten einander nicht, daß sie lieber sterben würden, als untätig herumzusitzen. Sie dachten nicht weiter über die Tatsache nach, daß die Nomaden Pferde hatten und sie nicht. Sie hatten schon andere Schicksalsschläge zusammen durchgemacht. Einmal, als man sie an Pfosten am Rande von Zuhans offenem Grab gefesselt hatte, wären sie um ein Haar Seite an Seite ausgelöscht worden. In gewisser Weise kannte jeder die Gedanken des anderen so gut, als ob sie ein gemeinsames Herz besäßen. Dalish brauchte nicht mit Worten zu sagen, daß ihr Keru und Arang so lieb und teuer waren wie die Kinder, die zu bekommen ihr niemals vergönnt gewesen war; Stavan brauchte nicht zu erklären, wie sehr er von Schuldgefühlen und Wut gepeinigt wurde, weil er versagt hatte in seiner Wachsamkeit. Und Marrah brauchte nicht zu schluchzen, daß sie ihren Bruder und ihren kleinen Sohn um jeden Preis zurückhaben wollte.

Sie strebten geradewegs zu der Lichtung im Wald, nahmen die Spur der Nomaden neben der gefällten Eiche auf und folgten ihr in bitterem Schweigen, während sie sich in aller Eile vorwärtsbewegten. Außer Waffen trugen sie nur Feuersteine bei sich, ein wenig Dörrfleisch als Proviant und ein zusätzliches Paar Sandalen für jeden.

Die Hufabdrücke waren deutlich zu erkennen, und sie konnten die Fährte den ganzen Nachmittag hindurch bis zum Einbruch der Dämmerung gut sehen; doch als die Schatten der Bäume miteinander zu verschmelzen begannen und die ersten Eulen erschienen, waren sie gezwungen, eine Rast einzulegen. Sie krochen ins Gebüsch, breiteten ihre Umhänge aus und schliefen Seite an Seite aus Gründen der Sicherheit, wie Tiere im Unterholz versteckt; es bestand nicht der geringste Zweifel, daß die Nomaden weit voraus waren und sich ihr Vorsprung ständig vergrößerte.

In jener Nacht hatte Marrah den ersten einer Reihe von Träumen von Keru, die sie in den folgenden Nächten quälen sollten. Sie träumte, sie sähe ihn auf sich zulaufen, eine fremdartige gelbe Blume in der Hand. Die Blüte war fast so groß wie seine Faust, und in ihrer Mitte brannte etwas Helles, Leuchtendes, von der Farbe von Blut. Arang lief ein Stück hinter Keru und tanzte fröhlich, während er einen weichen grünen Schal wie einen Rauchring um seinen Körper wirbeln ließ.

Als sie die beiden lebendig und wohlauf vor sich sah, erfüllte Marrah überschwengliche Freude. Blut strömte in ihr Gesicht, ihre Finger prickelten, und ihr war zumute, als ob sie sich in die Lüfte schwingen und fliegen könnte wie der Vogel, nach dem sie benannt war. Ja! dachte sie glücklich. Wir haben es geschafft. Hier sind sie, gesund und in Sicherheit! Aber natürlich sind sie das. Dieser Unsinn von einem Nomadenüberfall war nichts weiter als ein böser Traum. Wie dumm von mir, mich so zu ängstigen.

»Keru, Liebling!« jubelte sie.

»Mama!« rief er. Er lachte, der fröhliche, kleine Spitzbub, und warf ihr die Blume zu; doch als sie die Hand ausstreckte, um sie aufzufangen, glitten die Blütenblätter durch ihre Finger, und sie fühlte, wie etwas sie stach. Sie stieß einen Schmerzensschrei aus und beugte sich vor, um Keru in ihre Arme zu ziehen, aber bevor sie ihn berühren konnte, verschwand er jählings.

»Keru!« rief sie verzweifelt, »komm zurück!« Doch es war nichts mehr da außer einer verwelkten Blume und einem Paar kleiner, schlammiger Fußabdrücke, wo er gestanden hatte; als sie sich zu Arang umdrehte, um ihn nach Keru zu fragen, war auch Arang verschwunden.

Sie wachte auf, zähneknirschend, in kalten Schweiß gebadet und schluchzend. Einen flüchtigen Moment lang hatte sie keine Ahnung, wo sie war oder warum sie auf dem feuchten Waldboden zwischen Dalish und Stavan lag. Dann kehrte die Erinnerung zurück, und Schmerz und Enttäuschung füllten ihren Magen wie ein schwerer Stein, drückten sie nieder und beraubten sie allen Mutes. Sie wollte Arang zurückhaben, lebendig und unversehrt, doch Arang war wenigstens ein erwachsener Mann, der sich verteidigen und womöglich sogar fliehen konnte – aber was wurde aus Keru?

Ich hasse die Nomaden, dachte sie. Früher verabscheute ich sie schon, als sie die Shambahner töteten und mich und Arang gefangennahmen. Sie waren mir zuwider, als sie Akoah ermordeten und die Sklavinnen strangulierten. Aber im Grunde habe ich nicht wirklich gewußt, was abgrundtiefer Haß ist, bis sie mir meinen Sohn genommen haben.

Sie lag da, schmeckte die Bitterkeit ihrer Ohnmacht. *Jetzt* wollte sie Keru zurückhaben, nicht erst morgen oder später. Sie wollte ihn in ihren Armen halten und ihm sagen, daß alles vorüber war und er nichts mehr zu fürchten brauchte, wollte seinen warmen kleinen Körper an ihrem spüren und den frischen Duft seines Haares riechen. Keinen Moment zweifelte sie daran, daß er noch am Leben war. Er war irgendwo da draußen, völlig verängstigt und von Sehnsucht nach seiner Mutter erfüllt; aber mit der Hilfe der Göttin, Mutter aller Mütter, würde sie ihn nicht nur finden, sondern auch dafür sorgen, daß die Männer, die ihn entführt hatten, ihre Tat mehr als bereuten.

Marrah griff nach dem kleinen Lederbeutel, den sie stets an ihrem Gürtel bei sich trug, löste die Schnur und tastete nach den Tonkugeln von getrocknetem Donner, die ihr die Priesterinnen von Nar vor so langer Zeit geschenkt hatten. Sie wußte, daß sie einen gewaltigen Lärm erzeugen würden, wenn sie sie in ein Feuer warf. Vielleicht konnte sie damit die Pferde der Nomaden so erschrecken, daß sie in Panik davonrannten, vielleicht...

Sie döste wieder ein und träumte von einem Dutzend verschiedener Unternehmungen, Arang und Keru zu retten; doch am nächsten Morgen, als sie aufwachte, war die Fährte nicht mehr frisch. Die Ränder der Hufabdrücke begannen zu verwischen; Wasser war in die Vertiefungen gesickert, der Wind hatte Blätter und abgebrochene Zweige darübergeweht, und hier und da hatten ein Reh oder ein Kaninchen ihre Spuren über jenen der Krieger hinterlassen.

»Sie bewegen sich erheblich viel schneller vorwärts als wir«, sagte Dalish. Und das taten sie tatsächlich – ungefähr fünfmal so schnell.

Marrah kniete nieder und ließ ihre Finger über den getrockneten Schlamm gleiten, als könnte sie durch die Berührung erfahren, wo Keru war, aber der Schlamm war stumm und kalt unter ihren Händen. Der Haß brannte nun lichterloh in ihr. Seit ihrer Kindheit hatte man sie in dem Glauben erzogen, daß menschliches Leben heilig war. Jetzt, zum allerersten Mal, hatte sie das Gefühl, daß es ihr eine Genugtuung wäre, zu kämpfen und zu töten.

Sie wanderten den größten Teil des Tages, sprachen wenig und legten immer nur dann eine kurze Rast ein, wenn sie zu erschöpft waren, um weiterzulaufen. Gegen Abend kam ein starker Wind auf, und der Himmel verfärbte sich bleigrau.

»Es sieht nach Regen aus«, murmelte Dalish.

Marrah sagte nichts. Sie beobachtete, wie der Himmel immer dunkler wurde, und nahm den feuchten Geruch drohenden Regens in der Luft wahr. Bitte laß es kein Unwetter sein, betete sie stumm. Bitte laß nicht zu, daß die Fährte der Krieger vom Regen weggewaschen wird. Aber vielleicht hörte die Göttin ja nicht mehr auf ihre Gebete. Der Regen kam trotzdem, eine Folge abrupter Schauer, die sie bis auf die Haut durchnäßten und frösteln ließen.

In jener Nacht lagen sie wieder in einem dichten Gebüsch, während sie zuhörten, wie die Regentropfen auf den ledernen Umhang prasselten, den Stavan über ihren Köpfen ausgebreitet hatte. Bevor sie einschliefen, drehte er sich zu Marrah um.

»Die Hufabdrücke sind tief«, sagte er tröstend, »und es sind eine Menge davon da. Der Regen wird sie nicht alle auslöschen.«

Sie döste ein, klammerte sich an diese winzige Hoffnung, doch als sie am nächsten Morgen aufwachte, aus dem Gebüsch kroch, sich im Wald umschaute und sah, was der Regen angerichtet hatte, schrie sie zornig auf und schüttelte drohend ihre Faust nach oben.

»Han, du verfluchter Bastard von einem Himmelsgott, du Nomadensohn einer Hure, mach, daß du wieder in die Steppe verschwindest!« schrie sie, und dann hockte sie sich auf den Boden, schlug die Hände vors Gesicht und brach in Tränen aus.

Es waren jene nicht löschbaren Tränen, die ein Mensch nur dann weint, wenn alles verloren ist, die Art, die dem Weinenden rote, geschwollene Augen beschert und ihn am ganzen Körper beben läßt. Bis zu diesem Zeitpunkt war sie überzeugt gewesen, sie könnten Keru retten; aber jetzt begriff sie, daß sie eine Närrin gewesen war, sich etwas vorzumachen. Ganz allmählich wurde ihr bewußt, daß Stavan neben ihr kniete.

»Faß mich nicht an«, fauchte sie, aber er wußte freilich, daß sie es nicht ernst meinte. Zärtlich schlang er die Arme um sie und zog sie an sich, und sie schmiegte ihre Wange an seine Brust, als könne sie Trost bei ihm finden. Jedoch half es nichts. Weder Stavan noch sonst irgend etwas konnten ihren Kummer lindern.

»Keru lebt noch«, murmelte er beschwichtigend.

»Lüg mich nicht an!«

»Ich belüge dich nicht.« Er griff nach ihrem Kinn und hob ihr Gesicht zu sich hoch. »Keru lebt und Arang ebenfalls.«

Sie wußte nicht, ob sie ihm glauben sollte, und dennoch erfüllte seine Zuversicht sie mit neuer Hoffnung. »Woher willst du wissen, daß sie noch am Leben sind?«

»Sie müssen es sein. Überleg doch mal, Marrah. Du weißt, wie mein Volk ist. Du hast die Hansi-Kriegerverbände selbst erlebt. Wenn Keru oder Arang tot wären, hätten wir inzwischen ihre Leichen gefunden.«

Sie löste sich hastig aus seinen Armen und wich zurück, so steif wie ein Stück Holz. »Willst du damit etwa sagen, du hast die ganze Zeit Ausschau gehalten nach ...« Sie brach ab. Stavan nickte. Plötzlich wurde ihr bewußt, daß sie ebenfalls danach gesucht hatte, von einer Angst getrieben, die sie sich nicht einmal selbst hatte eingestehen können. Sie erhob sich auf die Füße, und Stavan stand mit ihr auf. Einen Moment standen sie einander schweigend gegenüber und blickten sich in die Augen. Schließlich sprach er weiter.

»Marrah, ich verstehe mich nicht besonders gut auf Worte. Wenn ich ein Mann deines Volkes wäre, dann wüßte ich sicher, was ich sagen müßte, um dich zu trösten, aber ich kann mich nun einmal nicht so richtig ausdrücken. Mir bleibt nur, dir zu versprechen, daß wir ihre Fährte wieder aufnehmen werden.

Es ist vielleicht nicht einfach, aber ich weiß, worauf ich achten muß. Mukhan persönlich hat mich damals zum Fährtensucher ausgebildet, als ich kaum mehr als ein Junge war. So sehr ich die Männer auch hasse, die unseren Jungen entführt haben, so bin ich doch selbst als Nomade geboren, und daher weiß ich, wie sie denken.

Ich will dir nichts vormachen: Sie sind uns gegenüber in vieler Hinsicht im Vorteil, und die Tatsache, daß sie Pferde haben, ist nicht einmal der geringste ihrer Trümpfe; aber sie tun einige ziemlich dumme Dinge – wahrscheinlich aus purer Arroganz.

Sie reisen nicht sehr schnell und nehmen sich nicht die Zeit, ihre Spuren zu verwischen. Wir wissen, daß sie nach Norden streben; wir wissen, daß sie sich dabei wahrscheinlich an die Hauptrouten halten; und wir wissen, daß sie fünfzehn unserer Pferde mitführen – die Tiere, die sie reiten, nicht mitgerechnet. Eine Herde von dieser Größe behindert ihr Vorankommen und hinterläßt Spuren, denen selbst ein Blinder folgen könnte. Es hat gestern abend nur in kurzen Schauern geregnet, was bedeutet, daß es nicht überall naß geworden ist. Weiter vorne wird das Gelände trocken sein, und früher oder später werden wir wieder Hufabdrücke finden.«

»Und wenn wir ihre Fährte nicht wiederaufnehmen können?«

»Dann gehen wir zurück nach Shara, nehmen ein Raspa, segeln nach Shambah und wandern von dort aus in nördlicher Richtung in die Steppe, bis wir entweder ein paar Pferde finden, die wir stehlen können, oder bis wir Nikhan finden und ihn zwingen, uns ein paar zu überlassen.

Wir wissen, daß sie Keru und Arang geradewegs zu Vlahan bringen. Nur die Route kennen wir nicht ganz genau, die sie wählen. Im Moment ist es noch zu früh, um aufzugeben. Ich glaube immer noch, daß wir eine Chance haben, sie einzuholen. Sie fühlen sich sicher vor Verfolgern. Es kann durchaus sein, daß sie nachlässig werden und beschließen, ein Lager aufzuschlagen, und sogar einen oder zwei Tage Rast machen.

Du mußt wissen, daß Krieger absolute Verachtung für jeden empfinden, der nicht zu Pferde sitzt. Sie denken bestimmt nicht im Traume daran, von drei Leuten aufgespürt zu werden, die zu Fuß hinter ihnen her sind.«

Marrah wischte sich die Tränen ab und starrte ihn lange Zeit schweigend an. Schließlich meinte sie: »Und du glaubst wirklich, daß es uns gelingen könnte?«

»Ja, davon bin ich überzeugt.«

Sie standen einen Moment da und blickten sich gegenseitig in die Augen, dann tat Marrah einen schnellen Schritt vor und küßte Stavan.

»Möge die Göttin dich segnen«, murmelte sie. Sie hielten einander fest umschlungen, bis Dalish sich räusperte.

»Also, Freunde«, sagte sie, »was tun wir als nächstes?«

Stavan löste sich von Marrah, hob Dalishs Beutel auf und warf ihn ihr zu. »Zuerst«, erwiderte er, »werden wir etwas essen, denn wenn wir es nicht tun, werden wir noch vor Mittag flach aufs Gesicht fallen. Und dann machen wir uns wieder auf den Weg.«

Den ganzen Morgen über war ihr Vorwärtskommen sehr beschwerlich. Das Unwetter hatte den Boden durchweicht und die Bäche anschwellen und über ihre Ufer treten lassen. Mehr als einmal mußten sie durch taillenhohes Wasser waten, aber kurz nach Mittag gelang es ihnen, die Fährte der Nomaden wieder aufzunehmen: eine breite Bahn schlammiger Hufabdrücke, die von den einzigen Pferden südlich von Shambah stammten. Die Spur führte nach Nordwesten, so breit und gerade, wie es der Pfad und die Bäume zuließen.

»Sie wollen offensichtlich nach Mahclah«, sagte Dalish. Mahclah war nur eine winzige Ansammlung von Schlamm- und Schilfgrashütten; aber es lag an den Ufern des Rauchflusses an der Stelle, wo sich für Männer zu Pferde die erste Möglichkeit bot, den Fluß zu überqueren. Die beiden Mutterclans, die in Mahclah wohnten, pflegten reisende Händler in ihren Fischerbooten über den Fluß zu setzen; doch selbst während der lebhaftesten Sommermonate fanden niemals viele Überfahrten statt, da die meisten Waren ohnehin auf dem Wasserweg transportiert wurden.

Marrah starrte auf die schlammige Fährte und dachte an den großen Fluß, der zum See strömte und den Norden wie eine Mauer vom Süden trennte. Das Delta des Rauchflusses war riesig, eine endlose, mit Schilf bewachsene, sumpfige Ebene, die schon zu Fuß ziemlich schwer zu bewältigen war, aber noch sehr viel schwieriger zu Pferde. Sie stellte sich vor, wie sich die Nomaden verirrten und immer im Kreis ritten, während sich ihre Tiere in dem weichen, schwarzen Schlick abmühten. Mit ein wenig Glück würden sie mehrere Tage aufgehalten werden, bevor sie die Furt erreichten.

»Der Boden um Mahclah herum ist nur an einigen Stellen fest«, sagte Marrah.

Dalish fuhr sich mit der Zunge über die Zähne und dachte über die Bemerkung nach. »Vermutlich haben sie keine Ahnung, welchen Pfaden sie folgen müssen.«

»Glaubst du, die Fluß-Leute werden sie durch den Sumpf führen?«

Dalish zuckte die Achseln. »Wer weiß. Inzwischen müßten eigentlich alle Mutterclans flußaufwärts von dem Angriff auf Shambah gehört haben; aber wer kann schon wissen, wozu sie bereit sind, wenn ein Nomadenspeer im Rücken sie bedroht?«

Stavan sagte nichts. Er kniete neben den Hufabdrücken und inspizierte sie mit einem nachdenklichen Ausdruck. Er maß sie mit seiner Handfläche aus, dann erhob er sich und bedeutete Marrah und Dalish, ihm zu folgen, während er an der Fährte entlangging und auf feinste Unterschiede hinwies, die keine der beiden Frauen ohne seine Hilfe bemerkt hätte.

Die Hufabdrücke waren jetzt flacher und dichter nebeneinander als vorher, was bedeutete, daß sich die Nomaden langsamer vorwärtsbewegt hatten. »Vielleicht sind sie allmählich müde geworden«, spekulierte Stavan, »denn wenn ihr ganz genau hinschaut, könnt ihr sehen, daß sie an dieser Stelle angefangen haben, die gestohlenen Pferde einzukreisen, als hätten sie vor, sie einzufangen und ihnen für die Nacht Fußfesseln anzulegen.«

Er richtete sich wieder auf. »Ich glaube, wir werden bald zu ihrer Raststelle gelangen.«

Dalish und Marrah erwiderten nichts. Sie waren nun schon seit fast zwei Tagen unterwegs, und erst jetzt würden sie die Stelle erreichen, wo die Nomaden die erste Nacht nach dem Überfall verbracht hatten. Inzwischen waren sie so weit zurückgefallen, daß es vielleicht keinen Unterschied mehr machte, ob sich die Nomaden im Schilf des Flußdeltas verirrten oder nicht. Wir sind wie Schlangen, die ein Rudel Wölfe verfolgen, dachte Marrah bedrückt. Sie blickte hinunter auf ihre schmutzstarrenden Sandalen und erinnerte sich, wie schnell Eoru, ihre braune Stute, sie damals nach Shara gebracht hatte.

Eoru war das Hansi-Wort für »violette Lilie«, aber die kleine Stute hatte nichts Zartes oder Lilienähnliches an sich gehabt. Sie war so stabil wie ein Boot gewesen und fast so schnell. Marrah hätte alles dafür gegeben, wenn sie jetzt auf Eorus breitem Rücken vorwärts reiten könnte, aber leider hatten die Nomaden sie zusammen mit den anderen Pferden mitgenommen.

Zumindest war es wieder leicht, die Fährte erneut aufzunehmen.

Die Krieger verhielten sich auch weiterhin nachlässig, machten nicht den geringsten Versuch, ihre Spuren zu verwischen. Während Marrah dahintrottete, fragte sie sich, ob sie wohl an jenem ersten Abend um ihre Lagerfeuer gesessen und höhnisch gelacht hatten bei dem Gedanken an ihren Zorn und ihr Leid. Sie versuchte, nicht daran zu denken, wie verängstigt Keru gewesen sein mußte, als die Dunkelheit hereinbrach. Vielleicht hatte Arang ihn getröstet. Sie hoffte es inständig. Keru hatte Arang immer geliebt. Sie fragte sich gerade, ob die Nomaden wohl Arang und Keru Seite an Seite schlafen lassen würden, als Stavan, der ein Stück vor ihr ging, so abrupt stehenblieb, daß sie beinahe gegen ihn geprallt wäre.

»Was ist los?« fragte sie. Er gab keine Antwort, sondern zeigte nur nach vorn. Sie folgte der Richtung seines Fingers und sah, daß sich wenige Schritte vor ihnen eine ziemlich große Lichtung ausbreitete – die dann entstand, wenn ein hoher Baum umstürzte und mehrere kleinere Bäume mit sich riß. Die Stämme lagen auf dem Boden, von Flechten und Moos überwuchert.

Zwischen ihnen, zum Teil im Unterholz verborgen, lagen ein Dutzend oder mehr seltsam geformte Klumpen. Zuerst dachte Marrah, es wären Felsblöcke. Sie waren rund und glatt, hauptsächlich braun oder sandfarben, aber hier und dort ragten schwarze oder weiße Erhebungen wie geschmeidige, überdimensionale Pilze aus dem Gestrüpp auf. Dann sah sie einen Huf und ein Stück Mähne, und plötzlich begriff sie.

»Die Pferde!« keuchte sie erschrocken.

Dalish, die sie eingeholt hatte, stieß einen leisen Schrei des Entsetzens aus.

Sie betraten die Lichtung und sahen überall tote Pferde liegen. Die vermeintlichen Felsblöcke waren ihre Leiber, doch als Marrah jetzt das Gestrüpp beiseite schob, sah sie auch ihre Hälse und Beine und ihre großen dunklen Augen, vom trüben Schleier des Todes überzogen. Alle fünfzehn der gestohlenen Tiere lagen dort. Die Nomaden hatten ihnen zuerst die Beine gefesselt und sie dann getötet, indem sie ihnen die Kehle aufschlitzten. Die armen Tiere lagen auf dem Boden, die Vorderhufe noch immer gefesselt, wo der ekelerregend süßliche Geruch verwesenden Pferdefleisches von ihren Körpern aufstieg und die Luft verpestete.

Marrah überkam ein plötzlicher Brechreiz, und sie wandte sich hastig von dem grauenerregenden Anblick ab. Ihre Augen füllten sich mit Tränen, und sie hatte das Gefühl, sich gleich übergeben zu müssen. Kraftlos lehnte sie ihre Stirn gegen einen Baum und wartete darauf, daß die Übelkeit vorüberging. Nach einer Weile schien der Geruch nicht mehr ganz so schlimm. Sie kehrte zu der Lichtung zurück und begann, sich langsam von Pferd zu Pferd zu schleppen.

Jedes einzelne war ein alter Freund. Hier lag Eoru; dort drüben der graue Wallach, den sie damals aus Mukhans Lager gestohlen hatten – der Grauschimmel, den Hiknak so liebgewonnen hatte. Die Hengste waren auf gegenüberliegenden Seiten der Lichtung getötet worden, wahrscheinlich, weil sie so schwierig zu handhaben gewesen waren, wenn sie einander zu nahe kamen. Die Nomaden hatten nicht einmal die Fohlen verschont.

Marrah kniete sich neben Eoru und streichelte ihre kurze Mähne. Sie fühlte sich rauh und schmerzlich vertraut unter ihrer Hand an, doch die Lebenswärme war bereits entwichen. Stavan kam und blieb schweigend neben ihr stehen. Sie blickte zu ihm auf, während Tränen über ihre Wangen strömten. Sie hatte die Stute wie eine Schwester geliebt.

»War es ein Opfer?«

Er nickte. »Wahrscheinlich.« Er ging neben ihr in die Hocke. »Ich kann mir vorstellen, daß sie Han damit für den erfolgreichen Überfall danken wollten, aber sie haben die Tiere eigentlich nur abgeschlachtet. Ich würde sagen, nach dem Anblick hier zu urteilen, müssen sie in Eile gewesen sein.«

Einen Moment saß Marrah da und betrachtete traurig ihre Stute. »Ich werde ein bißchen von Eorus Mähne abschneiden.«

»Warum?«

»Um ein Armband daraus zu flechten. Als Andenken an sie.« Sie holte ihr Messer hervor und schnitt ein paar Strähnen braunen Pferdehaars ab.

Als sie fertig war, nahm Stavan ihre Hand, zog sie hoch und

führte sie zurück in den Wald. Sie standen einen Moment lang im Schatten einer gewaltigen Eiche. »Es kann sein, daß die Fährte von hier ab nicht mehr so leicht zu verfolgen ist«, erklärte er. »Ich habe den Verdacht, wenn wir uns umsehen, finden wir heraus, daß sie sich in kleine Gruppen aufgeteilt haben. Das ist die Taktik der Hansi: Achte darauf, verschiedene Fährten zu legen, und dein Feind wird nicht mehr wissen, welcher er folgen soll. Die zusätzlichen Pferde hätten sie nur behindert, deshalb haben sie sie Han geopfert.«

Marrah erwartete, daß er das Zeichen zum Aufbruch gäbe, doch Stavan blieb stumm, als fehlten ihm die Worte.

»Dalish«, rief er nach einer Weile.

Dalish, die gerade ihre so geliebte Stute beweinte, wandte sich ab und kam langsam über die Lichtung, wobei sie sich vorsichtig einen Weg um die Kadaver herum bahnte. Als die drei beisammenstanden, nahm Stavan Marrah rechts an der Hand und Dalish links.

»Wir müssen noch etwas tun, bevor wir weitergehen.« Er hielt inne, preßte die Lippen zusammen, und seine Augen verschleierten sich. »Wir müssen noch nach Keru suchen.«

Taumelnd riß Marrah ihre Hand aus seiner. »Was redest du da!«

»Dies sieht ganz nach einem Opfer aus.« Seine Stimme brach, er blickte auf die Pferde, die vielen Blutlachen und die summenden Fliegen. »Wenn es so war, dann haben die Krieger Han vielleicht mehr als nur Pferde geopfert. Ein erstgeborener Sohn wäre...«

»... die wertvollste Opfergabe!« schrie Dalish entsetzt.

Marrah wollte kein Wort mehr hören. Sie wirbelte herum, rannte zu der Lichtung zurück und warf sich in rasender Hast zwischen die toten Pferde. Dalish suchte auf der einen Seite, Stavan auf der anderen. Manchmal packten sie die Tiere an ihren kurzen, blutbefleckten Mähnen und hoben ihre Köpfe, um zu sehen, ob Keru darunterlag; manchmal zerrten sie alle drei gemeinsam an einem der Leiber und keuchten vor Anstrengung, während sie das schwere Tier beiseite schoben.

Bis sie die gesamte Lichtung abgesucht hatten, waren sie über und über mit Schmutz und Pferdeblut bedeckt, doch Marrah kümmerte sich nicht darum. Ihr schwindelte vor Erleichterung, Kerus Leichnam war nirgendwo zu finden. Es gab zwar reichlich tote Pferde, aber keinen kleinen Jungen, der mit aufgeschlitzter Kehle in einer Blutlache im Schlamm lag.

Dalish griff nach Marrahs Hand, und die beiden jungen Frauen knieten nieder und küßten den Erdboden. »Große Mutter aller Mütter«, rief Marrah selig, »wir danken dir! Wir danken dir!«

Sie waren gerade dabei, sich wieder auf die Füße zu erheben, als Stavan zu ihnen kam, einen Gegenstand in der Hand. Es handelte sich um einen feingearbeiteten Dolch, mit einer scharfen Klinge und einem Knochenheft, in das zuckende Blitze und Clanzeichen eingeschnitzt waren. Er erklärte, er hätte den Dolch in der Mitte der Lichtung gefunden, mit der Klinge voran im Boden steckend.

Alle drei wußten, ein im Boden steckender Dolch bedeutete das Hansi-Zeichen für den Gott Han, und dies bestätigte ihre Vermutung eines Opferrituals; aber Stavan hatte ihnen noch etwas zu sagen, etwas, was nicht einmal Dalish hätte wissen können.

»Dies hier ist Changars Dolch«, verkündete er. »Ich erkenne die Schnitzereien wieder.« Er zeigte auf die zuckenden Blitze. »Ihr wißt, was das heißt, nicht wahr?«

»Aber Changar kann unmöglich hier gewesen sein. Er ist tot.« Marrah wandte sich an Dalish. »Du hast ihn doch selbst in Zuhans Grab hinunterstürzen sehen; du hast gehört, wie sein Körper auf den Steinen aufschlug. Er muß sich das Genick gebrochen haben. Zwar nannte er sich Schamane und Wahrsager, aber er war genauso sterblich wie wir alle. So einen Sturz kann er nicht überlebt haben.«

»Er *muß* ihn überlebt haben«, erwiderte Dalish. »Wenn er gestorben wäre, hätten sie die Klinge seines Dolches zerbrochen und die Teile mit ihm begraben.«

»Dalish hat recht.« Stavan wischte den Schmutz von der Klinge und steckte den Dolch in seinen Gürtel. »Der Dolch eines Mannes wird grundsätzlich bei seinem Tod zerbrochen und mit ihm begraben, es sei denn, er verliert ihn in einer Schlacht oder bietet ihn Han als Opfergabe dar. Es ist nicht gut, seinen Dolch zu verlieren. Ich glaube, ich werde Changars Dolch behalten, bis ich das Vergnügen habe, ihn ihm selbst zurückzuerstatten.«

Dem war nichts mehr hinzuzufügen. Sie hoben schweigend ihre Proviantsäcke auf und gingen um den Rand der Lichtung herum, bis sie die Fährte der Nomaden wiederfanden. Obwohl die Anzahl der Pferde jetzt nur noch halb so groß war, fiel es ihnen immer noch leicht, den Hufabdrücken zu folgen, und nach einer Weile entdeckten sie die Asche mehrerer Lagerfeuer.

Stavan stocherte mit einem Stock in der Asche herum. »Kalt«, erklärte er. »Aber nicht verstreut.« Er drehte sich zu Marrah um. »Verlier nicht den Mut. Die Tatsache, daß sie angehalten haben, um mehrere Feuer zu entfachen, weist darauf hin, daß sie keine Attacke mehr im Sinn haben. Sie reiten langsam, lassen sich Zeit, und ich weiß auch, warum.« Er tätschelte Changars Dolch. »Sie haben Changar bei sich, und er ist kein junger Mann mehr. Kein rohes Fleisch und kalte Lager für ihn. Er hat schon immer eine Sonderbehandlung beansprucht. Außerdem müssen sie auf Keru Rücksicht nehmen. Man kann von einem Vierjährigen nicht verlangen, daß er tagelang ununterbrochen im Sattel sitzt. Sie müssen dafür sorgen, daß er regelmäßig zu essen bekommt und ausruhen kann.«

Marrah durchzuckte ein freudiger Stich bei seinen Worten. »Dann glaubst du also, sie kümmern sich um ihn?« fragte sie hoffnungsvoll.

»Ja – auf ihre Art«, erwiderte er gedehnt. »Er ist ein wertvoller Besitz.«

Das Wort »Besitz« tat weh. Sie hätte es ihm am liebsten zurückgeschleudert, wollte schreien, daß Keru kein Kochtopf oder Schaf war, aber im Grunde hatte Stavan recht. Genau das würde Keru für die Nomaden sein – ein wertvoller Besitz. Da sie den Jungen nicht geopfert hatten oder getötet, als sie Hiknak überfielen, mußten sie glauben, er sei der Sohn einer wichtigen Persönlichkeit – vielleicht Stavans Sohn, aber wohl eher der Vlahans.

Bei den Hansi waren Frauen und Kinder das Eigentum eines Mannes, nichts anderes als seine Pferde. Die Krieger würden für

Keru sorgen, wie sie für ein edles Fohlen sorgten. Dieser Umstand hätte Marrah natürlich trösten können – dennoch war es unerträglich, sich vorzustellen, wie ihr kleiner Junge gefüttert und nachts zu Bett gebracht wurde von Männern, die ihm in einer anderen Situation ohne Skrupel den Schädel eingeschlagen hätten.

Sie half Stavan und Dalish, den Lagerplatz nach weiteren Hinweisen abzusuchen, aber sie fanden nichts Auffälliges, nur den üblichen Abfall: abgenagte Knochen, Eingeweide und Federn von gerupften Vögeln, Dunghaufen, eine alte Fußfessel und ein Stück Hanfschnur, das vielleicht dafür benutzt worden war, einen Pfeil zu reparieren. Überall forschten sie nach Kerus Fußspuren, aber der Boden war zu aufgewühlt, um die Abdrücke eines Kindes auszumachen.

Ein Baum sah jedoch danach aus, als wäre etwas – oder jemand – daran gefesselt gewesen. An mehreren Stellen wies die Rinde Spuren auf, wo ein Seil gescheuert hatte, und etwas war mit einem scharfen Stein in den Stamm geritzt worden. Zuerst dachte Marrah, die Kratzer könnten eine Botschaft von Arang sein, doch als sie genauer hinschaute, sah sie, daß es nur die Art von Kratzern war, die ein Krieger in einem müßigen Augenblick mit der Spitze seines Dolches hinterlassen würde.

Als sie sich bückte, um zu sehen, ob sie noch irgend etwas von Bedeutung finden konnte, stand Stavan plötzlich hinter ihr, preßte ihr eine Hand auf den Mund und brachte seine Lippen dicht an ihr Ohr.

»Gib keinen Laut von dir!« flüsterte er. Sie versteifte sich überrascht und richtete sich auf, um Dalish in der Nähe stehen zu sehen. Dalishs tätowierte Wangen waren bleich, und sie hatte die Stirn in Falten gelegt – also konzentrierte sie ihre gesamte Kraft und Aufmerksamkeit auf ihr Gehör. *Hör doch!* sagte sie in Lippensprache.

Marrah horchte. Einen Moment war nichts zu vernehmen außer dem Rauschen des Windes in den Baumkronen und dem Zwitschern eines Vogels in einiger Entfernung. Und dann hörte sie das leise, unverkennbare Schnauben eines Pferdes. Wie ein Mann fuhren die drei herum und flohen hastig und lautlos ins Gebüsch.

Als sie sich mit dem Gesicht nach unten zwischen Dalish und Stavan an den Boden preßte, konnte Marrah an nichts anderes denken als an das Wort Hinterhalt. Der herkömmliche Angriff der Nomaden erfolgte ohne jede Warnung. Was für Dummköpfe sie doch gewesen waren zu glauben, daß sie zwar die Hansi jagten, die Hansi aber nicht *sie!*

Nur noch wenige Augenblicke, und die Krieger würden aus dem Wald herausgaloppieren und sie töten. Marrah dachte wieder daran, wie es ihr in Shambah ergangen war an jenem Tag, als sie und Arang in Gefangenschaft gerieten: wie ihr Verfolger sie gehetzt und kreuz und quer durch das Gelände gejagt hatte, bevor er sie zu Boden schlug. Er war im Begriff gewesen, sie zu vergewaltigen, als ihn ein anderer Krieger im letzten Moment daran gehindert hatte; aber diesmal würde niemand dasein, sie zu retten. Die Hansi würden Stavan auf der Stelle töten, und dann würden sie über sie und Dalish herfallen.

Sie zog ihr Messer aus dem Gürtel und wartete angespannt, während das Geräusch von Pferden noch näher kam. Sie war entschlossen, bis zum letzten Atemzug zu kämpfen, sich ihnen keinesfalls lebend zu überlassen. Stavan und Dalish mußten die gleiche Überlegung angestellt haben, denn auch Dalish hielt ihr Messer angriffsbereit in der Hand, und Stavan hatte sich vorsichtig in die Hocke erhoben, um einen Pfeil in seinen Bogen einzulegen.

Gleich darauf ertönte das krachende Geräusch von einer Masse, die sich durch das Unterholz bewegte – das mußten die Nomadenpferde sein, und sie waren entdeckt. Stavan sprang auf die Füße, spannte die Waffe, stieß seinen Schlachtruf aus ... und verstummte unversehens. Marrah und Dalish senkten ihre stoßbereit erhobenen Messer.

Einen Moment standen alle drei wie erstarrt da und sperrten verblüfft den Mund auf; dann begannen sie wie verrückt zu lachen und halb hysterische Jauchzer auszustoßen wie Menschen, die der Tod gestreift und um Haaresbreite verfehlt hat: Ein einzelnes Pferd stand vor ihnen und betrachtete sie gelassen, während es ein Büschel grüner Blätter zermahlte. Und es war nicht einmal ein

Nomadenpferd, sondern der stämmige, schwarz-weiße Wallach, den Stavan geritten hatte an dem Tag, als er und Arang zum Eichenfällen in den Wald gegangen waren.

»Das ist Morgenstern!« rief Marrah entzückt.

»Wie ist er nur hierhergekommen?«

»Vielleicht ist er uns gefolgt?«

»Oder er ist ihnen weggelaufen, als die Nomaden ihn gestohlen hatten?«

»Seht doch, er trägt immer noch sein Zaumzeug.«

»Er ist gekommen, um uns auf sich reiten zu lassen.«

»Ein gefährlicher Hinterhalt!«

»Und ein Trupp von wüsten Kriegern!«

»Ich hatte solche Angst, daß ich mir fast in die Hosen gemacht hätte!« Diese Bemerkung kam von Dalish, die gegen einen Baum lehnte und vor lauter Lachen keuchend nach Luft schnappte. »Große Göttin! Morgenstern, mein Lieber, hast du uns einen Schreck eingejagt!«

Stavan steckte den Pfeil in seinen Köcher zurück und hängte sich seinen Bogen quer über die Brust. »Nur gut, daß er aus den Büschen herausgekommen ist, sonst hätte ich auf ihn geschossen.« Er machte das schnalzende Geräusch, mit dem die Hansi ihre Pferde herbeizurufen pflegten. »Komm, alter Bursche, komm her.«

Aber Morgenstern dachte gar nicht daran zu gehorchen. Er stand unbekümmert am Rand der Lichtung, kaute gemächlich seine Blätter und blickte sie mit der großen Toleranz eines Pferdes an, das Menschen für recht komplizierte Geschöpfe hält.

Als sie sich schließlich wieder beruhigt hatten, ging Marrah zu ihm und griff nach den schleifenden Zügeln. Bis auf ein paar Kletten in seinem Fell schien er in gutem Zustand. Seine Hufe waren nicht gesprungen, er sah aus, als hätte er genügend gefressen, und falls er hart geritten worden war, so zeigte er jedenfalls keine Anzeichen von Erschöpfung.

»Das ändert natürlich alles«, sagte Stavan. Er streichelte Morgensterns weiche Nüstern und ließ seinen Blick von Marrah zu Dalish und wieder zurück schweifen. Marrah nahm die Zügel in die andere Hand und streckte den Arm aus, um die Flanke des Pferdes zu tätscheln. Dalish nickte schweigend. Wieder einmal wußte jeder der drei, was den anderen durch den Kopf ging, ohne daß sie ihre Gedanken laut hätten aussprechen müssen: Auf diese Weise half ihnen die Göttin, die Nomaden einzuholen; aber bevor sie sich auf den Wallach schwingen und gen Norden galoppieren konnten, mußten sie eine Entscheidung treffen – sie waren zu dritt, hatten jedoch nur ein Pferd.

Von nun an würde nur einer von ihnen weiterziehen können, und das traf selbstverständlich den Stärksten.

Marrah reichte Stavan die Zügel. »Hier«, sagte sie. Ihr wollte die Sprache in der Kehle steckenbleiben. Sie brannte darauf, auf Morgensterns Rücken zu klettern und hinter Keru herzujagen, den eigenen Schlachtruf auf den Lippen. Es sollte ihre Tat sein, in das Hansi-Lager zu schleichen und Arangs Fesseln zu lösen. Sie legte ihre Hand auf die Stavans und unterdrückte ihre leidenschaftlichen Wünsche. Vielleicht ritt er geradewegs in den Tod, und dennoch hätte sie alles dafür gegeben, seine Stelle einzunehmen. »Du kannst Fährten lesen«, sagte sie, »und Dalish und ich können es nicht. Du bist im Kämpfen ausgebildet und wir nicht. Du bist der beste Reiter von uns, und trotz aller Verwandlung bist du ein Krieger.« Sie hielt inne und preßte die Lippen zusammen, schluckte die Bitterkeit ihrer Enttäuschung hinunter. »Dalish und ich werden nach Shara zurückkehren. So weit ist es ja nicht. Wir warten dort auf dich!«

Stavan nahm die Zügel und schwang sich auf Morgensterns Rücken. Er versprach ihr, Arang und Keru zurückzubringen oder, falls sein Vorhaben scheitern sollte, zu Nikhans Lager weiterzureiten und Pferde nach Shara zu schicken, damit Marrah und Dalish zu ihm stoßen konnten. Er sprach, als würden sie nur wenige Wochen getrennt sein, aber seine Augen verrieten, daß er dunkle Zeiten vor sich sah.

»Grüße Luma von mir und sag ihr, daß ich sie liebe«, preßte er hervor, und Marrah versprach es ihm. Sie küßten sich zum Abschied, während er sich hinunterbeugte, um ihre Lippen zu erreichen, und sie sich ihm auf Zehenspitzen entgegenreckte; dann war

Stavan fort, verschwand in raschem Galopp im Wald, und Marrah und Dalish blieben allein neben der Asche der Nomadenfeuer zurück.

Augenblicklich machten sie sich auf den Rückweg nach Shara, wobei sie einen weiten Bogen um die Lichtung schlugen, wo die geschlachteten Pferde lagen. Jetzt gab es keinen Grund mehr zur Eile, und als sie den Pfad entlangtrotteten, fühlte Marrah, wie sich eine trostlose Leere vor ihr auftat. Im Mittelpunkt jener Leere glomm indes ein Fünkchen Hoffnung: Vielleicht konnte Stavan Keru und Arang retten, am Ende war er gar in einer Woche oder zehn Tagen wieder bei ihr...

Sie selbst konnte jetzt nichts anderes tun als warten. Plötzlich hatte sie eine Vision von einer neuen Welt, wo Frauen den größten Teil ihres Lebens damit zubrachten, auf etwas oder jemanden zu warten, und die Vorstellung gefiel ihr gar nicht.

Marrah verbrachte den Rest des Sommers damit, in einem abgedunkelten Raum zu sitzen und Hiknak zu pflegen. Einige behaupteten, es hätte Marrah das Herz gebrochen, als die Nomaden Keru raubten, und daß sie ebensoviel Pflege wie ihre Freundin brauche, aber das traf nicht zu. Marrah war sich durchaus klar über ihre Lage und worauf sie wartete, auch wenn ihr das Wissen unendlichen Schmerz bereitete; Hiknak dagegen verharrte in dunkler Umnachtung, besonders während der ersten Wochen, als sie zwischen Leben und Tod schwebte.

Zwei Tage, nachdem Stavan sie in die Stadt zurückgetragen hatte, war Hiknak schließlich aus der Bewußtlosigkeit erwacht, doch sie sprach kein Wort Sharanisch mehr. Manchmal fluchte sie auf hansi, und manchmal rief sie mit leiser, wimmernder Stimme nach ihrer Mutter, als wäre sie ein kleines Kind; aber die meiste Zeit lag sie reglos auf ihrer Schlafmatte, während sie Marrah verwirrt anstarrte und um ihren Verstand rang.

Je mehr Marrah sie zu trösten und zu beruhigen versuchte, desto verwirrter reagierte Hiknak, besonders nachts, wenn sie von Unruhe und Angst geschüttelt wurde. Vor dem Überfall war Hiknak Rechtshänderin gewesen; jetzt griff sie nach allem mit der linken Hand. Sonnenlicht – und sogar helles Lampenlicht – lösten unerträgliche Kopfschmerzen bei ihr aus.

»Mach dunkel!« stöhnte sie dann in gebrochenem Hansi. »Bastard Licht scharfe Zähne beißt mein Kopf Hurensohn!« Marrah konnte sehen, wie sie sich abmühte, die richtigen Worte zu finden, doch alles, was sie in jenen ersten Wochen aussprach, war wirr und unverständlich. Oft brach Hiknak schließlich in Tränen aus und schlug wehklagend mit den Fäusten auf ihr Kissen, während alle ratlos um ihr Lager standen.

Als sie endlich begriff, daß Hiknak von Licht Kopfschmerzen bekam, richtete Marrah das Zimmer so ein, daß niemand unangemeldet eintreten konnte, indem sie die Fenster mit Laken aus schwarzem Leinen und die Tür mit einer schwarzen Decke verhängte. Der Raum war derselbe, den Hiknak glückliche Jahre mit Arang geteilt hatte; doch ihr Erinnerungsvermögen machte nicht mit, so daß die jüngste Vergangenheit vollkommen aus ihrem Gedächtnis gelöscht schien und Arang für sie nicht mehr existierte.

Als die Tage vergingen und sich ihre Fähigkeit zu sprechen allmählich besserte, wurde klar, daß sie sich in dem festen Glauben befand, noch immer im Zelt ihres Vaters zu leben. Oft verlangte sie Stutenmilch und wurde dann ärgerlich, wenn Marrah ihr geduldig erklärte, daß sie keine Stuten hätten; oder sie bat darum, ihre Freundin Iriknak sehen zu dürfen, die bereits vor Jahren bei einem Hansi-Überfall getötet worden war.

Obwohl viele Leute kamen, um Marrah bei Hiknaks Pflege zu unterstützen, blieb am Ende nur eine Person. Seit Wochen saß Keshna nun schon am Lager ihrer Mutter und bewachte sie wie ein kleiner Hund. Zuerst hatte Lalah Keshna verboten, den ganzen Tag in dem dunklen Zimmer zu hocken. Für jeden stand fest, daß ein Kind draußen in der Sonne sein und mit seinen Altersgenossen spielen sollte; aber Keshna bekam derart heftige Wutanfälle, wenn sie versuchten, sie von Hiknak wegzubringen, daß es besser schien, ihr ihren Willen zu lassen. Wenn sie wie andere Kinder gewesen wäre, hätte Lalah Keshnas Gehorsam erzwungen – weil sich ein Kind, auch wenn es noch so jung war, nicht ständig seiner Familie widersetzen durfte; aber mit Keshna stimmte etwas nicht, und niemand konnte ihr helfen.

Vor dem Überfall war Keshna ein lebhaftes, sehr mitteilsames kleines Mädchen gewesen, das es fertigbrachte, erstaunlich viel Schabernack in seinem zarten Alter anzustellen. Seit dem Tag am Fluß weigerte sie sich jedoch zu sprechen. Marrah, Dalish, alle flehten sie an, ihnen zu erzählen, was passiert war bei dem Nomadenangriff; doch obwohl Keshna ihre Fragen eindeutig verstand, benahm sie sich wie jemand, der vergessen hatte, wozu Sprache diente.

Zuerst dachten sie, die Nomaden wären für Keshnas seltsames Verhalten verantwortlich; aber bis auf ein paar Schrammen schien die Kleine den Überfall ohne Verletzungen überstanden zu haben, und sie fabrizierte alle Arten von Geräuschen: Sie knurrte, grunzte, heulte, und manchmal – bei ganz seltenen Gelegenheiten – lachte sie sogar. Sie war hellwach – nur zu wach, während sie wie ein in die Enge getriebenes kleines Tier in die Welt hinauslugte, war schwer zu kontrollieren, neigte zu Wutanfällen aus heiterem Himmel und wilden Tränenausbrüchen, die sie erschöpft zurückließen. Manchmal griff sie andere Kinder ohne Warnung an, aber es war sinnlos, sie zu bestrafen oder zu versuchen, vernünftig mit ihr zu reden, wenn ihre eigene Mutter sie nicht erkannte.

Hiknak wurde achtzehn in jenem Sommer, aber wochenlang benahm sie sich, als wäre sie wieder zwölf. In Hiknaks Vorstellung lebte ihre ganze Familie noch; sie hatte niemals schreiend vor Angst dagestanden, während Vlahans Krieger ihre Angehörigen abschlachteten und sie, Hiknak, dann vergewaltigten; niemals war sie Vlahans Konkubine gewesen oder von ihm geschlagen oder zum Beischlaf genötigt worden.

Vielleicht war das eine Gnade, aber an die schönen Erlebnisse konnte sie sich leider ebensowenig erinnern. Jene Wochen, die sie in der Schneehöhle verbracht und sich mit Arang der Liebe hingegeben hatte, waren vollständig aus ihrem Gedächtnis gelöscht; keine Schwangerschaft kam bei ihr vor, niemals hatte sie geholfen, Nikhan zu besiegen; sie kannte keinen Ort mehr, wo Frauen respektiert wurden, war niemals Mutter gewesen. Als Keshna das erste Mal versuchte, auf ihren Schoß zu klettern, hatte Hiknak das kleine Mädchen wie eine Fremde betrachtet.

»Wer das?« fragte sie.

»Das ist Keshna«, erklärte Marrah.

»Wer?«

»Keshna, deine Tochter.«

Hiknak lachte und machte dann ein verwirrtes Gesicht.

Keshna schlang ihrer Mutter die Arme um den Hals und wollte sich an sie schmiegen, aber Hiknak schob sie weg.

»Sharanak?«

»Dies ist nicht Sharanak«, erklärte Marrah geduldig. »Dies ist Keshna, deine Tochter.«

Ein Schimmer des Wiedererkennens glomm in Hiknaks Augen auf, verblaßte jedoch wieder, noch bevor sie sich dazu äußern konnte. Sie hob ihre schwache rechte Hand und ließ sie zart über Keshnas Gesicht gleiten. »Yartanak?« Sie wurde noch verwirrter. »Bretnak?« Vielleicht meinte sie damit ihre jüngeren Schwestern oder Nichten, oder es waren ihr einfach eine Handvoll Namen eingefallen. »Utranak? Dremnak?« Tränen sammelten sich in ihren Augen und begannen, über ihre Wangen zu kullern. Sie stieß Keshna leicht gegen die Brust. »Geh weg.«

Danach benahm sich Keshna schlimmer als je zuvor. Die Priesterinnen, die die Kranken heilten, entschieden schließlich, daß sie an der Krankheit litte, die Shohwar hieß. Shohwar war dasselbe Wort, das die Sharaner für leere Flächen oder Räume benutzten: Tassen ohne Inhalt, endlose graue Himmel, ungestrichene Wände; es konnte aber auch eine Leere im Menschen sein.

Laut den Priesterinnen war Keshna shohwar, weil ihre Seele Schaden erlitten hatte, und sie wiesen jeden an, das Kind mit besonderer Freundlichkeit zu behandeln. Deshalb durfte Keshna stundenlang bei Marrah sitzen, auf ihren Schoß klettern und ihren Kopf an ihre Schulter lehnen, während Marrah sie sanft in ihren Armen wiegte und ihr vorsang.

Manchmal sang Marrah Schlaflieder, manchmal Gedenklieder; einmal sang sie sogar Sabalahs gesamte Liederlandkarte, die die Strecke vom Meer der grauen Wogen bis nach Shara umfaßte; aber Keshna schien es nicht zu kümmern, was in den Versen vorkam, solange sie nur weitersang.

Luma kam häufig ins Zimmer, um zuzuhören, und dann nahm Marrah sie beide auf den Schoß, ein Mädchen in jedem Arm wie ein Muttervogel, der seine Küken unter die Flügel nimmt. Aber Luma mochte das dunkle Zimmer nicht; bald lief sie wieder hinaus, und Marrah konnte sie draußen mit den anderen Kindern lachen und toben hören.

Manchmal, wenn Marrah einen Moment hinausging, um frische Luft zu schnappen, beobachtete sie, wie die Kleinen herumtollten und kicherten und übereinander stolperten wie ein Wurf junger Welpen. Sie schaute zu, wie Luma mit einer Drachenschnur in der Hand über die Felder rannte, während ihre nackten Füßchen über den Boden stampften; oder sie sah, wie sie Shutu prustend eine Tasse kaltes Wasser über den Kopf goß oder sich mit Minha im Staub raufte, und der Anblick ihrer Tochter – gesund, wohlauf und voller Ausgelassenheit – zauberte ein Lächeln auf Marrahs Lippen. Wenn sie dann ins Krankenzimmer zurückkehrte, um Hiknak mit Brühe zu füttern oder Keshna auf den Schoß zu ziehen, nahm sie dieses Lächeln mit und erhellte damit die Dunkelheit.

Solche Augenblicke gab es jedoch selten. Das Warten war die härteste Arbeit, die Marrah jemals verrichtet hatte, und oft dachte sie, wenn Stavan nicht gewesen wäre, wäre sie wahrscheinlich ebenfalls shohwar geworden. Zweimal war es ihm bis jetzt gelungen, ihr eine Nachricht zu schicken. Das war zwar nicht annähernd oft genug, aber es genügte, um ihre Hoffnung aufrechtzuerhalten.

Die erste Nachricht hatte sie ungefähr zwei Wochen, nachdem sie und Dalish wieder in Shara eingetroffen waren, erreicht. Eines heißen Sommernachmittags war ein Händler aus Mahclah mit der Meldung gekommen, daß Stavan den Rauchfluß überquert habe und in Richtung Norden unterwegs sei. Er schien die Nomaden jedoch immer noch nicht eingeholt zu haben, denn als das Wetter umschlug, lief ein Raspa in den Hafen ein und brachte einen weiteren Bescheid: Stavan hatte Shambah erreicht, dort ein paar Tage Rast eingelegt und war dann in die Steppe aufgebrochen.

Sagt Marrah, daß ich Nikhan ausfindig machen werde, um zu sehen, ob ich einen Verband von Kriegern aufstellen kann. Richtet ihr aus, daß Vlahan den gesamten Stamm bis direkt an die Grenze zu den Mutterländern gebracht hat und daß einige Leute erzählen, sie hätten gesehen, wie ein kleiner Junge und ein junger Mann in großer Zeremonie an Vlahan übergeben wurden. Sagt ihr, sie soll nicht nach Shambah kommen, bis ich sie benachrichtige, aber daß ich ihr Pferde schicken werde, sobald ich kann.

An jenem Abend gingen Marrah, Lalah und Dalish an den Strand, setzten sich in den warmen Sand und tranken Wein aus einem Schlauch aus Ziegenhaut, während die Brandung ans Ufer donnerte und kühle Gischt ihre Gesichter benetzte. Keru und Arang lebten noch, aber Vlahan hatte sie in seiner Gewalt. Sollen wir lachen oder sollen wir weinen? fragten sie sich gegenseitig. Sollen wir feiern oder trauern? Am Ende taten sie beides und machten sich damit regelrecht krank – dennoch hatte Marrah seit dem Überfall keinen schöneren Abend als diesen mehr erlebt.

Die Priesterinnen, die sich um die Kranken kümmerten, probierten sämtliche Methoden aus, die sie kannten, um Hiknaks Gedächtnis wiederherzustellen.

Da sie immer noch in Gefahr war, in die tödliche Apathie zu versinken, die oft als Folge von Kopfverletzungen auftauchte, kamen sie jeden Morgen in ihr Zimmer, um bei ihr zu sitzen und ihre Hände auf sie zu legen, während sie spezielle Heilgesänge anstimmten. Danach flößten sie ihr ein Gebräu ein, eine Mischung aus Essig, starkem Tee, Wermut, Minze und Eisenkraut. Als sie sahen, daß Hiknak noch immer in der Vergangenheit wandelte, zwangen sie

sie, eine bittere Flüssigkeit zu trinken, die aus heiliger Erde und den Bohnen einer seltenen Pflanze von den Händlern aus dem Osten bestand.

Der Bohnensud schmeckte scheußlich, sollte jedoch stark genug sein, um Tote zu erwecken, und langsam, ganz langsam – so langsam, daß Marrah fast schon die Hoffnung aufgeben wollte – schien der Trank zu wirken.

Als der Sommer seinem Ende zuging, begann sich Hiknak nach und nach zu erinnern. Zuerst waren ihre Erinnerungen bruchstückhaft und unzusammenhängend wie die Perlen einer zerrissenen Halskette: Den einen Tag fiel ihr plötzlich das sharanische Wort für »Tasse« ein, und am nächsten Tag hatte sie es wieder vergessen. Aber nach einer Weile begann sich die Kette wieder aufzufädeln, die Worte wurden zu Sätzen, und Sätze wurden zu Ereignissen aus vergangener Zeit.

Eines Morgens, als Marrah ihr gerade ihr Frühstück brachte, blickte Hiknak zu ihr auf und lächelte.

»Bist du das, Marrah?« sagte sie in perfektem Sharanisch. Marrah war so überrascht, daß sie beinahe die Schüssel mit Weizenbrei in Hiknaks Schoß hätte fallen lassen.

»Ja, Hiknak. Ich bin's.«

»Warum liege ich im Bett? Bin ich krank?«

Marrah setzte die Schüssel ab und zog Hiknak in ihre Arme. Tränen brannten in ihren Augen, und sie war so glücklich,daß sie kaum sprechen konnte.

»Willkommen daheim«, schluchzte sie.

Hiknak sah verwirrt aus. »Warum weinst du denn?«

»Du erinnerst dich nicht an das, was passiert ist?«

Hiknak schüttelte den Kopf.

Marrah wischte sich die Tränen mit dem Handrücken ab und zwang sich, ruhig zu sprechen. »Du warst lange fort, bist in der Vergangenheit gewandelt, wo dich keiner von uns erreichen konnte.« Sie hielt inne, fragte sich, wo sie beginnen sollte. »Erinnerst du dich noch an den Tag, als du mit Keshna und Keru zum Fluß hinuntergegangen bist, um Beeren zu pflücken?«

Hiknak preßte die Lippen zusammen und runzelte die Stirn. »Ich weiß nicht. Nein, ich glaube nicht.«

»Ein Nomadentrupp hat euch angegriffen. Einer der Krieger traf dich hart am Kopf, und du bist mit dem Gesicht nach unten in den Fluß gefallen. Wenn Keshna dich nicht herausgezogen hätte, wärst du ertrunken. Sie haben Arang und Keru entführt.« Sie brach ab. Hiknak starrte sie verständnislos an. »Du weißt doch noch, wer Arang ist, nicht wahr?«

»Mein Bruder?«

»Nein, Hiknak. Arang ist *mein* Bruder. Er ist dein Geliebter.«

Hiknak errötete und wickelte sich eine Strähne ihres Haares um den Finger. »Ist dieser Ar...« Sie suchte krampfhaft nach dem Namen. »Sieht er gut aus?«

»Du hast ihn immer für gutaussehend gehalten.«

Hiknak blickte sich ängstlich im Raum um. »Wird V...« Wieder suchte sie nach einem Namen und brachte ihn nicht zustande. »Wird V... mich töten, wenn er dahinterkommt?«

»Du meinst Vlahan?«

Hiknak nickte.

Marrah seufzte. Hiknaks Gedächtnis war nicht wie eine Halskette. Es kam ihr eher wie ein Krug vor, der auf einem Fliesenfußboden zerschellt war und den man wieder zusammenzukleben versuchte. Keines der Bruchstücke paßte so recht zusammen. »Du bist jetzt nicht mehr Vlahans Konkubine«, erklärte sie. Sie nahm Hiknaks Hände und hielt sie einen Moment fest in ihren. »Was ist das letzte, woran du dich erinnern kannst?«

»Wie ich Kräuter für die alte Zulike gesammelt habe.«

»Wie alt bist du, Hiknak?«

Die Frage schien Hiknak einen Moment Kopfzerbrechen zu bereiten, dann hellte sich ihre Miene auf. »Vierzehn?«

»Nein, du bist achtzehn. Du bist Mutter. Vier Jahre sind seitdem vergangen.« Langsam und bedächtig erzählte Marrah Hiknak ihre Lebensgeschichte, und langsam, wie ein Kind, das stolpernd seine ersten Schritte macht, hangelte Hiknak sich vorwärts auf ihrer Gedächnisstraße.

Es war schwer, sie in die Gegenwart zurückzuholen, doch Marrah gab nicht auf. Jeden Tag erinnerte sie Hiknak mehrmals daran, wer sie war, und jeden Tag erinnerte sich Hiknak an ein wenig mehr. Schließlich kam die Zeit, als sie endlich ihr Kind wiedererkannte, sie rief Keshna zu sich und bedeckte sie mit Küssen.

»Mein Liebling, süßes Töchterlein«, summte Hiknak, während sie Keshna zärtlich übers Haar strich. Aber es war zu spät. Keshna schlang ihre Arme um Hiknaks Hals und klammerte sich so fest an sie, daß ihre Finger kleine rote Abdrücke auf Hiknaks Haut hinterließen, doch sie weigerte sich zu sprechen; und als Marrah sie anflehte, etwas zu ihrer Mutter zu sagen, gab sie nur leise, zischende Geräusche wie eine frisch geschlüpfte Schlange von sich.

Die Tage wurden kürzer, und der Herbstwind blies mit eisiger Kraft vom Süßwassersee her, ließ die Wellen auf den Strand donnern. Jeden Morgen, bevor sie zu Hiknak ging, kletterte Marrah auf das Dach des Hauses und blickte nach Norden in der Hoffnung auf die Pferde, die Stavan zu schicken versprochen hatte. Und jeden Tag sah sie nichts als Sand und Bäume und kleine Herden von Rindern, Ziegen und langhaarigen Schafen.

Dann, eines Morgens, als sie schon gar nicht mehr damit rechnete, trafen vier junge Shambahner ein, die sieben Stuten und einen Hengst mit sich führten, zu einer langen Reihe zusammengebunden. Die Pferde waren ein Geschenk von Nikhan, und eines von ihnen, eine braune Stute, wies soviel Ähnlichkeit mit Eoru auf, daß Stavan sie ganz speziell für Marrah ausgesucht haben mußte.

Die Shambahner brachten auch neue Nachrichten mit – Nachrichten, die so unglaublich waren, daß Marrah sie sich dreimal wiederholen ließ.

Stavan, Sohn von Zuhan, schickt all seine Liebe und sagt Marrah, Tochter von Sabalah: Komm nicht nach Shambah. Du kannst absolut nichts tun, um mich bei der Befreiung Arangs und Kerus zu unterstützen. Nikhan und ein paar der anderen rebellierenden

Stämme haben mich als ihren Großen Häuptling anerkannt. Im Frühjahr werden meine Krieger Vlahans Lager angreifen, aber dabei kann ich keine Frau mitreiten lassen, nicht einmal dich. Wenn Nikhan und seine Männer wüßten, daß meine Ehefrau wie ein Mann kämpfen kann, würden sie sich gegen mich wenden.

Als Marrah erfuhr, daß Stavan sie nicht wollte, ja, daß sie mehr als nutzlos war und als Frau eine Gefahr für ihren Sohn und ihren Bruder darstellte, ballte sie in ohnmächtigem Zorn die Fäuste und schlug blindlings um sich, wobei sie sich an einer Wand die Fingerknöchel aufschrammte.

An jenem Nachmittag ging Marrah zum Rat der Ältesten und bat um die Erlaubnis, die Felsen über der Stadt auszubauen. Diesmal widersprach ihr niemand. Es kam ihr vor, als hätten alle nur darauf gewartet, daß sie die Initiative ergriff.

Der alte Dakar erhob sich auf die Füße und hielt eine kurze Rede. »Vor vier Jahren hast du uns gebeten, Shara auf die Felsklippen zu evakuieren, und wir haben dich ausgelacht. Wir haben dir erklärt, es sei heiliger Boden, und Batal würde uns schon beschützen, ganz gleich, was geschähe.

Zu jener Zeit wußten wir noch nichts von Krieg, aber seitdem haben wir gesehen, was passiert, wenn ein gefährlicher Feind schutzlose Menschen angreift. Hiknak, unsere liebe hinzugekommene Tochter, wäre fast gestorben, als die Nomaden sie überfielen, und jeden Morgen wachen wir in dem Bewußtsein auf, daß Arang und Keru geraubt wurden – wir trauern um sie, und das Brot schmeckt bitter in unserem Mund.

Du bist jung, Marrah. In der Vergangenheit hörten die Jungen auf die Alten, aber jetzt steht unsere Welt auf dem Kopf. Du kennst die Nomaden besser als wir. Du warst ihre Gefangene und hast unter ihnen gelebt. Sag uns, was wir tun müssen, um uns zu schützen, und wir folgen dir.«

Marrah legte die Hände zusammen und verbeugte sich respektvoll vor Dakar. Dann kam sie ohne Umschweife zur Sache. »Als erstes«, sagte sie, »müssen wir Wachtposten aufstellen. Wir dürfen nicht zulassen, daß uns die Nomaden noch einmal überrumpeln.«

Die Ältesten stimmten zu, und Yintesa, die Vorsitzende des Verbandes der Männer und Frauen, die jagen, versprach, Wachen unter den besten Jägern der Stadt auszuwählen.

»Als nächstes müssen wir Vorräte im Tempel der Kinderträume lagern und andere Notunterkünfte oben hinaufbauen, damit wir dorthin flüchten können im Falle eines Angriffs. Sie werden mit ihren Pferden nicht den Pfad hinaufreiten können, weil er zu steil und zu schmal ist. Wenn sie ihn zu Fuß erstürmen, können wir Felsbrocken auf sie hinunterrollen.«

Einen Moment zögerte sie. »Batal ist gut zu uns gewesen. Sie hat uns einen sicheren Ort ganz in der Nähe geschenkt, mit reichlich Wasser zum Trinken und Platz für alle. Es wird dort oben auf den Klippen nicht bequem sein, und möglicherweise müssen wir sogar einmal hilflos dasitzen und zuschauen, wie die Mutterhäuser unter uns in Flammen aufgehen; aber ich bin überzeugt, wenn wir nur lange genug ausharren, werden die Nomaden wieder abziehen.«

»Wir können uns dann mit Singen die Zeit vertreiben«, sagte Ulitsa, und sie zupfte ein wenig auf ihrer Harfe, um ihre Worte zu unterstreichen. Alle lachten unsicher und verstummten dann wieder.

»Ich bin noch nicht fertig.« Marrah legte eine Pause ein und ließ ihren Blick über die Ältesten schweifen. »Wir müssen eine Menge Pfeile herstellen. Ohne Waffen haben wir gegen die Nomaden keine Chance; aber unsere Jäger besitzen scharfe Augen, und sie können den Feind genauso jagen wie Hirsche.«

Während der nächsten beiden Monate überwachte Marrah die Befestigung der Klippen. Über eine Woche lang kletterte eine lange Reihe von Frauen und Männern den Klippenpfad hinauf und schleppte Körbe voll Getreide, Mehl, getrockneten Früchten, gepökeltem Fleisch und Fisch und Öl in den Tempel der Kinderträume. Die Stadt besaß immer zusätzliche Notvorräte, für den Fall, daß die Ernte schlecht ausfiel; jetzt wurden die Lebensmittel – statt bequem in den unteren Tempeln gelagert zu sein – weniger leicht zugänglich nach oben auf die Klippen gebracht.

Zusätzliche Unterkünfte zu bauen erwies sich jedoch als schwieriger. Es gab nur wenig loses Gestein, keinen geeigneten Lehm und nur ein paar windzerzauste Bäume auf dem breiten Felsvorsprung, wo der Tempel stand; nachdem sie eine Woche lang Felsblöcke und Körbe voller Schlamm den steilen Pfad hinauftransportiert hatten, waren alle erschöpft und entmutigt. Dann verfiel Dalish auf eine brillante Idee.

»Warum bauen wir nicht einfach Zelte?« schlug sie vor. »Sie sind trocken, warm und vor allem leicht.« Sie lachte. »Zelte, Pferde und langhaarige Schafe sind die einzigen guten Dinge, die die Nomaden zu bieten haben. Ich sage immer, wenn dein Feind eine nützliche Idee hat, dann stiehl sie.«

So machten sie sich daran, Zelte aus Häuten zu nähen, und bis zu der Zeit, als die ersten eisigen Winterregengüsse einsetzten, hatten sie genug Unterschlüpfe für alle Kinder und alten Leute von Shara.

Nachdem sie mit allem fertig und die zusätzlichen Bögen und Pfeile in wasserdichten Bündeln gelagert waren, rief Lalah Marrah zu sich. Als Marrah kam, traf sie ihre Großmutter in eine lange blaue Leinentunika gekleidet an, die mit Schlangen und Blumen bestickt war. Lalahs lockiges graues Haar war sorgfältig gescheitelt und zu einem Knoten aufgesteckt, und sie trug ein rituelles Diadem aus Schlangenhaut und weißen Muscheln.

Bindar saß neben ihr, in eine schwarze Tunika und rote Beinlinge gekleidet und mit dem heiligen Kopfschmuck des Bruders der Königin: einer schlichten Krone aus Stroh und getrockneten Blumen. Sobald Marrah die beiden erblickte, wußte sie, daß dies kein gewöhnlicher Anlaß war.

»Du hast gute Arbeit geleistet«, begann Lalah. Marrah dankte ihr und wartete darauf, daß ihre Großmutter fortfuhr, doch statt dessen saß Lalah nur schweigend da. Schließlich griff sie nach Bindars Hand. »Lange Zeit haben Bindar und ich diese Stadt gemeinsam auf die alte Art als Bruder und Schwester regiert. Wir waren ...«

»Die Priesterin und der Priester des Friedens«, warf Bindar ein.

»Ja.« Lalah nickte. »Das ist eine gute Art, es auszudrücken. Wir sind die Priester-Königin und der Priester-König des Friedens gewesen, und wir haben unsere Aufgaben nach besten Kräften erfüllt. Aber nachdem jetzt der Frieden so vieler Generationen zerstört wurde, genügen Bindar und ich nicht mehr. Shara braucht noch einen Bruder und eine Schwester, die uns in Kriegszeiten führen.«

»Eine Priester-Königin und einen Priester-König des Krieges?« fragte Marrah. »Das gefällt mir nicht.«

Lalah schnaubte. Bisher hatte sie sehr förmlich gesprochen, doch jetzt kehrte sie zu ihrer alltäglichen Ausdrucksweise zurück. »Es geht nicht darum, ob es dir gefällt oder nicht. Ich sage dir, daß es notwendig ist und wir keine andere Wahl haben. Wie, im Namen der Göttin, kannst du von zwei alten Leuten erwarten – die niemals einen Nomadenkrieger auch nur aus der Nähe gesehen haben –, daß sie sich gegen solche Feinde zu wehren wissen?

Inzwischen bist du doch sicherlich alt genug, um zu erkennen, daß deine Großmutter und dein Onkel nicht soviel anders sind, als du in unserem Alter sein wirst. Wir schlagen uns recht und schlecht durch und machen Fehler wie alle anderen. Es gibt keine Möglichkeit, dies zu vermeiden, also fang gar nicht erst an, nach einer zu suchen: Du bist jung und störrisch, aber du hast viel Leid durchgemacht, seit Keru geraubt wurde, und inzwischen bist du wesentlich vernünftiger als früher. Wenn die Nomaden angreifen, wirst du unsere Kriegskönigin sein müssen. Ohnehin wirst du mein Erbe antreten, wenn ich tot bin.«

Marrah war entsetzt bei dem Gedanken an die Verantwortung, die ihre Großmutter ihr aufbürden wollte. »Aber ich bin überhaupt nicht dafür geeignet«, protestierte sie.

»Richtig«, bestätigte Bindar, »das bist du nicht. Ich habe Lalah mehrfach gesagt, wir sollten Hiknak zur Kriegskönigin machen, aber Lalah meint – ungerechtfertigterweise, meiner Ansicht nach –, daß wir kein Recht haben, Shara einer Nomadenfrau zu überlassen, ganz gleich, wie freundlich sie sich uns angepaßt hat.«

Lalah schnaubte empört und rückte ihr Diadem gerade. »Hiknaks Verstand ist immer noch verwirrt«, fuhr sie ihrem Bruder über den Mund. »Von nun an bist du Kriegskönigin, Marrah, und wenn wir Arang zurückbekommen, kann er dich unterstützen.«

»Und wenn ich nein sage, weil ich mich nicht stark genug dafür fühle?«

»Dann muß ich dich in aller Strenge darauf hinweisen, daß unser Blut an deinen Händen kleben wird.«

»Hat der Ältestenrat dieser Entscheidung zugestimmt?«

»Uneingeschränkt!«

»Du siehst also«, fügte Bindar hinzu, »daß du wirklich nicht ablehnen kannst.«

Lalah musterte ihre Enkelin mit einem langen, ruhigen Blick. »Nun?«

»Hmmm«, erwiderte Marrah, aber sie sagte immer noch nicht zu.

»Ich weiß, was du denkst. Du denkst, diese Ernennung nagelt dich in Shara fest... so daß du, sollte Stavan doch nach dir schikken, nicht nach Norden reiten kannst, um an seiner Seite Arang und Keru zu befreien. Habe ich recht?«

Marrah verschränkte die Arme vor der Brust und blickte ihre Großmutter trotzig an. »Ja«, erwiderte sie, »so ist es. Genau das habe ich gedacht. Du kannst mich nicht an die Stadt fesseln, Großmutter, nicht jetzt, nicht solange dieser Haufen von Hansi-Ziegendreck noch meinen Sohn in der Gewalt hat!«

Lalah lachte. »Wenn du wütend wirst, bist du das perfekte Abbild deiner Mutter, hast du das gewußt? Sabalah wäre durch kochendes Wasser gegangen, um ihre Kinder zu retten, und du bist genau wie sie.« Sie erhob sich von ihrem Platz. »Keineswegs mußt du in Shara bleiben. Ganz im Gegenteil, ich schicke dich nach Norden, sobald du zwei von den Pferden, die Stavan dir geschickt hat, einfangen und aufzäumen kannst. Du hattest recht, als du sagtest, du wärst nicht dafür geeignet, eine Kriegskönigin zu sein – oder, genau gesagt, irgendeine andere Art von Königin. Eine Königin muß gleichzeitig eine mächtige Priesterin sein.

Ich schicke dich in die Stadt Kataka, damit du dort gründlich in die Mächte der Dunklen Göttin eingeweiht wirst, wie meine Mutter vor mir und vor ihr deine Ururgroßmutter. Und du wirst nicht allein gehen. Hiknak mag sich zwar wieder daran erinnern, wer sie ist, aber ihre rechte Hand gehorcht ihr noch immer nicht einwandfrei; zudem zieht sie den Fuß nach, wenn sie geht. Und Keshna wird von Tag zu Tag mehr shohwar. Du wirst die beiden mitnehmen.

Möglicherweise ist dir bekannt, daß die Priesterinnen von Kataka die Blinden sehend machen und die Toten wieder zum Leben erwecken können. Nun, das ist Unsinn. Sie können es freilich nicht! Aber mit ein wenig Glück gelingt es Königin Glyntsa und ihren Frauen, Hiknaks Fuß zu heilen und Keshna dazu zu überreden, noch etwas anderes zu tun, als wie ein krankes Hündchen nach Leuten zu schnappen.

Glyntsa wird sich freuen, dich zu sehen, weil du ihr sehr wichtige Informationen bringst. Sie weiß bereits, daß die Tiermenschen kommen. Jene Vision hatte sie schon vor Jahren, ungefähr zur selben Zeit wie deine Mutter; aber ich bin sicher, es entzieht sich ihrer Kenntnis, wie sie ihre Stadt verteidigen soll. Du bist in der Lage, ihr zu zeigen, wie man Vorräte lagert, Gruben aushebt und alle sonstigen Vorkehrungen trifft, damit Kataka nicht den Nomaden in die Hände fällt.«

Marrahs Herz tat einen Hüpfer bei der Vorstellung, nach Norden zu reisen. Sie legte ihre Hände im Zeichen der Göttin zusammen und verbeugte sich, erst vor Bindar und dann vor Lalah. »Dein Wunsch ist mir Befehl«, gelobte sie. »Ich werde die Kriegskönigin von Shara sein und nach Kataka gehen, wie du es angeordnet hast.«

Lalah war erheitert. »Mein Wunsch ist dir Befehl, wie?« Sie zog ihr Diadem aus dem Haar und kratzte sich am Kopf. »Versuche niemals, demütig zu klingen, Marrah. Es wirkt alles andere als überzeugend.«

DRITTES BUCH

Kataka

Wenn Silbervögel fliegen
und Häuser die Wolken berühren
und die Löwen sich verkriechen
und die Frösche nicht mehr quaken,
wird die Mutter wiederkommen.

»Gebet an die Erde«. Inschrift auf einem zeremoniellen Wandschirm. Katakanische Sammlung, 4300 v. Chr. Musée National d'Histoire, Bukarest, Rumänien

Wir tanzen
angesichts der Furcht.
Wir pflegen der Liebe
angesichts des Todes.
Wir schicken unsere Kinder
in die Zukunft
wie Tauben,
um ihre heiligen Namen zu singen.
Hier,
dort,
überall:
Aba, Shallah, Nashah.

Aus »Initiationslied«. Kataka, 5. Jahrtausend v. Chr.

»Was macht Menschen grausam?«
»Wer hat den Krieg erfunden?«
»Wie können wir uns gegen Feinde verteidigen,
ohne wie sie zu werden?«*

Aus »Die Heiligen Bücher von Kataka«. Nordrumänien, 5. Jahrtausend v. Chr.

* Die Antworten sind nicht überliefert.

10. Kapitel

Marrah und Hiknak blickten in das schwarze Tal hinunter und sahen Kataka, die Stadt der Dunklen Mutter, wie eine Halskette aus flüssigem Silber zu ihren Füßen glitzern. Die Stadt vibrierte und bewegte sich ähnlich einer offenen Blütendolde, der Rhythmus ihrer Trommeln hämmerte wie ein allgegenwärtiger Herzschlag. Auf den ersten Blick schien es mehr als nur eine Stadt: Sie wirkte wie ein lebendiges Wesen, rund wie der Kreis der Jahreszeiten, rund wie der Zyklus von Leben und Wiedergeburt. Dennoch war die Stadt gleichzeitig in durchaus menschlichen Maßen erbaut.

Komme dort an, dachte Marrah, und du wirst feststellen, daß die Katakaner die gleiche Art von Brot wie die Sharaner essen; du wirst alte Hunde neben Kohlenöfchen schlafend finden und Liebende, die sich wegen Kleinigkeiten streiten.

Ohne Zweifel war in genau diesem Moment irgendwo in dem Häuserkranz einer der Katakaner damit beschäftigt, sein Ragout im Topf umzurühren, und ein anderer schrubbte vielleicht gerade seinen Fußboden; aber heute abend fiel es schwer, sich vor Augen zu halten, daß das Glitzerwesen dort unten eine ganz gewöhnliche Stadt war, in der Menschen wie überall auf der Welt ihren alltäglichen Verrichtungen nachgingen. Von der Felskuppe aus, wo Marrah auf ihrem Pferd saß und voller Erstaunen und Begeisterung hinabstarrte, sah Kataka wie ein Korb voll feuriger Sterne aus. Die Stadt war so hell, daß die Vorstellung leicht fiel, nur große Priesterinnen schwebten dort unten zwischen Spiralen aus Feuer umher.

»Es ist ein Wunder.« Hiknaks Stimme war gedämpft vor Ehrfurcht. Marrah drehte sich zu ihr um und sah sie in der Dunkelheit auf Ylata, ihrer Stute, sitzen. Hiknak drückte Keshna mit ihrem gesunden Arm an sich und spähte über den Rand der Klippen hinweg auf die Lichter der Stadt. »Wie viele Stämme kampieren dort unten?«

»Nur einer«, erwiderte Marrah. »Und sie kampieren nicht, sondern sind seßhaft. Schon seit Generationen leben sie dort. Großmutter hat mir erzählt, daß in Kataka mehr Menschen wohnen, als jemals sonst irgendwo auf einem Platz der Mutter Erde zusammengewohnt haben.«

»Die vielen Leute da unten gehören alle zu einem Stamm?« fragte Hiknak ungläubig.

»Ja.«

Hiknak stieß einen leisen Pfiff aus. »Wie können sie genug Gras für ihre Tiere finden? Wie können sie genug Weizen anbauen, um sich zu ernähren? Sind das Lagerfeuer, die wir da sehen?«

Marrah lächelte. Sie hatte Hiknak noch nie so viele Fragen stellen hören. »Die Katakaner gelten als die besten Bauern in den Mutterländern. Selbst in schlechten Jahren verschiffen sie noch Getreide nach Süden und tauschen es gegen Feuerstein ein. Und all die Lichter dort unten können meines Erachtens keine Lagerfeuer sein. Ich glaube, wir sind mitten in irgendein Fest hineingestolpert.« Sie zeigte ins Tal. »Siehst du, wie sich Flammenzungen ständig in einem großen Kreis bewegen? Vermutlich haben wir es mit einem Fackelzug zu tun.«

»Hände«, murmelte Hiknak. »Hände und noch mehr Hände. Zu viele Hände, um sie zu zählen.«

»Hiknak«, sagte Marrah sanft, »ich werde einfach nicht schlau aus dem, was du sagst. Ich schlage vor, wir steigen jetzt von unseren Pferden, sammeln etwas Holz und zünden ein Feuer an. Keshna ist sicher hungrig, wir können die Stadt heute abend ohnehin nicht mehr erreichen, und es hat keinen Sinn, noch länger hier herumzusitzen und sich die Nasen abzufrieren.«

Die Gefährtin lachte. »Du machst dir Sorgen um mich, nicht wahr? Hast du Angst, ich könnte wieder zu der Hiknak werden, die glaubte, sie wäre vierzehn, und die vergessen hatte, daß sie Mutter ist?« Sie beugte sich vor und drückte einen Kuß auf Keshnas Kopf. »Mein Kind, mein kleiner Schatz«, gurrte sie, aber Keshna blieb stumm. Hiknak wandte sich wieder an Marrah. »›Hände‹ ist das Maß, das meine Leute benutzen, wenn sie große Dinge zählen. ›Drei Hände Feinde reiten in unsere Richtung‹, sagten unsere Kundschafter zum Beispiel, und daraufhin pflegte Vlahan sechs Hände Krieger auszuschicken, um sie zu bekämpfen.«

»Dann sind drei Hände also fünfzehn?« fragte Marrah auf Sharanisch. »Und sechs Hände dreißig?«

Hiknak nickte. »Ganz recht. Ist dir damals nie aufgefallen, daß es in der Sprache der Hansi keine Wörter für Zahlen über zehn gibt? Wenn es mehr Dinge sind, als wir Finger haben, messen wir sie in Händen. Selbst wenn wir von den ›Zwanzig Stämmen‹ sprechen, benutzen wir dabei zwei sehr alte Wörter, die ›vier‹ und ›Hände‹ bedeuten.« Sie hielt inne und blickte wieder auf den Kreis von Lichtern hinab. »Also, was meinst du, wie viele Hände Menschen leben in diesem Kataka?«

Marrah runzelte nachdenklich die Stirn. Sie konnte bis einhundertneunundsechzig zählen, wenn sie Dinge in Gruppen von je dreizehn aufteilte, aber darüber hinaus war das Land der Zahlen noch ziemlich unbekannt. »Es sind weniger Leute, als du Haare auf dem Kopf hast«, sagte sie schließlich, »aber mehr als, äh ...« Sie überlegte angestrengt, versuchte, etwas zu finden, was aus vielen bestand, aber wiederum nicht zu vielen; doch gegenwärtig stand sie ganz im Banne der wandernden Lichter unten im Tal und dieses faszinierenden Anblicks.

Hiknak war praktischer veranlagt. »Aber mehr als die Anzahl der Haare auf deiner Shjetak«, schlug sie vor.

Marrah lachte so heftig, daß sie sich beinahe verschluckt hätte. »Ich hoffe nur, Keshna versteht nicht, was du gerade gesagt hast«, japste sie. »Das Wort Shjetak sollte noch nicht zu ihrem Wortschatz gehören.«

Als sie am nächsten Morgen zu Tal ritten, trafen sie auf ein kleines Dorf, wo man ihnen Schalen heißer, mit Honig gesüßter Milch anbot. Wie Kataka so war auch dieses Dorf kreisförmig angelegt, und als sie in der Mitte standen und sich mit den Dorfbewohnern unterhielten, erfuhr Marrah, daß sie recht gehabt hatte mit ihrer Vermutung, die Lichter von Kataka wären Teil eines Festzuges.

Die Stadt sei nicht oft so prachtvoll erleuchtet, erzählten ihnen die Dorfbewohner, aber durch einen glücklichen Zufall hätten sie gerade noch rechtzeitig Kataka am letzten Abend der Zeremonie des zurückkehrenden Lichts erlebt, an dem alle Mutterclans zur Feier der Wintersonnenwende mit brennenden Fackeln durch die Straßen zogen.

»Die Dunkle Mutter muß euch besonders wohlgesonnen sein«, erklärten die Dörfler Marrah und Hiknak. »Sie öffnet ihr Feuerauge nur einmal im Jahr, und dieses Jahr hat sie es für euch aufgemacht. Ihr müßt Frauen sein, denen viel Glück beschert ist.«

Marrah überlegte, ob sie den Leuten sagen sollte, wie sehr sie sich irrten, entschied sich dann jedoch dagegen. Dies war nicht der richtige Zeitpunkt, um ihnen von der Botschaft zu erzählen, die sie überbringen sollte. Falls sie nicht schon von der Gefahr durch die Nomaden wußten, würden sie es bald genug erfahren, wenn die Katakaner sie um ihre Hilfe baten beim Ausheben der Gräben und dem Einlagern von Vorräten.

»Wieviel weiter müssen wir noch reiten?« erkundigte sie sich höflich.

»Es ist nicht mehr weit, meine Lieben«, erwiderte die Dorfmutter. »Nicht auf diesen hübschen Tieren. Wärst du vielleicht so freundlich, mir das große braune zu überlassen? Meine alten Beine funktionieren nicht mehr so gut wie früher, und es ist wirklich ein entzückendes schwarznasiges Geschöpf mit seinen Schwanzhaaren wie den Zöpfen eines jungen Mädchens.«

Marrah hatte jedoch nicht vor, sich von ihrer Stute Nretsa zu trennen; deshalb schlug sie die Bitte höflich aus, und die Dorfmutter seufzte, bevor sie Keshna mehr heiße Milch anbot und ihnen versicherte, daß sie gegen Mittag in Kataka eintreffen würden.

Sie ritten weiter, setzten über den Fluß und folgten dem Ufer Richtung Norden. Das Wetter war im Laufe der Nacht umgeschlagen, und ein kalter Nebel hatte sich über das Tal gesenkt. Den größten Teil des Vormittags sahen sie nicht viel mehr als Nebelschwaden, aber gegen Mittag – wie es die Dorfbewohner versprochen hatten – begann sich der Nebel zu lichten, und sie entdeckten, daß sie sich breiten Streifen rauhreifbedeckter Weiden näherten, die mit dreieckigen Heuhaufen gesprenkelt waren. Die Katakaner hatten mehrere junge Bäume zu einem Gestell zusammengebunden und das Heu über die Zweige gelegt, damit es nicht verfaulte – eine kluge Lösung in einem solch feuchten Klima, dachte Marrah.

Es ging am Rande einer der Wiesen entlang, und bald trafen sie auf Dutzende von Getreidebehältern aus gebranntem Ton. Jede Tonne hatte die Form einer großen, schwangeren Göttin mit einem offenen Mund und einem dicken, runden Bauch. Diese Speicher waren so groß, daß es auf den ersten Blick aussah, als fände hier ein Treffen von Riesen statt. Marrah war beeindruckt. Sie hatte zwar schon gehört, daß die Katakaner geschickte Töpfer waren, aber die Getreidetonnen, die dreimal so groß wie sie selbst waren, konnten sich leicht mit den schönsten Krügen messen, die Onkel Bindar je getöpfert hatte.

Jede Tonne war mit komplizierten kreisförmigen Mustern bemalt, jede hatte ein menschliches Gesicht und ihre individuelle Persönlichkeit. Einige sahen mütterlich aus, einige traurig, andere wirkten fröhlich, und wieder andere leckten sich die Lippen auf eine Art, die derb und hungrig zugleich wirkte.

»Ich frage mich, ob sie die ursprünglichen Clanmütter darstellen sollen«, meinte Marrah versonnen, aber Hiknak sah die Dinge wie gewöhnlich in nüchternerem Licht.

»Ich würde sagen, sie dienen gleichzeitig als Vogelscheuchen.«

Bald kam die Stadt Kataka in Sicht. Genau wie Marrah erwartet hatte, war sie nicht von Mauern umgeben, sondern überall offen zum Wald und den Feldern und zum Fluß hin. Das einzige, was die Stadt von der umliegenden Landschaft trennte, war eine dürftige Hecke aus Rosensträuchern, die an niedrigen Holzgittern emporrankten, nicht höher als die Brust eines Mannes. Der weite Kreis der Sträucher diente wohl zwei Zwecken: Um diese Jahreszeit waren zwar keine Blätter mehr an den Zweigen, aber im Frühling und Sommer würde er die Stadt mit einem Band süß duftender Rosen einfassen, während seine Dornen Ziegen, Kühe und Schafe davon abhielten, durch die Straßen zu wandern.

Dann folgten sie der Rosenhecke in nordöstlicher Richtung, vorbei an Schweinekoben, Ziegenställen und den glatten, weißverputzten Rückfronten von Mutterhäusern. Kinder winkten ihnen fröhlich zu, Männer und Frauen unterbrachen ihre Arbeit und wandten erstaunt die Köpfe, um die Pferde anzustarren.

Die Katakaner sahen ziemlich gewöhnlich aus: Sie waren klein und eher stämmig, mit dem braunen Haar, dem gewölbten Brustkasten und der breiten Stirn der Bewohner des Nordens. Die meisten von ihnen trugen pelzgefütterte Umhänge, weil es draußen bitterkalt war; aber diejenigen, die Holz hackten oder andere schwere körperliche Arbeit verrichteten, waren nur mit Leinenhemden, ledernen Beinlingen und unförmigen Schafwollwesten bekleidet. Von der Außenseite der Rosenhecke aus betrachtet sah die Stadt nicht soviel anders als Shara aus, außer daß sie um ein Vielfaches größer war.

Obwohl Kataka also keine richtige Stadtmauer besaß, gab es doch eine Art Tor, und Marrah und Dalish kamen bald in seine Nähe. Das Tor war wie zwei Hörner geformt oder zwei Mondsicheln, die Spitze an Spitze dastanden, aus rotem, glasiertem Ton geformt und mit den gleichen kreisförmigen Mustern bemalt, die Marrah auf den Getreidetonnen gesehen hatte. Aus der Ferne sah es wie ein menschlicher Mund oder der Schoß eines Frauenkörpers aus. Über dem Tor befand sich eine Inschrift in den heiligen Schriftzeichen – eine der wenigen Inschriften, die Marrah jemals außerhalb eines Tempels gesehen hatte. Sie bestand nur aus zwei Zeichen: dem für »Mutter« und dem für »Kind«.

Hiknak zügelte ihr Pferd. Schon strömten Menschen aus der Stadt herbei, um sie zu begrüßen, aber im Moment waren sie noch allein. »Was sind das für seltsame Zeichen?« fragte Hiknak und zeigte auf die Inschrift.

»Das nennt man Schrift. Sie spricht.«

Hiknak legte eine Hand an ihr Ohr. »Sie spricht? Ich höre nichts.«

Marrah tat ihr Bestes, um nicht zu lachen. »Schrift spricht nur zu Leuten, die darin ausgebildet sind, sie zu hören. Möchtest du gerne wissen, was sie sagt?«

Hiknak nickte eifrig.

Wie die meisten heiligen Inschriften konnte auch die über dem Tor auf mehrere Arten ausgelegt werden; deshalb lieferte Marrah gleich drei Übersetzungen: »Es bedeutet: ›Kataka ist eine Mutter, die die Kinder auf ihrem Schoß liebt.‹ Oder auch: ›Wenn du in diese Stadt kommst, mußt du sie wie ein Kind betreten‹ – das soll heißen, mit Freude. Wenn ich die Zeichen richtig lese, dann heißt es außerdem noch: ›Willkommen, Fremde. Wir machen die hübschesten Kinder aller Mutterländer.‹«

Das Wort »willkommen« war ihr kaum entschlüpft, als sie auch schon von einer großen Gruppe von Leuten umringt wurden, die alle gleichzeitig auf katakanisch durcheinanderredeten. Es war eine flinke, melodische Sprache, die wie das Zwitschern von Vögeln klang. Ein junger Mann streichelte die Nase von Hiknaks Pferd und sprang gleich darauf mit einem erschrockenen Aufschrei zurück, als die Stute schnaubte und ihre langen gelben Zähne entblößte. Mehrere Frauen tätschelten Marrahs Stute Nretsa, als ob sie ein riesiger Hund wäre, während sie die Umstehenden lachend herbeiwinkten. Plötzlich tauchten zwei kleine Mädchen aus der Menge auf, mit Efeukränzen in der Hand. Sie warfen die Kränze keck über die Ohren der Pferde und rannten dann doch ängstlich kreischend davon.

Marrah grinste Hiknak an. »Ich habe den Eindruck, sie haben noch nie im Leben Pferde gesehen.«

»Du solltest lieber hoffen, daß unsere Tiere nicht erschrecken und auskeilen.«

Es war eine begründete Sorge. Die Menge wurde ständig größer und schubste und drängelte immer weiter nach vorn, zudem hatten sich mehrere Hunde dazugesellt. Die Hunde trauten sich zwar nicht, die Pferde anzugreifen, aber sie standen im Kreis um die

Stuten herum und bellten sich die Lunge aus dem Leib. Nretsa blähte nervös die Nüstern bei all den fremdartigen Eindrücken und legte die Ohren flach an den Kopf, als überlegte sie, ob sie am besten mit den Hinterhufen ein paar von diesen schrilltönenden, lästigen Menschen aus dem Weg treten sollte.

»Ruhig, ganz ruhig«, sagte Marrah beschwichtigend. Sie klopfte Nretsas Hals und bedeutete den Leuten mit einer Handbewegung, ein Stück zurückzutreten; aber die Katakaner hatten sich regelrecht in die Pferde vergafft und kletterten gleichsam übereinander, um einen besseren Blick zu erwischen. Gerade als die Situation außer Kontrolle zu geraten drohte, hob Hiknaks Stute Ylata den Schwanz und ließ einen kräftigen Strahl Urin ab, was die Katakaner, die ihren Rumpf gestreichelt hatten, mit einem Riesensatz flüchten ließ. Dann deponierte Ylata seelenruhig einen Haufen Dung auf dem Pfad.

Die Katakaner wichen mit Ausrufen der Überraschung und der Mißbilligung zurück.

»Was regen sie sich eigentlich so auf?« meinte Hiknak zu Marrah. »Haben diese Leute keine Kühe? Sie tun ja so, als hätten sie noch nie zuvor Dung gesehen.«

»Ich verstehe das auch nicht«, erwiderte Marrah. »Aber Ylata bekommt heute abend eine Extraportion Heu von mir. Wenn dieses Geschiebe und Gedrängel noch länger gedauert hätte, hätte Nretsa ausgekeilt.«

Sie waren so damit beschäftigt, die Stuten zu beruhigen, daß sie nicht merkten, wie die Menschenmenge verstummte und schweigend dastand, bis ihnen jemand einige Worte zurief, die Marrah augenblicklichlich als Alte Sprache erkannte. Die Alte Sprache wurde hauptsächlich von Priesterinnen gesprochen, aber es war auch die Sprache des Handels und in diesem speziellen Fall auch die des Tadels.

»Willkommen in Kataka, Pilgerinnen«, rief eine starke, tiefe Stimme. »Wie nennt ihr diese großen Tiere, auf denen ihr sitzt, diejenigen, die soeben den Eingang zum heiligen Tor beschmutzt haben?«

Marrah blickte hinunter und sah eine Frau mittleren Alters in einer Mischung aus Belustigung und Verärgerung zu ihr hochschauen. Sie war klein und muskulös, mit einer flachen, breiten Nase, schiefergrauen Augen und buschigen schwarzen Locken, die von ihrem Scheitel auf ihre Schultern herabfielen. Ihre Tunika und ihre Beinlinge waren schwarz, und sie trug eine schwarze Kapuze mit einer perlenbesetzten Fransenkante, die bis halb über ihre Stirn reichte. Später erfuhr Marrah, daß alle Priesterinnen der Dunklen Mutter Fransen über der Stirn trugen; doch im Moment war sie höchst verblüfft über den seltsamen Anblick, als die Fransen wie die Schwanzfedern eines Vogels in dem Wind hin- und herwehten.

»Wir nennen unsere Tiere ›Pferde‹«, erwiderte sie höflich. »Es tut mir leid, wenn sie etwas getan haben, was nicht hierher gehört; aber ich nehme doch an, eure Kühe tun das gleiche, nicht wahr?«

Die Frau schüttelte den Kopf, und der Fransensaum flatterte. »Nein«, sagte sie. Sie zeigte auf den Pfad, und Marrah bemerkte zum ersten Mal, daß er abwechselnd mit Streifen aus schwarzen und weißen Steinen gepflastert war. »Unsere Kühe denken, jene weißen Linien wären Löcher und die schwarzen wären Stangen. Über diesen Weg gehen sie niemals, aus Angst, mit den Hufen darin hängenzubleiben. Wir bringen es ihnen schon in jungen Jahren bei, um sie aus der Stadt herauszuhalten, aber eure Ferse da ...«

»Pferde«, korrigierte Marrah.

»Eure ›Pferde‹ wissen es offenbar nicht besser.« Die Frau betrachtete die beiden Stuten und seufzte. »Trotzdem habe ich noch nie schönere Tiere gesehen, und deshalb werde ich euch sofort zu Königin Glyntsa bringen, statt euch absteigen und diese Bescherung beseitigen zu lassen.« Sie lächelte und entblößte dabei eine Lücke zwischen den Schneidezähnen, die groß genug war, um einen kleinen Zweig dazwischenzuschieben. »Ich bin Redra, Torhüterin von Kataka seit den letzten zwölf Jahren. Zu uns kommen viele Pilger – aber soweit ich mich erinnern kann, hatte noch keiner einen so bemerkenswerten Auftritt wie ihr. Wie, sagt ihr, lauten eure Namen?«

»Hiknak aus dem Norden und ihre Tochter Keshna, und ich bin Marrah, Tochter der Sabalah, Enkelin von Lalah aus Shara.«

Redras Gesicht wurde ernst bei der Erwähnung ihrer Großmutter. »Ich habe schon von Lalah aus Shara gehört. Sie ließ sich hier von dem alten Imsha in die Mächte der Dunklen Mutter einweihen, aber es ist ihr nie gelungen, jene, die danach kommen, zu sehen.«

Marrah war erstaunt zu hören, daß ihre Großmutter jemals bei irgend etwas versagt hatte. Sie wollte fragen, wer »das alte Imsha« sei, doch die Torhüterin gab ihr keine Gelegenheit. Sie bedeutete der Menge, beiseite zu treten, und winkte Marrah und Hiknak durch das Tor.

Innerhalb der Rosenhecke war Kataka nicht weniger beeindrukkend als am Abend zuvor, als Marrah die Stadt von den Felsen aus betrachtet hatte, aber auf eine andere Art. Die Straßen schlängelten sich wie schmale Spiralen dahin, mit Flußkieseln gepflastert; die schlichten rechteckigen Konstruktionen der Häuser mit zwei oder drei Räumen waren aus mit Ton verputzten Holzbalken erbaut und von steilen, strohgedeckten Giebeldächern gekrönt. Nur die Tempel wiesen mehr als ein Stockwerk auf; aber diese Eigenheiten der Stadt aufzuzählen hieß nicht, sie angemessen zu beschreiben.

Das Außergewöhnliche an Kataka stellten seine Keramiken dar. Überall gab es riesige Krüge und überdimensionale Blumenvasen: manchmal standen sie paarweise vor den Türen der Mutterhäuser, dekoriert mit Schlangen oder verschlungenen Weinranken und mit sauber geharkter Erde gefüllt, als warteten sie darauf, daß der Frühling die Samen darin zum Keimen brächte; gigantische Wasserauffangbehälter, verziert mit Regensymbolen, Kreisen, weißen Hunden und Mondsicheln, fielen auf; Kohlenbecken, die wie die Hüften einer Frau geformt waren, glimmten träge in der Kälte, während die Katakaner Fisch darauf grillten oder Töpfe mit Fleischragout über den Kohlen erhitzten.

Jeder kuppelförmige Brotbackofen war gekachelt und kunstvoll bemalt; jeder Bienenkorb bildete ein Meisterwerk aus Ton und Farbe, jeder Wasserbecher einen reich verzierten zeremoniellen Kelch.

Die Katakaner schienen einfach unfähig, einen Gegenstand ohne Verschönerung herzustellen. Die simpelste Wasserschöpfkelle war ein Wirrwarr gemalter Kreise und Tupfen, und als Marrah zu den Giebeln der Häuser hochschaute, sah sie Tonmasken auf sich herunterblicken. Einige mußten die Gesichter der Leute darstellen, die das Haus bewohnten, denn es gab Säuglinge, Frauen und Männer aller Formen und Größen; andere waren wiederum das Gesicht der Dunklen Mutter persönlich, schwarz und lieblich, mit geflochtenem Haar und einer Krone aus Eulenfedern. Obwohl sie als die Göttin der winterlichen Erde und der Toten verehrt wurde, hatte sie nichts Furchteinflößendes an sich, und sie begrüßte Marrah jedesmal mit einem rätselhaften Lächeln.

Die Torhüterin hatte gesagt, daß viele Pilger nach Kataka kämen. Als Marrah jetzt die lange, gewundene Straße ins Herz der Stadt entlangritt, erblickte sie bald etliche von ihnen. Kataka war eine der größten Wallfahrtsstätten in den Mutterländern; allerdings nicht etwa wegen seiner günstigen Erreichbarkeit – die Stadt lag in der Nähe der Berge, viele Tagereisen vom Rauchfluß entfernt –, sondern weil seine Priesterinnen Dinge wußten, die niemandem sonst offenstanden. Die Kranken, die Hoffnungsvollen und die Neugierigen kamen hier zusammen, strömten aus Orten herbei, so weit entfernt, daß Marrah noch nie von ihnen gehört hatte.

Bevor sie halbwegs den Stadtkern erreicht hatten, bemerkte sie einen jungen Mann mit einem gewaltigen weißen Leinenturban auf dem Kopf und einem exotischen rot-blauen Vogel auf der Schulter; eine winzige, dunkelhäutige Frau, die in die Felle und Pelzstiefel des nördlichen Wald-Volkes gekleidet war; und ein kleines Mädchen mit einer langen Nase, dessen Aussehen sie an die Insulaner von Gira erinnerte. Das Mädchen trug etwas in seinen Armen, das Marrah zunächst für ein Kind hielt; aber als die Pferde näherkamen, sprang das kleine Wesen mit einem erschrockenen Quietschen hoch, und Marrah sah, daß es ein fellbedecktes Tier mit einem langen Schwanz und einem rosalippigen, fast menschlichen Gesicht war.

Der Hauptplatz bestand aus dem größten Kreis, den Marrah je gesehen hatte. Mit Statuen und Blumenkübeln eingefaßt, bot er eine weite Fläche glatten Bodens, der mit unzähligen kleinen bunten

Tonfliesen gepflastert war. Die Fliesen ergaben schließlich Muster, die die Symbole der Dunklen Göttin darstellten. Am äußeren Rand des Kreises erkannte sie die Symbole des Todes: den weißen Hund, den Raben, die Schlange und die Eule. Näher zur Mitte hin bildeten die Fliesen die Sinnbilder der Erneuerung: fröhlich bunte Schmetterlinge, die Marrah an Shambah erinnerten, Bienen mit goldenen Flügeln, Doppeläxte und ein großer Baum des Lebens, der mit Früchten und Vögeln dekoriert war und seine Zweige in einem lebendigen Wirrwarr in alle Richtungen streckte.

Genau im Mittelpunkt lag das Auge der Mutter persönlich, halb geschlossen, als wäre sie zwischen Tag und Traum überrascht worden; Marrah schwang sich von ihrem Pferd, um sich die Darstellung genauer anzusehen, und fand die Pupille mit eigenartigen Zeichnungen ausgefüllt: winzigen Gesichtern, imaginären Tieren und anderen Dingen, die sich jedem Verständnis entzogen.

Redra wies sie an, ihre Pferde an den rotschwarzen Pfeilern der Rednertribüne festzubinden, und befahl der herbeiströmenden Menschenmenge, respektvollen Abstand zu den Tieren zu halten. Eine kurze Weile später fanden Marrah und Hiknak sich in dem matt erleuchteten Raum eines kleinen Tempels wieder, umringt von einem Halbkreis schweigender Frauen.

Es waren dreizehn insgesamt, alle in Schwarz gekleidet, mit breiten, ausladenden Hüften und unglaublich schmalen Taillen. Ihre Köpfe schienen viel zu klein für ihre Körper, und ihre Gesichter verhüllten die langen schwarzen Fransen der Dunklen Mutter. Jede saß – oder eher: hockte – halb zurückgelehnt auf einem kleinen Stuhl aus Ton, so leuchtend bunt mit Schlangenlinien und Energiespiralen bemalt, daß Marrah das Muster nicht ansehen konnte, ohne schwindlig zu werden. In der Annahme, dies müßten Königin Glyntsa und ihr Ältestenrat sein, wartete sie ergeben darauf, daß eine der Frauen zu sprechen begann; aber das Schweigen hielt weiter an, nur gelegentlich vom Hüsteln der Torhüterin unterbrochen. Schließlich fand Marrah den Mut, an die Frauen das Wort zu richten.

»Königin Glyntsa?« fragte sie. Wieder nur Schweigen. Wirklich eine merkwürdige Art, Pilger zu begrüßen, dachte Marrah und fragte sich, ob ihre Großmutter sich womöglich etwas absolut Unverzeihliches erlaubt hatte, als sie in Kataka eingeweiht worden war. Sie räusperte sich und versuchte es noch einmal. »Mein Name ist Marrah, Tochter von Sabalah, und ich bringe euch Grüße von meiner Großmutter Lalah und meinem Großonkel Bindar, der Priester-Königin und dem Priester-König von Shara.«

Plötzlich lachte Hiknak. »Spar dir die Mühe, Marrah. Sie werden nicht mit dir reden. Es sind alles Tonpuppen!«

Marrah trat einige Schritte näher und sah, daß Hiknak recht hatte. Die Frauen waren Puppen – oder eher heilige Statuen – so groß wie Lebende, und jede trug echte Priesterinnenkleidung. Als Marrah einen Blick unter die schwarzen Fransen warf, sah sie, daß ihre Hälse sehr viel länger als jeder menschliche Hals waren und ihre Gesichter so klein wie die Gesichter von Eichhörnchen.

Sie wandte sich an die Torhüterin. »Was soll das?« verlangte sie zu wissen.

»Das ist bei uns so Brauch. Pilger werden immer zuerst zu den Damen geführt.« Redras Miene blieb ausdruckslos; aber Marrah hegte den Verdacht, daß sie insgeheim den Streich genoß, den sie ihnen gespielt hatte. Andererseits gehörte es wahrscheinlich zu ihren Aufgaben, die sie längst langweilten.

»Und wo«, fragte Marrah höflich, »ist Königin Glyntsa?«

»Hier entlang«, erwiderte Redra und schob sie aus dem Tempel.

Königin Glyntsa entpuppte sich als eine ganz normale Sterbliche, die in einem schlichten Haus direkt hinter dem Hauptplatz wohnte. Sie war ungefähr zehn Jahre jünger als Lalah, mit einem breiten, nüchternen Gesicht, kupferrotem Haar und geschmeidigen, schwieligen Händen, die auf fleißiges Weben hinwiesen. Wie alle Königinnen arbeitete sie genauso hart wie sämtliche Bewohner der Stadt, und die einzige Vergünstigung, die ihre Position ihr einbrachte, war die Chance, die interessantesten Pilger auszufragen, bevor sonst jemand Gelegenheit dazu erhielt.

Als Marrah, Hiknak und Keshna in ihr Haus geleitet wurden,

war sie gerade damit beschäftigt, Fladenbrot auf einer heißen Tonplatte zu backen.

»Willkommen in Kataka«, sagte sie, packte sie an den Schultern und küßte sie auf beide Wangen, wie es der Brauch war. Sie bot Keshna ein Stück warmes, in Honig getauchtes Brot an, das Keshna so gierig hinunterschlang, als hätte sie seit Wochen nichts mehr zu essen bekommen. Falls Glyntsa auffiel, daß Keshna ein wenig sonderbar wirkte, war sie doch zu höflich, eine Bemerkung darüber fallen zu lassen. Sie stellte eine Schale mit einem ganzen Stapel frischer Fladen auf den Tisch und lud Marrah und Hiknak ein, sich zu bedienen. Dann veranlaßte sie die Torhüterin, ihren Bruder zu holen.

Untergründig waltete doch mehr Förmlichkeit, als auf den ersten Blick erkennbar war; zwar unterhielt sich Glyntsa im Plauderton mit Marrah und Hiknak während der ganzen Zeit, die sie auf ihren Bruder wartete, als wären sie Nachbarinnen, die zu einem Schwatz vorbeigekommen waren. Aber sie stellte ihnen nicht eine einzige der vielen neugierigen Fragen, die Marrah Fremden gestellt hätte, die soeben auf Tieren in die Stadt geritten waren, die noch keiner gesehen hatte. Sie sprach über das Wetter, ließ sich darüber aus, wie beschwerlich es war, im Winter zu reisen, und beklagte sich darüber, daß der letzte Sommer zu trocken gewesen und die Weizenernte dementsprechend schlecht ausgefallen war.

Mit dem Auftreten ihres Bruders jedoch änderte sich die Tonart. Er war sehr viel jünger als seine Schwester – ungefähr Mitte zwanzig – und klein und dunkel wie Arang, trotzdem nicht ganz so geschmeidig; gut sah er aus mit den schlanken Schultern, muskulösen Beinen, dem glänzenden schwarzen Haar, einer großen, doch schöngeschnittenen Nase und einem schnellen, herzlichen Lächeln, das die weißesten Zähne enthüllte, die Marrah je gesehen hatte. Er blieb vor ihr und Hiknak stehen und legte die Handflächen zum Zeichen der Göttin zusammen.

»Willkommen in Kataka, Marrah, Enkelin von Lalah, und Hiknak aus dem Norden«, sagte er in fließendem Sharanisch. Dann blinzelte er ihnen zu und lachte. »Es ist eine große Ehre für mich, die tapferen Frauen zu begrüßen, die einen Dolch an Nikhans Geschlecht gehalten und ihn zum Tanzen gezwungen haben.«

Marrah und Hiknak waren so überrascht, daß sie fast von ihren Stühlen gefallen wären.

»Woher weißt du das?« rief Marrah verblüfft. »Wir sind schneller hierher gereist als jeder Händler. Zwar haben wir gehört, die Priesterinnen von Kataka wären sehr mächtig, aber wer kann schon Neuigkeiten aus der Luft aufgreifen? Können sie etwa fliegen, eure berühmten Priesterinnen?«

Er grinste. »Nur in Träumen und Visionen.« Er hielt einen Moment inne. »Ihr erinnert euch wohl nicht mehr an mich, nicht wahr?«

»Wie sollten wir?« gab Hiknak zurück. »Wir haben dich nie zuvor gesehen.« Sie klang fast unhöflich, aber Marrah konnte es ihr nicht verübeln.

»Ah, aber wir sind uns schon einmal begegnet«, erwiderte er. »Gestattet, daß ich mich euch noch einmal vorstelle: Ich bin Kal, Glyntsas Bruder.« Er zwinkerte Glyntsa zu. »Meine Schwester hat euch wahrscheinlich schon erzählt, daß wir die Maytas von Kataka sind, obwohl der Ältestenrat natürlich das letzte Wort hat.« Bisher war alles, was er sagte, abgesehen von seinem Namen, unverständliches Zeug, soweit Marrah es beurteilen konnte. Später erfuhr sie, daß die Maytas von Kataka die Priester-Königin und der Priester-König waren, was bedeutete, daß Glyntsa und Kal gemeinsam auf die übliche Art regierten; doch zu dem Zeitpunkt hatte sie den Begriff Mayta noch nie gehört, was nur noch mehr zu ihrer Verwirrung beitrug.

»Erinnert ihr euch an jene Sängerin in Shambah?« fuhr Kal fort. »Die eine, die das obszöne Lied mit dem Titel ›Nikhan und die schwangeren Krieger‹ vorgetragen hat?«

»Wie könnten wir sie vergessen?« Hiknak brach ein Stück Fladenbrot ab und kaute nachdenklich. »Ich glaube nicht, daß es irgend jemand in Shara gibt, der das Lied nicht auswendig kann. Es hat Marrah und Dalish und mir den unverdienten Ruf eingebracht, besonders mutig zu sein. Diese Strophe über Nikhan, der vor Angst weinte, als wir ihm befahlen, Stavan Treue zu schwören, war lächerlich. Er hat natürlich nicht wirklich geweint, aber es war eine hübsche Version.«

»Freut mich, daß es euch gefallen hat.« Kal legte eine bedeutungsschwangere Pause ein und strich sich übers Kinn. »Weil nämlich *ich* das Lied erfunden habe.«

»Du? Aber es war doch eine Frau?«

»Das glaubte Nikhan zumindest, und es ist nur gut, daß er meine Verkleidung damals nicht durchschaut hat, sonst hätte er meine Männlichkeit mit seinem Schwert aufgespießt.« Er lächelte bescheiden. »Ich bin Harfenist; aus dieser Stadt stammen eine Menge Sänger, und ich bin wohl kaum einer der besten; aber wir reisen alle auf den Handelsrouten, während wir die alten Gedenklieder singen und unseren Ruhm verbreiten. Ungefähr vor vier Jahren – bevor meine Mutter starb und Glyntsa und ich die Maytas von Kataka wurden – war ich auf dem Weg nach Shambah, um beim Schmetterlingsfest zu singen.

Eines Nachmittags wanderte ich in ein Dorf, wo alles vollkommen normal aussah. Noch bevor ich Zeit fand, mich hinzusetzen und meine Sandalen auszuziehen, ritt plötzlich ein Trupp nackter Störenfriede in das Dorf auf den ersten Pferden, die je einer gesehen hatte. Schneller, als man ›Nomaden‹ sagen konnte, steckten sie die Mutterhäuser in Brand, töteten die Männer und nahmen mich und ein Dutzend Frauen gefangen.

Es war mein Glück, daß die katakanischen Harfenisten traditionell Frauenkleider tragen zu Ehren von ihr, die alle Musik inspiriert, und zum Glück waren die Krieger zu sehr damit beschäftigt, zu morden und zu plündern, um einen genauen Blick auf die Haare auf meiner Oberlippe zu werfen – denn bald erfuhren wir, daß sie die meisten Männer auf der Stelle töteten.

Es gibt noch sehr viel mehr zu erzählen, aber ich will es kurz machen: Irgendwie gelang es mir, meine Harfe zu behalten, und als die Nomaden herausfanden, daß ich singen konnte, schleppten sie mich zu ihrem kleinen, krummbeinigen Häuptling; so wurde ich gezwungen, den größten Teil der Tage mein Talent an ihn zu vergeuden, während seine häßlichen Wachen herumstanden und mit ihren Dolchen in den Zähnen herumstocherten.

Ich war sicher, früher oder später würde einer von ihnen merken, daß ich ein Mann war – aber glücklicherweise gebe ich nach Nomadenmaßstäben keine sonderlich attraktive Frau ab. Die shambahnischen Frauen zupften meine Barthaare mit hölzernen Pinzetten aus«, erklärte er und zuckte bei der Erinnerung noch nachträglich vor Schmerz zusammen, »aber ich aß viele abscheulich schmeckende Kräuter, um meinen Atem so übelriechend wie möglich zu machen. Außerdem betrank sich Nikhan fast jeden Tag besinnungslos, und zu der Zeit, als ihr auftauchtet, nahm er kaum noch von irgend etwas Notiz, was nicht in einem Weinglas serviert wurde.«

»Erstaunlich«, sagte Marrah. »Warum hast du uns damals nicht gesagt, wer du wirklich warst?«

Kal sah verlegen aus. »Ich hätte es getan, wenn ich nicht als Sklave reichlich Gelegenheit gehabt hätte, mir die Nomaden aus der Nähe anzusehen – und ich muß gestehen, sie haben mir nicht unbedingt Vertrauen eingeflößt. Ich hätte niemals gedacht, daß Nikhan das Versprechen halten würde, das er deinem Nomadengeliebten gab. Freilich bewunderte ich euren Mut, aber ich war überzeugt, daß wir alle abgeschlachtet würden, sobald ihr Nikhan den Rücken zukehrtet; deshalb hängte ich mir alsbald meine Harfe über die Schulter und verschwand aus Shambah, so rasch mich meine Beine trugen. Später hörte ich dann, daß ihr das Fort niedergebrannt hättet.«

»Das haben wir tatsächlich getan«, erwiderte Marrah. »Und danach jagten wir Nikhan in die Steppe zurück. Was für ein Jammer, daß du nicht mehr in der Nähe warst, um den Anblick zu genießen, wie all jene Krieger Hals über Kopf nach Norden davonhetzten.«

Kal zuckte die Achseln. »Ich bin ein Sänger, kein Kämpfer; aber ich habe die Absicht, euch für eure mutige Tat zu belohnen. Hier ist ein Krug von unserem besten Wein!« Er präsentierte ihn stolz. »Erst muß er ein bißchen angewärmt werden, und nachdem ihr ein oder zwei Becher getrunken und euch etwas ausgeruht habt, könnt ihr Glyntsa und mir erzählen, was euch nach Kataka geführt hat.«

Er entkorkte den nach Harz duftenden Wein, goß ihn in einen Tonkrug und stellte ihn auf das Kohlebecken. Dann, ehe Marrah oder Hiknak ihn zurückhalten konnten, trat er auf Keshna zu. »Komm her, du niedliches kleines Ding«, sagte er und streckte die Arme nach Keshna aus, doch bevor er sich's versah, stürzte Keshna sich auf ihn und biß ihn kräftig in die Hand.

Kal schrie vor Schmerz auf und sprang zurück. Er saugte an seinem blutenden Finger und starrte Keshna ungläubig an.

»Was ist mit dem Kind los?« fragte Glyntsa scharf. »Ist sie ein Mensch oder ein Hund?«

»Sie versucht nur, ihre Mutter zu beschützen«, erklärte Marrah. »Es tut uns leid, daß sie dich gebissen hat, aber wir können sie nicht kontrollieren. Wir befürchten, daß sie shohwar ist. Nicht zuletzt sind wir wegen ihrer Krankheit nach Kataka gekommen.«

Danach drehte sich die Unterhaltung um ernstere Dinge. Glyntsa setzte sich und stützte ihre Ellenbogen auf den Tisch; Kal schenkte den Wein in Becher und nahm neben ihr Platz; beide baten Marrah und Hiknak, ihnen zu erklären, wie es zu dem Zustand des kleinen Mädchens gekommen war. Marrah und Hiknak berichteten, und während sie sprachen, nickten Bruder und Schwester mitfühlend.

Die Geschichte fiel aufgrund von Kals eigenen Erfahrungen ziemlich kurz aus – dank seiner Hilfe brauchten sie nicht lange zu erklären, wie gefährlich die Nomaden waren oder wie es hatte geschehen können, daß Hiknak von dem Trupp aus der Steppe überrumpelt und besinnungslos in den Fluß geworfen wurde. Glyntsa war erschüttert über die Nachricht, daß die Tiermenschen sich bereits so weit nach Süden vorgewagt hatten, aber nicht annähernd so überrascht, wie von Marrah angenommen. Sie hörte zu, ohne zu unterbrechen, und tätschelte mütterlich Marrahs Schulter, als diese schilderte, wie Keru und Arang verschleppt worden waren und Stavan die Verfolgung aufgenommen hatte.

Als Marrah und Hiknak geendet hatten, versprachen Kal und Glyntsa, zwei Zeremonien zu arrangieren: eine, um Hiknaks Hand und Bein zu heilen, und eine andere, um Keshna gesund zu machen. Marrah und Hiknak wunderten sich über diese raschen Beschlüsse; aber Glyntsa erklärte, die gesamte Stadt Kataka widme sich aus Tradition unentwegt der Heilung von Kranken.

»Mich interessiert«, sagte Hiknak später, als sie mit Marrah und Keshna in einem der Gästezimmer des Tempels allein war, »ob es funktionieren wird. Ich glaube nicht an die Dunkle Mutter. Es fällt mir wirklich schwer, mich von der Vorstellung zu lösen, daß alle Götter große, haarige, tätowierte Krieger sind, von denen mein kleines Mädchen nichts zu erhoffen braucht.« Sie seufzte tief. »Ich würde mit Freuden den Rest meines Lebens hinken, wenn diese Priesterinnen es nur schafften, Keshna zum Sprechen zu bewegen.«

Marrah versicherte Hiknak, daß die Zeremonie sowohl ihr als auch Keshna Segen brächte, aber insgeheim hegte auch sie ihre Zweifel. Später fragte sie sich, ob Hiknak wohl unbewußt einen Handel mit der Dunklen Mutter abgeschlossen hatte.

Die Heilungszeremonien fanden am nächsten Tag statt, die Hiknaks am Morgen und die Keshnas am frühen Nachmittag, wobei man sich um Hiknak besonders bemühte. Marrah und die kleine Nomadin hatten noch kaum die Augen aufgeschlagen, als auch schon fünf schwarzgewandete, mit schwarzen Fransen geschmückte Priesterinnen erschienen, um Hiknak zu entkleiden und über und über mit sich ringelnden Schlangen zu bemalen. Eine der Frauen zog ein scharfes Feuersteinmesser hervor und bedeutete Hiknak mit einer Geste, sich auf ihrer Schlafmatte auszustrecken; dann rasierte sie sorgfältig jedes Härchen von Hiknaks Scham und bemalte sie leuchtendrot.

Zuerst war Hiknak etwas beklommen zumute, aber als sie begriff, daß ihr die Priesterinnen nichts Böses wollten, entspannte sie sich und begann, derbe Hansi-Witze zu erzählen, die selbst eine Statue hätten erröten lassen. Zum Glück verstanden die Priesterinnen kein Wort davon, und sie verrichteten ihre Arbeit mit ernsten Mienen, während sie Hiknaks halb gelähmte Hand und ihren Fuß in passendes Rot tauchten.

Als sie fertig waren, hüllten sie sie in einen warmen Umhang und führten sie barfuß zum Haupttempel, wo sie sie anwiesen, sich auf einer schmalen Pritsche vor den Tongöttinnen auszustrecken.

Marrah folgte der Prozession mit Keshna auf dem Arm, die alles und jeden mit schmalen, mißtrauischen Augen prüfte, wen sie als nächsten beißen sollte. Als sie jedoch den Tempel betraten und Kal auf seiner Harfe spielen und Glyntsa und die anderen Priesterinnen die Heilgesänge singen hörten, schien Keshna ihre Angst zu verlieren. Der Gesang war wunderschön, während die Stimmen in der klaren Morgenluft anschwollen und wieder verklangen; derweilen überkam Marrah, die dort saß und den Priesterinnen beim Kerzenanzünden zuschaute, bis Hiknak von unzähligen Lichterketten umringt war, tiefer innerer Friede. Es überraschte sie nicht, als sie hinunterschaute und Keshna schlafend in ihren Armen fand.

Nachdem alle Kerzen brannten, brachten Glyntsa und zwei ihrer Priesterinnen große Muscheln mit buntem Sand und trichterförmige Tüten aus dünner, zusammengerollter Baumrinde, die mit Hanffäden umwickelt waren. Sie schütteten den Sand Farbe für Farbe in die Tüten und begannen, kunstvolle Muster um Hiknak herum auf den Boden zu streuen. Viele der Muster waren die gleichen, die Marrah auf katakanischen Töpfen und Vasen gesehen hatte: weiße Hunde, Mondsicheln, Schlangen und Energiespiralen.

Aber es erschienen auch neue Symbole, die ihr fremd waren: phantastische, seltsam gefleckte Tiere mit langen Hälsen, blaue Löwen, eiförmige Netze von der Farbe von Blut, und ein besonders prächtiges Muster, das aus einem weitverzweigten Baum und Booten, Vögeln und heiligen Blumen bestand. Zum Schluß malten die Priesterinnen eine perfekte Hand und einen perfekten Fuß daneben; dann huschten sie hin und her, verteilten den Sand mit den Füßen in alle Richtungen und forderten Hiknak auf, von ihrer Pritsche aufzustehen – geheilt.

Es war eine eindrucksvolle Zeremonie gewesen, aber leider zeigte sie nicht den erhofften Erfolg. Hiknak erhob sich in demselben Zustand, in dem sie sich hingelegt hatte: mit einer schwachen Hand und einem schleifenden Fuß, doch sie war tapfer genug, ihre Enttäuschung nicht zu zeigen. Sie bat Marrah, sich in ihrem Namen bei Glyntsa, Kal und den Priesterinnen zu bedanken; dann hüllte sie sich in ihren Umhang und hinkte zum Gästehaus zurück, um sich die Farbe abzuwaschen.

»Sag ihr, daß diese Art von Heilung manchmal eine ganze Weile braucht, um zu wirken«, tröstete Glyntsa, und Marrah gab es an Hiknak weiter, die darauf nichts erwiderte. Sie preßte nur die Lippen zusammen und streckte die Arme nach Keshna aus. Den Rest des Morgens über saß Hiknak in dem kleinen Raum, während sie mit leiser Stimme vor sich hin murmelte und farbige Bänder in Keshnas Haar flocht. Es schien ein sonderbares Benehmen, aber als Marrah genauer hinhörte, erkannte sie, daß Hiknak auf hansi zu irgendeinem Gott betete, von dem sie noch nie gehört hatte.

Am frühen Nachmittag erschien Glyntsa, um Keshna zu holen. Marrah war überrascht, als sie sah, daß Glyntsa ohne die anderen Priesterinnen gekommen war und ihre rituellen Gewänder abgelegt hatte.

»Zieht das Kind warm an und vergeßt nicht, eure Umhänge und Fausthandschuhe mitzunehmen«, erklärte Glyntsa. »Wir gehen zu den Heilquellen. Sie liegen oben in den Hügeln, und wir werden nicht vor Einbruch der Dunkelheit zurück sein.«

»Frag sie, ob wir reiten können«, bat Hiknak.

Als Marrah übersetzte, schüttelte Glyntsa den Kopf. »Nein, wir müssen zu Fuß gehen. Alles muß in Demut geschehen. Ich kann euch auch gleich aufklären, daß keinerlei Zeremonie stattfindet. Das Imsha duldet nicht einmal eine Kerze in der Nähe der Quellen.«

»Wer oder was ist dieses Imsha, von dem ständig alle sprechen?«

Glyntsas Mund verzog sich zu einem geheimnisvollen Lächeln, das fast schelmisch wirkte. »Das werdet ihr früh genug herausfinden«, versprach sie. Sie blickte auf Hiknaks Fuß. »Meinst du, du kannst so weit laufen?«

»Wenn ich meinen Knöchel bandagiere.« Hiknak setzte sich hin und wickelte mehrere Streifen weichen Leders um ihr Sprunggelenk. »Wir müssen bitte langsam gehen!«

Sie verließen die Stadt und winkten Redra zu, als sie durch das Tor kamen. Zuerst war der Weg nicht sonderlich beschwerlich. Sie folgten einfach einem schmalen Lehmpfad, der sich zwischen Weiden und Feldern hindurchwand. Aber als der Pfad steil bergauf in die Hügel zu führen begann, schreckte Keshna zurück. Sie setzte sich auf den Boden, verschränkte ihre kleinen Arme vor der Brust und weigerte sich beharrlich, noch einen einzigen Schritt zu tun; zwar redeten Marrah und Hiknak freundlich auf sie ein, aber sie knurrte böse und spuckte sie an.

»Heb sie auf und trag sie«, befahl Glyntsa.

Da Hiknaks Hand zu kraftlos war, um Keshna zu tragen, bückte Marrah sich und klemmte sich Keshna unter den Arm. Keshna begann sofort zu zappeln, mit den Füßen zu treten und aus Leibeskräften zu schreien, aber zumindest biß sie nicht. Es war, als verschleppte man ein wildes Bärenjunges, und Marrah befürchtete mehrere Male, Keshna würde aus ihren Armen rutschen und sich auf dem felsigen Pfad den Kopf aufschlagen; nach einer Weile hingegen verlor Keshna entweder das Interesse am Schreien, oder ihr ging die Luft aus, und bis sie die Kuppe des ersten Hügels erklettert hatten, klammerte sich Keshna verdrießlich an Marrahs Rücken.

Sie war ein schweres kleines Ding, aber Marrah hatte damals auf ihrer fast zwei Jahre währenden Reise vom Meer der grauen Wogen nach Shara einen großen Korb geschleppt, wie ihn die Wanderhändler benutzten; deshalb trottete sie unbeirrt weiter und ignorierte das dumpfe Knurren, das Keshna jedesmal von sich gab, wenn sie stehenblieb, um zu verschnaufen.

Sie wanderten immer weiter bergauf, und es wurde ständig ein wenig steiler. Die Hügel schimmerten blaugrau im winterlichen Licht, rund wie die Rücken fetter Igel und mit den Stacheln kahler Bäume bedeckt. Nach einer Weile bewölkte sich der Himmel über ihnen; die Kälte nahm zu, so daß Marrahs Nase prickelte und ihre Hände trotz der dicken, pelzgefütterten Handschuhe wie erstarrt waren, als Glyntsa schließlich auf einen kleineren Pfad wies, der von dem Hauptweg abzweigte.

Wenig später erreichten sie eine steile Felswand. Eine kleine, teilweise zugefrorene Quelle plätscherte aus einer Spalte und floß in einen von Eisschollen gesäumten Teich. Auf der anderen Seite des Teiches saß eine dick vermummte Gestalt auf einem flachen Stein. Der Umhang hüllte sie so vollkommen ein, daß nicht einmal eine Fingerspitze zu sehen war. Das Ding hätte ein Mann oder eine Frau oder auch eine Tonstatue sein können – aber was es auch war, es mußte etwas Wichtiges sein.

Glyntsa blieb stehen, als sie das Wesen erblickte, kniete nieder, nahm eine Handvoll Erde auf und hielt sie einen Moment ehrfürchtig in beiden Händen. Dann küßte sie die Erde und legte sie so sorgfältig wieder zurück, als ob es eine Kostbarkeit wäre.

»Das Imsha«, flüsterte sie Marrah und Hiknak zu, als sie wieder hochkam. Sie richtete sich kerzengerade auf und erhob die Stimme. »Ehrwürdiges Imsha«, flehte sie in Alter Sprache, »ich bringe dir ein Kind, das shohwar ist. Was sollen wir mit ihr beginnen?«

Das Imsha stieß ein gedämpftes, überraschendes Lachen aus. Es hätte das Lachen einer alten Frau oder eines jungen Mannes sein können, und es war so warm und süß wie Honig. »Wirf sie in den Teich«, befahl das Imsha.

Marrah übersetzte für Hiknak. »Das Ding da drüben, was es auch sein mag, ist wohl wahnsinnig!« schrie Hiknak empört. »Es ist so bitterkalt, daß einem die Haare in der Nase frieren. Ich dachte, diese Heilquelle wäre warm. Wenn du dir einbildest, daß ich meine Tochter ausziehen und da hineinwerfen werde«, sie zeigte auf das Eis, »dann irrst du dich!«

Aber Glyntsa hatte nicht die Absicht, Keshna auszuziehen. Bevor Marrah noch protestieren oder Hiknak sie daran hindern konnte, hatte Glyntsa das kleine Mädchen bereits gepackt und in den Teich geworfen. Als Keshna in das eisige Wasser fiel, brüllte sie so mörderisch, als wäre sie verbrüht worden. Sie ging einmal unter und tauchte hustend und spuckend und wild mit den Armen rudernd wieder auf. Seit dem Tag des Nomadenüberfalls war sie nicht mehr im Wasser gewesen, und sie mußte vergessen haben, wie man schwimmt, weil sie sofort ein zweites Mal unterging.

»Du ertränkst meine Tochter!« schrie Hiknak und wollte auf den Teich zulaufen, um Keshna herauszuziehen, aber Glyntsa hielt sie zurück.

»Warte«, befahl sie. In ihrer Stimme schwang ein Unterton mit, so hart wie Granit, und Hiknak erstarrte vor Schreck. Auf der anderen Seite des Teiches hatte sich das Imsha von seinem Platz erhoben.

Keshna tauchte wieder auf und begann hastig auf den Rand des Teiches zuzupaddeln, doch das Imsha war vor ihr da. Blitzschnell legte es eine schwarzbehandschuhte Hand auf Keshnas Kopf und drückte sie wieder unter Wasser.

Keshna tauchte ein drittes Mal auf. »Hilfe!« ertönte es gellend. »Mama, hilf mir!«

»Sie hat gesprochen!« schrie Hiknak erschüttert.

Keshna sprach nicht nur, sondern sie stieß eine ganze Flut von Hansi-Flüchen aus, in einer so perfekten Imitation von Hiknak, daß Marrah verdutzt den Mund aufsperrte und fast ehrfürchtig zuhörte. Jetzt packte das Imsha Keshna an den Haaren, fischte sie aus dem Wasser und stellte sie auf die Füße. Wutschnaubend wirbelte Keshna zu ihm herum. Sie sah wie eine kleine, erboste, halb ertränkte Ratte aus. »Du Scheißhaufen!« schrie sie. »Du gemeine, fiese, häßliche schwarze Krähe! Du Shjetak! Das Wasser ist ja Eis!«

Nun, dachte Marrah, das beweist eindeutig, daß Keshna während der letzten Monate aufmerksam zugehört hat. Ihr Vokabular von Hansi-Flüchen und Beschimpfungen war haarsträubend. Sie hätten sorgfältiger darauf achten müssen, in ihrer Gegenwart nicht zu fluchen, aber wenn sich ein Kind zu sprechen weigerte, vergaß man oft, daß es trotzdem hören konnte.

Das Imsha hatte vielleicht nicht verstanden, was Keshna da heraussprudelte, ihr Tonfall war jedoch unmißverständlich gewesen. Die Gestalt in Schwarz lachte nur ihr gedämpftes, warmes Lachen und kehrte zu dem Platz auf dem flachen Felsen zurück.

Inzwischen hatte Hiknak ihr Töchterchen in die Arme genommen, und sie preßte sie an sich, während ihr die Freudentränen übers Gesicht strömten. »Du sprichst«, schluchzte sie wieder und wieder, »du sprichst! Warum hast du vorher nie mehr mit mir gesprochen, mein kleiner Liebling?«

Keshna schmiegte ihren Kopf an die Brust ihrer Mutter, und der Ausdruck ihres Gesichts wurde weich. »Weil ich vergessen hatte, wie es ging«, sagte sie. Und das war die einzige Begründung, die sie jemals aus ihr herausbekamen.

Nachdem sie in die Stadt zurückgekehrt waren, nahm Marrah Hiknak beiseite und erklärte ihr, daß sie keine Ahnung von Glyntsas Absicht gehabt hätte.

»In Shara würde keiner jemals auf die Idee kommen, ein kleines Mädchen in einen eisigen Teich zu werfen«, sagte sie. »Es war grausam, was sie mit Keshna getan hat, und ich entschuldige mich, daß ich dich in die Sache verwickelt habe.«

»Wovon redest du eigentlich?« erwiderte Hiknak. »Es hat doch gewirkt.«

»Aber es war grausam.«

Hiknak schüttelte den Kopf. »Marrah, ich bin in einem Stamm aufgewachsen, wo Kinder in Keshnas Alter auf dem Grab ihres Vaters geopfert wurden. Sie in den Teich zu werfen war keine Grausamkeit, sondern ein Akt der Barmherzigkeit. Irgendwie wußte dieses Imsha, daß Keshna in das Wasser gehörte, damit sie ihren Weg zu dem Fluß ihres Sprachverlusts zurückfinden konnte. Außerdem hat er – oder sie oder es – Keshna wieder herausgezogen.«

Marrah setzte sich auf einen Tonstuhl und stützte ihr Kinn in die Hände. Der Stuhl hatte Beine, die wie Rabenklauen geformt waren, und gemalte Schlangen ringelten sich an den Seiten abwärts. Ganz gleich, wohin man in Kataka ging, überall blieb die Dunkle Mutter gegenwärtig. Marrah betrachtete die weißen Hunde auf dem Kohlenbecken, die bunten Kreise, die über die Wände des Raums wirbelten. Bindar hatte ihr gesagt, daß sie hier Weisheit finden würde, und Lalah meinte, die Priesterinnen könnten ihr vielleicht dabei helfen, Arang und Keru zurückzubekommen; aber erneut nagten Zweifel an ihr.

»Großmutter Lalah hat Glyntsa gebeten, mich ausführlich in die Mächte der Dunklen Mutter einzuweihen«, erklärte sie Hiknak. »Aber nach dem, was ich heute gesehen habe, bin ich mir nicht sicher, ob ich das aushalte.«

»Warum nicht?«

»Weil ich Angst habe, deshalb. Als mir die lachenden Priesterinnen von Nar die Träne des Mitgefühls und den getrockneten Donner und das Pulver der Unsichtbarkeit schenkten, war ich noch zu jung, um zu erkennen, wie gefährlich es sein kann, solche Kräfte zu besitzen.

Nun, inzwischen bin ich keine dreizehn mehr. Ich habe gesehen, wie über hundert Krieger durch eine einzige Handvoll Pulver blind und wahnsinnig wurden. Ich mag Glyntsa und Kal, aber die Lebensweise der Katakaner ist nicht unsere Art, und wer weiß, was ich auf ihr Geheiß im Namen der Dunklen Mutter alles vollbringen soll.«

»Sei kein Dummkopf«, erwiderte Hiknak. »Wenn sie dir dieses Ritual anbieten, dann nimm das Angebot an.« Sie brachte ihr Gesicht dicht vor das Marrahs. »Du bist mutig gewesen, als dich die Hansi gefangennahmen; du bist mutig gewesen, als sie dich an den Pfahl neben Zuhans Grab fesselten; du bist mutig gewesen, als wir die Kundschafter überlistet und ihre Pferde gestohlen haben; und sogar noch mutiger, als wir Nikhan mit unseren Dolchen bedrohten.

Vielleicht bist du nicht fähig, einen Speer von einem galoppierenden Pferd aus zu schleudern, aber du wirst die Kriegskönigin von Shara sein und hast eine Chance, dir eine Kraft anzueignen, die die Nomaden niemals besitzen werden. Ich weiß nicht, wie ich es nennen soll, aber wenn Glyntsa dir ihren Vorschlag unterbreitet und du ›nein‹ sagst, wirst du es bereuen.« Sie leckte sich über ihre dünnen, aufgesprungenen Lippen, und ihre grauen Augen wurden schmal. »Du wirst den kalten Fluch über uns alle bringen.«

»Was ist der kalte Fluch?«

»Kaltes Herz, kalter Kopf, kalter Schoß, kaltes Bett.«

Marrah schauderte. Den Hansi-Worten haftete ein übler Klang an, der ihr eine Gänsehaut über den Rücken jagte. Hiknaks Sichtweise der Welt hatte oft etwas Primitives und sogar leicht Ungereimtes an sich, aber ausnahmsweise einmal wußte Marrah genau, was sie meinte.

11. Kapitel

Die Dunkle Mutter macht drei Geschenke:
Aba, Shallah, Nashah.
Eines bringt der Fluß.
Eines schenkt die Erde.
Eines gewährt das Land der Träume.

Aus »Das Rätsellied«. Kataka, 5. Jahrtausend v. Chr.

Erste Einweihung: Ein Geschenk aus dem Fluß

Knie nieder und nimm die Rindentüte in die Hand. Schütte farbigen Sand hinein: Nimm Umbrabraun, Gelb und Amethyst; nimm Goldstaub und gemahlenen Ocker; mische das Purpurrot spätsommerlicher Himmel bei, das Schwarz des Körpers der Göttin Erde, das Braun und Grün der Hügel, das Grau von Entendaunen, das Weiß des Kranichs, das Blau des Reihers, das Schwarz des Habichts; füge die Farbe von Rehkitzaugen hinzu, die Farbe des Fuchsschwanzes, des Brustfells der Wölfin, des Froschrückens, nimm die Farben des Regenbogens und des Sturms.

»Verstehst du, wie die Sandgemälde gemacht werden?« fragte Königin Glyntsa Marrah.

»Ja«, antwortete Marrah.

»Dann tritt vor und fange an.«

Marrah gehorchte. Sie stand inmitten der Priesterinnen in dem Haupttempel von Kataka und begann mit dem farbigen Sand zu malen, aber ihre Hand war zu zittrig. Grün rieselte aus der Rindentüte und floß in das Braun, die roten Körnchen vermischten sich mit den schwarzen, und alles geriet durcheinander.

»Wie kann ich meine Hände ruhighalten?« fragte sie hilflos.

»Indem du nicht an sie denkst«, riet Glyntsa ihr.

Marrah versuchte, ihre Gedanken auf etwas anderes zu konzentrieren, aber leider drängten sich ihre Hände laufend in den Vordergrund. Wieder trat sie vor und hub an zu malen, wieder wurden die Linien schief, und die Farben liefen ineinander, so daß verwischte Kleckse entstanden. Um sie herum wirkten die Priesterinnen von Kataka mit schneller, sicherer Hand, und nicht ein Körnchen Farbe fiel an den falschen Platz.

»Wie schaffen sie das im Gegensatz zu mir?«

»Sie rezitieren die heiligen Namen der Dunklen Mutter: Aba, Shallah, Nashah!«

Marrah füllte ihre Rindentüte mit weißem Sand nach und trat erneut vor. Aba, Shallah, Nashah, betete sie. Aba, Shallah, Nashah. Wieder und wieder sagte sie in Gedanken die Namen der Dunklen Mutter auf, und nach einer Weile schien sich ihre Hand wie von selbst zu bewegen.

Aba, Shallah, Nashah. Sie malte einen kleinen weißen Hund.

Aba, Shallah, Nashah. Nun entstand eine kunstvolle grüne Weinranke.

Aba, Shallah, Nashah. Es folgte eine blaue Blüte mit gelben Staubgefäßen. Eine Biene saß auf einem der Blütenblätter, die geäderten Flügel gespreizt, die Haare auf ihren Beinen waren dünner als Menschenhaar, aber Marrah zeichnete sie mit ruhiger Hand, und kaum ein Sandkörnchen fiel an die falsche Stelle.

Jeden Tag kam sie in den Tempel, rezitierte die Namen der Dunklen Mutter und ließ den Sand rieseln, wohin er wollte. Nach einer gewissen Zeit schien es, als gehörten ihr ihre Hände nicht mehr.

»Wir malen die heiligen Bilder nicht selbst«, sagte Glyntsa. »Die Dunkle Mutter malt durch uns.«

»Ich verstehe.«

Ein Säugling mit Ohrenschmerzen wurde in den Tempel gebracht. Marrah zeichnete ein Ohr; sie malte eine Holzflöte, singende Lerchen, Blätter, die im Wind wirbeln, Wasser, das über feinen Kies sprudelt. Als das Bild fertig war, liefen sie und die anderen Priesterinnen hin und her und verstreuten den Sand in alle Richtungen. Sie riefen die Namen der Dunklen Mutter, und das Kind hörte auf zu weinen.

»Sein Ohr schmerzt nicht mehr.« Glyntsa hob den kleinen Jungen hoch und legte ihn in Marrahs Arm, und Marrah dachte, ihn einen Moment fest an sich drückend, sehnsüchtig an Keru.

Zweite Einweihung: Ein Geschenk der Erde

Glyntsa führte Marrah in ihr Haus und wies sie an, sich zu setzen. Sie schenkte eine Tasse frischer Ziegenmilch ein und stellte sie auf einen niedrigen Tisch neben Marrahs Stuhl. »Heute wirst du lernen, die Sprache der Tiere zu verstehen«, verkündete sie.

Marrah neigte respektvoll den Kopf, während sie insgeheim dachte, daß das natürlich unmöglich war. Sie blickte zu der Maske der Dunklen Göttin auf, die über der Tür hing. Die Göttin lächelte fröhlich auf sie herab, als hätte sie Spaß an einem Scherz auf ihre Kosten.

»Hunde sind am leichtesten zu verstehen«, fuhr Glyntsa fort. »Sie wollen so gern mit uns sprechen, daß sie es ständig versuchen. Spinnen sind am schwierigsten zu begreifen: Sie sind scheu und machen sich nicht viel aus Menschen – aber in ihrer Klugheit sehen sie alles. Hast du schon jemals ein Tier sprechen hören?«

»Da war ein Spatz, der früher jeden Morgen an mein Fenster kam. Ich habe mir immer Unterhaltungen mit ihm ausgedacht.«

»Und was hast er gesagt?«

»Daß ich eine glückliche Frau wäre.«

»Hatte der Spatz recht?«

»Nein, ich war in Not – oder besser gesagt, ich war im Begriff, Unglück zu erfahren. Der Spatz kam das letzte Mal an dem Morgen, als mein Sohn Keru von den Nomaden geraubt wurde, und sollte er danach je wiedergekommen sein, habe ich es nie bemerkt.«

»Spatzen lügen nicht absichtlich, aber sie verharren in Unschuld, zu ihrem eigenen Besten! Sag mir, welches Tier liebst du am meisten?«

Versonnen befingerte Marrah das Armband aus Pferdehaar an ihrem Handgelenk. »Ich hatte einmal eine Stute namens Eoru, die ich sehr liebte, aber Changar, mein Feind, opferte sie seinem Gott.«

Glyntsa preßte die Lippen zusammen und verzog das Gesicht zu einer grimmigen Miene. »Ein Frevel! Hiknak hat mir erzählt, die Nomaden verehren ihre Götter, indem sie sich und anderen Leid zufügen. Sie sagte, die Nomaden töten manchmal fünfzig Pferde auf einmal, wenn einer ihrer Häuptlinge stirbt, und sie opfern Frauen und kleine Kinder, um sie mit in das Grab zu legen. Die Dunkle Mutter, die nichts als Freude und Glück für ihre Kinder will, muß weinen, wenn sie diese Dinge sieht... aber jetzt ist nicht die Zeit, um über solche Greuel zu sprechen. Ich frage dich noch einmal: Welches Tier hast du, abgesehen von deiner toten Stute, am meisten geliebt?«

Marrah überlegte eine Weile. »In dem Dorf, in dem ich geboren wurde, gab es zwei Hunde. Sie hießen Zakur und Laino, und ich habe sie fast so innig geliebt wie meine Mutter und meinen Bruder.«

»Dann werden wir mit Hunden anfangen.« Glyntsa ging hinaus und ließ Marrah ein paar Haselnüsse zum Knacken zurück, da keiner in ihrem Haus jemals müßig herumsaß. Bald kehrte sie mit einem kleinen, zotteligen braunen Welpen zurück, und ein alter weißer Hund, der Wolfsblut in seinen Adern zu haben schien, humpelte hinter ihr her.

Marrah stellte den Korb mit Nüssen beiseite und nahm den Welpen in die Arme; er leckte ihr überschwenglich das Gesicht und angelte mit seinen dicken Pfoten nach ihren Haaren. Sie lachte und drückte ihn an sich, aber er zappelte so heftig, daß sie ihn kaum halten konnte. Der alte Hund stand einige Schritte von ihr entfernt und schaute einen Moment zu. Schließlich kam er näher, streckte sich steifbeinig zu Marrahs Füßen aus und legte seine Schnauze quer über ihre Stiefel.

Glyntsa brachte ein großes Kissen und schob es hinter Marrahs Kopf. Dann zog sie einen kleinen Lederbeutel aus ihrer Tasche und leerte den Inhalt auf einen Tonteller. Marrah sah getrocknete Blüten, pulverisierte Rinde und etwas, das wie gemahlene Nüsse aussah. Die Mischung roch süß und scharf und erdig, wie ein Flußufer.

»Wir nennen das hier Tamah, was ›Tierzungen‹ bedeutet.« Glyntsa griff nach der Tasse mit Milch, rührte eine winzige Portion von dem Pulver hinein und reichte sie Marrah. »Trink das und hör den Hunden zu.«

Marrah fand den Befehl seltsam, aber sie trank gehorsam die Milch wie befohlen und lehnte sich in das Kissen zurück, um den Welpen auf ihrem Schoß zu streicheln. Er war ein weiches, warmes kleines Geschöpf, das Kissen erwies sich als kuschelig, und bald überkam sie eine tiefe Trägheit. Ihre Arme schienen knochenlos zu sein, ihre Beine fühlten sich wie warmer Schlamm an, und als sie zu sprechen versuchte, war ihre Zunge so weich und lappig wie roher Brotteig.

»Dieser Welpe hat ausgesprochen schlechte Manieren«, sagte plötzlich eine tiefe Stimme. Marrah zuckte erschrocken zusammen. »Aber das ist wohl kaum anders zu erwarten. In dem Alter sind sie alle wild und ungehorsam. Du kannst von Glück sagen, wenn er dir nicht auf den Schoß pinkelt.«

Die Stimme kam vom Fußboden. Marrah blickte hinunter und sah den alten weißen Hund zu ihr hochschauen. »Deine Füße riechen gut«, sagte er, aber seine Lippen bewegten sich nicht beim Sprechen.

Marrah war so verblüfft, daß sie den Hund nur wortlos anstarren konnte.

»Hast du eine Ahnung, wie viele Kaninchen da draußen jenseits der Rosenhecke herumlaufen?« fuhr der Hund in nüchternem Tonfall fort. »In meiner Jugend habe ich eine Menge von ihnen gefangen, aber jetzt verbringe ich den größten Teil meiner Zeit damit, vor dem Feuer zu dösen.«

Der Welpe wachte gähnend auf. »Spiel mit mir«, bat er. »Tobe mit mir herum. Hast du einen Lumpen, auf dem ich kauen kann? Ich liebe dich so sehr, Mutter Frau.« Er leckte Marrah die Hand. »Du schmeckst besser als gebratene Ente.«

Eine Spinne in der Ecke des Raums spann ihren silbrigen Faden. »Wir waren die allerersten Weber«, sagte sie. »Ihr Menschen habt es von uns gelernt, Schwester Frau.«

Eine Fliege summte um Marrahs Kopf und landete auf dem Rand der Milchtasse. »Ich sehe die Welt mit hundert Augen«, erklärte sie. »Glyntsa und ihr Liebhaber sind im Nebenzimmer; sie liegen auf dem Bett und essen Honigkuchen.«

Im Dachfirst des Hauses tschilpten die Spatzen, daß sich das Wetter ändere. »Wind aus dem Norden, Schnee gegen Abend bei Einbruch der Dämmerung. Paßt auf, Brüder, eine Eule jagt draußen auf den Weizenfeldern. Bleibt in euren Nestern!«

»Kannst du mich verstehen?« fragte Marrah den alten Hund.

»Ja«, erwiderte der Hund. »Heulst du den Mond an?«

»Nein«, meinte sie. Die Frage des Hundes schien durchaus vernünftig, und sie erkannte, daß sie sich allmählich daran gewöhnte, ihn sprechen zu hören.

»Du solltest es bei Gelegenheit mal versuchen«, sagte der Hund. »Es geht doch nichts über ein herzhaftes Heulen in einer mondhellen Nacht.«

Marrah wollte gerade etwas darauf erwidern, aber plötzlich fühlte sich ihre Zunge wieder bleischwer an, und ihre Augen schlossen sich wie von selbst. Der weiße Hund verschwamm zu einem milchigen Fleck, und der Welpe schmiegte sich an ihren Bauch. Sie schlief ein, und als sie wieder aufwachte, waren die Hunde fort – Glyntsa stand neben ihr.

»Haben sie mit dir gesprochen?«

Marrah blinzelte und gähnte. »Ich bin mir nicht sicher. Es klang sehr wohl danach, aber vielleicht habe ich auch nur geträumt. Eine Fliege hat mir erzählt, du wärst im Nebenzimmer mit deinem Liebhaber. Stimmt das?«

Glyntsa lachte. »Es stimmt tatsächlich. Aus diesem Grund dürfen nur eingeweihte Priesterinnen Tamah nehmen. Fliegen sind schreckliche Klatschtanten, und wenn jeder sie sprechen hören könnte, hätte keiner mehr seine Privatsphäre.«

Sie gab den Rest des Pulvers wieder in den Beutel und band ihn an ihren Gürtel. »Morgen nehme ich dich mit zu dem Tempel, wo dieses Pulver hergestellt wird. Es ist ein langer Prozeß; die Kräuter sind selten und schwer zu finden, und es liegt ein Fluch darauf, wenn man sie aus müßigen Zwecken einnimmt. Indem du dieses Pulver schluckst, nimmst du eine heilige Verantwortung auf dich. Du mußt versprechen, niemals den Tieren zuzuhören, außer wenn ein Menschenleben auf dem Spiel steht. Schwörst du es?«

»Ich schwöre!«

»Gut. Nachdem das geklärt ist, werde ich dir erlauben, das Pulver noch ein einziges Mal zu benutzen. Du hast ein Pferde-Tier, das aus der Steppe stammt. Sie ist ein einsames Geschöpf, weit weg von zu Hause, aber du kannst sie nicht lieben, weil du noch immer deine tote Stute, Eoru, liebst.« Sie rollte eine kleine Portion des Pulvers in ein Stück Fladenbrot, drückte die Enden zusammen und reichte es Marrah. »Warte fünf Tage. Dann geh zu ihr, iß das hier und hör ihr zu.«

Fünf Tage später betrat Marrah die Weide, wo die Pferde angebunden standen und trockenes Gras fraßen. Sie setzte sich auf einen Felsblock, schob sich das Stückchen Fladenbrot in den Mund und wartete. Lange Zeit geschah nichts. Dann, ganz allmählich, überwältigte sie wieder jene seltsame Trägheit, und sie schlief ein. Als sie aufwachte, sah sie die Pferde in der Nähe stehen, die sie voller Neugier beobachteten.

»Es ist seltsam, wie sie sich zum Schlafen immer auf dem Boden ausstrecken«, sagte Ylata. Ihre Stimme war sanft. Sie legte ihren Kopf auf Nretsas Rücken und schlug mit dem Schweif.

Nretsas Nüstern blähten sich leicht, und sie musterte Marrah mit großem Interesse. »Was meinst du, ob sie uns Äpfel mitgebracht hat?« Ihre Stimme klang tief und leicht rauchig.

Marrah erhob sich. Einen Moment bildete sie sich ein, statt

der Pferde zwei junge Frauen nebeneinanderstehen zu sehen, die die Arme um die Taille der jeweils anderen geschlungen hatten. Sie streckte die Hand aus und streichelte Nretsas Hals, fühlte die seidige Glätte von Pferdehaar unter ihrer Hand.

»Bist du einsam?« fragte sie. Die Stute schien nichts Ungewöhnliches an der Frage zu finden oder an der Tatsache, daß Marrah sie gestellt hatte.

»Ich vermisse die Steppe«, antwortete Nretsa, »und den weiten Himmel, das endlose flache Land und den süßen Duft des hohen Grases unter meinen Hufen, wenn ich galoppiere. Aber die Nomaden, die mich früher so oft geschlagen haben, vermisse ich nicht.« Sie schob ihre samtige Nase in Marrahs Handfläche und schnaubte leise. »Du schlägst mich nie. Ich liebe dich, Mutter Frau. Ich liebe es, wenn du mit mir sprichst, aber am schönsten ist es für mich, wenn wir zusammen reiten und du mir etwas vorsingst.«

»Dann werde ich dir von jetzt an öfter vorsingen«, versprach Marrah, schlang ihre Arme um Nretsas Hals und preßte ihre Wange gegen die der Stute.

Dritte Einweihung: Ein Geschenk aus dem Land der Träume

Eine Woche nach ihrer Unterhaltung mit Nretsa saß Marrah hoch oben in den Hügeln neben der Quelle der Heilung von Keshna und sah, wie die Oberfläche allmählich zufror. Das Eis wurde unaufhaltsam dicker, wirkte so milchig und trübe wie ein blindes Auge. Kein schlechter Vergleich, dachte Marrah. Sie starrte auf die helle Fläche, und die Quelle starrte zurück, ohne sie zu sehen – genau wie das Imsha. Oder vielleicht sah das Imsha sie doch. Wer wußte das schon?

Seit Marrah in die Hügel gekommen war, um mit der dritten Phase ihrer Einweihung zu beginnen, hatte die verschleierte Gestalt jedenfalls noch keine Notiz von ihrer Anwesenheit genommen. Das Imsha saß nur schweigend auf seinem Felsblock, die Arme um die Knie geschlungen und vermutlich in Gedanken versunken, die zu tiefschürfend waren, als daß gewöhnliche Sterbliche daran hätten teilhaben können. Bisher hatten sie kein einziges Wort gewechselt.

Es war jetzt später Nachmittag, und ein scharfer Wind blies von Norden her; heftige Böen peitschten Schnee durch die Luft und schleuderten Staub und Kiefernnadeln in ihre Gesichter, aber das Imsha schien gleichgültig gegenüber dem Wetter. Vielleicht lebte es ständig im Freien, und die beißende Kälte machte ihm ebensowenig aus wie einem Biber oder einem Bären; Marrah konnte sich auch vorstellen, daß es ganz einfach mehr warme Unterwäsche trug als sie.

Sie bedeckte ihre Nase mit ihren Fausthandschuhen und hauchte ein wenig Wärme hinein. Sie fragte sich gerade müde, ob sie wohl den ganzen Tag hier sitzen müßte, als das Imsha plötzlich mit einem Rauschen von schwarzen Schleiern zu ihr herumfuhr, das Marrah an Krähenflügel erinnerte.

»Schneide dein gesamtes Haar ab«, befahl es. Die Worte ertönten in Alter Sprache, aber der Akzent war seltsam, als ob es jedes Wort wie einen kleinen Ball über die Zunge rollen ließ.

Obwohl ihr diese Zumutung gar nicht behagte, in einer Kälte, bei der einem Kaninchen die Pfoten abfrieren konnten, ihr Haar abzuschneiden, hörte Marrah mit Erleichterung das Imsha endlich sprechen. Ihre Geduld hatte sich ausgezahlt: Sie war also akzeptiert, und die dritte und letzte Stufe der Rituale konnte beginnen. Sie verbeugte sich gehorsam vor der verschleierten Gestalt, zog ihr Messer aus seiner Lederscheide und überlegte, wie sie es anstellen sollte, sich die Haare zu schneiden, während ihre Hände in dicken Fausthandschuhen steckten. Schließlich ergab sie sich, zog die Handschuhe aus und machte sich mehr schlecht als recht ans Werk.

Es war eine mühsame Prozedur, und bald wurde ihr bewußt, daß es sehr viel schwieriger sein würde, dem Imsha zu gehorchen, als Glyntsas Anweisungen zu befolgen. Die Feuersteinklinge war nicht besonders scharf, ihre Finger versteiften sich vor Kälte, und sie schnitt sich mehr als einmal in die Kopfhaut; aber wenn man einer Offenbarung teilhaftig wurde, dann tat man wie befohlen, ohne Fragen zu stellen; deshalb säbelte sie beharrlich vor sich hin, während sie sich fragte, ob Stavan wohl ähnlich empfand beim Entfernen seiner Barthaare.

Was hätte er wohl gesagt, wenn er sie jetzt sähe? Er hatte ihr Haar immer geliebt. Schwarz wie die Schwingen eines Raben, pflegte er zu sagen, so lockig wie Rauch und so weich wie junges Gras. Er hatte es mit Hingabe gekämmt und geflochten und sogar einmal ein Gedicht darüber verfaßt, damals, bevor Keru und Luma auf die Welt kamen; jetzt schnitt sie die besungenen Locken kurzentschlossen und unfeierlich ab, als wären sie Unkraut auf einem Feld.

Ihr Haar fiel in ihren Schoß und türmte sich zu ihren Füßen auf – dicke, geringelte Büschel, die wie feine Ranken ineinander verschlungen waren. Mit wachsendem Bedauern blickte sie auf die dunkle schimmernde Masse, aber sie führte ihr Vorhaben entschlossen zu Ende. Als sie fertig war, strich sie sich prüfend über ihren Kahlkopf. Er fühlte sich kalt und stoppelig an, und ihr ging auf, daß sie von nun an nicht nur im Freien, sondern auch im Haus einen Hut würde tragen müssen – vorausgesetzt, sie beträte jemals wieder eines.

Sie sammelte ihre Haare auf, entwirrte die lockigen Strähnen, so gut sie es vermochte, band sie mit einem Stückchen Leder zusammen und präsentierte sie dem Imsha mit einer ehrerbietigen Verbeugung.

Zu ihrer Überraschung wies das Imsha sie jedoch zurück. »Flechte es zu einem Netz.«

Ein Netz? O je! Nur Vogeljäger konnten ein vernünftiges Netz aus menschlichem Haar knüpfen, aber sie arbeiteten niemals draußen im scharfen Wind oder mit einem Wirrwarr von Locken. Lockiges Haar eignete sich höchstens als Kissenfüllung, aber auf keinen Fall zum Flechten. Marrah seufzte und ermahnte sich zu Geduld. Dies diente ohne Zweifel der Prüfung, ob es ihr mit ihrer Weihung auch wirklich ernst war; wenn sie nicht so schrecklich gefroren hätte, hätte sie die Aufgabe vielleicht sogar als interessante Herausforderung betrachtet.

Wieder zog sie ihre Handschuhe aus, hauchte Wärme auf ihre

Fingerspitzen und machte sich daran, die längsten Haarsträhnen miteinander zu verflechten und sie zu den feinen Netzen zusammenzuknoten, die Jäger für kleine Vögel benutzten. Aber wie sie schon befürchtet hatte, war es fast unmöglich, ihr krauses Haar zu verarbeiten. Sie mühte sich lange Zeit ab, während sie ständig neue verhedderte Stellen und Knoten produzierte. Das Tageslicht verblaßte bereits, aber sie fuhr verbissen fort mit ihrer Aufgabe. Sie hoffte, das Imsha würde ihr endlich Einhalt gebieten, doch die mysteriöse Gestalt saß nur schweigend da.

In dieser Nacht schlief Marrah hinter einem umgestürzten Baum, fest in ihren Umhang gewickelt, ihren kahlen Kopf in ihre Kapuze gehüllt und das lose Haar an ihre Brust gepreßt, damit es nicht wegwehen konnte. Als sie am nächsten Morgen erwachte, saß das Imsha immer noch auf demselben Felsblock, als hätte es sich die ganze Nacht lang nicht von der Stelle gerührt, und Marrah begann sich zu fragen, ob es ein Mensch oder wirklich ein göttliches Wesen war.

Ein wärmendes Feuer und Frühstück würde es wohl nicht geben, soviel stand fest; aber zumindest war die Sonne inzwischen aufgegangen, und der Wind hatte nachgelassen; so machte Marrah sich wieder an die mühevolle Arbeit des Knüpfens, und gegen Mittag hatte sie tatsächlich so etwas wie ein Netz zustande gebracht, das zwar einige unregelmäßige Stellen aufwies, aber zum Spatzenfangen genügte. Zwischen zwei Büschen befestigt, würde das Netz aus ein paar Schritten Entfernung nicht mehr zu sehen sein, und wenn sie nicht aufpaßte, würde sie es womöglich vergessen und selbst hineinstolpern.

Sie rollte ihr Werk sorgfältig zusammen und achtete darauf, daß die losen Enden sich nicht nach innen stülpten. Man brauchte schon eine geschickte Hand, um ein Netz aus menschlichem Haar zu flechten, und sie war stolz auf ihre Arbeit; aber ob das Imsha zufrieden war, ließ sich nicht feststellen. Es musterte das Gebilde einen kurzen Moment schweigend und gab es ihr dann ebenso beiläufig zurück wie jemand, der einem einen alten Korb in die Hand drückt.

»Du wirst das hier benutzen, um zu fangen, was du brauchst«, gab es rätselhaft von sich.

Marrah verließ der Mut. Vor ihren Augen breitete sich ein Winter aus, währenddessen sie auf Vogeljagd ging mit einem Netz von der Größe eines Kinderlatzes. Lieber würde sie Wurzeln ausgraben und Nüsse knacken. Jeder Vogel, der klein genug war, um in diesem Netz hängenzubleiben, würde kaum das Holz wert sein, das man benötigte, um ihn zu braten. Marrah war drauf und dran zu fragen, ob sie nicht nach Kataka zurückgehen und ein paar Angeln zum Fischefangen holen dürfte; aber noch bevor sie die Worte äußern konnte, erhob sich die verschleierte Gestalt und bedeutete Marrah schweigend, ihr zu folgen. Die beiden begannen einen schmalen Pfad hinaufzuwandern, der von dem Teich wegführte und sich über die steile Hügelflanke zwischen den kahlen Bäumen hindurchwand.

Mit jedem Schritt, den Marrah machte, wurde ihr beklommener und ängstlicher zumute. Die Bäume sahen seltsam aus in diesem Teil des Waldes, verkrüppelt und vom Alter gebeugt, mit hervorstehenden Wurzeln, die sie an Vogelkrallen erinnerten, und sie konnte einfach das Gefühl nicht abschütteln, daß etwas Unerfreuliches auf sie lauerte.

Während das Imsha vor ihr herwanderte, schien ein kalter weißer Nebel um sie herum aufzusteigen, und obwohl es heller Tag war, hörte Marrah eine Eule rufen. Irgendwo in der Ferne heulte ein Hund, und ein anderer Hund stimmte in sein Gejaule ein. Als der Wind kleine Wolken vor die Sonne schob, schienen die Schatten zu beiden Seiten des Pfades plötzlich Menschengestalt anzunehmen, und einmal war Marrah sich sicher, den Ruf eines Kuckucks zu hören – was im Sommer nichts Ungewöhnliches gewesen wäre; aber hier, im mittwinterlichen Wald, bewirkte das fröhliche Trillern des Vogels, daß sich die Härchen in ihrem Nacken alarmiert aufrichteten.

Sie stapfte weiter, wohl wissend, daß es zu spät zum Umkehren war, während eine langsam schleichende Angst in ihr hochkroch.

Der Pfad führte über die Kuppe und machte dann eine scharfe

Biegung nach links. Sie waren erst eine kurze Strecke hügelabwärts gegangen, als sie auf eine Lichtung stießen. Plötzlich strahlte die Sonne vom Himmel, und eine milde Brise erhob sich, die Marrahs Ängste fortblies wie eine Handvoll trockener Blätter.

Im Mittelpunkt der Lichtung stand ein kleines Haus, so hübsch und einladend, daß sie sich fragte, ob das Imsha es aus einer Traumwelt herbeigezaubert hatte. Es war aus weißem Ton erbaut und mit Weizenstroh gedeckt wie alle Häuser in Kataka; aber es war nicht rechteckig, sondern wie die obere Hälfte eines großen Eis geformt. Die Wände zeigten rote Spiralmalereien, die sich wie Rauch kräuselten. Bunte Vögel flatterten um die ovale Haustür; Blumen in leuchtenden Farben rankten sich um die Fenster; fremdartige Tiere wanderten um den unteren Rand der Mauern herum oder hingen von riesigen grünen Weinreben herab, die so gemalt waren, daß sie in das Rauchabzugsloch hineinzuklettern schienen.

»Norhabi, lyrubu, wuburi«, sagte das Imsha und zeigte auf die Tiere. »Mubumu, Schilfrohr; patabi, die Blumen meiner Heimat.« Marrah verstand zwar keines der fremden Wörter, aber sie hatten einen melodischen Klang.

»Kommst du von weit her, verehrtes Imsha?« fragte sie mit gesenktem Kopf. Unter normalen Umständen hätte sie »verehrte Mutter« oder »verehrter Onkel« gesagt, aber je näher sie dem Imsha kam, desto weniger hätte sie zu sagen vermocht, ob es männlichen oder weiblichen Geschlechts war.

»Ich komme aus dem Süden«, erklärte das Imsha, und es lachte jenes warme, mehrdeutige Lachen, daß das eines Mannes oder auch das einer Frau hätte sein können. »In jeder dritten Generation schickt mein Volk eine Priesterin in den Norden nach Kataka, und die Katakaner schicken uns dafür eine aus ihren Reihen. Es ist eine weite Reise, und ich kann mich erinnern, daß ich ziemlich seekrank wurde, als mich die Seeleute über das Blaue Meer brachten, von einsam ganz zu schweigen; aber es war meine Pflicht, und deshalb erfüllte ich sie. Seit unendlich langer Zeit teilten mein Stamm und die Katakaner die Weisheit der Dunklen Mutter, und jetzt werde ich dich daran teilhaben lassen, falls du dich dessen würdig erweist.«

Das Imsha trat vor, löste den Ledervorhang, der die Haustür verhüllte, und winkte Marrah zu sich. Bevor es über die Schwelle trat, hielt es einen Moment inne, als musterte es Marrah prüfend hinter seinen schwarzen Schleiern. Die langen Perlenschnüre an seinem Kopfschmuck hüpften leicht auf und ab. Ein anerkennendes Nicken? Marrah hoffte es jedenfalls.

»Du bist Mutter, nicht wahr?«

»Ja, verehrtes Imsha.«

»Ich hätte dich lieber unterwiesen, als du noch jünger warst, trotzdem ist die Mutterschaft eine gute Lehrmeisterin. Du würdest überrascht sein, wie wenige Anwärter genügend Durchhaltevermögen besitzen, um die erste Nacht zu überstehen – selbst die jungen –, aber du bist Lalahs Enkelin ... deshalb habe ich von vornherein erwartet, daß du die Kraft aufbrächtest zu tun, was man dir befiehlt, und die Vernunft, dich nicht zu beschweren. Es hat nie eine störrischere Frau gegeben als deine Großmutter. Sie kam zu mir, als ihre Brüste fest und straff waren, vor mehr Jahren, als ich zu zählen bereit bin, und wenn sie ihre Hände nur ein bißchen ruhiger hätte halten können« – das Imsha preßte zwei behandschuhte Finger zusammen, als hielte es eine Prise Salz dazwischen –, »dann hätte ich ihr die volle Unterweisung erteilt.«

Das Innere des Hauses war so schlicht wie das Äußere kunstvoll: nüchterne, weißgetünchte Wände, eine kleine Tonbank, die um eine Seite herum verlief, eine runde Feuerstelle, mit weißem Sand und glühenden Kohlen gefüllt, die eine willkommene Wärme spendeten. Marrah bemerkte eine grob zusammengezimmerte Leiter zu einem kleinen Balkon hinauf, auf dem sich Schaffelle befanden, ein großer katakanischer Wasserkrug mit den üblichen Mustern, eine Tasse, einige hübsche Schalen, ein Mahlstein und – das Beste von allem – mehrere Körbe mit Nüssen, Getreide, getrockneten Früchten, Mehl und Fleisch.

Erleichtert, daß sie sich nicht den ganzen Winter lang von Spatzen ernähren mußte, stand sie da und wartete höflich darauf, daß sich das Imsha setzte, bevor sie selbst Platz nahm; aber das Imsha hatte vorläufig etwas anderes im Sinn.

Es kehrte Marrah den Rücken zu und begann, seine Schleier abzulegen. Es trug viele Schichten von Kleidung, was erklärte, warum es die Nacht im Freien einigermaßen behaglich überlebt hatte; doch als es schließlich seinen Umhang zu Boden fallen ließ und sich umdrehte, schnappte Marrah überrascht nach Luft. Das Imsha besaß die Brüste einer Frau, aber das bärtige Gesicht eines Mannes.

»Was bist du eigentlich?« rief Marrah verdutzt und wurde augenblicklich verlegen, denn wie konnte sich eine Schülerin erdreisten, eine solche Frage zu stellen?

Das Imsha lachte jedoch nur und fuhr fort, sich seiner Hüllen zu entledigen. Es war der älteste Mensch, den Marrah je gesehen hatte, geradezu unglaublich alt, so dürr wie ein Bündel Zweige, mit dunklen, glänzenden Augen und nicht einem einzigen Zahn im Mund, soweit Marrah feststellen konnte – aber das Erstaunlichste an ihm war seine Haut. Marrah hatte viele verschiedene Arten von Menschen kennengelernt während der Jahre, die sie mit Stavan und Arang gereist war; doch noch nie zuvor hatte sie eine Haut wie diese gesehen. Sie schimmerte in der Farbe der Göttin Erde persönlich: nicht wie die rötliche Erde der westlichen Wälder oder die bleiche, trockene Erde der Berge, sondern wie die dunkle, fruchtbare Erde eines Feldes, das Weizen und Linsen hervorbringen konnte.

Wenn die Dunkle Mutter jemals in menschlicher Gestalt erscheinen würde, dachte Marrah, dann würde sie genauso aussehen. Ein Schauder der Angst überlief sie. Welche Art von Macht mußte einem Wesen innewohnen, das beide Geschlechter in sich vereinte und dessen Haut die Farbe der Mutter Erde trug?

Das Imsha zog sich bis auf seine Untertunika aus, setzte sich auf die Tonbank und streckte seine Beine aus, um sich die Füße am Feuer zu wärmen. »Beruhige dich«, sagte es. »Ich bin kein göttliches Wesen, sondern ein Mensch, genau wie du. Einzig und allein unterscheiden wir uns darin, daß du als Frau geboren wurdest und ich als beides – Frau und Mann.« Es strich sich über seinen kurzen, seidigen Bart und schloß die Augen, als dächte es an seine südliche Heimat, wo fremdartige Tiere von Bäumen hingen und Schilfgras blühte.

»Die Priesterinnen, die bei meiner Geburt dabei waren, erklärten es meiner Mutter: die Dunkle Göttin habe mich geschickt, um Ihre menschlichen Kinder daran zu erinnern, daß alles einerlei ist. Das mag durchaus wahr sein...« Der Mund des Imshas verzog sich zu einem zahnlosen Grinsen. »Aber ich glaube doch, ich wurde aus einem zusätzlichen Grund geschickt. Erinnerst du dich an die Sechs Gebote der Göttlichen Schwestern?«

»Du meinst das eine, das besagt, wir sollen unser Leben genießen, weil unsere Freude ihnen Freude bereitet?«

Das Imsha nickte. »Nun, ich habe in meinem Leben mehr Freude gehabt als die meisten Menschen. Neunzigmal durfte ich den Sommer zählen, vielleicht auch öfter. Gute siebzig von all diesen Jahren habe ich die Lust eines Mannes und die einer Frau zugleich genossen, und zwar meistens in genau diesem Raum. Wenn die Schlafmatte da oben sprechen könnte«, sagte das Imsha und zeigte zu dem Balkon hinauf, »dann würde sie wie ein ganzer Chor von Nachtigallen singen.«

»Und welche Lust war schöner?« Marrah schlug sich erschrokken die Hand vor den Mund und blickte das Imsha entschuldigend an. Sie hatte keine so intime Frage stellen wollen, aber das Imsha schien nichts dabei zu finden, denn es lehnte sich gähnend zurück, und sein altes Gesicht wirkte plötzlich jünger.

»Die Lust eines Mannes ist heftiger, aber die Lust einer Frau hält länger an«, gab es freundlich Auskunft. »Oft habe ich meine Geliebten bemitleidet – obwohl ich sagen muß, daß sie sich niemals über mich beschwert haben. Die meisten unserer Artgenossen betrachten die Welt, als starrten sie durch ein kleines Loch: Sie sehen ein Stückchen Ellenbogen hier und ein bißchen Nase dort, aber niemals das Ganze.« Es hielt einen Moment inne. »Ich dagegen habe immer alles gesehen, und es ist meine Aufgabe, dir soviel davon zu zeigen, wie du ertragen kannst: Mann und Frau, Vergangenheit und Gegenwart, Tod und Leben, der große Kreis, der geht und kommt und kommt und geht und sich weiterdreht, ohne jemals innezuhalten. Aber zuerst...« Das Imsha legte erneut eine Pause ein und musterte Marrah. »Zuerst mußt du mir ein perfektes Gefäß töpfern – oder eine perfekte Statue, wenn dir das lieber ist, obwohl Statuen schwieriger sind.«

Einen Moment hatte Marrah den Eindruck, sie hätte nicht richtig gehört. »Ein perfektes Gefäß?« wiederholte sie. »Eine perfekte Statue?« Das ist alles? dachte sie. Es schien einfach zu leicht.

Das Imsha nickte. Es stand von der Bank auf, griff nach seinen abgelegten Kleidern und begann sich wieder anzuziehen. »Du wirst die Spitzhacken, die du brauchst, um den Ton auszugraben, die Siebe, die Wasserbehälter und alles, was du sonst noch benötigst, draußen in dem kleinen Schuppen neben dem Brennofen finden. Zwar wirst du dein Holz selbst hacken müssen, aber in dem Schuppen liegt auch eine Axt.

Glyntsa sagte mir, du wärst bereits eine geschickte Töpferin, von Bindar persönlich angeleitet. Wußtest du, daß auch dein Großonkel Bindar einmal hier war, um von mir eingeweiht zu werden? Die Bäume um dieses Haus waren noch jung und kaum größer als ich in jenen Jahren, und ich hatte noch alle meine Zähne.« Es seufzte. »Ich habe einen Meistertöpfer aus Bindar gemacht, aber deine Großmutter, wie ich schon sagte, war für andere Dinge bestimmt. Sie hatte keine ruhige Hand, aber sie ist eine gute Königin – wie ich höre, eine der besten!«

Marrah war erleichtert zu erfahren, daß diese dritte Stufe des Rituals so einfach sein würde. Die Urkräfte der Dunklen Mutter waren so geheimnisumwoben, daß sie schon befürchtet hatte, das Imsha würde ihr alle möglichen furchteinflößenden, gefährlichen, ja sogar unmöglichen Aufgaben abfordern. Und nun stellte sich heraus, daß nichts Schwierigeres von ihr verlangt wurde, als ein perfektes Gefäß oder eine perfekte Statue zu töpfern, und sie hatte schon mehr Töpfe und Statuen während der letzten Jahre fabriziert, als sie zählen konnte. Vielleicht war sie keine Meistertöpferin wie ihr Großonkel, aber sie hatte ruhige, geschickte Hände.

»Ich werde dir den Topf in drei Tagen bringen«, erklärte Marrah kühn.

Das Imsha erwiderte nichts. Es wandte sich nur schweigend ab und ging hinaus.

Zuerst befürchtete Marrah, sie hätte es verärgert mit ihrer Dreistigkeit; aber als sie an der Tür stand, hörte sie die zurückweichende Gestalt lachen. Es war nicht das würdige Lachen eines älteren Menschen oder das warme Lachen des Imshas, sondern das amüsierte Kichern eines jungen Mädchens, das gerade eine sehr witzige Geschichte gehört hat.

Das Imsha hatte allen Grund zum Lachen. Ein perfektes Gefäß ließ sich unmöglich in drei Tagen oder auch in drei Wochen herstellen. Marrahs Haar war bereits wieder bis zu ihren Ohren heruntergewachsen, der Winter ins Land gegangen, und die Frösche quakten in den milden Frühlingsnächten, bevor sie etwas zustande brachte, was einigermaßen akzeptabel war; es hatte viele Tage gegeben – besonders zu Anfang – als sie halb überzeugt war, die letzte Stufe der Einweihung in die Kräfte der Dunklen Göttin sei nichts weiter als ein schlechter Scherz, den man ahnungslosen Fremden spielte.

Daheim in Shara bedeutete die Herstellung eines Topfes keine Schwierigkeit: Sie hätte vorbereiteten Ton zu Rollen geformt, sie übereinandergeschichtet und glattgestrichen sowie das Ergebnis in einen der Tempelbrennöfen geschoben; aber hier mußte sie sämtliche Vorarbeiten selbst erledigen, als hätte noch kein Mensch je zuvor ein Gefäß getöpfert.

Einige Tage lang sammelte sie den nötigen Ton, indem sie mit einem Hirschgeweihstock dicke Klumpen schwerer Erde aus dem Boden herausbohrte. Tatsächlich gab es mehrere Stellen in den Hügeln, wo tonhaltiger Schlamm zu finden war, und sie suchte sie der Reihe nach auf, um manchmal mit Körben voll roter Klumpen, manchmal mit weißen oder blaßgelben Brocken zurückzukehren.

Die Arbeit kam sie sauer an, besonders während der ersten Wochen, als der Boden steinhart gefroren war; und jedesmal, wenn sie grub, mußten bestimmte Rituale eingehalten werden, die sie peinlich genau befolgte. Da Ton Teil des Körpers der Göttin Erde war, goß sie heiliges Wasser auf den Boden und sprach ein Gebet an den feuchten Schlamm, bevor sie ihn aus dem Boden schaufelte. Danach schleppte sie ihn in einem Tragekorb zurück, unterteilte ihn in kleinere Stücke und breitete sie eine Weile vor dem Feuer aus, wobei sie sie gelegentlich umdrehte, damit sie gleichmäßig trockneten.

Wenn der Schlamm in ihrer Handfläche zerkrümelte, sammelte sie die kleinen Steinchen heraus, weichte ihn ein zweites Mal ein, siebte ihn sorgfältig und vermischte ihn mit feinem, vulkanischem Bindesand; danach wurde die feuchte Masse auf dem Fußboden ausgerollt, bevor sie mit den Füßen darauf herumtrampelte und immer wieder die Ränder umschlug, als knete sie einen enormen Brotlaib. Wenn der Ton ausreichend mit Sand vermischt war und die Konsistenz von schwerem Fladenteig besaß, walzte sie ihn erneut aus, um ihn noch mehr zu trocknen; nun teilte sie ihn in gleichgroße Kugeln ein, die sie in einem mit feuchten Leintüchern umhüllten Korb lagerte.

An anderen Tagen mischte sie Glasuren und verschiedene Farben aus den kleinen Körben mit pigmentierter Erde, die sie zwischen den Lebensmittelvorräten gefunden hatte: Rot hauptsächlich, aber auch Gelb, Ocker, Weiß und Grau. Das Töpfern von Schalen, Vasen und später von Statuen nahm seinen Anfang.

Zuerst machte sie nur einige wenige, überzeugt, daß sie dem Stadium der Vollkommenheit so nahe kamen, wie es irgend jemand verlangen konnte; doch wenn sie sie zu dem Imsha brachte, beäugte es die Produkte kritisch und warf sie dann über seine Schulter.

»Nicht gut genug«, pflegte es zu sagen. »Versuch es noch einmal.«

In jenem Frühling gewöhnte Marrah sich beinahe schon an das Geräusch zersplitternder Töpferwaren: zuerst der dumpfe Aufprall und dann das Klirren der Scherben auf dem Steinfußboden. Nichts, was sie herstellte, war gut genug, nicht die hübsche, zierlich geformte Statue von Batal, weder die brustförmigen Wasserkrüge noch die simplen Tassen eines zehnjährigen Kindes.

»Was willst du eigentlich?« schrie sie eines Nachmittags völlig überreizt.

»Bring sie mir in feuchtem Zustand.«

»Du meinst, ungebrannt?«

»Nein, feucht, und mach nicht nur eine zur Zeit, sondern gleich mehrere!«

Also schleppte Marrah von nun an eine Vielzahl ungebrannter Tongefäße herbei, und das Imsha hörte auf, sie über seine Schulter zu werfen. Statt dessen nahm es jedes Gefäß in die Hand, balancierte es vor seinen Augen und inspizierte es. Dann stellte es das Gefäß wieder ab, schnitt es mittendurch und zeigte Marrah, was sie falsch gemacht hatte.

Manchmal waren die Innenwände des Topfes nicht überall gleichmäßig dick, oder der Rand war ein ganz klein wenig unregelmäßig geraten; zeitweise bestand der Makel in etwas, was Marrah beim besten Willen nicht erkennen konnte, ganz gleich, wie angestrengt sie hinstarrte. Gelegentlich machte sich das Imsha nicht einmal die Mühe, ein Gefäß in zwei Hälften zu zerschneiden.

»Dieser hier wird im Ofen zerspringen«, sagte es zum Beispiel; und tatsächlich, wenn Marrah jenen speziellen Topf brannte, kam er in Scherben aus dem Brennofen heraus.

Wenn Marrah gefragt worden wäre, was sie während jener langen, enttäuschenden Tage lernte, dann hätte sie gesagt: »Nicht viel«, aber allmählich begann sie, voll und ganz in ihrer Arbeit aufzugehen; zum ersten Mal seit vielen Monaten verbrachte sie lange Stunden, ohne um Keru und Arang zu trauern oder sich Sorgen um Stavan zu machen. Kummer und Einsamkeit verblaßten, ihre Gedanken schweiften nicht mehr ständig ab, und wenn sie auch nicht unbedingt glücklich war, so fühlte sie sich doch so ruhig und ausgeglichen, wie sie es seit dem Nomadenüberfall nicht mehr gewesen war.

In jenem Frühling lernte sie Geduld, aber es geschahen auch andere Dinge, wobei ihr der Lernprozeß nicht einmal bewußt war – denn eines regnerischen Abends im Frühsommer begann sie auf eine völlig neue Art zu träumen.

Sie konnte sich nicht erklären, warum sich ihre Träume änderten. Vielleicht hatten all jene Wochen, die sie mit dem Ton kämpfte, ihre Sichtweise der Welt verändert; vielleicht hatte das Imsha sie in eine Art Trance versetzt, ohne daß sie es wußte, oder irgendein Pulver in ihr Essen gemischt; die Träume konnten auch ein Geschenk der Dunklen Mutter sein. Aber wo immer sie herkamen, die Träume waren so wirklich wie das Leben.

Der erste Traum traf ohne Vorwarnung ein: Plötzlich fand Marrah sich in einem Nomadenzelt wieder, während sie den vertrauten Geruch von Rauch, feuchter Wolle und Hunden einatmete. Es war Nacht, aber ein bleicher Strahl von Mondlicht fiel durch das Rauchabzugsloch. Sie erstarrte vor Angst, war einen schrecklichen Moment lang überzeugt, noch immer Vlahans Ehefrau und Gefangene zu sein. Dann sah sie Stavan auf einem Stapel von Schaffellen liegen, sein Gesicht mit geschlossenen Augen dem Mondschein zugewandt.

Nichts an der Szene deutete darauf hin, daß es nur ein Traum war. Alles schien real und greifbar: Die Kochgefäße der Nomaden waren neben der Feuergrube aufgestapelt; der Fellteppich fühlte sich warm unter ihren nackten Füßen an; und Stavan lag greifbar und wirklich da wie in all den Jahren ihres Zusammenseins.

Sie ging zu ihm und kniete neben ihm nieder. Er sah dünner aus, und sie entdeckte eine neue, erst halb verheilte Narbe auf seiner Wange. Marrah beugte sich vor und küßte ihn, fühlte die Wärme seiner Lippen, während sie in seinem Duft und seinem Geschmack schwelgte. Er fuhr erschrocken aus dem Schlaf hoch und umklammerte seinen Dolch, doch als er sah, wer ihn küßte, schleuderte er die Waffe beiseite.

»Marrah!« rief er freudig. »Wie bist du hierhergekommen?«

»Ich weiß es nicht.«

»Was ist mit deinem Haar passiert?«

»Ich habe es abgeschnitten für meine Weihung.«

»Komm her, meine Schöne, komm zu mir, Liebste«, flüsterte er sehnsüchtig. Er nahm sie in die Arme und zog sie neben sich, um sie leidenschaftlich zu küssen – da erwachte sie unter schluchzenden Rufen seines Namens.

In der nächsten Nacht hatte sie denselben Traum, nur diesmal begann er mit dem Kuß. Einige Dinge waren anders: Stavans Bett an der gegenüberliegenden Wand des Zeltes und neben der Feuergrube lag ein leerer Wasserschlauch.

»Du hast mir so gefehlt«, murmelte Stavan.

»Du mir auch.«

»Bist du Wirklichkeit oder nur ein Traum?«

»Ich weiß es nicht.«

Sie küßten sich wieder. Er streichelte ihre Brüste unter ihrer Tunika und umarmte sie so fest, daß sie seinen Herzschlag hörte. »Zieh dich aus«, flüsterte er.

Sie streifte ihre Kleider ab und kuschelte sich an ihn. Ihre Füße waren kalt, seine warm. Lange Zeit lagen sie nackt unter den Schaffellen, hielten einander umschlungen, Brust an Brust, Knie an Knie, Lippen an Lippen, während sie wie ein Wesen atmeten. Dann glitt Stavan an ihrem Körper hinunter, bedeckte ihren Hals und ihre Schultern, ihre Arme und die Innenseiten mit zärtlichen Küssen. Er ließ sich Zeit, bis er ihren Bauch erreicht hatte, und noch ein bißchen mehr Zeit, um ihre Hüften zu streicheln. Als er schließlich sein Gesicht zwischen ihren Schenkeln vergrub, bäumte sie sich auf und zog ihn noch fester an sich, und gemeinsam wiegten sie sich im selben Rhythmus. Marrah schrie lustvoll auf und kam in schnellen, heftigen, wilden Wogen der Verzückung, die sie zitternd und atemlos zurückließen.

»Noch einmal?« fragte Stavan.

»Ja, ja, noch einmal!«

Er führte sie noch einmal auf den Gipfel der Lust. Danach küßte Marrah ihn langsam am ganzen Körper, bis er mit rauher Kehle stöhnte und sie sich auf ihn setzte.

»Bin ich ein gutes Pferd?« fragte er, und sein Haar schimmerte so hell wie Rauch.

»Das beste, mein Liebling«, rief Marrah voller Wonne, und sie ritt ihn hart und lange.

Vier Nächte hintereinander träumte sie von Stavan, und jede Nacht liebten sie sich inbrünstig. Am Morgen des fünften Tages machte sie sich auf die Suche nach dem Imsha. Sie fand es auf seinem gewohnten Platz neben der heilenden Quelle.

»Wie gefällt dir die Traumwelt?« rief es, als es Marrah erblickte. »Wie gefällt es dir, mit deinem schönen Nomadenprinzen Lust zu teilen?«

Marrah blieb wie angewurzelt stehen. »Woher weißt du, was ich geträumt habe?«

»Es ist meine Aufgabe, das zu wissen. Ich könnte sogar zuschauen; aber ich habe vor langer, langer Zeit beschlossen, es niemals zu tun. Also, erzähl doch mal, war es angenehm, euer Liebesspiel?«

»Ja, sehr.« Die Vorstellung, daß das Imsha ihre Träume sehen konnte, war so beunruhigend – von peinlich ganz zu schweigen –, daß Marrah sprachlos war. Schließlich faßte sie sich wieder. »Aber sind diese Träume wirklich?« fragte sie verwirrt.

»Wirklich?« Das Imsha lachte.

»Bin ich wirklich mit Stavan zusammen? Weiß er, daß ich bei ihm bin? Ist er irgendwo in weiter Ferne und träumt dieselben Träume, oder bin ich allein damit? Als Glyntsa mich lehrte, den Tieren zuzuhören, nahm ich ein spezielles Pulver; und bevor ich die Stimme der Schmetterlingsgöttin hören konnte, mußte ich eine lebende Raupe essen.

Aber diesmal habe ich keinerlei Zauber getrunken oder gegessen – zumindest nichts, wovon ich wüßte –, und trotzdem kommen diese Träume immer wieder, deshalb muß ich es wissen: Was hast du mit mir gemacht? Bitte, verehrtes Imsha, hilf mir, das alles zu verstehen. Hast du mich in Trance versetzt, ohne daß ich es gemerkt hätte? Gebe ich mich wirklich der Liebe hin mit Stavan, oder ist es nur meine Sehnsucht nach ihm, die mich zu solchen Träumen verleitet?«

Das Imsha hörte auf zu lachen. »Ich schlage vor, du stellst ihm all diese Fragen, wenn du ihn das nächste Mal siehst.« Es streckte seine Hand aus. »Genug geschwatzt. Gib mir deine Töpfe. Du hast doch ein paar mitgebracht, nicht wahr? Oder bist du so damit beschäftigt gewesen, dich in Liebesträumen zu verlieren, daß du das Feuer im Brennofen hast ausgehen lassen?«

Offensichtlich hatte das Imsha nicht die Absicht, ihr zu sagen, ob ihre Träume wahr waren. Marrah fühlte sich verwirrter als je zuvor. Sie kramte in ihrem Tragekorb und nahm die drei kleinen Schalen heraus, die sie in aller Eile eingepackt hatte, bevor sie zur Tür hinausgelaufen war. Es handelte sich um nichts Besonderes, nur halbkugelförmige Schalen aus rötlichem Ton, mit Schlangenmustern bemalt, die sich im Brennofen schwarz verfärbt hatten.

Das Imsha nahm eine der Schalen und balancierte sie auf seiner Handfläche. »Nicht schlecht«, bemerkte es. Es begutachtete eine andere. »Doch, wirklich, du machst dich.« Es griff nach der letzten Schale und schwieg lange Zeit. Schließlich reichte es Marrah die Schale zurück. »Liebesträume scheinen dir gut zu bekommen«, sagte es. »Diese hier ist perfekt.«

Die folgenden Ereignisse überstürzten sich. Sobald es die Schale für perfekt erklärt hatte, erhob sich das Imsha von seinem Felsblock und befahl Marrah, ihr Netz zu holen. Marrah gehorchte, rannte so schnell, daß Zweige an ihrer Tunika rissen und Dornenranken über ihre Beine kratzten. Als sie mit dem genannten Gegenstand zurückkehrte, ordentlich in ein Stück Leinen gewickelt, keuchte sie vor Anstrengung, doch das Imsha ließ ihr keine Zeit, Luft zu holen.

»Häng es an dem Holunderstrauch dort drüben auf«, befahl es. »Und zwar dicht über dem Boden.«

Marrah rollte das Netz auseinander und spannte es mit großer Sorgfalt über die Zweige des Busches, wohl wissend, daß sie niemals in der Lage sein würde, das Geflecht zu entwirren, wenn sie es fallen ließe. Der Wind fuhr hinein und blähte es auf. Es war ein zartes, feingesponnenes Gespinst aus schwarzen Haaren, und jedes einzelne stammte von ihrem eigenen Kopf.

Das Imsha inspizierte das Netz und stieß ein zustimmendes Grunzen aus. »Erinnerst du dich, wie ich dir sagte, daß du darin fangen würdest, was du brauchst?«

»Ja, verehrtes Imsha.«

»Bist du bereit?«

Marrah hatte keine Ahnung, was es mit »bereit« meinte, doch sie nickte, und zur gleichen Zeit packte das Imsha plötzlich ihr Handgelenk. Was als nächstes geschah, war so merkwürdig, daß es Marrah regelrecht den Atem verschlug.

Kaum hatte das Imsha ihren Arm berührt, da spürte Marrah, wie sie in tiefe Trance versank. Einen Moment war alles ein konfuses Durcheinander von Farbe und Licht. Dann begannen sie und das Imsha auf einmal zu schrumpfen. Tiefer und immer tiefer ging es hinunter, und sie wurden kleiner und kleiner, bis die Felsblöcke um den Teich wie Berge aussahen und das Gras so hoch wie Bäume war. Ein Schmetterling flog über sie hinweg, einem riesigen Luftschiff gleich, mit großen blau-gelben Flügeln, die wie Feuer glühten, und ein Chor von Froschstimmen dröhnte in ihren Ohren wie das Rauschen eines Ozeans.

Vor ihnen nahmen die Blätter des Holunderstrauchs die Größe von Segeln an, und das Netz wurde so groß wie ein Hausdach. Das Imsha führte Marrah zu dem riesigen Geflecht aus schwarzen Seilen, jedes so dick wie ihr Arm, und als sie sich näherten, versteifte es sich plötzlich und hörte auf, sich im Wind zu blähen.

»Die Zeit ist stehengeblieben«, verkündete das Imsha, aber Marrah hörte kaum zu. Verwundert starrte sie auf eine Schwalbe, die in der Luft über ihr mitten im Flug anhielt, und bei ihrem Anblick empfand sie eine sonderbare Verzückung, die alle Furcht überwand.

»Schau«, befahl das Imsha.

Marrah gehorchte und sah, daß alle Öffnungen in dem Knüpfwerk zu Fenstern geworden waren, von denen sich jedes auf eine andere Welt öffnete. In einem Fenster sah sie sich selbst an ihrem Volljährigkeitstag wieder, während sie von einer hohen Klippe in die Brandung hinuntersprang; in einem anderen sah sie sich am Strand ihres Heimatdorfes, wie sie Stavan aus dem Meer zog; in einem dritten sah sie Keru und Luma im Augenblick ihrer Geburt.

Shara war dort zu sehen und auch die Steppe; hier war sie

Vlahans Ehefrau und Gefangene, gerade damit beschäftigt, Pferdeäpfel in einen Korb zu sammeln; dort war sie Lalahs geliebte Enkelin und stillte ihre Kinder auf dem Dach des Hauses, während sie mit Dalish schwatzte. In einigen der Fenster war sie eine Frau mittleren Alters, und in wieder anderen saß sie alt und gebeugt in der Sonne neben einer jungen Frau, die sie nicht erkannte. Nun doch von Furcht überwältigt, schloß sie die Augen.

»Ich kann diese Visionen nicht ertragen!« rief sie angstvoll. »Laß sie verschwinden!«

Das Imsha lachte nur und verstärkte seinen Griff um Marrahs Handgelenk. »Wovor hast du Angst?«

»Ich fürchte mich davor, meinen eigenen Tod zu sehen.«

»Du wirst deinen eigenen Tod nicht sehen, es sei denn, du bittest darum. Öffne die Augen, Marrah, Tochter von Sabalah. Sei mutig. Mach deine Augen auf und sieh weit, weit in die Zukunft.«

Marrah faßte Mut und stellte fest, daß sie und das Imsha vor einem der Fenster standen und in eine Art Riesenhaus hineinschauten, größer als jedes Mutterhaus, das jemals erbaut worden war. Lange, röhrenförmige Laternen an der Decke verströmten bläulich grünes Licht, und Menschen in kurzen, bunten Kleidern schlenderten in den Sälen umher und betrachteten Dinge in seltsamen Kästen. Die Wände der Kästen waren durchsichtig wie Wasser, aber dennoch fest. Marrah sah Hansi-Speere hinter jenen festen Wasserwänden liegen; Pfeile, Dolche und die Knochen eines Mannes, eingerahmt von Waffen und goldenen Schmuckstücken.

»Komm mit«, flüsterte das Imsha, und Marrah schien mit ihm durch das Fenster in das große Haus zu schweben, durch endlose, matt erleuchtete Korridore, bis sie in einen anderen, kleineren Saal gelangten.

Hier war nur eine einzige Person, eine Frau mittleren Alters mit grau-braunem Haar und Stiefeln mit sonderbaren Absätzen, die wie kleine Stöckchen aussahen. Sie beugte sich gerade vor, prüfte etwas in einem der Wasserkästen, und als Marrah genauer hinsah, erkannte sie, daß es die rote Tonschale mit den schwarzen Schlangenmustern war, die sie erst gestern gebrannt hatte.

»Jetzt siehst du, warum die Schale perfekt sein mußte«, sagte das Imsha. Es stellte sich hinter die Frau und legte ihr seine Hände auf die Schultern, doch diese spürte das Imsha offenbar nicht. Sie fuhr nur fort, sich Marrahs Schale anzusehen, während sie leicht die Stirn runzelte, wie jemand, der tief in Gedanken versunken ist.

»Die Schale spricht zu ihr«, sagte das Imsha. »Die Frau hört deine Stimme über eine Kluft von so unendlich vielen Jahren hinweg, daß man sie nicht zählen kann. Sie ist sich nicht bewußt, daß sie deine Stimme hört, und dennoch hört sie sie. In ihrer Zeit ist die Göttin Erde längst vergessen, aber deine Schale bewirkt, daß sie sich erinnert. Du wirst in deinem Leben noch viele, viele Schalen töpfern, doch nur diese eine wird die Zeiten überdauern.«

Das Imsha ließ Marrahs Handgelenk los, und plötzlich erwachte sie aus ihrer Trance; sie standen wieder neben dem Teich, und das Vogelnetz war nur ein kleines Viereck aus Menschenhaar, wenig größer als Marrahs Handflächen.

»Wie hast du das gemacht?« rief Marrah verwundert.

Das Imsha gab keine Antwort, sondern beugte sich vor und küßte Marrah auf die Stirn. »Ich habe gar nichts getan«, sagte es sanft. »Das hast du alles selbst bewirkt. In dieser dritten Stufe der Einweihung in die Kräfte der Dunklen Mutter muß die Person, um die es geht, lernen, ohne zu wissen, was sie lernt.

Du bist tatsächlich gesegnet. Die Dunkle Mutter hat dir die Macht der Trance und der Prophezeiung verliehen, die deiner Großmutter versagt blieb. Geh nach Hause, liebes Kind. Es gibt jetzt nichts mehr, was ich dich noch lehren kann. Du wirst eine große Priesterin und eine große Königin sein, aber wenn jemals eine Zeit kommt, in der du dir nicht mehr zu helfen weißt und alles verloren scheint, dann häng dein Netz auf und flüstere die Namen der Dunklen Mutter.«

»Erzähl mir mehr!« flehte Marrah. »Was siehst du noch? Werde ich Keru zurückbekommen? Wird Arang leben, um neben mir im Rat der Ältesten zu sitzen? Und Stavan? Was ist mit Stavan?« Das Imsha verweigerte jedoch jegliche Antwort und wandte sich ab, um im Wald zu verschwinden.

An jenem Nachmittag rollte Marrah ihr Netz zu einem festen Knäuel zusammen, streifte ihre Sandalen über und machte sich auf, um nach Kataka zurückzukehren. Sie befand sich ungefähr auf halbem Weg hügelabwärts, als sie Hiknak auf Ylata den Abhang heraufgaloppieren sah mit Nretsa am Zügel neben sich.

»Schnell, steig auf!« rief Hiknak. »Königin Glyntsa hat mich geschickt, um dich zu holen. Sie will, daß du dich sofort nach Kataka begibst. Dalish ist heute morgen in der Stadt angekommen, mit einer Nachricht von deiner Großmutter. Einer von Nikhans Kriegern bringt uns eine Unglücksbotschaft. Er behauptet, Nikhan und Stavan hätten gegen Vlahan gekämpft und verloren!«

Marrah bat Hiknak, ihr mehr zu erzählen, aber Hiknak wußte nichts Näheres. Sie erklärte, sie wäre sofort losgeritten, um sie, Marrah, zu holen, nachdem Dalish völlig erschöpft in Kataka eingetroffen war.

»Dalish wollte mir den Rest der Nachricht nicht mitteilen ohne deine Gegenwart«, sagte Hiknak. »Ich habe sie nach Arang gefragt und nach Stavan und Keru, aber sie wehrte nur ab: ›Geh und hol Marrah.‹ Sie war so am Ende, daß Kal sie von ihrem Pferd heben mußte, und als Glyntsa ihr eine Stärkungsbrühe holte, schlief sie mit dem Kopf auf dem Tisch ein, bevor sie davon trinken konnte.«

Sie blickten einander sorgenvoll an, und beiden ging derselbe Gedanke durch den Kopf, aber im Augenblick gab es nichts hinzuzufügen. Schweigend ritten sie den schlammigen Pfad hinunter, ließen die Pferde vorsichtig um die Felsblöcke herumgehen. Marrah war so beunruhigt, daß sie Nretsa am liebsten zu einem scharfen Galopp angetrieben hätte; doch sie hatte schon vor langer Zeit gelernt, daß man niemals bergab über loses Geröll raste, sonst riskierte man den Bruch der Vorderläufe seines Tiers. Während sie dahinritt, zählte sie sich eine Reihe von Gründen auf, warum Dalish sich so beharrlich weigerte, Hiknak den Rest von Lalahs Botschaft zu berichten – und jeder war schlimmer und bedrückender als der andere.

Mehrmals schloß sie die Augen und versuchte zu erkennen, welche Nachricht sie in Kataka erwartete; aber sie nahm nur die

Dunkelheit hinter ihren Lidern wahr. Die Göttin mochte ihr zwar Einblick in die Macht von Trance und Vision gewährt haben; doch ohne das Vogelnetz aufzuhängen und die Namen der Dunklen Mutter zu flüstern, war sie jetzt ebensowenig fähig, in die Zukunft zu sehen, wie an dem Tag, als das Imsha ihr befohlen hatte, ihr Haar abzuschneiden.

Schließlich wurde das Gelände wieder eben, und sie konnten ihre Pferde zu einem schnellen Trab antreiben. Bald darauf kam Kataka in Sicht.

Der Weizen stand bereits kniehoch, bewacht von denselben Getreidetonnen, von denen Marrah damals bei ihrer Ankunft so beeindruckt gewesen war – aber das Kataka, in das sie jetzt zurückkehrte, war nicht mehr dieselbe Stadt, die sie verlassen hatte, als sie in die Berge hinaufgewandert war, um in die letzten Geheimnisse der Dunklen Mutter eingeweiht zu werden.

Während der langen Monate, die sie sich damit abgemüht hatte, ein perfektes Gefäß für das Imsha zu töpfern, hatten Glyntsa und Kal die Stadt befestigt, unter der Aufsicht von Hiknak, die mehr über Krieg wußte als die beiden zusammen. Die Rosenhecke wand sich noch immer um die gesamte Stadt, jetzt dicht belaubt und in voller Blüte, und als sich Marrah und Hiknak näherten, konnten sie den süßen Duft der Blüten riechen; aber außerhalb der Hecke klaffte ein neuer Graben im Land. Der Graben war ebenfalls ringförmig angelegt, es wuchsen jedoch keine Rosen an seinen Rändern, und keine Bienen summten dort.

Es handelte sich um eine schlammige Aushebung, so tief, wie ein ausgewachsener Mann groß war, ungefähr zwanzig Schritte breit und bestückt mit spitzen Pfählen, die zum Himmel aufragten. Das Erdreich aus dem Graben war auf der am weitest entfernten Seite der Stadt aufgehäuft worden, und die Katakaner hatten bereits begonnen, ein dichtes Gewirr aus Brombeerbüschen auf der Kuppe des kleinen Hügels anzupflanzen.

Der mit Pfählen gefüllte Graben und der dornenbewehrte Hügel bildeten wirkungsvolle Hindernisse, um berittene Krieger abzuhalten; doch Marrah runzelte die Stirn, als sie die beiden Befestigungsanlagen sah. Hiknak hatte gute Arbeit geleistet, aber es blieb etwas Beunruhigendes an dem neuen Kreis, der die Mutterhäuser umschloß. In Shara hatten sie das meiste dessen, was sie brauchten, auf die Klippen hinaufschaffen können. Jedesmal, wenn sie sich umdrehten, um den Klippenpfad hinunterzulaufen, hatten sie Shara zu ihren Füßen liegen sehen, wie es immer gewesen war: offen zum Land und zum Meer hin.

Aber hier in Kataka gab es keine Klippen, in die sie sich flüchten konnten, falls die Nomaden angriffen – folglich würde ihre Stadt danach niemals mehr wie früher aussehen. Kataka war jetzt ein Fort wie die Befestigungsanlage, die Nikhan auf den Trümmern von Shambah erbaut hatte, nur sehr viel größer.

Am Rand des Grabens waren sie gezwungen, abzusitzen und ihre Pferde an den Pfosten anzubinden, den Hiknak dort für einen solchen Zweck hatte anbringen lassen. Jemand aus Kataka mußte den Pfosten gedrechselt haben, denn er war ein prächtiges Exemplar, über und über mit geschnitzten Rosen, Mondsicheln und Hunden verziert; als Marrah Nretsas Zügel darumschlang, dachte sie wie so oft, daß die Katakaner offenbar unfähig waren, irgend etwas Belangloses zu schaffen.

Als sie an der Seite des Grabens hinuntergingen, bahnten sie und Hiknak sich einen Weg zwischen den scharfen Pfählen hindurch, die weit genug auseinanderstanden, um eine Ziege oder ein Schaf durchzulassen, aber viel zu eng für ein Pferd. Eine Reihe schmaler, schlammiger Stufen waren in die gegenüberliegende Böschung direkt beim Tor eingelassen worden. Sie kletterten mühelos hinauf und betraten die Stadt durch das Tor, das jetzt zwar mit einer massiven, jedoch weit geöffneten Holztür versehen war.

All diese Maßnahmen würden wohl kaum irgendwelche Angreifer abhalten, da man mit einem guten, scharfen Messer leicht die Rosenhecke durchdringen konnte; aber dahinter lagen Stapel von Baumstämmen, aus denen zweifellos ein wirksamer Schutzwall werden würde. Als Marrah durch das Tor ging, fiel ihr auf, daß Redra nirgendwo in Sicht war.

»Sie ist in diesem Frühjahr an einem Lungenfieber gestorben«, erklärte Hiknak, »und Glyntsa muß erst einen neuen Torhüter ernennen.«

Marrah hatte Redra nicht besonders gut gekannt; aber auch aus der Ferne hatte sie ihr gefallen. Redra war eines natürlichen Todes gestorben, der nichts mit den Nomaden zu tun hatte; dennoch standen Marrah all die Jahre vor Augen, in denen Redra an genau diesem Tor gestanden hatte, um Pilger zu begrüßen. Ihr Tod war ein weiteres Zeichen dafür, daß Kataka nie wieder eine Stadt sein konnte, wo Fremde willkommen waren und mit offenen Armen empfangen wurden.

Sie fanden Dalish in Glyntsas Küche, an demselben Tisch sitzend, an dem sie mit Keshna gesessen hatten an ihrem Ankunftsmorgen in Kataka. Eine ganze Anzahl von Leuten drängte sich in dem Raum, einschließlich Glyntsa, Kal und dem größten Teil des Ältestenrates – aber Marrah hatte nur Augen für Dalish. Ein Blick in ihr Gesicht, und Marrah wußte, daß sie schlechte Nachrichten überbrachte.

Die Botin erhob sich von ihrem Platz. Ihre Wangen waren bleich und eingefallen vor Müdigkeit, und ihr dunkles Haar hatte der Wind zerzaust; aber ihre Augen funkelten so hart wie an jenem Tag vor langer Zeit, als sie Marrah erklärt hatte, daß Marrah entweder Vlahan heiraten oder sterben müsse.

Dalish besaß ein weiches Herz, und wenn sie gezwungen war, etwas zu tun, was jemandem weh tun konnte, dann errichtete sie eine Schutzmauer um sich und wurde brüsk beziehungsweise richtig unhöflich.

»Hallo, Marrah«, sagte sie knapp. »Deine Großmutter läßt dich grüßen und dir ausrichten, du sollst nach Shara zurückkommen, um Kriegskönigin zu werden.« Ihr Benehmen war so unpersönlich, daß sie irgendeine Botin hätte sein können, statt eine von Marrahs engsten Freundinnen; sie umarmte Marrah nicht einmal zur Begrüßung, sondern stand nur steif da und sprach im ruppigsten Ton, der ihr zur Verfügung stand. »Die Nomaden reiten nach Süden und können jederzeit angreifen.«

Erzähl mir von Keru und Stavan und Arang! dachte Marrah, doch sie wagte nicht zu fragen aus Angst vor dem, was sie vielleicht zu hören bekäme.

»Warum sollten sich die Nomaden die Mühe machen, Shara anzugreifen?« wollte Hiknak wissen. »Es gibt dort nichts, was für sie von Interesse sein könnte. Stavan ist fort, und Vlahan hat Keru und Arang bereits in seiner Gewalt – also, warum stürzen sie sich dann in das Unterfangen, Shara zu erobern, wenn Städte wie Kataka viel reicher und näher sind?«

Sie unterhielten sich auf sharanisch, aber Kal verstand die Worte. Seine Augen wurden schmal, als Hiknak die Reichtümer von Kataka erwähnte, er schwieg jedoch. Was Hiknak gesagt hatte, stimmte: Es war ein weiter Weg von der Steppe bis nach Shara, und wenn die Nomaden auf Gold und Vieh aus waren, gab es im Norden wesentlich reichere Beute zu holen. Changar mochte Marrah zwar hassen, aber er war nicht so dumm, Vlahan zu einer Expedition so weit nach Süden noch über den Rauchfluß hinweg zu überreden, nur wegen seiner Gier nach ihrem Kopf.

»Du irrst dich. Es gibt etwas in Shara, was Vlahan wiederhaben will. Etwas – oder eher: jemand, für den er jeden Preis zahlt.« Dalish hielt inne und ließ ihren Blick von Hiknak zu Marrah schweifen und wieder zurück. »Arang.«

»Arang ist entkommen!« rief Hiknak selig.

»Ja. In genau diesem Moment ist er in Shara. Er hat gefleht und gebettelt, mit mir nach Kataka reiten zu dürfen, aber Lalah wollte es nicht erlauben. Sie sagte, es käme einer Herausforderung an die Nomaden gleich, uns aus dem Hinterhalt zu überfallen. Arang kam nach Süden zusammen mit dem Händler, der die Nachricht von der Schlacht brachte. Er sagte, Stavan hätte Vlahans Lager überfallen und Arang befreit.«

»Du hast mit ihm gesprochen!« Hiknak klatschte begeistert in die Hände und drehte sich zu Marrah um. »Gelobt seien deine Götter und meine!« Sie wandte sich wieder an Dalish. »Wie hat er ausgesehen? Was hat er erzählt? Läßt er mir etwas ausrichten?«

Marrah war sprachlos vor Überraschung. Sie war auf böse

Neuigkeiten gefaßt gewesen, statt dessen hatte Dalish gute gebracht.

»Wie geht es Arang?« fragte Hiknak aufgeregt. »Erzähl mir alles, auch wenn es schlimm ist. Haben sie ihm die Ohren abgeschnitten oder seine Männlichkeit oder ihm die Augen ausgestochen?« Marrah wünschte inständig, Hiknak wäre ausnahmsweise einmal weniger unverblümt, aber ihr Nomadencharakter brach sich immer wieder Bahn. Falls Arang verstümmelt worden war, würde keiner mehr trauern als sie, und trotzdem würde sie sich nach den schrecklichsten Einzelheiten erkundigen.

Dalish zuckte die Achseln. »Als ich Shara verließ, hatte Arang zwei Augen, zwei Ohren, zwei Arme, zwei Beine und – soweit ich das beurteilen kann – auch sonst noch alles Erforderliche. Er war der Große Häuptling bei den Hansi – nur dem Namen nach natürlich, aber trotzdem Großer Häuptling –, deshalb hat Vlahan für gute Behandlung gesorgt. Vlahan kann die Zwanzig Stämme ohne Arang nicht zusammenhalten. Ich nehme an, Arang hat den größten Teil seiner Zeit damit verbracht, im Zelt des Häuptlings zu sitzen, gebratenes Lamm zu essen und Audienzen abzuhalten – mit einer Dolchspitze im Rücken. Er läßt euch beiden liebe Grüße ausrichten.«

Sie wandte sich an Hiknak. »Zu dir sagt er: ›Komm bald zurück und bring Keshna mit, damit ich euch beide wieder in meine Arme schließen kann.‹« Dann drehte sie sich zu Marrah um. »Und dir läßt er ausrichten: ›Komm zurück, liebe Schwester, und hilf mir, Shara zu verteidigen.‹«

Marrah konnte die Ungewißheit nicht länger ertragen. »Und Keru? Was ist mit Keru? Hat Stavan ihn auch befreien können? Ist mein kleiner Junge auch in Shara?«

Dalish begegnete Marrahs bohrendem Blick und wandte dann die Augen ab. »Nein«, sagte sie leise. »Arang erzählte, daß Changar jede Nacht mit Keru an seiner Seite schlief, und ihre Handgelenke waren durch ein Seil aus weißer Wolle miteinander verbunden. Um Changars Zelt waren zu viele Wachen postiert, als Stavan das Lager überfiel. Er konnte nicht einmal in die Nähe des Zeltes gelangen.«

Marrah war wie betäubt vor Enttäuschung. Sie fühlte Hiknaks tröstende Hand auf ihrem Arm. »Stavan hat diese Schlacht vielleicht verloren, aber die nächste wird er gewinnen«, sagte Hiknak. Ihre Worte sollten ermutigend klingen, doch Marrah konnte an nichts anderes denken als an Keru, der wie ein Hund an Changar gekettet war.

Dalish hustete und griff nach dem Krug aus Ton, der auf dem Tisch stand. Sie schenkte sich einen Becher Wasser ein und trank langsam. »Marrah«, begann sie und brach dann abrupt ab. »Marrah«, wiederholte sie zögernd, »dir muß ich noch etwas anderes sagen.« Plötzlich tat sie ein paar Schritte vorwärts und packte Marrah an den Schultern, als wollte sie sie schütteln, doch stattdessen zog sie sie fest an sich.

»Liebe Marrah, liebste Freundin...« Ihre Stimme brach. »Ich wollte nicht diejenige sein, die dir die Nachricht überbringt, aber Lalah sagte, ich müßte es tun: Stavan kann Keru nicht befreien. Stavan ist tot.«

VIERTES BUCH

Die Belagerung

In den Tagen von Vlahan dem Großen ritten unsere Krieger gen Süden, um einem gottlosen Volk unsere Götter zu bringen.

Inschrift auf dem Heft eines Hansi-Dolches, geschrieben in der Urschrift des steinzeitlichen Europas – möglicherweise von einem Sklaven. Museum für Kunst und Geschichte, Varna, Bulgarien. Zeit unbekannt.

Kein Pferd schoß jemals einen Pfeil;
kein Pferd legte jemals eine Stadt in Schutt und Asche.

Wenn ich auf Nretsas Rücken reite
und ihre Flanken unter mir fühle,
erkenne ich in ihr die Unschuld eines Lamms.

Das Böse ist nicht in dem Pferd.
Es bewohnt seinen Reiter.

Aus »Die Belagerung«. Ein Gedenklied des Sharatani-Volkes. Schwarzmeerküste, 5. Jahrtausend v. Chr.

12. Kapitel

Das Dröhnen der Trommeln wurde lauter, pulsierte in der Dunkelheit. Plötzlich verstummten sie, und gleich darauf nahm ein einzelnes Instrument den Rhythmus wieder auf. Im Lager der Krieger saßen Vlahans Männer um das Feuer des Häuptlings, tranken Kersek und hörten dem prahlerischen Lied des Mannes zu, der Stavan getötet hatte.

Puhan hatte das Loblied seiner eigenen Heldentat nun schon wochenlang Abend für Abend gesungen, doch die Krieger wurden seiner nie überdrüssig. Jeden Abend schmückte er sein Lied noch ein wenig mehr aus, und die Krieger klatschten sich im Rhythmus der Trommeln auf die Schenkel. Jedesmal, wenn Puhan zu der Stelle kam, wo er Stavan einen gewaltigen Hieb versetzt und ihn von seinem Pferd gerissen hatte, brüllten sie Beifall.

Ich bin Puhan,
stärker als ein Hengst,
schneller als eine Antilope,
schlauer als ein Wolf.
Puhan, Sohn von Yerhan,
Puhan, mutig und mächtig.
Ich allein habe Stavan getötet,
den feigen Rebellenanführer,
Stavan, den Hansi-Verräter,
Stavan, den Liebhaber der Hexe.
Ich habe ihm einen mächtigen Hieb verpaßt,
und er fiel unter meiner Keule.

Puhan begleitete sich auf seiner Trommel, während er sang, hämmerte mit beiden Fäusten darauf ein, damit sie mit ihrem Krach alles andere übertönte. Die Trommel war klein wie alle Hansi-Trommeln, ein kreisförmiges Stück Rindsleder, nicht breiter als zwei Hände, das, über einen hölzernen Rahmen gespannt, Sonnen- und Sternenmuster aufwies; aber sie hatte eine laute Stimme. Puhan selbst besaß ein fürchterliches Organ – sein Gesang klang wie das schrille Jammern von Mäusen, die von Pferdehufen zerquetscht wurden –, aber niemand störte sich daran.

Es gab nichts Schöneres, als dem Prahlgesang eines frisch gekrönten Helden zuzuhören, auch wenn seine Krone nicht mehr als ein steifer, mit Muscheln besetzter Streifen Wolfsfell war statt des goldenen Reifs, den Vlahan ihm für den Abend hätte überreichen sollen.

Aber nachdem Arang ein zweites Mal entwischt war, bangte Vlahan zu sehr um seine Macht, als daß er irgend jemandem die Krone des Großen Häuptlings hätte anvertrauen können. Deshalb blieb das Gold auf Vlahans Kopf, und Puhan bekam den Wolf.

Bevor Puhan Stavan tötete, hatte er nie etwas Bemerkenswerteres vollbracht, als ein paar Stück Vieh zu stehlen. Er war klein und dürr, mit einer spitzen Nase und leicht schielenden Augen, und sein Silberblick hatte ihm den Ruf eingebracht, der schlechteste Schütze im ganzen Stamm zu sein. Es hieß immer, wenn Puhan einen Pfeil in seinen Bogen spannte, sollten die Männer rechts und links von ihm auf schnellstem Wege in Deckung gehen; doch infolge seiner unerhörten Heldentat hatten die anderen aufgehört, auf seine Kosten Witze zu reißen – abgesehen von einigen Neidhammeln, die flüsterten, sein Sieg sei bloß ein Glücksfall gewesen, der eigentlich einem besseren Mann zugestanden hätte.

Insgeheim wußte Puhan, daß seine Konkurrenten recht hatten: Er war von Natur aus ein Feigling, aber durch eine seltsame Wende des Schicksals hatte er Ruhm auf sich und seine gesamte Sippe gehäuft. In der Hitze des Gefechts hatte er versucht, sich in Sicherheit zu bringen, und war unabsichtlich und ohne es zu merken geradewegs auf den Feind zugaloppiert.

Plötzlich befand er sich direkt hinter Stavan, Sohn von Zuhan. Puhan, der Stavan vom Sehen her kannte, wurde von so fürchterlichem Entsetzen gepackt, daß er, noch bevor er wußte, was er tat, wie wild mit seiner Keule ausholte; damit hatte er einen Glückstreffer gelandet, Stavan am Kopf getroffen und ihn vom Pferd geschlagen.

Zuerst war er so verblüfft gewesen, daß er einfach nur im Sattel saß und darauf wartete, daß Stavan wieder aufstand, um sich an Puhan zu rächen. Doch als Stavan weiterhin reglos auf dem Boden liegenblieb, begriff Puhan, daß Stavan zumindest bewußtlos sein mußte; er sprang von seinem Pferd, um nachzusehen, ob er seinen Feind womöglich getötet hatte.

Zu seiner großen Freude stellte er seinen Sieg fest. Mit einem Jubelschrei begann er, den Leichnam seines Schmucks zu berauben, mit dem er die Überwältigung des Mannes beweisen konnte, auf dessen Kopf Vlahan so scharf war.

Zuerst nahm er Stavans Armband und riß ihm die goldenen Ringe aus den Ohrläppchen, dann versetzte er ihm einen Fußtritt, um ihn auf den Rücken zu rollen, zog den goldenen Anhänger in Form eines Pferdes von seinem Hals und schnappte sich seinen Dolch und Gürtel mit der Hast eines Mannes, der es gewöhnt ist, auf der Flucht zu plündern.

Aber zu seinem ewigen Kummer hatte Puhan es nicht geschafft, sich des Kopfes von Stavan zu bemächtigen; denn gerade als er sich hinkniete, um ihn abzutrennen, waren plötzlich fünf feindliche Krieger mit markerschütternden Schlachtrufen auf ihn zugestürmt, und er hatte sich mit knapper Not retten und auf sein Pferd schwingen können.

Natürlich verdankte Puhan seiner panikartigen Flucht das Ergebnis, daß er heute abend wohlbehalten im Zelt des Häuptlings saß und auf seine Trommel schlug; verständlicherweise tauchte dieser Abschnitt der Geschichte nicht in seinem Lied auf.

In seiner prahlerischen Version hatte Puhan ohne fremde Hilfe ein Dutzend Shubhai-Krieger zurückgeschlagen und fünf von ihnen getötet, bevor ein weiteres Dutzend zur Verstärkung anrückte. Als er schließlich gezwungen war, vor dem Feind das Weite zu suchen, hatte er ihnen Beleidigungen entgegengeschleudert und sie derart wüst beschimpft, daß sie sich schämten, Shubhai zu sein.

Ihr Söhne von Schlampen, ich bin Puhan!
Seht mich an und schreit vor Angst!
Puhan, der Wolf, spuckt euch ins Gesicht!
Puhan pißt auf euch und eure Sippe!

Was er wirklich geschrien hatte, war: »Hilfe! Hilfe! Verschont mich!«, aber das machte sich nicht sonderlich gut in einem Heldenlied. Obwohl sein Prahlgesang heute abend fast doppelt so lang war wie am Abend zuvor, ließ er diejenigen Einzelheiten aus, die ihn und seine Familie in ein schlechtes Licht gerückt hätten.

Zum Beispiel tauchte Vlahans Reaktion auf die Nachricht von Stavans Tod in keiner Strophe seines Liedes auf, und das aus gutem Grund: Vlahan war so außer sich vor Wut gewesen, als er von Puhans Versagen erfuhr, ihm Stavans Kopf zu bringen, daß er mit seinem Dolch ausgeholt und ein Loch in die Wand seines eigenen Zeltes gefetzt hatte.

»Du erbärmlicher Feigling!« hatte Vlahan gebrüllt. »Du dämlicher, schieläugiger Sohn einer Hündin! Weggerannt bist du und hast den Kopf von Stavan dem Verräter wie einen alten Stiefel liegen lassen!«

»Ich habe tapfer gekämpft, Rahan«, hatte Puhan protestiert. »Kein Mann wäre mit einer solchen Übermacht des Feindes fertig geworden. Schau her, ich bringe dir die Armbänder und Ohrringe des Verräters als Beweis für seinen Tod. Hier ist sein Dolch, rot von seinem Blut, und der Gürtel, den ich von seinem leblosen Körper gezogen habe.«

»Ich will diesen verfluchten Plunder nicht!« hatte Vlahan getobt. »Ich will seinen Kopf!«

»Den Kopf des Verräters konnte ich dir nicht bringen, Rahan«, hatte Puhan gestottert, »aber viele Männer waren Zeugen, wie ich ihm den tödlichen Schlag versetzte.« Was zum Glück der Wahrheit entsprach, denn sonst hätte es gut sein können, daß am Ende Puhans eigener Kopf einen Pfahl draußen vor Vlahans Zelt geschmückt hätte.

Mehrere Krieger hatten Puhans Keule treffen sehen – Männer von großem Mut, die niemals logen –, aber trotz der Tatsache, daß sie alle Stavans Tod bestätigten, hatte Vlahan weiterhin getobt und geflucht bis spät in die Nacht, als die Kundschafter im Lager verbreiteten, daß die Shubhai und ihre Verbündeten die Flucht ergriffen hätten. Am nächsten Morgen waren zwei Spione mit der willkommenen Nachricht erschienen, daß Nikhan gejammert und wie ein Wahnsinniger geschrien hatte, als er von Stavans Tod erfuhr; vor lauter Verzweiflung habe er sich die Arme und das Gesicht aufgeschlitzt und die Götter verflucht, bis ihn seine eigenen Männer festhalten mußten.

Sobald die Spione Nikhans Ausbruch beschrieben, wußte Vlahan, daß Puhan Stavan tatsächlich getötet hatte. Widerwillig hatte er Puhan als Helden gepriesen und ihm ebenso widerwillig die heilige Krone aus Wolfsfell und Muscheln auf die Stirn gedrückt. Doch obwohl Stavan unbezweifelbar sein Leben hatte lassen müssen, war Vlahan noch immer in gefährlicher Stimmung wegen Puhans Versäumnis, ihm den Kopf des Abtrünnigen zu bringen.

Puhan trommelte und brüstete sich stundenlang mit seiner Heldentat, während die Sterne langsam über den Himmel wanderten und der Mond aufging, so schmal wie ein gekrümmter Grashalm. Als sein Lied schließlich endete, erklärte er sich selbst zum tapfersten Mann, der jemals gelebt hatte, schlug noch ein letztes Mal auf die Trommel und verstummte.

Allgemein zustimmendes Gemurmel ertönte im Zelt, und die Krieger blickten Vlahan erwartungsvoll an.

Vlahan saß lange Zeit da und starrte schweigend zu Puhan hinüber – sein Mund zu einem rätselhaften Lächeln verzerrt, das Puhans Eingeweide in Wasser verwandelte. Schließlich sprach er: »Dies ist also der Mann, der meinen Halbbruder getötet hat, den verräterischen Hexenliebhaber Stavan – Stavan, der Arang entführte, den Enkelsohn von Zuhan, wahrer Großer Häuptling aller tapferen Hansi, und der die elenden Shubhai und fünf andere feige, Dreck fressende Stämme zur Rebellion angestiftet hat?«

Puhan hoffte, dies wäre nicht wirklich als Frage gemeint. »Ja, Rahan«, sagte er lahm. Seine Stimme zitterte leicht, und er konnte sich nicht dazu aufraffen, Vlahan in die Augen zu sehen.

Jeder wußte nämlich, daß Arang nicht »entführt« worden, sondern mit fliegenden Fahnen zu den Shubhai übergelaufen war, so wie auch jeder wußte, daß Vlahan Arang monatelang gefangengehalten hatte, während er die Zwanzig Stämme in seinem Namen regierte. Aber kein Mann, dem sein Leben lieb war, würde es wagen, auch nur mit einem Wimpernzucken anzudeuten, daß er die wahren Zusammenhänge kannte.

Vlahan nahm einen kräftigen Schluck Kersek, wischte sich den Mund mit dem Handrücken ab und starrte Puhan an, bis dieser sich vor Unbehagen wand. Vlahan hatte an Gewicht zugenommen, und sein rotes, fleischiges Gesicht glänzte vor überreichlichem Essen und Trinken: Dies war das beste der letzten fünf Jahre gewesen, nachdem die Regenfälle endlich rechtzeitig eingesetzt und üppiges Gras für die Herden beschert hatten, außer der Niederschlagung der Rebellion.

Aber obwohl Nikhan und seine Verbündeten wie verängstigte Kaninchen geflohen waren, als sie von Stavans Tod erfuhren, bedeutete es nur einen halben Sieg für die Hansi; denn es war ihnen nicht gelungen, Arang wieder in ihre Gewalt zu bekommen. Ohne diesen Thronerben, das wußte Vlahan, konnte er nicht mehr lange auf den Zusammenhalt der Stämme bauen. Wenn Puhan kein so erbärmlicher Feigling wäre, hätte er Stavans Kopf gebracht, koste es, was es wolle.

Jetzt hörte man überall Gerüchte, daß Stavans Geist umginge und daß er aus dem Paradies zurückkäme, um sich an den Stämmen zu rächen, die es versäumt hatten, ihm zu Hilfe zu eilen. Vlahan haßte seinen Halbbruder mit dem beständigen Glühen eines geschürten Feuers. Nacht für Nacht hatte er wachgelegen und sich ausgemalt, wie prächtig sich Stavans Kopf draußen vor seinem Zelt machen würde – auf einen Pfahl aufgespießt, während seine Augen langsam verfaulten und sein Fleisch in Fetzen abfiel –, aber dank Puhan gab es nichts weiter bei ihm anzutreffen als fünf schlafende Hunde und ein Gestell mit geräuchertem Pferdefleisch.

»Du bist wahrlich ein Held, Puhan.« Wieder trat eine lange Pause ein, und Puhan wünschte sich inständig, er wäre zurück in seinem eigenen Zelt. Vlahan starrte ihn erneut wortlos an, und etwas Grausames flackerte in seinen Augen auf. Ich sollte den elenden Wicht strangulieren lassen, dachte er. Aber wenn er Puhan erwürgen ließe, käme das praktisch dem Eingeständnis gleich, daß Stavans Tod nicht genügt hatte, um den Verlust von Arang wettzumachen. Nein, er würde den windigen, schieläugigen Viehdieb wie einen Helden behandeln müssen, ob es ihm nun paßte oder nicht. Diese Erkenntnis verbesserte nicht eben Vlahans Laune.

»Nun, was meinst du, welche Belohnung du für deine Tat verdienst?«

Puhan öffnete den Mund und klappte ihn dann wieder zu, wie gelähmt von Vlahans drohendem Blick.

Der Häuptling beugte sich vor und lächelte hinterhältig. Ihm war gerade ein perfekter Ausweg eingefallen, wie er Puhan belohnen und gleichzeitig strafen konnte. »Hast du nicht neulich gesagt, du würdest dir gerne noch eine weitere Ehefrau zulegen? Was für ein Hengst du doch bist, Puhan! Was für ein Held! Mit einer schönen Ehefrau wie Shakshak, die kein normaler Mann befriedigen könnte, bittest du darum, dir *noch eine* nehmen zu dürfen? Aber warum nur eine weitere? Warum nicht gleich mehrere? Ein großer Held wie du sollte viele Söhne zeugen!«

Puhans Gesicht nahm die Farbe gebleichter Wolle an, und er schnappte erschrocken nach Luft. Seine Ehefrau Shakshak war das eifersüchtigste Weib im ganzen Lager, und wenn er eine Rivalin in ihr Zelt brächte, würde sie ihm die Augen auskratzen. Ein anderer Mann hätte Shakshak vielleicht durch Prügel gefügig gemacht, aber er hatte es nie gewagt, sie zu schlagen. Sie war gut zwei Köpfe größer als er und kräftig gebaut; einmal hatte sie angedeutet, ihn im Schlaf zu töten, wenn er auf die Idee käme, eine andere Frau auch nur anzusehen.

»Ah«, fuhr Vlahan fort, »ich sehe deutlich, daß dir die Idee gefällt. Als Belohnung, du Gockelhahn, du Bulle, du Mann unter Männern, gebe ich dir Utak, Schwester von Druhan, Erutak, Tochter von Sdruhan, und Hwerkak, Witwe von Arawetahan, als deine zweite, dritte und vierte Ehefrau.«

Puhan hätte Vlahan am liebsten auf Knien angefleht aufzuhören, aber er wagte es nicht. Dies war der reinste Alptraum. Die Witwe Hwerkak hatte fünf Kinder, die er ebenfalls würde ernähren müssen – fünf dicke, laute, unangenehme Mädchen, die bei jeder Mahlzeit die Menge ihres eigenen Gewichts verdrückten. Puhan spähte ängstlich zu Shakshak hinüber, die ihn vom Rand der Menge her giftig anfunkelte, und er wußte, er würde nie wieder einen Moment Frieden in seinem Zelt haben.

»Du erweist mir zuviel der Ehre, Rahan!« rief er verzweifelt. »Ich bin es nicht wert.«

»Unsinn«, erwiderte Vlahan energisch. »Du bist ein Held. Tatsächlich denke ich sogar, daß drei Frauen nicht genug der Ehre sind; deshalb werde ich dir noch die fünf Shubhai-Konkubinen dazugeben, die wir bei unserem großen Sieg geraubt haben. Sie sind alle jünger und sogar noch hübscher als Shakshak.«

Neun Frauen in seinem Zelt! Was für ein Untergang! Puhan überlegte, ob es nicht vielleicht besser wäre, wenn er Vlahan bat, ihn auf der Stelle zu töten, um diesem Alptraum ein Ende zu bereiten. »Danke, Rahan!« jammerte er. »Danke, großzügigster aller Häuptlinge!«

»Tritt vor«, befahl Vlahan, »und setz dich hier neben mich – solltest du gern noch mehr Frauen haben, brauchst du nur ein Wort zu sagen. Du bist unser großer Held Puhan, und ich werde dir keinen Wunsch abschlagen.«

Niedergeschmettert schlich Puhan nach vorn und hockte sich neben Vlahan. Seine Schultern hingen schlaff herab, und seine Krone aus Wolfsfell rutschte bis auf seine Augenbrauen. Kein Held hatte je kläglicher ausgesehen.

Vlahan erhob sich, um eine Ansprache an seine Krieger zu halten. Sämtlichen Männern im Zelt war klar, was er Puhan angetan hatte, aber keiner wagte es, schadenfroh zu grinsen. »Nachdem unser Held Puhan seinen Lobgesang beendet hat und für seine mutige Tat belohnt worden ist, müssen wir uns anderen Dingen zuwenden. Der Verräter Stavan ist tot und der Aufstand der Rebellen niedergeschlagen; doch unser Sieg ist nicht so süß, wie er hätte sein sollen. Unsere besten Kundschafter haben wochenlang vergeblich nach einer Spur von Arang gesucht; aber heute abend sind sie zu mir gekommen, um zu berichten, daß er von seinen Entführern nach Süden zu einem verfluchten Ort namens Shara verschleppt worden ist, wo Bäume Seite an Seite wachsen und Frauen herrschen.«

Ein Murmeln der Überraschung und des Zorns erhob sich unter den Kriegern. Vlahan hob sein pferdeköpfiges Zepter, legte den Kopf in den Nacken und richtete seine nächsten Worte an den Himmel. »Großer Han, Herr der Sonne und der Sterne, höre mich an: Morgen werden wir dir vier Hände Pferde opfern, zum Dank, weil du unseren Kundschaftern scharfe Augen verliehen hast. Wenn die Erde ihr Blut aufgenommen hat, werden wir unser Lager abbrechen, nach Shara reiten, es in Schutt und Asche legen und dir unseren Großen Häuptling zurückbringen!«

Ein lautes Geheul erschallte um ihn herum, als die Krieger den Kopf zurückwarfen und den Hansi-Schlachtruf ausstießen. Die Trommler stimmten einen ohrenbetäubenden Trommelwirbel an, und wieder vibrierte die Steppe, bis sogar das gestirnte Firmament zu zittern schien.

Während Vlahan und seine Krieger sich aufmachten gen Süden, galoppierten Marrah, Hiknak und Dalish in Richtung Shara. Die Frauen wußten, sie ritten mit den Nomaden um die Wette; aber sie hatten keine Möglichkeit abzuschätzen, wie knapp das Rennen sein würde. Sie legten nur gerade lange genug Rast ein, um kalte Mahlzeiten zu sich zu nehmen, ein wenig Schlaf zu bekommen und ihre Pferde ausruhen zu lassen. Dennoch trieb die Bedrohung der bevorstehenden Invasion sie zu immer größerer Eile an.

Vielleicht hatten Vlahans Männer inzwischen Shambah erreicht und es ein zweites Mal niedergebrannt; vielleicht hatten sie diese erste Stadt umgangen und waren augenblicklich dabei, den Rauchfluß zu überqueren. Oder vielleicht (o heilige Göttin, bitte laß es nicht wahr sein!) lag auch Shara schon in Trümmern.

Keine von ihnen hatte das Bedürfnis zu sprechen, aber sie ritten Seite an Seite, wann immer sie konnten, und schöpften Mut aus dem Anblick der anderen. Sie wußten, sie konnten jederzeit aus dem Hinterhalt überfallen werden, und nachts standen sie abwechselnd Wache. Hiknak ließ Marrah keine Sekunde aus den Augen, und wenn eine von ihnen davonwanderte, um ihren Wasserschlauch in einem Fluß zu füllen oder einen Armvoll Feuerholz zu sammeln, begleiteten die anderen sie.

Als die Tage vergingen, ohne daß eine Spur von den Nomaden auftauchte, ließ ihre Anspannung nach. Die Bewohner der Dörfer entlang ihrer Route hatten nichts von einem großen Verband von Männern zu Pferd gehört; das Wetter war milde, mit warmen Tagen und langen, goldenen Abenden. Manchmal sahen sie Storchennester, häufig Wild. Bei Sonnenuntergang schien das schwindende Licht die hohen Bäume mit einem weichen Schleier einzuhüllen, und wenn Marrah Wache hielt, vernahm sie höchstens das Rascheln von Blättern oder den gelegentlichen Ruf einer Eule.

Sie versuchte, soviel Trost wie möglich aus der Unberührtheit und Stille der Landschaft zu schöpfen; doch zuckte sie jedesmal zusammen, wenn nur ein Zweig knackte, und sie legte ihr Messer kaum jemals aus der Hand, nicht einmal im Schlaf. Oft lag sie stundenlang wach und starrte in den Nachthimmel hinauf. Die Sterne leuchteten besonders hell in diesem Sommer, doch sie nahm sie kaum wahr. Statt dessen sah sie nur die Schwärze zwischen ihnen, und manchmal war ihr zumute, als fiele sie aufwärts in ein finsteres Loch, so einsam, daß keiner sie jemals finden würde.

Wenn sie beim besten Willen nicht einschlafen konnte, erhob sie sich leise und entfernte sich ein Stück von den anderen, hängte ihr Netz an einem Busch auf und flüsterte die Namen der Dunklen Göttin – doch sie war zu tief betrübt, um in Trance zu versinken.

Es gab keinen Frieden in ihrer Seele, keinen Ort in ihrem Inneren, wo Kummer und Schmerz nicht hingelangt waren; deshalb blieb das Netz nichts weiter als ein Netz, und mehr als einmal, wenn sie sich resigniert daranmachte, das Netz wieder zu lösen, mußte sie Stücke von Blättern und abgeknickten Zweigen aus den feinen Fäden herausklauben. Einmal fand sie sogar eine kleine weiße Maus, die strampelnd versuchte, sich aus den Schlingen zu befreien. Marrah faßte es als ein schlechtes Vorzeichen auf!

Sie hätte alles dafür gegeben, in die Zukunft sehen zu können, denn nachdem Stavan jetzt tot war, konzentrierten sich ihre Ängste in erster Linie auf Luma und das, was ihr zustoßen könnte, falls Vlahan vor ihnen in Shara eintraf.

Luma war jetzt fünf, und wenn die Nomaden die Stadt überfielen, würde sie keine Chance haben. Wäre sie ein Junge, dann übergäbe irgendein kinderloser Krieger den Kleinen vielleicht seiner Ehefrau, um ihn aufzuziehen; aber das Beste, worauf ein kleines Mädchen mit dunklem Haar und dunklen Augen hoffen konnte, war ein barmherzig schneller Tod.

Die Vorstellung, sowohl Keru als auch Luma zu verlieren, war so entsetzlich, daß Marrah ihr Bestes tat, sie zu verdrängen; doch während ihres Rittes nach Süden ließ der schreckliche Gedanke, zu spät zu kommen zur Rettung ihrer Tochter, sie keinen Augenblick los und hetzte sie erbarmungslos vorwärts. Wenn nur Stavan dagewesen wäre, dann hätte er ihr vielleicht sagen können, wie schnell ein Nomadenkriegertrupp sich vorwärts bewegte – aber Stavan war tot, und ganz gleich, wie sehr sie sich nach Hilfe und Trost von ihm sehnte, wußte sie, daß er ihr niemals mehr zur Seite stehen konnte.

Sie vermißte ihn ständig. Sein Tod war ihr erster Gedanke, wenn sie morgens aufwachte, und ihr letzter, wenn sie sich abends schlafen legte. Bevor er starb, waren sie viele Monate getrennt gewesen, aber sie hatte seine Gegenwart dennoch immer gespürt.

Jetzt fühlte sie, wie die Distanz zwischen ihnen größer und größer wurde wie ein dunkles Tal ohne Ende. Wenn sie Reiher sah, erinnerte sie sich daran, mit wieviel Freude er die langbeinigen Vögel beobachtet hatte, während sie durch das Schilf staksten und Jagd auf Fische machten; und wenn sie an Luma dachte, erinnerte sie sich daran, daß nur Stavan es vermocht hatte, das Kind in den Schlaf zu singen, wenn es krank und unruhig war. Sie vergegenwärtigte sich seine Stimme und die Berührung seiner Hände, den Duft seines Haares, den zärtlichen Druck seiner Lippen, den warmen Klang seines Lachens.

Dutzendmal am Tag fiel ihr etwas ein, das sie ihm gern erzählt hätte. Es gab Scherze, die nur er verstanden hätte, Gedanken, die zu intim waren, um sie jemand anderem anzuvertrauen. Stavan war ihr Liebhaber gewesen, der Aita ihrer Kinder und ihr bester Freund – seinen Verlust ertrug sie nur deshalb, weil sie keine andere Wahl hatte. Sie hätte Felsen mit bloßen Händen entzweigebrochen und wäre barfuß über glühende Kohlen gelaufen, wenn sie ihn damit ins Leben hätte zurückholen können; aber sie träumte jetzt nie mehr von ihm – statt dessen erfüllten sie undurchdringliche Finsternis und ungebrochenes Schweigen... was sie mehr als alles andere davon überzeugte, daß er wirklich tot war.

Oft ertappte sie sich dabei, wie sie verzweifelt schluchzte, und dann ritt sie weiter, ohne sich die Mühe zu machen, ihre Tränen abzuwischen. Dalish und Hiknak verstanden ihre Trauer und respektierten sie; jederzeit hätte sie sich trostsuchend an sie wenden können, aber Marrah klammerte sich hartnäckig an ihren Schmerz und weigerte sich, ihn zur Sprache zu bringen.

Der Schmerz war alles, was ihr von Stavan noch geblieben war, und daher ließ sie nicht davon ab, preßte ihn an sich wie einen Umhang aus Dornen. Je furchtbarer sie litt, desto weniger sprach sie über ihr Leid – Stavans Tod war der größte Verlust ihres Lebens, und mit jedem Tag, der verging, vermißte sie ihn schmerzlicher.

Knapp zwei Wochen, nachdem sie von Kataka aufgebrochen waren, erreichten sie Shara, um es völlig verlassen vorzufinden. Nicht einmal ein Hund kam herbeigelaufen, um sie zu begrüßen, und als Marrah Nretsa durch die leeren Straßen lenkte, spürte sie, wie eine allzu vertraute Angst in ihr hochkroch – obwohl sie sich überzeugen konnte, daß ihre Freunde und Verwandten wohlauf waren, indem sie einfach zu den Klippen hinaufschaute.

Der Tempel der Kinderträume stand nicht mehr allein auf dem Felsvorsprung. Zelte aus Ziegen- und Schafshäuten drängten sich jetzt um das Gebäude, und kleine, dunkle Gestalten bewegten sich vor dem Hintergrund aus honigfarbenem Gestein. Hier und dort stieg Rauch von Kochfeuern kerzengerade in die unbewegte Luft und trieb langsam hinaus auf den Süßwassersee.

Tatsächlich hatten sie es geschafft, den Nomaden zuvorzukommen; doch obwohl Marrah wußte, daß sie sich freuen und erleichtert sein sollte, schnürte sich ihre Kehle beim Anblick der vielen leerstehenden Häuser schmerzlich zusammen.

Shara erinnerte sie an die verlassenen Dörfer, die sie im Norden von Shambah erlebt hatte. Es war so totenstill, daß sie die Brandung auf den Strand schlagen und die Zikaden in den Feldern zirpen hörte. Auf dem zentralen Versammlungsplatz ringelte sich die blaue und orangefarbene Schlange der Ewigkeit zwar noch immer von Fliese zu Fliese; aber keine Kinder spielten Fangen, keine alten Leute tauschten den neuesten Klatsch unter den Sonnensegeln, keine Mutterclans saßen vor ihren Häusern und schuppten Fische ab oder gerbten Häute.

In den Tempeln war das Leinengarn in aller Eile von den Webstühlen genommen worden, und die eulenförmigen Gewichte lagen auf den Böden verstreut, die Feuer in den Brotöfen – die dauernd gebrannt hatten, solange Marrah sich zurückerinnern konnte – waren verlöscht, und feiner Töpferton trocknete, nachlässig in Körbe geworfen, aus und wurde rissig. Selbst die Fischerboote zeigten sich nicht mehr, und die Raspas mit den weißen Segeln, die um diese Jahreszeit vor der Küste zu ankern pflegten, waren nirgendwo in Sicht.

Als sie zu Lalahs Haus kamen, fanden sie es ebenfalls verlassen vor. Marrah wanderte von Zimmer von Zimmer, während sie sehnsüchtig an Stavan und Keru und Luma dachte und wie glücklich sie einst alle unter diesem Dach gewesen waren. Als sie ihr gemeinsames Schlafabteil betrat – das leer wie alle anderen Räume war –, setzte sie sich auf den Boden, vergrub ihr Gesicht in den Händen und überließ sich ihrer Trauer.

Als die Tränen schließlich versiegten, trocknete sie sich die Augen an ihrem Ärmel, erhob sich auf die Füße und fuhr fort, das Haus zu erforschen. Ein paar Gegenstände fand sie noch: ein Kamm, der Kusine Inhala gehört hatte; eine von Barrashs alten, abgewetzten Tuniken; alle größeren Töpfe und Vorratskrüge; aber die Schlafdecken aus Schaffell fehlten allenthalben, und an den Dachbalken hing nicht einmal mehr eine einzige Schnur mit getrockneten Apfelscheiben.

»Lalah hätte uns wenigstens ein paar Laibe Brot dalassen können«, knurrte Dalish. »Sie wußte doch, daß ich euch drei sofort zurückbringen würde.«

Marrah ging hinaus zu den Gemüsegärten hinter dem Ziegenzaun, aber alles war gepflückt oder ausgegraben worden. Die Erde sah frisch umgegraben aus – es konnte höchstens ein paar Tage her sein.

»Deine Leute sind gewitzt«, sagte Hiknak. »Sie lassen dem Feind nichts zu essen übrig.« Sie beschattete ihre Augen und blickte hinaus auf die Felder, wo der reife Weizen taillenhoch in der Brise wogte. »Den Weizen haben sie allerdings zurückgelassen, was ein Fehler ist. Die Hansi wissen zwar nicht, wie man ihn erntet – aber wenn Vlahan sieht, daß es hier soviel Futter gibt, dann treibt er gerne seine Pferde dorthin zum Weiden, und wir werden ihn nie wieder los.«

Sie ließen die ausgestorbene Stadt hinter sich und ritten nach Süden durch die Felder. Als sie sich den Klippen näherten, versuchte Marrah sie mit den Augen der Nomaden zu betrachten: Aus einiger Entfernung sah der Felsgrat wie eine unregelmäßige Granitwand aus, mit von Rissen und Sprüngen durchzogenen und von losem Geröll bedeckten Steilhängen. Der Pfad zum Tempel schlängelte sich in einem Dutzend zickzackförmiger Windungen vor und zurück, bis er die breite Anzahl von Vorsprüngen erreichte, wo die Sharaner ihre Zelte aufgeschlagen hatten.

An einigen Stellen war der Pfad fast eben, während er an anderen so steil anstieg, daß Seile von Fels zu Fels gespannt worden waren, um es Pilgern zu ermöglichen, sich daran hochzuhieven. Die meisten eingeborenen Sharaner konnten den Aufstieg ohne Hilfe bewältigen, aber rechts und links des Wegs fiel der Boden derart senkrecht in die Tiefe, daß es jeden, der vom flachen Lande stammte, schwindeln mußte.

Der tiefergelegene Teil des Pfades bestand hauptsächlich aus festgetretener Erde und war breit genug, daß zwei Personen bequem aneinander vorbeigehen konnten; doch nach ungefähr drei Vierteln der Strecke verwandelte sich die Erde in glatten Fels, und der Pfad wurde zunehmend schmäler. Hier war jeder Schritt aus der Granitfassade der Klippen herausgehauen worden – vor vielen Generationen bereits, als sich die ersten Pilger eingestellt hatten, um die heilige Quelle aufzusuchen.

Oberhalb des Vorsprungs, auf dem sich das Lager befand, ragte eine zweite Felsformation auf, so glatt und schroff, daß nicht einmal eine Eidechse dort Halt finden konnte. Ohne diese unbarmherzige Felswand hätten die unteren Klippen nur wenig Schutz geboten, da die Nomaden einfach von der anderen Seite aus hätten heraufklettern können. Aber die Rückseite des Berges war so steil, daß es keiner jemals geschafft hatte, sie zu erklimmen. Lange Risse zogen sich durch den Schräghang, als wäre jemand mit einem gewaltigen Messer auf den Stein losgegangen, und nur ein paar zähen Grasbüscheln gelang es, sich oberhalb des Abgrunds festzuklammern.

Die abweisenden Klippen lagen ein wenig tiefer, knapp links oberhalb der letzten Windung des Pfades – wo schützend über dem Lager ihre glattpolierten Kuppen aufragten. Seit Generationen hatten sharanische Dichter die runden Felsen mit den straffen Bäuchen schwangerer Frauen verglichen, und als Marrah sie jetzt betrachtete, fühlte sie große Beruhigung, daß ihr Volk den bestmöglichen Zufluchtsort gewählt hatte.

Als sie bei dem Pfad anlangten, saßen sie ab und machten sich zu Fuß an den Aufstieg, wobei sie ihre Pferde am Zügel führten. Marrah hatte erst wenige Schritte getan, als plötzlich eine vertraute

Stimme nach ihr rief; sie blickte auf und sah Arang mit zwei Wachtposten auf einem Felsen an der zweiten Biegung des Pfades stehen. Arang hatte die Hände in die Hüften gestützt und starrte auf sie herunter, balancierte am Rand des Abgrunds wie ein Tänzer, der im Begriff ist, einen kühnen Sprung zu wagen.

»Geh vom Rand weg!« schrie sie. »Du könntest stürzen!«

»Was für eine seltsame Art, seinen Bruder zu begrüßen!« rief Arang zurück; er sprang so leichtfüßig wie eine Ziege von Fels zu Fels abwärts und zog sie in seine Arme. »Marrah, liebste Schwester, du bist das Schönste, was ich seit Monaten gesehen habe!«

Er hätte vielleicht noch mehr gesagt, aber in diesem Moment stürzten sich Hiknak und Keshna mit lauten Jubelrufen auf ihn. Als Arang sich schließlich aus ihrer Umarmung löste und sich alle die Freudentränen aus den Augen wischten, erkundigte sich Marrah nach Luma.

»Wie geht es meinem kleinen Mädchen? Ist sie wohlauf? Wann kann ich sie sehen?« Plötzlich überkam sie ein überwältigendes Bedürfnis, Luma in die Arme zu nehmen, sie an sich zu drücken und ihr fröhliches Lachen zu hören. Eine übermütige Fünfjährige war immer fähig zu lachen – selbst in so schweren Zeiten wie diesen. Solch ein Segen wurde nur Kindern zuteil: Sie lebten in einer Welt, wo es stets irgendwelche Freuden gab. Aber es sollte kein Wiedersehen mit Luma geben, wie Marrah gleich darauf erfuhr, zumindest einstweilen nicht.

»Sie ist nicht hier«, erklärte Arang, »genausowenig wie die anderen kleineren Kinder. Wir haben die Kinder und alle stillenden Mütter gestern nachmittag in Boote verfrachtet und sie nach Süden zur Insel Byana geschickt, wo sie in Sicherheit sind. Ich wünschte, ich hätte alle Bewohner der Stadt evakuieren können, aber bei nur acht Booten...« Er zuckte die Achseln.

Natürlich sollte Marrah erleichtert sein, daß Luma sich nicht mehr in der Gefahrenzone aufhielt; dennoch wurde sie ihrer Enttäuschung kaum Herr, daß sie ihre süße Tochter verpaßt hatte, und das um nur einen Tag! Hiknak mußte ebenfalls mit Arang unzufrieden sein, weil sie ihn voller Bestürzung anblickte.

»Du hast die Kinder gestern nachmittag weggeschickt? Aber, Arang, was ist mit Keshna? Hättest du nicht wenigstens warten können, bis sie mitfahren konnte?« Hiknak zog Keshna an sich und streichelte voller Sorge ihr Haar. »Warum hast du nicht wenigstens ein Boot für sie zurückbehalten? Sie hat so furchtbare Dinge durchgemacht; ich möchte, daß sie hier rauskommt, bevor sie wieder shohwar wird.«

»Kommt mit, laßt uns den Pfad noch ein Stück weiter hinaufklettern«, sagte er, »und dann werde ich euch zeigen, warum wir nicht warten konnten.«

Er nahm Keshna auf den einen Arm, legte seinen anderen um Hiknaks Taille und führte sie höher hinauf. Als sie die zweite Wegbiegung erreicht hatten, wies er die Frauen an, sich umzudrehen, damit sie über den Fluß hinweg nach Norden sehen konnten. Es war ein vertrauter Anblick: die Felder und Weiden; Shara; der Wald; die lange Kurve der Küste; die riesige Fläche des Süßwassersees mit seinen glitzernden Wellen. Aber da zeigte sich noch etwas anderes am Horizont, etwas Neues. Es war nicht viel auszumachen – nur ein kleiner dunkler Fleck – aber Marrah sah bald, daß es Rauch von einem brennenden Dorf war.

»Die Wachtposten haben den ersten Rauch vor drei Tagen entdeckt«, erklärte Arang, »und jeden Tag rückt er näher.«

Marrah fühlte, wie sich die Härchen in ihrem Nacken alarmiert aufrichteten. Jetzt war es also soweit: Die Nomaden waren wirklich angekommen. »Irgendwelche Flüchtlinge?« fragte sie gepreßt.

Arang nickte. »Ungefähr ein Dutzend bis jetzt. Wir haben sie aufgenommen und für sie getan, was wir konnten; aber sie verbringen den größten Teil ihrer Zeit damit, um ihre Toten zu weinen. Alle erzählen dieselbe Geschichte: ein Überraschungsangriff durch eine Nomadenhorde, die meisten Männer getötet, die Frauen und Kinder gefangengenommen. Nur wenige konnten fliehen. Wir haben Boten ausgeschickt, um die anderen Dörfer zu warnen; aber was nützt eine Warnung schon, wenn man sich eine solche Gefahr nicht vorstellen kann.

Zum Glück haben die Nomaden erst mit den Überfällen begonnen, als sie in die Nähe von Shara kamen. Leider reiten bereits viele von ihnen in unsere Richtung – und nicht nur Krieger, sondern auch Frauen und Kinder. Sie bringen ihre Zelte mit, Pferde und ihr Vieh – ich fürchte, es bedeutet, daß sie vorhaben, auf Dauer hier zu bleiben.«

Sie standen Seite an Seite, während sie auf den Rauch in der Ferne starrten. Keshna schmiegte ihre Wange an die Arangs. Ihr kleines Gesicht war blaß und angespannt, und sie sagte nichts. Marrah hätte Keshna so gerne getröstet, aber wie tröstete man ein kleines Mädchen, das die Greueltaten der Nomaden am eigenen Leibe erlebt hatte?

»Wie lange wird es wohl noch dauern, bis sie hier sind?« fragte Dalish.

»Zwei Tage, vielleicht auch weniger.« Arang wandte sich an Marrah. »Gut, daß du nach Hause gekommen bist! Ich habe getan, was ich konnte, um den jungen Männern und Frauen beizubringen, im Stil der Hansi zu kämpfen, damit wir nicht wie die Dörfer überrannt werden, aber es ist verdammt schwierig. Der Ältestenrat hat erklärt, daß wir uns um jeden Preis verteidigen sollten, doch es gibt immer noch ein paar Dummköpfe, die überzeugt sind, wenn wir den Nomaden nur genug Respekt erweisen, werden sie wieder abziehen und uns in Ruhe lassen.

Ein paar der älteren Priesterinnen haben es als ihre heilige Pflicht erklärt, hinunterzugehen und allen Nomaden zu helfen, die wir möglicherweise verletzen. Ich habe ihnen genau dargelegt, was ihnen passieren würde, wenn sie das täten, und seitdem haben sie sich noch nicht wieder dazu geäußert; aber du kannst sehen, mit welchen Widerständen ich mich herumschlagen muß.

Onkel Bindar weigerte sich, die Stadt zu verlassen. Wir mußten ihn beinahe hinter uns herzerren. Und was Großmutter angeht ...« Er hielt inne. »Nun, du wirst sie ja bald sehen, und dann kannst du dir ein eigenes Urteil bilden.«

»Ist sie krank?«

»Nicht direkt.« Er senkte den Blick, so wie er es immer tat, wenn er nicht reden wollte, und Marrah wußte, sie würde kein weiteres

Wort über Lalah aus ihm herausbekommen. Er wandte sich zu den Pferden um, die friedlich die trockenen Grasbüschel am Rand des Pfades fraßen, stellte Keshna auf die Füße, griff nach allen drei Paar Zügeln und hielt sie locker in den Händen.

»Wir werden die Pferde leider wieder hinunterbringen und in die Wälder treiben müssen. Alles Vieh und die meisten anderen Tiere haben wir vor fünf Tagen weiter stromaufwärts an eine Stelle gebracht, wo die Nomaden sie nicht finden können. Zwei Personen aus jedem Clan passen auf sie auf, aber es ist zu spät, um diese armen Geschöpfe hier noch in Sicherheit zu bringen, und oben im Lager haben wir nicht genug Platz für Tiere, abgesehen von ein paar Milchziegen.«

»Kommt nicht in Frage«, erwiderte Marrah fest. »Ich kann und werde die Pferde nicht aufgeben.« Sie nahm Arang die Zügel aus der Hand und hielt sie beharrlich umklammert. »Ich habe diesen Stuten versprochen, nie wieder zuzulassen, daß sie den Nomaden in die Hände fallen. Weißt du nicht mehr, was Changar Eoru angetan hat?«

»Marrah, ich weiß, du liebst diese Pferde wie Freundinnen, aber wir haben wirklich keine Wahl. Oben auf den Klippen herrscht drangvolle Enge, und es könnte uns an Wasser mangeln.«

»Entweder gehen die Pferde mit uns hinauf, oder ich bleibe mit ihnen hier unten.«

»Aber ...«

»Du bist der Kriegskönig, Arang, und ich bin die Kriegskönigin. Wir sollten zusammenarbeiten, und wenn wir verschiedener Meinung sind, kann nur der Ältestenrat zwischen uns entscheiden. Du hattest recht, als du die Kinder gestern weggebracht hast, und ich habe mit meinem Standpunkt recht. Wenn ich dem Ältestenrat schildere, was für ein Anblick ein Haufen abgeschlachteter Pferde ist, werden sie sicherlich mein Anliegen gutheißen.«

Arang seufzte. »Wenn du darauf bestehst ... Aber vergiß nicht, daß da oben nicht genug Gras wächst, um drei Tiere zu ernähren.«

»Auf unseren Weiden wächst genug Heu, um eine ganze Herde zu füttern, und heute werden wir anfangen, es zu mähen; außerdem werden wir soviel Weizen ernten, wie wir retten können, bevor wir die Felder abbrennen.«

»Die Felder abbrennen?«

Marrah erkannte, daß sie die Probleme von der falschen Seite anging. Sie behandelte Arang noch immer, als wäre er ihr kleiner Bruder, obwohl sie ihm wie einem erwachsenen Mann gegenübertreten sollte. Er hatte soeben ein volles Jahr als Gefangener von Vlahan verbracht und wußte wahrscheinlich mehr über Krieg, als sie auch nur zu ahnen vermochte.

»Es tut mir leid«, sagte sie zerknirscht. »Ich weiß, ich überstürze alles ein wenig, aber du bist nicht der einzige, der viel Zeit zum Nachdenken hatte; je länger ich selber nachdenke, desto mehr fürchte ich die Ankunft der Nomaden.

Du hast bereits gute Arbeit geleistet mit den Vorbereitungen unserer Verteidigung, aber ich glaube, es gibt noch mehr Dinge, womit wir so schnell wie möglich beginnen müssen. Ich bin nicht zurückgekehrt, um Befehle wie ein Hansi-Häuptling zu erteilen. Widersprich mir, wenn du willst, aber hör dir bitte erst an, was ich zu sagen habe, bevor du Einwände vorbringst.

Hiknak sagt, wir können es uns nicht leisten, Futter für Vlahans Tiere übrig zu lassen, sonst wird er den ganzen Winter über bleiben. Heute nacht ist Vollmond. Ich denke, wir sollten hinuntergehen und bei Mondlicht ernten, soviel wir können, und es die Klippen hinauftransportieren. Im Morgengrauen werden wir in Brand stekken, was noch von dem Weizen übrig ist. Dann blockieren wir den Zugang zum Klippenpfad, indem wir ein paar große Felsblöcke von der ersten Biegung herunterrollen.

Das wird zwar die Nomaden nicht abhalten, weil sie vor keinem Hindernis zurückschrecken; aber es wird ihre Pferde nutzlos machen und sie lange genug aufhalten, um unseren Bogenschützen Gelegenheit zu geben, auf sie zu zielen. Ich bezweifle, daß wir die Hansi in die Flucht schlagen können; aber sobald wir die ersten von ihnen niedergestreckt haben, werden sie sicherlich begreifen, daß man uns nicht einfach wie Schafe abschlachten kann.

Du weißt, daß sie kein geduldiges Volk sind. Sie sind an rasche

Siege gewöhnt, und wenn wir es schaffen, sie für eine Weile abzulenken, wird es garantiert zu Streitigkeiten unter ihnen kommen. Vlahan ist dann bestimmt nicht mehr in der Lage, die Unterhäuptlinge zu beherrschen, und früher oder später werden einige von ihnen wieder abziehen und ihre Krieger mitnehmen.

Nur um ganz sicherzugehen, daß sie nicht zu uns heraufkönnen, sollten wir den Pfad abschneiden, indem wir knapp unterhalb der Stelle, wo die Erde in Fels übergeht, ein Stück herausgraben. Zwar müssen wir die Grube später wieder aufschütten, nachdem sie abgezogen sind, aber das ist ein geringer Preis für unsere Sicherheit. Wenn die Nomaden nicht fliegen können, werden sie niemals von einer Wegbiegung bis zur anderen gelangen, weil sie dabei über eine steile Felswand klettern müßten, und die Spalte machen wir so breit, daß nicht einmal du darüberspringen könntest.«

Arang schwieg lange Zeit, während er sich ihre Argumente durch den Kopf gehen ließ. Schließlich sagte er: »Du hast mich überzeugt, Marrah. Als dein Bruder und Kriegskönig dieser Stadt stimme ich dir zu: Wir werden den Pfad abschneiden und den Weizen verbrennen.« Er hob Keshna wieder auf seine Arme und fuhrte sie ohne weitere Einwände zum Lager hinauf.

Es war ein steiler Aufstieg für die Pferde, doch sie kannten Gebirgspfade, deshalb trotteten sie lammfromm mit instinktiver Vorsicht, denn ein falsch plazierter Huf würde genügen, sie in den Abgrund stürzen zu lassen. Auch Hiknak wich so weit wie möglich vom Rand zurück, und als sie zu der Stelle gelangten, wo der Pfad noch schmäler wurde, schreckte sie förmlich zusammen.

»Ich habe Angst vor Höhen«, erklärte sie mit zittriger Stimme. »Wahrscheinlich liegt es daran, daß ich in der Steppe aufgewachsen bin. Bis ihr mich nach Süden gebracht habt, habe ich nie etwas Steileres als den Rücken eines Pferdes gesehen.«

Marrah setzte sich mit Hiknak auf einen kleinen Felsblock, während Hiknak einen Moment verschnaufte und Mut für den weiteren Aufstieg sammelte. Marrah schoß der Gedanke durch den Kopf, daß vielleicht alle Nomaden Angst vor Höhe hatten, und als sie Hiknak danach fragte, bestätigte diese eine solche Möglichkeit.

Wenn es tatsächlich so war, dann konnten die Sharaner einen Vorteil haben, an den bisher niemand gedacht hatte. Es war tröstlich, sich vorzustellen, wie Vlahans Krieger vor Angst zitterten, während sie den Pfad heraufkrochen, und wenn ein paar von ihnen schwindelig wurden und stürzten, um so besser.

In Hiknaks Wangen kehrte erst wieder die Farbe zurück, als sie den Felsvorsprung erreichten und sich der Pfad wieder verbreiterte. Bald erreichten sie die ersten Zelte, die dicht an dicht aufgestellt waren, so daß kaum genug Platz war zum Gehen zwischen den Seilen. Körbc mit Vorräten und Bündel von Haushaltsgegenständen lagen zu Haufen aufgetürmt, und sämtliche Bewohner der Stadt drängten sich hier oben, während sie sich lebhaft unterhielten, auf kleinen Feuerstellen kochten, Decken ausschüttelten oder darauf warteten, Wasser aus der Quelle zu schöpfen.

Ziegen blökten und Hunde bellten so laut, daß man fast schreien mußte, um sich über den Lärm hinweg zu verständigen. Die Luft roch nach Rauch, angebranntem Ragout und ungewaschenen Körpern. Es herrschte eine solch drangvolle Enge, daß kaum genug Platz blieb, um sich hinzusetzen.

Sobald die Sharaner Marrah erblickten, ließen sie alles stehen und liegen und eilten auf sie zu, wobei alle gleichzeitig auf sie einredeten; sie erkundigten sich nach Neuigkeiten, sprachen ihr Beileid aus, tätschelten tröstend ihre Schulter und küßten sie auf die Wangen. Die Jäger, die auf Heusäcke geschossen hatten, um sich im Zielen zu üben, präsentierten stolz ihre Bögen, und die Mitglieder des neugebildeten Verbandes für die Verteidigung von Shara schwangen begeistert ihre Speere.

»Marrah ist aus Kataka zurück!«

»Marrah ist von ihrer Einweihung in die Kräfte der Dunklen Mutter zurück!«

»Sie ist gekommen, um unsere Kriegskönigin zu sein.«

»Marrah, wir werden diese Nomaden sofort wieder in die Steppe zurücktreiben!«

»Marrah, sprich zur Göttin und bitte sie, diese bösen Menschen zu verjagen.«

»Wir brauchen mehr Feuerholz.«

»Mehr Zelte.«

»Und mehr Pfeile.«

»Zeig uns, wie wir Schatten finden vor der Sonne.«

Als sich Arang einverstanden erklärt hatte, den Weizen zu verbrennen und sie die Pferde auf die Klippen bringen zu lassen, hatte Marrah einen Moment das Gefühl der Macht genossen, das das Amt der Kriegskönigin mit sich brachte. Aber nachdem sie das halbe Lager durchquert hatte, war sie an einem Punkt angelangt, wo sie einiges dafür gegeben hätte, wieder eine gewöhnliche Stammesgenossin zu sein. Wie konnten sie und Arang nur die Verantwortung für so viele Menschen übernehmen? Sie waren beide noch zu jung und unerfahren, um einer solchen Aufgabe gewachsen zu sein. Sie hatten keine Ahnung von dem, was ihnen oblag; sie organisierten die Verteidigung von Shara mehr oder weniger aufs Geratewohl, und ohne Hiknak wären sie niemals darauf gekommen, den Weizen zu verbrennen.

Ich bin einfach nicht fähig, eine Königin zu sein, dachte Marrah bedrückt, und sie lief zum Tempel der Kinderträume, um Lalah zu finden und es ihr zu sagen. Doch jeder etwaige Gedanke daran, die Macht wieder ihrer Großmutter zu übertragen, erstarb in dem Moment, als Marrah sie entdeckte.

Lalah sah schrecklich aus: Ihre Haare waren vollkommen ergraut, ihre einst so festen, kräftigen Arme mager, ihre starken Beine dünn geworden wie Stöcke. Etwas saugte alle Lebenskraft aus ihr heraus, und Marrah brauchte sich nicht sonderlich anzustrengen, um zu erkennen, was das war.

»Ich möchte hinuntergehen und gegen die Nomaden kämpfen, aber Arang und Bindar wollen es mir nicht erlauben«, verkündete Lalah, noch bevor Marrah den Mund geöffnet hatte. »Wie kann ich tatenlos hier oben hocken und die Stadt diesen Mördern überlassen? Die Große Schlange braucht mich, um sie zu verteidigen.« Lalahs Augen waren noch immer dunkel und grimmig, aber es glomm jetzt ein neuer Ausdruck darin auf, einer, der Marrah das Gefühl vermittelte, ihre Großmutter nähme sie kaum wahr. Lalah schien weit weg, wie ein Mensch, der in einem kleinen Boot aufs Meer hinaussegelt.

»Großmutter, das ist nicht möglich«, sagte Marrah ruhig, aber Lalah schien sie nicht zu hören.

»Bring mir meinen Bogen. Ich bin immer eine gute Schützin gewesen. Pfeile brauche ich auch, und achte darauf, daß sie spitz sind.« Lalah machte Anstalten, sich zu erheben, doch sie mußte es sich wohl anders überlegt haben, denn sie setzte sich wieder. Sie blickte Marrah an, und Verwirrung breitete sich auf ihrem Gesicht aus. »Warum bringst du mir nicht meinen Bogen, Marrah? Soll ich vielleicht den ganzen Tag warten?«

»Aber, Großmutter...«

»Beeil dich. Ich bin eine vielbeschäftigte Frau. Und bring Sabalah zu mir, wenn du schon mal da bist. Es ist dringend! Sie kann jetzt nicht in den Westen gehen, weil sie an meiner Seite kämpfen soll.«

Als sie ihre Großmutter nach ihrer Mutter verlangen hörte, war Marrah zumute, als würde ihr plötzlich der Boden unter den Füßen weggezogen. Sie versuchte zu erklären, daß Sabalah Shara bereits vor endlosen Jahren verlassen hatte, aber entweder verstand Lalah nicht, oder sie wollte es nicht wahrhaben. Lalah erhob sich von ihrem Platz, umarmte Marrah und flehte sie mit Tränen in den Augen an, ihr einen Bogen und Pfeile zu bringen, damit sie und Sabalah hinuntergehen und gegen die Nomaden kämpfen könnten; erst nachdem Marrah versprochen hatte, sich darum zu kümmern, bekam sie die Erlaubnis zu gehen.

Erschüttert machte sie sich auf die Suche nach Arang, den sie damit beschäftigt fand, nach den Knochensensen zu suchen, die sie immer zur Weizenernte benutzten. In der allgemeinen Aufregung und Hast ihrer Evakuierung auf die Klippen hatten die Leute ihre Habseligkeiten abgestellt, wo immer sich gerade Platz bot; es dauerte ewig, den Hausrat zu sortieren und Ordnung in das Durcheinander zu bringen.

»Du hast Großmutter also gesehen«, sagte Arang. Er legte Marrah einen Arm um die Schultern, und sie schlang ihm die Arme um die Taille; so standen sie Seite an Seite wie zwei Kinder, die sich in den Wäldern verirrt hatten.

»Wie lange ist sie schon so sonderbar?« wollte Marrah wissen.

»Seit ein paar Monaten. Kusine Inhala sagt, sie hätte angefangen, sich ein bißchen seltsam zu benehmen, kurz nachdem du fortgegangen warst. Aber als Lalah hörte, daß die Nomaden kämen, um Shara anzugreifen, wurde es noch viel schlimmer mit ihr.«

»Warum hat keiner nach mir geschickt?«

»Der Ältestenrat meinte, du wärst in Kataka besser aufgehoben. Sie wollten, daß du die vollständige Einweihung erfährst.«

»Und Onkel Bindar?«

»Er hat sein Bestes gegeben, um die Stadt zu regieren, bis ich mit der Nachricht von Stavans Tod auftauchte, und daß Vlahan samt seinen Kriegern unterwegs nach Süden sei. In normalen Zeiten hätte Bindar uns eine Menge wertvoller Ratschläge geben können, aber jetzt...« Er zuckte hilflos die Achseln.

»Dann bleibt die Verteidigung von Shara also ganz allein uns überlassen?«

»Ja, das fürchte ich.«

Marrah seufzte schwer und ließ Arang los. »Komm, Bruder«, sagte sie energisch. »Es wird Zeit für die Kriegskönigin und den Kriegskönig zu verkünden, daß alle unter fünfzig den Pfad hinunterklettern und Weizen ernten müssen.«

Und so gingen sie auf die in bleichen Mondschein getauchten Felder und rafften soviel zusammen, wie sie konnten; als die Sonne aufging, warfen sie Fackeln in das restliche Getreide, womit ihre eigenen Rauchsäulen aufstiegen zur Antwort auf die Wolken im Norden.

Dann kletterten sie zu der ersten Wegbiegung hinauf und schoben keuchend und schwitzend mehrere große Felsblöcke bergab, um den Aufgang zu den Klippen zu blockieren. Nachdem die Felsen an Ort und Stelle gerollt worden waren, zogen sich alle wieder auf ihr Plateau zurück und schauten zu, wie mehrere junge Männer und Frauen des Verbandes für die Verteidigung von Shara knapp unterhalb der Stelle, wo die Seile gespannt waren, ein Stück des

Pfades ausgruben. Während sie arbeiteten, husteten sie heftig und rangen ächzend nach Luft, in den Rauch von den Feldern eingehüllt; der brannte in ihren Augen und verfärbte die Sonne blutrot.

Nicht wenige Leute erhoben heftige Einwände gegen die Verbrennung des Weizens, weil es ihrer Ansicht nach eine schreckliche Verschwendung war und eine Schmähung der Geschenke der Göttin Batal; aber der Ältestenrat unterstützte Marrah und Arang, und so war das Vorhaben in die Tat umgesetzt worden – gerade noch rechtzeitig! Denn an jenem Nachmittag, bevor die Felder so richtig zu schwelen aufgehört hatten, tauchten die ersten feindlichen Truppen auf.

Bald folgten weitere Verbände, wie Ameisen von verschüttetem Honig angelockt. Den ganzen Tag über strömten sie aus den Wäldern und überquerten den Fluß: halbnackte, wild tätowierte Männer; schwarzgekleidete Frauen; Pferde, die das Gepäck zogen; Rudel wolfsähnlicher Hunde und Jungen, die Herden von Ziegen, Schafen, edlen Pferden und dürren Nomadenrindern vorwärtstrieben.

Als die Dämmerung herabsank, brannte Shara lichterloh, und als die Sharaner oben auf den Klippen standen und zuschauen mußten, wie ihre Stadt in Flammen aufging, stöhnten sie und fluchten und flehten Batal an, das Feuer zu löschen.

Lalah tat etwas Bemerkenswertes an jenem Abend. Als Marrah zu ihr kam, um ihr zu sagen, daß Feuer die Stadt vernichtete, schien Lalah sich plötzlich wieder daran zu erinnern, wer sie war. Sie erhob sich von ihrem Platz, marschierte zum Tempel hinaus und bestand darauf, daß Arang sie auf einen Felsblock hob – mit eigenen Augen wollte sie den Untergang der Stadt sehen. Lange Zeit stand sie da, die Hände in die Hüften gestemmt, und beobachtete mit starrer Miene, wie die Mutterhäuser in Flammen aufgingen. Sie schaute zu, wie Dächer einstürzten und Wände zu Boden sanken und wie die Große Schlange der Zeit Blasen warf und zersprang; als alles vorbei und die Stadt nichts weiter als ein glimmendes Trümmerfeld war, kehrte sie um und sprach zu ihrem Volk.

»Hört mir zu!« rief sie, und alle verstummten überrascht. »Hört mit diesem Gejammer auf. Was macht es schon, wenn unsere Häuser und Tempel zerstört sind? Wir sind nicht unsere Häuser und Tempel. Wir haben Shara nicht verloren. Wir *sind* Shara!«

Es waren tapfere Worte – doch am nächsten Morgen, als Marrah aufwachte und die Nomaden neben der zerstörten Stadt lagern sah, verließ sie der Mut; sie zog sich an eine Stelle zurück, wo niemand sie entdecken konnte, vergrub ihr Gesicht in den Händen und trauerte um Stavan und Keru und Shara und alles, was sie verloren hatte.

Aber Trauer war ein Luxus, den sie sich nicht leisten konnte. Bald hörte sie auf zu schluchzen, trocknete sich die Augen und ging zu ihrem Zelt, um ihr magisches Netz zu holen. Als sie sich mit dem Gesuchten in der Hand auf den Weg zur Traumhöhle machte, dachte sie über die Monate nach, die sie in Kataka verbracht hatte. Sie mochte wohl längst nicht alles wissen, was ihr jetzt not täte, aber wahrscheinlich war sie die einzige Priesterin südlich des Rauchflusses, die die vollständige Einweihung erfahren hatte; also war für sie die Zeit gekommen, an einen Ort zu gehen, wo sie endlich die Kräfte beschwören wollte, die ihr verliehen worden waren.

Die Traumhöhle bestand in der Tat aus drei Höhlen: zwei kleinen und einer großen, die durch einen sich mehrfach windenden Eingangstunnel erreichbar waren, bis vollkommene Stille herrschte. Seit unzähligen Generationen suchten die Priesterinnen von Shara die dritte Höhle um Visionen flehend auf, und es gab eine alte Überlieferung, daß dort schon lange, bevor Batal die Stadt gegründet hatte, die erste Sharanische Mutterfamilie gelebt und die Göttin verehrt hatte.

Schon ewig – länger als sich irgend jemand zurückerinnern konnte – waren die Wände der dritten Höhle rot bemalt als Symbol des lebensspendenden Blutes der Mutter Göttin; aber abgesehen davon fehlte in der Höhle jeglicher Schmuck bis auf eine große steinerne Platte voller Schlaffelle, wo die Träumenden lagen, und eine oder zwei Tonlampen, die stets brannten.

Als Marrah die dritte Höhle betrat, stand sie einen Augenblick still da, um ihre Augen an das gedämpfte Licht zu gewöhnen. Dann ging sie zur gegenüberliegenden Wand und hängte ihr Netz zwischen zwei kleinen, schlangenförmigen Lampenhaken auf. Das Netz bauschte sich leicht, warf ein spinnwebartiges Muster von Schatten an die Wand, nicht größer als aneinandergelegte Handflächen.

Dann setzte Marrah sich auf die Traumplattform, kreuzte die Beine und atmete tief durch. »Aba«, murmelte sie. »Shallah, Nashah.« Lange Zeit saß sie reglos dort, während sie die Namen der Dunklen Mutter rezitierte; aber sie vermochte sich einfach nicht zu konzentrieren, und ihre Gedanken hoben sie nicht über sich selbst hinaus. Die Flamme in der kleinen Öllampe flackerte hypnotisch, doch alles, woran sie denken konnte, waren Stavan und Keru und die Zerstörung von Shara.

»Aba«, flehte sie, »verleih mir diese Gabe; Shallah, laß es geschehen; Nashah, mach mich sehend!« Nach einer Weile fügte sie den Namen Batal ihrem Gebet hinzu, weil die Dunkle Mutter und die Mutterschlange in Wirklichkeit ein und dieselbe Göttin waren, die nur verschieden genannt wurden. Ihre Gedanken stiegen auf und wirbelten durcheinander wie ein Bienenschwarm; trotz aller Bemühungen schaffte sie es nicht, in Trance zu versinken.

Ich bin wie eine Eule mit gebrochenen Flügeln, dachte sie traurig. *Seit Stavan tot ist, bin ich innerlich zerbrochen. Ich bin nicht gut als Priesterin und nicht gut als Königin. Wenn Stavan lebte, hätte er mir vielleicht sagen können, wie ich mein Volk retten kann, ohne daß es zu einem Kampf kommt – aber ich selbst finde einfach keine Lösung. Seit er tot ist, bin ich taub gegenüber meiner eigenen Seele geworden.* Wieder strömten Tränen über ihr Gesicht; ungeduldig wischte sie sie ab und fuhr fort zu beten, aber noch immer geschah nichts.

Gerade als Marrah voller Verzweiflung aufgeben wollte, erhörte die Dunkle Mutter plötzlich ihre Gebete. All der Kummer und die Sorgen, die sie auf ihrem langen Ritt nach Shara unablässig gequält hatten, verblaßten mit einem Mal; sie fühlte, wie etwas Sanftes die Arme nach ihr ausstreckte und sie umarmte, etwas so Süßes und so von Mitgefühl Erfülltes, daß es war, als ruhte sie in den ewigen Armen.

Jählings blieb die Zeit stehen, das Netz dehnte sich aus, und sie erblickte wieder die Fenster. Sie kamen aus der Dunkelheit wie überdimensionale Augen und waren viel, viel größer als damals im Wald, so groß, daß jede Öffnung wie der Eingang zu einem riesigen Tal schien; aber sie sah keine Vergangenheit oder Gegenwart oder Zukunft in ihnen und auch keine Menschen – sondern nichts als Wasser.

Das Wasser hatte die Farbe Grüngrau und schien gegen eine unsichtbare Barriere zu schwappen. Es sah so echt aus, daß Marrah sich instinktiv duckte, weil sie erwartete, durchnäßt zu werden, als es das erste Mal in ihre Richtung brandete; aber die Flut erreichte sie nicht, und sie konnte sie nicht berühren.

Als sie genauer hinschaute, sah sie kleine Wellen in den oberen Fenstern des Netzes und darüber einen schmalen Streifen blauen Himmels. Darunter, am untersten Rand der Maschen, erkannte sie eine matt erleuchtete Fläche blassen Sandes, mit weißen Muscheln gesprenkelt. Sie kannte die Muscheln, denn oft hatte sie ein köstliches Ragout aus den kleinen Tierchen gekocht, die in den Schalen lebten. Noch während sie hinschaute, schwamm ein Schwarm Elritzen vorbei, deren silbrige Bäuche in den Schatten glitzerten.

»Was ist das für ein merkwürdiges Rätsel!« rief sie. »Liebe Mutter, bitte laß mich die Zukunft sehen! Sag mir, wie ich die Nomaden dazu zwingen kann, wieder abzuziehen...« Es gab keinerlei Möglichkeit, den Satz zu beenden. In dem Moment, als sie zu sprechen begann, erwachte die Zeit aus ihrem Stillstand, das Netz schrumpfte zusammen, und die Fenster verschwanden. Eine Weile saß Marrah auf der Plattform und versuchte, wieder zu Atem zu kommen. Als sie sich schließlich auf die Füße erhob, schlotterten ihre Beine vor Schwäche.

Sie legte ihre Handflächen auf ihr Herz, verbeugte sich vor dem Netz und dankte der Dunklen Mutter für ihre Gnade. Dies war eine echte Vision gewesen, ein heiliges Geschenk, aber leider auch eines, das Marrah vollkommen verwirrte. Die Dunkle Mutter hatte sie das Innere des Ozeans mit den Augen eines Fisches sehen lassen, aber warum? Was sollte eine solche Vision nur bedeuten? Ob sie von einer Flotte von Raspas gerettet werden würden? Sollte der Süßwassersee ansteigen und die Nomaden in seinen Fluten ertränken? War die ganze Welt dabei, sich in Wasser zu verwandeln?

Marrah setzte sich erneut nieder und probierte es noch einmal; und wieder erschienen die Fenster, und wieder sah sie denselben beunruhigenden Anblick: Meer, Sand, Muscheln; Muscheln, Fische, Meer. Das Imsha in seiner Weisheit hätte das Rätsel vielleicht erklären können, aber Marrah konnte es nicht, und jenen am Nachmittag zusammengerufenen Priesterinnen und Priestern der Stadt gelang es genausowenig.

Nachdem Arang und der Ältestenrat ebenfalls vergeblich versucht hatten, ihre Vision zu interpretieren, hörte Marrah auf, ein rettendes Wunder zu erflehen. Die Dunkle Mutter hatte in einer Sprache zu ihr gesprochen, die niemand verstand. Wenn sie genug Zeit gehabt hätten, dann hätten sie unter Umständen die Lösung des Geheimnisses gefunden, aber Zeit war knapp: Bald würden die Nomaden angreifen, und die Sharaner – bereit oder nicht – mußten sich dem Kampf stellen.

13. Kapitel

Wir tranken Staub.
Wir aßen Steine.
Wir lernten zu kämpfen.

Aus »Die Belagerung«. Ein Gedenklied des Sharatani-Volkes. 5. Jahrtausend v. Chr.

Am nächsten Tag eröffneten die Nomaden den Sturm, gleich nach Sonnenaufgang. Von den Klippen aus beobachteten die Sharaner, wie die Krieger aus ihrem Lager strömten und quer über die verkohlten Felder galoppierten. Sie kamen in einer Wolke von Staub und Asche, ihre Körper blutrot bemalt, ihre Gesichter mit Ruß geschwärzt. Skelette zeichneten sich auf den nackten Oberkörpern ab, und ihre Haare waren mit gelbem Schlamm eingerieben, so daß es wie Sonnenstrahlen um ihre Köpfe herum abstand.

Als sie näherkamen, sprangen die vordersten Reiter auf die Rükken ihrer Pferde und standen hoch aufgerichtet da, balancierten freihändig auf den Ballen ihrer Füße mit einer schrecklichen Grazie, die Marrah nicht anders als bewundern konnte. Die Hansi waren die besten Reiter der Steppe und das Tödlichste, was jemals von Norden her den Rauchfluß überquert hatte. Sie zielten mit ihren Speeren auf die Sharaner und schrien Beleidigungen wie wahnsinnige Akrobaten, die für einen Gott des Leidens und des Tötens tanzten.

»Hört her, ihr Jammerlappen!«

»Hört her, ihr erbärmlichen Feiglinge! Kommt herunter, und wir werden eurer Blut trinken!«

Einige der Krieger zogen ihre ledernen Lendenschurze herunter und urinierten in die Richtung der Klippen. »Seht her, das ist das einzige Wasser, das ihr kriegen werdet!«

»Schickt eure Ehefrauen und Töchter herunter, damit wir ihnen zeigen, was richtige Männer sind!«

Die Beleidigungen nahmen kein Ende, und jede war obszöner als die vorige – aber da sie auf hansi gebrüllt wurden, verstanden die Sharaner den Wortlaut nicht.

Die Kinder und alten Leute standen dicht beisammen, drängten sich um den Tempel der Kinderträume. Einige hielten einander bei den Händen, andere hatten den Arm um die Taille ihres Nachbarn geschlungen und flüsterten ein paar Worte des Trostes, aber keiner geriet in Panik. Die jüngeren Männer und Frauen – mit Speeren, Keulen und Steinen bewaffnet – hatten am Rand des Felsvorsprungs und am oberen Ende des Klippenpfades Stellung bezogen. Die meisten Jäger standen bei ihnen, aber ein paar der kühnsten – zu denen auch Arang und Dalishs Geliebte Jutima gehörten – waren ein Stück den Pfad hinuntergeeilt.

Sie befanden sich in der gefährlichsten Position, direkt oberhalb der Lücke, die mitten in dem Pfad klaffte. Solange sie sich niederkauerten und dicht an der Felswand blieben, erreichten die feindlichen Pfeile sie nicht; aber wenn für sie die Zeit kam, aufzuspringen und zu schießen, gäbe es keinerlei Deckung mehr für sie. Da sie als erste den Kampf aufnehmen mußten, hatte Arang ihnen Pfeile mit rasiermesserscharfen Obsidianspitzen verschafft.

Als die Sharaner beobachteten, wie die Krieger auf die Klippen zustürmten, verwandelte sich ihre Furcht in ohnmächtigen Zorn. »Seht euch diese bemalten Brandstifter an, wie sie auf dem Rücken ihrer Pferde tanzen!« riefen sie. »Dies waren die Männer, die die Dörfer überfallen und Shara in Schutt und Asche gelegt haben! Seht sie euch an. Mörder, die auch noch stolz auf ihre Greueltaten sind; Totschläger, die mit ihren Waffen protzen!«

Ein lautes Gemurmel erhob sich in der Menge. Eine Frau spuckte verächtlich aus, und ein Mann hob zwei Finger zu einem Fluch; jene, die Bögen und Speere hatten, schüttelten sie wutentbrannt. Als Marrah dies sah, wußte sie, daß die Zeit zum Handeln gekommen war. Sie hob ihre Hand, um das verabredete Zeichen zu geben, und die Priesterinnen und Priester von Shara stimmten ein Lied an. Es war ein ganz neues Lied, von einer jungen Weberin komponiert und dem Rhythmus ihres Weberschiffchens angepaßt; die Sharaner hatten nie zuvor ein solches Lied gesungen.

Batal! Batal!
Mutter des Lebens,
steh uns bei und hilf uns,
die Nomaden zu vertreiben!

Wir sind die Sharaner!
Wir sind die Sharaner!
Wir lieben einander!
Wir werden niemals Untertanen!

Andere Stimmen fielen ein, und bald brauste ein gemeinsamer Chor auf. Marrah sang mit ihnen, und während des Gesangs fühlte sie Trotz durch die Menge pulsieren wie ein lebendes Wesen. Und sie war stolz darauf, ihre Königin zu sein. Die Sharaner würden nicht wie die Hühner davonrennen oder wie erstarrt dastehen und gelähmt vor Entsetzen auf die Krieger starren wie jene armen Shambahner, die nicht gewußt hatten, was Krieg ist, bis die Hansi-Krieger sie niederritten.

Ihre Leute würden sich gegen den Feind behaupten, würden gewinnen, wenn sie konnten, und wenn nicht, im Kampf untergehen. Das Lied der jungen Weberin verkündete die Wahrheit: Sie waren alle ein Volk, verbunden in Liebe.

Während die Sharaner sangen, hatte das Blatt bereits begonnen, sich zu ihren Gunsten zu wenden. Die Nomaden erreichten den Fuß der Klippen, und dann – als sie sich plötzlich einer massiven Felswand gegenüberfanden, die sie nicht erklettern konnten, und einem Pfad, den kein Pferd bezwingen konnte – begannen sie, kopflos hin- und herzureiten und nach rechts und links auszuschwenken wie ein Schwarm von Fischen, der in einer unsichtbaren Reuse gefangen ist.

Wo war der schnelle Sieg, den ihr Häuptling versprochen hatte? Wo waren die Frauen, das Gold und die rückgratlosen Mutterleute, die angeblich so mühelos zu überwältigen waren? Laut Vlahan hatten die Sharaner keine Krieger oder Pferde oder auch nur einen Speer, der es wert war, darauf zu spucken; aber dort standen sie, knapp außerhalb der Reichweite der Hansi: zu feige, um zu kämpfen, und zu schlau, um herunterzusteigen.

Die Krieger brannten darauf, Köpfe wie Trophäen zu sammeln und Ruhm einzuheimsen; im Moment konnten sie jedoch nichts anderes tun, als wild durcheinanderzubrüllen, Staub aufzuwirbeln und ihre Pferde zu erschöpfen; derweilen standen die Mutterleute oben am Rand des Felsvorsprungs und sangen irgendein verrücktes Lied wie ein Haufen Schlappschwänze. Wenn ihre Feinde jemals von dieser Schlacht erfuhren, würden die Hansi und ihre Verbündeten zum Gespött der ganzen Steppe werden.

Vlahan, der den Überfall anführte, wußte, wenn er nicht bald etwas unternahm, würde er einen Hansi-Pfeil in den Rücken bekommen. Er hob die Hand, ließ den gesamten Trupp anhalten und saß kerzengerade im Sattel, während er seine Männer herausfordernd anfunkelte. Changar hatte ihm einen leichten Sieg versprochen; doch statt dessen fand er sich in einer jener prekären Situationen wieder, die damit enden konnte, daß ein Häuptling von seinen eigenen Männern dahingemetzelt wurde.

Am Abend zuvor, als ihm seine Kundschafter bestätigten, daß die Sharaner Zuflucht auf den Klippen gefunden hatten, schwante ihm bereits Übles... aber er hätte sich niemals träumen lassen, daß nicht ein einziger Mann herunterkommen und kämpfen würde! Die Männer dieses Muttervolkes besaßen keinen Stolz; sie waren Abschaum. Und Vlahan beschloß, sie nach ihrer Unterwerfung allesamt auf Pfähle aufzuspießen. In der Zwischenzeit mußte er sich jedoch etwas einfallen lassen, wie er mehrere hundert seiner eigenen Krieger beschwichtigen konnte, bevor sie über ihn herfielen.

»Wenn die Feiglinge nicht herunterkommen wollen«, brüllte er, »dann werden wir uns hinaufbewegen und sie holen!« Das gefiel seinen Mannen. Sie stießen Jubelrufe aus und schwenkten ihre Speere.

»Vlahan! Vlahan! Sohn von Han!« riefen sie im Sprechchor.

Siegessicher ritt Vlahan zu dem Pfad, nur um zu entdecken, daß ein mannshoher Felsbrocken den Einstieg so sauber versperrte wie ein Stöpsel den Wasserschlauch. Er spähte über den Felsblock hinweg, wobei er die Sharaner über sich ignorierte, und sah, daß noch weitere Felsblöcke auf dem unteren Teil des Pfades verstreut lagen und daß tiefe Rillen in der Erde klafften, wo wiederum Felsblöcke aufgeprallt und weitergerollt waren.

Vlahan drehte sich zu den Unterhäuptlingen um, die in respektvollem Abstand auf ihren Pferden saßen und auf Befehle warteten. »Schafft mir diese Steine aus dem Weg«, zischte er.

Die Unterhäuptlinge, die nicht die Absicht hatten, mitten in einer Schlacht abzusitzen, gaben den Befehl an ihre Krieger weiter. »Entfernt die Steine«, befahlen sie. Einen Moment sah es so aus, als würden die Krieger rebellieren. Körperliche Arbeit oblag ausschließlich Frauen und Sklaven; jeder einzelne der Waffenträger fühlte sich beleidigt bei der Aussicht, in Schweiß zu geraten und sich abzuschuften mit dem Beseitigen von Felsblöcken.

Der älteste der Unterhäuptlinge verengte die Augen zu Schlitzen und ließ seinen Blick von Krieger zu Krieger wandern. »Ein Fohlen«, sagte er, »für jeden Mann, der freiwillig vortritt.« Daraufhin trabten ein Dutzend Krieger des ärmsten Stammes nach vorn und schwangen sich aus dem Sattel.

Sie ignorierten die höhnischen Bemerkungen ihrer Kameraden, stellten sich um den ersten Klotz herum auf und schoben aus Leibeskräften, bis er weit genug zurückrollte, um ein Pferd durchzulassen. Der Rest der Felsbrocken wurde auf die gleiche Weise von der Stelle bewegt, aber selbst dann war der Pfad noch beträchtlich verengt.

Vlahan der Steppenbewohner schäumte! Da er nicht viel Erfahrung mit Klippen besaß, hatte er sich in Gedanken schon zur Kuppe hinaufstürmen sehen – doch selbst er konnte erkennen, daß ein Angriff im Sturm außer Frage stand. Ein Mann mit mehr Erfahrung – oder mehr Weitsicht – wäre abgesessen, um den Aufstieg zu Fuß zu bewältigen; aber selbst der niederste Hansi-Krieger stieg niemals von seinem Pferd, wenn er nicht unbedingt mußte: Der einzige Häuptling in der ruhmreichen Geschichte der Zwanzig Stämme, der jemals einen Feind zu Fuß angegriffen hatte, hatte sich damit den Namen Chochan der Stolperer eingehandelt.

Und Vlahan wollte alles andere als ein zweiter Chochan werden. Er preßte seinem Hengst die Fersen in die Flanken und trieb ihn auf den Pfad zu. Der Hengst trabte gehorsam vorwärts, schlug einen Bogen um das erste Hindernis und machte sich an den Aufstieg; als er jedoch hinunterschaute und sah, daß der Boden links von ihm senkrecht in die Tiefe fiel, scheute er zurück. Er war ein temperamentvolles, feuriges Tier; da die Hansi auf ihrem Weg nach Süden nur durch Flachland ritten, mußte er niemals etwas Höheres als eine Bodenwelle überwinden.

Vlahan war außer sich. Er packte seine lederne Reitpeitsche und schlug damit auf das arme Vieh ein, bis Blut an seinen Flanken herunterlief. »Los, weiter, du elendes Knochengestell!« brüllte er. »Mach, daß du vorwärtskommst, oder ich verfüttere dich an die Krähen!«

Ein Zittern lief durch den Körper des Hengstes, und er nahm einen zweiten Anlauf; doch als er den Abgrund witterte, bäumte er sich mit einem angstvollen Wiehern auf der Hinterhand auf, verlor den Halt und stürzte, wobei er Vlahan zu Boden schleuderte.

Der Häuptling stieß einen ohrenbetäubenden Wutschrei aus. Er sprang auf die Füße, zog seinen Dolch aus dem Gürtel und humpelte zu dem Hengst hinüber, der sich immer noch abmühte, wieder auf die Füße zu kommen. Mit einem heftigen Fußtritt stieß er das Pferd erneut zu Boden, packte seine Mähne, riß seinen Kopf zurück und schlitzte ihm die Kehle auf.

»Hier ist unser erstes Opfer für Han!« brüllte er. Die Krieger, die jeden Mann bewunderten, der einen solchen Zorn nutzbar machen konnte, jubelten. Ein weißer Hengst war ein kostbarer Besitz, und dieses wertvolle Tier hinzugeben kam einem Mannesopfer gleich.

Oben auf den Klippen hörten die Sharaner abrupt zu singen auf. Marrah zuckte zusammen und wandte sich von dem Anblick des blutüberströmten Kadavers ab, nur um zu sehen, wie sich Hiknak bereitmachte, sich Vlahans zu bemächtigen. Hiknaks gelähmte rechte Hand baumelte an ihrer Seite, aber in ihrer linken balancierte sie den Schaft ihres Speeres, und sie beugte sich soeben vor, im Begriff, die Waffe zu schleudern.

Marrah griff nach ihrem Arm. »Tu es nicht«, warnte sie. »Vlahan ist zu weit weg. Du wirst ihn niemals auf diese Entfernung treffen.«

Hiknaks Gesicht war bleich vor Haß, und ihre Augen glühten rachsüchtig auf. Marrah wußte, sie dachte an das, was die Nomaden bei Keshna angerichtet hatten, und an den Schlag auf ihren Kopf mit seinen bösen Folgen. Einen Moment machte Hiknak den Eindruck, als könnte nichts und niemand sie hindern, doch statt dessen rammte sie ihn mit dem stumpfen Ende voran in den Staub.

»Ich werde ihn kriegen!« zischte sie. Marrah zweifelte nicht im geringsten, daß ihr das früher oder später gelingen würde. Sie wollte Hiknak gerade daran erinnern, daß Speere zu kostbar waren, um sie zu verschwenden, als Vlahan sich von dem toten Hengst abwandte, zwei Finger zwischen die Lippen steckte und einen durchdringenden Pfiff ausstieß. Bei dem Geräusch galoppierten sämtliche Krieger zum Fuß der Klippen und brachten ihre Pferde in einem Hagel von Staub und Kieselsteinen zum Stehen.

»Absitzen!« schrie Vlahan. Einen Moment hielten sie unsicher inne. Dann schwangen sie sich einer nach dem anderen von ihrem Pferd. Vlahan stand hochaufgerichtet da und starrte auf sie hinunter mit derart irre rollenden Augen, daß selbst die Unterhäuptlinge schauderten. Die Hansi hatten ein Wort für diesen Blick: Vartak. Vartak war der Wahnsinn der Götter, der einen Mann in der Schlacht überkam.

Vlahan hob den Arm und zeigte auf den Pfad. »Bringt mir Köpfe!« brüllte er. »Bringt mir die Köpfe dieser feigen Bastarde!« Beim Klang seiner Stimme schien der Wahnsinn von ihm auf seine Krieger überzuspringen. Innerhalb von Sekunden waren sie alle vartak. Sie schüttelten ihre Speere und schrien, was das Zeug hielt; Blut füllte ihre Lippen, und ihre Augen glänzten.

»Vlahan! Vlahan! Sohn von Han!«

Die Unterhäuptlinge stürmten den Pfad hinauf mit ihren Männern im Gefolge, während sie sich gegenseitig schubsten und drängelten, um als erster oben anzukommen. Der Pfad war abgeschnitten, was sie von unten jedoch nicht sehen konnten, und selbst wenn sie es gesehen hätten, hätte es sie wahrscheinlich nicht aufgehalten. In blinder Ekstase hetzten sie aufwärts und heulten dabei wie Wölfe.

Ihr blutgieriges Gejohle verursachte Marrah eine Gänsehaut. Sie grub ihre Fingernägel in ihre Handflächen, und zum ersten Mal seit Shambah fühlte sie wieder das lähmende Grauen angesichts eines Hansi-Überfalls. Keiner auf den Klippen sang mehr.

Die Krieger strömten in unglaublicher Geschwindigkeit den Pfad herauf. Sie waren stärker und geschickter, als Marrah jemals geahnt hätte. Einige verließen den Pfad, kletterten direkt von Krümmung zu Krümmung, zogen sich an den glatten Wänden hoch und schwangen sich über riesige Felsbrocken, ohne ihr Tempo zu drosseln, während sie ihre Zehen in fast unsichtbare Spalten hakten und sich mit den Händen an Vorsprüngen festklammerten, die selbst Marrah nicht erkennen konnte.

»Macht euch bereit zu schießen!« rief sie den Jägern zu, doch ihre Anweisung war überflüssig. Inzwischen stürmte der erste Krieger auf die klaffende Spalte im Pfad zu und wäre beinahe hineingestürzt. Er konnte sich gerade noch rechtzeitig halten, indem er bei einem Vorsprung bremste.

»Zurück!« schrie er seinen Kameraden in gutturalem Hansi zu und fuchtelte wild mit den Armen. »Bleibt stehen!«

Der Schlachtruf erstarb auf seinen Lippen. Etliche Krieger rückten vor und inspizierten das Loch, einer spuckte zornig über den Rand. Als sich die Nachricht herumsprach, daß der Pfad abgeschnitten war, verlangsamten die Männer ihr Tempo. Ein paar blieben ganz stehen, stützten sich mit dem Rücken gegen Felsen und begannen, auf die sharanischen Jäger zu zielen; aber die Jäger krochen rückwärts außer Schußweite, und die meisten der schweren, mit scharfen Feuersteinspitzen bewehrten Pfeile der Nomaden zischten ungewiß durch die Luft, ohne Schaden anzurichten.

Als die Sharaner sahen, daß ihre Jäger in Sicherheit waren, jubelten sie voller Freude. Marrah dachte daran, den Befehl zum Schießen zu wiederholen; doch es widerstrebte ihr, den Jägern zu befehlen, sich über den Rand des Vorsprungs zu beugen, wo sie Gefahr liefen, von den feindlichen Pfeilen durchbohrt zu werden. Noch bevor sie sich entscheiden konnte, nahm ihr einer der Hansi-Krieger die Entscheidung ab. Blitzschnell entrollte er ein Seil und warf es so geschickt über die Lücke, daß sich die Schlinge um einen dürren Baum legte.

Kein Sharaner hatte dem Baum irgendwelche Beachtung geschenkt; keiner hatte jemals auch nur einen Gedanken daran verschwendet, doch er wuchs direkt oberhalb der Spalte im Pfad, und sobald Marrah das Seil fliegen sah, wußte sie mit furchterregender Gewißheit, was als nächstes passieren würde.

Nachdem er sich vergewissert hatte, daß die Schlinge hielt, lief der Krieger ein Stück den Pfad zurück, hielt einen winzigen Moment inne und rannte dann vorwärts, um zum Sprung anzusetzen. Bis Marrah ihren Jägern den Schießbefehl erteilen konnte, war es fast schon zu spät. Der Nomade flog bereits durch die Luft, hangelte sich an dem Seil zur anderen Seite hinüber, und in der Sekunde, in der er wieder festen Halt unter den Füßen fände, würde er das Seil seinen Kameraden hinüberwerfen – damit gäbe es für die Invasion kein Halten mehr.

In jenem Augenblick, als das Leben jedes einzelnen Bewohners von Shara auf dem Spiel stand, retteten die Jäger die Stadt. Mit inbrünstigen »Batal!«-Rufen beugten sie sich über den Felsvorsprung, schossen auf den Vorkämpfer und ließen ihn kopfüber in die Spalte abstürzen. Die Nomadenbogenschützen zielten auf die Jäger, und einige von ihnen wären ganz sicherlich den feindlichen Pfeilen zum Opfer gefallen, wenn nicht jetzt auch der Rest der Sharaner zu kämpfen begonnen hätte.

Plötzlich öffnete sich der Himmel über den Nomaden, und es regnete Pfeile und Felsbrocken auf Vlahans Männer hinab. Die Sharaner warfen alles, was ihnen gerade in die Hände fiel: alte Krüge, Töpfe mit kochendem Wasser, Statuen, Webstuhlgewichte, sogar Feuerholz. Hastig versuchten die Nomaden, in Deckung zu gehen – vergebens!

»Wir werden von Weibern und Feiglingen angegriffen!« brüllten die Unterhäuptlinge ihren Männern zu. »Bleibt gefälligst auf eurem Posten und schlagt zurück! Jeder Verräter, der den Schwanz einzieht und wegläuft, wird stranguliert!«

Doch als weiterhin Steine herunterhagelten und Pfeile durch die Luft sausten, machten selbst die weißgewandeten Unterhäuptlinge kehrt und rannten Hals über Kopf den Pfad talwärts – zur ewigen Schande ihrer Väter und Familien und ihrer Stämme.

In jener Nacht entzündeten die Sharaner Freudenfeuer auf den Klippen und feierten ihren Sieg mit Gesang und Tanz und Dankgebeten. Wie durch ein Wunder waren nur fünf der Jäger verwundet worden – wahrscheinlich, weil die Nomadenbogenschützen gewöhnt waren, in gerader Linie auf ihre Feinde zu schießen, statt in einem Winkel zu zielen. Zwei der verletzten Jäger hatten nur oberflächliche Kratzer davongetragen, und die drei, die ernster getroffen waren, würden mit den erprobten Kräutertinkturen bestimmt genesen.

»Wir haben den Kampf gewonnen!« erklärte Marrah den Sharanern; dann rief sie die Jäger zu sich und verteilte Becher mit Wein – obwohl Wein knapp war –, und alle tranken auf den Mut ihrer Männer. Danach stimmten sie geschlossen das »Lied des Widerstands« an. Sie waren sich darüber im klaren, daß sie erneut würden kämpfen müssen; aber jetzt wußten sie, daß die Verteidigung möglich war. Hiknak drückte es am besten aus. Sie sprang auf die Füße und hob Keshna hoch, so daß alle sie sehen konnten.

»Sharaner!« rief sie. »Heute habt ihr tapfer gekämpft. Dank euch hat dieses kleine Mädchen wieder eine Zukunft!«

Ungefähr zur gleichen Zeit, während Hiknak den Sharanern zu ihrem Mut gratulierte, saß Changar in Vlahans Zelt und war Zeuge, wie sich Vlahan immer mehr in Zorn hineinsteigerte.

Der Anführer stampfte hin und her und schlug mit seiner Lederpeitsche gegen die Zeltstangen. »Du Idiot!« tobte er. »Du dämlicher Abkömmling einer räudigen Hündin!« Vlahans Augen quollen hervor, und sein roter Bart stand von seinem Kinn ab wie die Haut von einem Froschhals. »Und du behauptest, ein *Wahrsager* zu sein?«

»Aber ja, Rahan«, erwiderte Changar milde. »Das tue ich.« Er blickte nachdenklich zu Vlahan hoch, während er sich insgeheim fragte, warum Han die Hansi bloß mit einem derart zweitklassigen Häuptling gestraft hatte. Wenn der alte Zuhan eine Schlacht verlor, dann hatte er den Fehler zuerst einmal bei sich selbst gesucht; aber Vlahan hatte es immer eilig, jemand anderen zu finden, dem er die Schuld zuschieben kontne.

Vlahan fuhr zu Changar herum, und seine Stimme klang plötzlich gedämpft und drohend. »Weißt du eigentlich, was heute da draußen passiert ist? Oder warst du zu sehr damit beschäftigt, deine verfluchten Pilze zu fressen und deine eigene Pisse zu trinken, um etwas davon mitzubekommen?« Er baute sich vor Changar auf, beugte sich hinab und reckte sein Gesicht so dicht vor das Changars, daß sich ihre Nasen fast berührten. »Du hast mir einen leichten Sieg versprochen, du seniler alter Narr, und statt dessen wurden wir *geschlagen*!«

»Sag nicht ›geschlagen‹, Rahan. Besser klingt ›aufgehalten‹.«

»Ach, so nennst du das also! So nennst du das also, wenn vierzig Hände Krieger wegen eines steineschleudernden Gesindels die Flucht ergreifen? So bezeichnest du das, wenn sie zehn meiner besten Männer verwunden oder töten?«

Changar nickte.

Vlahan wich zurück und spuckte ihm voller Verachtung ins Gesicht. »Du bist tot«, verkündete er. »Ich werde dich eigenhändig aufknüpfen!«

Changar rührte sich nicht, ließ den Speichel an seinem Gesicht heruntertropfen, als ob er gar nicht vorhanden wäre; doch in den Tiefen seiner Augen flackerte etwas Wolfsähnliches, Haßerfülltes auf. Ein klügerer Mann als Vlahan hätte sofort erkannt, daß es äußerst gefährlich war, Changar zu demütigen. »Als dein Wahrsager würde ich dir davon abraten, mich zu töten, Rahan«, grollte Changar verhalten.

Vlahan lachte gehässig. »Ich wette darauf, daß du mir ›davon abraten‹ würdest, du alter Scharlatan. Nenn mir einen einleuchtenden Grund, warum du *nicht* sterben solltest?«

»Du kannst ohne mich nicht gewinnen, Rahan.« Changar hielt einen Moment inne. »Diese Sharaner werden von Frauen regiert, und du verstehst überhaupt nichts von Frauen.«

»Ha!« lachte Vlahan spöttisch. »Aber du wohl, nicht wahr? Es heißt, du müßtest deine Frauen zuerst in Fesseln legen lassen, bevor du sie besteigen kannst; es heißt, du müßtest dich im Blut einer Ziege wälzen, um hart zu werden. Es geht das Gerücht um, daß dein Pimmel nicht größer als der Schwanz eines Moskitos ist.« Wieder schob er sein Gesicht so dicht vor das Changars, daß dieser den säuerlichen Geruch von Vlahans Magenverstimmung riechen konnte. »Also, was kannst *du* mir über Frauen sagen?«

Plötzlich packte Changar Vlahans Kopf zu beiden Seiten und zog ihn zu sich herab. Er hielt seinen Mund dicht an Vlahans Ohr und begann zu flüstern. Während er sprach, geschah etwas Erstaunliches mit Vlahan: Seine Schultern entspannten sich, seine Haltung wurde locker, und die Reitpeitsche fiel unbeachtet zu seinen Füßen nieder.

»Ja«, murmelte Vlahan. »Ja, das ist ein wirkungsvoller Plan. Ja, du hast recht.«

Changar fuhr fort zu flüstern, wobei er mehrfach ein bestimmtes Wort wiederholte. Es war ein Name, der aus zwei Silben bestand, und zwar nicht aus der Hansi-Sprache.

Nicht lange danach hatte Changar wieder sein eigenes Zelt aufgesucht. Keru saß auf seinem Schoß, und er streichelte die Wangen des Jungen, während er ihn aus einem Wasserschlauch trinken ließ. Der Wasserschlauch war mit einer dünnen, honigsüßen Flüssigkeit gefüllt, und das Kind trank bereitwillig.

»Trink du nur, kleiner Mann«, säuselte Changar. »Trink dich richtig satt, mein hübscher Häuptling.«

Während er trank, nahm Kerus Gesicht einen zufriedenen, trägen Ausdruck an. Seine Unterlippe wurde voll und sinnlich, und seine dunklen Augen waren mit einem Blick unverhüllter Bewunderung auf Changar gerichtet.

Zu Anfang, als Keru noch ein heimwehkranker Junge von vier Jahren gewesen war, hatte er Changar gar nicht gemocht; aber jetzt, wo er fast ein ganzes Jahr älter war, hing er sehr an dem alten Wahrsager. Changar hatte grüne Augen, die Keru an den Süßwassersee erinnerten. Er hatte Keru in seinen Armen gewiegt, ihn an sich gedrückt und mit Süßigkeiten gefüttert, und wenn Keru nicht gewußt hätte, daß es eine schreckliche Beleidigung war, hätte er gesagt, daß Changar mit seiner Güte einer Mama glich.

Als Keru genug getrunken hatte, legte Changar den leeren Wasserschlauch beiseite und begann zu sprechen. Seine Stimme klang gedämpft und ruhig.

»Wo bist du, kleiner Häuptling?«

»An einem schönen Ort.«

»Und wie sieht dieser Ort aus?«

Der Junge gab keine Antwort. Changar wartete geduldig. Jeden Tag flößte er dem Jungen ein wenig mehr von dem mit Drogen vermischten Trank ein, und jeden Tag entfernte sich Keru weiter und weiter von der Wirklichkeit. Der Trank bestand aus Honig, pulverisierten Kräutern und den Blüten einer Pflanze, die so giftig war, daß drei kleine Prisen genügt hätten, um einen erwachsenen Mann zu töten; aber Changar war sehr vorsichtig. Er maß die Dosis stets sorgfältig ab, gab dem Jungen nur gerade genug und kein Jota zuviel.

Zwei ohnehin bedeutungslose Hansi-Mädchen hatten dran glauben müssen, bevor er exakt das richtige Maß gefunden hatte, doch es war die mühsamen Experimente wert gewesen!

Soweit Changar es beurteilen konnte, hatte der Junge keine Ahnung, daß er in einem Zelt mitten in den Trümmern von Shara saß. Niemals rief er nach seiner Mutter oder bat darum, mit seinem Onkel Arang sprechen zu dürfen; schon lange jammerte er nicht mehr, wann Stavan denn endlich käme, um ihn zu holen, wie zu Beginn seiner Gefangenschaft.

Er lebte in einer Welt bunter Träume und wirbelnder Lichter und wurde nur dann böse, wenn Changar ihm den Trank vorenthielt. Dann schlug Keru wütend um sich, schweißgebadet und am ganzen Körper zitternd, und er schluchzte und bettelte; doch sobald Changar den Schlauch an seine Lippen setzte und ihn trinken ließ, beruhigte er sich wieder und vergaß alles um sich herum.

Changar streichelte dem Jungen sanft übers Haar. »Zu wem gehörst du, kleiner Häuptling?«

Keru blickte ihn verträumt an. »Ich gehöre zu dir, Onkel Changar.«

»Was sollst du tun, wenn du dieses Geräusch hörst?« Changar spitzte die Lippen und ahmte das krächzende Tschack einer weißkehligen Grasmücke nach.

»Ich soll zu dir kommen.«

»Wirst du immer zu mir kommen, Keru?«

»Ja.«

»Und wirst du immer tun, was ich dir sage?«

»Ja.«

»Warum wirst du immer zu mir kommen, kleiner Häuptling? Warum wirst du immer tun, was ich dir sage?«

»Weil ich dich liebhabe«, flüsterte Keru träumerisch.

»Sag es noch einmal.«

»Weil ich dich liebhabe, Onkel Changar.«

An dem Tag nach dem ersten Nomadenüberfall stieg die Sonne durch Nebelschleier auf, und der Himmel kündete von Regen. Den ganzen Morgen über standen die Sharaner oben am Rand des Felsvorsprungs und warteten darauf, daß die Krieger erneut angriffen, aber die Hansi-Trommeln schwiegen.

Unten im Nomadenlager schien das Leben seinen gewohnten Gang zu gehen. Nirgendwo waren Krieger in Sicht, aber die Sharaner konnten dunkel gekleidete Frauen neben den Milchstuten hokken sehen. Andere sammelten Pferdeäpfel ein oder kochten, während wieder andere durch die Ruinen von Shara schlenderten und müßig in der Asche stocherten auf der Suche nach Dingen, die vielleicht von den Flammen verschont geblieben waren.

Nomadenkinder spielten zwischen den Zelten, kreischten mit hohen Stimmen, die den ganzen Weg über das Tal hinwegschallten. Gelegentlich bellte ein Hund, aber im übrigen war es so ruhig, daß Marrah – wüßte sie nichts von den Zelten voller bewaffneter Krieger – auf die Idee hätte verfallen können, die Nomaden wären Pilger, die Shara besuchten wegen der heißen Quellen.

Gegen Mittag verließ ein einzelner Reiter das Lager. Am Fuße der Klippen zügelte er sein Pferd und blieb eine Weile im Sattel sitzen, um sich mit den Nomadenwachtposten zu beraten. Dann schwang er sich von seinem Pferd und begann, mit langsamer, gemessener Arroganz den Pfad hinaufzusteigen.

Der große Mann trug eine feine weiße Tunika, die ihn als Unterhäuptling von einiger Wichtigkeit auswies, und als er näherkam, konnten die Sharaner sehen, daß sein Gesicht abwechselnd mit Streifen schwarzer, roter und gelber Farbe bemalt war.

Marrah wandte sich zu Hiknak um, die den Ankömmling aufmerksam beobachtete, während er sich einen Weg zwischen den Felsblöcken hindurch bahnte. »Wieso begibt er sich ganz allein herauf?« fragte sie. »Was hat das zu bedeuten? Soll ich den Jägern befehlen, auf ihn zu schießen, was meinst du?«

Hiknak riet ihr, erst einmal abzuwarten, um zu sehen, was der Mann wollte; denn die Linien auf seinem Gesicht bedeuteten, daß er ein Bote war. Arang bestätigte dies, und so warteten sie schweigend. Der Mann fuhr unbeirrt fort, den Pfad hinaufzuklettern, hielt nur ab und zu inne, um zu den Gesichtern hochzuspähen, die auf ihn herabstarrten; sollte er auch Angst haben, von oben beschossen zu werden, so gab er sich dennoch völlig gefaßt.

Schließlich kam er zu der klaffenden Spalte im Pfad. Der Baum stand inzwischen nicht mehr da; er war bei Nacht gefällt und ausgegraben worden, damit kein Nomadenkrieger jemals wieder sein Seil darumschlingen konnte; aber falls der Bote das Fehlen des Baumes bemerkte, so äußerte er auch diesmal kein Zeichen von Unruhe. Er legte die Hände trichterförmig an den Mund, beugte sich zurück und begann mit lauter Stimme zu sprechen, die von den Felswänden widerhallte.

»Marrah von Shara, höre! Marrah von Shara, Hexe des Südens, bist du da?«

Marrah beugte sich über den Vorsprung, damit er sie sehen konnte. »Hier stehe ich«, rief sie auf hansi. »Und ich bin keine Hexe, sondern die Kriegskönigin dieser Stadt und eine Priesterin der Göttin Erde. Was willst du?«

Der Bote reckte den Hals und musterte sie ausdruckslos. »Vlahan der Große hat mich geschickt, um dir Folgendes auszurichten: Sag Marrah, der Hexe, wenn sie mir Arang gibt, Enkel von Zuhan, den sie gefangenhält, dann werde ich ihr ihren Sohn, Keru, dafür austauschen. Und meine Krieger werden abziehen und ihr Volk verschonen.«

Arang im Austausch für Keru! Für wie dumm hielt dieser Vlahan sie eigentlich? Marrah wußte, daß Vlahan ihr niemals ihren Sohn zurückgeben würde, und wenn sie so töricht wäre, ihm Arang auszuliefern, würde er Keru dennoch behalten und sie alle töten. Dies war kein echtes Angebot; es war eine Gemeinheit.

Sie drehte sich zu den Jägern um: »Vlahan will eine Antwort« und wies auf ihre Bögen. »Gebt ihm eine, aber verwundet den Boten nicht.« Fast noch bevor die Worte aus ihrem Mund waren, schossen die Jäger. Eine Wolke von Pfeilen sirrte durch die Luft, zischend wie Schlangen. Sie flogen so dicht an dem Boten vorbei, daß sich einer durch den Ärmel seiner Tunika bohrte und ein anderer das Haar auf seinem Kopf zu teilen schien. Die verschossenen Pfeile landeten klappernd auf dem felsigen Boden.

»Da hast du unseren Bescheid!« rief Marrah. »Sag Vlahan, daß die Leute von Shara mit Pfeilen auf Gemeinheiten antworten!«

Der Bote machte kehrt und floh den Pfad hinunter. Es war ein bitterer Triumph für Marrah, weil Vlahan noch immer Keru in seiner Gewalt hatte; aber dennoch war es ein Triumph. Wenn Vlahan glaubte, er könne sie durch Erpressung und Folter zur Kapitulation zwingen, weil sie eine Mutter war, dann sollte er lieber noch einmal gründlich nachdenken.

Sie war gerade im Begriff, sich abzuwenden und den Jägern zu gratulieren, als sie eine vertraute Stimme vernahm.

»Mama!«

Hinter ihr entstand Unruhe. »Marrah, sieh doch!« schrie Arang. »Da ist...« Er mußte den Namen gesagt haben, aber sie hörte ihn nicht, weil sie sich bereits umgedreht hatte, um hinunterzuschauen, und was sie sah, ließ ihr Herz einen Schlag lang aussetzen.

Während sie die ganze Zeit den Boten im Auge behalten hatte, war Changar unbemerkt zum Fuß der Klippen geritten. Er saß auf einem braunen Hengst, nackt bis zur Taille, das Gesicht mit goldener Farbe bemalt, das Haar mit dem leuchtend roten Ocker bestäubt, mit dem die Hansi gewöhnlich die Körper ihrer Toten besprenkelten. In seinen Armen hielt er einen kleinen Jungen, den man wie eine Opfergabe ganz in Weiß gekleidet hatte.

»Mama!« rief Keru. Er war in der Zwischenzeit gewachsen, doch seine Stimme hatte sich nicht verändert; als sie an ihr Ohr drang, vergaß Marrah beinahe, daß sie eine Königin war und Würde bewahren mußte.

Es war über ein Jahr her, seit sie Keru das letzte Mal gesehen hatte; die Nomaden hatten Symbole in seine Wangen tätowiert und ihm die Ohrläppchen durchstochen, wie es bei ihnen üblich war; aber er war und blieb ihr kleiner Junge, ihr Kind, ihr Liebling, und sein bloßer Anblick, ihn gesund und wohlbehalten vorzufinden, machte sie fast schwindlig vor Erleichterung. Ihr erster Impuls war, zu ihm zu laufen, und dann erkannte sie mit erschütternder Klarheit, daß sie es nicht durfte.

»Marrah«, rief Changar zu ihr hinauf. »Schau deinen Sohn an; sieh, wie stramm er gewachsen ist; sieh, wie gut wir für ihn gesorgt haben. Gib uns Arang, und du kannst ihn zurückhaben.« Plötzlich hob er Keru über seinen Kopf und schüttelte ihn wie einen Welpen.

»Mama!« schrie Keru gellend. »Hilf mir!«

Sie mußte siebenundzwanzig Kinder schützen; sie war Kriegskönigin von Shara; ein falsches Wort von ihr, eine einzige Andeutung von Schwache, und Vlahan würde niemals abziehen. Er würde den ganzen Winter über am Fuß der Klippen lagern, bis die Sharaner nichts mehr zu essen hatten; er würde sie aushungern und wieder und wieder angreifen, bis alle ihre Pfeile aufgebraucht waren und ihnen keine andere Wahl blieb, als sich zu ergeben. Marrah kannte Vlahans Denkungsweise. Sie war seine Ehefrau gewesen, hatte ihn tagtäglich erlebt.

Changar schüttelte Keru erneut. »Wir wollen Arang, Enkelsohn von Zuhan. Gib ihn uns, und du bekommst Keru zurück!«

Marrah stand reglos da, die Arme vor der Brust verschränkt, und sie zwang sich mit aller Kraft, eine ausdruckslose Miene beizubehalten wie ein leerer Himmel, während Changar fortfuhr, Keru zu schütteln. Und bei jedem Schrei, den ihr kleiner Junge ausstieß, durchzuckte sie ein derart heftiger, unerträglicher Schmerz, daß sie am liebsten selbst geschrien hätte, bis die Klippen eingestürzt wären. Ihr war zumute, als würde sie bei lebendigem Leibe in Stücke gerissen – dennoch vergaß sie keine Sekunde lang die Leute von

Shara und jene siebenundzwanzig Kinder, deren Schicksal in ihren Händen lag.

Schließlich hörte Keru auf zu schreien und erschlaffte in Changars Armen. Changar warf den Jungen quer über den Hals seines Pferdes und ließ es sich tänzelnd im Kreis herum bewegen, damit Marrah einen freien Blick auf ihren Sohn werfen konnte. »Du bist eine eiskalte, herzlose Hexe«, rief er. Dann zerrte er Keru an den Haaren hoch und ließ ihn wie ein totes Kaninchen in seinen Händen baumeln. »*Noch* ist er am Leben, aber vielleicht werden wir ihn bald Han opfern.«

Marrah sagte nichts.

»Gib uns Arang, und du kannst deinem Kind heute abend ein Schlaflied vorsingen. Ich dachte, ihr Sharanerinnen wärt gute Mütter. Was für eine Mutter bist du eigentlich? Gib uns Arang!«

Lange Zeit stand Marrah da und beobachtete, wie Changar hin- und herritt, während er wieder und wieder ihren Bruder im Austausch für ihren Sohn forderte. Keru lag über dem Hals des Pferdes, seine kleinen Beine wippten bei jedem Schritt, den das Tier machte. Als Changar schließlich davonritt und Keru mit sich nahm, waren Marrahs Lippen blutig an der Stelle, wo sie ihre Zähne hineingegraben hatte, um sich daran zu hindern, »ja« zu schreien.

Nachdem Changar verschwunden war, wich Marrah vom Rand der Klippen zurück, und als sie durch die Menge ging, traten die Sharaner schweigend beiseite. Als sie den Tempel der Kinderträume erreichte, kletterte sie auf den Felsblock, auf dem Lalah gestanden hatte, und drehte sich zu ihren Leuten um. Ihr Gesicht war bleich und angespannt, in ihren Augen glomm ein schreckliches Licht. Einen Moment ließ sie ihren Blick über ihre Stammesangehörigen schweifen, ohne zu sprechen, dann fand sie ihre Stimme wieder.

»Sharaner!« rief sie. »Die Nomaden haben uns einmal angegriffen, und nachdem sie jetzt im Bilde sind, daß wir nicht mit uns handeln lassen, werden sie uns wieder angreifen. Auf die nächste Attacke bereiten wir uns daher vor. Wir zerhacken unsere Webstühle und benutzen das Holz, um mehr Pfeile herzustellen; wir berauben unsere zeremoniellen Umhänge ihrer Federn, um sie zum Ausbalancieren der Pfeilschäfte zu verwenden. Die Stöcke, mit denen wir in unseren Kochtöpfen rührten, werden den Feinden entgegenfliegen; und die Klingen unserer Sensen sollen sich in ihre Herzen bohren. Wir schlagen Steine von den Seiten der Klippen und schleudern sie hinab; sogar den Tempel reißen wir nieder, wenn es nötig ist. Wir werden keinen Frieden *kaufen* und nicht mit diesen Schlächtern verhandeln!«

Die Menge jubelte, die Jäger entfernten sich und kehrten mit Holz und Federn zurück, um sie an die Umstehenden zu verteilen. Einige Leute mischten Klebharz, während andere hölzerne Pfeilspitzen schnitzten. Jene, die wußten, wie man Pfeile macht, betätigten sich als Lehrmeister der anderen.

Marrah blickte mit grimmiger Befriedigung auf den wachsenden Haufen von Pfeilen. Schweigend setzte sie sich zwischen Arang und Dalish, zog ihr Messer aus dem Gürtel und machte sich selbst an die Arbeit.

14. Kapitel

Iß noch einmal von den heiligen Pilzen, so gallebitter auf der Zunge – wenn der Geist der Götter über dich kommt, schlag deine Zeltklappe zurück und sauge die heiße Nacht wie schwarze Milch auf. Die Sterne der Mutterländer sind dieselben Sterne wie die der Steppe, verschleiert durch den Nebel, der von diesem unbezwingbaren Fluß aufsteigt. Im Norden kannst du das Sternbild des Heiligen Kriegerverbandes am Himmel sehen und das Große Zelt. Tief über dem westlichen Horizont leuchtet das helle Auge von Han persönlich, beobachtet dich in starrer Verachtung.

Du bist Changar. Wiederum hast du versagt, und Vlahan ist erneut kurz davor, dich strangulieren zu lassen. Jeden einzelnen Tag dieser Woche bist du zum Fuße der Klippen geritten und hast den Jungen gezwungen, seine Mutter um Ergebung anzuflehen. Aber sie läßt sich nicht erweichen, und auch wenn du sie noch so sehr verabscheust, so mußt du doch zugeben, daß sie sich als eine würdige Feindin erweist.

Doch wenn ein Wahrsager die heiligen Pilze ißt, verändert sich alles. Der Himmel wird zu einem schwarzen Teich; unten kehrt sich nach oben; oben wird unten. Neue Möglichkeiten eröffnen sich dir; neue Welten strömen aus der großen Leere heraus wie Blasen, die an die Oberfläche steigen. Bei Tag, im heißen Licht der Sonne, bist du ein Mann wie andere Männer, an die Erde gefesselt durch verkrüppelte Beine, die unter dir einknicken, wann immer du zu stehen versuchst. Du humpelst auf zwei Krücken, bewegst dich mühsam vorwärts wie eine verstümmelte Schildkröte.

Heute nacht jedoch werden dich die heiligen Pilze in eine Welt entführen, wo Beine unwichtig sind. Dort wirst du einen neuen Körper annehmen und einen neuen Namen.

Du befiehlst deinen Gehilfen, dich auf die Füße zu heben und dir nach draußen zu helfen, wo du die Klippen betrachten kannst. Und wenn du dann dastehst, mit den Armen auf ihre Schultern gestützt, verlangst du nach einem feingeflochtenen Korb, der wie ein Schädel geformt ist. Die Innenseite des Korbes ist mit Pech versiegelt, und an seinen Seiten prangen Sterne und Pferde und geheimnisvolle Symbole, die nur du allein zu entziffern vermagst. Du erteilst noch einen Befehl, und deine Worte hallen im Inneren deines Kopfes wider, fliegen über- und untereinander hinweg wie Schwärme kreischender Vögel.

Aber deine Gehilfen haben verstanden. Ein Junge mit Haar von der Farbe des Staubs kniet zu deinen Füßen nieder und hält den Korb bereit, während ein anderer Junge deine Tunika hochzieht. Du urinierst in einem langen, kräftigen Strahl, und wenn du fertig bist, heben sie den schäumenden Korb an deine Lippen, und du trinkst.

Du tust dies dreimal im Laufe des Abends, und jedesmal wird der Trank stärker, der bittere Geschmack noch konzentrierter. Während du darauf wartest zu trinken, wandern die rauchigen Sterne über den Himmel, und Hans verächtlich starrendes Auge verschwindet unterhalb des Horizonts.

Wenn die ersten Himmelskörper des Abends verblaßt sind, beginnst du dich zu verwandeln; deine Schneidezähne wachsen lang, deine Ohren werden riesig und empfindsam für Laute und Geräusche, die kein Mensch wahrnehmen kann. Mäusegesicht, denkst du. Fuchsgesicht; pelzbedeckter Körper, grau und weich wie Staub. Klauenbewehrte Füße. Stockdünne Arme. Große, ledrige Schwingen, von vielen Adern durchzogen.

Vielleicht ist es diesem neuen Geschöpf, in das du dich verwandelt hast, bestimmt, sich in die Lüfte zu schwingen und zu fliegen, oder vielleicht auch nicht; denn wenn die Verwandlung gelingt, fällst du zu Boden und beginnst, auf dem Bauch vorwärtszukriechen. Deine Gehilfen weichen entsetzt vor Angst zurück, während du im Staub kriechst und zwitschernde Laute ausstößt. Sie können deinen neuen Körper nicht sehen, aber du kannst es.

Der bittere Geschmack der heiligen Pilze steigt in deiner Kehle auf, und du rückst mit ihm empor. Du bewegst deine Lederschwingen, erhebst dich in den Himmel und fliegst geradewegs zu den Klippen, wo die Feiglinge schlafen.

Bald erkennst du die Zelte der Sharaner, wie weiße und braune Steine auf dem Granitvorsprung verstreut. Du siehst den kargen Gipfel der schroffen Klippen über dem Lager aufragen; das lose Geröll, die von Rissen durchzogene Steinwand gleich links von der obersten Wegbiegung; den brustförmigen Tempel mit seinem Schlangenkopf; die Dampfschwaden, die von der heißen Quelle aufsteigen. Irgendwo dort unten schläft Marrah die Hexe, in Angst und Schrecken eingehüllt, weil du ihren Sohn hast.

Du würdest gerne in ihr Zelt fliegen und dich neben sie setzen, um ihr grauenhafte Dinge ins Ohr zu flüstern, aber es bleibt nicht mehr genug Zeit für solche Vergnügen. Schon beginnen deine Flügel zu erschlaffen, und du fühlst, wie du zurück in deinen alten, verkrüppelten Körper gesogen wirst. Abwärts, immer weiter abwärts fliegst du, zurück zum Hansi-Lager, zurück in den Kreis verängstigter Gehilfen.

Es widerstrebt dir nicht, wieder deine menschliche Gestalt anzunehmen. Denn du hast genug gesehen. Jetzt weißt du, wie man die Sharaner zwingen kann, sich zu ergeben. Der Plan liegt so nahe, daß du schon längst daran hättest denken sollen, alter Narr!

»Wasser höhlt Fels aus«, flüsterst du, und deine Gehilfen, die glauben, du verlangtest zu trinken, halten dir einen Wasserschlauch an die Lippen.

Nachdem Changar seinen Durst gestillt hatte, schlief er tief und fest, während sich seine Diener um sein Lager kauerten, um ihn zu bewachen und das Feuer zu schüren. Irgendwann in der Dämmerung brachten sie Changar eine Frau, und er nahm sie, aber später konnte er sich nicht einmal mehr an ihr Gesicht erinnern.

Am Morgen erwachte Changar mit einem Gefühl neuer Kraft, als wäre er wieder ein junger Mann. Der unangenehme Geschmack in seinem Mund war verschwunden, und er sang leise vor sich hin, als er sein Frühstück aus Rindfleisch und weichem Käse verzehrte.

Fleisch und Milch gab es reichlich; aber Früchte und andere Delikatessen waren knapp, da Vlahan den Frauen befohlen hatte, immer in der Nähe des Lagers zu bleiben, und weil die Sharaner alles verbrannt hatten, was sie nicht auf die Klippen hatten transportieren können. Dennoch bekam Changar immer das Beste von allem, was verfügbar war.

In letzter Zeit hatten er und die anderen Männer sich an Fischragouts gütlich getan, aber an diesem Morgen war ihm eine ganz besondere Köstlichkeit vergönnt: eine kleine Honigwabe, um daran zu saugen. Als sie damals in Shara eingetroffen waren, hatten die Nomaden die Bienenstöcke aus Ton kaputtgeschlagen, weil sie nicht gewußt hatten, was das war; doch nach einer Reihe schmerzhafter Stiche bestand kein Zweifel mehr.

Changar schlürfte die süße Flüssigkeit aus der Wabe, spuckte das Wachs aus und wies dann seine Gehilfen an, ihm sein Pferd zu bringen. Ein Mann von geringerer Intelligenz wäre direkt zu Vlahan gegangen, aber Changar war alt und gewitzt.

Ihm war bekannt, daß Vlahan nicht die geringste Vorstellungskraft besaß und nur an die Dinge glaubte, die er sehen und anfassen konnte. Vlahan hatte niemals die heiligen Pilze gegessen; er konnte mit Visionen und mysteriösen Erscheinungen nicht mehr anfangen als ein Schaf. Wenn Changar zu Vlahans Zelt ginge und ihm erzählte, daß er sich in der Nacht in eine Fledermaus verwandelt hatte, zu den Klippen geflogen war und dort eine Möglichkeit erblickt hatte, die Sharaner zur Kapitulation zu zwingen, würde Vlahan ihm die Hunde auf den Hals hetzen oder ihm womöglich noch Schlimmeres antun.

Als sein Pferd gebracht wurde, humpelte Changar aus seinem Zelt und gab dem Tier einen kleinen getrockneten Apfel aus seiner Handfläche zu fressen. Es sah nach einem guten Tag für einen Erkundungsritt aus. Der Himmel war klar, eine erfrischende Brise wehte vom See herüber und kühlte die Luft. Mit majestätischer Arroganz schlang Changar seinen Mantel fester um sich und befahl seinen Gehilfen, ihn auf den braunen Hengst zu heben und seine Beine so geschickt festzubinden, daß er nicht abrutschte.

An diesem Morgen nahm er Keru nicht mit, und er ritt auch nicht zum Fuße der Klippen. Statt dessen zog er flußaufwärts, mit drei Jungen an seiner Seite; als er sicher war, daß ihn kein Sharaner mehr beobachten konnte, wandte er sich nach Süden und bahnte sich langsam einen Weg durch den Wald. Manchmal hielt er an und schickte einen seiner Gehilfen voraus, aber die Jungen meldeten jedesmal, daß der Weg frei sei.

Bald gelangten sie zur Rückseite der Klippen. Unterhalb von ihnen wuchs dichtes Gestrüpp, vermischt mit knorrigen Kiefern und niedrigen Eichen, die sich in kleinen Waldstücken den Schräghang hinaufzogen. Changar band sein Pferd an einen Busch und befahl seinen Gehilfen, ihn zur Kuppe hinaufzutragen, welchem Befehl sie auch keuchend, doch ohne Murren nachkamen.

Wieder war keine Spur von einem Wachtposten zu sehen. Die Sharaner erwarteten offensichtlich nicht, von der Rückseite her angegriffen zu werden, und das aus gutem Grund: Die nackten Felsklippen wirkten auf dieser Seite ebenso schroff und unbezwingbar wie auf der Vorderseite. Sie ragten aus einem Gewirr gigantischer Gesteinsbrocken auf, um eine Wand aus bräunlich-weißem Granit zu bilden, durchzogen von langen, schmalen Spalten. Allein schon an sie heranzukommen würde schwierig sein; sie zu erklettern erschien so gut wie unmöglich.

Dies war genau das, was Changar erwartet hatte. Nach der ersten, demütigenden Niederlage hatte Vlahan Kundschafter ausgeschickt, die nach weiteren Möglichkeiten zum Sturm auf die Festung der Sharaner forschen sollten; die Männer hatten einstimmig berichtet, daß es ausgeschlossen sei, zum Gipfel der Klippen hinaufzugelangen. Vlahan hatte seinen Wegebahnern geglaubt, aber soweit Changar wußte, hatte er niemals das getan, was ein guter Häuptling in diesem Fall tun sollte: nämlich hinausreiten und sich mit eigenen Augen ein Bild von der Lage machen.

Als ihn seine Gehilfen nicht weitertragen konnten, befahl Changar ihnen, ihn im Schatten einer Kiefer abzusetzen. Dort saß er lange Zeit, mit dem Rücken an den Stamm gelehnt, während er das Gelände überprüfte. Kein Schmetterling flatterte vorbei, dessen Richtung er nicht aufmerksam verfolgt hätte; kein Habicht kreiste am Himmel, ohne daß er Notiz von ihm nahm. Kurz und gut, er tat all die Dinge, für die Vlahan verantwortlich war. Unser Häuptling hat wirklich noch weniger Phantasie als ein Schaf, dachte er. Der alte Zuhan wäre schon am allerersten Tag hier oben gewesen, um alle Möglichkeiten auszukundschaften.

Das erste, was Changar auffiel, war, daß die nackten Klippen hier – genau wie auf der Vorderseite – nicht alle gleich aussahen. Einige türmten sich höher und runder als andere. Die Steilhänge waren zum größten Teil kahl, aber hier und da wuchsen kleine Grasbüschel aus unsichtbaren Rissen im Gestein. Er zählte nicht weniger als zehn Felsvorsprünge, alle zu hoch gelegen, um von irgendeinem Nutzen zu sein, gleichwohl interessant. Auf der rechten Seite fielen die Klippen zu einem Grat ab, dessen Flanken so steil und glatt waren, daß die Sonne darauf reflektierte, als ob der Stein im Wasser läge.

Der Grat war offensichtlich die am wenigsten geschützte Stelle rund um den Gipfel, aber jeder Kriegerverband, dem es durch irgendein Wunder gelänge, bis dort oben hinaufzuklettern, würde feststellen, daß sich ein furchterregend steiler Abgrund vor ihm auftat. Die breiten Vorsprünge aus Granit, wo die Sharaner ihre Zelte aufgestellt hatten, lagen ein ganzes Stück weiter zur Linken. Kein Wunder, daß die Kundschafter Vlahan erklärt hatten, er solle sich einen Angriff von der Rückseite her aus dem Kopf schlagen.

Aber den Helden war etwas entgangen, etwas, was Changar letzte Nacht gesehen hatte, als der Geist der Pilze ihm Flügel verlieh. Es war etwas ganz Natürliches, das Männer, die Angst vor Höhen hatten, niemals bemerken würden.

So lange, wie jene Klippen schon standen, so lange hatte es auch immer wieder geregnet. Im Sommer war der Regen die steilen Abhänge hinuntergeflossen und hatte schmale Furchen in den Granit gewaschen; und im Winter war er in den Furchen gefroren und hatte die Felsoberfläche weiter aufklaffen lassen.

Jahr für Jahr waren die Risse breiter geworden, bis die Felsen aussahen, als hätten irgendwelche zornigen Götter, die lange tot waren, mit gigantischen Dolchklingen auf die Abhänge eingestochen.

Als Changar das Werk jener toten Götter betrachtete, verengten sich seine Augen zu Schlitzen, und sein Mund verzog sich zu einem scharfen, wölfischen Lächeln, das Marrah vor Entsetzen hätte schaudern lassen, hätte sie es gesehen.

Es gibt keinen Mann unter den Hansi, der klüger ist als ich, dachte er. Keinen Wahrsager, dessen Visionen wahrer sind. Diese Kundschafter haben keine Augen im Kopf, und Vlahan ist ein ausgemachter Hornochse. Sie hatten recht, als sie ihm erklärten, kein Mensch könne jene nackten Felswände bezwingen, aber ein Mann – ein Draufgänger, einer, der sich nicht gleich vor Angst in die Hose machte bei dem Gedanken abzustürzen –, ein solcher Mann könnte sich mit Händen und Füßen zwischen den Rändern einer jener Felsspalten festklammern und sich Stück für Stück hocharbeiten, bis er den Gipfel erreicht hatte.

Natürlich würde er eine geeignete Spalte brauchen, eine, die nicht unvermittelt aufhörte, sondern bis ganz nach oben reichte. Und gibt es einen solchen Einschnitt? Jawohl, den gibt es! Gleich dort drüben, unter dem Grat.

Triumphierend starrte er auf den Riß. Aus dieser Entfernung war es eine Linie, nicht breiter als ein Haar, aber er war lang und würde schmal genug sein, damit sich ein Mann mühelos an beiden Wänden festhalten konnte. Changar hatte gewußt, daß ein solcher Einschnitt existieren mußte, und da er ihn nunmehr gefunden hatte, würde der Rest einfach sein.

Dennoch überließ er nichts dem Zufall. Er befeuchtete seine Fingerspitze und schätzte die Windstärke ab, berechnete den Untergang der Sonne und stellte sich vor, wie die Schatten bei Mondlicht fallen würden. Lange Zeit überlegte er, wie die Krieger zum Lager der Sharaner hinuntergelangen konnten, sobald sie jenen steilen Grat erreicht hatten – leider wollte ihm keine Möglichkeit einfallen –, doch dann kam eine starke Windbö auf, die die Kiefer beugte, und er sah, daß die Krieger ein Seil um einen Felsblock schlingen und sich hinunterschwingen konnten, bis sie direkt über einer der Windungen des Klippenpfades anlangten. Freilich gehörte eine ganze Portion Mut dazu, den Sprung in die Tiefe zu wagen, aber für ein solches Unternehmen würden ohnehin nur waghalsige Streiter ausgewählt.

Sobald die Krieger erst einmal den Klippenpfad erreicht hätten, würde die Gefahr sogar noch größer sein. Weil der Pfad so schmal war, müßten sie sich einzeln, einer nach dem anderen, hinaufschleichen, um sich oben neu zu formieren. An diesem Punkt wäre das Element der Überraschung von entscheidender Bedeutung, denn wenn die sharanischen Wachtposten die Männer entdeckten, bevor sie geschlossen auf dem Felsvorsprung auftauchten, wären sie zwischen einer steilen Felswand und einem steilen Abgrund gefangen.

Dennoch hatten sie nur einen kurzen Weg zu gehen, um ewigen Ruhm zu gewinnen. Versagten sie, würden sie sterben in treuer Pflichterfüllung gegen ihren Häuptling, auf welche Weise übrigens alle Männer – außer Wahrsagern – sterben sollten.

Der Wind drehte, und jetzt konnte Changar den Rauch der sharanischen Feuer riechen. Sie kochten auf der anderen Seite der schroffen Klippen. Er stellte sich vor, wie sie Fleischspieße über den Flammen drehten und den Saft auffingen, während sie ängstlich zu dem Nomadenlager hinüberspähten, ohne jemals auf die Idee zu kommen, über ihre Schulter zu blicken. Der verlockende Duft brutzelnden Fleisches ließ Changar das Wasser im Mund zusammenlaufen. Er rief seine Gehilfen und befahl ihnen, seine Mittagsmahlzeit auszupacken und auf einem sauberen Tuch zu arrangieren. Wie zum Frühstück gab es auch diesmal allerlei Köstlichkeiten: frischen Käse, zwei fette, geröstete Feldmäuse, in Honig und knusprigen Körnern gewälzt, und einen kleinen Krug Wein, den sie in irgendeinem namenlosen Dorf erbeutet hatten. Changar aß mit Genuß und fragte sich, wie den Sharanern wohl zumute wäre, wenn sie wüßten, daß der Duft aus ihren Töpfen ihm zu solchem Appetit verholfen hatte.

Gegen den Spätnachmittag war Changar wieder im Lager und erläuterte Vlahan seine Pläne, aber Vlahan war in störrischer, arroganter Stimmung – sogar noch dickköpfiger und überheblicher als gewöhnlich –, und öfter, als Changar Lust zu zählen hatte, zitierte Vlahan die Kundschafter, nach deren Auskunft ein Angriffstrupp nur zur Spitze des Grates hinaufgelangen könnte, wenn den Männern Flügel wüchsen.

Changar hörte sich den Unsinn geduldig an, um jedesmal schlicht zu erwidern, daß sich die Kundschafter geirrt hätten und daß ein Aufstieg durchaus möglich sei. Schließlich griff er nach einem Stock, malte ein Bild des Grates in den weichen Staub und zeichnete den Felsspalt vom Fuß der Klippen bis zum Gipfel nach. Dann rief er einen seiner Gehilfen herbei, damit der Junge Arme und Beine spreizte, um den Aufstieg durch den Einschnitt pantomimisch darzustellen. Als sich der angehende Krieger Stück für Stück zwischen den imaginären Wänden imaginärer Felsspalten emporarbeitete, begriff Vlahan endlich, worauf Changar hinaus wollte.

»Und du sagst, wir werden ein langes Seil brauchen?« Vlahan musterte Changar mit harten Augen wie ein Mann, der ein Pferd taxiert.

Er war gerade dabei, sich den Kopf scheren zu lassen von zwei Konkubinen, die schüchtern um ihn herumflatterten, voller Angst, sie könnten ihn versehentlich schneiden. Sein Schädel war mit einer Art schäumendem Fett bedeckt, das die Prozedur des Rasierens erleichterte. Das Fett hatte zu schmelzen begonnen und tropfte in seinen roten Bart, wobei die Fettropfen ihm ein gefräßiges Aussehen verliehen, das Changar durchaus passend fand. Vlahan würde die Sharaner mit Freuden lebendig und ohne Salz fressen, wenn er nur die Möglichkeit dazu hätte; jetzt bot ihm Changar die Möglichkeit, aber der Magier erwartete keine Dankbarkeit, und Vlahan bezeugte ihm auch keine.

»Nur für den Abstieg, Rahan. Nicht für den Aufstieg. Auf dem Weg nach oben kann einer der Männer das Seil um seine Taille geschlungen tragen. Sobald er die Spitze erreicht, wird er...«

»Das brauchst du mir nicht hundertmal zu erklären«, fauchte Vlahan. »Ich bin schließlich nicht blöde!« Als Vlahan hiermit auftrumpfte, wußte Changar, daß er gewonnen hatte.

Vlahan zupfte an seinem fettigen Bart und betrachtete seinen Gesprächspartner aus zusammengekniffenen Augen. »Bist du sicher, daß ein Seil genügen wird? Warum nicht vier oder gleich zehn? Wenn sich meine Krieger einer nach dem anderen abseilen müssen, wird das Anschleichen ja bereits die halbe Nacht dauern.«

Changar tat so, als wälze er diesen törichten Einwand ernsthaft in seinen Gedanken. »Du bist klug, Rahan, wie immer, zehn Seile wären tatsächlich besser. Ich habe törichterweise gedacht...« Er hielt inne und wartete darauf, daß Vlahan den Köder schluckte.

»Was gedacht?«

»Daß sich die Seile, falls wir mehr als eines nehmen würden, ineinander verheddern könnten, wenn die Männer sich zu der Pfadbiegung hinunterschwingen.« Vlahan, der diese Möglichkeit natürlich nicht in Betracht gezogen hatte, reagierte wütend.

»Und wo sollen wir deiner Meinung nach den Hanf hernehmen, um ein Seil zu flechten, das lang genug ist, um deinen Plan in die Tat umzusetzen?« brüllte er. »Die Sümpfe dieses verfluchten Landes sind voller spröder Schilfhalme, die jedesmal sofort zerbrechen, wenn unsere Frauen sie zu Körben winden wollen!«

»Wir sollten das Seil aus Leder machen, Rahan.«

»Leder schrumpft bei feuchtem Wetter, du Idiot!« Vlahan wies zum Himmel hinauf, als wäre ein schweres Unwetter im Anzug. Es war zwar keine einzige Wolke zu sehen, aber Changar wußte, daß es ungemein wichtig war, eine beeindruckte Miene aufzusetzen.

»Du hast natürlich recht wie immer, Rahan. Lederseile ziehen sich tatsächlich zusammen, aber sie gleiten auch leicht über eine rauhe Felsoberfläche, und deshalb werden wir, wie du bereits in weiser Voraussicht bemerkt hast, eine schöne, trockene Nacht für unseren Überfall abwarten müssen. Mit ein wenig Glück benötigen wir das Seil nur einmal!«

Zornschnaubend sprang Vlahan auf die Füße, wobei er Fett und Schaum in alle Richtungen verspritzte. Er riß einer der erschrockenen Konkubinen das Rasiermesser aus der Hand und schleuderte es auf Changar. Das Messer zischte haarscharf an Changars Ohr vorbei und ritzte seine Haut ein wenig. Der Angriff war nicht dazu gedacht zu töten; er sollte Changar nur angst machen, verfehlte jedoch seinen Zweck.

Changar saß vollkommen ruhig da, während er Vlahan auf eine Weise anstarrte, die diesem eine Gänsehaut verursachte. Laut Aussage der Gehilfen hatte Changar eine halbe Nacht damit zugebracht, sich auf dem Boden zu wälzen und wie eine Fledermaus zu tschilpen. Am nächsten Morgen sei er dann davongeritten, um die Rückseite der Klippen zu inspizieren.

Die Sache mit der Fledermaus kümmerte Vlahan herzlich wenig – von ihm aus konnte der Alte auch wie ein Hund bellen oder wie ein Frosch quaken, das war Vlahan völlig gleichgültig –, aber ihm gefiel der Gedanke nicht, daß Changar hinausgeritten war, um den Feind auszukundschaften. Der Häuptling war außer sich vor Neid, daß Changar einen so guten Plan ausgetüftelt hatte. Er konnte klappen, und wenn er tatsächlich von Erfolg gekrönt war, würde Changar viel zuviel Macht zufallen.

»Ich nehme an, der Große Han hat dir gesagt, ich solle meine

Frauen anweisen, mein Zelt in Streifen zu zerschneiden und das Leder unserem Sieg zu weihen«, keifte Vlahan.

»Das wird nicht nötig sein, Rahan.« Changar verbeugte sich demütig, aber in seiner Stimme schwang ein triumphierender Unterton mit. »Es liegt reichlich genug Leder herum, und außerdem gibt es noch die Zelte geringerer Männer, was das betrifft.«

Vlahan marschierte zu seinem Zelt hinüber, griff nach einem Schlauch mit Kersek, zog den Stöpsel heraus und nahm einen ausgiebigen Schluck. Er strich sich mit einer Hand über seinen rasierten Kopf und warf Changar einen Blick zu, in dem eine Mischung aus Verachtung und Furcht lag. Soweit er sich erinnern konnte, war kein Wahrsager jemals Häuptling geworden, aber jeder so kluge und raffinierte Rivale wie Changar stellte eine Bedrohung dar. »Geringere Männer«, murmelte Vlahan. Er trank noch einen Schluck Kersek. »Ja«, wiederholte er, »geringere Männer.«

Am nächsten Morgen erwachte Changar vom Klang lauter weiblicher Stimmen. Als er aus seinem Zelt humpelte, sah er Vlahans Ehefrau Timak mit einem Messer in der Hand neben der Zeltwand stehen. Vier Konkubinen umringten sie, alle ähnlich bewaffnet.

»Guten Morgen, ihr verlaustes Rudel räudiger Hündinnen. Hat Vlahan euch hergeschickt, mich umzubringen?«

Timak lachte, wobei sie gelbliche, zu scharfen Spitzen abgefeilte Eckzähne entblößte. »Nein, Alter. Er hat uns hergeschickt, um ein Seil aus deinem Zelt zu machen.« Und noch bevor Changar den Mund öffnen konnte, seine Gehilfen herbeizurufen, damit sie die Frauen aus dem Weg schafften, hatten Timak und ihre Gefährtinnen bereits die Zeltstangen herausgezogen und sein Zelt auf dem Boden ausgebreitet; unverzüglich machten sie sich daran, das Leder in lange, dünne Streifen zu schneiden.

Das Wetter blieb schön während der nächsten drei Tage. In der Nacht des Neumondes bemerkten die sharanischen Wachtposten nichts Ungewöhnliches. Einer der Wachen gähnte und setzte sich an den Rand des Felsvorsprungs, um schläfrig auf die Lichter in der Ferne zu starren. Ihm fiel zwar auf, daß heute abend aus irgendeinem unerfindlichen Grunde nur im vorderen Teil des Nomadenlagers vereinzelte Feuer brannten – aber es kam ihm nicht in den Sinn, diese Beobachtung gegenüber irgend jemandem zu erwähnen. Was spielte es noch für eine Rolle, wo die Nomaden ihre Feuer entzündeten, nachdem sie die Stadt zerstört hatten, die er so liebte?

Jenseits des Feuerscheins bewegte sich etwas in der Dunkelheit, etwas Kompaktes und Vermummtes, das so gut wie kein Geräusch machte. Der junge Wachtposten konnte es nicht sehen, aber die Nomadenhunde konnten es, und sie kauerten sich auf den Boden, als es vorbeischlich.

Tatsächlich war es nicht nur ein Ding, sondern viele, und sie krochen leise in Richtung Fluß, immer eines zur Zeit. Manchmal sah es wie grauer Nebel aus, manchmal wie ein berittener Krieger und manchmal wie ein Phantasiegebilde.

Dunkle Gestalten überquerten das schwarze, im Widerschein der Sterne glitzernde Wasser und verschwanden in den Wald; jedesmal, wenn eine von ihnen zu der Furt kam, hörte man ein gedämpftes Platschen. Bald waren die verbrannten Felder wieder leer, und zu dem Zeitpunkt, als Arang seine Runde antrat, war nichts mehr zu sehen außer den Sternen.

Diese Nacht barst vor Heimlichkeiten und verstohlenen Aktivitäten. Auf der Rückseite der Klippen machte sich ein Hansi-Kriegerverband an den Aufstieg zum Grat, wobei sie sich mit Armen und Beinen gegen die Ränder der Felsspalte stemmten. Die Krieger hatten ihre Körper mit Ruß geschwärzt und ihr Haar mit Schlamm dunkel gefärbt. Sie trugen keine Stiefel, damit sich ihre Zehen am Fels festklammern konnten; während sie sich nun keuchend die Klamm hinaufarbeiteten, waren sie – abgesehen von dem Weiß ihrer Augäpfel – praktisch unsichtbar in der Dunkelheit.

Als der erste Mann den Grat erreicht hatte, ließ er sich auf den Bauch fallen und kroch bis zum gegenüberliegenden Rand. Lange Zeit blickte er auf das sharanische Lager hinunter, während er sich die Lage der Zelte, des Tempels, der heißen Quelle und der Feuer einprägte. Seine besondere Aufmerksamkeit galt den Wachen, und nachdem er sich ihre Position gemerkt hatte, kroch er zu seinen Kameraden zurück.

Wie immer, wenn es die Umstände erforderten, äußerte er sich in Zeichensprache, und er hob dabei seine Hände zum Himmel, um aus dem Licht der Sterne Nutzen zu ziehen. Der Mann hieß Chirkhan, und er war derselbe hochgewachsene Krieger, der damals Stavans Spuren zum Teich gefolgt war und es dennoch nicht geschafft hatte, ihn aufzuspüren. Den Grund dafür, warum Vlahan Chirkhan nicht hingerichtet hatte, als er Stavans Entkommen herausfand, konnte man nur raten; aber wahrscheinlich hing es mit der Tatsache zusammen, daß Chirkhan der beste Fährtensucher war, den die Hansi jemals hervorgebracht hatten.

»Der Wind weht in unsere Richtung«, signalisierte Chirkhan jetzt. Die Krieger nickten zufrieden, weil es bedeutete, daß die sharanischen Hunde sie nicht riechen konnten und keinen Alarm schlagen würden. »Die Wachen blicken eisern in Richtung Stadt. Ihre Feuer sind fast heruntergebrannt. Alle anderen schlafen.«

Bisher waren es gute Nachrichten, aber jetzt berichtete Chirkhan ihnen etwas, womit die Krieger zwar gerechnet hatten, was aber dennoch ein leises Gefühl der Enttäuschung bei ihnen auslöste. »Changar hatte recht. Wenn wir uns hier abseilen, gelangen wir nicht sogleich ins Lager des Feindes, sondern rechts davon.« Chirkhan machte eine schwingende Bewegung mit seiner rechten Hand.

Statt also das Seil über den Rand zu werfen und mitten zwischen den ahnungslosen Sharanern zu landen, würden sie vor- und zurückschwingen, auf den Pfad abspringen und einer nach dem anderen zu dem Felsvorsprung hinaufschleichen müssen. Mehrere der Krieger runzelten besorgt die Stirn und machten Zeichen, um das Böse abzuwehren. Diese Felsspalte hinaufzuklettern war schon schlimm genug gewesen; aber der Gedanke an das, was ihnen jetzt bevorstand, erweckte in einem echten Steppenbewohner die Sehnsucht, spornstreichs in das flache Land zurückzukehren.

»Lücke?« signalisierte ihr Anführer. Wenn sie unterhalb der

Lücke im Pfad landeten, konnten sie sich das gefährliche Manöver ersparen. Sie brauchten kein Seil, um dorthin zu kommen. Die Stelle ließ sich wesentlich einfacher und gefahrloser erreichen, wenn sie vom Fuß der Klippen aus hinaufwanderten.

»Nein, nein, knapp oberhalb«, teilte ihm Chirkhan mit. Dies war nicht die beste Nachricht, da es ein sehr viel gefährlicheres Manöver bedeutete, als sie angenommen hatten. Trotzdem war es nicht das Schlimmste: Die Männer an dem Seil hätten ein leichtes Ziel für die sharanischen Pfeile geboten. Wenn sie zwei volle Pfadbiegungen unterhalb des Felsvorsprungs abwärts robbten, würde zumindest keiner der Wachtposten sie entdecken können.

»Ist das Seil auch lang genug?«

»Lang plus zwei«, signalisierte Chirkhan ungeduldig, und er meinte damit, daß das Seil seiner Schätzung nach um zwei volle Menschenlängen länger als nötig war.

Mehr wollte der Krieger, der das Seil zum Grat hinaufgetragen hatte, gar nicht hören. Er ließ sich wie Chirkhan auf den Bauch fallen, kroch vorwärts und schlang ein Ende des Seils fest um einen Felsblock. Dann robbte er zurück, und zwei Männer zogen mit aller Kraft daran, um sich zu vergewissern, daß es auch hielt. Das Seil mußte erneut befestigt werden, aber schließlich saß es sicher an Ort und Stelle.

Dann hängten sich die Krieger ihre Bögen über den Rücken, schoben sich ihre Dolche zwischen die Zähne und überprüften die Köcher, die an ihren Gürteln hingen. Als alle bereit waren, gab der Anführer das Zeichen, und Chirkhan warf das freie Ende des Seils über den Rand des Grates. Hanf hätte sich in Dornen verfangen oder wäre in Baumzweigen hängengeblieben, aber wie Changar es vorausgesehen hatte, glitt das geflochtene Lederseil rasch und geschmeidig an der glatten Felswand hinab.

Unten auf dem Vorsprung stand Arang neben Dalishs Geliebter Jutima und blickte über das Tal. Die Lagerfeuer der Nomaden brannten noch immer, aber deswegen machten sie sich keine Sorgen. Vor einer Weile war ein kleiner Verband von Kriegern aus dem

Lager geritten. Die Nomaden hatten eine Vorliebe für Überraschungsangriffe, doch obwohl diese in absoluter Stille auf die Klippen zugeritten kamen, hatten sie keinen Versuch unternommen, sich vor den sharanischen Wachtposten zu verstecken.

Arang war schon drauf und dran gewesen, Alarm auszulösen, als der gesamte Verband plötzlich abgeschwenkt und zurück in Richtung Fluß galoppiert war. Ein paar Augenblicke später hatten sie erneut einen Bogen geschlagen und waren auf den Strand zu geritten.

»Scheint mir eine merkwürdige Zeit, um den Pferden Bewegung zu verschaffen«, murmelte Arang. Jutima fand das ebenfalls sonderbar. Alle Wachtposten kamen zu dem Felsvorsprung und standen dort, während sie verwirrt beobachteten, wie die Nomaden hin- und herritten. Plötzlich versteifte sich Jutima und griff nach Arangs Arm.

»Hör doch!« flüsterte sie. Arang und die übrigen Wachen horchten angestrengt, aber es herrschte vollkommene Lautlosigkeit. »Genau das ist es.« Jutima hob ihren Bogen auf und griff nach einem Pfeil. »Die Grillen haben zu zirpen aufgehört!«

Sie hatte recht. Im Lager selbst waren die gewohnten Geräusche knisternder Feuer und unruhiger Schläfer zu vernehmen, aber der große monotone Chor der Grillen, der stets die ganze Nacht durch sang, war unerklärlicherweise verstummt. Es gab viele Gründe, warum Grillen plötzlich zu zirpen aufhörten: eine Eule, die über die Felder flog, oder ein Fuchs, der auf dem Felsvorsprung jagte. Selbst eine starke Windbö konnte sie eine Weile zum Schweigen bringen, und wenn die Nacht kühler wurde, schienen die Grillen schlafen zu gehen, genau wie Menschen; doch vom See her wehte eine sehr milde Brise, die Nacht war lau und balsamisch.

Arang gefiel die plötzliche Stille nicht, besonders nicht in Kombination mit dem närrischen Verhalten der Krieger dort unten. »Verteilt euch«, befahl er den Wachen. »Überprüft das gesamte Lager, und wenn ihr irgend etwas Verdächtiges seht oder hört, ruft eine Warnung.«

Seine erste Sorge galt dem Klippenpfad; aber als er sich über den

Felsvorsprung beugte und den Pfad im matten Licht der Sterne sich an den dunklen Klumpen der Felsblöcke vorbeischlängeln sah, schien er völlig verlassen, obwohl man sich in der Dunkelheit nie ganz sicher sein konnte. Auf jeden Fall klaffte immer noch das Loch im Pfad. Jutima hatte sich bereits abgewandt und ging zum Tempel, spähte aufmerksam in die Dunkelheit und blieb gelegentlich reglos stehen wie ein Löwe, der sich an ein Reh anschleicht. Arang holte sie ein.

»Ich werde ein kleines Stück den Pfad hinuntergehen, um mich dort umzuschauen«, flüsterte er. Sie nickte und ging weiter. Arang zog sein Jagdmesser aus dem Gürtel, und er kam sich ein wenig lächerlich vor, als er abwärts kletterte, bis er die Lücke erreichte.

Am Rand setzte er sich eine Weile hin, ließ seine Beine baumeln und horchte angestrengt; doch er vernahm lediglich den Ruf einer Eule. Es war also eine Eule, die den Gesang der Grillen unterbrochen hatte. Erleichtert stand er auf und machte sich wieder auf den Rückweg.

Arang umrundete gerade die erste Biegung des Pfads, als er etwas sah, was ihn erschrocken nach Luft schnappen und starr stehenbleiben ließ. Eine dunkle Gestalt bewegte sich lautlos an der Flanke des Grates hinunter, schwang beim Herabgleiten leicht hin und her. Einen Moment glaubte Arang, einen Geist zu sehen, und dann begriff er.

»Nomaden!« schrie er. »Hilfe! Nomaden!« Er hatte die Worte noch kaum ausgesprochen, als der Krieger das Seil losließ und sich auf Arang stürzte wie ein Habicht, der auf einen Spatz niederschießt. Arang packte den Mann, und der Mann packte Arang – einen Moment kämpften und rangen sie verbissen miteinander auf schmalstem Raum.

Arang sah ein dunkles Gesicht, weiße, blitzende Zähne und die Knochenklinge eines Dolches. Blitzschnell wich er zurück, duckte sich und rammte dem Krieger, so hart er konnte, seinen Kopf in den Bauch, worauf beide den Halt verloren und über den Rand des Pfades stürzten. Noch bevor Arang Zeit fand zum Nachdenken, flog ihm der Erdboden entgegen, und er prallte so hart auf dem steinigen Grund auf, daß er einen Moment lang keine Luft mehr bekam.

Er lag auf dem Rücken, völlig verblüfft und schmerzlich nach Atem ringend. Durch einen glücklichen Zufall waren sie beide auf eine tiefergelegene Pfadbiegung gestürzt, statt ganz bis zum Fuß der Klippen hinunterzufallen.

Der Krieger, der auf ihm gelandet war, sprang auf die Füße und stieß den Hansi-Schlachtruf aus. Dann packte er Arang bei den Haaren, riß seinen Kopf zurück und holte mit seinem Dolch aus, um ihm die Kehle durchzuschneiden und seinen Kopf zu erbeuten. Plötzlich hielt er mitten in der Bewegung inne und senkte seinen Arm.

»Ha!« schrie er, legte seine Hände fest um Arangs Wangen und zog seinen Kopf zu sich heran wie ein Liebhaber, der seinem Mädchen einen Kuß auf die Lippen drücken will. »Ha!« rief er noch einmal triumphierend.

Oben im Lager der Sharaner loderten helle Fackeln, und die Wachtposten schlugen gewaltigen Alarm. Als der Mann Arangs Gesicht herumdrehte, um seine Züge im Lichtschein besser erkennen zu können, entdeckte Arang die Lücke im Pfad oberhalb von ihnen. Er erhaschte einen flüchtigen Blick auf einen weiteren bewaffneten Krieger, der soeben an dem Seil herunterglitt, und hörte das Vibrieren einer Bogensehne – eines sharanischen Bogens, wie er inständig hoffte – und das Zischen eines Pfeils; dann zerrte der Mann, der ihn überwältigt hatte, seinen Kopf wieder herum und schüttelte ihn, bis seine Zähne klappernd aufeinanderschlugen.

»Arang, Enkelsohn von Zuhan!« frohlockte der Krieger. »Bei Han, es ist der kleine Große Häuptling persönlich!«

»Chirkhan!» japste Arang.

Der Fährtensucher lächelte siegreich und zog Arang auf die Füße. Auf den Klippen über ihnen tobte eine grimmige Schlacht, aber Chirkhan war der Ausgang inzwischen ziemlich gleichgültig. Er hatte einen Fang gemacht, die sehr viel mehr wert war als alles, was er im Lager der Sharaner hätte erbeuten können. Mit raschen, geschickten Bewegungen fesselte er Arang die Hände auf dem

Rücken, hielt ihm die Spitze seines Dolches an die Kehle und schob ihn den Pfad talwärts, um seine Belohnung einzukassieren.

Oben auf dem Felsvorsprung kämpften die Sharaner um ihr Leben. Jetzt waren es ihre Pfeile, die nach oben zielten, und die der Nomaden, die nach unten zeigten. Während Jutima und die übrigen Wachen im Fackelschein standen und versuchten, den nächsten Krieger von dem Seil abzuschießen, ließen die Krieger auf dem Grat einen tödlichen Hagel von Pfeilen herab, die durch die Luft sausten, scheppernd auf dem Boden landeten und sich am Kopf des Klippenpfades wie Feuerholz stapelten.

Wenn die Hansi nicht erneut gezwungen gewesen wären, schräg zu zielen, wären sämtliche sharanischen Wachtposten innerhalb kürzester Zeit dahingemäht worden. Dennoch waren die Verluste schrecklich. Vier Wachen waren verwundet und zwei gleich bei jenem ersten Angriff getötet worden; als die Sharaner sahen, wie ihre Gefährten um sie herum fielen, warfen einige ihre Waffen nieder und rannten zu den Verletzten und Sterbenden, um sie wegzuziehen und in Sicherheit zu bringen.

»Sie versuchen, uns zurückzudrängen!« schrie Jutima. »Los, schießt weiter!« Angefeuert von ihrer Stimme, wehrten sich die übrig gebliebenen Wachen erbittert und schossen, bis sie den Krieger am Seil trafen und er kopfüber in die Tiefe stürzte.

Sofort nahm der nächste Angreifer seinen Platz ein, und als er tief genug an dem Seil herunterhing, schossen sie auch ihn ab. Inzwischen waren zwei weitere Wachen verwundet worden, aber der Rest kämpfte unbeirrt weiter mit einem beispiellosen Mut; die Nomaden waren überrascht, da sie angenommen hatten, die Sharaner würden in Panik davonlaufen, sobald einer der Ihren im Kampfe fiel.

Nachdem die Wachen zwei weitere Krieger abgeschossen hatten, zogen die Nomaden das Seil hoch, und gleich darauf regnete erneut ein wütender Hagel von Pfeilen von dem Grat herab. Die Hansi hatten vorgehabt, die Sharaner im Schlaf zu überraschen; aber sie waren trotzdem mit genügend Pfeilen ausgerüstet, um sie in jedem

Fall empfindlich zu dezimieren und auf diese Weise zur Kapitulation zu zwingen.

Inzwischen hatten sie erkannt, daß Jutima die Anführerin war, und zu beiden Seiten von ihr wurden Leute getroffen; eine junge Frau bekam einen Pfeil ins Bein, ein Mann wurde in den Arm geschossen. Hinter ihr bohrten sich weitere Pfeile in die am nächsten stehenden Zelte, während die Kinder im Inneren vor Angst schrien. Hunde bellten aufgeregt, und Menschen rannten nach ihren Waffen, indessen prasselten ohne Pause die feindlichen Pfeile herab.

»Zurück! Geht in Deckung!« rief Jutima über den Lärm hinweg. »Es hat keinen Zweck, noch länger auf sie zu schießen. Sie sind zu hoch oben; wir können sie nicht treffen!« Inzwischen waren die Sharaner jedoch wie berauscht von Blutgier und ignorierten Jutimas Befehle. Seite an Seite standen sie am Rand des Vorsprungs und schossen unentwegt weiter, bis die feindlichen Pfeile drei von ihnen gleichzeitig trafen. Als dies geschah, kam der Rest endlich wieder zur Vernunft, schleifte die Verwundeten weg und flüchtete hastig außer Schußweite.

Wieder warfen die Nomaden das Seil über den Grat, und einer der Krieger machte sich an den Abstieg; abermals rannten Jutima und die anderen vorwärts durch jenen Hagel von tödlichen Pfeilen und schossen zurück – ein weiterer feindlicher Krieger verlor den Halt und stürzte in die Tiefe.

In jener Nacht kämpften Dalish und Hiknak Schulter an Schulter mit Yintesa, die weit über sechzig war, und einem tapferen Jungen namens Surmech, der knapp zwölf Jahre zählte. Marrah kämpfte ebenfalls, wenn auch auf eine andere Art. Sie hatte schon seit langer Zeit keine Übung mehr mit einem Bogen; statt also mühsam zu versuchen, irgend etwas zu treffen, rannte sie in die Schußlinie hinaus, um Pfeile aufzusammeln, da der sharanische Vorrat zur Neige ging. Die Pfeile der Hansi wiesen eine weitaus bessere Qualität auf mit ihren rasiermesserscharfen Feuersteinspitzen, und Marrah empfand eine trotzige Erregung, als sie um sie herum zischend zu Boden fielen.

»Gebt uns mehr!« schrie sie. Wie die Jäger und die Wachtposten, so war auch sie vartak, und solange sie kämpfte, fühlte sie sich unsterblich.

Während draußen die Schlacht tobte, lag Lalah schlafend im Tempel der Kinderträume und warf sich unruhig von einer Seite auf die andere. Am frühen Abend hatten die Priesterinnen ihr eine Tasse Tee – eine Mischung aus Katzenminze, Baldrian und Mohnsaft – zu trinken gegeben. Sie war in letzter Zeit besonders ruhelos und nervös gewesen und oft mitten in der Nacht aufgewacht, um nach lange verstorbenen Freunden zu rufen; die Priesterinnen waren besorgt, daß die beständige Müdigkeit und Erschöpfung ihren verwirrten Zustand noch verschlimmern könnte.

Als sie die ersten Alarmrufe vernahmen, waren die Priesterinnen hinausgelaufen, um zu sehen, was dort vor sich ging, überzeugt, daß Lalah nicht aufwachen würde. Sie hatten nicht damit gerechnet, lange fortzubleiben, aber dann waren sie mit der Versorgung der Verwundeten doch aufgehalten worden, und jetzt ließ die Wirkung des Tees allmählich nach.

Draußen wurde der Schlachtenlärm immer lauter. Plötzlich fuhr Lalah aus dem Schlaf hoch und setzte sich kerzengerade auf, um zu lauschen. Wenn die Priesterinnen sie in diesem Moment hätten sehen können, hätten sie ihr mehr Schlaftee verabreicht, denn in Lalahs Augen brannte ein wildes Feuer.

Zuerst schien sie lediglich verängstigt und orientierungslos zu sein. Dann begann sich langsam das unheilverkündende Glühen der Wahnvorstellung auf ihrem Gesicht auszubreiten. Ihre dunklen Augen glitzerten, und sie sah sich mit dem wachsamen, scharfen Blick einer Löwin im Raum um. In gewisser Weise war es der Blick der früheren Lalah und gleichzeitig der einer kranken Frau, die sich selbst wie eine Fremde vorkam.

Allzu plötzlich stand sie von ihrem Lager auf, und einen Moment drehte sich die Welt schwindelerregend um sie. Sie hielt sich haltsuchend an der Wand fest, zog ihre lange blaue Tunika von dem Stuhl neben der Schlafplattform, schob sich den Stoff in den Mund

und biß ein Loch in das abgetragene Leinen. Mit einer schnellen Bewegung riß sie einen breiten Streifen vom Saum ab, so daß die Tunika nur noch bis zu ihren Knien herabhing, als sie sie über den Kopf zog.

Ohne innezuhalten, um ihr Werk zu bewundern, bückte sie sich und griff nach ihrem Stützstock. Sie balancierte den Stock aus poliertem Kirschholz in ihrer Hand und blickte voller Befriedigung auf den Griff, der in Form einer kleinen geringelten Schlange geschnitzt war. Allerdings sah sie ihn nicht als Stock, sondern als einen Speer mit einer Feuersteinspitze.

Es war ein guter Speer, der beste, den sie je besessen hatte. Aber wessen Hand war dies? Wessen runzlige Haut und dürre Finger?

Verwirrung hüllte sie erneut ein wie eine schwarze Wolke. Sie blinzelte verständnislos, und dann lachte sie unvermittelt hellauf. Was hatte sie da bloß für einen Unsinn gedacht? Die Hand, die den Speer hielt, war natürlich die einer zwanzigjährigen Frau, einer Frau, die die Kraft hatte, ihn fünfmal so weit wie ein Mann zu schleudern. Hier stand die junge Lalah mit glatten und starken Fingern, und die Macht der Göttin war in ihnen.

Auf der anderen Seite des Lagers schafften es die Sharaner nur mit Mühe, sich gegen die Attacke der Nomaden zur Wehr zu setzen. »Schießt!« brüllte Jutima – wieder schossen die sharanischen Bogenschützen, und ihre Gegner antworteten auf die gleiche Weise, so daß ein ohrenbetäubender Lärm und Verwirrung herrschte. Ein Zelt brannte, weil seine ehemaligen Bewohner bei der Flucht eine Lampe umgestoßen hatten. Der Rauch war beißend; er stieg den Wachen in die Kehle und ließ ihre Augen tränen; aber er verschaffte ihnen auch ein klein wenig Deckung, und deshalb waren sie dankbar dafür.

»Zielt auf...« Der Befehl erstarb auf Jutimas Lippen, als Lalah, Königin von Shara, plötzlich und völlig unerwartet aus den Rauchwolken auftauchte, einen Stock schwingend, während sie lauthals verkündete, daß sie gekommen sei, die Große Schlange zu verteidigen.

Die Königin war ein beeindruckender Anblick: Ihr graues Haar war nicht zusammengebunden und flog wirr in alle Richtungen, auf ihrem Gesicht ein wildes Leuchten. Sie bewegte sich mit der Schnelligkeit einer sehr viel jüngeren Frau, und die Wachen machten ihr unwillkürlich Platz, bevor ihnen aufging, daß Lalah unbewaffnet war und mitten in die Gefahr hineinrannte.

»Haltet sie auf!« schrie Jutima, aber Lalah war zu schnell und entwand sich all den Händen, die nach ihr griffen und sie zu bremsen versuchten.

»Batal!« schrie Lalah trotzig, während sie ihren Stock schwang, als ob er ein Speer wäre. »Batal und Sieg!«

»Großmutter!« rief Marrah entsetzt. »Zurück! Geh zurück!« Aber ihre Warnung ging in dem alarmierten Schrei aus den Kehlen der Wachen unter, als diese ihre alte Königin völlig ungeschützt auf den Pfad zustürmen sahen.

Bevor irgend jemand zu ihr laufen und sie in Sicherheit bringen konnte, bohrte sich ein feindlicher Pfeil in ihren Arm. Als ihre Königin getroffen wurde, schrien die Sharaner wie aus einer Kehle auf vor Empörung; doch Lalah blieb einfach nur stehen und betrachtete den Schaft, der aus ihrem Arm herausragte, mit kindlicher Bestürzung und Verwirrung, als verstünde sie das ganze Geschehen nicht so recht.

Da sie sich nicht regte, bot sie ein perfektes Ziel. Wieder sirrte ein feindlicher Pfeil herab und bohrte sich in ihre Brust. Sie taumelte ein paar Schritte zurück und ließ ihren Stock fallen – das Licht in ihrem Gesicht erlosch.

»Sabalah!« rief sie mit überraschend lauter Stimme. »Sabalah, meine Tochter, komm und hole mich! Ich bin verletzt!« Tränen sammelten sich in ihren Augen. Sie blickte ein letztes Mal zurück auf die entsetzten Sharaner, dann ging sie in die Knie und brach ganz langsam auf dem Boden zusammen.

Lange Zeit regneten die Nomadenpfeile unaufhörlich um Lalah herum nieder, und bis Marrah und die anderen endlich zu ihr gelangen konnten, war sie tot.

Marrah hätte nicht zu sagen vermocht, wie lange die Schlacht noch weitertobte, nach dem Ende ihrer Großmutter. Sie wußte nur, daß sie wieder und wieder in die Schußlinie rannte, um mehr Pfeile zu sammeln und die Verwundeten in Sicherheit zu bringen, bis die Tränen auf ihren Wangen trockneten und ihr der Atem in der Kehle brannte.

Schließlich stellten die Nomaden auf dem Grat den Beschuß ein. Vielleicht stiegen ihre Verluste deshalb so drastisch an, da längst das Element der Überraschung vertan war; oder es hatte sie zermürbt, daß sie nur in einen kleinen Teil des Lagers schießen konnten. Wahrscheinlich wollten sie einfach nicht mehr einer nach dem anderen sterben, während sie sich an dem Seil herunterließen, oder es konnten ihnen auch endlich die Pfeile ausgegangen sein.

Die Sharaner warteten bis zum Beginn der Morgendämmerung, aber keine weiteren Krieger versuchten, sich von dem Grat hinunterzuschwingen. Als die Sonne aufging, schien der Grat verlassen, doch keiner von ihnen traute dem Frieden. Die Klippen waren nicht mehr sicher. Von jetzt ab würden die sharanischen Wachen Tag und Nacht den Grat im Auge behalten müssen. Einen Teil des Lagers – den Teil, der in unmittelbarer Nähe des Klippenpfades lag und in Reichweite der feindlichen Pfeile – müßten sie aufgeben. Und was den Pfad selbst betraf, so kontrollierten die Nomaden jetzt sowohl die obere wie auch die untere Hälfte.

Die Sharaner hatten mindestens sieben Nomaden getötet, aber beklagenswerterweise über ein Dutzend ihrer eigenen Leute verloren, einschließlich der alten Yintesa und Jutimas jüngster Schwester Trimata. Arang war dem Feind in die Hände gefallen und vermutlich nicht mehr am Leben. Zehn ihrer besten Bogenschützen lagen verwundet darnieder oder tot, und Jutima, die so tapfer gekämpft hatte, war von einem Pfeil in die Schulter getroffen worden und würde möglicherweise nie wieder einen Bogen spannen können.

Aber am schmerzlichsten traf alle der Verlust von Lalah. Es stimmte immer traurig, wenn eine Königin starb, doch keine Königin in der Geschichte von Shara war jemals so gewaltsam oder so unnötig gestorben.

Am Morgen nach der Schlacht zeigten sich Dunst und Wolken. Marrah saß neben der heiligen Quelle und beobachtete halb betäubt, wie sich die Priesterinnen und Priester um die Verwundeten kümmerten: Die Menschen stöhnten und klagten ringsum, während sie die Körper der Toten wuschen und ihnen die Haare kämmten.

Sie hätte bei ihnen sein sollen, um den Kopf ihrer Großmutter an ihre Brust zu drücken und gemeinsam mit ihren Verwandten um Lalah zu weinen. Auch sie sollte mit ihnen Lalahs Güte preisen und die großen Ereignisse im Leben ihrer Großmutter mit lauter Stimme schildern, damit alle es hören und sich daran erinnern konnten.

Das ziemte sich für eine pflichtbewußte Enkelin in normalen Zeiten. So hatten es alle Enkelsöhne und Enkeltöchter seit Generationen gehalten, bevor die Nomaden gekommen waren. Aber an diesem Morgen, als das gesamte Gewicht von Shara auf ihren Schultern lastete, hatte Marrah keine Zeit, um irgend jemanden zu trauern, nicht einmal um die geliebte Großmutter. Sie mußte einen Weg finden, ihre Leute zu schützen, denn inzwischen hatte sie nicht mehr nur das Amt der Kriegskönigin von Shara inne: Jetzt war sie das einzige Oberhaupt, das die Sharaner hatten.

Die Stimmen hinter ihr schwollen an und ab in einem traurigen, gramvollen Chor:

»Yintesa, Tochter der Priesterin Bunara...«

»...von uns genommen, welch ein Jammer!«

»Trimata, in der Blüte ihrer Jugend dahingerafft...«

»Krendar, ein guter Mann, von den Nomaden getötet...«

»Lalah, die mit der Güte einer Mutter regierte...«

Marrah dachte an Dornen und Steine. Sie dachte an den schwarzen Rand von Donner, den leeren Moment zwischen Schlafen und Wachen, an das Rätsel des Todes, die Gewißheit von Verlust. Letzte Nacht hatten sie gewonnen. Sie hatten die Nomaden daran gehindert, das Lager zu stürmen, aber es war ein tragischer Sieg geworden, zu einem schrecklichen Preis erkauft.

Nachdem Vlahan und seine Krieger nun den Grat kontrollierten, konnten sie die Sharaner jederzeit zum Kampf zwingen. Früher oder später, dachte Marrah, werden alle unsere Jäger getötet oder zumindest verwundet sein. Wenn es soweit war, würde keiner mehr übrig sein, um die Angreifer von dem Seil abzuschießen.

Lalah, ihre geliebte Großmutter, und Arang, ihr lieber Bruder, waren bereits tot, und letzte Nacht hätte auch sie selbst ohne weiteres getötet werden können. Wenn sie sich nicht ständig in ihrem Zelt verkroch, wäre es nur eine Frage der Zeit, bevor sie selbst zur Großen Mutter heimkehrte. Aber wer sollte nach ihrer Vernichtung Königin von Shara werden? Bindar hatte keine Ahnung von der Verteidigung der Klippen; Dalish würde bis dahin wahrscheinlich ebenfalls tot sein und Hiknak desgleichen.

Marrah saß schweigend da, von Verzweiflung und Kummer überwältigt, während sie auf den Klagegesang der Trauernden horchte und die volle Bitterkeit von Vlahans unvermeidlichem Triumph auf der Zunge schmeckte. Es bestand zwar immer noch eine Spur von Hoffnung, daß der Steppenhäuptling mit seinen Kriegern abziehen würde, sobald er erkannte, daß Arang tot war; aber andererseits – warum sollte er? Er hatte die Sharaner in der Hand. Alles, was er und seine Gefolgsleute tun mußten, war, weiter zu morden – und die Hansi liebten den Krieg.

»Liebe Göttin, ich flehe dich an!« betete sie. »Gib mir die Kraft, Lalahs und Arangs Tod zu ertragen und den Tod so vieler meiner Stammesbrüder. Gib mir den Willen und die Kraft weiterzumachen, gib mir irgendein Zeichen, damit ich verstehen kann!«

Aber die Göttin schickte keinerlei Zeichen, und als Marrah aufstand und zum Rand des Felsvorsprunges ging, um auf das Nomadenlager hinunterzublicken, sah sie, daß Vlahan mit seinen Mannen seinen tückischen Erfolg feierte.

Den ganzen Morgen über saßen die Nomaden vor ihren Zelten, schlugen auf ihre Trommeln und tranken Kersek. Manchmal erhoben sich ein Dutzend oder mehr Krieger auf die Füße und führten einen wilden Tanz auf, von einem Kreis dunkel gekleideter Frauen umringt, und zweimal mußten die Sharaner von den Klippen aus mit ansehen, wie Pferde geopfert wurden. Als das zweite Opferritual vorbei war und die Frauen die Pferde ausgenommen hatten, verstummte das Dröhnen der Trommeln – eine Zeitlang geschah nichts.

Die Sharaner warteten und beobachteten weiterhin wachsam das Nomadenlager. Am frühen Nachmittag erhob sich eine kühle Brise vom Süßwassersee, die den Staub und die Asche der Stadt hochwirbelte, so daß es schien, als brenne Shara ein zweites Mal. Ein schmutziger Schleier erhob sich in den Himmel und verdunkelte den Horizont; als Marrah abwartend auf den Klippen stand, um zu sehen, was die Nomaden als nächstes vorhatten, brannte jene Mahnung an die Niederlage ihres Volkes in ihren Augen und nahm ihr den Atem.

Am späten Nachmittag flaute der Wind ab, und die Sonne brach sich Bahn. Als die Schatten der Nomadenzelte so lang wurden, daß sie einander berührten, ritt ein Verband von Kriegern aus dem Lager und galoppierte auf die Klippen zu. Es war eine seltsame Truppe, zu klein für eine neuerliche Attacke und wiederum zu groß, um lediglich eine Wachablösung zu sein. Fünf der fünfzehn Reiter waren ganz in Weiß gekleidet, was auf deren Bedeutung hinwies; eine der Gestalten war eine Frau und eine ganz eindeutig ein Kind.

Marrah stand neben Hiknak und Dalish, und als sich der Trupp dem Fuß der Klippen näherte, verwandelte sich ihre Verwirrung zuerst in Überraschung, dann in freudige Erregung, schließlich in blankes Entsetzen.

Der Anführer des Reiterverbandes war Vlahan; Changar ritt zu seiner Linken neben Keru, der auf einem Pony saß; aber es war der Mann auf Vlahans rechter Seite, der in Marrah den Drang weckte, vor Erleichterung in Tränen auszubrechen und zugleich den grausamen Streich zu verfluchen, den die Nomaden ihnen spielten.

Hiknaks Gesicht war so bleich, daß es wie Eis aussah. Sie griff nach Marrahs Handgelenk und vergrub ihre Nägel darin. »Sieh doch nur«, flüsterte sie. Einer der Männer in Weiß war Arang, unverkennbar – Arang, der Totgeglaubte, der lebendig und unversehrt neben Vlahan herritt, die Goldkrone des Großen Häuptlings auf dem Kopf und das pferdeköpfige Zepter in der Hand, als wäre er zum Feind übergelaufen. Niemand war in seiner Nähe – kein Krieger, der ihm einen Dolch an die Kehle hielt oder ihm einen Speer in den Rücken bohrte –, deshalb schien es, als käme er aus eigenem freien Willen. Doch sobald Marrah ihn erkannte, war ihr erster Gedanke: Er lebt! und ihr zweiter: ... wie eine Puppe!

Die Reiter ritten bis dicht an den Fuß der Klippen heran und zügelten ihre Pferde. Vlahan sprach als erster.

»Marrah, du widerwärtige Hexe«, rief er. »Bist du da?«

Sie trat ein Stück vor, damit er sie sehen konnte. »Was willst du?« entgegnete sie.

»Du bist eine Hure«, brüllte er. »Eine elende Hure und Schlampe, und statt dich zu heiraten, hätte ich dich strangulieren lassen sollen!« Er saß da und verfluchte sie, und jeder Fluch war obszöner als der vorige, doch Marrah sagte nichts, weil er Keru und Arang in seiner Gewalt hatte. Schließlich fielen ihm keine Verwünschungen mehr ein, und Changar übernahm das Wort.

»Arang, Enkelsohn von Zuhan und Großer Häuptling der Zwanzig Stämme, will mit dir sprechen«, brüllte Changar.

»Dann laß ihn beginnen.«

»Er möchte den Pfad hinaufsteigen.«

»Gut, soll er kommen!«

»Ich werde ihn begleiten«, rief Changar.

Das war natürlich etwas anderes. Marrah fiel nichts ein, was ihr lieber gewesen wäre, als Changar in Reichweite der sharanischen Pfeile zu haben. »Wie es dir beliebt!« rief sie.

»Dein Sohn ist auch dabei«, brüllte Changar. »Und ich warne dich. Wenn auch nur ein Pfeil in meine Richtung fliegt, werde ich den Jungen in den Abgrund werfen.« Es bestand kein Zweifel daran, daß er seine Drohung ernst meinte.

Marrah blickte auf Keru, und ihr war ganz elend vor ohnmächtigem Zorn. Ganz gleich, was Changar sagte, sie würde es sich anhören müssen. Jetzt wußte sie eindeutig, warum Arang zugestimmt hatte, die Gewänder und den Schmuck des Großen Häuptlings anzulegen.

Changar stieß einen Vogelruf aus, den Marrah als das Tschack der weißkehligen Grasmücke erkannte. Bei dem Klang rutschte Keru augenblicklich von seinem Pony und kam wie ein gehorsames Hündchen zu Changar gelaufen, leicht schwankend und stolpernd, als wäre ihm schwindlig oder als wäre er krank.

Bald wanderten sie alle den Pfad herauf. Changar kam als erster, huckepack auf dem Rücken eines seiner Gehilfen. Der alte Wahrsager ritt den Gehilfen wie ein Pferd, trat ihn in die Rippen und brüllte ihm Befehle zu, und jedesmal, wenn er zu Marrah hochschaute, verzog sich sein Mund zu einem wölfischen Lächeln. Arang schritt langsam hinter Changar drein, mit ausdrucksloser, nicht zu deutender Miene. Hinter Arang kam Keru, der ebenfalls von einem von Changars Gehilfen getragen wurde. Der kleine Junge lag völlig passiv in den Armen des Mannes, während er mit einem verschwommenen, trägen Ausdruck auf die Klippen starrte.

Mehrere bewaffnete Krieger folgten dem Mann, der Keru trug. Ganz am Ende des Trupps befand sich eine Frau, in eine lange, braune, formlose Tunika gekleidet. Ihr Kopf ohne Bedeckung und die grellbunten Tätowierungen in ihrem Gesicht ließen erkennen, daß sie eine Sklavin war. Als die Nomadenfrau näherkam, konnte Marrah sehen, daß sie die dunkle Haut und das schwarze Haar der Bewohner des Südens hatte.

»Sie ist keine Nomadin«, sagte Dalish.

Marrah stimmte ihr zu, und sie beobachteten schweigend, wie die Frau stumpfsinnig den Pfad bergauf trottete, ohne nach rechts oder links zu sehen. Es war keine Frage, warum Changar die Frau mitgebracht hatte. Wann immer die Hansi einen Dolmetscher brauchten, bedienten sie sich einer Sklavin oder Konkubine, die sie aus den Mutterländern geraubt hatten.

Als Changar zu der Lücke im Pfad kam, wies er seinen Gehilfen an, ihn auf den Boden zu setzen. Bequem mit dem Rücken an einen Felsblock gelehnt, starrte er zu Marrah hoch und gähnte. Es war kein natürliches Gähnen, sondern eine unmißverständliche Beleidigung; aber Changar ließ es echt aussehen, und einen Moment schien er unendlich gelangweilt, als ob Marrah und sämtliche Sharaner, die auf ihn herabschauten, ein Schwarm von Krähen wären, die dort oben auf dem Felsvorsprung hockten.

Er gähnte ein zweites Mal und befahl dann dem Mann, der Keru trug, an den Rand des Pfades zu treten und den kleinen Jungen über die Grube zu halten. Dann winkte er die Dolmetscherin herbei.

Marrah stand stocksteif da, wagte kaum zu atmen.

»Hast du den Besuch genossen, den wir euch letzte Nacht abgestattet haben?« fragte Changar im Plauderton. Die Frau übersetzte, damit jeder einzelne der Sharaner oben auf den Klippen die Worte verstehen konnte; ein Knirschen und Raunen ging durch die Menge, aber keiner wagte es aufzubegehren, weil alle gebannt auf Keru blickten.

»Ihr habt ein paar von unseren Männern getötet«, fuhr Changar fort, »aber sie sind tapfer gestorben wie echte Steppensöhne, und wir haben noch sehr viel mehr Krieger, die darauf brennen, euch zu vernichten.« Er zuckte die Achseln. »Ich glaube nicht, daß ihr da noch etwas ausrichten könnt. Vermutlich habt ihr kaum noch jemanden übrig, der weiß, wie man einen Bogen spannt.« Er gab eine Art Zeichen, und der Mann, der Keru hielt, packte den Jungen plötzlich an den Handgelenken und ließ ihn über der Tiefe baumeln. Im ersten Moment sah Keru überrascht aus, und dann, zu Marrahs Entsetzen, fing er an zu lachen. Der Gehilfe schwang ihn erneut hin und her.

Marrah biß die Zähne zusammen und zwang sich, nicht zu flehen und zu betteln, er möge ihren Sohn verschonen. Als Changar begriff, daß sie nicht sprechen würde, gab er es auf, den Gelangweilten zu spielen.

»Ergebt euch!« brüllte er. »Die Große Hure, die ihr anbetet, hat euch im Stich gelassen. Ergebt euch und reißt diese verabscheuungswürdige Scheußlichkeit von einem Tempel nieder; schlagt die Statuen eurer Schlampe von heiliger Mutter in Stücke.« Er zeigte zur Sonne hinauf. »Han, Gott des Leuchtenden Himmels, hat uns unseren Großen Häuptling zurückgegeben. Han, der Allmächtige, hat uns siegen lassen. Wir sind seine Wölfe, und wir wurden geboren, um die Erde zu beherrschen und all ihre Völker. Ergebt euch, Sharaner, und wir werden euch als unsere Sklaven und Konkubinen am Leben lassen.«

Während die Sklavin seine Worte übersetzte, blickte Marrah Dalish und Hiknak an und ließ ihren Blick über die Gesichter ihres Volkes schweifen; dann wandte sie sich wieder nach vorn und sah Arang und Keru an. Sie hatten keine Wahl.

»Wie lautet deine Antwort?« schrie Changar. »Wollt ihr leben oder sterben?«

»Wir wollen leben«, erwiderte Marrah, und Changar stieß ein Triumphgeheul aus. »Aber wir werden uns nicht ergeben!« Changars Geheul verwandelte sich in einen Wutschrei, aber jetzt war Marrah an der Reihe. Worte, die sie vormals nie über die Lippen gebracht hätte, entsprangen ihrem Mund: »Wir wissen, was ihr den Gefangenen antut, die ihr gemacht habt; wir wissen, wie ihr eure Sklaven und Konkubinen behandelt. Euer Han ist kein Gott, er ist ein mordender Teufel, den ihr euch selbst erschaffen habt; hier oben auf den Klippen gibt es keinen Mann und keine Frau, die nicht lieber bis zum Tod kämpfen würden, als ihn anzubeten! Und ich schwöre bei der Süßen Göttin höchstselbst – wenn dieser Mann da meinen Sohn in den Abgrund fallen läßt, werden dich unsere Bogenschützen mit so vielen Pfeilen durchlöchern, daß dich selbst die Aasgeier nicht mehr fressen mögen!«

Plötzlich rührte sich Arang, der die ganze Zeit über reglos und schweigend danebengestanden hatte, und er begann ebenfalls zu schreien. »Marrah!« brüllte er auf sharanisch. »Ergebt euch nicht! Wir können immer noch gewinnen!« Die Nomaden verstanden zwar nicht, was er sagte, aber der Sinn seiner Worte war unschwer zu erraten.

Während Marrah hilflos zuschauen mußte, eilten zwei der Krieger vorwärts und schlugen ihn brutal mit ihren Speerschäften ins Gesicht. »Ich habe deine Vision endlich verstanden!« rief Arang. »Es ist nicht das Wasser – sondern die Muscheln!«

Seine Worte trafen Marrah wie eine Offenbarung. Die großen Fenster ihres Netzes taten sich vor ihrem geistigen Auge auf, und wieder sah sie das graugrüne Wasser, den Elritzenschwarm, den weißen Sand und die Muscheln vor sich.

Plötzlich begriff sie, was die Dunkle Mutter ihr zu sagen versucht, wonach sie ihr Inneres durchforstet hatte; die ganze Zeit über wartete es in ihrem Unterbewußtsein. Die Muscheln – natürlich! Wie hatte sie nur so blind sein können! Jedes Kind in Shara wußte, daß Muscheln um diese Jahreszeit giftig waren! Noch einen bösen Schlag ins Gesicht, dann einen auf den Mund, und Arang fiel besinnungslos zu Boden.

Changar drehte sich zu der Dolmetscherin um, die in stummem Entsetzen auf den blutüberströmten Mann zu ihren Füßen starrte. »Was hat er gesagt?« verlangte Changar zu wissen.

Die Sklavin blickte zu Marrah und den Sharanern hinauf – dann zu dem Mann hin, der über ihr weiteres Schicksal bestimmen würde, über ihren Tod oder ihr Leben. Sie schien kurz davor, vor Angst in Ohnmacht zu sinken; aber als sie sprach, geschah es mit einer klaren Stimme, die bis hinauf zur Spitze der Klippen schallte.

»Er hat gesagt, sie sollten sich ergeben; er sagte, sie wären Narren, wenn sie noch weiter kämpfen würden«, erklärte sie auf hansi, und dann wiederholte sie ihre Worte auf sharanisch, damit alle Bedrängten dort oben ihre List mitbekamen.

Changar – der kein Wort Sharanisch sprach – gab ein verächtliches Schnauben von sich. »Wenn ich gewußt hätte, daß er sie gedrängt hat, sich zu ergeben, hätte ich ihn weiterreden lassen.« Er verlor das Interesse an der Dolmetscherin und wandte sich wieder zu Marrah um. »Hast du gehört, daß euch der Große Häuptling befohlen hat zu kapitulieren?«

»Das habe ich …« Sie blickte die Dolmetscherin an und fragte sich, was die Hansi ihrer Familie Schreckliches angetan haben mochten, um sie ein solches Risiko eingehen zu lassen. Ich danke dir, sagte sie in Gedanken zu der Frau. Möge die Göttin dich segnen. Dank dir hat Changar glücklicherweise keine Ahnung von Arangs wirklicher Aussage – obwohl er durchaus in der Lage wäre, es herauszufinden.

»Weigerst du dich immer noch?« brüllte Changar.

»Nein.« Marrahs Antwort kam so völlig unerwartet, daß es Changar die Sprache verschlug. Er winkte seinen Gehilfen, ihn auf die Füße zu stellen, und stützte dann die Hände auf ihre Schultern; schweigend starrte er zu Marrah hoch, als ob sie etwas Unglaubliches und vollkommen Unbekanntes wäre.

»Laß uns fünf Tage Zeit, um unsere Toten zu verbrennen und sie zur Großen Mutter heimzuschicken«, rief Marrah. »Am Nachmittag des fünften Tages werden wir herunterkommen und uns euch ausliefern.«

Wenn die Sharaner nicht die Finte der Dolmetscherin begriffen hätten, wäre Marrah bei diesen Worten ihres Amtes als Kriegskönigin enthoben gewesen. Sie hatte nämlich kein Recht, eine solche Entscheidung zu treffen, ohne sich vorher mit dem Ältestenrat und den ältesten Mitgliedern jedes Mutterclans zu beraten. Obwohl sie Marrah vielleicht nicht ganz durchschauten, hegten sie volles Vertrauen in ihre Klugheit und protestierten nicht.

Changar fand endlich seine Sprache wieder. »Ich glaube nicht, daß ich dich richtig verstanden habe, Hexe. Hast du tatsächlich gesagt, ihr würdet euch in fünf Tagen ergeben?«

»So ist es.«

Er blickte sie aus schmalen, verschlagenen Augen an. »Ich glaube, du lügst. Du trachtest lediglich danach, Zeit zu schinden. Warum solltest du dich plötzlich so anders besonnen haben?«

Marrah suchte fieberhaft nach einer Erklärung, die glaubhaft genug klänge; dann erkannte sie, daß sie sich direkt vor ihr befand und es zudem nur eine halbe Lüge war. Sie zeigte auf Keru und ließ ihre Finger zittern, ihre Stimme erbarmungswürdig beben.

»Ich kann es nicht ertragen, meinen Jungen in Gefahr zu sehen. Laß ihn nicht länger über dem Abgrund baumeln, ich flehe dich an. Du hast gewonnen. Alle deine Bedingungen werde ich erfüllen, um ihn zu retten.«

Changar musterte sie scharf, ohne zu sprechen. Schließlich wies er den Gehilfen an, Keru hochzuziehen und von der Lücke wegzutragen. Ein Hansi wurde den Pfad hinuntergeschickt, um Vlahans

Meinung einzuholen, und Marrah sah Vlahan voller Befriedigung nicken, als er von ihrer Bereitschaft zur Kapitulation erfuhr.

Als der Bote zurückkehrte, ergriff Changar wieder das Wort. »Der große Vlahan, dessen Stiefel zu lecken du nicht würdig bist, hat sich bereit erklärt, euch fünf Tage Zeit zu lassen«, rief er. »Aber er sagt auch, wenn ihr euch dann nicht ergebt, wird der Junge sterben, und auch ihr müßt alle dran glauben.«

Changar hätte es dabei belassen können, doch er war ein Hansi-Wahrsager, der eine Position zu behaupten und eine Ehre zu wahren hatte: es war höchste Zeit, Hans Zorn auf diesen elenden Haufen Mutterleute herabzubeschwören und sich in Pose zu werfen, um Vlahan und seinen Kriegern den Eindruck zu vermitteln, daß nur er, der mächtige Changar, die Sharaner in die Enge treiben und ihren Kampfeswillen brechen konnte.

So stand er eine Zeitlang hochaufgerichtet auf dem Pfad und schleuderte den Sharanern weitere Drohungen entgegen. Es war eine grauenerregende Aufzählung, und sobald Marrah vermutete, daß Keru und Arang in Sicherheit waren, verschloß sie ihre Ohren gegen seine Haßtiraden und hörte nicht mehr zu. Bis die Nomaden abzogen, hatten die Anfänge eines Planes in ihren Gedanken Gestalt angenommen.

Als allererstes ging Marrah geradewegs zu Hiknak und fragte sie, welchem Stamm die Dolmetscherin angehörte. Hiknak, die Tätowierungen so gut zu deuten verstand wie die Priesterinnen die heiligen Schriftrollen, erklärte, daß die Frau eine Zaxtusi-Sklavin sein müsse.

»Jene beiden blauen Linien auf ihren Lippen bedeuten, daß sie keinen Herrn und Besitzer hat – sonst hätte man fünf Linien gesehen. Der rote Bogen auf ihrer linken Wange bedeutet, daß jeder Krieger mit ihr verkehren kann. Es sind alles Zaxtusi-Symbole, deshalb müssen die Zaxtusi der Stamm gewesen sein, der sie ursprünglich gefangennahm; da ihre Tätowierungen farblich noch so grell erscheinen, wurde sie meiner Ansicht nach erst kürzlich geraubt, vielleicht sogar erst in diesem Sommer.«

Diese Erklärung ermutigte Marrah sehr. »Wo lagern die Zaxtusi?« wollte sie wissen, und Hiknak war auch darüber im Bilde.

»Dieser Stamm steht in der Rangordnung an zweiter Stelle, was bedeutet, daß sie nordwestlich der Hansi kampieren müssen.« Sie warf Marrah einen fragenden Blick zu. »Warum interessiert es dich, wo sie ihr Lager haben?«

»Sperren die Zaxtusi ihre Sklaven in Pferchen ein so wie Nikhan?«

»Nein, das machen sie anders. Sie halten sie in Zelten, bewachen sie gut und töten jeden, der zu fliehen versucht. Die Zaxtusi sind sehr tüchtig. Vlahan setzt sie häufig als Scharfrichter ein, weil sie als einer der wenigen Stämme Würgeschlingen im Kampf benutzen. Sie töten ihre Opfer gern aus unmittelbarer Nähe.« Hiknak hielt inne. »Du wirst mir wohl nicht verraten, warum du all diese Fragen stellst, nein?«

»Noch nicht«, erklärte Marrah und eilte davon, um eine Sitzung des Ältestenrates einzuberufen.

15. Kapitel

Wieder wurde ein Seil an der Felswand heruntergelassen. Diesmal bestand es jedoch nicht aus Leder, sondern aus fest miteinander verflochtenen Leinenstreifen, die schwarz gefärbt worden waren, damit die Nomadenwachen am Fuße der Klippen nicht darauf aufmerksam wurden.

Das Seil reichte vom sharanischen Lager bis auf den Klippenpfad unterhalb der Lücke, wo Changar vor nicht langer Zeit gestanden hatte; und als Batal, die auf dem Dach des Tempels der Kinderträume schwebte, das Seil sah, lächelte sie und segnete es. Dann lachte sie, und die Sterne am Himmel schlugen aneinander wie winzige Kupferglöckchen; die Eulen, die in den Wäldern auf der anderen Seite des Flusses jagten, hörten die feine Musik und das göttliche Lachen Batals; sie hoben zu tanzen an, indem sie in der kühlen Nachtluft Kreise am Himmel zogen und im Sturzflug herabschossen.

Marrahs Füße berührten den Pfad, und sie ließ das Seil los, trat zurück und zog einmal ruckartig daran. Hiknak kletterte als nächste herunter, gefolgt von Dalish. Als alle drei sicher auf festem Boden standen, hielten sie einen Moment inne und horchten. Dann wandten sie sich um und schlichen den Klippenpfad abwärts, wobei sie immer dicht an der Felswand blieben.

Sie boten einen sonderbaren Anblick, so völlig anders als gewöhnlich, daß die Wachtposten, wenn sie die Gestalten entdeckt hätten, wahrscheinlich geglaubt hätten, es gingen Geister um. Marrah trug ein zweites, kürzeres Seil um eine Schulter geschlungen, was ihr eine leicht bucklige Silhouette verlieh. Statt wie sonst bestickte Leinentuniken und sharanische Sandalen zu tragen, waren sie und die anderen wie Hansi-Konkubinen kostümiert – oder zumindest so, wie es mit sämtlichen zur Verfügung stehenden Mitteln zu bewerkstelligen gewesen war.

Die Schneiderinnen, die ihre Verkleidung angefertigt hatten, hatten kein Wolltuch zum Verarbeiten gehabt, weil nur die langhaarigen Nomadenschafe Fell besaßen, das sich zum Spinnen eignete. Aber Eichhörnchenfell – mit Kastaniensud gefärbt, flachgeklopft und von unsichtbaren Leinenfäden verstärkt – sah Filz verblüffend ähnlich, besonders bei Dunkelheit. Nachdem das Woll-Problem einmal gelöst war, ergab es sich wie von selbst, drei Paar ausgebeulter Beinlinge, drei formlose Tuniken und drei schlammbraune Kopftücher zu fabrizieren. Die Anfertigung der Nomadenstiefel hatte ein wenig mehr Zeit erfordert, besonders da der Schuster sie unbedingt mit gepolsterten Sohlen versehen wollte, damit die Frauen so lautlos wie möglich auftreten konnten; die mit roten Troddeln besetzten Stirnbänder dagegen waren die Arbeit eines Augenblicks gewesen, und die Halsketten aus Muscheln und Kupfer hatten bereits existiert.

Also blieben nur noch die Tätowierungen übrig. Dalish war ja bereits wie eine Konkubine tätowiert, und Hiknak trug ebenfalls ein paar kleine Clanzeichen im Gesicht; aber auf Marrahs Wangen gab es seit dem Tag, an dem sie zur Welt gekommen war, keinerlei Abbildungen; deshalb hatten ihre beiden Gefährtinnen etwas blaue Farbe zusammengemischt und dies erledigt. Weinreben ringelten sich jetzt auf ihrem Gesicht, ihre Augen umrandeten dicke schwarze Linien, und ihre Lippen glänzten vor rotem Fett.

Als sie mit den anderen den Pfad hinunterwanderte, war sie froh über die Farbe und die Tätowierungen. Sie verbargen ihr Gesicht, verwischten die Konturen ihrer Nase und Lippen und machten sie zusammen mit den formlosen, dunklen Gewändern zu einer ganz gewöhnlichen Erscheinung.

Sie bewegte sich lautlos auf den Fußballen, wagte kaum zu atmen. An der zweiten Pfadbiegung von unten blieb sie stehen, entrollte das kurze Seil und band es an einem Felsblock fest; abermals glitten die drei Frauen leise an der Felswand hinunter. Als sie diesmal festen Boden unter sich fühlten, waren sie am Fuße der Klippen angelangt, ein ganzes Stück rechts von den Wachtposten, aber noch nahe genug, um den Rauch ihrer Feuer zu riechen.

Von dort aus huschten sie gleich weiter zum Nomadenlager. Der Mond war noch nicht aufgegangen, und die Sterne spendeten ein mattes, milchiges Licht, das ebensoviel verbarg, wie es enthüllte. Solange es über die verbrannten Felder ging, kamen sie rasch voran, doch in den Außenbezirken von Shara stolperten sie ständig über Steinhaufen, die einmal Häuser gewesen waren, und verkohlte Balken, die einst Dächer getragen hatten.

Allerdings durften sie keine Zeit mit Trauern über die geliebte, nun zerstörte Stadt vergeuden; die Nomaden hatten ihre Zelte in der Tat in unmittelbarer Nähe der Ruinen errichtet, und noch bevor sie viel weiter gegangen waren, wurden sie von dem ersten Wachtposten angerufen.

»Wer ist da?« rief der Krieger, und er hätte womöglich sofort Alarm geschlagen, wenn nicht Hiknak hastig eingesprungen wäre: »Nur Frauen.« Sie zogen sich ihre Tücher vors Gesicht und traten vor, damit der Mann sie sehen konnte.

Der Wachtposten musterte sie scharf, entdeckte wirklich nur die drei Frauen und senkte seinen Speer. »Was, in Hans Namen, fällt euch ein, mitten in der Nacht außerhalb des Lagers herumzuwandern?« verlangte er zu wissen.

»Wir haben die Männer bedient, die die Klippen bewachen«, erklärte Dalish. Das Wort »bedienen« bedeutete mehr, als nur Essen zu servieren, und bei dieser Auskunft entspannte der Wächter sich wieder. Es war durchaus einleuchtend, daß jemand drei Konkubinen hinausschickte, um die Wachen zu unterhalten; er wünschte nur, jemand hätte ihm vorher Bescheid gesagt, weil er kurz davor gewesen war, die kleinste der Frauen mit seinem Speer zu durchbohren.

»Wem gehört ihr?«

Auch auf diese Frage waren sie vorbereitet und hatten eine Antwort parat. »Vlahan«, erwiderte Hiknak mit todernstem Gesicht. Vlahan besaß natürlich die meisten Konkubinen – so viele, daß unmöglich jeder Aufpasser sie vom Sehen kennen konnte.

Der Posten sah beeindruckt aus. Kein Mann, dem sein Leben lieb war, würde sich an Konkubinen vergreifen, die Vlahan gehörten. »Macht, daß ihr weiterkommt«, knurrte er. »Und wenn ihr das nächste Mal das Lager verlaßt, um die Posten zu bedienen, dann meldet euch gefälligst vorher bei dem Wachhabenden und sagt ihm Bescheid.«

Hiknak versicherte ihm höchst unterwürfig, daß sie seinen Rat beherzigen würden, und er winkte sie weiter. Nachdem ihre Verkleidungen den ersten Test erfolgreich bestanden hatten, bahnten sie sich einen Weg um den Rand des Lagers herum, wobei sie soviel Abstand wie möglich von Vlahans Revier hielten. Sein Zelt stand genau in der Mitte und war leicht zu erkennen an seiner weißen Farbe und der Übergröße.

Marrah fragte sich bang, ob Keru und Arang wohl in seinem Inneren schliefen; aber sie hütete sich, näher heranzugehen und einen Blick hinein zu wagen, denn es gab keinen Ort, wo sie eher Gefahr lief, erkannt zu werden.

Es war schon spät, und die meisten Lagerbewohner schliefen längst; aber wann immer sie jemandem begegneten, zogen sie sich ihre Kopftücher fest über Mund und Nase und senkten die Augen, wie es braven Konkubinen geziemte; da verschiedene Stämme in diesem Lager hausten, merkte niemand, daß sie Eindringlinge waren. Ihr Unternehmen war sehr viel gefährlicher als damals, als sie als Stavans Frauen verkleidet nach Shambah geritten waren; es verwunderte Marrah aufs höchste, wie leicht sie sich unbemerkt durch ein feindliches Lager bewegen konnten.

Wären sie Männer gewesen, hätten sie mittlerweile längst einen Dolch im Rücken gehabt, aber niemand schenkte ihnen besondere Beachtung – abgesehen von einem alten Krieger, der ihnen zurief, ihm Wasser zu bringen; Hiknak reichte ihm den Wasserschlauch, der an der Stange seines Zeltes hing, mit demütig niedergeschlagenen Augen.

Nach diesem kurzen Zwischenfall – der ihnen erneut bewußt machte, wie vorsichtig sie sein mußten – bewegten sie sich rasch durch die Lager von vier oder fünf Stämmen, jedes ein weniger schäbiger als das vorige; erst in der nordwestlichen Ecke fanden sie, genau wie Hiknak es vorausgesagt hatte, schließlich die Zaxtusi. Ganz am Rande des Zaxtusi-Lagers stand eine erbärmliche Ansammlung windschiefer, sturmzerzauster Zelte, die sich alle um ein kleines Feuer drängten. Hiknak formte mit den Lippen das Wort Sklaven, und sie blieben in der Dunkelheit stehen, um sich einen Überblick zu verschaffen.

Die Dolmetscherin war nirgendwo zu sehen, es saßen jedoch drei Frauen um das Feuer, alle barhäuptig. Ihre Gesichter waren tätowiert, aber nicht geschminkt, und sie trugen keinerlei Schmuck. In einem Nomadenlager war jede barhäuptige Frau ohne Gesichtsbemalung eine Sklavin.

Marrah bemerkte erleichtert ihre dunkle Haut und ihre schwarzen Haare, was bedeutete, daß sie von den Mutterleuten geraubt worden waren. Obwohl sie mager und unterernährt wirkten, konnte man sehen, daß sie vor ihrer Gefangennahme ein besseres Leben geführt hatten. Vielleicht waren sie Priesterinnen oder Tischlerinnen, Töpferinnen oder Fischerinnen gewesen; vielleicht hatten sie Kinder zur Welt gebracht oder die Felder bestellt oder Seite an Seite mit ihren Brüdern und Liebhabern Wild gejagt. Sie gaben sich nicht stolz oder rebellisch – keine Sklavin, die am Leben bleiben wollte, konnte sich den Luxus leisten, anders als unterwürfig auszusehen –, aber strahlten eine Unerschütterlichkeit aus, die man sonst bei keiner Nomadensklavin fand. Sie saßen noch immer auf der Göttin Erde, als gewännen sie Kraft aus ihr, und wenn sie sprachen, hatten ihre Stimmen den weichen, melodischen Klang des Südens.

Dies waren die Frauen, von denen das Gelingen ihres Unternehmens abhing, und als Marrah sie da müde um das kümmerliche Feuer hocken sah, betete sie zur Göttin, sie mitfühlend zu machen mit dem Schicksal der Sharaner. Wie als Antwort auf ihr Flehen loderten die Flammen plötzlich ein wenig auf, die Dolmetscherin trat aus einem der Zelte und setzte sich zu den anderen. Sie war größer, als sie vom Felsvorsprung aus gewirkt hatte, und die wohl erst jüngst erfolgten Tätowierungen auf ihrem Gesicht waren noch immer nicht verheilt.

»Wo bist du den ganzen Tag gewesen, Vrimyta?« erkundigte sich eine der Frauen.

Die Dolmetscherin lächelte bitter. Sie griff nach einem Stock und stocherte damit im Feuer, so daß knisternde Funken aufstoben. »Bei Changar. Ich mußte ihm wieder etwas vorlügen«, erklärte sie. »Nicht daß es irgend etwas nützt. Tritt in Dreck, und alles, was du am Ende davon hast, ist Dreck an deinen Sandalen.«

Mehr brauchte Marrah nicht zu hören. Sie blickte sich vorsichtig um, um sicherzugehen, daß keine Nomaden in der Nähe waren, dann trat sie aus der Dunkelheit, gefolgt von Hiknak und Dalish.

»Seid gegrüßt, Schwestern«, sagte sie. »Wir sind hier, um euch darzulegen, wie ihr eurem Sklavendasein entfliehen könnt.«

Die vier Frauen sprangen erschrocken auf und starrten die drei in einer Mischung aus Angst und Verwirrung an, die zum Lachen gereizt hätte, wären nicht Hunderte von bewaffneten Kriegern in Rufweite gewesen. Als Marrah begriff, daß die Sklavinnen sie irrtümlich für echte Hansi-Konkubinen hielten, riß sie sich das Tuch vom Kopf, und Hiknak und Dalish folgten ihrem Beispiel.

»Ich bin keine Nomadin«, erklärte sie. »Ich bin Marrah, Priester-Königin von Shara.« Derweilen rannte die Dolmetscherin, die sie wiedererkannt hatte, bereits mit ausgestreckten Armen auf sie zu. Die Frau umarmte Marrah stürmisch, lachte und weinte zugleich und klopfte Marrah dabei auf den Rücken, als wäre diese ihre ältere Schwester; doch sie war schon zu lange Sklavin, um irgendeinen Laut von sich zu geben, der die Wachen mißtrauisch gemacht hätte. Nachdem der erste Überschwang der Gefühle ein wenig abgeebbt war, wischte sie sich die Tränen aus den Augen und drehte sich zu den anderen um, die sie anstarrten, als hätte sie den Verstand verloren.

»Erinnert ihr euch an die Ballade ›Nikhan und die schwangeren Krieger‹?« fragte sie, und als ihre Gefährtinnen nickten, zeigte sie auf Marrah, Dalish und Hiknak. »Das hier sind die drei; dies sind die mutigen Frauen, die in jenes Shubhai-Fort geritten sind, um die Sklaven von Shambah zu befreien!«

Sobald die anderen Sklavinnen begriffen, daß Marrah und ihre Freundinnen aus dem Schlupfwinkel auf den Klippen gekommen waren, traten sie in Aktion. Sie nahmen die drei Ankömmlinge bei der Hand und zogen sie hastig in eines der Zelte. Nicht alle Sklavinnen im Lager sympathisierten mit der Sache der Sharaner, und eine Erklärung, warum ihnen drei gutgekleidete Hansi-Konkubinen mitten in der Nacht einen Besuch abstatteten, wäre extrem schwierig geworden.

Als sie alle im Zelt waren, sicherte eine der Frauen den Eingang und hüllte sie damit in vollkommene Dunkelheit. Von da ab sah Marrah keine Gesichter mehr, und wenn sie sprachen, waren ihre Stimmen so leise wie Sand, der auf Sand rieselt.

Von Anfang an bestand kein Zweifel daran, daß die Sklavinnen darauf brannten, ihre Freiheit wiederzuerlangen; das war ein Glück, denn Marrah hatte ihrer aller Leben in die Waagschale geworfen, daß es so sein möge. Aber was sie für jene Freiheit zu *tun* bereit waren, stand auf einem völllig anderen Blatt. Als Marrah in dem stickigen Zelt saß und den Sklavinnen ihren Plan Schritt für Schritt erläuterte und so oft wiederholte, bis sie verstanden, konnte sie fühlen, wie die Furcht der Frauen wuchs, bis sie das winzige Zelt zu sprengen schien.

Zuerst erklärte sie, daß sie vorhabe, die Nomaden zu vergiften, Verwirrung in ihren Reihen zu stiften und sie aus Shara und vielleicht sogar ganz aus den Mutterländern zu vertreiben. Die Frauen begriffen dies auf der Stelle und begrüßten die Idee mit einiger Begeisterung.

Daraufhin beschrieb sie das Gift in den Muscheln, die auf dem Grund des Süßwassersees lagen oder im Sand entlang seiner Ufer, und daß sie ihre Hilfe beim Sammeln brauche, um genügend Muscheln zu finden; überdies müßten sie weitere Sklavinnen dazu überreden, ihnen zu helfen, und allein diese Sklavinnen – nicht die Sharaner – hätten die Möglichkeit, das Muschelfleisch in die Kochtöpfe der Nomaden zu schmuggeln. Die Frauen verstummten.

Um sich herum konnte Marrah fühlen, wie die Sklavinnen vor Angst schlotterten, und noch bevor sie zu Ende gesprochen hatte, schienen sie kaum mehr zu atmen. Da ihr bewußt war, daß sie ihr entglitten, beeilte sie sich, ihnen zu versichern, daß die Nomaden niemals etwas argwöhnen würden, bevor das Gift wirkte.

Die Nomaden kamen aus der Steppe; sie kannten nur Flußfische, ohne eine Ahnung, daß der Verzehr von Seemuscheln zu bestimmten Jahreszeiten gefährlich war; aber alles, was Marrah sagte, schien die Dinge nur noch zu verschlimmern.

Sie konnte den Frauen kaum einen Vorwurf daraus machen, daß sie bebten bei der Vorstellung, ihre Herren und Besitzer zu vergiften – denn falls die Nomaden vorzeitig dahinterkamen, würde Vlahan dafür sorgen, daß sie eines unsäglich grausamen Todes starben.

Aber sie selbst hatte ein ebenso qualvolles Ende riskiert und Hiknak und Dalish desgleichen mit ihrem Erscheinen im feindlichen Lager. Sollten sie nun ihr Leben für nichts und wieder nichts auf Spiel gesetzt haben? Die Macht besessen haben, den Kampf zu gewinnen, und dann doch zu scheitern? Dem Sieg so nahe zu sein, um ihn sich zu guter Letzt entreißen zu lassen? Eine so niederschmetternde Enttäuschung, wie sie sie noch nie zuvor erlebt hatten, wollte sie in die Knie zwingen.

Marrah drängte, bettelte, flehte die Frauen mit Engelszungen an, nicht die Chance zu vergeuden, die ihnen die Dunkle Mutter hier anbot. Schließlich, als ihr beim besten Willen keine Argumente mehr einfielen, um die Frauen für ihr Vorhaben zu gewinnen, verstummte Marrah und wartete auf eine Reaktion – aber die Sklavinnen saßen nur reglos da wie die Tonstatuen von Kataka.

Ich habe verloren, dachte sie verzweifelt, und vor ihren Augen erstand der Ältestenrat, dem sie ihr Versagen gestehen mußte. Ohne die Hilfe der Sklavinnen war der Wink der Dunklen Mutter wertlos; die Belagerung würde den ganzen Winter über andauern, und die Nomaden würden erst dann abziehen, wenn der letzte Sharaner tot war.

In der Finsternis hüstelte jemand, und eine Gestalt erhob sich, tastete sich durch das Zelt, schlug die Klappe zurück, verschwand. Eine andere folgte. Damit blieben zwei übrig. Marrah wartete darauf, daß sie ebenfalls gingen, aber die Zeit verfloß, und keine von beiden rührte sich.

»Also«, wisperte plötzlich eine Stimme im Dunkeln, »du sagst, wir müssen andere Sklavinnen dazu überreden, uns beim Muschelsammeln zu helfen. Wie sehen diese Muscheln denn aus, und was meinst du, wie viele Körbe voll brauchen wir, um diese Bastarde zu vergiften?« Das Wort Bastard wurde natürlich auf hansi gesprochen, weil es weder im Sharanischen noch in irgendeiner anderen Sprache der Muttervölker ein solches Wort gab; sobald Marrah es vernahm, wußte sie, daß sie wenigstens eine Helferin gewonnen hatte.

Bevor sie antworten konnte, meldete sich die Dolmetscherin zu Wort. »Keine Sorge, Shacta. Du brauchst mir nur zu folgen und du kriegst genügend Muscheln zu Gesicht, um hundert Körbe damit zu füllen. Ich komme aus einem kleinen Dorf am Süßwassermeer, gesegnet sei sein trauriges Angedenken, und habe mein ganzes Leben lang nach Muscheln gegraben – zur richtigen Jahreszeit natürlich. Gegenwärtig sind sie extrem giftig, und keiner, der seine fünf Sinne beisammen hat, würde sie jetzt essen.

Aber die Krieger schwärmen für Fischsuppe. Sie schlürfen das Zeug wie die Schweine, seit wir hier unser Lager errichtet haben, und ich garantiere dir, wenn wir noch ein paar schmackhafte

Brocken in die Brühe werfen, werden sie uns dankbar sein. Wie Marrah schon sagte, kommen die Bastarde aus einer Gegend, wo es keine solche Muscheln gibt – also, woher sollten sie dann wissen, wie gefährlich der Verzehr sein kann, bevor es sie erwischt?

Ich behaupte, daß Freiheit jedes Risiko wert ist. Es ist immer noch besser, im Kampf zu sterben, als bis in alle Ewigkeit hier eingesperrt zu sein, um geschändet zu werden, wann immer es ihnen gefällt.«

Marrah hätte es selbst nicht besser ausdrücken können, und am liebsten hätte sie die Frauen vor lauter Dankbarkeit geküßt; aber nachdem sie sie jetzt für ihr Vorhaben gewonnen hatte, gab es noch mehr zu sagen, und sie mußte rasch damit herausrücken, um nicht der Heimtücke geziehen zu werden.

Es war eine schreckliche Konsequenz, so schrecklich, daß ihr der Ältestenrat fast verboten hätte, ins Nomadenlager zu gehen, als sie es ihm eröffnet hatte; doch in dieser neuen Welt von Krieg und Tod mußte nun einmal manch schmerzliche Wahl getroffen werden. Diese spezielle Wahl verstieß gegen jeden Brauch der Muttervölker und gegen die Gesetze der Göttin Erde selbst, aber niemand in Shara hatte eine Möglichkeit gesehen, sie zu umgehen.

Trotzdem hegte Marrah immer noch einen Funken Hoffnung, und deshalb formulierte sie das, was sie zu sagen hatte, als Frage.

»Wenn ihr die Muscheln in die Fischsuppe gebt, könnt ihr dann irgendwie dafür sorgen, daß nur die Krieger davon essen?«

Langes Schweigen trat ein, als den Frauen dämmerte, was ihr Verzweiflungsanschlag nach sich ziehen könnte. Wenn die Suppe nicht ausschließlich den Kriegern vorbehalten blieb, würden auch die Frauen und Kinder davon essen, und dann müßten auch sie zugrunde gehen.

»Nein«, sagte die Dolmetscherin schließlich. Es war nur ein Wort, aber so kalt und lapidar, daß es in der Dunkelheit zu Eis zu gefrieren schien. »Wir sind nur Sklavinnen. Wir können die Muscheln sammeln und die Suppe zubereiten, können aber nicht bestimmen, wer davon essen darf und wer nicht. Die Krieger werden immer als erste bedient, und Fischsuppe ist eine besondere Delikatesse – deshalb kann es sein, daß sie den größten Teil davon aufgegessen haben, bevor die Frauen und Kinder einen Löffel voll abbekommen, aber ...« Sie verstummte, und wieder herrschte eine Weile Schweigen.

Schließlich sprach Marrah: »Wie du weißt, habe ich einen Sohn in diesem Lager.«

»Einen, den du von ganzem Herzen liebst.« Dies war wieder die Dolmetscherin.

»Richtig, den ich von ganzem Herzen liebe!«

»Und trotzdem bittest du uns, deinen Vorschlag in die Tat umzusetzen?«

»Ja.« Marrah brauchte den Frauen nicht zu sagen, daß es die qualvollste Entscheidung war, die sie jemals getroffen hatte, brauchte ihnen nicht zu erklären, wie ihr zumute war. Hände streckten sich ihr aus der Schwärze entgegen und schlossen sich um ihre.

Die Frauen streichelten ihre Schultern und zogen sie an sich; als sie dann die Tränen auf Marrahs Wangen spürten, begannen sie, mit ihr zu weinen. »Wir verstehen«, flüsterten sie. »Du bist eine Mutter, und auch wir waren einmal Mütter. Wir hatten Töchter und Söhne, bevor die Nomaden sie töteten. Wir verstehen, kleine Königin. Wir verstehen.«

Während Marrah und die Sklavinnen in dem dunklen Zelt saßen und um ihre Kinder weinten, schmiedete Vlahan Pläne, die den Frauen das kalte Grausen beschert hätten.

Alsbald rief er Changar in sein Zelt. Es war schon spät in der Nacht, und Vlahan hatte reichlich über den Durst getrunken, als Changar eintraf; aber als er sprach, kamen seine Worte klar und deutlich aus seinem Mund, ohne ein Anzeichen von Übelkeit, die ihn gewöhnlich nach einem oder zwei Schläuchen Kersek befiel.

»Ich habe nachgedacht«, leitete Vlahan ein.

Changar zwang sich, erfreut auszusehen. Wenn Vlahan »nachdachte«, bedeutete das gewöhnlich nichts Gutes.

»Über diese Kapitulation ...«

Changar wartete schweigend, doch Vlahan saß nur da, zupfte an seinem Bart und starrte auf eine der Zeltstangen, als erwarte er, grüne Zweige daraus hervorsprießen zu sehen. Draußen bellte ein Hund, und jemand – wahrscheinlich eine der Wachen – hustete. Schließlich verlor Changar die Geduld.

»Du hast also nachgedacht«, soufflierte er.

»Ja.« Das Wort hatte einen seltsamen Klang. Es hörte sich in Vlahans Mund an wie Knochen, die in einem Sack klapperten. »Wir werden sie opfern.«

Changar war sich nicht sicher, ob er richtig verstanden hatte. »Opfern? Wen? Die Sharaner?«

»Wen sonst?« Vlahan blickte Changar stirnrunzelnd an. »Nachdem sie sich ergeben haben, werde ich sie allesamt Han als Opfergabe darbringen, mit Ausnahme von Arang, den ich brauche, um die Unterhäuptlinge zu kontrollieren – und Keru, der zweifellos Zuhans Enkel ist, egal ob ich ihn nun gezeugt habe oder mein toter Bruder. Außerdem ist mir der Junge lieb geworden.« Changar war erstaunt zu hören, daß Vlahan überhaupt jemanden gern hatte, aber andererseits steckte Vlahan stets voller Überraschungen.

»Es wird das größte Opfer sein, das jemals irgendein Häuptling gebracht hat. Noch Generationen später wird unser Volk von Vlahan dem Großen singen, der Han eine ganze Stadt opferte. Wir werden zuerst die Kinder töten, dann die Frauen und zum Schluß die Männer.«

Er sprach schlicht und nüchtern, als beschriebe er die Verteilung von Vorräten. Sie würden keine Sklavinnen oder Konkubinen beiseite schaffen, und das Ritual sollte kurz vor Sonnenuntergang stattfinden, mit allen dazugehörigen Feierlichkeiten und Zeremonien. »Wir werden eine Menge Holzpfähle und Scheiterhaufen brauchen, deshalb mußt du die alten Männer und Jungen in den Wald schicken, um Bäume zu fällen und sie auf einem Weg herzutransportieren, wo sie von den Sharanern unbemerkt bleiben. Ich übertrage dir die Verantwortung für die eigentliche Zeremonie. Wir werden Han natürlich auch Pferde opfern.«

Vlahan sprach lange Zeit, während er ausführlich alle Einzelheiten erläuterte. Ausnahmsweise einmal war Changar beeindruckt.

Vier Tage kamen und gingen. Am Morgen des fünften – während die Krieger damit beschäftigt waren, sich die Köpfe zu rasieren, ihre Körper zu bemalen und sich auf die Ergebung der Sharaner vorzubereiten – wanderten kleine Gruppen von Frauen still und unauffällig durch das Nomadenlager und strebten in Richtung Strand. Sie waren Sklavinnen niedersten Ranges und gingen jeweils zu zweit oder zu dritt, um keine Aufmerksamkeit zu erregen.

Wenn Vlahan und seine Krieger nicht so damit beschäftigt gewesen wären, sich herauszuputzen, hätten sie sich vielleicht gefragt, warum so viele Sklavinnen aus so vielen verschiedenen Stämmen alle in dieselbe Richtung strebten.

Einige der Frauen hatten Körbe und Grabstöcke bei sich, andere Angelschnüre und Fischnetze; und eine oder zwei trugen Stangen, die sich bei näherem Hinsehen als roh gezimmerte Harken entpuppt hätten. Als sie am Strand ankamen, banden sie ihre langen Tuniken hoch, zogen ihre Beinlinge aus und machten sich an die Arbeit.

Einige wateten mit den selbstfabrizierten Harken in die Brandung hinaus, während andere mit ihren Grabstöcken im Sand herumzustochern begannen. Oft fanden sie, wonach sie suchten, und dann warfen sie es in einen der Körbe, die am Saum des Wassers aufgestellt waren. Nach und nach wuchs die Ausbeute, und als sie dies sahen, arbeiteten die Frauen noch hingebungsvoller.

Manche warfen Netze in die Wellen und zogen zappelnde Bündel von Fischen wieder heraus. Sie kippten den Inhalt des Netzes auf den Sand, warfen es wieder aus, und weitere Fische landeten sich windend und nach Luft schnappend neben dem ersten Fang. Jedesmal, wenn ein Netz geleert wurde, wateten barfüßige Frauen in das schlangengleiche Gewirr, wählten einige Exemplare aus und warfen den Rest wieder ins Wasser. Die meisten dieser Frauen hatten an den Ufern des Süßwassersees gelebt, bevor sie in Gefangenschaft gerieten; sie wußten, welche Arten am besten schmeckten.

Als sie eine zweite Reihe von Körben gefüllt hatten, setzten sich die Frauen nieder, um die Fische zu schuppen und auszunehmen. Bald gesellten sich die anderen zu ihnen. Die Fischerinnen breiteten ihre Netze zum Trocknen auf dem Sand aus, während jene, die den Seegrund nach Muscheln abgeharkt hatten, ihre Stöcke in die Gürtel schoben. Die Sklavinnen arbeiteten geschickt und schnell: abschuppen, aufschlitzen, die Innereien herausnehmen und auf einen Haufen werfen für die Möwen, die Schalen knacken und das Muschelfleisch auslösen.

Bevor der erste Krieger das Lager verließ, waren die Frauen mit allem fertig, und als sie zurückkehrten – wieder in kleinen, unauffälligen Gruppen –, trug jede von ihnen einige Zutaten für eine herzhafte Fischsuppe.

Kurz nach Mittag ritten die Nomaden zum Fuß der Klippen, um die Kapitulation der Sharaner entgegenzunehmen.

Vlahan, der an der Spitze der Truppe ritt, war ein glanzvoller Anblick. Er galoppierte aus dem Lager auf einem großen weißen Hengst, doppelt so feurig und edel wie derjenige, den er geopfert hatte; zudem war er derart verschwenderisch mit Gold behängt, daß sich Marrah, als sie ihn über die verkohlten Felder heranpreschen sah, wunderte, daß er überhaupt noch aufrecht sitzen konnte: Goldkrone, schwere goldene Halsketten, goldene Ohrringe, goldener Brustpanzer, goldenes Pferdezepter, Goldarmbänder, Goldkanten an seinen Stiefeln, Goldfäden in seinem Umhang, Goldpuder auf Gesicht und Oberkörper, so daß er glitzerte, Goldpaste in seinem Haar, das seinen Kopf wie ein Strahlenkranz umgab. Sie hatte gar nicht gewußt, daß es so viel Gold auf der Welt gab.

Hinter ihm und zu beiden Seiten ritten die Unterhäuptlinge in weitaus bescheidenerer Pracht, das heißt kupfernen Imitationen seines Glanzes, aber gleichermaßen furchteinflößend. Sie waren nackt bis auf einen Lendenschurz, ihre Gesichter blutrot bemalt, ihr Haar so steif wie seines, wenn auch nicht so phantastisch anzusehen.

Ein solches Geklirre von Speeren, dieses Gewieher vollblütiger Pferde, derart wilde Schlachtrufe, ohrenbetäubendes Geheul und ähnliche Mengen von Staub und Verwirrung hatten die Mutterländer noch nicht erlebt: Dies war nicht lediglich ein Angriffstrupp, sondern sämtliche Krieger, die Vlahan nach Süden gefolgt waren, einschließlich der Jungen, die alt genug waren, einen Bogen zu spannen.

An jenem Nachmittag gab es nicht einen Sharaner oben auf den Klippen, der sich nicht an die Zeit erinnerte, als ein solcher Anblick sie in tödlichen Schrecken versetzt hätte. Marrah fiel das Massaker von Shambah ein; Hiknak erinnerte sich an die Nacht, als die Hansi ihren gesamten Stamm abgeschlachtet hatten; Dalish dachte an den Tag, als sie ihrer Mutter entrissen worden war. Die Jäger riefen sich den ersten Überfall der Nomaden ins Gedächtnis, und die Wachtposten wußten noch genau, wie ihnen das Herz bis zum Hals geklopft hatte beim Anblick der die Felswand herabgleitenden Hansi-Krieger.

Was für großartige Schauspieler die Nomaden doch sind, sagten sich die Sharaner, während die Reiter heranstoben. Sie kannten sich aus, wie man nacktes Grauen verbreitete, ohne auch nur einen Speer zu heben, verstanden sich darauf, ihre Opfer zu überrumpeln und sie durch schreckenverbreitende Spektakel einzuschüchtern. Aber an diesem Nachmittag würde der Lieblingstrick der Nomaden keine Wirkung zeitigen.

»Man kann von seinen Feinden nur lernen«, hatte Marrah gesagt, als sie ihr Volk vor fünf Tagen zusammenrufen ließ, um ihm den zweiten Teil ihres Plans zu erläutern. Und die Sharaner hatten es begriffen.

Sie fürchteten zwar nach wie vor die Schärfe der Nomadenspeere und die Reichweite ihrer Pfeile; aber die wilde Kriegsbemalung, das Heulen und die Schlachtrufe vermochten sie nicht mehr einzuschüchtern. Seit Marrah mit der Nachricht zurückgekehrt war, daß die Sklavinnen das Muschelsammeln übernehmen wollten, hatten sie sich heute eine eigene Inszenierung für Vlahan zurechtgelegt. Ein Teil dieser Maßnahme bestand aus kleinen Feuern, die sie entlang dem Klippenrand angezündet hatten; ein Teil befand sich in ihren Taschen, ein Teil war an Leinenseile angebunden, und ein Teil würde erst später seine Wirkung entfalten.

»Wir müssen den Sklavinnen helfen«, hatte Marrah erklärt. »Möglicherweise gelingt es ihnen nicht zur Gänze, sämtliche Krieger zu vergiften. Zwar hoffen wir, daß Vlahan und Changar, die meisten der Unterhäuptlinge und vielleicht einige der wichtigeren Krieger die Welt verlassen, aber zählen können wir nicht darauf. Deshalb sollten wir auf alles gefaßt sein; wir müssen Verwirrung stiften und den Nomaden Angst einjagen.«

Als die Krieger jetzt sieghaft auf die Klippen zugaloppierten und Wolken von Asche und Staub aufwirbelten, hallte das Trommeln der Pferdehufe weit über das Tal. Kommt schnell, dachten die Sharaner. Wir haben etwas Besonderes zu eurem Empfang vorbereitet: Wir haben eine Lektion für euch!

Diesmal stand außer Frage, daß Keru und Arang als Geiseln gehalten wurden, während Changar verhandelte. Vlahan zügelte seinen Hengst am Fuße der Klippen und saß wie ein glitzernder Götze reglos im Sattel, bis seine Unterhäuptlinge und ihre Krieger hinter ihm aufschlossen. Die Sharaner waren nicht überrascht, ein Packpferd inmitten der Kolonne zu sehen, beladen mit Seilen und Pfählen, die lang genug waren, um den Spalt im Pfad zu überbrücken. Bevor dies geschehen konnte, würden die Sharaner jedoch irgend etwas herausrücken müssen, woran sie die Seile befestigen konnten – aber Vlahan rechnete offensichtlich mit ihrem Entgegenkommen.

»Marrah aus Shara«, donnerte Vlahan. Seine Stimme war so laut, daß sie eine Schar Seemöwen auf der dritten Pfadbiegung aufschreckte. Die Möwen flogen alle auf einmal gen Himmel und sausten mit schrillen Schreien über die Köpfe der Nomaden hinweg. Als das Möwengekreisch erstarb, trat Marrah vor, daß Vlahan sie sehen konnte.

Marrah war ein erstaunlicher Anblick – nicht minder beeindrukkend als er. Auf dem Kopf trug sie eine hohe Krone aus schwarzen Krähenfedern, die zu beiden Seiten über ihre Schultern herabfloß, um doppelte Schwingen zu bilden. Vom Hals bis zu den Fesseln war sie in eine Tunika gehüllt, die mit kleinen Scheiben blank polierten Kupfers bestickt war und die bei jeder Bewegung aufblitzten. Ihre Arme und Beine leuchteten weithin blau, aber ihr Gesicht war das Merkwürdigste von allem.

Sie trug eine Maske – nicht eine der fröhlichen Masken des sharanischen Fests der Tiere –, sondern einen großen, furchterregenden Vorsatz aus Leinen und Weizenpaste, der sie wie eine Mischung aus einer Schlange und einem Vogel aussehen ließ. Die Maske, die weit über ihr Gesicht hinausragte, hatte die lidlosen Augen einer Schlange und den Schnabel eines Geiers; aber der Schnabel war mit Zähnen bewehrt, so weiß und so scharf, wie sie nur die talentierten sharanischen Maskenbildner zustande brachten.

»Wer ruft die Königin von Shara?« rief sie auf hansi, und dank des speziellen Materials der Maske wurde ihre Stimme zu einem dumpfen, unheilverkündenden Grollen verstärkt.

Vlahan war so überrascht, daß er zusammenzuckte, und sein Pferd tänzelte nervös ein paar Schritte rückwärts. Die Krieger, die hinter ihm versammelt waren, starrten voller Bestürzung zu Marrah hoch – genau die beabsichtigte Wirkung! Im stillen dankte sie den Kostümnäherinnen und Gestaltern für ihre Geschicklichkeit und Hiknak und Dalish für ihren Rat.

»Bist du Tier oder Mensch?« brüllte Vlahan, und Marrah vernahm zu ihrer größten Befriedigung die Furcht in seiner Stimme.

»Ich bin die Göttin Erde«, rief sie auf hansi und kam sich dabei ein wenig lächerlich vor, »und stehe hier, um dich zu verfluchen!« Sie hob die Arme, wobei die Kupferspiegel auf ihrer Brust so hell glitzerten, daß sie aus reinem Licht zu bestehen schienen. »Vlahan, Sohn von niemandem, Bastard und Tyrann, ich verfluche dich, weil du Krieg über den Süden gebracht hast. Vlahan der Feige, ich verfluche dich für den Mord an deinem Vater Zuhan und an deinem Halbbruder Stavan. Vlahan, der du kein Recht hast, die Hansi anzuführen, ich verfluche dich für den Mord an unschuldigen Kindern, verfluche dich, weil du ganze Dörfer und Städte niedergebrannt und ein friedliches Land ins Verderben gestürzt hast...«

Hastig begab sich Changar an Vlahans Seite. »Achte nicht auf ihr Gewäsch!« schrie er, als er Vlahans ängstliche Miene sah. »Es ist doch nur die Hexe Marrah in einem Kostüm, nichts weiter!« Er wandte sich an die Unterhäuptlinge. »Ich bin Wahrsager und kenne solche Einschüchterungsversuche, glaubt mir. Das Ding da oben ist keine Göttin. Es ist nur eine Frau, ihr Jammerlappen!«

»Jeder Krieger, der mit dir reitet, wird sterben; jeder Mann, der dir folgt, wird fühlen, wie sich seine Eingeweide in Wasser verwandeln.«

»Halt den Mund!« tobte Changar.

»Sein Penis wird abfallen, seine Augen werden in seinem Kopf verfaulen; er wird sich in unerträglicher Qual auf dem Boden winden und betteln, durch den Tod erlöst zu werden; Würmer werden sein Fleisch fressen und...«

Changar drehte sich zu Vlahan um, der voller Entsetzen auf den Schlangen-Vogel-Geist starrte. »Sag etwas, Rahan!« knirschte er. »Laß ihr dieses Lügengefasel nicht durchgehen!« Er packte Vlahan an den Schultern und schüttelte ihn. »Sprich zu deinen Männern! Sag ihnen, daß sie nichts weiter als eine elende Schwindlerin ist, hast du gehört?«

»Das Ding da oben ist nicht gefährlich?« fragte Vlahan kläglich.

»Nein, Rahan. Es ist nur Marrah, deine Schlampe von Ehefrau, die sich mit Federn herausgeputzt hat wie eine Höllen-Konkubine.«

Vlahan faßte neuen Mut. Er räusperte sich und umklammerte die Zügel seines Pferdes. Als er sprach, schwang Autorität in seiner Stimme mit. »Genug!« brüllte er. Er drehte sich zu seinen Männern um. »Das ist keine Göttin!« Dann wandte er sich wieder nach vorn zu Marrah. »Ergib dich, du armseliges, bedauernswertes Weibsstück, sonst werden wir dich und deine Leute wie Läuse zerquetschen!«

Als die Krieger hörten, wie furchtlos ihr Häuptling das seltsame Ding da oben auf den Klippen anbrüllte, fühlten auch sie neue

Kräfte in sich. Ein paar begannen zu jubeln, und bald stimmten andere in ihre Herausforderungen ein.

»Komm herunter und ergibt dich!«

»Du kannst uns nicht erschrecken!«

»Wo soll da eine Göttin sein – du bist nur eine Hure in Federn!«

Als Marrah sah, daß sie keine Angst mehr vor ihr hatten, wußte sie, daß es Zeit war für den nächsten Schritt. Sie hob die Arme, stieß einen gräßlichen Laut aus – halb Krächzen, halb Gurgeln –, und gleichzeitig traten die Sharaner hinter ihr in Aktion. Trommeln dröhnten, und Flöten kreischten wie eine Schar von Adlern. Kinder, die hinter den Felsblöcken versteckt waren, warfen pulverisierte Mineralien und Kräuter in die Kohlenfeuer, und eine gewaltige Rauchsäule erhob sich plötzlich hinter Marrah. Der Rauch war rot und grün und blau, gold und dunkelviolett. Die Sharaner benutzten ihn schon seit Generationen bei ihren Wintersonnenwendfeiern; aber die Nomaden hatten noch nie zuvor farbigen Rauch gesehen, und sie schnappten ehrfürchtig nach Luft, als er über die Klippen hinwegtrieb.

»Seht doch!« rief ein Krieger. »Das Ding da oben hat einen Regenbogen herbeigezaubert!«

Als der farbige Rauch sie einhüllte, begann Marrah sich langsam im Kreise zu drehen. Jedesmal, wenn sie eine vollständige Drehung machte, geschah etwas Neues und noch Furchterregenderes. Zuerst steckte eine lange Reihe maskierter Sharaner ihre Köpfe über den Rand der Klippen und begann wie ein Chor von bösen Geistern zu stöhnen und zu winseln. Wieder einmal hatten sich die Maskenbildner selbst übertroffen. Den Nomaden bot sich der Anblick von gigantischen Fröschen mit Schweineschnauzen, Löwen mit hervorquellenden Fischaugen, Fabelwesen, die aussahen, als wären sie geradewegs einem Alptraum entsprungen.

Marrah drehte sich erneut im Kreis, worauf die Sharaner Dutzende von Drachen in die Luft steigen ließen. Wie die Masken, so glichen auch die Drachen unmenschlichen Ungeheuern: Sie waren deformierte Vögel und geifernde Löwen, Raubfische und fauchende Bären, sogar Wölfe. Auch Drachen stellten etwas völlig

Unbekanntes für die Nomaden dar, und am Fuße der Klippen konnten sie auch die Leinenschnüre nicht erkennen.

»Dämonen!« schrie einer der Unterhäuptlinge neben Changar entsetzt, dessen Krieger ächzend ihre Augen bedeckten.

»Schwindel, nichts als Schwindel! Es ist alles nur fauler Zauber!« Changar ritt hektisch zwischen den Männern hin und her, versuchte sie aufzuklären, was die Sharaner mit ihrem Manöver bezweckten. »Die Figuren da oben am Himmel sind keine Dämonen!« kreischte er mit gellender Stimme.

»Was sind sie dann?« verlangte Vlahan zu wissen.

Darauf wußte jedoch auch Changar keine Antwort, und als sich Marrah zum letzten Mal drehte, stieg etwas hinter ihr auf, das selbst ihm einen Ausruf des Schreckens entlockte. Die Kreatur – fünf Mannshöhen lang – stellte eine Schlange dar; nicht die wohlwollende Schlange der Zeit oder die liebenswerte Schlange der Ewigkeit, sondern eine Schlange, wie die Nomaden diese Spezies sahen: tödlich, mit Giftzähnen bewehrt und furchtbar, schwarz und weiß geschuppt und am Bauch die Farbe verwesenden Fleisches.

Die Schlange wand sich hin und her und ringelte sich zusammen, dann hob sie den Kopf und begann sich bedrohlich aufzurichten. Höher und höher stieg sie, kletterte weit über Marrahs Kopf, während die Jungen und Mädchen in ihrem Leib auf die Schultern ihres Vordermannes stiegen.

Allein die Schlange hätte womöglich schon genügt, die Nomaden in die Flucht zu schlagen, denn bis dahin machten selbst die kühnsten Krieger Zeichen, um das Böse abzuwehren; aber die Sharaner hatten noch eine weitere Überraschung für Vlahan und seine Männer auf Lager. Als die Schlange so groß war, wie es die Jungen und Mädchen in ihrem Inneren nur bewerkstelligen konnten, verstummte das Dröhnen der Trommeln, und Marrah hob erneut beschwörend die Arme.

»Ich, die Göttin Erde, verfluche euch bis in alle Ewigkeit!« erscholl ihre Stimme. »Krieger, seht die Sonne ein letztes Mal! Bevor sie wieder aufgeht, werdet ihr alle sterben!« Nach dieser alarmierenden Voraussage öffnete Marrah ihre Hand und warf sechs kleine Tonkugeln auf das Kohlenbecken, das zu ihren Füßen versteckt war. Als die Priesterinnen von Nar ihr die Kugeln geschenkt hatten, nannten sie sie aus gutem Grund »getrockneten Donner«. Falls der Inhalt jener unscheinbaren kleinen Kugeln nicht in der Zwischenzeit verdorben war, stand den Nomaden ein endgültiger Schock bevor.

Flink trat Marrah zurück und wartete. Einen bangen, qualvollen Moment lang geschah gar nichts. Dann explodierte die erste Kugel mit einem ohrenbetäubenden Knall. Marrah widerstand dem Drang, unter ihre Maske zu greifen und sich die Finger in die Ohren zu stecken, und rührte sich nicht von der Stelle. Wieder ertönte ein Knall und dann noch einer, jeder so laut, daß es klang, als wäre ein Blitz in die Erde geschlagen. Obwohl Marrah gewußt hatte, was ihr bevorstand, raubte ihr die Gewalt der Explosionen förmlich den Atem.

Die Sharaner waren zwar unterrichtet worden, dennoch schnappten sie bei jeder gewaltigen Detonation erschrocken nach Luft und klammerten sich aneinander; und wenn die Kinder, die den Schlangenleib aufrecht hielten, nicht so tapfer gewesen wären, wären sie vor Schreck gestürzt.

Aber die Nomaden hatten keine Ahnung von dem, was hier vorging, und als die dritte Tonkugel explodierte, brach Panik unter ihnen aus. Zähneklappernd flehten sie Changar an, sie zu retten, doch auch Changar mit seiner Weisheit war am Ende. Er hatte viele Dinge in seinem Leben gesehen, Schrecken und Zauberei; aber noch niemals hatte er einen Menschen erlebt, der Donner aus einem klaren, wolkenlosen Himmel herabbeschwören konnte.

»Was sollen wir nur tun?« wimmerte Vlahan.

Changar öffnete den Mund, aber es kam kein Laut heraus. Er zitterte und schwitzte am ganzen Leib, und jedesmal, wenn eine neue Explosion den Boden erschütterte, zuckte er bestürzt zusammen.

Als Vlahan Changars Furcht sah, geriet er in Panik. »Los, weg von hier!« brüllte er seinen Unterhäuptlingen zu, aber inzwischen scheuten bereits viele der Pferde vor Angst, und ein geordneter Rückzug war nicht mehr möglich. Die Krieger bemühten sich verzweifelt, ihre Tiere wieder unter Kontrolle zu bringen, die sich völlig durchgedreht aufbäumten und nach allen Seiten auskeilten.

Als ein Unterhäuptling von einem der weniger angesehenen Stämme von seinem Hengst abgeworfen wurde, machten seine Männer kehrt und flohen in Richtung Wald, während sie ununterbrochen schrien, daß der Fluch der Schlangen-Vogel-Göttin bereits über ihnen sei. Andere folgten bald, und als schließlich die sechste Tonkugel explodierte, bot sich den Sharanern der überaus erfreuliche Anblick, wie der gesamte Nomadentrupp Hals über Kopf und in blinder Raserei davonstob.

Die Siegesfeier von Marrahs Volk dauerte, bis der letzte Weinkrug geleert war. Zu guter Letzt wurden die Masken und Drachen und die Schlange sicher verstaut, und das Warten begann.

Den Rest des Nachmittags über beobachteten die Sharaner besorgt, wie in kurzen Abständen kleinere Ansammlungen berittener Krieger zum Nomadenlager zurückstrebten. Bis zum Einbruch der Dämmerung sah es ganz danach aus, als hätten sich alle Streitkräfte wieder versammelt. Lagerfeuer wurden wie gewöhnlich entzündet, und falls Krieger um jene Feuer herumsaßen, in höchster Angst vor dem Fluch der Göttin Erde, oder falls sich welche zusammentaten, um gegen Vlahan zu meutern, so konnte man davon leider nichts erkennen.

Waren die Sklavinnen gerade dabei, den Männern Fischsuppe zu servieren? Aßen die Männer die Suppe? Aßen auch die Frauen davon? Die Kinder? Der westliche Himmel verfärbte sich von Rot in ein stumpfes Grau, und die braunen Zelte der Nomaden verschmolzen mit dem schwärzlichen Braun der verbrannten Felder. Bald sichteten die Sharaner nur noch die Feuer in der Ferne, und nach einer Weile verschwanden auch sie. Dunkle Wolken trieben vom Süßwassersee herüber, und wenig später prasselte der Regen herab.

Gegen Mitternacht hatte sich der Boden unter Marrahs Zelt in einen flachen Teich verwandelt, und als sie neben den Wachen stand und zu der Spitze der schroffen Klippen hinaufblickte, konnte sie Dutzende von kleinen Wasserfällen sehen, die in Kaskaden vom Gipfel herunterschossen.

»Wenn sie uns wieder angreifen, dann wird es bestimmt nicht heute nacht geschehen«, sagte Jutima. »Nicht bei diesem Wetter.« Aber Marrah wagte es nicht, sich auf den Schutz des Unwetters zu verlassen. Wenn Vlahan und seine Krieger dahintergekommen waren, daß sie vergiftet werden sollten, würden sie wild auf Rache sinnen, und gab es eine günstigere Voraussetzung für einen Angriff als ein Sturm, währenddessen der Feind am wenigsten damit rechnete?

»Richtet Fackeln her«, wies sie Jutima an. »Und laßt sie auf keinen Fall ausgehen.« Aber sie hätte Jutima ebensogut befehlen können, sich Kiemen wachsen zu lassen und Wasser zu atmen. Der Regen strömte wie eine gläserne Wand vom Himmel und ließ die Fackeln im selben Moment wieder verlöschen, in dem sie angezündet wurden.

Die sharanischen Wachen waren so darauf konzentriert, den Grat zu beobachten, daß keiner von ihnen merkte, wie Hiknak leise aus ihrem Zelt schlüpfte und sich einen Weg durch das Lager bahnte. Sie war vom Kopf bis zu den Fesseln in einen Lederumhang mit Kapuze gehüllt, wie es bei dem strömenden Regen durchaus angebracht war, und der Beutel, den sie trug, hätte alles enthalten können. Sie hatte ihren Speer dabei, aber auch das erschien unter den gegenwärtigen Umständen nur vernünftig. Deshalb reagierten die Leute, denen sie unterwegs begegnete, nicht etwa mißtrauisch, sondern nickten ihr nur knapp zu und strebten alle an einen Ort, wo es wärmer und trockener war.

Als Hiknak den Rand des Felsvorsprungs erreichte, schaute sie sich noch einmal nach allen Seiten um, um sicherzugehen, daß niemand sie beobachtete. Dann öffnete sie ihren Beutel, zog ein Leinenseil heraus, band es an einem Felsblock fest und warf das lose Ende über den Rand, so daß es bis zur Spalte auf den Pfad hinabfiel.

Hastig entledigte sie sich ihres Umhangs, hängte sich ihren Speer über den Rücken mittels der Lederschnur, die sie in der Ungestörtheit ihres Zeltes an der Waffe befestigt hatte.

In Sekundenschnelle war sie über den Rand geglitten und kletterte zu dem Pfad hinunter, wobei sie sich mit ihrer gesunden Hand am Seil festklammerte und mit den Füßen an der glatten Felswand abstützte. Hätte es nicht so heftig geregnet, hätten die sharanischen Wachen sie vielleicht entdeckt und sie mit Pfeilen durchlöchert in der fälschlichen Annahme, sie sei ein Nomadenkrieger. Sie trug dieselben schlammbraunen Beinlinge und die dunkle Tunika, die sie getragen hatte, als sie mit Marrah und Dalish ausgezogen war, um die Sklavinnen um Hilfe zu bitten; aber diesmal war sie nicht geschminkt, und sie trug auch kein Kopftuch, um ihr Gesicht zu verhüllen. Sie hatte nicht die Absicht, als Konkubine aufzutreten, und ein Tuch würde ihr nur im Wege sein, wenn sie ihren Dolch schwang.

Hiknak wurde nicht vermißt. Die Sharaner verbrachten eine kalte, nasse Nacht, während sie in ihren Zelten kauerten, auf Gedeih und Verderb dem Wetter, ihren Feinden und ihren eigenen Ängsten ausgeliefert. Als der Morgen graute, versiegten endlich die Fluten, aber inzwischen war das Leinenseil längst verschwunden. Hiknak hatte es heruntergezogen, damit Marrah es nicht dort hängen sehen und ihr nachgehen würde – ihre Fußspuren waren längst vom Unwetter gelöscht.

Beim ersten Tageslicht eilten die Sharaner zum Rand der Klippen, um ihre Blicke auf das Lager der Nomaden zu richten. Der Granit unter ihren Füßen war saubergewaschen, und die Luft roch nach Salz und zerdrückten Minzeblättern. Im Norden lag dichter Nebel über dem Tal, der von den durchweichten Feldern aufstieg und alles verhüllte.

Oben auf dem Dach des Tempels der Kinderträume lachte Batal fröhlich und ließ die Sonne wie einen goldenen Drachen über dem Horizont aufsteigen. Allmählich löste sich der Nebel auf, und die Seemöwen schossen in den Himmel hinauf, um ihre Flügel zu trocknen. Kleine Wellen schwappten friedlich an den Strand des Süßwassersees, und der Fluß strömte klar und grün am Rande des Waldes dahin. In der gesamten Geschichte von Shara hatte es niemals einen so schönen, in rosige Dämmerung getauchten Morgen gegeben.

Die Nomaden hatten ihr Heil in der Flucht gesucht! Hinter den Ruinen von Shara war weiter nichts zu sehen als ein großer Schlammplatz, wo sich am Tag zuvor ihr Lager befunden hatte. Einzelne Zelte standen noch da, halb umgekippt und in den Schlamm getreten, als wären sie niedergetrampelt worden; aber soweit die Sharaner es beurteilen konnten, hatte sich die gesamte riesige Truppe von Männern, Frauen, Kindern und Pferden über Nacht in nichts aufgelöst. Und sie hatten nicht einmal ihr Vieh mitgenommen, die wertvollen Rinder, um die sie so oft kämpften und derentwegen sie sich so häufig gegenseitig umbrachten!

Dalish stieß einen ohrenbetäubenden Triumphschrei aus und schlug Marrah so heftig auf den Rücken, daß sie sie beinahe zu Fall gebracht hätte. »Wir haben sie besiegt!« jubelte Dalish. »Sie sind geflohen! Ein halbes Leben lang mußte ich auf diesen Tag warten! Seit sie meine Mutter und Großmutter getötet haben und ...« Sie brach in Tränen aus, dann fing sie an zu lachen und schluchzte auf einmal wieder; aber es spielte keine Rolle, weil alle anderen, einschließlich Marrah, ebenfalls gleichzeitig lachten und weinten.

Die Kinder, die die Schlange gebildet hatten, legten einander die Hände auf die Schultern und begannen, ausgelassen zu tanzen und das »Lied des Widerstands« zu singen – bald stimmten alle ein. Es war zwar kein Wein mehr übrig, nur noch wenig Feuerholz und kein Essen mehr, das ein Festmahl gelohnt hätte, aber sie brauchten keinen Wein oder Wärme oder Honigkuchen: Sie waren trunken vor Erleichterung und Freude.

Wir sind die Sharaner!
Wir sind die Sharaner!
Wir lieben einander!
Wir werden niemals Untertanen!

»Dieser Tag wird für alle Zeiten ein Festtag sein!« rief Marrah über den allgemeinen Lärm hinweg.

»Was für ein Festtag?« riefen die anderen. »Gib ihm einen Namen, Marrah. Sag schon, wie sollen wir ihn nennen?«

»Tag der Befreiung.«

»Zu nüchtern! Zu langweilig!«

»Tag des Dankes.«

»Zu fromm! Zu ernst!«

»Wie wäre es mit ›Tag der donnernden Muscheln‹?« rief sie verzagt. Alle lachten, und es blieb bei dem Namen: Von der Zeit an feierten die Sharaner den Tag ihres größten Sieges mit einer Bezeichnung, der es immer wieder gelang, Pilger in Verwirrung zu stürzen.

Als die Tänzer müde waren und die allgemeine Euphorie sich legte, wandten sie sich wieder nüchterneren Dingen zu. Marrah rief Hiknak, Dalish und sechs der Jäger zu sich, um mit ihnen zum Fuße der Klippen hinunterzusteigen und den Lagerplatz der Nomaden zu inspizieren, aber Hiknak ließ sich nicht blicken. Sie war weder in ihrem eigenen Zelt oder in der Traumhöhle noch im Tempel oder im Zelt von Nachbarn. Ob die Nomaden es irgendwie geschafft hatten, sie mitten in der Nacht zu entführen? Lag sie vielleicht tot am Fuße der Klippen mit einem Pfeil im Herzen?

Keshna lieferte schließlich die Antwort. »Mama ist weggegangen, um Vlahan zu töten«, erklärte sie. »Ich mußte ihr versprechen, niemandem ein Wort zu sagen, bis es hell genug wäre, um Farbe zu sehen. Aber ich habe sogar noch länger gewartet, weil ich wußte, ihr würdet bis zum letzten Augenblick versuchen, sie zurückzuhalten.«

Als Marrah dies hörte, war sie so erzürnt über Keshna, daß sie einen Moment keinen Ton herausbrachte. Sie wußte, daß Hiknaks verrückter Alleingang der Vergeltung nicht die Schuld des Kindes war; aber so lange zu warten, bis sie endlich mit der Sprache herausrückte! So lange zu warten, bis es endgültig zu spät war, um noch etwas zu unternehmen! Sie dachte an Keru und Arang und an die Nomadenfrauen und -kinder, die vielleicht von der Giftsuppe gegessen hatten... dann an Hiknak, die sich ihnen angeschlossen hatte – Hiknak, die tollkühne, störrische, tapfere kleine Nomadin, die sich um jeden Preis an Vlahan rächen wollte, und wenn es sie das Leben kosten würde.

Als sie Keshna anschaute, sah sie den Starrsinn der Mutter in den Augen der Tochter. »Geh und such jemanden, der dir Frühstück macht«, fauchte sie. »Was du getan hast, ist nichts, worauf du stolz sein könntest.«

Keshna fing an zu weinen, aber Marrah war nicht in Stimmung, sie zu trösten. Sie kehrte dem Kind den Rücken zu und lief zu der Stelle, wo Dalish und die Jäger warteten. Sobald sie die Neuigkeit hörten, warfen sie in aller Eile ihre Seile über den Felsvorsprung und kletterten hinunter, so schnell sie nur konnten. Sie liefen nicht zum Nomadenlager, sie flogen.

Aber die Dunkle Mutter, die alle Wesen zu sich zurückholt, war schon vor ihnen dagewesen.

16. Kapitel

Am vergangenen Abend, kurz nachdem es zu regnen begonnen hatte, war Turthan, Häuptling der Zaxtusi, in sein Zelt zurückgekehrt und hatte eine Sklavin vorgefunden, die bereits darauf wartete, ihn zu bedienen.

Marrah hätte die Sklavin als Vrimyta, die Dolmetscherin, wiedererkannt; aber Turthan sah in ihr nur eine barhäuptige, ziemlich unwichtige Frau, die schweigend damit beschäftigt war, seine Schlaffelle auszuschütteln, glattzustreichen und mit Dung das Feuer zu schüren.

Nachdem sie ihre Pflichten erledigt hatte, kniete die Sklavin vor ihm nieder und bot ihm eine Schale Suppe an, die köstlich nach Thymian und zerstoßenen Minzeblättern duftete. Dampf stieg von der Brühe auf und kräuselte sich verlockend um Turthans Nase.

»Was ist das?« fragte er scharf. Er war es nun einmal gewohnt, abends gebratenes Fleisch zu essen, und obwohl er Suppe mochte, war er der Ansicht, daß alles seine Ordnung haben sollte. Außerdem war er in übler Laune; er war durchgefroren, vom Regen durchnäßt und wütend auf seine Männer, die wie kopflose Feiglinge davonpreschten, als jene Hexe oben auf den Klippen den Donner herbeigezaubert hatte. Den ganzen Nachmittag über hatte er den Wald durchkämmt und einen nach dem anderen aus dem Gebüsch hervorgezerrt, hatte ihnen mit dem Verlust ihres Viehs, ihrer Frauen und ihres Lebens gedroht, wenn sie nicht zurückkehrten und wie echte Männer kämpften.

»Es gibt keinen Fluch!« hatte er sie angebrüllt. »Das war alles Schwindel, ihr Schwachköpfe! Habt ihr nicht gehört, wie Changar es alles als Schall und Rauch entlarvte?« Mehrere Male hatte er sich die widerwilligsten unter seinen Männern vorgeknöpft und ihnen sein Messer an die Kehle gehalten. Er glaubte nicht an Flüche und auch nicht an Götter, was das Schicksal betraf. Turthan war ein zutiefst zynischer Mann, der nur an eine Sache glaubte: Macht.

»Kommt zurück oder sterbt«, hatte er gedroht, und die Krieger waren allesamt mit verlegenen Mienen eingetrudelt; währenddessen sahen sie sich nervös um, als ob sie Kaninchen wären, die befürchteten, die sharanische Schlange könnte jeden Moment hinter einem Baum oder Busch hervorstürzen.

Es war widerwärtig, absolut widerwärtig: bewaffnete Männer, kampferprobte Veteranen in Dutzenden von Schlachten, die sich vor lauter Angst in ihren Lendenschurz pißten! Und was hatte ihnen solche Furcht eingejagt? Was hatte sie wie eine Herde Schafe davonrennen lassen, um ihren eigenen Namen und den gesamten Zaxtusi-Stamm mit Schande zu bedecken? Eine *Frau!*

Die Sklavin murmelte etwas darüber, daß die Suppe aus Fisch gekocht sei, und Turthan erkannte, daß sie noch immer vor ihm kniete und ihm die Schale anbot. »Mach, daß du rauskommst!« brüllte er. Sie stellte die Schale auf dem Boden ab und huschte aus dem Zelt. Turthan vergaß sie augenblicklich wieder. Seine Gedanken kreisten um wichtigere Dinge: wie er seine Männer dazu bringen konnte, der sharanischen Drohung mit Verachtung zu begegnen; wie er sie wieder zu einer starken Kampftruppe zusammenschweißen konnte; wie er mit Vlahans Feigheit umgehen sollte. Einzig und allein Vlahan trug die Schuld an ihrer Niederlage. Turthan knirschte mit den Zähnen bei dem Gedanken an Vlahans jämmerliche Flucht. Wie konnte man von Kriegern erwarten, daß sie sich behaupteten und kämpften, wenn ihr Anführer den Schwanz einkniff und abzog wie eine Memme?

Er nahm seinen nassen Umhang ab und warf ihn auf den Boden. Dann entledigte er sich seiner durchweichten Stiefel und setzte sich ans Feuer, um die Füße zu wärmen. Vlahan war erledigt, soviel stand fest. Die Zwanzig Stämme existierten nicht einmal mehr; fünf davon rebellierten schon gegen ihren Anführer, und jetzt diese unaussprechliche Demütigung! Nun, es gab jemanden, der sehr viel besser geeignet war, die Stämme zu führen, und Turthan kannte diesen Jemand genau.

Mit vielsagendem Grinsen griff er nach der Suppenschale, die die Sklavin neben dem Feuer hatte stehen lassen. Zuerst trank er die Brühe und fand sie überraschend gut. Zufrieden grunzend griff er in die Schale und begann, die Fischstückchen herauszuklauben. Als er fertig war, leckte er sich die Finger ab und lehnte sich dann satt und angenehm gewärmt zurück.

Dies ist ein reiches Land, dachte Turthan. Ein Land, um das zu kämpfen sich wirklich lohnt. Vlahans Kopf würde sich prächtig auf einem Pfahl vor seinem Zelt ausmachen. Er war so damit beschäftigt, sich zu überlegen, wie er am besten vorginge, um in den Besitz des fraglichen Kopfes zu gelangen, daß er eine kleine Weile später, als Vlahan unangekündigt in sein Zelt rauschte, einen überraschten Schrei ausstieß und automatisch nach seinem Dolch griff.

»Sei gegrüßt, Rahan«, murmelte er schuldbewußt. Er erhob sich auf die Füße, während er sich fragte, warum im Namen aller Dämonen der Unterwelt ihn seine Wachen nicht gewarnt hatten, daß Vlahan im Anmarsch war. »Willkommen in meinem bescheidenen Zelt.«

Vlahan setzte sich auf eine der gepolsterten Satteltaschen, die die

Zaxtusi als Kissen benutzten, und blickte Turthan müde an. Allmählich war er es überdrüssig, daß seine Unterhäuptlinge jedesmal kalkweiß im Gesicht wurden, sobald sie ihn erblickten.

»Erweist du mir die Ehre, Kersek mit mir zu trinken, Rahan?«

Vlahan erwiderte, daß ihm nichts mehr Vergnügen bereiten würde, aber es seien ernste Angelegenheiten zu erörtern; nachdem sie also beide den zeremoniellen Schluck aus dem Kersek-Schlauch getrunken hatten, wie es der Brauch verlangte, kam er ohne Umschweife auf den Grund seines Besuches zu sprechen. »Ich bin hier, um dir zu versichern, daß weder du noch ich noch sonst irgendeiner von uns unter einem Fluch steht«, begann Vlahan. »Changar hatte recht. Das Spektakel, das wir heute nachmittag miterlebt haben, war nichts als fauler Zauber.«

Aber du bist trotzdem weggerannt, du erbärmlicher Feigling, stimmt's? dachte Turthan; laut sagte er jedoch: »Ich habe sowieso niemals an diesen Fluch geglaubt, Rahan.«

Bei dieser Bemerkung hellte sich Vlahans Miene auf. »Nicht?«

»Nicht einen Augenblick.« Turthan sagte dies mit großer Überzeugung, weil es obendrein noch stimmte. »Aber was glaubst du, wie deine Hexe von Ehefrau diesen Donner fabriziert hat?« Er betonte das Wort »Ehefrau«, was einer so deutlichen Beleidigung gleichkam, wie er es nur Vlahan gegenüber riskieren konnte. Aber sollte Vlahan die Beleidigung auch herausgehört haben, so ließ er sich doch nichts anmerken; er zuckte nur die Achseln und nahm erneut einen Schluck aus dem Kersek-Schlauch.

»Ich habe nicht die leiseste Ahnung; aber es ist inzwischen unwichtig. Nachdem ich ins Lager zurückgekehrt war, kam ich wieder zur Vernunft, und mir wurde klar, daß wir auf eine Täuschung hereingefallen waren.« Er senkte die Stimme und beugte sich vertraulich zu Turthan vor. »Dies war ein schwarzer Tag für uns, Turthan. Unsere Ehre ist befleckt.«

Deine am allermeisten, dachte Turthan.

»Die Hälfte der Stämme habe ich bereits aufgesucht. Viele der Unterhäuptlinge sind nicht so mutig wie du, und viele unserer Krieger wollen vor lauter Angst nicht mehr kämpfen.« Als Turthan hörte, daß Vlahan durch das Lager marschiert war, um den anderen Unterhäuptlingen Mut zuzusprechen, empfand er einen widerstrebenden Respekt für ihn. Es erforderte schon echte Courage, seinen Männern gegenüberzutreten, wenn man selbst wie ein krankes Kaninchen geflüchtet war. Vlahan mußte sich bewußt sein, daß sein Leben an einem seidenen Faden hing, und dennoch hatte er sich aufgemacht und versucht, die Krieger zu beruhigen und sie erneut anzuspornen. Genau das war es, was von einem Großen Häuptling erwartet wurde – was auch der alte Zuhan in einer solchen Situation getan hätte. Zum ersten Mal, seit Turthan sich erinnern konnte, benahm sich Vlahan wie der Sohn seines Vaters.

»Einige der Unterhäuptlinge fürchteten sich offensichtlich, mich zu empfangen«, fuhr Vlahan fort. »Sie ließen mir ausrichten, sie fühlten sich nicht wohl.«

Jetzt, wo er darüber nachdachte, stellte Turthan fest, daß auch er sich nicht sonderlich gut fühlte. Er spürte ein seltsames Prickeln im Kopf, und aus seinem Magen stieg ein säuerlicher Geschmack auf. Er griff nach dem Kersek-Schlauch, trank einen Schluck und rülpste mit der Diskretion, die ein Unterhäuptling in Gegenwart des Mannes an den Tag legen sollte, der unbestreitbar Großer Häuptling war.

»Was ich wissen möchte«, sagte Vlahan, »ist folgendes: Seid ihr, du und deine Krieger, auf meiner Seite?«

»Bis zum Ende«, erwiderte Turthan, ohne sich die Mühe zu machen zu erwähnen, daß er Vlahans Ende meinte und nicht seines.

Vlahan lächelte ironisch. »Schön«, sagte er. Er erhob sich von seinem Platz und blickte Turthan lange Zeit an. »Dann werden die Zaxtusi morgen gemeinsam mit den Hansi kämpfen?«

»Sollen wir das sharanische Lager angreifen?«

»Angreifen und ausrotten.«

»Von den Gipfeln der Klippen aus?«

»Von den Gipfeln aus.«

»Du kannst auf unsere Teilnahme zählen.«

»Bist du sicher, daß du die Sache mit dem Fluch richtig verstanden hast?«

»Warum fragst du mich das zum zweiten Mal, Rahan? Ich habe dir doch gesagt, der Fluch bedeutet für mich Hexengeschnatter.« Turthan machte eine wegwerfende Handbewegung, doch Vlahan schien noch immer nicht überzeugt.

»Du siehst grün im Gesicht aus, Turthan. Ist es Furcht?«

Turthan war so beleidigt über diese Bemerkung, daß er nicht übel Lust gehabt hätte, Vlahan gleich hier und jetzt zu erledigen – aber man konnte nie wissen, wie viele Hansi-Wachen draußen vor dem Zelt herumlungerten.

»Ich habe vor nichts und niemandem Angst«, erwiderte Turthan und fügte schweigend hinzu: Nicht einmal vor dir – ganz besonders nicht vor dir – du Haufen Dreck!

»Auch nicht vor einer Frau?«

Die beiden Männer lachten schallend über diesen Scherz, aber ihr Lachen hatte die kränkliche Färbung von Turthans Gesicht. Allmählich beruhigten sie sich wieder, Vlahan verabschiedete sich, um dem nächsten Lager seinen Besuch abzustatten. Endlich konnte sich Turthan erleichtern. Das Prickeln in seinem Kopf war inzwischen schlimmer geworden, und er fühlte einen stechenden Schmerz im unteren Teil des Rückens.

Als er in sein Zelt zurückkehrte, rief er nach seiner Ehefrau und befahl ihr, ihm mehr Essen zu bringen und seine zweijährige Tochter Tarknak hereinzuschicken. Er war dem Kind sehr zugetan, obwohl er einen Jungen vorgezogen hätte; jetzt hielt er sie eine Zeitlang auf seinem Schoß und hörte ihrem Geplapper zu. Tarknak beklagte sich, daß die Sklavinnen ihr nichts von der Fischsuppe hätten geben wollen, und sie verlangte, von seiner zu kosten; aber die Schale war leer, und so gab Turthan ihr Rosinen, die sie gierig hinunterschlang. Bald kam seine Ehefrau herein und nahm die Kleine wieder mit; es wäre schon längst Schlafenszeit für Tarknak, erklärte sie. Dem widersprach Turthan nicht, weil ihm plötzlich schrecklich übel war.

Als seine Ehefrau zum dritten Mal zurückkehrte, um ihm eine Schale Milch und mehrere gebratene Fleischspieße zu bringen, fand sie ihn auf seinem Bett liegend vor, wo er sich stöhnend zusammengerollt hatte. Seine Schaffelle waren voller Erbrochenem, und die Luft um ihn herum stank wie die Pest.

»Der Fluch des Schlangen-Vogels!« rief sie erschrocken und ließ die Fleischspieße fallen, aber Turthan war nicht so krank, daß er stillschweigend solchen Unsinn aus dem Mund seiner eigenen Ehefrau duldete.

»Schweig still!« brüllte er. »Es gibt keinen Fluch!« Doch später, als er anfing, keuchend nach Luft zu ringen, seine Hände in das Fell zu krallen, und um Linderung des mörderischen Feuers in seinen Eingeweiden betete, änderte er seine Meinung.

Verwirrung im Nomadenlager! Zelte liegen umgekippt auf dem Boden, Satteltaschen werden in aller Hast gepackt, Pferde mitten in der Nacht zusammengetrieben. Der Regen fällt in Strömen vom Himmel, benetzt die Gesichter der völlig verängstigten Frauen, während sie kranke Männer zu den Schlitten schaffen.

Einige der Krieger zucken unkontrolliert am ganzen Körper und schreien, als kämpften sie gegen Dämonen; andere würgen und erbrechen sich, ringen keuchend nach Atem. Neun der fünfzehn Unterhäuptlinge sterben, einhundert von den Kriegern, vielleicht sogar mehr. Ein paar Frauen, aber nicht viele. Vielleicht keines der Kinder...

Die Sklavinnen hatten scharf auf die Kinder aufgepaßt, hatten sie immer wieder weggezogen, wenn sie in die Nähe der Kochtöpfe kamen; sie hatten ihnen Schalen mit Fischsuppe aus der Hand geschlagen, waren gegen sie gestoßen, um den Inhalt der Näpfe zu verschütten, und bezogen dann für ihre Ungeschicklichkeit Prügel.

Jetzt ist die Mehrzahl der Sklavinnen weggelaufen, und die Männer, die sie hätten bewachen sollen, sind zu krank, um sich darum zu kümmern.

Es gießt nur so vom Himmel, und die Wassermassen verwandeln den Boden unter den Stiefeln der Frauen in einen Sumpf. Alles ist mit Morast bespritzt, selbst die Gesichter der Toten. Stöhnend und schreiend zerren die in Panik geratenen Frauen die Leichen ihrer Ehemänner und Herren zu den Schlitten und binden sie fest, in der

Absicht, sie später mit all den Ehren zu begraben, die Männern zustehen; und in dieser Nacht, während sie nach Norden fliehen, sterben noch mehr von ihnen.

Gegen Morgen hat die Angst der Frauen vor dem Fluch des Schlangen-Vogels derartige Ausmaße angenommen, daß sie die Toten in aller Hast losbinden, sie in die Büsche werfen und ohne sie davongaloppieren. Keiner kann sagen, wie viele zugrunde gehen, aber noch Jahre danach stolpern sharanische Jäger über die moosbedeckten Skelette von Vlahans Männern.

Fünfzehn große Stämme spalten sich in dreißig kleine auf; die dreißig wiederum bilden rasch Dutzende winziger Trupps, da jeder Krieger, der sich noch im Sattel halten kann, um sein Leben reitet. Manchmal nimmt er seine Familie mit, manchmal läßt er sie zurück.

Die Frauen, die zurückbleiben, heiraten oft neue Männer, und ihre Kinder bekommen neue Väter. Die alten Hansi-Geschlechter hören auf zu existieren, vermischen sich mit fremdem Blut, und als sich die zahllosen Splittergruppen schließlich wieder zu mehreren Dutzend Stämmen zusammenschließen, ist keine Rede mehr von einem Großen Häuptling.

»Vlahan der Große starb in Shara«, singen die Nomadendichter. »Verflucht von dem Schlangen-Vogel.« Die Belagerung dieser Stadt wird schnell zur Legende. In den Geschichten, die sich die Nomaden am Lagerfeuer erzählen, kämpft Vlahan, der Bastardsohn von Zuhan, gegen eine ungeheure weibliche Schlange namens Marrah und wird am Ende von ihr verschlungen. Aber die Überlieferung ist falsch und die Wahrheit eigentlich interessanter als die Legende.

Als das Unwetter seinen Höhepunkt erreicht hatte, wanderte Hiknak den Pfad zum Fuß der Klippen hinunter, wobei sie sich immer dicht an der Felswand hielt, um nicht im Schlamm auszurutschen und über den Rand zu stürzen. Kurz bevor sie die letzte Pfadbiegung umrundete, ließ sie sich auf Hände und Knie nieder und kroch zögernd voran, um zu sehen, ob vielleicht Nomadenwachen am Ende des Pfades standen – was jedoch nicht zutraf. Dies war nicht nur ein gutes Zeichen, es erleichterte ihr auch den Abstieg. Sie ließ das Seil zurück und eilte weiter, so schnell sie konnte, ohne sich Gedanken darüber zu machen, ob jemand sie erspähte.

Am Fuße der Klippen nahm sie ihren Speer vom Rücken und zog ihren Dolch teilweise aus seiner Lederscheide. Als sie über die nassen Felder marschierte, saugte Schlamm an ihren Stiefeln, und kalte Regentropfen prasselten ihr ins Gesicht, aber sie spürte es kaum. Sie war regelrecht trunken von dem Bedürfnis, sich an Vlahan zu rächen. Seit sechs Jahren, seit dem Tag, als Vlahan mit seinen Männern in das Lager ihres Vaters geritten war und ihren ganzen Stamm massakrierte, hatte sie sehnsüchtig auf eine Gelegenheit gewartet, es ihm heimzuzahlen.

Hiknak war sogar bereit zu sterben für die Befriedigung, persönlich gegen Vlahan zu kämpfen und ihn zu töten; aber sie wollte ihr Leben nicht leichtsinnig wegwerfen, deshalb paßte sie scharf auf, während sie sich einen Weg zu den Ruinen von Shara bahnte. Doch von den Wachen, die eigentlich am Rande des Nomadenlagers hätten stehen müssen, war keine Spur zu entdecken. Ganz eindeutig hatten die Sklavinnen ihr Versprechen gehalten, und sie dankte ihnen im stillen.

Sobald Hiknak den ersten Kreis von Zelten erreichte, konnte sie das Weh- und Jammergeschrei der Lagerbewohner hören. Zwischen der Stadt und dem Fluß erstreckte sich eine breite, ebene Fläche, die einst Weideland und Getreidegrund gewesen war. Jetzt, als das Lager in aller Eile aufgelöst wurde, bot sich ihr ein Anblick wie aus einem Alptraum.

Frauen rannten wild in alle Richtungen, rissen Zelte nieder, spannten Pferde an, zerrten kranke, sterbende – und tote – Männer zu den Schlitten. Verängstigte Kinder riefen nach ihren Müttern; Krieger flehten schreiend um irgendein Mittel, das die reißende Pein linderte.

Marrah selbst wäre zutiefst erschüttert gewesen, hätte sie die qualvollen Schreie der Kranken und Sterbenden gehört, aber Hiknak war aus härterem Holz geschnitzt. Sie genoß das Leiden der Nomaden nicht gerade, aber es verschaffte ihr eine kriegerische

Befriedigung. Dies waren ihre Feinde, und nach dem, was sie alles angerichtet hatten, drängte es sie nicht, Mitgefühl an diese Horde zu verschwenden.

Eine Weile stand sie am Rande des Geschehens und schaute zu, wie eine Familie nach der anderen floh. In ihrer Hast trampelten sie sich beinahe gegenseitig nieder und ließen eine Menge zurück: Satteltaschen, Teppiche, all die Tontöpfe, die sie in den Ruinen von Shara erbeutet hatten. Manche nahmen nicht einmal ihre Hunde mit, aber sie vergaßen niemals ihre Zeltstangen oder Waffen oder Pferde, was bewies, daß sie trotz allem Nomaden waren und blieben.

Die Panik im Lager wuchs mit jedem Augenblick, während das Gift einen Krieger nach dem anderen dahinraffte. Als Hiknak sicher sein konnte, daß alle zu krank oder zu kopflos vor Schrecken waren, um sie zu bemerken, mengte sie sich einfach mitten in das Gewühl und bahnte sich einen Weg in die Mitte des Lagers, wo die Hansi ihre Zelte errichtet hatten.

Keiner nahm Notiz von ihr – das heißt: Sie blickten sie zwar an, aber sahen sie nicht, weil sie zu intensiv beschäftigt waren, mit ihrer eigenen Angst fertig zu werden. Was bedeutete schon eine weitere dünne, blonde Nomadenfrau unter so vielen schreienden, verängstigten Ehefrauen und Konkubinen? Selbst wenn sie barhäuptig war und mit einem Speer bewaffnet...

Es sah fast zu einfach aus. Hiknak hatte sich auf einen Kampf vorbereitet, doch als sie den Lagerplatz der Hansi erreichte, waren die meisten von ihnen bereits auf und davon. Nur Vlahans großes weißes Zelt stand immer noch unberührt da. Sie strebte geradewegs darauf zu, ohne von irgend jemandem zurückgehalten oder befragt zu werden. Vor dem Zelt befanden sich keine Wachen – es waren überhaupt nirgendwo Wachen zu sehen. Vielleicht hatten sie ebenfalls das Weite gesucht oder auch das Zeitliche gesegnet. Auf jeden Fall gab es keine mehr.

Vlahans Ehefrau Timak verhielt sich desgleichen auffällig abwesend. Vielleicht hat das gräßliche alte Weib am Abend von der Fischsuppe gekostet, dachte Hiknak; und als sie sich daran erinnerte, wie gnadenlos Timak sie seinerzeit verprügelt und schikaniert hatte, empfand sie erneut eine gewisse Genugtuung angesichts der Gerechtigkeit eines solchen Endes.

Hiknak streckte die Hand nach der Zeltklappe aus und schob sie beiseite. Die Klappe war nicht einmal von innen dicht gemacht. Laß den Bastard dort drinnen sein und bitte mach, daß er noch am Leben ist! betete sie stumm, obwohl sie nicht hätte sagen können, zu welchem Gott; zu Han hatte sie kein Vertrauen mehr, und die Göttin der Sharaner war viel zu barmherzig für ein solches Werk.

Den Speer konnte sie im Inneren des Zeltes nicht benutzen, deshalb ließ sie ihn zurück, zog ihren Dolch aus der Scheide und schlüpfte hinein.

Ein kleines Feuer brannte in der Grube unter dem Rauchabzugsloch, und in seinem Licht konnte Hiknak sofort erkennen, daß sie um ihre Rache betrogen war.

Vlahan lag mit dem Gesicht nach unten auf den Schaffellen, alle viere von sich gestreckt, wo er sich übergeben hatte. Zutiefst enttäuscht darüber, daß er bereits tot war, stand sie einen Moment da, den Dolch in der Hand, und überlegte, ob sie seinen Kopf nehmen sollte – aber was hätte das für einen Sinn gehabt? Die Sharaner würden eine solche Trophäe grauenerregend finden, und nachdem sie nun etliche Jahre unter ihnen gelebt hatte, mußte sie zugeben, daß sie genau das gleiche empfand. Sollte Vlahan ruhig seinen Kopf behalten, auch wenn er damit nun zu keinen Schandtaten mehr fähig war.

Hiknak wandte sich zum Gehen, doch sobald sie draußen in tiefen Zügen die frische Nachtluft einatmete, erinnerte sie sich, wie sie ihren Vater einmal zu einem ihrer Onkel hatte sagen hören, daß sich ein guter Krieger stets gründlich von dem Tod seiner Feinde überzeuge. So wappnete sie sich ein zweites Mal gegen den übelkeiterregenden Gestank und ging in das Zelt zurück.

Glücklicherweise hatte sie sich dazu entschlossen, denn als sie sich Vlahans vermeintlichem Leichnam näherte, sah sie, wie er sich bewegte. Als sie sich neben ihn niederhockte, um ihn genauer zu betrachten, erkannte sie, daß er wahrscheinlich gar nicht vergiftet war. Er befand sich in einem ihr nur allzu vertrauten Zustand, in dem sie ihn während ihrer Konkubinenzeit fast jeden Abend erlebt hatte: sinnlos betrunken.

Sie hätte ihm ohne jede Gefahr für ihr eigenes Leben die Kehle aufschlitzen und sich an ihm rächen können, aber sie war die Tochter eines Tcvali-Häuptlings, und so etwas taten Tcvalis einfach nicht. Hiknak erhob sich wieder und versetzte ihm einen kräftigen Fußtritt in die Rippen. »Wach auf, du Bastard!« schrie sie. »Wach auf und kämpfe!«

Vlahan schlug die Augen auf; als ihm bewußt wurde, daß er in dem Ergebnis seiner Trunksucht geschlafen hatte, schnaubte er voller Ekel und setzte sich langsam auf.

Am frühen Abend hatte er alle fünfzehn Unterhäuptlinge aufgesucht, was bedeutete, daß er bei fünfzehn verschiedenen Gelegenheiten Kersek trinken mußte. Als er schließlich in sein Zelt zurückgekehrt war, hatte Timak ihm eine Schüssel Fischsuppe angeboten, aber er war viel zu benebelt gewesen, um noch irgend etwas herunterzubekommen – ein glücklicher Zufall, dessen er sich jedoch nicht bewußt war, denn als das Gift begann, sein tödliches Werk zu vollbringen, hatte es niemand gewagt, ihn zu wecken.

Vlahan war völlig versackt in seinem Rausch, als ihn seine Wachen im Stich ließen und in wilder Angst flohen, überzeugt, daß ihr Häuptling verflucht war; er hatte geschlafen, als seine Ehefrau starb, hatte geschlafen, während seine Krieger in Todesqual schrien. Ohne etwas von der Panik zu ahnen, die das gesamte Lager erfaßt hatte, starrte er benommen zu Hiknak hoch und sah in ihr nicht etwa einen Todfeind, sondern eine barhäuptige Sklavin.

»Bring mir Wasser«, befahl er.

Hiknaks Gelächter erfüllte das Zelt mit einem Geräusch, als schlügen Kupferglöckchen aneinander. »Steh auf und kämpfe!« fauchte sie. »Ich werde dich töten.«

»Wachen!« kreischte Vlahan.

»Du hast keine Wachen mehr. Sie sind alle entweder tot oder davongelaufen. Die wenigen übriggebliebenen Bewohner dieses Lagers haben fürchterliche Angst vor dem Fluch des Schlangen-

Vogels. Niemand wagt sich mehr in deine Nähe außer mir, und ich bin auch nur gekommen, um mir das Vergnügen zu gönnen, dich von der Kehle bis zum Bauch aufzuschlitzen.«

Hiknak war so von ihm angewidert, daß sie etwas sehr Törichtes tat: Sie packte ihn an seiner Tunika und versuchte, ihn auf die Füße zu hieven; aber sie hatte nur einen gesunden Arm, war fast zwei Köpfe kleiner als er und wog nur halb soviel wie Vlahan. »Steh endlich auf!« schrie sie.

Einen Moment hing sein Körper so schlaff herum wie ein Sack feuchten Mehls. Dann, ohne Vorwarnung, rappelte er sich hoch und rammte ihr mit aller Gewalt seinen Kopf in den Bauch. Sie taumelte nach Luft schnappend zurück und wäre gestürzt, hätte sie nicht im Rücken eine Zeltstange gehalten. Es war nur gut, daß sie nicht das Gleichgewicht verlor, denn in Sekundenschnelle war Vlahan auf den Füßen und kam drohend auf sie zu. Die Adern an seinem Hals standen vor, und sein Gesicht war vor Haß zu einer Grimasse verzerrt.

»Du verfluchtes Weibsstück!« Er versuchte, sie zu schlagen, doch sie duckte sich blitzschnell, und seine Faust traf statt ihrer die Zeltstange. Bis er soweit war, erneut auf sie einzudreschen, hatte sie ihren Dolch stoßbereit erhoben.

»Na los, kämpfe gegen mich«, zischte sie. »Zieh deine Waffe und kämpfe!«

Vlahan blickte sie voller Verachtung an. »Ich kämpfe nicht mit Frauen, du dämliche Schlampe, aber das Genick werde ich dir mit Freuden brechen!«

»Weißt du inzwischen, wer ich bin, oder hat dich der Kersek blind gemacht? Ich bin Hiknak, die früher einmal deine Konkubine war. Du hast meine liebe Freundin Iriknak getötet, mein Volk massakriert; mich hast du vergewaltigt, gedemütigt und gezwungen, bei den Hunden zu schlafen. Du hast Arang entführt, meinen geliebten Ehemann; hast mein kleines Mädchen, Keshna, shohwar gemacht und meine rechte Hand verkrüppelt. Jetzt bin ich gekommen, um Gerechtigkeit zu üben.«

Vlahan lachte, bis sein Gesicht die Farbe rohen Fleisches annahm. »Weißt du, wie du aussiehst?« höhnte er. »Du siehst wie eine japsende Maus aus. *Ich* soll gegen dich kämpfen? Pah, ich könnte dir mit einem Finger den Hals umdrehen. Leg das sharanische Messer weg, es ist nicht lang genug. Komm her, und ich werde dich mit Freuden töten, aber zuerst will ich dich haben. Du hast niemals für irgend etwas anderes als Sex getaugt. Und was deinen ›geliebten Ehemann‹ angeht – ich habe ihn Han opfern lassen und den Jungen, Keru, desgleichen.«

Als Hiknak vernahm, daß Arang und Keru auf seinen Befehl hin getötet worden waren, zerbrach etwas in ihrem Inneren, und plötzlich war sie so vartak wie jeder Krieger. »Du lügst!« schrie sie. Vlahan sah, wie der Blutrausch von ihr Besitz ergriff, und er war in Angriffsstellung, als sich Hiknak auf ihn stürzte. Er versetzte ihr einen heftigen Fausthieb gegen den Kopf und schlug sie zu Boden. Dann ließ er sich auf sie fallen, riß ihr den Dolch aus der Hand und schleuderte ihn fort.

»Ich soll gegen dich kämpfen? Dann kämpf *du* doch, du dämliches Miststück!« Er packte sie am Hals und schüttelte sie, bis ihre Zähne klappernd aufeinanderschlugen. Dann griff er nach ihren Beinlingen und zerrte sie herunter.

Aber Hiknak war keine zwölfjährige Konkubine mehr, die sich nicht wehren konnte. Als sich Vlahan bereitmachte, mit einem brutalen Stoß in sie einzudringen, griff sie nach seinem Dolch. Ihre rechte Hand war fast nutzlos, aber ihre Linke war so stark, daß sie an dem Seil vorhin ihr ganzes Gewicht gehalten hatte. Ihre Finger schlossen sich um das Knochenheft seines Dolches und zogen ihn aus der Scheide. Vlahan hätte ihr mühelos das Handgelenk brechen können, doch er war zu betrunken und zu blind vor Begierde, um ihre Absicht zu bemerken.

»Wie hättest du's denn gerne?« Aus seinen Mundwinkeln troff der Speichel.

»So!« schrie sie, als sie ihm die Klinge mit aller Kraft in den Rücken stieß.

17. Kapitel

Acht Monate später fanden Pilger, die zum Fest der Blumen nach Shara kamen, eine neue Stadt vor, erbaut auf den Trümmern der alten.

Wieder schimmerten die weißgetünchten Mutterhäuser und Tempel im hellen Frühlingssonnenschein, umarmt von der Großen Schlange der Zeit. Auf den Feldern sprießten kräftige Weizenhalme aus der verbrannten Erde, und die Weiden und Wiesen bildeten bunte Teppiche von Butterblumen, Veilchen, Lilien und Anemonen. Draußen auf dem Süßwassersee warfen Fischer mit elegantem Schwung ihre Netze aus, und Raspas aus dem Süden liefen in den Hafen ein, beladen mit Krügen voll Öl und Wein aus Omu, Kupfer aus Shifaz, Feuerstein aus Gira und seltenen, federbesetzten Umhängen aus dem Land des Küsten-Volkes.

Nun, da die Nomaden verschwunden waren, kamen auch wieder Boote aus dem Norden, und die Nachrichten, die die Händler brachten, klangen beruhigend: Es hatte keinen Angriff auf Kataka gegeben; die Fayence-Tempel von Takash standen wie eh und je an den Ufern des Rauchflusses, und selbst Shambah war verschont geblieben. Die Nomaden hatten offenbar einen anderen Weg in die Steppe zurückgenommen und Shambahs üppige Blumengärten unangetastet gelassen; abermals wurde Chilana – der Göttliche Schmetterling, Sanfteste aller Mütter, sie, die den Tod überwindet – mit den alten Tänzen verehrt.

Als die Göttin Batal vom Tempel der Kinderträume herabschaute und ihre Stadt sah, war sie erfreut. Die Sharaner hatten den Kampf um ihre traditionelle Lebensweise gewonnen. Aber Batal, die alles sah, sah auch, daß die Windungen der Zukunft nicht dieselben waren wie die Windungen der Vergangenheit, und so sehr das neue Shara dem alten ähnelte, es würde niemals wieder wie früher sein.

Nachdem die Nomaden in Panik geflohen waren, hatten die Sharaner mehrere Tage damit zubringen müssen, den Pfad zu reparieren und die Grube aufzuschütten, bevor sie von den Klippen herunterziehen konnten; doch als sie im Tal anlangten und die Ruinen ihrer Stadt durchsuchten, stießen sie auf etwas Unerwartetes.

Die Mutterhäuser waren zwar verbrannt, die Tempel desgleichen, und die ursprüngliche Große Schlange der Zeit lag ebenfalls darnieder; als sie jedoch zu der Stelle kamen, wo sich einst der zentrale Versammlungsplatz befand und sie die Asche von der Großen Schlange der Ewigkeit wegfegten, leuchteten ihre blauen und orangefarbenen Kacheln so fröhlich wie damals, bevor die Nomaden die Stadt in Brand gesteckt hatten. »Ich bin unsterblich«, ließ die Schlangengöttin die Überlebenden wissen, und dann hatte sie lachend ihren Schwanz ins Maul genommen, sich um sie herumgeringelt und ihnen neue Hoffnung eingeflößt.

Während sie durch die Trümmer wanderten und herauszufinden versuchten, wo vordem ihre Mutterhäuser und Tempel gestanden hatten, trafen sie auch hier auf eine freundliche Überraschung und knieten unter Freudenrufen nieder – nicht um zu beten, sondern um den Schutt beiseite zu kehren. Ähnlich wie die Schlange der Ewigkeit waren die Fußböden ihrer Häuser und Gebetsstätten seit jeher mit farbigen Kacheln gefliest; natürlich hatten auch diese den Brand überstanden, gehärtet in den großen Töpferöfen, wie auch die Sharaner aus ihren Erlebnissen mit den Nomaden gehärtet hervorgingen.

»Wir können Shara wieder so aufbauen, wie es früher war!« riefen die Leute freudig, als sie die Böden ihrer Häuser unter der Asche farbig schimmern sahen; aber Marrah erinnerte sich an die geschlossene Rundbauweise von Kataka, und sie berief den Ältestenrat ein, um ihnen eine wichtige Veränderung zu empfehlen.

Es sei richtig, daß die Mutterhäuser wieder auf ihren alten Fundamenten erbaut werden sollten, erklärte sie, aber jedes Haus müsse zusätzlich verbreitert werden, bis es das Nachbarhaus berühre, damit die Stadt in sich geschlossen sei und niemals wieder so schutzlos feindlichen Angriffen ausgeliefert wäre.

»Aber Shara ist niemals ein geschlossener Kreis gewesen!« protestierten die Mitglieder des Rates. »Es hat sich immer zwischen dem Wald und dem See ausgedehnt wie eine sich ringelnde Schlange.«

»Ihr vergeßt die Sklavinnen und Nomadenkonkubinen, die Zuflucht bei uns gesucht haben«, erinnerte Marrah sie. »Wir werden neue Mutterhäusre für sie bauen müssen.« Was den Tatsachen entsprach; und als sie die Weisheit ihres Vorschlags einsahen und begriffen, welch großen Vorteil auch eine Stadtmauer mit sich brächte, erklärten sich die Ältesten mit ihrem Plan einverstanden: Sie bestimmten, daß die Dächer aller Mutterhäuser aneinandergrenzen sollten, damit die Bewohner in Friedenszeiten von einem Dach zum anderen spazieren und sich gegenseitig besuchen könnten.

Die neue Form von Shara – gewunden und in sich geschlossen – war die augenscheinlichste Veränderung; aber als Batal von ihrem Tempel herunterblickte, fielen ihr noch andere Dinge auf – subtilere Neuerungen, die dennoch in vieler Hinsicht wirkungsvoller waren.

In den Tempeln standen jetzt viele der Webstühle mit Fäden der langhaarigen Schafe bespannt, die die Nomaden in ihrer Panik zurückgelassen hatten. Ebendiese Nomadenschafe grasten jetzt auf der Weide, die dem Fluß am nächsten lag, getrennt von den sharanischen Herden, um zu verhindern, daß sie sich mit ihnen paarten und ihre Nachkommen ihre speziellen Eigenschaften verloren.

Wolle konnte zu warmem, weichem Tuch verarbeitet werden, leichter als Pelz und stärker als Leinen – die sharanischen Priesterinnen waren die ersten, die Wolle zu spinnen verstanden. Die Nomaden hatten sie lediglich zu steifem, kratzigem Filz gepreßt, um unförmige Beinlinge und dicke Decken daraus zu machen; doch jetzt glitten die sharanischen Weberschiffchen kreuz und quer durch die feinen Wollfäden, und prachtvolle Stoffe entstanden, so leicht wie Gänsedaunen, um auf Raspas geladen und im Süden erfolgreich gegen andere Waren getauscht zu werden.

Mit den Nomadenrindern hatten sie allerdings weniger Glück, ausgemergelt, übellaunig und störrisch, wie sie waren. Da die Sharaner fürchteten, daß sich die angriffslustigen, halbwilden Bullen mit ihren friedfertigen Kühen paaren würden, und sie keine großen Herden züchten wollten, hatten sie den größten Teil der Tiere in die Freiheit der Wälder getrieben.

Aber die Pferde – ah, die Pferde – wie die Sharaner sie liebten! Freilich, wenn die Nomaden niemals Pferde gezähmt hätten, hätten sie auch niemals gen Süden reiten können, um Krieg in die Mutterländer zu bringen; aber sie waren vernünftig genug, nicht den armen Kreaturen die Schuld anzuhängen. Wie die Sklavinnen und Konkubinen, so waren auch diese prachtvollen Geschöpfe gezwungen worden, grausamen Herren zu dienen. In Shara hingegen wurden sie geliebt und gut behandelt: gezähmt, aber niemals mit Gewalt unters Joch gespannt.

Und als Batal über die Weiden zum Fluß hinüberschaute, sah sie die drei Pferde, die Marrah während der Belagerung von Shara gerettet hatte, die vier von den sharanischen Hütejungen versteckten Stuten und den temperamentvollen Hengst, dessen man sich ebenfalls bemächtigt hatte. Diese Pferde waren den Winter über damit beschäftigt gewesen, sich an Heu und Kastanien sattzufressen; die Stuten bemühten sich eifrig um den Hengst, der sie seinerseits mit größter Aufmerksamkeit belohnte – daher zweifelte niemand daran, daß die achtköpfige Herde nächstes Jahr um diese Zeit ohne weiteres aus fünfzehn Tieren bestehen könnte.

Als eines sonnigen Nachmittags drei Sharaner in der Kinderstube ihres neuen Mutterhauses saßen, boten diese zukünftigen Fohlen Anlaß zu reichlich Gesprächsstoff. Zwei von der Gruppe waren klein und hatten hohe, helle Stimmen, und eine – ihre Mutter – bekleidete das Priester-Königinnenamt der Stadt.

Die Königin, niemand anders als Marrah, saß auf einem dicken braunen Kissen, während ihre nackten Fersen die kühlen Fliesen berührten. Vor ihr stand ein Korb mit ausgesuchten, süßen Erdbeeren. Jedesmal, wenn sie sich eine Beere in den Mund schob, steckte sie auch jeweils eine in die kleinen Münder rechts und links von sich. Wann immer sie dies tat, krausten die Kinder die Nasen und lachten. Eine Zeitlang hatten sie ein albernes Spiel gespielt, das »Häschen« hieß, aber es hinderte sie nicht daran, über ernstere Dinge, wie zum Beispiel Fohlen, zu sprechen.

»Wenn die Fohlen geboren sind«, sagte Keru, »will ich auch eins haben.«

Marrah schob ihm eine weitere Erdbeere in den Mund und legte einen Arm um ihn. In ihrem anderen Arm hielt sie Luma. Direkt vor ihnen stand ein kleines Tongefäß, das mit Farn und gelben Gänseblümchen bepflanzt war, und dahinter befand sich ein großes Fenster.

Durch das Fenster ihres Mutterhauses, das sie eigenhändig gebaut hatte, sah Marrah nichts als Frieden ringsumher: fruchtbare Felder, grüne Weiden und einen spiegelglatten Süßwassersee; sollte es indessen ein Glück geben, das noch größer war als die unsägliche Freude, wieder mit ihren beiden Kindern vereint zu sein, würde Marrah es rigoros abstreiten.

»Ich will auch ein Fohlen«, trumpfte Luma auf, und sie schmiegte sich fester an Marrah mit der stummen Frage: Liebst du mich genauso sehr wie Keru? Und Marrah schob ihr eine Erdbeere in den Mund, drückte sie an sich und antwortete auf diese Weise: Ja, Luma. Immer, bis in alle Ewigkeit! Du und Keru, ihr nehmt beide den gleichen Platz ein in meinem Herzen.

Aber mit ihren Lippen sagte sie: »Eines Tages werdet ihr beide Pferde haben, den Strand entlanggaloppieren, und der Wind wird mit eurem Haar spielen. Und wenn der Tag zu Ende geht, rufe ich euch zu: ›Luma, Keru, kommt nach Hause!‹ Und wenn ihr da seid, empfange ich euch mit einem Korb voller Honigkuchen und mit Äpfeln für eure Pferde. Hoffentlich steigt ihr dann von euren wundervollen Tieren, um eurer alten Mutter einen Kuß zu geben!«

»Du wirst niemals alt!« widersprach Luma.

»Nein«, stimmte Keru zu. »Niemals.«

»O doch, das werde ich«, neckte Marrah sie, während sie weitere Beeren verteilte. »Bis ihr zwei alt genug seid, um allein hinauszureiten, habe ich graues Haar und Falten der Weisheit im ganzen Gesicht.«

Luma schlang sich eine dunkle, lockige Haarsträhne ihrer Mutter um die Hand und betrachtete sie nachdenklich. »Wenn du ganz faltig bist, erzählst du uns dann auch Geschichten, wie Urgroßmutter es getan hat – über die Zeit, als Großmutter Sabalah von Shara aufbrach, um in den Westen jenseits des Westens zu wandern, und über die alte Stadt Shara und wie alles war, bevor die Nomaden kamen?«

»Ja«, erklärte Marrah. »Wenn ich wie ein schrumpeliger Apfel aussehe, werde ich all die Geschichten über die alten Zeiten erzählen, genau wie es eure Urgroßmutter Lalah früher zu tun pflegte.«

»Erzähl uns jetzt eine Geschichte«, bettelte Keru.

»Welche?«

»Die eine, wo wir zu dir zurückkommen.«

Marrah seufzte, zog die beiden Kinder fester an sich und schob jedem eine weitere Erdbeere zwischen die Lippen. Keru bat immer um dieselbe Geschichte, was ihr bisweilen Sorgen machte, weil er dabeigewesen war und sich an die Geschehnisse hätte erinnern müssen; aber vielleicht war es ein Segen, daß er diese Schrecken wohl nicht richtig mitbekommen hatte. Sie blickte in sein Gesicht hinunter, das mit Hansi-Clanzeichen tätowiert war, und dann auf Luma, deren braune Augen so klar wie Honig glänzten.

»Soll ich die Geschichte wirklich noch einmal erzählen?« fragte sie Luma.

»Ja.« Die Kleine nickte. »Aber vergiß nicht, mich am Ende dabeisein zu lassen.«

»Ich vergesse dich niemals«, versicherte Marrah, und sie hielt die beiden Kinder rechts und links im Arm, während sie dachte, daß sie schon jetzt ganz verschiedene Persönlichkeiten waren. Der Junge, der so viel Schlimmes durchgemacht hatte, schien auf einem unsichtbaren Pferd durchs Leben zu galoppieren, ohne jemals zurückzuschauen, außer zu jenem Augenblick der Wiedervereinigung mit seiner Mutter. Falls er überhaupt die Zeit hochkommen ließ, die er als Gefangener der Nomaden verbracht hatte, so erwähnte er niemals etwas davon. Ab und zu versprach er sich und sagte ein oder zwei Worte auf hansi, dann schnitt er verlegen eine Grimasse.

Vielleicht hätte ich ihn ermutigen sollen, mehr über die Vergangenheit zu sprechen, dachte Marrah. Aber jetzt war es zu spät. Die Tore seines Gedächtnisses waren so fest verschlossen, daß sie sich manchmal fragte, ob er nicht später deswegen leiden würde.

Luma stellte das genaue Gegenteil dar. Sie war von dem Nomadenüberfall und all den Schrecken der Belagerung verschont geblieben – dennoch schien sie sich alles so deutlich vorstellen zu können, als wäre sie dabei gewesen. Sie machte sich bei weitem zu viele Sorgen für eine Sechsjährige, und manchmal fragte sich Marrah schuldbewußt, ob sie ihre Tochter nicht vernachlässigt hatte.

Nachdem Keru und Arang entführt worden waren, hatte sie weder die Zeit noch die Kraft gehabt, an irgend etwas anderes zu denken als daran, wie sie sie aus der Gewalt der Nomaden befreien konnte. Jedoch Luma war keineswegs zu jung gewesen, um die Nöte der Mutter zu verstehen. Das Mädchen hatte, was die Sharaner »Scharfsicht« nannten – nichts entging ihrer Aufmerksamkeit. Eines Tages konnte Luma diese Gabe vielleicht nutzen, um der Göttin zu dienen und eine große Priesterin zu werden, aber im Moment war sie sensibler, als einer normalen Sechsjährigen gut tat.

»Eine Geschichte, eine Geschichte!« bettelten die Zwillinge einstimmig. Marrah blinzelte, abrupt aus ihren Gedanken gerissen, und nahm wieder drei saftige Erdbeeren aus dem Korb.

»Vor langer Zeit«, begann sie. »Vor sehr, sehr langer Zeit, das heißt, im letzten Sommer, als ihr erst fünf wart...« Die Kinder, die im nächsten Monat ihren sechsten Geburtstag feiern würden, lachten. »Also, vor langer Zeit kam ich mit Dalish und den Jägern von den Klippen herunter und ging zu den Ruinen von Shara, das die Nomaden zu Asche verbrannt hatten.« Sie erwähnte nichts von der beklemmenden Angst, die sie gefühlt hatte, von den Leichen, die sie zwischen den Trümmern zu finden fürchtete, und von ihrer unendlichen Erleichterung, als sie keine fanden. »Und als ich das schlammige Feld erreichte, wo die Nomaden ihre Zelte errichtet hatten, was meint ihr wohl, wen ich da sah?«

»Onkel Arang!« riefen sie einstimmig.

»Ja, Onkel Arang. Und wißt ihr auch, was Onkel Arang zu mir sagte?«

»›Komm mit in den Wald, Marrah.‹«

»Richtig, genau das sagte er: »›Komm mit in den Wald, Marrah. Ich muß dir etwas zeigen.‹ Und so rannte ich in den Wald, und ich fand...«

»Mich!« brüllte Keru begeistert.

»Richtig, dich!« Marrah lachte und küßte ihn auf die Nase. »Ich fand dich in Hiknaks Armen, und du hast tief und fest geschlafen.« Sie sagte nicht, daß sie bei seinem Anblick zuerst dachte, er wäre tot. Als sie schließlich erkannte, daß er nur von Drogen betäubt war, hatte sie geschluchzt, ihn an sich gepreßt und sich geschworen, Changar zu töten, weil er ihrem Kind so etwas angetan hatte – nur daß ihr das verwehrt blieb, denn Changar war verschwunden.

»Hiknak hat dich mir in die Arme gelegt, Keru, und ich habe dich an mich gedrückt und geküßt.« (Und Hiknak sagte: »Vlahan ist tot. Ich habe den Bastard erstochen, und hier hast du deinen Sohn zurück«, aber dies war keine Geschichte für Kinder.) Marrah fuhr fort: »Und ich sagte zu ihr: ›Wo hast du ihn gefunden?‹, und Onkel Arang sagte: ›Die Nomaden sind davongelaufen und haben uns beide zurückgelassen, weil sie...‹«

»Weil sie Angst vor dem Schlangen-Vogel-Fluch hatten!« Luma und Keru kicherten. Sie wußten, daß es keinen solchen Fluch gab, und es erheiterte sie, daß Erwachsene an etwas so Dummes hatten glauben können.

Marrah zog ihre Kinder fester an sich und dachte an all die Dinge, die zu erfahren sie noch zu jung waren. Sie dachte an die Krieger, die die giftigen Muscheln gegessen hatten; an die völlig verängstigten Frauen und an die Skelette, die überall aus den Brombeerbüschen zwischen Shara und dem Rauchfluß hervorgrinsten. Aber am häufigsten dachte sie an den grauenvollen Ort, den Arang und Hiknak ihr damals gezeigt hatten.

Eine Stelle im Wald, in der Nähe des Flusses, war sorgfältig von Gestrüpp und Unterholz befreit worden: eine breite Fläche, auf der dicht an dicht frisch geschlagene Pfähle aus dem Boden ragten.

(»Vlahan führte ein vollkommenes Auslöschungsopfer im Schilde«, hatte Hiknak erklärt, die ersten Pfähle herausgezogen und auf den Boden geworfen. Marrah und Arang legten mit Hand an; bald stießen auch die ehemaligen Sklavinnen und Konkubinen dazu, und alle hatten gemeinsam bis zur endgültigen Erschöpfung gearbeitet. Gegen Mittag stand kein einziger Pfahl mehr. Später hatten sie sie verbrannt, und der Rauch des frischen, noch feuchten Holzes war allen aufs Gemüt geschlagen, aber auch dies eignete sich nicht als Geschichte für Kinder.)

»Ungefähr zwei Wochen später«, fuhr Marrah fort, »kehrten die Boote von der Insel Byana mit den stillenden Müttern, den Kindern und Säuglingen zurück, die wir aus Sicherheitsgründen dorthin geschickt hatten. Eines Nachmittags stand ich am Strand und blickte auf das Meer hinaus – da sah ich...«

»Mich!« schrie Luma. »Du hast mich gesehen! Und du bist ins Wasser gelaufen, bis es dir um die Taille schwappte, und hast mich aus dem Boot gezogen und hast mich geküßt und gesagt...«

»›Jetzt habe ich endlich mein kleines Mädchen wieder!‹«

»›Jetzt habe ich endlich mein kleines Mädchen wieder!‹ Und du hast geweint.«

»Vor Freude«, erläuterte Marrah. »Weil meine beiden Lieblinge wieder bei mir waren. Und das«, sagte sie, küßte Luma auf die Nase und Keru auf die Stirn, »das, meine beiden Häschen, ist das Ende der Geschichte.«

Aber Marrah irrte sich: Das wirkliche Ende kam erst einen Monat später.

Marrah stand gerade in der Küche ihres Mutterhauses und rührte in einem Topf mit Linsensuppe, als eine der Nichten hereingestürmt kam, um aufgeregt zu berichten, daß sich ein Trupp berittener Nomaden der Stadt nähere. Plötzlich sah Marrah die ganze Zukunft Sharas in tausend Scherben zerbrechen wie eine Vase, die gegen eine Wand geschleudert wurde.

Entsetzt warf sie ihren Rührstock hin und rannte zum Versammlungsplatz. Dort herrschte allgemeine Verwirrung und Hektik:

Kinder schrien ängstlich, Hunde bellten, Leute griffen hastig nach Hacken, Grabstöcken und allen möglichen Gegenständen, die ihnen als Waffen dienen konnten. Vor der Rednerplattform schlugen die Trommler verzweifelt Alarm, doch es war zu spät, um die Arbeiter von den Feldern herbeizuholen. Überall auf den Hausdächern standen Leute, zeigten nach Norden und riefen bestürzt, daß die Nomaden bereits den Fluß überquert hätten.

»Schließt das Tor!« brüllte Marrah, doch das Tor war bereits verbarrikadiert von einer verzweifelten Menschenmenge, die sich mit ihren Körpern dagegengeworfen hatte. Marrah hörte die schweren Torflügel ächzen und zuschlagen, wonach die Gesichter der Leute im Schatten lagen. Eilig wurde der Balken vorgelegt, der aus dem Stamm einer Eiche geschnitzt und so dick wie die Arme von vier Männern war, aber er bestand ebenfalls aus Holz, genau wie das Tor; als Marrah auf ihrem Weg über die Hausdächer dort vorüberhastete, sah sie in Gedanken Shara zum zweiten Mal in Flammen aufgehen und sich selbst, ihre Kinder, ihre Freunde und alle ihre Stammesbrüder darin verbrennen.

Hiknak kam ihr auf dem Dach entgegen und drückte ihr schweigend einen Bogen in die Hand. Überall um sie herum knieten die Jäger mit schußbereiten Bögen, und Marrah erblickte über ihre Köpfe hinweg die Nomaden am Fluß. Zu ihrer Überraschung waren es nur fünf, gemächliche Reiter, die sich vorsichtig einen Weg zwischen den Kühen und Schafen hindurch bahnten, als wären sie bemüht, die Tiere nicht zu erschrecken.

Marrah wies die Jäger an, noch zu warten, bis sie ihnen den Befehl zum Schießen erteile.

»Glaubst du, sie werden angreifen?« rief sie Hiknak zu.

»Wahrscheinlich nicht, es sei denn, in den Wäldern sind noch mehr von ihnen versteckt.«

Sie starrten angestrengt zum Wald hinüber, versuchten, Männer und Pferde zwischen den Bäumen zu entdecken, aber sie sahen nur Blätter, die in dem leichten Windhauch tanzten. Wenn dort ein großer Verband von Kriegern darauf wartete, die Stadt zu überfallen, dann waren sie so gut versteckt, daß nicht einmal das Wild sie bemerkt hatte. Scharen von Enten rupften am gegenüberliegenden Ufer des Flusses sorglos Gras, kleine Vögel pickten an den Brombeerbüschen, und am Himmel zog ein Habicht langsam seine Kreise.

Die Reiter bewegten sich in gleichmäßigem Tempo vorwärts, und beim Näherkommen entpuppte sich einer von ihnen als Kind – ein höchstens sieben- oder achtjähriges Mädchen. Sie war ein kleines blondschöpfiges Ding, in ein langes weißes Gewand gekleidet, das bis zu den Spitzen ihrer winzigen weißen Stiefel reichte. Um ihren Kopf schlang sich ein weißes Tuch, wie es bei den Nomaden üblich war, und ihr Körper schien zu glitzern.

»Ich sehe an den Männern keine Kriegsbemalung«, stellte Hiknak fest. »Und sie haben sich mit Kaninchenschwänzen ausgerüstet.« Sie zeigte auf eine lange Stange, die einer der Reiter vor sich her trug. Mehrere kleine Stücke von etwas, das Marrah für weißen Stoff gehalten hatte, flatterten an der Spitze.

»Was bedeutet das?«

Hiknak lächelte grimmig. »Es bedeutet, daß sie in friedlicher Absicht kommen. Aber ich würde mich lieber nicht darauf verlassen. Ich habe miterlebt, wie die Hansi Kaninchenschwänze schwenkten, in ein Lager ritten und sofort zu morden begannen.«

»Sind die Männer dort Hansi-Krieger?«

Hiknak musterte die Reiter und schüttelte den Kopf. »Nein. Sie sind zu schäbig gekleidet; ihre Clanzeichen kann ich zwar von hier aus nicht entziffern, aber ihre Tätowierungen sind allzu ungeschickt ausgeführt.« Sie hielt inne und strengte ihre Augen noch mehr an.

Inzwischen konnte Marrah die Gesichter ausmachen: Der älteste der Männer mit seinem grobknochigen Äußern wies eine gebrochene Nase auf; der jüngere daneben hatte ein über und über mit Tätowierungen bedecktes Gesicht, daß es wie ein Stück unschön bestickten Stoffes aussah. Der junge Mann ritt neben dem Mädchen und unterhielt sich mit ihr.

Plötzlich griff Hiknak nach Marrahs Schulter. »Ich weiß, wer diese Krieger sind!« rief sie. »Ich weiß, zu welchem Stamm sie gehören, und du weißt es auch! Wir kennen sie, das sind Nikhans Männer!«

»Nikhans Männer? Willst du damit etwa sagen, dies sind dieselben Nomaden, die damals mit Stavan gegen Vlahan gekämpft haben?«

»Sie haben nicht nur mit Stavan zusammen gekämpft, sie müssen auch gekommen sein, um uns eine Nachricht von Nikhan zu bringen. In der Steppe ist der Schnee erst vor einem oder zwei Monaten geschmolzen. Sie müssen hart geritten sein, um so früh im Jahr hier einzutreffen. Aber warum sollten sie das tun? Es sei denn...«

»Es sei denn, Stavan lebt!«

Hiknak nahm Marrah bei den Schultern. »Marrah, bitte, fang jetzt nicht an zu hoffen. Stavan ist tot. Er starb vor einem Jahr und kommt nicht zurück, niemals. Vielleicht reitet er Seite an Seite mit dem Herrn des Leuchtenden Himmels im Paradies, oder vielleicht schläft er im Schoß eurer Göttin Erde, aber wo er auch ist, er kann niemals...«

Natürlich hatte sie recht, aber Marrah kümmerte sich nicht darum. Sie wollte keine guten Ratschläge hören, sie wollte Hoffnung. Hastig löste sie sich aus Hiknaks Griff, rannte zu dem Dach, das dem Tor am nächsten lag, hielt sich am Geländer fest und beugte sich so weit vor, wie sie es wagte.

»Heil, Fremde! Die Stadt Shara begrüßt euch und heißt euch willkommen!« schrie sie. Irgendwie gelang es ihr, mit Kraft und Würde zu sprechen, wohl wissend, daß die Nomaden Nervosität und Erregung immer als ein Zeichen von Schwäche auslegten; aber in ihrem Inneren tobte ein solcher Sturm von Hoffnung und Bangen, daß ihr zumute war, als summe ein riesiger Bienenschwarm in ihrem Schädel. Sie blickte hinunter auf ihre zitternden Hände. Sei ganz ruhig, sagte sie sich, du darfst dir deine Aufregung nicht anmerken lassen. Gib dich gemessen und königlich in Gegenwart dieser Männer.

Die Krieger trieben ihre Pferde zum Trab an und ritten zu dem Bogen aus bunten Kacheln herauf, der den Eingang zur Stadt markierte. Dann zügelten sie ihre Pferde und starrten zu Marrah hoch. Der eine, der die Kaninchenschwänze trug, fuchtelte demonstrativ mit der Stange, aber es war der älteste unter ihnen, der das Wort übernahm.

»Wir hegen friedliche Absichten.«

»Willkommen«, wiederholte Marrah. »Welche Nachrichten bringt ihr aus dem Norden?« Die Männer starrten sie überrascht an, und sie erinnerte sich zu spät, daß Boten aus der Steppe normalerweise erst einen Begrüßungstrunk abwarteten, bevor sie zu sprechen begannen. Es wäre jedoch niemals ratsam für eine Königin, sich zu entschuldigen oder auch nur andeutungsweise erkennen zu lassen, daß sie sich zu Ungeduld hatte hinreißen lassen; deshalb baute Marrah ohne zu zögern eine diplomatische Brücke. »Ist eure Kehle vom Staub ausgedörrt?« fragte sie in förmlichem Hansi, wie es sich gehörte.

»Unsere Kehlen sind ausgedörrt«, erwiderte der ältere Krieger gravitätisch. Er warf ihr einen anerkennenden Blick zu und blickte dann seine Kameraden an, als wollte er sagen: Seht ihr? Sie weiß, wie man Boten richtig begrüßt, auch wenn sie nur eine Frau ist.

Marrah hatte nicht die Absicht, bewaffnete Krieger nach Shara einzuladen, ganz gleich, wie viele Kaninchenschwänze in Bewegung gesetzt wurden; aber die Sache mit der Erfrischung ließ sich arrangieren. Sie drehte sich um und sah ihre Tante Tarrah neben sich stehen. »Sei so gut und hol mir Wein, Tante«, sagte sie. »Und bitte beeil dich.« Tarrah, die kein Hansi sprach, warf ihr einen verwirrten Blick zu, eilte jedoch davon und erschien wenig später mit einem Krug in der Hand. Marrah musterte den Krug und überlegte, wie sie ihn zu den Kriegern hinunterschaffen sollte. Wenn sie ihn warf, bestand die Gefahr, daß er zerbrach oder, schlimmer noch, einen der Männer am Kopf traf.

»Darf ich mir deinen Gürtel ausleihen?« fragte sie ihre Tante. Tarrah nickte und nahm ihren Gürtel ab; Marrah löste auch ihren eigenen und knotete die beiden Stücke zusammen. Sie band ein Ende an den Griff des Weinkrugs und ließ ihn zu dem älteren Krieger hinunter, der ihn geschickt auffing und den hölzernen

Stöpsel mit den Zähnen herauszog. Marrah konnte nicht umhin zu bemerken, daß sie zu scharfen Spitzen abgefeilt waren.

Der Mann nahm einen Schluck und reichte den Krug dann weiter.

Jeder Ankömmling trank abwechselnd, während er sich den Mund mit dem Handrücken abwischte und zweifelnd zu Marrah hochstarrte. Trinken war ein heiliger Ritus bei den Nomaden, und da sie wahrscheinlich noch niemals Wein gekostet hatten, mußten sie ihre Verwirrung unter Aufbietung aller Selbstbeherrschung unterdrücken. Marrah bemerkte, daß das Mädchen nichts zu trinken bekam, was auch gut war, denn sie war noch viel zu jung für ein so starkes Getränk.

Als der Krug die Runde gemacht hatte, ergriff Marrah erneut das Wort. »Zu welchem Stamm gehört ihr, tapfere Krieger?« Auch dies war eine rein formale Frage, weil sie die Antwort bereits wußte.

»Zum Stamm der Shubhai, Rahan.«

Marrah war überrascht, sich als Rahan bezeichnet zu hören – was »Sohn von Han« hieß und als Anrede für Häuptlinge galt –, aber soweit sie wußte, hatten die Nomaden kein Wort für eine mächtige Frau, also mußte sie notgedrungen Rahan sein.

»Wer ist der tapfere Häuptling, der euch anführt?«

»Nikhan, Rahan.«

Nun, das lag wohl auf der Hand. Erst jetzt durfte sie endlich die Frage stellen, die ihr am Herzen lag: »Und welche Nachrichten bringt ihr, Krieger von Nikhan?« Große Göttin, dachte Marrah ungeduldig, nun sitzt doch nicht da wie stumme Statuen! Redet doch endlich! Aber sie achtete sorgfältig darauf, eine ausdruckslose Miene beizubehalten.

»Unsere Botschaft ist für Marrah, Häuptling der Sharaner.«

Marrah entschied, daß dies nicht der geeignete Zeitpunkt für eine Erklärung war, daß es bei den Mutterleuten keine Häuptlinge gab. »Ich bin Marrah. Was hast du zu überbringen?«

Der Krieger räusperte sich. »Stavan, Sohn von Zuhan, schickt all seine Zuneigung und Grüße und sagt...«

»Er *lebt!*« jubelte sie. »Bei den süßen Freuden der Göttin, ich wußte doch, daß er nicht tot sein konnte!«

Sofort ging ihr auf, daß sie einen Fehler gemacht hatte. Sie war so glücklich und erleichtert, daß sie am liebsten auf die Knie gesunken wäre, um den Boden zu küssen und der Göttin Erde für dieses Wunder zu danken – aber sie war eine Königin mit den Pflichten einer Königin, und so biß sie sich auf die Lippen, ballte die Hände zu Fäusten und versuchte, ihre Erregung niederzukämpfen. »Sprich weiter«, befahl sie streng und stand hochaufgerichtet und mit gestrafften Schultern da, wie es sich für eine Herrscherin gehörte.

Der Krieger blickte sie unsicher an. Nomadenboten waren es nicht gewohnt, unterbrochen zu werden. Er begann von neuem: »Stavan, Sohn von Zuhan, schickt all seine Zuneigung und Grüße an Marrah aus Shara und sagt folgendes: *Gute Neuigkeiten. Die Zwanzig Stämme existieren nicht mehr, die Macht der Hansi ist gebrochen, und die Nomaden kämpfen untereinander. Die Mutterländer sind in Sicherheit, unsere Kinder sind in Sicherheit; freue dich.*«

Marrah wollte mehr tun, als sich zu freuen. Alles in ihr drängte danach, zu tanzen, zu lachen und zu jubeln, ja, vor Glück in Tränen auszubrechen, aber diesmal bezwang sie sich. Denn wenn sie den Krieger noch einmal unterbrach, würde er die Nachricht zum dritten Mal von Anfang an wiederholen.

»Stavan, Sohn von Zuhan, sagt zu Marrah aus Shara: *Meine Liebste, ich hätte mit dir gegen Vlahan gekämpft; aber bis vor ein paar Monaten war ich Gefangener von Rikhan, dem Häuptling der Xarkarbai, der mich besinnungslos auf dem Schlachtfeld fand und der – in der Annahme, ich wäre tot – meinen Körper wegtrug, um mir meinen Gürtel und die Stiefel abzunehmen.*«

Der Krieger mußte eine Atempause machen. Einen Moment herrschte Schweigen, während er sich mit einem Schluck aus dem Weinkrug erfrischte. Marrahs Hände schlossen sich fester um das Geländer, und sie preßte die Lippen zusammen, um sich selbst daran zu hindern, ihn zum Weitersprechen zu drängen.

»Stavan, Sohn von Zuhan, sagt zu Marrah aus Shara: *Rikhan, die Kröte, hielt mich in seinem Zelt gefangen, an Händen und Füßen gefesselt. Als ich zufällig hörte, wie seine Krieger sagten, Vlahan, der Bastard, sei in die Mutterländer gezogen, um Arang zum zweiten Mal gefangenzunehmen und gegen einen Stamm zu kämpfen, den er die ›Shara‹ nannte, kannte meine Verzweiflung keine Grenzen, und ich brannte darauf, zu fliehen und dich zu warnen. Aber die Lederfesseln waren zu stark, die Wachen zu viele, und Rikhan hatte Pläne, mich gegen ein Lösegeld von Vieh und Gold einzutauschen.*«

Der Krieger hielt inne, um erneut aus dem Weinkrug zu trinken. Als er seine Kehle angefeuchtet hatte, starrte er Marrah ausdruckslos an und fuhr in demselben monotonen Tonfall fort, als sei seine Geschichte von einem Mann, der um Haaresbreite dem Tod entronnen, in Gefangenschaft geraten und auf wundersame Weise wieder auferstanden war, etwas ganz Alltägliches.

»Stavan, Sohn von Zuhan, sagt zu Marrah aus Shara: *Während ich gefesselt in Rikhans Zelt lag, wurde ich von seiner Tochter Driknak gepflegt, Driknak, Tochter von Rikhan, kümmerte sich liebevoll um mich, und Rikhan sagte, wenn ich bereit sei, sie zu heiraten, werde er mir die Freiheit schenken. Also heiratete ich sie, und sobald der Schnee schmolz, verließ ich das Lager der Xarkarbai mit meiner Ehefrau und ...*«

Was hatte der Krieger gerade gesagt? Hatte er gesagt, Stavan wäre verheiratet? Daß er eine Nomadenehefrau habe? Die Bienen in Marrahs Kopf summten plötzlich noch lauter, und die grenzenlose Erleichterung, die sie gefühlt hatte, als sie erfuhr, daß Stavan lebte, wurde von Verwirrung und einer nagenden Besorgnis um seine Befindlichkeit verdrängt.

Sie wußte, daß Stavan sie liebte, keine Sekunde zweifelte sie daran – er hatte ihr immer wieder versichert, er würde niemals eine andere Frau in sein Bett nehmen. Sie konnte es durchaus verstehen, wenn er seine Meinung inzwischen geändert hätte – schließlich waren sie seit langer Zeit getrennt, und tatsächlich hatten sie niemals einen Treueschwur geleistet, der sie auf immer verband – aber in was für Intrigen mußte er verstrickt worden sein und wie sehr mußten ihn die Nomaden unter Druck gesetzt haben, um ihn dazu zu bewegen, sich eine Ehefrau nach Nomadensitte zu nehmen?

Seit er die Lebensweise der Mutterleute kennengelernt hatte, hatte Stavan einen Gesinnungswandel durchgemacht: Ein Mann konnte seine Frau nicht als Privatsache betrachten, als wäre sie ein Pferd oder ein Hund, der ihm gehörte; aber das war es, worauf eine Nomadenehe letztendlich hinauslief: der Besitzer und sein Eigentum.

Marrah blickte auf und merkte, daß der Bote zu sprechen aufgehört hatte und sie unsicher anstarrte. »Fahre fort«, sagte sie, und wieder tat sie ihr Bestes, um geduldig zuzuhören, ohne ihn zu unterbrechen.

»Stavan, Sohn von Zuhan, schickt all seine Zuneigung und Grüße an Marrah aus Shara und sagt folgendes«, begann der Bote. *»Gute Neuigkeiten. Die Zwanzig Stämme ...«*

Marrah begriff, daß er abermals von vorne anfing. Jetzt reicht's mir aber! dachte sie. Geduldig hatte sie gewartet, mit Würde, und jetzt wollte sie keine Zeit mehr verlieren. Sie hatte genug von diesen lächerlichen Formalitäten. Nikhans Krieger waren nicht mehr in der Steppe, und es wurde höchste Zeit, daß sie die Sitten und Gebräuche der Mutterleute kennenlernten.

Mit gebieterisch erhobener Hand befahl sie: »Hör auf!«

Ihre Stimme klang scharf, und der alte Krieger klappte den Mund zu – schneller, als eine Schildkröte den Kopf unter ihren Panzer einziehen konnte – und deutete eine demütige Verbeugung an, wie um zu sagen, daß er alles tun würde, was sie wünschte. Marrah stellte erleichtert fest, daß sie die Macht hatte, ihn dazu zu bringen, sich wie ein vernünftiger Mensch zu benehmen.

»Erzähl mir einfach alles«, befahl sie. »Vergiß die Nachricht, die du auswendig gelernt hast. Sag mir einfach in deinen eigenen Worten: Hat Stavan diese Driknak wirklich nach Nomadensitte zur Ehefrau genommen?«

»Ja, Rahan.«

»Wo ist er dann? Und warum ist er nicht selbst gekommen, um mir von seiner Eheschließung zu erzählen? Ist er bei guter Gesundheit?« Sie wollte eigentlich fragen, ob der Nomadenhäuptling, der Stavan gefangengenommen hatte, ihn gefoltert hätte, aber der Gedanke war so furchtbar, daß sie zögerte, ihn in Worte zu fassen.

»Schlimmes Bein«, murmelte der alte Krieger unbehaglich.

»Du meinst, er ist verletzt worden?«

»Ja, Rahan.«

»Wie schwer?«

»Gebrochen, zusammengeflickt. Nicht jetzt. Später.«

Marrah war erleichtert. Sie lockerte ihre Fäuste und schickte ein stummes Gebet um Geduld zum Himmel hinauf. »Willst du damit sagen, daß Stavans Bein heilt und daß er später in diesem Sommer nach Shara kommt?«

Der Krieger nickte nervös.

»Ah«, sagte Marrah. »Ich danke dir. Und seine neue Ehefrau? Wird er sie mitbringen?«

»Stavan, Sohn von Zuhan, schickt all seine Zuneigung und Grüße an Marrah aus Shara und sagt folgendes ... « Marrah wollte ihm gerade das Wort abschneiden, aber er hob beschwichtigend eine Hand und fuhr fort; sie begriff rasch, daß er nicht noch mal die ganze Nachricht von vorne begann. *»Ich werde zu dir kommen, wenn die Tage wieder kürzer werden. Meine Ehefrau muß auch mit nach Shara kommen, wo es sicher ist, und ich weiß, wenn du sie kennenlernst, wirst du sie lieben ...«*

Lieben, dachte Marrah. Hmmm. Das würde sicherlich nicht einfach sein, aber sie würde sich Mühe geben. Sie erkannte ihre Eifersucht und schämte sich augenblicklich. Diese Ehefrau von Stavan sollte in Shara willkommen sein und unterstützt werden bei der Gewöhnung an die Lebensweise der Mutterleute. Ob diese Nomadin wohl dickköpfig und starrsinnig war oder eher unterwürfig? Hatte sie ein glattes Gesicht oder war sie tätowiert wie Dalish? Und ...

»*... wie eine Tochter*«, schloß der Krieger.

Marrah schnappte überrascht nach Luft. Tochter? Hatte er gerade *Tochter* gesagt?

»Und das, Rahan, ist das Ende der Nachricht. Hier ist sie!«

Damit winkte der Krieger das kleine Mädchen herbei, das seinem Pferd die Fersen in die Flanken drückte und vorwärtsritt. Das weiße Kleid des Kindes war so verschwenderisch mit Muscheln und Kupferscheiben bestickt, daß es bei jedem Schritt ihres Pferds leise klingelte; aber über all der Pracht war ihr Gesicht so bleich wie roher Weißbrotteig. Sie blickte mit großen, furchtsamen Augen zu Marrah auf.

»Sei gegrüßt, große Ehefrau«, stotterte das Mädchen. »Ich bin Driknak, zweite Ehefrau von...« Und dann brach sie in Tränen aus.

Plötzlich begriff Marrah. »Ein Kind!« rief sie. »Sie haben Stavan gezwungen, ein *Kind* zu heiraten!« Es bestand wirklich keine Notwendigkeit mehr, die Rolle des würdigen Nomadenhäuptlings zu spielen.

Sie rannte zur anderen Seite des Daches, wo die Sharaner noch immer mit gespannten Bögen und wurfbereit erhobenen Speeren warteten. »Legt eure Waffen nieder und öffnet das Tor!« rief sie. »Es gibt nichts, wovor wir Angst haben müßten!« In Windeseile erzählte sie ihnen alles, übersetzte mit einer Stimme, die vor Freude bersten wollte, so daß sie die gesamte Stadt zu erfüllen schien.

Ein paar Augenblicke später schwangen die Torflügel auf, und sie hielt Driknak in den Armen, streichelte beruhigend ihr seidiges Haar, während das Kind weinte und am ganzen Körper zitterte.

»Ruhig, ganz ruhig«, murmelte Marrah. »Du bist ein seltsames Geschenk, meine Kleine, aber ein sehr kostbares.« Als Driknak zu weinen aufhörte, hob Marrah sie über ihren Kopf, damit alle sie sehen konnten. »Von diesem Tag an«, rief sie, »bin ich, Marrah, Tochter von Sabalah, die Mutter dieses Kindes, und Stavan, der Nomade, ist ihr Aita. Driknak wird in meinem Mutterhaus leben, zusammen mit meiner Tochter Luma und meinem Sohn Keru, und alle meine Verwandten werden sie ebenso lieben, als wäre sie meinem Mutterschoß entsprungen.«

»Ich verstehe nicht«, jammerte Driknak. »Was hast du gesagt, große Ehefrau? Deine Sprache ist mir fremd.«

Marrah stellte die Kleine wieder auf die Füße. »Du wirst sie bald lernen«, versprach sie, und dann zog sie ihre neue Tochter wiederum in ihre Arme und küßte und segnete sie.

Epilog

Kurz bevor der Weizen geerntet wurde, kehrte Stavan endlich nach Shara zurück. Als Marrah ihn auf die Stadt zureiten sah, rannte sie jauchzend hinaus durch die Felder, um ihn zu begrüßen. Er wirkte dünner und älter als damals, als er fortgegangen war, aber seine Küsse waren noch genauso süß. Rasch packte er Marrahs Handgelenk und half ihr, sich hinter ihm auf sein Pferd zu schwingen, und dann ritten die beiden davon in Richtung Wald.

Sie verbrachten viele Stunden damit, sich gegenseitig ihre Erlebnisse zu erzählen, bevor sie wieder in die Stadt zurückkehrten. Marrah lachte und weinte, und Stavan hielt sie fest in seinen Armen und versicherte ihr immer wieder, daß er sie keinen Augenblick vergessen und wie schmerzlich sie ihm gefehlt hatte; aber er konnte nicht alles sagen, was sein Herz bewegte, denn er war kein Sänger – er war nur ein Mann, der seine Familie liebte und dem es ein zweites Mal vergönnt war, mit ihnen ein Leben zu beginnen in einer gefährlichen Welt, wo dem Norden noch immer ein Krieg drohte und sich der Süden auf ein ungewisses Schicksal zubewegte.

An jenem Abend, als sie durch die wogenden Weizenfelder nach Shara zurückkehrten, hörte Marrah das krächzende Tschack einer weißkehligen Grasmücke. Der Laut ließ sie unwillkürlich zusammenzucken, und sie verstärkte ihren Griff um Stavans Taille. Der Ruf des Vogels erfüllte sie mit ein wenig Bangnis, und sie blickte über ihre Schulter, überzeugt, sie würde schwarze Sturmwolken am Horizont aufziehen sehen – aber die Sonne ging in einem feurigen Farbenspiel von Rot und Orange unter, und der Himmel war klar bis in alle Fernen.

Die Grasmücke stimmte ihr melodiöses Lied an, Marrah entspannte sich also wieder und schmiegte ihre Wange an Stavans Rücken. Ein Stück weiter vorn warteten Luma, Keru und Driknak, und ihr ganzes Leben erstreckte sich vor ihr wie ein Pfad durch die Weizenfelder. Es wird ein gutes Leben sein, dachte Marrah; ein friedliches Leben mit Stavan und den Kindern.

»Tschack!« ließ sich die Grasmücke in der Sprache der Vögel vernehmen.

Und Marrah ritt beherzt geradeaus.

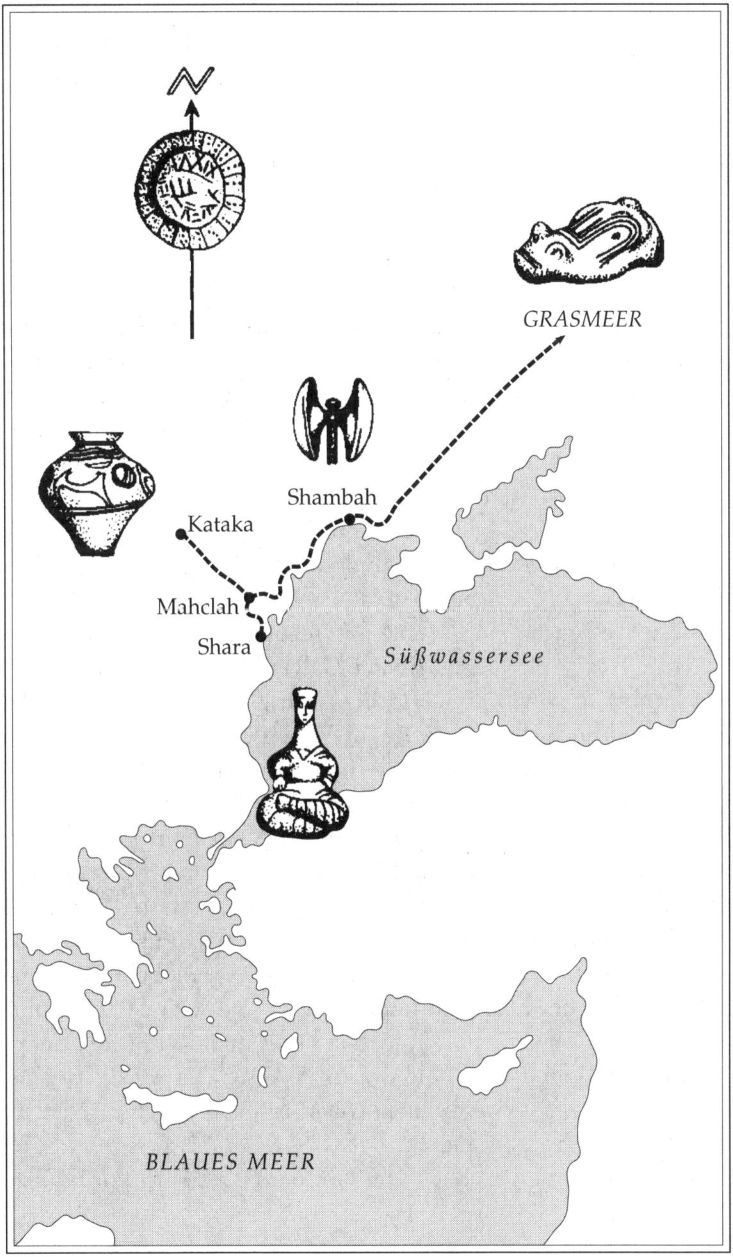

N
GRASMEER
Shambah
Kataka
Mahclah
Shara
Süßwassersee
BLAUES MEER

Danksagung

Wieder einmal bin ich dem Romanschriftsteller Sheldon Greene ganz besonders Dank schuldig, der alle Entwürfe dieses Romans las. Seine Anregungen und seine Kritik waren von unschätzbarem Wert, und die Zusammenarbeit mit ihm seit nun bereits fünfzehn Jahren bedeutet für mich ein seltenes Privileg. Mein spezieller Dank gilt auch Joan Marler, die mit mir durch Rumänien und Bulgarien reiste und mir großzügigerweise ihre Forschungsarbeiten über das Leben und Wirken von Marija Gimbutas zur Verfügung stellte. Ihre Fotos von alteuropäischen Artefakten waren eine kostbare Quelle und die Gespräche mit ihr eine unerschöpfliche Inspiration.

Mein Dank gilt auch William Calvin, Miriam Davis, Judith Goldsmith, Flash Gordon, Heather Hafleigh, Jane Hirshfield, Barbara Moulton, Vicki Noble, Angus Wright und der WELL Writers Conference (ein Autorenclub); ferner dem rumänischen Archäologen Dragomir Popovici, der uns eines langen Nachmittags in Bukarest an seinen Forschungsergebnissen der Ausgrabungsstätten von Cernovoda teilhaben ließ, und M. George Trohani, Directeur Adjoint des »Musée National d'Histoire«, der uns gestattete, Aufnahmen von Cucuteni-Keramiken zu machen, die Kulturen des alten Osteuropas mit uns diskutierte und uns dann freundlicherweise im Gästezimmer des Museums unterbrachte. Und schließlich möchte ich noch den Menschen in Bulgarien und Rumänien für die vielen Freundlichkeiten danken, die sie uns erwiesen, als wir durch jene Länder reisten, wo Priesterinnen wie Marrah vor etlichen Jahrtausenden gelebt haben könnten.

Wie mein vorheriges Buch »Im Jahr der Pferde«, so wurde auch dieser Roman inspiriert von der Arbeit der Archäologin Marija Gimbutas und ihren ehemals bahnbrechenden prähistorischen Studien: »Die Sprache der Göttin« und »Die Zivilisation der Göttin«.